本书为国家社科基金重大项目“《歌德全集》翻译”（批准号 14ZDB090）的阶段性成果

—— 卫茂平 主编 ——

歌德全集

JOHANN WOLFGANG GOETHE

SÄMTLICHE WERKE.

BRIEFE, TAGEBÜCHER UND GESPRÄCHE

诗歌全集
（1800-1832）

◆ 2 ◆

姜 丽 江雪奇 译

外教社 上海外语教育出版社
SHANGHAI FOREIGN LANGUAGE EDUCATION PRESS

图书在版编目(CIP)数据

歌德全集. 第2卷, 诗歌全集：1800–1832 / 卫茂平主编；姜丽，江雪奇译. -- 上海：上海外语教育出版社, 2023
ISBN 978-7-5446-7933-6

Ⅰ. ①歌… Ⅱ. ①卫… ②姜… ③江… Ⅲ. ①歌德 (Goethe, Johann Wolfgang von 1749–1832) —全集 ②诗集—德国—近代 Ⅳ. ①I516.14

中国国家版本馆CIP数据核字(2023)第235351号

出版发行：上海外语教育出版社
（上海外国语大学内）邮编：200083
电　　话：021-65425300 (总机)
电子邮箱：bookinfo@sflep.com.cn
网　　址：http://www.sflep.com
项目负责：陈　懋
责任编辑：陈　懋
特约编辑：薛　松
封面设计：周蓉蓉

印　　刷：上海中华商务联合印刷有限公司
开　　本：890×1240　1/32　印张 43.625　字数 1053 千字
版　　次：2023年12月第1版　2023年12月第1次印刷

书　　号：ISBN 978-7-5446-7933-6
定　　价：168.00元

本版图书如有印装质量问题，可向本社调换
质量服务热线：4008-213-263　电子邮箱：editorial@sflep.com

《歌德全集》主编序言

卫茂平

歌德（Johann Wolfgang Goethe, 1749—1832）是德国文学史、思想史及精神史之俊才，也是欧洲乃至世界文坛巨擘。他还是自然研究者、文艺理论家和国务活动家，并对此留文遗墨，显名于世。

德国产生过众多文化伟人，但歌德显然是德国面对世界的第一骄傲，一如莎士比亚于英国。他在本土受到厚待，在中国亦同。撇开李凤苞（1834—1887）《使德日记》中提及"果次"（歌德）不论，首先以著作对他示出无比热情的，该是晚清名人辜鸿铭。他 1898 年由上海别发洋行出版的《论语》英译（*The Discourses and Sayings of Confucius*），副标题即是《引用歌德和其他西方作家的话注释的一种新的特别翻译》（*A New Special Translation, Illustrated with Quotations from Goethe and Other Writers*），颇有以德人歌德注中国孔子之势。另外，他 1901 年的《尊王篇》和 1905 年的《春秋大义》，同样频引歌德。到了 1914 年 1 月，中国第一部汉译德国诗歌选集、应时（应溥泉）的《德诗汉译》由浙江印刷公司印出，收有歌德叙事谣曲《鬼王》。同年 6 月，上海文明书局推出《马君武诗稿》，含歌德译作两篇：《少年维特之烦恼》选段《阿明临海岸哭女诗》和《威廉·迈斯特的学习年代》中的《米丽容歌》。此后，影响更大的是郭沫若所译《少年维特之烦恼》（上海泰东图书局 1922 年版）。此书首版后不仅重印数十次，而且引出众多重译，比如有黄鲁不（上海创造社 1928 年版）、罗牧（上海北新书局 1931 年版）、傅绍光（上海世界书局 1931 年版）、达观生（上海世界书局 1932 年版）、钱天佑（上海启明书局 1936 年版）、杨逸声（上海大通图书社 1938 年版）等译本。紧随其后的是郭沫若译《浮士德》第一部（上海创造社 1928 年版），它带出周学普《浮士德》汉译全本（上海商务印书馆1935年版）。郭沫若的全译本随后跟进（群益出版社1947年版）。总之，在从20世纪初至1949年的五十年间，不少歌德代表作被译汉语，比如《史推拉》（1925）、《克拉维歌》（1926）、《哀格蒙特》（1929）、《铁手骑士葛兹》（1935）、《诗与真》（1936）以及《赫尔曼和窦绿苔》（1937）。据本人粗略统计，其中至少有中长篇小说及自传四部、剧本七部、诗歌上百首，诗集三部，另有一些短篇故事和童话。

新中国成立之后，尤其是20世纪80年代初以来，歌德作品汉译风光无限，很难在此细述。以《浮士德》为例。这部大作之重译在20世纪下半叶至少有五部，它们分别是董问樵（复旦大学出版社1982年版）、钱春绮（上海译文出版社1989年版）、樊修章（译林出版社1993年版）、绿原（人民文学出版社1994年版）、杨武能（安徽文艺出版社1998年版）的译本。进入21世纪，《浮士德》重译势头未减。仅本人所收就有陆钰明（长江文艺出版社2012年版）、潘子立（天津人民出版社2013年版）、马晓路（安徽师范大学出版社2013年版）和曹玉桀（北京联合出版公司2015年版）的同名译本。

而《少年维特之（的）烦恼》，自20世纪80年代初以来，复译愈炽。翻检个人所藏，已见有不同译本约二十种，译者分别为侯浚吉、杨武能、胡其鼎、黄甲年和马惠建、劳人、丁锡鹏、韩耀成、仲健和郑信、江雄、王凡、梁定祥、张佩芬、冀湘、成皇、贺松柏和李钥、徐帮学、王荫祺和杨悦等等。拙译《青年维特之烦恼》（北岳文艺出版社1996年版）属异名同书。

1999年，当德国学界隆重纪念歌德二百五十周年诞辰之时，我国歌德汉译出版，达其大盛。京沪等地共有三部歌德文集，不约而同，联袂而出。它们分别是：人民文学出版社的10卷本《歌德文集》、上海译文出版社的6卷本《歌德文集》以及河北教育出版社的14卷本《歌德文集》。

人民文学出版社版《歌德文集》，第1卷收《浮士德》，第2卷收《威廉·麦斯特的学习时代》，第3卷收《威廉·麦斯特的漫游时代》，第4卷和第5卷收《诗与真》（上、下），第6卷收《少年维特的烦恼》与《亲和力》，第7卷收《铁手葛茨·封·贝利欣根》等剧作四部，第8卷收诗歌两百余首，第9卷收叙述诗，内含《叙事谣曲》《赫尔曼和多萝西娅》与《莱涅克狐》等三部，第10卷含歌德“论文学与艺术”的相关论述约六十篇。

上海译文出版社的《歌德文集》，为该出版社已出单行本之汇集，书名分别是《浮士德》《威廉·麦斯特》《少年维特的烦恼——歌德中短篇小说选》《歌德诗集》《亲合力》《歌德戏剧三种》（含《克拉维戈》《丝苔拉》和《哀格蒙特》）。

河北教育出版社的《歌德文集》，分为第1卷《诗歌》，第2卷《诗剧》（收《浮士德》），第3卷《长诗》（含《莱涅克狐》《赫尔曼和多萝西娅》），第4卷《小说》（收《少年维特的烦恼》与《亲合力》），第5卷《小说》（收《威廉·迈斯特的学习年代》），第6卷《小说》（收《威廉·迈斯特的漫游时代》），第7卷《戏剧》（收《情人的脾气》《铁手葛茨·封·贝利欣根》《克拉维戈》和《丝苔拉》等包括残篇在内的十二个剧本），第8卷《戏剧》（收《哀格蒙特》《伊菲格尼》《托尔夸托·塔索》与《私生女》等剧本），第9卷与第10卷同为《自传》（分别收《诗与真》的上下两部，第11卷为《游记》（收《意大利游记》），第12卷题为《文论》（下分“艺术评论篇”“文学评论篇”“铭言与反思”，收文近六十篇），第13卷与第14卷同为《书信》，共收歌德书信数百封。

三地三套文集，如约而至，争奇斗艳，在我国歌德汉译史上，可谓赫赫可碑。但细细查检，仍见如下现实：重译居多，新译殊乏。纵观歌德全部作品，其大量的日记、书信和各类文牍，直至今天，依旧少有汉译；遑论其有些作品的原始版本或者异文；而对其自然科学领域著述的译介，依然乏善可陈。这种局部的复译不断和整体的残缺不全，既造成我们歌德阅读、理解与研究方面的巨大障碍，也有碍中国作为善于吸收世界优秀文明成果的文化大国地位。

其实早在近百年前，田汉、宗白华、郭沫若合著《三叶集》（亚东图书馆 1920 年版），已提建议："我们似乎可以多于纠集些同志来，组织个'歌德研究会'，先把他所有的一切名著杰作……和盘翻译介绍出来……"遗憾的是，此愿至今未成现实。笔者曾在这三套"歌德文集"出版前后，援引上文，难抑感叹："我们何时能够克服商业主义带来的浮躁，走出浪费人力物力的反复重译的怪圈，向中国读书界奉上一部中国的'歌德全集'，让读者一窥歌德作品的全貌，并了却八十年前文坛巨擘们的夙愿？"[①]

此愿不孤。之后十年，偶见同调类似表述："最近在中国可以确定一种清晰趋势，总是聚焦于诸如《维特》和《浮士德》这样为数不多的作品，而它们早已为人熟知。难道我们不该终于思考一下，是否有必要去关注一下其他的、在中国一直还不为众人所知的歌德作品吗？与含有 143 卷的原文歌德全集相比，即使那至今规模最大的 14 卷汉语歌德文集，也仅是掉上一块烫石的一滴水珠。究竟还需要几代中国人，来完成这个巨大的使命？"[②] 由此可见，歌

① 卫茂平：《歌德译介在中国——为纪念歌德二百五十年诞辰而作》。载：《文汇读书周报》1999 年 10 月 2 日。

② 顾正祥编著：《歌德汉译研究总目》（1878—2008），中央编译出版社 2009 年版，第 XIX 页。原文为德语，由笔者译出。

德全集的汉译，越来越成为中德文学及文化交流过程中的学术召唤，并成为改革开放时代中国日耳曼学研究的具体要求。汉译《歌德全集》，若隐若现，有呼之欲出之势。

完成这个使命，先得选定翻译蓝本。歌德十分珍视已作，生前就关注全集编纂。首部13卷的《歌德全集》1806年至1810年出版[①]。第二部20卷的《歌德全集》，1815年至1819年刊行。[②]他在晚年投入大量精力，从官方争取到当时未获广泛认知的作家版权，于迟暮之年，推出《歌德全集——完整的作者最后审定版》40卷。[③]歌德身后，前秘书爱克曼和挚友里默尔，承其未竟，编就《歌德遗著》20卷，作为上及“作者最后审定版”的41至60卷，同由歌德“御用”的科塔出版社出齐。[④]

规模更大的歌德全集，即所谓魏玛版《歌德全集》，由伯劳出版社1887年至1919年发行[⑤]。它分四个部分：一、作品集55卷（63册）；二、自然科学文集13卷（14册）；三、日记15卷（16册）；四、书信50卷（按每年1卷编成，所以卷帙浩繁）。凡133卷（143册）。

---

① Goethes Werke. 13 Bde., Tübingen: J.G. Cotta, 1806–1810.

② Goethes Werke. 20 Bde., Stuttgart und Tübingen: J.G. Cotta, 1815–1819.

③ Goethes Werke. Vollständige Ausgabe letzter Hand, 40 Bde., Stuttgart und Tübingen: J.G. Cotta, 1827–1830.

④ Goethes Werke. Vollständige Ausgabe letzter Hand, Bde. 41–60, hg. v. Johann Peter Eckermann und Friedrich Wilhelm Riemer, Stuttgart und Tübingen: J.G. Cotta, 1832–1842.

⑤ Goethes Werke. 4 Abteilungen, 133 Bde., Weimar: Verlag Hermann Böhlau, 1887–1919.

其实，歌德的各类著作包括书信等众多文字，即使在上及魏玛版全集中，也非全备无缺。另外，随着歌德作品发掘和研究的深入，新有成果，不断现身。所以，魏玛版之后，到了20世纪，歌德作品集或全集的出版，依旧代起不迭。主要有三：

一是汉堡版《歌德文集》，① 按作品体裁分类编排，辑有歌德的主要作品，未录歌德日记、书信和文牍等，计14卷，是歌德作品选集，每卷均有评述。自1964年出齐后，历经多次修订，较新的有1981年由慕尼黑贝克出版社的版本。

二是慕尼黑版《歌德全集》，② 按作家创作年代的时间顺序编制，实际也是辑录歌德主体作品的文集，兼收部分书信，每卷均有评注。共计21卷（33册），1985至1998年刊印。

三是法兰克福版《歌德全集》40卷（44册）。正文39卷1985年至1999年排印。③ 它显然与歌德亲自主持的最后一部全集形成呼应，同为“40卷”，但在辑录规模和笺注水准上，远非昔日全集可比。

法兰克福版《歌德全集》，被誉为20世纪（目录卷出版于21世纪）最完善的歌德版本，亦即代表目前歌德全集编制的最高水平。它既是德国日耳曼学人及出版界匠心经营、与时俱进的成果，也是

---

① Johann Wolfgang Goethe：Werke.Hamburger Ausgabe in 14 Bde., Hamburg, 1948–1964.

② Johann Wolfgang Goethe：Sämtliche Werke nach Epochen seines Schaffens. Münchener Ausgabe. München und Wien, 1985–1998.

③ Johann Wolfgang Goethe：Sämtliche Werke. 40 Bde., Frankfurt/Main: Deutscher Klassiker Verlag, 1985–1999. 第40卷即目录卷2013年改在柏林问世：Das Regisgter zum Gesamtwerk von Johann Wolfgang Goethe, Berlin: Deutscher Klassiker Verlag, 2013.

歌德全集出版史上承前启后的新碑，并有以下亮点：

第一，它对歌德文字收录相当完整，囊括了歌德不同体裁的文学作品，以及美学、哲学、自然科学等方面的文字，还有书信、日记、自传、游记、谈话录和翻译作品以及从政期间所产生的相关公文，集成正文，几近三万页，规模可谓庞大，内容更臻完备。

第二，作品或文本按体裁划分，同时又按照编年体编排，并收录重要作品的初版或异版，以此进一步全面呈现歌德的创作思想与生命历程。

第三，邀请德国文学研究专家五十余人，倾力二十余年，对歌德的各类文字，进行详尽评述与注解，提供众多辨证。仅笺注规模就达两万多页，实为歌德研究集大成者。

第四，它有目录卷上下两册，置于卷末，以约 1555 页的篇幅，提供本《全集》所涉人名（包括写信人和收信人以及谈话对象的人名）、地名、作品名（包括诗歌题目及无题诗歌首行）的完整索引，给出其在本《全集》中的卷数和页码，所涉条目数逾百万，可为查检全集各种内容，提供便利。

由此可见，将它选为本翻译项目的底本，既能最终推出一部汉语版《歌德全集》，让汉语读者，有机会目睹歌德作为诗人、文学家、国务活动家和自然科学研究者的全貌，也可打造兼具学术性的评注版《歌德全集》汉译本，让我们的歌德研究同时跨上一个台阶。

2006 年初，笔者有幸获得这套法兰克福版《歌德全集》（德国博世基金会赠，2005 年 12 月 10 日由德寄出）。本该更早启动译事，了却已有心愿。只因歌德作品卷帙浩繁，规模庞大，内容复杂，涉及面广。的确兹事体大，让人踌躇不定。直到 2014 年，一则躬逢昌达的学术环境，二则得到同仁领导的大力托举，才鼓足勇气，正式提出翻译歌德全集的建议。它当年就被国家社会科学基金重大项目（第二批）招标选题库采纳，显然获得学界同人高度认可。

最初想法，是仅做翻译。但考虑到国家社会科学基金重大项目通常涉及研究，所以起先提交的题目，含歌德翻译研究内容："《歌德全集》翻译与歌德作品汉译研究。"有兄弟院校同行，见此招标，参与竞争。后经有关方面协调平衡，此题被分为"歌德翻译"和"歌德研究"两个独立项目，并在2014年11月同获立项。我们回到原点，专事翻译；竞标同行也有斩获，专事研究。结果可说各得其所，皆大欢喜。

本项目由本人作为首席专家，在上海外国语大学、北京大学和北京外国语大学多位同仁的热情帮助下，尤其在上外党委书记姜锋博士等党政领导的大力支持下，于2014年8月24日填表申请，2014年11月5日由"全国哲学社会科学规划办公室"作为"2014年国家社科基金重大项目（第二批）"批准立项。最终题目改为："《歌德全集》翻译"。项目批准号14ZDB090。

这部汉译《歌德全集》，将法兰克福版《歌德全集》作为蓝本，最终分为五个子课题：

一、歌德诗歌与格言（共4卷：卷1、卷2、卷3、卷13），负责人：王炳钧。

二、歌德戏剧与叙事作品及翻译（共9卷：卷4、卷5、卷6、卷7、卷8、卷9、卷10、卷11、卷12）。负责人：谷裕。

三、歌德自传、游记、谈话录与文牍（共7卷：卷14、卷15-1/15-2、卷16、卷17、卷26、卷27、卷39）。负责人：李昌珂。

四、歌德书信、日记及谈话（共11卷：卷28、卷29、卷

30、卷31、卷32、卷33、卷34、卷35、卷36、卷37、卷38）。负责人：卫茂平（兼）。

五、歌德美学与自然科学作品（共8卷：卷18、卷19、卷20、卷21、卷22、卷23-1/23-2、卷24、卷25）。负责人：谢建文。

另加索引卷（卷40-1/40-2：人名、地名、作品名）。负责人：卫茂平（兼）。

统计分析表明：法兰克福版《歌德全集》正文达29972页，汉译可能将达20000千字。与此同时，全集由德国相关领域的权威专家对每一卷进行详尽严谨的注解与评述，共达21790页，汉字约有13000千字。这部分内容，不会被逐字逐句地译成汉语，而会被作为译本注释和作品解读时的重要参考资料，得以使用。加上译文之外的这些添加内容，这部汉语版歌德全集，其总字数可能达到30000千字左右。

截至目前，共有一百多位国内外日耳曼学人参与翻译，另有多位各领域的学者、专家等协助工作。整个项目组人员分别来自京、沪等地和德国的约四十家国内外大学与科研机构。而各位译者，大多是中国的德语教师，其中不乏年逾八旬的前辈名宿，也有三十上下的青年学子。至少在我国德语圈内，可谓老少咸集，群贤毕至。在时代飙进、人趋实惠的当下，有众多同道集聚一起，为这样一个理想主义色彩浓厚的事业出力，作为主持者，倍感信念之力，同道厚爱。每每思之，感喟无穷。谨借此序，深致谢意！

德汉两种语言，在语法、词汇、句法以及对事物的称谓和命名上，差异巨大。两个民族的文化道统，更是有别。加上歌德的文字，距今久远，译者之路，榛莽密布，崎岖难行。虽歌德作品汉译，非生荒之地，其主作大多已有汉译。但是，相对原语的唯一、永恒和不可改变性，翻译本质上只是某时某刻的选择性结果，都是暂时的，不具终极意义。对研究者来说，旧译本可能更有魅力，因为它蕴含这一代人的审美趣味和文学眼光。而对一般读者来讲，也许符合此时此刻语言发展的译语最为合适。遑论研究新见时常问世，甄别旧译，融合新知，成为必须。而对本项目而言，它其实还面对大量在汉语语境内尚处尘封湮没状态的歌德文字。也就是说，我们所做，绝非集丛拾残、辑佚补缺之事，而常为开启新篇、起例发凡之举。这让译事更加步履维艰。所以本全集的翻译，舛误不当之处，或许难免。也会有个别古奥之词，因目前无法移译，而不得不留存原文，以请明教，开启柴塞。还望读者见谅。

该项目的一大困难，在于逾百名译者之间人名、地名、作品名、标题以及诗歌标题的译文统一。外语中同一读音常可对应不同汉字，而歌德作品及作品人物等的已有译名，往往各不相同。因此，译事第一步是翻译法兰克福版《歌德全集》索引卷（包含全集中所有人名、地名、作品名以及诗歌标题或诗歌首行的索引），以此为基础，确保本全集中各种译名尽量做到统一、规范。这里既有“萧规曹随”的做法，比如“Goethe”依旧是“歌德”；也有“不循旧习”的例子，比如“Lotte”不再是旧译“绿蒂”而是“洛特”。

我们计划，用五至十年时间完成这部《歌德全集》的翻译和出版工作。全力支持该项目实施的上海外语教育出版社，已在2016年8月19日上海书展上首发法兰克福版《歌德全集》德文影印版，为本全集助力开道。

德谚有言：Aller Anfang ist schwer. 汉语是：万事开头难。目前各卷译作逐渐竣事，将陆续推出。这意味着汉译《歌德全集》的实现，不再杳渺。“开头”之难，即将成为过去。

另有德谚云：Ende gut, alles gut. 汉译为：结果好，一切好。就此而言，开端远非全部，结果决定一切。如此说来，“革命尚未成功，同志仍须努力”。

2019年4月于上海外国语大学

目 录

约翰·沃尔夫冈·歌德

Johann Wolfgang Goethe

诗歌全集

（1800—1832）

Gedichte

1800 — 1832

9 1815 年版诗集[①]
Die Sammlung von 1815

① 1815 年版的诗集主要体现的是歌德 1800 年至 1805/06 之间的人生历程。虽然当时魏玛一带的政治局势较为平稳，但在风平浪静的表象之下，质疑旧秩序的声音已然愈发高涨，只是此种反对声音仍未能达到真正动摇旧体制的程度。歌德在此时期一度积极从事出版、戏剧、公众教育等活动，然而随着席勒（Friedrich Schiller，1759—1805）逝世，诗人失去了惺惺相惜的挚友，开始了危机的岁月。

歌谣[①] 11
LIEDER

昔日的曲调终再度回响，
幸与不幸尽皆化作歌唱。

咏叹之序诗
Vorklage

激情的絮语一经书写
竟然显得如此奇异！
如今我要从各个角落
将散落的诗页汇辑。[②]

有些事情在生活之中
原本相距颇为遥远，
如今都集于一本书内
呈到善意读者手间。

勿因有瑕疵便感羞愧，
快让这本小书问世；

① 这一版块的不少作品在旧诗集（参见本书第 1 卷）里都收录过，本卷基本只有细微的文字修改。仅有十六首是 1800 年后的新作。
② 意指这个新集子中收罗了许多原先散见于各处的旧作。

世界本身便充满矛盾，
书又何须前后一致？

致善意的读者
An die Günstigen

诗人们总是不爱沉默，
乐于向众人展示自我。
难免有褒扬也有嗤毁！
谁也不爱用散文忏悔；
但在缪斯的静谧林里[1]
我们常悄悄倾吐秘密。[2]

12 我之迷惘，我之追觅，
我之痛苦，我之经历，
在这只像结捆的群花，
无论是年迈还是芳华，
无论是过错还是美德，
都多么适宜收入诗歌。

---

① 缪斯（Musen）：希腊神话中一组司掌文艺创作的女神，在汉语中也被意译为“诗神”。这行诗句的大意是：那些人们不愿用直白的散文形式道出的“秘密”，若是采取诗歌的形式，则更容易倾诉。
② “悄悄”在原文中系拉丁语短语“sub rosa”，字面含义为“在玫瑰之下”。

新阿马迪斯[1]

Der neue Amadis

我年纪还小的时候，
总被关在牢屋里头；
多少年里我都始终
只影相伴孤身茕茕，
好比置身母腹一般。

可是，金色的幻想，
是你助我打发时光，
我像皮皮王子那般
成为一名热血好汉，
在人世间闯荡遨游。

我曾经建造又毁灭
多少座水晶的宫阙，
还挥着闪光的兵器
刺穿过恶龙的肚皮，
我可真是个男子汉！

① 阿马迪斯（Amadis）是西欧流行的骑士故事中的英雄之名。此诗早期曾题为“青春之歌”。

我又怀着骑士风度
成功解救鱼儿公主。
她可真是殷勤客套，
设下筵席盛情相邀，
而我也是风度翩翩。

她的吻似神赐食粮，
炽烈如同美酒佳酿。
13 我几乎要为爱死去！
阳光照耀她的身躯，
为她涂上一层釉色。

唉！是谁劫走了她？
难道没有束缚魔法
能阻拦她飞速遁亡？
告诉我她家住何邦！
如何找寻前去之路？

狐死偿皮[①]

Stirbt der Fuchs, so gilt der Balg

我们这一伙年少的伙伴
午后在阴凉处坐齐；
爱神行过来，同我们玩[②]
那狐死偿皮的游戏。

小伙伴们都欢快地坐下，
紧挨着自己的挚友；
爱神埃莫吹灭一束火把，
说道：把烛炬拿走！

---

① 诗题本为德国谚语，其原意是，如果一只出借的动物丧生，那么原主人应获得相当于其毛皮价值的赔偿。同时这也是一个18世纪很流行的游戏的名称，歌德1807年5月4日曾在致作曲家友人策尔特（Carl Friedrich Zelter，1758—1832）的信件中解释过其玩法："取一片薄木柴，或者蜡棒，点燃后使之烧一阵，然后再吹灭火焰，只留下炭烬；然后游戏者便极快地念出这番口诀：'狐死了，就偿皮，活得久，便老去。若活着，就活着，若死了，就死了。埋它不会连着皮，这便对它有荣益。'随后他就必须将微微燃烧的火把迅速传给自己身边人的手里，身边人也要遵守同样规则，就这样继续，火光在谁的手中熄灭，谁就要受罚。"此诗系作者青年之作。爱克曼（Johann Peter Eckermann，1792—1854）曾在其《歌德谈话录》中讲述过1828年3月12日的经历："我回忆起上一世纪的欢乐时光，那时歌德还是少年；塞森海姆（Sessenheim）的夏日空气迎面吹向我的心灵，我提醒他回想这些诗句：'我们这一伙年少的伙伴 / 午后在阴凉处坐齐'。'唉，'歌德叹息道：'那可曾经是幸福的时光呀！'"

② 爱神（Amor）：即丘比特（Cupido），罗马神话中的形象，亦可音译为"埃莫"，常被表现为持箭的男童，被他射中者便会陷入爱河。

大家让余烬微燃的火把
在彼此间快速传递，
每人都争分夺秒地把它
塞到另一人的手里。

多瑞莉斯以戏谑的面容①
将那火炬交给了我；
我的手指才刚将它触碰，
它便燃起通亮烈火。

火光炙烤着双目和脸庞，
点起灼焰在我怀中，
而此时在我的头顶之上
也焚起了烈火熊熊。

14 我曾想伸出手扑灭火光；
它却至今燃烧不停；
狐狸在我这里未曾死亡，
而是变得生气满盈。

① 多瑞莉斯（Dorilis）：洛可可文学传统中常见的女名。

荒原小玫瑰[①]
Heidenröslein

少年看见一株玫瑰花，
荒原上的小玫瑰，
多么娇嫩，美如朝霞，
他疾奔到近前欣赏她，
眼中多么地欢慰。
玫瑰、玫瑰、红玫瑰，
荒原上的小玫瑰。

少年道：我要摘下你，
荒原上的小玫瑰！
玫瑰道：我会刺伤你，
让你永远都将我牢记。

---

① 魏玛文豪赫尔德（Johann Gottfried von Herder，1774—1803）曾在自己编纂的民歌集刊印过此诗的早期版本。然而其与歌德版本之间的关系至今仍不甚明确。莫非此诗原本真的是首原汁原味的民歌？然而赫氏在其民歌集里也收录过许多被他认为同样具备民歌风格的文人作品，而且至今考据者也从未发现过相同的民歌，故而这个问题恐怕永远难以得到确切解答。不过赫尔德的藏书中有保罗·封·阿尔斯特（Paul von Aelst）的民歌集，其中有一篇来自16世纪的9诗节长的作品就文句与母题而言，多少与此有相近之处，副歌则与歌德版本完全一样。一种比较合理的推想是：歌德在赫尔德那里了解到这首诗，并将其加工为后来的形式。当然，无可置疑的是，歌德版本的玫瑰之诗两百年来在德国已是家喻户晓，早已取得了和民歌一样深入人心的地位，包括舒伯特在内的众多作曲家为之谱曲，至今已有一百余种之多。

我不愿遭受此罪。
玫瑰、玫瑰、红玫瑰，
荒原上的小玫瑰。

狂野的少年强行摘下
荒原上的小玫瑰；
玫瑰反抗，用刺扎他，
极力呼喊也无法招架，
终究免不了苦罪。
玫瑰、玫瑰、红玫瑰，
荒原上的小玫瑰。

捉迷藏[①]
Blinde Kuh

哦，可爱的特蕾泽！[②]
为何你刚睁眼之刻，
神色竟流露出恼火？
你虽被蒙住了双目，
找见我却如此迅速，
你抓到的人为何偏偏是我？

---

① 可能是塞森海姆时期所作。
② 特蕾泽(Therese)：所指未详。作者在这里选用此名可能仅仅是为了合上韵脚。

你绝巧地将我捉住，
你牢牢地将我攫捕；
于是我倒入了你怀。
可刚待你摘下眼罩，
一切快乐便如云消；
你冷漠地让我蒙上眼走开。

他来回地摸索迷茫，
几乎将肢体都扭伤，
人人都在将他嘲弄。
你若决意对我无情，
我便似被蒙住眼睛，
要永恒地彷徨在昏暗之中。

小克丽丝[①]
Christel

我时常感受到颓唐与悲戚，
全身都仿佛消沉弥漫！
可只要与小克丽丝在一起，
一切就又会重新好转。
我处处总能见到她的形象，

① 游戏之作，诗题中所指是何人未详。

却不知自己对她倾心
是如何之深？自何时何方？
以及究竟是为何原因？

16 脸庞上有淘气的深黑瞳子，
黑色眉毛生长在上方，
我哪怕只朝其中瞥上一次，
也会感到魂魄在绽放。
哪位姑娘有如此可爱的嘴，
还有可爱丰润的脸蛋？
啊，另一处也具丰润之美，
任谁都会无厌地贪看！

我若能获准去拥搂她身体，
跳起轻快的德式舞蹈，①
一同飞旋驰步，翩跹不已，
那会如何地满足逍遥！
待到她迷醉而沸热的时候，
我会立刻将臂膀伸出，
将她揽到我怀中摇摆悠悠，
比君临天下都要幸福！

① 德式舞蹈：指华尔兹。参见《维特》中6月16日的部分。

而假如她朝我深情地望来，
将周遭万物尽皆抛忘，
然后紧紧依偎入我的襟怀，
并将热烈的亲吻献上，
激动之情便穿透我的骨髓，
一直蔓延到脚趾尖处！
感到自己既强大而又虚颓，
既觉幸福又领受痛苦！

我心中的爱愿不停地增长，
白昼时光飞速地度过；
若还有缘同度良夜的时光，
我也不会羞畏地退缩。
我想要有朝一日将她搂住，
让自己欢情得到足餍；
倘若不能止息自己的痛苦，
我便死在她怀抱里面！

17

冷淡的牧羊女[①]

Die Spröde

春日的早晨多么明丽，
一位牧羊女边走边唱，
青春动人而无忧无虑，
歌声穿越过田野飘荡，
嗦啦啦！嘞啦啦！

堤耳西斯想求她亲吻，[②]
愿当即赠上三两羊羔，
而她顽皮地望了一阵；
转而却继续又唱又笑，
嗦啦啦！嘞啦啦！

另一位想献给她丝帛，
第三位要掏出心捧去；
但在她眼中这些不过
和羊一样只用来打趣，
只有啦啦！嘞啦啦！

---

① 本首与下一首诗都是作者为其妻兄克里斯蒂安·奥古斯特·武尔皮乌斯（Christian August Vulpius，1762—1827）1797 年为魏玛剧场改编的喜剧而作的插曲。

② 堤耳西斯（Thyrsis）：牧人之名。

回心转意的牧羊女
Die Bekehrte

晚霞多么地红艳瑰丽，
我悄悄地穿行过树林，
达蒙正坐在此方吹笛，①
山崖回荡着他的乐音，
嗦啦啦！

他将我牵到身边坐下，
吻得多么甜美而温柔。
而我说道：接着吹吧！
和善的少年继续吹奏，
嗦啦啦！ 18

我心就此失落了宁静，
我的快乐也远逝云消，
而我耳畔始终在绕萦
那支昔日的美好曲调，
嗦啦啦，嘞啦啦。
……

① 达蒙（Damon）：罗马神话中的人物。席勒根据拉丁作家希吉努斯（Gaius Julius Hyginus，创作时期 1 世纪）的《故事集》所创作的诗歌《人质》中，出现过该人物。

拯救
Rettung

我的姑娘背弃了情谊，
令我憎恨起世间欢畅，
我奔跑到流淌的河旁，
面前的水波奔流不已。

我绝望而无言地伫站；
脑中感觉好似已喝醉，
几乎要沉入滔滔河水，
整个世界在天旋地转。

突然听到阵呼喊之声，
于是我循声回过身来，
嗓音多么迷人又可爱：
“当心，这河水很深。”

我仿佛感到浑身震荡，
只见一位可爱的少女；
她说自己名字叫凯蒂。
美丽的凯蒂你真善良！

你让我免除死亡之苦；
救命之恩我感念永久；
不过你给我的还不够，

请赐予我人生之幸福！

于是我倾诉我的愁思，
她可爱双目低垂深深； 19
我吻了她，她也回吻，
而死亡之意全然消逝。

缪斯之子
Der Musensohn

在田野森林间逍遥，
我口中吹奏出歌谣，
从一处行至另一处！
万物应着我的节拍，
和着我的旋律摇摆，
尽在随我翩翩起舞。

我简直是迫不及待
等园中第一朵花开，
等树梢最初的芬芳。
它们欢迎我的歌吟，
而冬天若再度来临，
我仍将那梦境歌唱。

梦之歌声传至远方，
在广辽的冰层荡漾，
彼方之冬日正绚丽！
即便这些花朵凋谢，
亦会有崭新的喜悦
呈现在高坡的田地。

因为我在椴树荫里
见到年轻人在聚集，
我立时令他们焕发，
让笨拙的少年昂扬，
让拘谨忸怩的姑娘
起舞在我旋律之下。

哦！诸位可爱缪斯，
你们使人足底生翅，
将自己宠儿从家园
驱往高山深谷浪游，
到底何时我才能够
最终安息于她怀间。

发现[①]
Gefunden

我在森林中
茫然地游弋，
而无所寻求
才是我用意。

我看见荫中
有小花一株，
既像是明星，
又似是眸珠。

① 歌德从旅途中将本诗寄回家中，手稿显示其收信人为“歌德夫人”，日期为1813年8月26日。此诗原是为两人的非正式的银婚（二十五周年）所作。歌德正是于1788年夏日“发现”了后来成为他妻子的克里斯蒂安娜·武尔皮乌斯（Christiane Vulpius，1765—1816）。然而两人直到风谲云诡的1806年才正式成婚，那一年的欧洲见证了不少政治与社会动荡，整个旧世界分崩离析。里默尔（Friedrich Wilhelm Riemer，1774—1845，歌德的秘书兼挚友）表示，歌德这样做的动机是为“感激”她在魏玛沦陷、法军劫掠之际，英勇地救助他免于生命危险。其实，歌德决定走进婚姻，也不乏借此克服心理危机的意图，他在给魏玛公爵卡尔·奥古斯特的书信中写道：“当一切纽带都解离之时，人们便回归家庭。”（1806年12月25日）卡洛琳·谢林（Caroline Schelling，1763—1809）曾就此写道：“各种公众刊物声称，他在交战之日与武尔皮乌斯结姻——就仿佛他是想要在一切纽带似乎都断裂的时刻，再缔结一些纽带并将其扎结得更紧！”。

我想去采摘，
它娓娓说道：
难道摘下我，
便让我枯掉？

于是我掘出
完整的根系，
带至雅屋边，
置于花园里。

我在幽静处
重新植下它；
它抽枝不息，
又继续开花。

相配[①]
Gleich und gleich

一朵蓓蕾儿
21 从大地生长，
早早地就在
动人地绽放；

---

① 于1814年4月22日寄给策尔特。

来了只蜂儿，
雅致地偷嘴：——
这二者必是
相配的一对。

邀舞对歌[①]
Wechsellied zum Tanze

冷淡者们
来吧，美人儿，来同我一起舞蹈；
舞蹈是欢庆日子之中的固有节目。
你若不是我情人，现在还可以当；
但就算你不愿当，我们照样可舞。
来吧，美人儿，来同我一起舞蹈；
舞蹈能为欢乐佳节增添光彩无数；

多情者们
亲爱的，缺少了你还成什么节日？
情人呀，跳舞要没有你怎么能行？
你若不做我情人，那我也不舞蹈；
你若爱我永不变，每天都像节庆。

① 可能是为魏玛的节庆活动所作。

亲爱的，缺少了你还成什么节日？
情人呀，跳舞要没有你怎么能行？

冷淡者们
且让他们去爱吧，让我们来跳舞！
熬人的爱情叫人失去舞蹈的兴致。
让我们在回旋的舞列中欢乐翩跹，
且让其他人悄悄行去幽暗的林子。
且让他们去爱吧，让我们来跳舞！
熬人的爱情叫人失去舞蹈的兴致。

多情者们
且让他们去旋舞，且让我们漫步！
22 爱情之遨游正好比是天国的舞蹈。
爱神正在近旁，听得见他们嘲讽，
必会降下报应，报应很快便来到。
且让他们去旋舞，且让我们漫步！
爱情之遨游就好比是天国的舞蹈。

自欺
Selbstbetrug

我邻家女孩的窗上
帘幕在来回摇动，
她想必在试图偷望

我是否待在家中。

她窥探我白天之时
所怀的妒恨之意
是否已在心底消逝，
它理当永不复起。

可惜那位美丽少女
并无如此的感念。
原来只是晚风徐徐
吹拂着她的窗帘。

宣战
Kriegserklärung

我多么希望能如同
乡村姑娘那般可爱！
她们戴着黄色帽子，
还佩戴着玫红束带。[①]

我觉得自认为美丽，
是并无不可的事情。

① 这一诗节借自民歌。

那城中公子曾夸我，
23 唉！我竟将他听信。

唉！如今春天来到，
我的欢乐散如云烟；
是那群乡下的丫头
将他给勾到了身边。

我决定立刻就改换
衣装的风格与款式；
让贴身马甲再长些，
还配上蓬圆的裙子。

再戴起黄色的帽儿，
穿上白似雪的围腰；
同其他的姑娘一起
去收割茂盛的牧草。

他若要在人群之中
物色个秀气的女孩；
那风流小伙会招手
让我跟着进他屋来。

趁他没认出我身份，
我含着羞将他陪伴，
他会捏着我的双颊，

然后看见我的脸蛋。

这名城市女子要向
你们乡村姑娘宣战，
凭借着双重的魅力，
她为自己赢得胜算。

百变情郎
Liebhaber in allen Gestalten

我想要做一条鱼！
十分活泼而迅疾；
如果是你来垂钓，
我便会让你捕到。 24
我想要做一条鱼！
十分活泼而迅疾；

我想要做一匹马！
会对你用处很大。
我还想做一辆车！
载得你逍遥自得。
我想要做一匹马！
会对你用处很大。

我想做金币一枚！
永远任由你支配；
即便我被你花出，
也还会飞回原处。
我想做金币一枚！
永远听从你指挥。

我希望永葆一心！
你在我眼中常新；
我愿意承诺于你，
始终都不会远离。
我希望永葆一心！
你在我眼中常新。

我希望自己年老！
冷淡而面容衰凋；
就算遭到你回拒，
也都不往心里去。
我希望自己年老！
冷淡而面容衰凋。

我想要变作猴子！
滑稽地搔首弄姿；
假如你遇上烦恼，
我便能把你逗笑。
我想要变作猴子！

滑稽地搔首弄姿。

我想善良似羔羊！
又如雄狮般勇壮；
既有猞猁的眸子，
又有狐狸的机智。
我想善良似羔羊！
又如雄狮般勇壮。

不论变何种形体，
永甘愿听命于你；
凭着千百般本领
我为你服劳效命。
不论变何种形体，
永甘愿听命于你；

然而我始终是我，
请接受这样的我！
你若想要更好的，
就找人雕刻几个。
毕竟我始终是我，
请接受这样的我！

金匠学徒[①]
Der Goldschmiedsgesell

这可是我的邻家少女，
是世上最美的女孩！
我早起在作坊做活计，
总张望她店中柜台。

我将多少纤细的金线
打造成项链和戒指。
啊！我要苦等到何年，
才能送给凯蒂一只？

她刚将店铺大门开张，
多少市民涌来此处，
还着价掏出钱币扫荡
26 店里面各色的货物。

我锉丝时不小心磨坏
几乎数不清的金料。
严厉的师傅怒不可耐，

① 作于1808年9月12日从波希米亚返归的路上，据里默尔日记：“受封·弗利斯夫人（Frau von Fließ）给我的一首英国歌谣之启发，歌德于晚间创作了一首歌谣。”这里的英国歌谣指的是《我们巷子里的萨莉》（Sally in Our Alley）。

知道原因是那商号。

而待到她关闭了店铺，
立刻又纺起了丝线。
我知道她要织造何物：
丽人正筹备着嫁奁。

脚在纺车上不停踩踏，
让我遐想她的腿肚，
同时将她的袜箍记挂，
那是我所赠的礼物。

她手拿起最纤的纺线，
送向了自己的双唇，
啊，我若是那根纺线，
该如何亲吻那美人！

形形色色的回答[①]

社交提问游戏

Antworten

bei einem gesellschaftlichen Fragespiel

女士

在小天地里与大天地里
是什么最能讨女人欢心?
毫无疑问，是新鲜东西，
如同鲜花总能令人欣欣;
然而真情更是值得珍惜，
即便在收获果实的时节，
也能以花朵令我们喜悦。

年轻的绅士

帕里斯曾与宁芙们为友，[②]
栖身在森林与洞窟之间，
27 直至宙斯给他带来烦愁，

① 本诗是歌德于1785/86年间为未完成的歌唱剧《不相配的家属》所作。灵感来自意大利剧作家卡罗·戈奇（Carlo Gozzi，1720—1806）的喜剧《公开的秘密》中的一处场景。

② 宁芙（Nymphe）：自然界的仙女。

支使三位女神到他身边；[①]
大概在面临选择的时候，
无论是在往昔还是今日，
从未有人遭遇此等难事。

老练的男士

对女人要展露多情风度，
我保证定能将芳心赢到；
若是手脚快的胆大之徒，
或许还能收获更大成效；
但谁若表现得不甚在乎
自己撩拨与感化的魅力，
就会让人既受辱又痴迷。

知足的男士

人的索求、烦恼与不宁
真是五花八门无尽无穷；
世上的财富与美好事情

---

① 希腊神话中，争执之女神厄里斯因为佩琉斯和忒提斯的婚宴未邀请她而心怀不满，便在一个金苹果上写下了“给最美的女神”的字样，抛给了赴宴的众神以挑起纷争。赫拉、雅典娜和阿佛洛狄忒都坚称只有自己才配得到它，并为此争执不休。宙斯无法决断，便支使三位女神去找凡人帕里斯来裁决。阿佛洛狄忒许诺帕里斯，只要将金苹果判给她，就帮助他得到凡间最美的女人，也即墨涅拉俄斯之妻海伦。帕里斯应允，后来果真在阿佛洛狄忒的帮助下与海伦成功私奔。这场“海伦之劫案”成为了后来的特洛伊大战的导火索。

也同样地有着千类万种；
然而善良而轻盈的心灵
才是生命中至大的幸福，
堪称是珍贵无上的宝物。

小丑
谁若每天都观睹并抨斥
世人劳碌而愚蠢的生活，
就在别人都呆笨的同时，
他自己也算得是个傻货；
即便是行去磨坊的牲畜，
负担都不及此类人沉重。
而我怀中亦有由衷感触：
我的处境确乎与之相同！

28 同一情境的不同感触[1]
Verschiedene Empfindungen an einem Platz

少女
我已见到那男子！
心中是怎么回事？

---

① 与上一首诗同时写作、同时刊印。

哦，灿烂的注目！
他行向我的身边，
我则仓皇地遁潜，
踉跄地朝后退步。
我惘然陷入迷梦！
哦，森林和山峰，
请掩藏我的快乐，
请掩藏我的幸福！

少年
我定要将她找到，
她正是在此踪消，
我目光将她追逐。
她曾行向我身前，
却又要仓皇遁潜，
羞赧地朝后退步。
是希冀还是幻梦？
哦，森林和山峰，
告诉我她在何方，
何处是我的幸福！

渴念者
我在此隐踪匿身，
于朝露之中叹恨
自己命中的孤独。
我不被众人理解，

要悄悄与世隔绝，
隐居在这片幽处！
哦！多情的心绪，
哦！请务必瞒蔽
这些永恒的楚痛，
29 莫吐露你的幸福！

猎手

今日我得以擒捉
双倍丰盛的猎获，
多亏好运之佑助。
而我忠实的仆役
将野兔以及山鸡
装载好打道回府。
我还在这个地方
看见些禽鸟落网。[1]
高喊猎手万岁吧！
为他的幸福欢呼！

---

① 禽鸟落网：双关语，也指人陷入情网。

谁把这些爱神买走？[①]
Wer kauft Liebesgötter?

各色的精美的货物
在市场上多么丰富，
但是统统都比不过
我们从遥远的邦国
所带给你们的奇珍。
哦，听我们的歌声！
看看这些美丽鸟儿，
全都在此等待买主。

首先瞧瞧这只大鸟，
多么快活而又浮佻！
从灌木和树上枝杈
欢快而轻巧地蹦下；
没多久又现身上方。
我们不想多作赞扬。
哦，看这只快乐鸟！
它正在此等待买主。

---

① 系为1795年未完成的歌唱剧《魔笛》第二部所作。在剧中，本诗由帕帕基娜（Papagena）与帕帕基诺（Papageno）这两位“鸟人”歌唱。其中第1、5诗节由两人合唱，第2、4诗节由帕帕基娜独唱，第3诗节由帕帕基诺独唱。

现在看看这只小鸟，
看上去挺稳重老道，
然而其实论起性气，
与大鸟也相差无几；
它往往在沉静之时
流显出极妙的心思。
这一只淘气的小鸟
它正在此等待买主。

哦，再看这只斑鸠，
小雌鸟多么地清秀！
这些姑娘十分娇丽，
懂事而又举止得体；
她很爱将自己打扮，
可以讨得你们喜欢。
这一只温顺的小鸟
它正在此等待买主。

我们不需多少美言，
它们能经一切考验。
秉性全都厌旧喜新；
而至于它们的忠心，
可别索求任何保证；
毕竟都有翅膀在身。
鸟儿们多么地乖巧！
交易是何等地欢乐！

别离
Der Abschied

且让我以目光来道出别离，
用口实在无法将其说出！
难！要承受实在太不容易！
而我平时本是伟岸丈夫。

即便是最甜蜜的爱情信证，
在这一时刻都变得哀戚，
你给我的亲吻是多么冰冷，
你手执我时又多么无力。 31

哦，平日在轻尝偷吻之时，
曾有多少幸福盈溢我心！
三月初所采的紫罗兰一支
曾是如此地令我们欢欣。

而今我不为你将花环织编，
也不为你而去采撷玫瑰。
亲爱弗兰齐，眼下是春天，[1]
可对我却如秋日般哀悲。

---

① 有观点认为此诗系歌德1770年春季离开法兰克福时与弗兰齐斯卡·克雷斯佩尔（Franziska Crespel，1752—1814）道别所作。

良宵
Die schöne Nacht

如今我离开这间小屋，
这是我心上人的居所，
我迈着轻悄悄的脚步，
将那幽芜的森林穿过：
月神照透橡枝与灌丛，①
西风宣告着她的临降，
桦树齐为她弯腰鞠躬，
播撒出最甘美的馨香。②

身处美好的夏季夜晚，
这份清凉多令我欢舒！
在此可以静默地知感
能赐心灵以幸福之物！
此方之快乐无限无止；
可是天呀，我仍愿将
如此良宵让与你千次，
只求她赐我一夜欢畅。③

① 月神（Luna）：或音译为“卢娜”。
② 馨香：应是指桦树的落花。
③ 洛可可式的惯常结尾。旧版的第2诗节与新版差异较大：“一阵震颤令心有所感，/使得魂灵尽熔尽销却，/灌丛中传来凉风呢喃。/多么美好而甜蜜之夜！/欢乐与情欲无限无极！/可是天呀，我仍愿将/千场如此良宵让与你，/只求她赐我一夜欢畅。”

幸福与幻梦[1]
Glück und Traum

你常梦到自己在我身边，
二人并行至婚礼祭坛前，
你是妻子，而我是丈夫。 32
而我常在醒时吻你的口，
趁着没有人注意的时候
尽情地亲吻，不知餍足。

我们那无上纯洁的欢乐，
与多少两情缱绻的时刻，
都已随着韶光一去不返。
今日的欢享于我有何益?
温情之吻都似幻梦逝去，
一切快乐尽如一吻消散。

有生命的纪念品
Lebendiges Andenken

情人半是纵容，半是恼羞，
任你们将缎带和饰箍抢走，[2]

---

① 倏忽消逝的幸福正是洛可可时期常见的诗歌主题。
② 指男方以女方的饰物作为爱情纪念品。

这就足以让你们幸福个够。
我才不阻拦你们这般自欺：
面纱、领带、指环和袜箍，
的确也都非无足轻重之物；
然而这些还不能满足我意。

而我心所挚爱的那位女人，
在稍作踌躇后给我的礼赠，
乃是她生命的鲜活一部分。
相较下珠光绣彩尽皆黯然，
一切都不过是可笑的杂货！
她将一束美丽头发赠予我，
正是秀发为玉颜增绚添灿。

恋人，纵使你即将远离我；
那我也不会将你完全失落：
我仍能欣赏、亲吻与抚摩
那件来自于你的珍贵圣物。[①]
我与头发的命运竟是同样：
平日我们曾同样为她痴狂，
33 如今则同样与她相隔远路。

---

① “圣物”（Reliquie）一词在德语中具有浓厚的宗教意味，常特指天主教圣徒所留下的身体部分或者个人物品，据信具有神力。

我们都曾紧紧依偎她身上，
同样摩挲着那丰润的脸庞，
又受驱于一份甜蜜的热望，
而渐渐滑向更丰润的胸部。
哦，你是不知妒忌的情敌、
甜蜜的礼赠、美好的战利，
请助我追忆那段欢乐幸福。

远隔时的幸福①
Glück der Entfernung

少年，白昼时且去畅饮
恋人双目中的神圣欢幸；
夜间则去浮思她的形象。
这是有情人的至佳境地；
如果你与恋人互相远离，
心中的幸福感必然更强。

---

① 歌德曾若干次在别处表述过与本诗相通的情绪，例如1769年12月12日的日记，故而有人猜测此诗应是那时所作。另外《诗与真》第11章中有这样的语句："弗里德里克在我身边时我总是害怕，所以对我而言，最惬意的事情便是在她不在时将她思念。[……]相隔使我便感到自由。"此外1777年9月6日作者在致其亲密的女性朋友夏洛特·封·施泰因（Charlotte von Stein，1742—1827）的信中写道："亲爱的，我相信，您对我的爱在我们相隔之时滋长。"

永恒之威、天涯与沧桑，
正如同星辰的神秘力量，
安抚这腔热血归于平静。
我的感情愈加柔和下来；
而我的心则日益地轻快，
我的幸福亦在增长不停。

我的思念一刻不曾息止，
然而却未至于餐饭不思，
我的精神欢快而又解放；
而那份难以察知的痴爱，
既使得恋慕转化为崇拜，
也使得情欲转化为热狂。

即便是轻盈无比的云朵，
当它在日照下升向天国，
欢畅地遨游高空的时候，
都比不上我心逍遥快意。
了无惧畏，亦抛却妒忌，
我爱她，我爱她到永久！

致月神 34

An Luna

你乃是元初之光的姊妹，[①]
是哀伤中的柔情的象征！
一大片漂渺的银色雾氛
将你那迷人的脸庞环围。
你迈着轻悄的步伐前行，
从不见天日的洞穴深深
唤醒了怆然谢世的幽魂，
亦将我和夜游群鸟唤醒。

你的目光在凝神地俯视
这一片幅员广袤的田原。
且引领我飞升到你身边！
请助我的热愿化作现实：
在弥漾着情欲的宁静里，
让这名漂泊远方的骑士
隔着这一扇玻璃的窗子
静观恋人夜间如何眠息。[②]

---

① 元初之光：太阳。
② “我”幻想，既然月光普照天涯，那么自己若能飞升月上，自然就能够从那里俯望到远方的爱人。

安详注目多么幸福欢欣，
能纾缓远隔天涯的伤悲。
我陶冶于你布播的清辉，
使自己的目光更加锐敏。
而她那未加遮掩的躯体
已然被映照得愈加明亮，
她将我牵诱到大地之上，
正如昔日恩底弥翁与你。[1]

新婚之夜[2]
Brautnacht

在远离宴席喧嚣的卧室，
忠于你的爱神难以平静，
还须提防宾客胡闹惹事，
搅扰到新婚之夜的安宁。

---

① 恩底弥翁（Endymion）：希腊神话中的美少年。月之女神塞勒涅（Selene）爱上他，让他在一处洞穴中永恒沉睡，以使其青春常葆。她夜夜都到洞中与他欢会。旧版本的最后一诗节如下：“那情欲洋溢的朦胧之气 / 正氤氲着她丰润的躯身。/ 我的目光在迷醉中落沉。/ 面对明月谁人会作遮蔽？ / 然而它燃着何等之渴念！ / 想要在热欲满盈下欢享，/ 却只能高悬在空中遥望：/ 唉，你可会瞟瞎掉双眼。”

② 1767 年 10 月 7 日或 9 日，作者曾将此诗的更早版本寄送给友人贝里施（Ernst Wolfgang Behrisch, 1738—1809）。此诗的创作背景可能与贝里施的结婚计划有关。

祂面前燃着微弱的金焰，
发出隐秘而神圣的光芒；
房中充满了缭绕的香烟，
让你们尽情将良夜欢享。

待到钟鸣声催客人离场，
你的心多么兴奋地狂擂；
你多么热切地要吻那张
即将默许任何欲求的嘴。
你多么急迫地想要与她
到圣地里去做完那全部；
守夜者手中所持的火把
变得静默微渺犹如夜烛。

于是你亲吻了她无数次，
使她胸与脸庞不停摇震；
她的矜冷在颤抖中消逝，
大胆放恣已是你的责任。
爱神赶忙助你解她衣裳，
手脚却不及你一半之速；
他淘气地摆出恭顺模样，
立即紧闭上自己的双目。

恶作剧的喜悦
Schadenfreude

当我吐尽最后的呼吸，
便会化身为蝴蝶飞舞，
前往那些挚爱的地方，
去见证天国般的幸福，
飞越草地，来到泉旁，
绕过山丘，穿过林地。

为偷听那对深情爱侣，
我来到美丽姑娘头上，
从花环上朝下方注目；
36 再度见到自己被死亡
所攫走的昔日的全部，
幸福得仿佛回到过去。

她搂着他，微笑无言，
众神所恩许他的良辰
被他以嘴尽情地享受：
先从她怀间吻到丽唇，
再又从嘴部吻到双手，
而我则环围着他翩跹。

而当蝴蝶映入她眼里，
她正惶于情人的缠求，

便跃起身望着我飞远：
“恋人，去将它捕囚！
来吧，我心多么渴愿
得到那美丽的小东西。”

纯真
Unschuld

你是灵魂中美德之精华。
亦是柔情的至洁之源泉！
你相较于拜伦与帕梅拉，[①]
更堪称理想，更为稀见！
而当另一火焰燃起之时，
你那柔和的微光便遁消；
不识你者才能将你感知，
而反之就无法将你觉到。

女神！昔日在天国乐园
你一度与我们交融一体；
如今你依旧在日出之前，
于清晨时辉映片片草地。

---

① 拜伦、帕梅拉：都是英国作家塞缪尔·理查森（Samuel Richardson，1689—1761）小说中富有美德的女性形象。

唯有温情诗人才能见证
你身披着雾霭之衣前行；①
而待日神之威驱散云氛，
你便也在雾气之中消隐。

37

假死
Scheintod

姑娘们，且去洒泪于爱神的冢坟，
他已然无缘无故、阴差阳错地殒殁。
可他是否确真死去？我无法保证：
他也常无缘无故、阴差阳错地复活。

十一月之歌②
Novemberlied

这首诗要献给一名射手，
但非太阳将造访的长者，③

① 耀穿雾霭的太阳往往是启蒙的象征。歌德也时常在作品中表现过半被晨雾遮掩的真理光芒照映着诗人的画面，此处是最早的一例。

② 此诗最初于 1783 年 11 月 22 日单独印行，是献给宫廷圈子成员的庆生之作。

③ 长者：指射手座。太阳于十一月末运行至射手宫。冬日天气多阴郁，太阳常被云层遮盖。

他将其裹藏在云层之后，
把它那迢远的面庞盖遮。

这首歌所敬献的是那个
在玫瑰丛间游戏的孩童，[①]
他如人所愿趁恰当时刻
瞄准着美好的心灵张弓。

冬日长夜素来丑恶悍凶，
却因他之故而携来嘉礼，
给予我们众多宝贵良朋，
还带来了不少可爱淑女。

他美好的形象从今往后
应当在灿烂星空上闪烁，
他要永远满怀亲切温柔，
在我们的面前升升落落。

致选中的恋人
An die Erwählte

让两手相握，两唇相吻！
可爱姑娘，请忠贞不迁！

① 孩童：指小爱神埃莫。

38 别了！你心所至爱之人
还须驶过多少险恶礁岩；
不过待到他挺过了暴风，
有朝一日重回港湾以后，
到时若不与你幸福与共，
便理应承受众神之诅咒。

大胆的开端是凯旋之兆，
我的事业已成功了一半！
星光仿佛白日将我耀照；
懦夫才会以为这是夜晚。
我若在你身边碌碌庸庸，
心上定会负起沉重愁悲；
而在这片辽远天地之中，
我要为你勉力有所作为。

我眼中已浮现我们今后
将一同往赴的那片谷地，
在彼处我们将欣赏河流
黄昏时安缓地流淌寂寂。
那草地上生着多少白杨
那森林中多少榉树耸伫！
啊！在这一切风景后方，
还会有一所小小的房屋。

初恋之失落[1]
Erster Verlust

唉！谁能让美好的日子，
那一段初恋的时光重回，
唉！哪怕仅是一时之久，
谁让那段可爱韶华复归！

我在孤寂中滋养着伤口，
周而复始地怨叹着哀思
为那失落的幸福而心悲。

唉！谁能让最美的日子，
谁让那段可爱韶华复归！

追思 39
Nachgefühl

当萄藤再绽开花朵，
桶中汩汩酒声泛起；
当玫瑰再炽灼似火，
不知我心会有何念。

---

① 改编自《冤家门客》(Die ungleichen Hausgenossen)。参见本《全集》第5卷中的一段咏叹调。

无论行动还是放手，
脸庞总流坠下泪滴；
只觉自己整个心头
燃着种莫名的渴愿。

当我最终定心沉思，
只有这样告诉自己：
在如此美好的时日，
多丽丝曾与我热恋。[①]

① 多丽丝（Doris）：阿那克里翁诗派中常见的人名。

恋人近旁[1]

Nähe des Geliebten

我思念你，当太阳之辉光
耀射海面；
我思念你，当明月之幽芒
绘影清泉。

---

① 歌德于1795年4月在耶拿的胡费兰（Hufeland）家里，听到了策尔特为女诗人弗里德里克·布伦（Friederike Brun，1765—1835）的诗作所谱的曲。他后来在1796年6月13日致弗里德里克·海伦妮·翁格尔（Friederike Helene Unger，1741?—1813）的书信中表示，这旋律“对我有一种难以置信的吸引力，我克制不住自己也为之作词”。布伦的原诗如下：

我思念你，当落花似雨时，
春日如绘，
当夏日柔和而成熟的福赐
耀照谷穗。

我思念你，当轰鸣的大洋
冲迫天际，
当海岸面临着怒狂的涛浪
退后颤栗。

我思念你，当晚霞之赤艳
林中隐没，
当菲洛梅勒的婉转的低怨
触动心魄。

在黯淡的灯光下痛苦悲忧，
我思念你；
灵魂在临别之际怯怯祈求：
将我挂记！

我思念你，直到墓前摇摆
丝柏之枝；
潭蓓谷的林中也永远盛开
你的名字。

菲洛梅勒（Filomele）是希腊神话中的苦命女子，后变为夜莺。潭蓓谷（Tampe）则是希腊的一片常青谷地，据信与阿波罗关系密切。

我看见你，当迢远的通途
尘土扬起；
在深夜里，当险促的小路
游子战栗。

我听见你，当波涛在低鸣，
浪潮涌升。
在寂林间，我时时去谛听，
万籁无声。

无论多远，我总在你周遭，
你我相近！
夕阳低垂，星光即将闪耀。
愿你同临！

现身[1]

Gegenwart

一切都昭示着你临近！
当辉煌的太阳显现时，[2]
我便期盼你即将来到。

当你在花园里显现时，
你便是玫瑰中的玫瑰，
同时是百合中的百合。[3]

而当你翩翩起舞之时，
所有的星辰也都一同
伴着你、环着你舞动。

夜晚！期盼夜晚降临！
你的光芒将掩盖明月
那份可爱迷人的辉照。

---

① 1812年12月所作。当时与歌德夫人交往甚密的卡洛琳·里默尔－乌尔里希（Caroline Riemer-Ulrich, 1790—1855）曾在一处手抄件的背面记述：“有一次在歌德举办家庭宴会之际，恩格斯小姐弹奏吉他，歌德虽然很赞赏路德维希·贝格尔（Ludwig Berger，1777—1839）的谱曲，却不中意歌词，于是便撕下了放在桌上的一封寄给他的信件的半边纸，并当即在上面写下了这首诗。”

② 此诗将所爱女子比作太阳，而德语中的“太阳”一词恰为阴性。

③ 这两行文字在传统上是对圣母玛利亚的赞美词。

你是多么地迷人可爱,
花朵、月亮还有群星
只向你这轮太阳致敬。

太阳呀! 愿你能成为
赐我良辰佳期的女子;
这便是生命以及永恒。

致远去的恋人
An die Entfernte

我莫非真的就此失去了你?
41 美丽的你已遁离我身边?
而我双耳仍然能一如往昔
历历听到你的一音一言。

正好比善歌的云雀在早晨
潜身在那碧蓝色的穹天,
游子听见头顶高处的歌声,
却望穿天空都无法找见:

而我的目光亦是这般怆然,
寻遍灌木、森林与田间;
我所有的歌都在将你呼唤:
恋人呀,请回到我身边!

河滨[①]
Am Flusse

都流去吧，挚爱的歌曲，
且去汇入遗忘的大洋！
莫让花季的少年与少女
再迷醉地将你们吟唱。

你们所唯一咏颂的彼美
如今却鄙嫌我的情谊。
既然你们已空付于流水，[②]
那便请也都随水而去。

喜悦
Die Freude

蜻蜓盘旋在泉面，
色彩万般地幻变，
早就很让我喜悦；
时而深，时而浅，
正与变色龙无别，

---

① 约作于 1769 年，可能是歌德最早期的作品之一。
② 古希腊亦有类似“付诸流水”的习语。

时而赤，时而蓝，
时而蓝，时而碧；
我多么想从近处
42 将色彩看个清楚！

它飞行不停，翩跹不休！
嘘！它要到柳枝上歇息。
抓到了！我将它抓到手！
可现在我将它仔细查看，
却只见一片哀伤的深蓝——

这正好比是解剖自身喜悦的你！①

别离
Abschied

背约食言很是能令人快活，
而信守旧义则非常困艰，
可憾的是人们不能够许诺
会违背自己本心的话言。

---

① 歌德于 1770 年 7 月 14 日在给小赫茨勒（Hetzler d.J.）的书信中表示：“门德尔松和其他学者 [……] 试图像抓蝴蝶一般捕捉美，并用大头针为好奇的观赏者固定住美。”他多次在诗中表示，过度深思会损害本真之美感。

你再度将昔日的魔歌吟唱，
将那曾无以平静的男人
又诱归颠荡的痴情之舟上，
从而让险情加倍地重生。

何故回避着不愿被我看见？
请不要将我的目光闪躲！
我或早或晚终会将其发现，
现在我也收回昔日之诺。

我已将自己应做之事了毕；
今后再也不会将你阻留；
只愿你宽恕那位要离开你
隐退回自身之中的朋友。

时过情迁
Wechsel

我躺在溪畔的沙滩，多么清爽！
舒展开双臂迎接着涌来的波浪，
水花多情地抚起我渴求的胸怀，　43
旋即又难耐轻浮而往溪中回落；
第二阵浪涌近，亦来将我摩挲，
令我感受到新一轮的欢情畅快。

而你却实在只是在悲伤中徒劳，
将短暂生命中的美好时光虚耗，
只因被自己最心爱的姑娘忘记！
哦，去将往日的些许韶华唤回！
第二位的唇吻起来是多么甜美，
第一位的唇吻起来难与之相比。①

省思
Beherzigung

啊，人应当去索求何物？
是否应该保持太平逍遥？
是更宜牢牢地依附一处，
还是去闯荡一番才较好？
他是应该建造一所房子，
还是应该去栖身于篷帐？
他是否应该信赖那岩石？
而即便是坚崖亦会颤荡。

并非人人都适用同一套！
大家都应该看一看自己
该如何行事、待在哪里；

① 旧版的“胸”在这里被改作“唇”，这也多少体现了当时社会礼俗观念的变迁。

愿站立之人不至于跌倒！[①]

大海之宁静[②]
Meeres Stille

水中氤氲着深邃的宁静，
大海纹丝不动地沉眠，
掌船人忧心忡忡的眼睛
眺着周遭平荡的洋面。
四方都无有风儿在吹拂！
一片可怕的死亡森寂！ 44
在广漠而又辽芜的远处
没有一丝浪潮之征迹。

顺利的航行[③]
Glückliche Fahrt

雾氛正在消散，
天空多么明朗，

① 化用自《新约·哥林多前书》第10章第12节："所以，自己以为站得稳的，须要谨慎，免得跌倒。"
② 可能是1795年夏所作。
③ 同上。

埃俄罗斯解开
那怖人的缚缆。[①]
风飕飕地吹刮，
船夫振起干劲。
快些！快些吧！
船儿破开波浪，
远方愈来愈近；
我已见到陆岸。

勇气
Mut

大胆滑行过这片冰面，
若无最勇敢的先行者
为你预先划刻出轨道，
你就应为你自己开路！

爱人，放心！我的心
就算响动也不会破碎，
破碎也不会与你决裂。

① 埃俄罗斯（Aeolus）：风神。相传他将风装在一个口袋中，只要解开袋口的皮革绳索，便会兴起风来。

告诫
Erinnerung

你总想浪游到更远处？
看呀，美好正在近方。
只须学着将幸福抓住，
毕竟幸福就常在身旁。

欢会与别离[1] 45
Willkommen und Abschied

我心在跃动；速登上马背！
未及多想便以行动实现；
大地在晚空的摇曳下入睡，
夜幕高悬在群山之顶巅。
伫立的橡树以雾霭为衣衫，
一副高塔般的巨人模样。
灌木丛中充弥着幽昧森暗，
宛如上百只黑眼在窥望。

---

① 歌德青年时代曾与塞森海姆乡村牧师的女儿弗里德里克·布里翁（Friederike Brion，1752—1813）热恋，当时还是大学生的他曾数度骑马前去与她相会。两人的恋情短暂而又深刻。然而 1771 年歌德决定结束这段关系，姑娘陷入深深的痛苦并终身未嫁。

月亮正从一处云峰的顶方
透过雾纱而悲戚地俯眺。
阵阵夜风鼓着轻迅的翅膀,
环围我耳边凄厉地呼啸。
暗夜孕造出了成千种妖魔;
可我的心情愉悦而振奋:
血管中有何等烈火在燃灼!
心中有何等炽焰在炙焚!

我看见你,你甜美的双眼
将温情之欢灌注我怀中;
我的心完全倾往你的身边,
一呼一吸皆是为你而动。
一片艳似玫瑰的春日丽景
正笼罩着你迷人的面庞,
天哪!我多期待你的温情,
我曾渴望,可我配不上!

可是哀哉,随着朝阳升起,
别离使我心压抑而伤感:
你的吻中蕴含着多少甜蜜!
你的眼中含着多少怆然!
我走了,你则伫立而垂目,
泪光湿润地望着我远逝:
可天哪,被爱是多么幸福!
而有所爱又是何等幸事!

新的爱，新的生活[1] 46

Neue Liebe und neues Leben

我的心呀，这竟是何意？
是什么使得你如此烦苦？
生活竟变得别样而陌异！
我已再也无法将你认出。
你爱过的一切一去不返，
你哀过的一切亦尽消散，
你的勤勉与宁静也不再——
唉，你怎陷入如此之态？

那青春芳华的迷人姿体，
与那忠挚而诚善的目光，
莫非它们具有无尽威力，
可以将你桎梏在其身旁？
唉，即便是决意要脱身，
鼓起勇气从她身边逃遁，
我也还是会在转瞬之间
再一次回返到她的近前。

---

① 这首诗歌产生于歌德与安娜·伊丽莎白·舍内曼（Anna Elisabeth Schönemann，1758—1817）初识之时，诗人昵称她为莉莉（Lili）。作者不仅早在1775年给奥古斯苔·封·施托尔贝格（Auguste von Stolberg, 1753—1835）与约翰娜·法尔默（Johanna Fahlmer, 1744—1821）的书信中就抒发过类似的情绪，后来在《诗与真》第16—20章中也有过相应表述。

那位可爱又任性的女孩，
她有一根魔法之线在手。
这条永远断不了的缚带
迫使我违心将禁锢忍受；
身陷于她的魔圈中的我
只能依照她的方式生活。
唉，这种转变何等巨大！
爱情呀，求你放过我吧！

致贝琳达[1]
An Belinden

你为什么无可抵挡地迫使
我陷入那片繁华？
我这良善少年在荒寂夜时
47 难道不曾幸福吗？

我悄悄将自己闭锁在屋内，
独卧于月光之中，
全身沐浴着它森怖的幽辉，
昏昏沉沉地入梦。

---

① 贝琳达（Belinda）是英国诗人亚历山大·蒲柏（Alexander Pope，1688—1744）的讽刺诗《夺发记》中的迷人女主角之名。

于是我梦到了金灿的时光，
体味着纯粹欢怡，
已然感到你那可爱的形象
铭在我深深心底。

我可还是那位总被你强邀
挑灯夜战的牌友？
岂非是为你我才要将多少
可憎的面孔忍受？

于我而言即便春日的野外
都不及你之迷人；
你似天使般与善和爱同在，
散发自然之本真。

五月之歌（自然多么明媚）
Mailied

自然多么明媚，
正向我照耀！
太阳多么光辉！
田野含着笑！

条条枝桠之上
花朵在滋萌，

有千万个声响
萌动于草丛。

人人感到欢畅
自怀中涌出。
大地呀！太阳！
48 欢欣！幸福！

爱情呀！爱情！
如金般灿艳，
正好比是朝云
飘浮在山巅！

你降下了润泽
给清新原野、
与花香之中的
繁茂的世界。

姑娘呀，姑娘，
我多么爱你！
你目光中情长！
你爱我不已！

正如百灵爱在
云天中高歌，
正如朝花喜爱

天降的露泽。

我也这样爱你，
热血在满盈。
你给了我朝气、
欢乐与激情，

促励我去创编
新诗与新舞。
愿你幸福永坚，
愿爱情久固！

彩绘饰带的附诗[1]
Mit einem gemalten Band

春日之众神清新而又亲切，
他们在嬉闹中用伶俐的手
将多少小巧的花朵与绿叶
播撒到我轻飘的饰带上头。 49

西风，愿你将其负在翅上，
用它将我恋人的衣裙绕缠，

① 此诗写作的背景见于《诗与真》第 11 章：“彩绘的饰带在当时正刚刚流行起来；我立刻为她画了几条，寄送给她，并随附了一首小诗。”

好让她满怀都充盈着欢畅，
迈步到镜子之前欣然赏观。

让她见到自己被玫瑰缭遍，
玉体正如玫瑰般流溢芳华。
亲爱的，只要能瞥我一眼，
对我而言便已是足够酬答。①

请你同来体验我心所感知，
大方地将你的手向我递来。
而这份让你我相连的情思
不应只是条脆弱玫瑰饰带！

小金项链的附诗②

Mit einem goldenen Halskettchen

这片纸页给你附送去项链，
它的秉性柔顺而又驯服，

① 在旧版中，这一诗节之后还有一诗节："但愿命运为这份热愿赐福，/让我属于她，让她属于我，/但可别让我们爱情的命数/也如同玫瑰一般短暂无多。"

② 此诗背后隐藏着诗人的何种经历，对此有不同说法。下文的莉塞特（Lisette）极有可能是对莉莉（Lili）的昵称。歌德与她一度订婚，却因种种原因而未能修成正果，最终莉莉另嫁他人。歌德直到八十高龄之际还表示过："莉莉是我第一个深沉而真实地爱过的女人，可能也是最后一个。"

有数百个小圈儿环环相连，
渴盼着依偎到你的颈部。

请答应这个小傻瓜的愿请，
它满怀纯真又毫不鲁莽；
白昼时能做你的小小饰品，
到晚上又可被抛至一旁。

如果你终获赠他人的项链，
分量更重且更具备实意，[1]
莉塞特，那我也不会责谴，
只愿你仍怀有些许顾虑。

致小洛特[2] 50

An Lottchen

身处这片纷杂的无数欣喜、
无数忧愁与无数悲恨之下，
洛特，我想你，我们想你。
仿佛你沐浴着宁静的晚霞
而友善地将手伸向了我们。

---

① 指女方终将与他人结婚，并收到正式定情的项链。
② 洛特（Lotte）是当时流行的女名，旧译绿蒂。未详本诗的女主人公究竟是谁。

你正是在那片丰饶的原田、
在美好大自然的怀抱之间，
而为我们淋漓尽致地展现
流露灵魂之美的多少隐痕。

我庆幸自己正确认识了你，
在最初相会时，我的嘴巴
便已完全道出真心的想法，
称你是个既真且善的少女。

我们是在幽僻静默中成长，
又突然被扔进了人世之内；
身边千万浪潮将我们冲荡，
世间的一切都使我们迷醉，
或令人欣欢，或令人哀苦，
时时揣着轻飘不安的感受；
我们有感触，而这些感触
却被浮世之迷乱裹挟而走。

而我深知，在我们的心坎
潜藏有多少的希冀与苦情。
洛特，谁了解我们之所感?
洛特，谁了解我们的内心?
唉！这颗心希望得到理解，
想要有另一人能感同身受，
那便可在信任下双倍领略

自然中的一切欢乐与苦愁。

于是眼光常常徒劳地找寻，
却只见周遭的一切都紧锁；
就这样将人生最美的光阴
既无风暴也无平静地消磨。
有种变数总使你无限忧思：
昨日之所欢今日便会弃厌。
你能否永恒只热爱这人世？
毕竟它曾经时常将你欺骗，
不顾你心是幸福还是苦痛，
它总是自顾自地保留故态。
看，精神归返到自我之中，
而这颗心——则闭锁起来。

我寻见你并坦然向你前行。
哦，她值得被爱！我高呼。
向天为你祈来至纯的佑幸，
你的女友便是这天赐之福。

湖上[1]
Auf dem See

我从自由的天地吸汲
崭新血液与清鲜营养；
大自然亲切而又善意，
它将我拥揽在了胸膛！
我们的船在波中摇动，
伴着击桨节律而前行，
座座高耸入云的山峰
正迎接着我们的来临。

我的眼，你何故低垂？
金色良梦莫非又返归？
任凭灿烂的金梦逝离，
此方同样有爱与生机。

成千上万漂浮的星辰
52 于波尖浪头之上闪烁，
而软柔的雾气在饮吞
四方高矗的峰峦座座；
清晨飘来的风正吹拂
覆在阴影之下的港口，

① 本诗的创作与歌德在瑞士苏黎世湖游览的经历有关。

而如镜的湖面上映出
硕果累累迎候着丰收。

下山
Vom Berge

亲爱莉莉，假如我不爱你，
这片美景会如何愉悦我目！
可是莉莉，假如我不爱你，
我又在哪里才能觅得幸福?

花之寄语[①]
Blumengruß

愿我所采之花束，
向你致意千百回！
我每每将腰弯俯，
啊！又是千百回，
将其揽至心口处，
不知是千回万回！

① 1810 年 8 月从特普利茨（Teplitz）寄送给策尔特谱曲。

夏日里[①]
Im Sommer

田野以及草场
在露水中闪光！
而四周的植物
覆着沉重水珠！
多么清鲜的风
吹拂过灌木丛！
阳光照耀多么明亮，
53 可爱鸟儿高声齐唱！

啊，可是那边，
我将恋人看见，
她正居身小屋，
如此低矮局促，
四面尽皆掩蔽，
无有阳光可及，
广袤大地辉煌景象
此时此地竟在何方！

---

① 此诗实非歌德作品，而是诗人约翰·格奥尔格·雅各比（Johann Georg Jacobi，1740—1814）所作。出版商欣贝格（Christian Friedrich Himburg，1733—1801）于1779年似出于混淆而将此诗误收入歌德诗集中，后人多循其误。学者阿尔弗雷德·尼克洛维乌斯（Alfred Nicolovius，1806—1890）于1826年撰文澄清了这个问题，并将此告知歌德。歌德闻讯后表示“各人应当得到其应得之物”（Suum Cuique）。

五月之歌（在麦田与谷地之间）
Mailied

在麦田与谷地之间，
在篱笆与荆棘之间，
在树丛与绿草之间，
我的恋人在哪？
告诉我吧！

　　在她家里
　　找她不见；
　　心爱少女
　　定在外面。
　　五月大地
　　青翠绚烂；
　　她的足迹
　　自由欣欢。

河岸上的石崖旁边，
正是那片草地上面，
她昔时将初吻奉献。
我看到了什么！
莫非是她？

54 **早来的春天**

Frühzeitiger Frühling

哦，幸福日子
可会即将来临？
可会向我送赐
阳光以及山林？

一条条的小溪
愈发充沛流淌
这可还是谷地？
这可还是草场？

一派湛蓝清鲜
弥漫峰顶天空！
澄澈湖泊里边
金色鱼群嬉泳。

多少缤纷羽禽
正在林中鸣叫；
它们咏唱歌吟
天堂般的乐调。

绿色天地之中
生机多么盈盎，
嗡鸣着的群蜂

偷饮花露琼浆。

空气中在飘悠
一阵轻微悸动，
情愫多么迷诱，
芳香催人入梦。

不久后又扬起
一阵稍强的风，
可它为时无几
便失落在丛中。

然而它又折回，
飘到我心口处。
愿缪斯的恩惠
助人承受幸福。①

我在一日之内
领会何等体验！
众位亲爱姊妹，
我恋人在那边！

① 意即祈愿诗神缪斯赐“我”以灵感，将自己所领受到的幸福感触转化为笔下的诗篇。

秋日之感
Herbstgefühl

绿得更膏润吧，叶片，
请顺沿着那座葡萄架
攀援到我的窗牖上来！
双生的浆果，愿你们[①]
更密集而迅速地长大，
愿果实更饱满而闪亮！
太阳含着离别的目光，
如母亲那般孵育你们。
灿烂晴空盈溢着一种
涵育之气将你们吹拂。
而月亮以魔魅的微风
亲切地赐予你们凉爽。
那永恒滋育生命的爱，
啊，它使得这双眼中
荡漾起了盈盈的泪珠，
流淌而出将你们润泽。

① 双生的浆果：传统上认为就是字面上的意思，然而近年有学者指出此处可能典出《旧约·雅歌》第 7 章第 7 节，是在暗指莉莉的胸部。

无休止的爱[1]
Rastlose Liebe

迎着雪花雨水，
迎着风的啸吹，
穿过朦胧霭雾，
迈足迷离山谷， 56
前行！再前行！
永不休止歇停！

我宁肯去忍耐
人生百般迫厄，
也不愿意承载
如此多的欢乐。
两颗心灵彼此
所怀有的情慕，
却都只会招致
无数别样痛苦！

我应如何逃避？
可该遁入林里？
一切都是徒然！
人生命的桂冠、

① 作于1776年5月6日。

无休止的至幸，
便是你，爱情！

牧羊人的哀歌
Schäfers Klagelied

在那边山坡的顶端[1]
我千回百次地伫立，
常倚身在牧杖之上，
俯瞰着身下的谷地。

而后我尾随着羊群，
我的犬将它们守护。
也不知是怎么回事，
便行到底方的山谷。

彼处那整片的草地
都开满美丽的芳卉。
我摘下花却不知道
57 该将它们赠献给谁。

① “在那边山坡的顶端”是许多德语民歌共有的开头，作者显然有意效仿民歌风格。

我在那树底下挨过
雨水、雷电与狂风。
那扇门却始终紧闭，
一切都不过是幻梦。

在那所屋舍的上空
一道彩虹放出光芒！
可如今她已然不在，
去往那遥远的他乡。

远去了，长路迢迢，
怕已在汪洋的彼端。
走了，羊儿，走了！
牧羊人是多么心酸。

泪中慰[1]
Trost in Tränen

为何当一切都欢快之时，
你却显得如此之悲戚？
从你的双眼就能够看出，
你必定曾痛苦地哭泣。

---

① 受民歌影响所作。第一诗节直接化用自广为流布的民歌。

“就算我孤独地哭泣过，
那也是我自己的悲郁，
流淌的眼泪是如此甘美，
能让我心儿好受些许。”

欢快的朋友们在邀请你，
哦，快投入我们怀抱！
无论你究竟失去了什么。
都能向我们倾吐苦恼。

“你们都在喧嚷、欢沸，
不知我是为何而伤哀。
哦不！我并未将其失去，
58 但只是渴求之情难耐。”

那么你就赶快振作起来，
你可是个年轻的小伙。
这般年纪的人都有干劲，
具备勇气去赢得成果。

“啊不，我无法赢得它，
距离我实在遥不可及。
高不可攀而又美丽璀璨，
仿佛星辰闪耀在天际。”

人们不会企望得到星辰，

只是为其美丽而欣欢，
每逢晴朗之夜人们便会
怀着喜悦抬头去赏观。

“我在多少个欢乐白日
都怀着喜悦心情仰视；
且让我哭掉一夜又一夜，
一直到哭不下去为止。”

夜歌
Nachtgesang

哦！枕着柔软枕巾，
在梦中且稍听鸣奏！
伴着我琴弦的乐音，
睡吧！你还有何求？①

伴着我琴弦的乐音，
满空群星播撒恩佑，
祝福着永恒之感情；
睡吧！你还有何求？

① 此行源自意大利民歌《你是甘美的火焰》（Tu sei quel dolce fuoco）中的叠句“Dormi, che vuoi di più？”在歌德之后的德国文学中，这一句式常被模仿或戏仿。

而那些永恒之感情
促我飞升高空悠悠，
远离了尘世之纷纭；
59 睡吧！你还有何求?

远离了尘世之纷纭，
领我到极远处遨游，
驱我漂泊清寒之境；
睡吧！你还有何求?

驱我漂泊清寒之境，
你只在梦中听鸣奏。
啊！枕着柔软枕巾，
睡吧！你还有何求?

憧憬
Sehnsucht

是什么牵动我心，
引诱着我外出?
是什么驱使着我
迈出我的宅屋?
且看天际的云彩
正环绕着山岗！
我多么想要行去，

我多么想前往！

鸦雀们呼朋唤友，
结群翱翔游弋；
我也加入了行列，
紧随它们踪迹。
我们振着翼环翔
山峦以及墙垣；
她在地面上停驻；
我想将她寻见。

此刻她漫步来临；
我便急忙上前，
做只善歌的鸟儿，
栖身枝丛之间。
她停下步来聆听，
颊上微笑绽放：
“歌声多么动人，
它是为我而唱。”

黄昏残阳给峰峦
镀上一层金装；
那位沉思的佳人
依旧茫然游荡。
她沿着小溪水岸，
在草地上漫步，

黑暗渐渐地笼罩
她周遭的道路。

我现身高高天幕，
化作明星照耀。
“上空何物闪烁?
既近而又远遥。”
当你在惊诧之下
将这星辉望见，
我便会幸福满怀
落到你的脚前!

致迷娘[1]
An Mignon

太阳御着辉煌的车驾
将条条山谷河流飞跨。
啊！它那奔驰的足迹
将你和我的苦痛之情，
从深深内心
每日清早时重新唤起。

---

① 歌德于 1797 年 5 月 28 日曾将这首诗寄送给席勒。

夜晚也无法带来安缓，
因为即便是梦中所观
如今也尽显悲凉哀戚，
我感到那份苦痛之情
在隐秘内心
释放着一种造创之力。 61

在多少个美好的年景，
我常俯瞰着船只航行；
每艘都抵达目的之地。
啊，恒久的苦痛之情
牢附于我心，
并不随滔滔河水逝去。

我从柜中取出了衣物，
必须一身盛装地外出，
因为今日要庆贺佳节；
谁也料不到苦痛之情
已经将我心
惨酷地由内而外撕裂。

我常不免悄悄地潸然，
对外却总能表现友善，
甚至还显得健康红润；
可假如这片苦痛之情
能杀死我心，

啊！那我早已经殒身。

山顶城堡
Bergschloss

彼处的山巅上有一片①
历经沧桑的城垒，
曾几何时在城门后面
有骑士战马戍卫。

城门都已被烧焚无剩，
四下多么地静寂；
我能够随心所愿攀登
坍圮的古老墙壁。

在旁边还有酒窖一处，
曾储满玉液琼饮；
但再不会有欢快女仆
62 手捧着杯盏走进。

---

① 这句诗是许多德语民歌常用的开头。诗中城堡的原型是耶拿附近的洛伯达（Lobeda）废墟。封·齐格萨（von Ziegesar）家族的田庄德拉肯多夫（Drakendorf）就在附近，歌德曾因为这个家族的女儿西尔维（Silvie von Ziegesar, 1785—1858）的缘故，屡屡来此做客。

她再不会为殿中宾客
逐个端送上酒具，
也再不会在圣餐时刻
为神父灌满法器。

再不会为多情的侍役
到走廊送去饮液，
再不会为虚无的赠礼
收获虚无的答谢。

因为此方的楼阁厅房
早就被付之一炬，
阶梯、走廊以及教堂
都已然化作废墟。

可我望见心仪的女子
携带着琴瑟美酒，
在这欢朗无比的白日
攀登上高崖漫游。

于是这一片荒芜寥寂
绽放出欢欣气象。
仿佛是重新回到往昔
隆重的庆典开张。

仿佛宏伟的殿门敞开

迎接尊贵的客宾，
仿佛是从光辉的古代
一双爱侣正来临。

仿佛可敬的神父归来，
在教堂主持仪式，
问道：你们是否相爱？
我们微笑道：是！

歌唱之声深切地触动
63 心灵的至底角落，
并无许多作证的人众，
而只有回音传过。

而待黄昏将临的时光，
一切又重归沉寂，
炽灼的夕阳仰头注望
高峻的陡崖峭壁。

侍役和女仆焕发光彩，
仿佛化身为主人；
她可以从容端上酒来，
而他报之以谢赠。

英灵的问候[①]

Geistes-Gruß

故去英雄的高贵魂魄
高高伫立在古塔顶端。
每当他望见船只经过，
便祝福它的航程平安。

“这躯身曾多么有力，
心怀多么坚毅而奔放，
骑士之英髓充盈骨里，
而杯中则满盛着酒浆。

我半生在拼搏中度过，
另半生则耗磨于安闲，
愿你这只人生之舟舶
能不住、不住地向前！”

① 歌德在《诗与真》第 14 章中提及此诗，并称是为瑞士画家利普斯（Johann Heinrich Lips, 1758—1817）的宾客题词留念册所作。然而据考证应当系记忆混淆，毕竟此诗产生时歌德尚未与利普斯结识。

致昔日挂在他颈上的金心[①]
An ein goldenes Herz, das er am Halse trug

你纪念着已然消逝的欢乐，
我至今还总将你挂在项上，
你可会比情丝更久地结连我们二者？
64 你可否助短暂的爱情久长？

莉莉，我虽逃离你，也总挂着这副
来自你的羁缚，
而浪迹于远邦山谷与森林！
啊，莉莉的心不会如此早
就离弃我的心。

如同一只鸟从罗网中挣逃，
重回森林遨游，
而囚辱之迹却仍然随伴它，
一小截线绳犹在身上缠挂；
它再不是往日的那只生而自由的鸟，
它已归属过某位主人所有。

---

① 在《诗与真》第 19 章中，歌德提到过莉莉赠给他的一只小金心，并将此诗与 1775 年夏季攀登哥达山（Gotthard）的经历联系起来；然而从内容上看，此诗似乎更符合 1775/76 年（瑞士之旅后）的情景。

悲中之欢
Wonne der Wehmut

莫拭干，莫拭干
永恒爱情的眼泪！
啊，只有在半干的眼里
世界才显得荒芜而死寂！[1]
莫拭干，莫拭干
不幸爱情的眼泪！

漫游者的夜歌[2]
Wanders Nachtlied

来自天空之上的你
能够止息一切苦悲，
谁若罹遭双重伤戚，
你便赐予双倍快慰，
啊！我已疲于劳忙！
还管什么欢乐苦痛？
甘美的安详！
来吧，临降我心胸！

---

① 意即在纵情痛哭之时，反而能感受到“悲中之欢”。

② 夏洛特·封·施泰因的母亲在这首诗的初稿背面写下了《新约·约翰福音》第 14 章第 27 节的语句：“我留下平安给你们；我将我的平安赐给你们。我所赐的，不像世人所赐的。你们心里不要忧愁，也不要胆怯。”

65 **前题**[1]

Ein Gleiches

一切峰峦之巅
正静谧，
一切树梢之间
你难以
觉察一丝风迹；
林中鸟儿们沉默不语。
稍待！须臾
你亦将宁息。

猎人的晚歌[2]

Jägers Abendlied

我在田野中静默地疾行，
我的火枪已填上弹药。
此刻你甜美可人的形影
浮现我眼前熠熠闪耀。

---

① 这是歌德最著名的诗歌之一，有无数名家的谱曲。作者于1780年9月6日晚将此诗的原始版本写在了伊尔默瑙（Ilmenau）附近基克尔哈恩（Kickelhahn）山上的狩猎小屋的壁上。

② 此处的标题已由旧版的“夜歌”改为“晚歌”。法兰克福时期的歌德经常用“夜”一词来称呼傍晚的时间，而新标题则更贴切通行的语言习惯。

你此时或许正安恬徜徉，
穿越可爱的山谷平原，
而我那倏忽即逝的形象
难道没有幻现你面前？

那个人曾在东西方游历，
足迹一度踏遍了世界，
却总是满怀着苦恼伤戚，
只因不得不与你分别。①

每当我思念起你的身影，
便仿佛是眺望着明月；
一片宁静安详临降我心，
难以道出怀中的感觉。

对月 66

An den Mond

你重将灌木与谷地
注满了宁静雾光，
并终于再一次彻底
将我的心灵解放。

① 这一诗节在旧版中如下：“那个人从来无法在世间 / 寻到丝毫的平静宁安，/ 无论身处家中还是外边，/ 心上总负着哀伤重担。”

你目光满溢着慰藉，
笼罩着我的田园，
如挚友之眼般体贴
为我的运命挂牵。

一切悲与乐的余响
仍在我心头弥漫，
我寂寞茕茕地彷徨，
交替着且痛且欢。

流涌吧，可爱河流，
我永远无法欢悦，
欢笑与爱吻已逝走，
真情也一道湮灭。

我曾经拥有过那份
无比珍贵之宝藏！
为此要承受着苦恨，
永世都无以遗忘！

河流呀，愿你不停
顺着那山谷淌去，
呢喃着为我的歌吟
配上潺潺的旋律！

无论你在冬日之夜

狂怒地涛涌波溢，
还是在那芳春时节
将幼嫩蓓蕾滋育。 67

谁若能无怨地避世，
便可堪称是幸福，
怀中搂着一位相知，
共享那美好之物：

那不为人们所知悉，
或未被属意之物，
它在胸中的迷宫里
作着长夜之漫步。

限制
Einschränkung

我不知道，竟是什么东西
令我流连于这片局促天地，
以迷人魔绳把我缚在这里。
我确是忘了，也乐于淡忘
命运多么奇妙地将我导引；
啊！我感到在近处与远方，
还有许多际遇已为我注定。
哦，只愿能够将分寸驾驭得当！

我还能如何？只能够遏抑，
并满怀着美好的生命之力，
身处宁静的当下而将未来盼望！

希冀[1]
Hoffnung

崇高的命运，请你赐许我
完成自己每日应尽的工作！
哦，不要使得我委顿疲沓！
不，这可并非是空想胡思：
现在光秃的枝干有朝一日
会结出果实、将浓荫投下。

68 忧虑[2]
Sorge

别这样仿佛是转着圈子，
不断换上新的面貌回来！
求你允许我自己来行事，
不要容不下我幸福开怀！

---

① 魏玛时期所作，当时作者也确实在伊尔姆（Ilm）河畔的花园里植过树。
② 魏玛时期所作。

我究竟该逃避还是抓住?
已经有太多的疑虑积累。
你若不肯容我获得幸福,
忧虑呀，那便赐我智慧!

财富[1]
Eigentum

我知道我自己一贫如洗,
只有那份渴望不受阻抑
而从我灵魂涌出的思想;
以及那些由命运之恩典
所赐许的每个宠惠瞬间,
可供我恣意尽情地欢享。

致丽娜
An Lina

亲爱的恋人，假如有一天
这些歌曲重新回到你手里,
那就请你坐到那架钢琴边,
你的他昔日总立在那陪你。

① 1818 年 12 月 28 日题写于亨丽埃特·勒尔（Henriette Löhr）的留念册。

弹奏吧，让乐弦激越鸣响，
然后再让目光在书中驻留；
不过别读！只须不住歌唱，
69 其中每张纸页尽归你所有！

啊，那首白纸黑字的歌谣，
它凝望我的眼神多么凄悲。
如若从你的口中将它听到，
便会既幸福似神而又心碎！

交游歌[1] 70
Gesellige Lieder

在交游之中所唱之歌曲
将会在心与心之间传递。

新年之际[2]
Zum neuen Jahr

新的一年将来临，
旧的一岁正辞去，
我们承命运之恩，
在此处享受欢愉。
往事在召唤人们，
心中满怀着信赖，

---

① 这里的“交游”一词指的不仅是亲密朋友之间的消遣活动，亦包含人作为社会成员而需要面临的严肃的交流。这个版块既包括早先发表过的旧作，也有新篇。歌德于1801年10月创建了一个名为“周三小组”（Mittwochskränzchen）的社交小圈子，成员合计七名，男女皆有。他们每两周会面一次，在剧院散场后共进晚餐。每人都可以带上一位朋友同来。圈子的规约是不讨论易起争执的话题，以使气氛保持和谐。这个圈子虽然1802年春天就已解散，但后来歌德仍在自己家中定期举办类似活动。本版块中的部分作品就是在这个圈子的背景下诞生的。另外这里的大部分诗篇都曾让策尔特谱曲。

② 本诗系作者1801年为“周三小组”的除夕庆典活动而作，初次发表时诗题为“1802年新年之际”。

展望起未来路程，
并回顾往日百态。

灾疫时辰夺走了[1]
挚爱之人的幸福，
又害得真心朋友
无法分担其痛苦；
日子终还是转好，
我们又得以相逢，
明快歌谣将力量
倾注到胸膛之中。

相依相伴的人们
开始愉快地回想
那些已然逝去的
痛苦与欢乐时光。
哦！命运之曲折
是多么反复难猜！
旧日的牵念之情
71 将新的礼赠带来！

让我们一同感谢
变幻如潮的运命，

① 这里指的是当时的一次疫病风波，导致“周三小组”的活动一度被迫暂停。

感谢它所赐许的
千种百般的恩幸；
欢朗热望的交织、
坦诚情谊的愉快、
怀中隐秘的烈火，
让我们为之开怀！

在其他人的眼中，
故旧的事物之上
满覆着沧桑褶皱，
只令人畏怯忧伤；
而在我们的面前，
闪耀着真挚友情。
看呀，新年到来，
我们也与岁同新。

就好比舞池之中
一双相伴的爱侣
他们在失散之后，
还会重聚到一起；
愿真情也像这般
带领着我们穿越
生活的辗转迷途，
将新的一年迎接。

创立纪念歌[①]

Stiftungslied

邻家的丽人你为何
在花园中独自漫步？
你若收拾屋舍庄田，
我愿意来为你服务。

我兄弟溜去找侍女，
72 黏住她时刻不离分。
她呈给他爽口饮料，
还献给他一个亲吻。

我那表兄弟很伶俐，
他钟意于那位厨娘，
一个劲地翻转烤肉，
想要求取爱情犒赏。

而后我们六人一同
享用了丰盛的餐宴。
第四对佳侣唱着歌，
翩跹着跳进了大殿。

---

① 记叙“周三小组”圈子的一次集体野餐。作者曾于1801年11月6日将此诗寄送给圈子的女成员亨丽埃特·封·埃格洛夫斯坦因（Henriette von Egloffstein，1773—1864）。

欢迎！也欢迎你们！
活泼的第五对友人，
他们善于讲述故事，
还有多少趣谈轶闻。

可我们还需要猜谜、
妙语、娱戏和谈笑。
第六对朋友行过来，
真是令人如获至宝。

可还是急缺着什么，
毕竟贵客还未就位。
一对忠诚蜜侣加入，
这样才是万事俱备。

氛围融洽而又自在，
我们久久饮宴欢贺。
愿成双成对的吉数
能让我们相欢相乐。

73 **春之预言**

Frühlingsorakel

善于预言的鸟中智哲，[①]
哦，布谷，花之歌者！
在一年最美的时节里，
亲爱的鸟，我恳求你，
听听年轻爱侣的愿请，
若能实现，那便啼鸣：
你的布谷，你的布谷，
不停不息地布谷布谷。

听呀，一对相爱男女，
衷心祈盼神圣的婚礼；
二人都正当青春芳华，
专诚不渝而品德无暇。
难道时机仍没有来到？
说，还要等多久才好？
听！布谷！听！布谷！
停下来，不要再布谷！

这可并非是我们之责！
再耐心等待两年即可！

① 德国民间认为布谷鸟是春之使者，并且其啼鸣的次数能为人们预言结婚时间、子女数目以及寿命等信息。

可是待我们完成婚事，
将来有多少儿女降世？①
要知道你若预测多些，
便能使我们更加喜悦。
一！布谷！二！布谷！
接连不断地布谷布谷！

如果我们并没有数错，
那大概会有半打之多。
若我们对你好言相敬，
可否为我们预测寿命？
当然我们向你坦承道，
我们想长长久久才好。 74
布谷布谷！布谷布谷！
布谷布谷布谷谷谷谷！

人生是场盛大的宴席，
只是无法被测算预计。
如今固然能相依相守，
可忠贞爱情能有多久？
如果有朝一日会终了，
那么一切都不再美好。

---

① 这一诗行原文直译应作“帕帕帕帕可否会来临？”这里的“帕帕帕帕”指子女，典出《魔笛》中的帕帕基娜与帕帕基诺的对话。此处意译。

布谷布谷！布谷布谷！
布谷布谷布谷谷谷谷！
（优美地无尽延续）

幸福的夫妇[①]
Die glücklichen Gatten

我们所热切祈得的
这场春雨降下之后，
爱妻，看这份润泽
将我们的田野浸透。
我们的目光尽迷散
在蔚蓝朦胧的天际；
这里爱情尚在弥漫，
这里幸福依旧充溢。

看那一对白色鸽鸟
正朝向着彼处飞翔，
那里凉亭沐浴日照，
四周紫罗兰在盛放。
就在那里我们曾经
第一次编束起花朵，

① 此诗在后来的版本中改名为《一生一世》。歌德于 1828 年 12 月 16 日对爱克曼表示自己“一直都喜欢这首诗”。

就在那里我们曾经
第一次炽燃起爱火。

那日我们在圣坛处
说出那句“我愿意”，
牧师看着我们疾步
与其他新人们同去。
此后天空中便升起
不一样的日日月月，
而我们的人生轨迹
开启了自己的世界。

我们二人情缘永坚，
数不尽的海誓山盟，
在山丘上小树林间、
在草地旁灌木之中、
在洞窟和岩崖峰端、
也在古老废墟垣墙、
就连苇丛中的湖岸
都被爱神之火照亮。

我们曾自得地游荡，
以为唯有二人相随；
然而命运却是别样，
看，竟变成了三位，
随后第四第五第六；

就好比一株株小苗，
他们曾齐坐在桌后，
如今都比我们还高。

那片秀丽平原之上，
新建起了一所屋舍，
四周溪流垂映白杨，
是何等温馨之景色。
是谁人在那里亲自
造下这欢快的居所？
岂非好样的弗里茨
与他爱人一起所做？

在那边山崖的下方，
河流曲折而又湍涌，
翻吐着白沫的波浪
76 推动座座水轮转动。
人总说磨坊主家里
姑娘生得如何妩媚；
可后面我们的爱女，
总是能比她们更美。

那绿丛茁壮而繁密
生在教堂草地周遭，
一棵苍老杉树矗立，
孤零零而气凌云霄；

我们的早逝的族眷，
就在此方长眠安卧，
令我们不禁从人间
将目光转移到天国。

武器光芒耀目纷乱
从山丘上逶迤而下，
是带来和平的军团
向着我们家乡开拔。
是谁佩着光荣勋章，
骄傲地行进在前排？
好像是我们的儿郎！
那是卡尔凯旋归来。

在此刻我家的新娘
款迎那位挚爱之宾；
她在和平庆典之上，
与忠诚的恋人结姻。
舞会的良辰已到来，
多少佳客接踵而至。
你给三个幼小之孩，
佩戴上花环作装饰。

在笛声与管乐声下，
往日时光仿佛重现，
我们也曾年轻芳华，

在轮舞中欢乐翩跹。
77 才又度过一年时辰，
我已感到新的欣喜！
我们陪伴一儿一孙
同时间去接受洗礼。

缔盟之歌[①]
Bundeslied

在一切美好的时辰，
在情浓与酒酣之刻，
我们大家都应放声
共同唱起这一支歌！
有位神让我们相连，
是他引我们至此方。
他昔日点起的火焰，
又因他而愈燃愈旺。

今日且腾踊而欢怡，
祝愿你们真挚同心！

① 本诗起初是为改革派牧师约翰·路德维希·埃瓦尔德（Johann Ludwig Ewald，1748—1822）1775 年 9 月 10 日在奥芬巴赫举办的婚礼所作。然而歌德后来在《诗与真》中又称这是生日之歌。

来！以焕然之快意
而将这杯醇酒痛饮！
来！值此欢乐良时，
且干杯并忠诚相吻，
每一次新缔的盟誓
都能使旧情如新生！

身处我们这圈人里，
有谁不会深感幸福？
享受那份自在惬意，
与忠诚的手足情愫！
故而能永恒都如此
让心与心相亲相爱！
不会有细碎的琐事
将我们的盟誓破坏！

有位神向我们赐予
自由观察生活的眼，
使得我们无论境遇， 78
总有崭新幸福体验。
永不会苦逼于忧思，
心中常能怀有欢畅；
亦不因矫饰而受制，
心跳也愈加地解放。

迅疾的生命之路途
随着每一步而宽广，
我们常让自己双目
欢朗地向高处仰望。
不管万物浮浮沉沉，
我们终究不会惧忧，
彼此做朋友到永恒，
就这样而长长久久！[①]

无常中的恒续
Dauer im Wechsel

唉，愿这份早临祝福
哪怕能留驻一时之久！
可是温吞的西风吹拂
已将花朵如雨点卷走。
这片绿丛曾赐我荫凉，
如今可还能为我冶情？

① 早期版本的结尾与此版不同，原文如下：“迅疾的生命之路途 / 随着每一步而宽广，/ 我们常让自己双目 / 欢朗地向高处仰望：/ 彼此做朋友到永恒，/ 这样一直长长久久！/ 啊！在此时有一人 / 颊上一滴泪水坠流！/ 可即便四人中一人 / 将来被命运所掳夺，/ 坚守着牵挂的你们 / 也不会有任何失落：/ 他仿佛仍留驻这里，/ 会遥遥向你们注目！/ 将昔日之爱恋回忆，/ 与爱一样是种幸福。”这里的流泪的“一人”指的是歌德本人，当时他已决意前去魏玛，故而言及离别。

它也将在秋日里枯黄，
并在风暴席卷下飘零。

你如若想将果实撷采，
就速将自己那份取走！
有的正开始成熟堪摘，
有的则已经芽叶萌抽；
很快你这秀丽山谷里，
每场雨都会带来改变，
啊！你永远也不可以
在同一河中游泳两遍。[①] 79

而你自己！多少事物
曾山崖般历历于前方，
你见到墙垣以及官府，
但总是以不同之眼光。
曾在亲吻中焕然的唇，
已在岁月沧桑中残凋，
同样的还有那副也曾
如岩羊般登峰的腿脚。

而那只曾柔情地挥动，
乐于给予人温存的手、

① 古希腊哲学家赫拉克利特（Heraklit，约前520—约前460）的名言。

以及那副和谐的姿容，
这一切都已不复如旧。
时至今日在那个地方
冠着你自己名字之物，
曾经奔腾而来如涛浪，
而又散失在大荒深处。

让开端与结尾这二物
连结成为整体的同一！[①]
让你自身也远逝飞度，
比世事外物更加迅疾。
应感谢众位缪斯仁善，
将不朽之物慷慨恩赐：
你胸膛中蕴藏的内涵，
和精神中氤氲的形式。[②]

① 在《散文体箴言》中，歌德表示："能把自己生命的结束与开端相连结起来的人是最为幸福的。"

② 大意是：缪斯所赐的艺术是永恒不朽的，能使得短暂易逝的人生获得某种慰藉。

宴歌[1]
Tischlied

有种天国般的喜乐
不知何故令我迷醉，
这种心绪可会使得
我飞升到九天星辉？
但说实话，我情愿
在尘世凡间中停留，
这里可以敲着桌面，
尽情地且歌且饮酒。

若见到我这番模样，
朋友们莫感到惊异；
因为最美好的地方，
正是这可爱的大地：
我愿为此庄重发誓，
绝没有丝毫的他念，
我断不会造下孽事，
离弃这欢快的人间。

现在既然我们众位
都在此处欢聚一堂，

① 1802 年 2 月 22 日为“周三小组”圈子所作，欢送魏玛世子卡尔·弗里德里希于 24 日启程前往巴黎。公爵本人也出席了宴席。

我想那就该让酒杯
为诗行伴奏而鸣响。
几位挚友即将辞行，
远去直至百里之遥，
正为此故大家才应
在此赶快举杯相邀。

祝愿民之父母长生！
这是我尊奉的至理。
先向陛下表示祝问，
他理应享受这殊礼。
他采取手段以制服
内部与外来的敌人；
不仅是守成之君主，
更富有进取之精神。

现在我要为她祝福，
那是我唯一所挂牵。
愿诸君以骑士风度
将各自心上人忆念。
如果某位佳丽知悉
我指的是哪位姑娘，
但愿她也向我回礼：
81 “愿我的他也安康！”

第三杯酒敬给友人，
有两三位特别至交
在私地里伴着我们，
共度多少欢乐美好，
又将那茫夜的愁雾
悄然而轻柔地驱走；
为他们献上句祝福，
无论新朋还是老友。

河流愈发宽广流奔
翻卷着滔滔的水波。
我们全体正直友人
如今都昂扬地生活！
你们都贡献出力量，
勇敢地团结在一起，
无论是沐浴着阳光，
还是在挫折之境地。

此刻不仅我们欢会，
还有别人也在相聚。
愿大家都如同我辈
能够事业有所成益！
从河源一路到海滨，
多少水磨运转辛忙，
而世界的大同盛景
乃是我心志之所向。

习惯成自然①

Gewohnt, getan

我曾爱过但现在才是爱得真！
我曾是仆人现在则是奴隶身。
我曾是所有人之仆役；
而现在她之倩影于我如镣铐，
她也对我极尽一切爱之赏报，
82 她是我心唯一所钟意。

我曾信过但现在信仰才诚切！
无论世道如何挫折如何诡谲。
我始终与虔信者同在：
虽然时常会身陷惨淡与黑暗，
有迫厄的艰辛与紧逼的危难，
但是光明很快又到来。

我曾食过但现在才食出滋味！
怀着欢欣心情并让血液欢沸，

---

① 1813 年 4 月 18 日，歌德在前往特普利茨的路上经过莱比锡，参观了克里斯蒂安·戈特弗里德·索尔布里希（Christian Gottfried Solbrig，1774—1838）的演出，其中有“我曾经笑过、但再也笑不出来！”“我曾经爱过，但再也无法去爱！”“我曾怀希望，但如今全都失却！”之类的悲凉台词。歌德深受其触动，后来他还在 21 日致妻子的信中写道：“在一切悲哀的德语歌谣之中，这是悲哀无上之作。”本诗模仿了原作的句式。5 月 3 日时歌德还将其寄送给策尔特，并称之为“不合时宜的戏谑”，毕竟当时正值兵荒马乱。

在席边将一切都忘却。
年轻人大嚼之后就一哄而散，
而我钟意在舒惬的去处用餐，
用心品味美食的喜悦。

我曾饮过但现在才饮得乐陶！
酒能让人活力焕发意扬气高，
让怯懦之人也敢开口。
不要舍不得爽口的玉液佳酿：
因为待到桶中最陈之酒喝光，
还会有新酿化作陈酒。

我曾舞过并且对此兴致很高，
假如没有狂乱的华尔兹可跳，
那就去跳文雅的步法。
谁若是编结了数不清的花朵，
即便有一株两株从其中脱落，
欢乐花环也照属于他。

就振奋地再来吧，不要担忧，
毕竟只有采撷盛放玫瑰的手
才可能被花刺儿扎破。
无论今夜昨夕，星光都绮丽。
别和垂头丧气的人搅在一起，
让自己过达观的生活。

83 **人生忏悔**[①]

Generalbeichte

今日高尚的诸君齐聚，
大家且听我的规劝！
敬请注重这严肃心绪，
毕竟它可并不常见！
你们颇有计划与设想，
但许多都以失败收场，
就此我有责难之言。

人生在世总会有一次
由衷地感受到懊悔！
那便怀着赖信与虔思，
坦白出你们的巨罪！
要从漫漫的谬误之途
定心思考，及时醒悟，
好能重新步入正轨。

是的，我们坦承自己
总是在醒时把梦做，
即便杯盏中酒沫泛起，

① 为“周三小组”圈子所作。原标题为“Generalbeichte”，是天主教概念，通常指信徒在面临某个重要选择的时候，就自己的整个人生或某个人生阶段的所作所为而作出的庄严忏悔。

也未曾尽情地饮酌；
多少仓皇的约会良辰，
多少丽人的匆促浅吻，
竟全都被我们错过。

我们曾一言不发坐观
愚夫们将江山点指，
他们对神圣诗歌也敢
自鸣得意大放厥词；
甚至还要将我们诘迫，
只因我们欢享过许多
值得人羡赞的良时。

如果你愿意彻底赦免
挚友们所犯的过错； 84
我们愿谨遵你的指点，
去坚持不懈地拼搏，
戒除半途而废的习惯，
矢志达到完、美与善，
以昂扬的态度生活。

面对各式的市侩庸夫，
定要好好给些颜色；
若看见杯中酒沫似珠，
千万不要浅酌即可；
别只以眼目传情达意，

而要与恋人紧拥一起，
吻她吻得难解难舍。

宇宙之灵[①]

Weltseele

且离开这场神圣盛宴，
分头行进到八方之中！
激情地突破邻近空间，
进入万有并将它盈充！

你们已在无尽的远地
荡漾于极乐神梦之乡，
在光体密布的太空里
以星为友焕放出新光。

① “宇宙之灵”原本是古希腊罗马时期的一种哲学观念，认为宇宙和生物一样，是具备灵魂的有机体，唯心主义哲学家谢林（Friedrich Wilhelm Joseph Schelling，1775—1854）曾撰文系统探讨过此话题。歌德这首诗所叙述的正是他自己所设想的宇宙诞生过程，不过其内容不仅与基督教的创世理论截然不同，与古希腊罗马观念的关联也并不显著，可能正是作者受谢林等人的哲学思想影响的产物。本诗语言澎湃浩大，而其中所传达的图景与思想却似谜题一般。就连与歌德关系密切的策尔特也坦承，他虽然给这首诗谱了曲，但是其实“一点也没读懂”。参见作者1826年5月20日致他的书信。

强大彗星们快去荡冲，
抵达迢远及更远之境。
你们的穿梭轨迹打通
恒星行星构成的迷径。

速奔向未成形的星球，
以青春的精神去造物，
使它们应着均匀节奏，
不断地获得生气注入。

在鼓振的空气中回旋，
引领那片变幻的云霭，①
为整片大地上的石岩
规定各自固定的形态。

怀着一种神性的勇气，
万物正企图彼此争竞；
荒芜之水要变得翠绿，
每粒微尘都具备生命。

① 云霭（Flor）：德语原文中的“Flor”这个词有许多不同的义项。有专家认为它在这里并非指大气现象，而是指植物的“盛开”。不过本诗似乎是首先叙述无机世界的诞生，从第6诗节才开始讲生命的起源，故而译者还是倾向于将其理解为“云霭”。

去以倾情的竞斗驱退
那弥漫着湿雾的夜晚；
天堂之远境一片光辉，
焕着极度炫彩而炽燃。[①]

百态的众生结群起身，
以领略一份美好光明，
你们作为第一双情人
在受祝福的原野讶惊。

很快一次无界的追寻
在极乐的互视中熄休。
以感恩领受最美生命，
从万有又返归至万有。[②]

① 大概是指造物之灵们驱除行星之上的荒芜景象，让生命世界如同天堂般缤纷。

② 作为出发点的前一个“万有”据猜测应是指物质的宇宙，而所返归至的后一个“万有”或许指的是新生的人类的精神世界。

科夫塔之歌[①]

Kophtisches Lied

让那些学者去相互争论纷纷，
让那些教师去保持周密谨严！
一切时代的一切最智慧之人
都微笑着颔首赞许这个观点：
指望蠢货长进乃是蠢事一桩！
把傻子当傻子看才理所应当！
哦，聪慧后生们，记住此言！ 86

老梅林栖居的墓穴光亮闪烁，
我年轻时曾在那里同他聊过，
他微笑着给了我类似的指点：
指望蠢货长进乃是蠢事一桩！
把傻子当傻子看才理所应当！
哦，聪慧后生们，记住此言！

不论是在印度的高峰的上空，
抑或是在埃及的幽深的坟冢，
我听闻的神圣话语从未有变：

---

① 歌德于 1787 年开始创作歌唱剧《神秘化的人》（Die Mystifizierten），然而未能完成。其主人公的原型是意大利人卡廖斯特罗（Alessandro Cagliostro，1743—1795），他到处招摇撞骗，号称自己是来自埃及金字塔中的具备神力的“大科夫塔”，并传授一些愤世嫉俗的哲理。

指望蠢货长进乃是蠢事一桩！
把傻子当傻子看才理所应当！
哦，聪慧后生们，记住此言！

另一首
Ein Anderes

去吧，听从我的指引，
利用好你青春的时光，
及时学会让智慧提增：
在命运的巨大天平上，
很难见得到指针停稳；
你必须升降浮沉不停，
要么为王而挣取功名，
要么为仆而蒙受挫折，
不凯旋便得忍遭苦厄，
不做锤子便得做铁砧。

虚空！虚空之虚空！①
Vanitas! Vanitatum vanitas

我已对一切都无所寄托。
哟嗨！
因此我在世间过得不错。
哟嗨！
谁若是与我的志趣相近，
便来同我碰杯齐唱助兴，
将这杯残酒饮尽。 87

我曾寄望于金钱与财产。
哟嗨！
为此失去了快乐与勇敢。
哀哉！

---

① 仿自路德宗神学家约翰内斯·帕普斯（Johannes Pappus，1549—1610）所作的宗教歌曲《我将自己寄托给上帝》。诗题原为拉丁语“Vanitas! vanitatum vanitas!”来自《旧约》中所罗门的话语。作家约翰内斯·法尔克（Johannes Falk，1768—1826）回忆道：“在不幸的10月14日[1806年10月耶拿与奥尔施泰特战役后魏玛沦陷]之前的一段时间，正当其他人全都激情无比，只想着战歌之际，维兰德一天晚上在阿玛利亚公爵夫人家中问道：‘我们的朋友歌德为什么偏偏沉默？’此时歌德答道：“我也写了首战歌！”大家便盛情邀他朗读。于是他便开腔读起了自己的歌谣：‘我已对一切无所寄托！’维兰德直到两年后还在为这件事记恨他。”维兰德（Christoph Martin Wieland，1733—1813）是当时魏玛举足轻重的文豪，阿玛利亚（Anna Amalia, Herzogin von Sachsen-Weimar-Eisenach）则是当时魏玛公爵卡尔·奥古斯特之母。

钱币滚来滚去踪迹难料，
我即便在一处将它抓到，
另一处又会丢掉。

我曾寄望于女人与爱情。
哟嗨！
为此可真是把烦恼遭尽。
哀哉！
虚情的女人专把别人挑，
忠挚的女人却叫我无聊：
绝佳的又追不到。

我曾寄望于旅行与游历。
哟嗨！
为此抛却了祖国的风习。
哀哉！
可无论到哪都困难重重，
吃得不合口睡得不从容，
而且还语言不通。

我曾寄望于名誉与声望。
哟嗨！
看呀，别人却立马赶上。
哀哉！
无论如何努力出人头地，
众人看待我都蛮不服气，

谁也感不到满意。

我曾寄望于战斗与武力。
哟嗨！
我们也夺得了不少胜利。
哀哉！
我们一路打进敌国境内， 88
可战友死伤也大体相类，
自己也丢了条腿。

现在我已经是无所寄托。
哟嗨！
整个世界全都归属于我。
哟嗨！
歌唱与席宴马上便罢休，
来与我一起饮尽这残酒，
一滴也不要剩留。

战运[①]

Kriegsglück

战争中最叫人讨厌的事
就是从来都不负伤。
人们都已经是习于险势，
一路凯歌行向前方；
总是来回忙碌整理行李，
此外便再没有成就，
行军途旅让人劳累不已，
兵营里则无聊难受。

随后便到了驻营的时辰，
农夫为之苦不堪言，
贵族们对此烦心又恼恨，
市民也都怨气冲天。
不管怎样总得保持礼貌，
即便待遇很是一般，
若自己动手向家主讨要，
那可就得去吃牢餐。

---

① 根据作者日记，此诗是 1814 年 2 月 12/14 日所作。本诗是在试图以轻松的画面来克服 1806 至 1813 年间魏玛饱受战火的痛苦经历。据传魏玛宫廷元帅封・施皮格尔（Karl Emil von Spiegel, 1783—1849）等人的家中真的出现过此诗中所描述的戏剧性场景。歌德后来在回顾此诗时再度强调了自己对过度的爱国主义的反感：“爱国主义的面纱被用于掩盖许多东西[……]”（致策尔特，1826 年 9 月 9 日）

总算是等到了战斗开场
大炮小枪轰隆合奏，
鼓号与马蹄纷乱地鸣响，
这下才是有了劲头；
根据眼前战况千变万化， 89
交替迈往不同方向，
一会是撤退一会是冲杀——
但总归挣不着勋章。

现在枪子终于飞了过来，
天意叫它命中腿部，
于是所有苦难全都不再，
战友们将我们掩护，
送回占领的城镇中调养。
而城中的那些女人
在我军闯入时也曾恐慌，
竟已变得可爱温顺。

酒窖与芳心都为我大开，
厨房中也忙碌不息；
在柔软床铺上躺卧下来，
叫人多么舒适惬意。
爱神在此振着翅膀蹦跳，
女主人也苦心良多，
甚至将衫儿也撕成碎条，
只为将那伤口包裹。

如果一位女人将那英雄
差不多照料到复原，
邻家女定不会无动于衷，
也要将他体贴挂牵。
第三位女子也殷勤同去，
最后便是万事无匮。
就这样他发现自己占据
圈子中的核心地位。

待到国王收到可靠汇报，
得知我们奋勇战斗，
勋章和绶带都不会缺少，
会挂到上衣的胸口。
你们说，作为军旅儿郎，
何处能有更好结局?
我们爱与荣誉好事成双，
在泪光朦胧中别离。

开放的筵席[①]
Offene Tafel

我希望邀来许多客人
今日到我席间就餐！
佳肴都已经准备充分，
羽禽、野味和水产。
我向大伙发出约邀，
他们表示愿意接受。
汉斯儿，快去瞧瞧！
看看他们来了没有！

我盼望迎来青春丽人，
她们还都纯洁无知，
还不知道将情郎亲吻
是何等美妙的快事。
她们已收到了约邀，
全都表示愿意接受。
汉斯儿，快去瞧瞧！
看看她们来了没有！

① 根据作者日记，此诗是1813年10月12日所作。灵感来自于法国诗人德·拉·莫特－乌达尔（de la Motte-Houdart，1672—1731）的《珍宝》（Les raretés）一诗。从日记来看，歌德大概是在与法国公使圣艾尼昂（St. Aignan）在宫廷共同进餐的那天见识了这篇法语作品。本诗的副歌亦系化用自法文版。

我想将一些女士邀来，
即便其各自的夫君
脾气随着年岁而变坏，
她们还是愈加倾心。
她们收到我的约邀，
并且表示愿意接受。
汉斯儿，快去瞧瞧！
看看她们来了没有！

我还约请年轻的绅士，
都毫无虚荣之态色，
即便囊中颇有些财资，
91 也长葆谦虚之美德；
我专门将他们盛邀，
他们表示愿意接受。
汉斯儿，快去瞧瞧！
看看他们来了没有！

我还邀请了一些男宾，
而且心中不乏敬意，
他们不觊觎美人如云，
独专情家中之发妻。
他们答复我的约邀，
已经表示愿意接受。
汉斯儿，快去瞧瞧！
看看他们来了没有！

我还招来了诗人数名，
好为大家增助兴致，
他们相比自己的作品，
更钟意他人之歌诗。
他们都已答应赴邀，
全部表示愿意接受。
汉斯儿，快去瞧瞧！
看看他们来了没有！

可我没看到有谁来临，
没人朝着我家赶路！
锅中的汤汁快要煮尽，
烤肉也都几乎焦糊。
唉，我担心我们是
郑重其事得太过分！
汉斯，是怎么回事？
怕是没有客会登门！

汉斯儿快去，别耽延，
为我唤来新的宾客！
不论何人都可来赴宴，
这应当是最佳之策！
消息已传遍了全城，
都乐意来接受款待。 92
汉斯儿，去打开门：
看呀，大家都到来！

呈报[①]

Rechenschaft

指挥

来吧，且让酒浆恣情流淌！
莫让苦恼将我们搅扰！
你若想来同乐，那便请讲：
你是否已将义务尽到？

独唱

有一双很不错的年轻爱侣，
他们间感情太切太深；
昨日亲昵毕今日便起龃龉，
明日怕更会激烈相争；
这边他将头发疯狂地撕扯，
那边她则垂下头哀颓，
我帮助他们再度彼此相合，
二人又已是幸福一对。

---

① 于 1810 年 2 月寄送给策尔特。策尔特为庆贺普鲁士王后露易丝（Luise, 1776—1810）的生日（3 月 10 日）而组织了一场歌会，并请求歌德为此写一首欢快的歌谣。现有标题是策尔特所加，歌德本人所拟的标题本是《义务与欢乐》（Pflicht and Frohsinn），但他最终还是采纳了策尔特的版本。另外此处为避免读者误解需要指出，所谓的生日献诗并未真被当面朗诵给王后本人听，歌德等人只是用王后生日作为自己组织聚会的理由而已。

合唱

才不会让你没有美酒可饮！
速将斟满的杯盏端来！
因为今日这些哀怨与苦情
都已因你而得以释怀。

独唱

年幼的孤女，你为何流泪？
“只愿自己一死了之；
嘘，由于我监护人的孽罪，
我只能乞讨残羹冷食。”
我知道是哪伙人行此不义，
将恶棍揪到法庭之前，
我们的法官铁面维护公理，
姑娘不再受丐食之艰。 93

合唱

才不会让你没有美酒可饮！
速将斟满的杯盏端来！
因为今日这些哀怨与苦情
都已因你而得以释怀。

独唱

有个人十分弱小而又可怜，
从来都不甚引人注目，
可一个大个子的家伙今天

蛮不讲理地将他欺负。
而我觉得自己是个男子汉，
认为有义务伸出援手，
我立刻将那大块头的混蛋
教训得满脸都是伤口。

合唱
才不会让你没有美酒可饮！
速将斟满的杯盏端来！
因为今日这些哀怨与苦情
都已因你而得以释怀。

独唱
我并没有许多话语可汇报，
毕竟也未曾做什么事。
我也没有什么忧虑与烦恼，
只是将琐碎家务操持；
但我从不忘记自身的职担，
始终谨念着所负之责：
大家都愿意在我这里用餐，
各类饮食都有求必得。

合唱
才不会让你没有美酒可饮！
速将斟满的杯盏端来！
因为今日这些哀怨与苦情

都已因你而得以释怀。 94

独唱
有个人想教导我更张改弦，
真不咋地，愿主宽慈！
又是耸肩，又是喋喋抱怨！
这人就叫作爱国分子。①
我诅咒这一套无益的空话，
继续走在旧道路上面。
蠢人！失了火就去扑灭它，
若烧光了那就去重建。

合唱
才不会让你没有美酒可饮！
速将斟满的杯盏端来！
因为今日这些哀怨与苦情
都已因你而得以释怀。

指挥
就让所有人都来公开宣讲
自己今日作出的成果！
如此才能释放燃烧之力量，
好让歌声豪迈似烈火。

---

① 歌德并非攻击一般意义上的爱国主义，而只是反感当时许多打着爱国主义旗号的空话大话。

我们此处不容忍畏缩之辈，
这条诫令应贯彻始终！
只有小人们才会拘于谦卑，
而大丈夫则乐于行动。

合唱
谁都不会在此无美酒可饮！
速将斟满的杯盏端来！
因为如今这些哀怨与苦情
已因我们而得以释怀。

三个声部
我们热情欢迎所有的歌者
愉快地登临这所大殿：
而只有那些怏怏不乐之客
才是我们所不愿待见。
那份坏脾气与那百般痛苦、
还有皱眉的阴郁神情，
我们害怕隐藏在其后之物
是空洞或恶劣的心灵。

合唱
谁都不会在此无美酒可饮！
但是不允许诗人同来，
除非他已然让哀怨与苦情
统统都在欢乐中释怀。

那咱就喝点吧[①]

Ergo bibamus!

我们在此地相会，要有好事可做，
所以弟兄们，那咱就喝点吧。
让酒杯叮当碰响，别再多谈多说，
大家牢记住“那咱就喝点吧”。
这句话十分悠久，真是无比精辟，
它既适用于先辈，也适用于后裔，
一阵回音响彻了欢贺相聚的场地。
真是好一个“那咱就喝点吧”。

我看见自己的可爱恋人待在那里，
于是我想到：那咱就喝点吧。

① 诗题原为拉丁语“Ergo bibamus”。“Ergo”一词意为“那么”“因此”，“bibamus”意为“让我们喝（酒）吧”。歌德曾经热衷于自然科学，然而他的自然科学研究思想几乎完全取决于直觉，其实即便从当时的认知水平出发，这种思想也是非常天真的。他的颜色学著作于1805年开始付印，并于1810年最终问世。然而绝大多数专业人士对此毫不认可；只有谢林、黑格尔及叔本华等哲学家多少表示出有限的赞同。尽管如此，歌德还是长期坚信认为自己在这方面的创见比文学创作都更为珍贵，并自信地频频攻击牛顿等科学家。在一本相关著作中，歌德为了攻击其论敌牛顿在论证中总爱使用的“ergo”推理句式，而叙述了一件自己1774年在莱茵地区旅行时所经历的轶事：当时的旅伴巴泽多（Johann Bernhard Basedow，1724—1790）认为，“那就来喝点吧”这个结论适合于一切前提。天气好，“那就来喝点吧！”天气不好，“那就来喝点吧！”此外歌德曾于1810年3月末将此诗寄送给策尔特，以此作为给露易丝王后的“迟到的”生日献诗（参见最后一诗节）。参见上一首诗的注释。

我亲切地走过去，她却爱答不理。
我聊以自解地想：就喝点吧。
不管她是回心转意将你亲吻搂住，
还是没有给予你温情的吻与爱抚；
若别无他策的话，就以此为支柱，
这是种慰藉：那咱就喝点吧。

我受命运召唤而要与友人们分离，
正派的诸君：那咱就喝点吧。
我简单收拾行囊便登程离开此地；
因此来双份“那咱就喝点吧”。
96 不管吝啬鬼如何从自己身上抠门，
快活的人永远都能得到关心存问，
因为乐观者总愿赊账给同类之人。
所以弟兄们，那咱就喝点吧。

面对今天我们该有什么高见可讲?
我只是想道：那咱就喝点吧。
当下这个日子也的确是不同凡响；
所以要不断重来：来喝点吧。
这一日将快乐带进了敞开的大门，
云朵熠熠闪光，纱幕被揭开展呈，
一个神性的形象在我们面前现身；
我们碰着杯唱道：来喝点吧。

边区的缪斯与美惠女神[①]

Musen und Grazien in der Mark

哦，这座城市是何等不幸！
让建筑工人就此停止！
我们的国王，我们的市民，
本可以做些更好之事。
舞会和剧场将会整死我们；
爱人，请来我们乡下，
因为正是那一帮骚客文人
将大自然的本质糟蹋。

亲爱的，我是多么地开怀，
因为你如此本真自然；
我们的女孩，我们的男孩，
将来会在粪堆上嬉玩！
如今共同散步在小径之上，
我心对你将深情表露。

① 这部戏谑之作的标题是在暗射施密特牧师（Friedrich Wilhelm August Schmidt，1764—1838）在柏林附近的小镇韦尔诺伊兴（Werneuchen）所出版的《柏林新艺术年鉴》（Neuer Berlinischer Musen-Almanach），其副标题正是“1796 年缪斯与美惠女神日历”。施密特所作的“诗歌”往往充斥着对城市文化生活的极端鄙夷，以及千篇一律的回归乡村、回归本真的呼吁；另外他还极为热衷用粗糙鄙俗的语言详细刻画乡村的鸡鸭牛羊与草木粪土。歌德此诗中的不少文句都是在有针对性地讽刺他。诗题里的“边区”指的是柏林所属的勃兰登堡边区。

一起趟过去，亲爱的姑娘！
且趟过这一滩泥污。

然后我们便会迷失在沙地，
它并不会将路途阻碍！
97 我再把你带领到草地上去，
上面荆棘能把裙扯坏。
让我们悠闲行去小小村庄，
那里有座尖塔在耸伫；
此处客店是如何不同凡响！
面包干硬而啤酒酸苦！

不要跟我提什么沃野膏泽，
别谈马格德堡的田地！[①]
我们的种子，我们的逝者，
都安卧在轻盈的沙里。
即便是科学都不会在此处
丧失自己迅疾的节拍，
因为凡是在这里苟延之物
都能抽出枯干的芽来。[②]

难道在我们此处的庭院里
生活不正如天堂一般？

① 柏林土地贫瘠，故而其所需农产品很多是从土地肥沃的马格德堡运来。
② 可能有所暗射，具体未详。

没有贵妇人，也没有侍女，
只有母鸡咕咕咕叫唤！
我们从不操心孔雀的生平，
只管家鹅的生老病死；
饲喂那些灰鹅的是我母亲，
那些白鹅则归我妻子。

任凭自作聪明之徒去嗤讪！
哪个德国人只要可以
向米歇尔兄弟道一声晚安，①
那他就算是很有福气。
这个想法是多么令人舒畅：
此种贵人距我们不远！
大家总是说道：昨天晚上
那米歇尔可还在这边！

字里生出字，音里生出音，
涌自我们的歌声之下。
德语虽说什么都合不上韵，
但德国人偏兀自去押。② 98

---

① 以“老好人”形象出现的“德国人米歇尔”（Deutscher Michel）是文艺复兴以来德国人对本民族的自嘲式的人格化形象，在19世纪时尤为深入人心。其外形通常被描绘为戴着尖顶睡帽的憨傻农夫。歌德在这里援用此形象应当亦有所讽刺。

② 讽刺施密特诗作的格律与用韵诡异。

不管是豪放，不管是秀婉，
我们并不求多么严密；
做派呱呱叫而又本真自然，
能做到这样就已足矣。

三王来朝[①]
Epiphanias

三位圣王辉映着星光璀璨，
他们又吃又喝却不爱买单；
他们吃得欢，他们喝得欢，
他们又吃又喝却不爱买单。

三位圣王来到了这个地方，
他们是三位而非四位国王；
三位之外若又来了第四位，
那么三位圣王就多了一位。

① 有证据显示此诗曾于1781年1月6日在魏玛公爵夫人安娜·阿玛利亚那里朗诵。三王是《新约》中的人物，他们得知救主耶稣降生，故远道而来到伯利恒的马厩里，向圣婴献上黄金、没药和乳香。在基督教绘画传统中，三王中有一王常被表现为黑人形象。欧洲各地都有形形色色的纪念三王的民俗活动。魏玛民间曾有举办“三王歌会”的传统，然而在此诗问世之前便已遭禁，因此这首诗某种程度上是对禁令的小小抗议。

我是第一位，白皙又标致，
你们要见我就得等到白日！
唉，虽然带着这么多香料，
却总无法博得姑娘的欢笑。

我是第二位，高个而褐肤，
在情场与歌场都名声不俗。
我带的不是香料而是黄金，
所以在哪里都将受到欢迎。

最后便是我，黝黑又矮小，
我同样也乐意来欢快逍遥。
吃喝两件事都是我所喜悦，
我又吃又喝并且愿意答谢。

三位圣王都怀着友善之心，
他们正寻找着圣母与圣婴；
虔诚的约瑟夫也坐在一旁，
牛和驴子则趴在稻草堆上。 99

我们带来没药也带来黄金，
而乳香则是女士们所欢心；[①]

---

① 《新约·马太福音》第2章第11节：“[东方的博士]进了房子，看见小孩子和他母亲马利亚，就俯伏拜那小孩子，揭开宝盒，拿黄金、乳香、没药为礼物献给他。”这里的没药和乳香都是珍贵的香料。

可我们若有上等琼浆可喝，
三人的酒量便抵得上六个。

这里只有优雅的淑女绅士，
不过却找不见有牛儿驴子；
所以我们并没有来对地方，
还得一路向前行继续寻访。

魏玛的逍遥人[①]
Die Lustigen von Weimar

周四时前去美景宫中消闲，
到周五又要往耶拿走：
我凭自己的名誉起誓断言，
那里可真是美不胜收！
周六也是我们心中所盼望，
周日再出发前去乡下；
茨韦岑、布尔高和锯木厂，[②]
这些我们都熟识甚佳。

① 歌德此处所叙述的是他乐于社交的妻子克里斯蒂安娜及其女伴们的一周安排。
② 都是魏玛附近的游玩之处。

周一会有戏剧给予我们刺激，
随后便是周二悄悄来临，
此时进行的自在的纸牌游戏
可以算是一种修身养性。
周三定不会缺少动情的时刻：
因为有场好剧可供欣赏；
到周四我们又受诱惑之驱策，
再一度去把美景宫造访。

只要懂得如何做好筹划工作，
在一年的五十二个星期
她们那欢乐的循环自始至末
都在轮转往复从无停息。
游戏、舞蹈、戏剧以及谈话
使我们的血液新鲜常葆；
把普拉特园留给维也纳人吧，①
魏玛和耶拿这里就很好！

① 普拉特园（Prater）系维也纳的著名景点。

西西里歌谣[①]
Sicilianisches Lied

这双黑色眼儿呀!
你们若泛起秋波,
连房屋都会倒塌,
连城池都会陷落;
而我心前的这张
肉体凡胎的墙面——
请你稍微想一想——
它岂能够不倾陷?

瑞士人之歌[②]
Schweizerlied

我坐在
小山上,

① 此诗译自意大利西西里岛歌谣《眼睛》(L'occhi),1811 年 2 月 28 日寄送给策尔特。

② 此诗与上篇一样,被歌德寄送给了策尔特。此诗原文是用瑞士方言写成,可能是作者某次瑞士之旅的产物,也可能是受阿希姆·封·阿尼姆(Achim von Arnim,1781—1831)与克莱门斯·布伦塔诺(Clemens Brentano,1778—1842)共同搜集、整理、出版的德语民歌集《男童的神奇号角》(Des Knaben Wunderhorn)中所收录的瑞士方言民歌的影响。有学者考据发现瑞士的韦尔登贝格(Werdenberg)一带确实传唱过类似的歌谣。

把鸟儿
仔细瞧；
它们唱
它们跳，
把窝儿
建造。

我站在
花园里，
把蜂儿
仔细瞧；
它们嗡，
它们叫，
把巢儿
建造。 101

我行在
草地上，
把蝶儿
仔细望；
它们吮，
它们飞，
多么地
优美。

汉斯儿
过来了。
我欣然
让他看
这一切。
笑声中，
我们也
这般。

芬兰歌谣[①]

Finnisches Lied

如果那我所熟识的情郎，
归时仍完全像别时那样；
即便狼血染红他的双唇；
我也要响亮地把他亲吻；
即便他指尖都化作蛇形，
我也定要将他的手握紧。

风呀！你若也通情达理，
便会来回逐字传达话语，

① 与上篇一样寄送给了策尔特。有份手抄件显示日期为 1810 年 11 月 25 日。转译自薛尔德布兰（A. F. Skjöldebrand）用法语所著的游记《北极纪行》（Voyage pittoresque au Cap Nord）。

即使有些字眼散落飘零，
也要助远隔的爱侣传情。

我甘心不要可口的食物，
情愿忘却牧师案上肉脯，
也绝不会舍弃我的情人，
我夏日里迅速将他征服，
在冬日里缓慢使他驯顺。

吉卜赛人之歌[①] 102

Zigeunerlied

在朦朦雾里，在深深雪中，
在荒蛮森林，在暗夜严冬，
我听见了饥饿狼群的咆哮，
我还听见了猫头鹰的嘶叫：
维勒——嗷——嗷——嗷！
维勒——喔——喔——喔！
维托——呼！

① 本是为1771年的《格茨》（Götz）第五幕开头所作。吉卜赛人又称茨冈人，是源自东方的肤色较深的民族，在欧洲通常过着居无定所的迁徙生活。在西欧主流世界的观感中，他们被视作社会之外的边缘人，故而在文学作品中常与流浪、冒险、魔法、犯罪等元素联系在一起。

我曾在篱笆边上射死一只猫，
那是女巫安妮所心爱的黑猫；
夜里有七只狼人来到我这里，
那是村里的七名、七名妇女。
维勒——嗷——嗷——嗷！
维勒——喔——喔——喔！
维托——呼！

她们我非常熟悉、全都认得：
是安妮、乌尔泽尔还有凯特、
丽泽、巴尔巴、夏娃和贝蒂；
她们围成圈冲着我嚎叫不已。
维勒——嗷——嗷——嗷！
维勒——喔——喔——喔！
维托——呼！

我便直呼其名地对她们叫嚷：
安妮和贝蒂，你们想要怎样？
于是她们开始发抖开始战栗，
并一边嚎叫着一边溜之大吉。
维勒——嗷——嗷——嗷！
维勒——喔——喔——喔！
维托——呼！

叙事谣曲[①] 103

Balladen

童话，依旧是如此神奇，
而诗艺使之化作了实际。

迷娘[②]

Mignon

你可知那柠檬盛开的地方？
浓荫掩蔽下金橙灼耀辉芒，[③]
蔚蓝天空吹拂过一阵柔风，

---

① 歌德的“叙事谣曲”（Ballade，此词在国内尚有“叙事诗”“故事诗”等多种译法）概念比现代文学研究中通行的定义更广。他不仅将游戏性的“浪漫曲”（Romanze，又音译为“罗曼采”）也归作叙事谣曲，甚至还包纳了非纯粹叙事性的诗歌。在其《更好理解<西东合集>的笔记和论文》中的“诗歌的自然形式”一节里，他将叙事谣曲定义为叙事、抒情与戏剧这三种“自然形式”的结合。所以《迷娘》《法庭上》等实际上更偏独白式的作品也能被收录在这一版块，大概正是因为它们处于抒情性与戏剧性的边缘地带，多少也符合歌德对“叙事谣曲”的定义。另外，从本版块开头的两行伴语以及《迷娘》诗可见，童话风格也是歌德笔下的叙事谣曲体裁的重要特色。

② 迷娘（Mignon）是歌德的“威廉·迈斯特”系列作品中的女性人物。此诗原是 1783 年的《威廉·迈斯特的戏剧使命》第 4 卷的开头，故而系歌德前往意大利之前所作；后来又被安排到《威廉·迈斯特的学习年代》第 3 卷的开头。此诗是全部迷娘题材诗歌中最著名的一首，曾被包括策尔特、赖夏特、贝多芬、舒曼、舒伯特等人在内的许多作曲家谱曲。

③ 前两行所描述的是柑橘树同时开花结果的奇异场景。

桃金娘恬立，月桂树高耸，[①]
你可知道？
去彼处！去彼处，
恋人呀，我想要与你同赴。

你可知那华柱高檐的屋舍？
厅殿通明，室中微闪光泽。
矗立的大理石像向我注视：
可怜的孩子你遭受了何事？
你可知道？
去彼处！去彼处，
守护者，我想要与你同赴。

你可知那危径入云的高山？
骡马在迷雾之中觅途蹒跚，
蛟龙的古老氏族栖居窟穴，
欲坠险崖的边沿飞瀑奔泻。
你可知道？
去彼处！去彼处，
父亲呀，让我们启程往赴。

---

① 桃金娘和月桂常常被与阿佛洛狄忒与阿波罗联系起来，故而这里可能也是在暗指爱情与艺术。另外二者都系常青植物，故而此句与开头两行一样，暗指时间的法则在这方山水之中似乎是无效的。

歌手[①] 104

Der Sänger

从宫门外的桥梁之上[②]
传来无比美妙的乐音！
快让这歌声进入殿堂，
到我们耳际荡漾绕萦！
国王语毕，侍童疾跑；
侍童返来，国王呼道：
请那位老翁入厅觐见！

致敬你们，高贵诸君，
致敬你们，美丽女士！
好似壮丽天国的群星！
谁能道出他们的名字？
我初次来到这所华殿，
暂且闭目，没有时间
满怀讶愕地将其赏观。

于是歌手将双眼拢闭，
开始荡气回肠地歌讴；
骑士大胆地径直望去，

① 本于1795年见于《威廉·迈斯特的学习年代》第2卷第11章，系竖琴师对主人公的回答。

② 指城堡外的护城河上的桥。

而佳丽尽沉醉地垂头。
国王为歌声心迷神往，
要将这精彩表演彰赏，
令人取来了一副金链。

不要赐予我这副金链！
而应当赠与骑士英杰，
就在勇敢的他们面前，
敌人的干戈纷纷碎裂；
拿去赏赐给你的廷臣，
让已承载重累的躯身
再添上这份金色担荷。

我歌唱正如同是那些
栖居枝丛之间的禽鸟；
喉中激荡而出的歌乐
就已然是充分的酬报。
我惟有一个愿求可提：
请让我在纯金的杯里
享用一杯至醇的美酒。

他举起酒盅一饮而尽：
哦，多么甘美的琼浆！
哦，祝福王室之鸿运，
如此佳酿竟当作寻常！
安好之时请将我挂忆，

并致上帝以热忱谢意，
正如我为酒答谢你们。

紫罗兰[①]
Das Veilchen

一株紫罗兰绽放在草地，
独自弯着腰，无人留意；
多么动人的一株花。
此时走来一位牧羊少女，
她步履轻盈，心情欢愉，
到达，到达，
唱着歌儿走上草原。

啊！紫罗兰想：我如若
是大自然中最美的花朵，
啊，即便只有一刹，
让心爱的她来将我采摘，
紧拥着我溺陷在她胸怀。
哪怕，哪怕，
只有一刻钟的时间！

① 原见于1775年的歌唱剧《埃尔温与埃尔米尔》（Erwin and Elmire）。此诗有莫扎特等人的多种谱曲。

可是哀哉，姑娘走上前，
那紫罗兰却未入她眼帘，
她踏坏了苦命的花。
106 它歌唱着死去，快乐着：[1]
我虽殒命，但杀死我的
是她，是她，
我可是死在她脚下。

负心郎[2]
Der untreue Knabe

有个风流成性的少年郎，
他刚刚从法兰西国过来，
他曾将一位苦命的姑娘
每每拥揽在自己的胸怀，
他总将她爱抚将她搂抱，
像新郎一般地同她戏笑，
而最终却将她抛弃。

---

① 某些学者认为“歌唱”（sang）是“倒下”（sank）的误印。如果按这种理解方式，这行诗便应译为：“它倒下并死去，快乐着。”

② 此诗最初于1776年随歌唱剧《维拉—贝拉的克劳迪娜》（Claudine von Villa Bella）而面世，然而根据《诗与真》第14章的说法，本诗的产生应当不晚于作者1774年的莱茵之行。就情节而言，此诗可能是对时下所风行的幽灵诗的戏仿。

当那棕发少女得知之后，
神智便彻底地崩溃失常，
哭哭笑笑而又祈祷诅咒，
直至自己最终魂断命亡。
而正当那姑娘殒命之时，
少年突然感到毛发悚直，
不自禁地跨上马来。

他用马刺胡乱蹬着马肚，
全无目的地向四方驰行，
时而向此处时而向彼处，
可怎么骑也寻不见安宁，
他奔驰了七天七夜之久；
四下电闪雷鸣风狂雨骤，
滔滔洪流泛滥横涌。

在满天电光的耀照之下，
他疾驰着奔向一处废墟，
在钻进去前先拴好了马，
想蜷缩在此处躲避风雨。
他小心翼翼地摸索试探，
可身下地面竟突然崩坍，
让他坠入万丈深渊。 107

而刚待他缓过这阵跌坠，
便看见三点闪动的亮光。

他跌跌爬爬地连赶带追，
可那光亮却避退向远方；
诱使他往四处狂奔乱跑，
上上下下穿越狭窄过道
和坍圮芜乱的窨穴。

突然他来到座高高大厅，
看到数百宾客集坐那里，
骷髅眼眶笑得多么狰狞，
一齐招呼他来加入宴席。
他看到自己恋人在下方，
素白的尸布披覆她身上，
她转过身——

魔王[①]
Erkönig

是何人在深夜冒着风啸疾驰？
那是一位父亲携着他的孩子；

① 原见于首版于1782年的歌唱剧《渔娘》（Die Fischerin）的开头。本诗有包括舒伯特在内的众多知名音乐家谱曲。诗题中的“魔王”在德文中为“Erlkönig”，字面意为“赤杨之王”。此前赫尔德曾翻译过一首丹麦民歌，但是他将原文中的“ellerkonge”（精灵之王）误解为“赤杨之王”。歌德也沿循了赫尔德的理解方式，将“Erlkönig”视作居于赤杨树中的某种自然界精怪。

他将男童拥揽在自己的怀中，
紧搂着他，不让他担惊受冻。

“孩子，为何吓得藏起面庞？”
“父亲，你是否看到那魔王？
他头戴着冠冕，身拖着长衣。”
“孩子，那不过是袅袅雾气。”

“可爱的孩子，快到我这里！
我想和你一起玩美妙的游戏；
水岸边多少缤纷花朵在绽放，
我的母亲有许多金色的衣裳。”

“父亲，父亲，你是否听见
魔王悄声向我所许下的诺言？”
“孩子，平静，要保持平静，
不过是夜风吹刮枯叶的声音。” 108

“可爱孩子，可愿随我一道？
我的女儿们会殷勤将你照料；
我的女儿们在夜间跳起轮舞，
且歌且蹈地摇着你催你睡熟。”

“父亲，父亲，你看见没有？
魔王的女儿在昏暗之地守候。”
“孩子，孩子，我看得清楚，

不过是泛着灰茫的古老柳树。”

“我爱你，你的美将我诱惑。
不肯从命的话，我就来强夺！”
“父亲，他现在正将我抓住！
魔王已经让我遭受到了痛楚！”

父亲毛骨悚然，加速地疾驰，
怀抱中拥搂着那呻吟的孩子，
千辛万苦之下终于到达院门，
他怀中的那个孩童已然丧生。

渔夫①
Der Fischer

水声哗啦，水波漫涨，
渔夫端坐在水畔，
他安详地将钓竿注望，

① 1779年赫尔德曾以《渔夫之歌》的标题将此诗收录在其民歌集中。此诗有舒伯特等人的谱曲。1778年1月19日歌德曾就克里斯蒂安娜·封·拉斯贝格（Christiane von Laßberg）在伊尔姆河自杀一事而写信给夏洛特·封·施泰因：“这种迷人的悲伤具有一种如同水本身一样既危险而又诱惑之处，这二者［悲伤与水面］所反射的天空星辰的璀璨光芒引诱着我们。”此外爱克曼转述过歌德后来自己对这首诗的阐释：“这首叙事谣曲之中所表达的不过是水的感觉，那份在夏日引诱我们沐浴的清丽。”（1823年11月3日）

清凉直沁到心坎。
他正坐着，候着动静，
水面竟分作两边，
有个女人浑身湿淋淋
从浪花之中浮现。

她对他唱，她对他话：
何故勾诱我子孙？
人之智谋，人之狡诈，
使之受炙烤丧生。[①]
哦你可知道在那海底 109
鱼儿都多么自在，
你现在如果下到水里，
才能够真正畅快。

难道可爱的太阳月亮
不是在海中歇息？
它们畅浴之后的脸庞
难道不加倍亮丽？

---

① 这句话通常被理解为鱼儿离水后势必被酷日炙烤而死。不过按照卡尔·奥古斯特·伯蒂格（Karl August Böttiger）的说法，封·斯塔尔夫人（Frau von Staël）在将此诗译为法语时，正是持这种理解方式，将这里的“炙烤”（Glut）意译作“炎热的空气”；然而歌德后来审阅她的译文时，却纠正道自己所言的“炙烤”实则是指烹饪鱼儿的厨火。女译者为这不雅的语词而颇感诧异，然而歌德的叙事谣曲作品其实从来都不乏此类诙谐语言。

深海湛蓝晶莹的天空
难道没将你迷住?
难道自己倒映的面容
不诱你永栖甘露?

水声哗啦，水波漫涨，
润湿渔夫的赤足，
他的心中充满着渴望，
似听见恋人唤呼。
她对他唱，她对他话，
他已是陷入绝境:
半是自沉，半被她拉，
后来再不见踪影。

图勒的国王[①]
Der König in Thule

图勒曾有位王者，
终生忠诚无亏。
他爱侣弥留之刻

① 图勒（Thule）是传说中的极北之国。本诗写作不晚于 1774 年的莱茵之行，但直到 1782 年才首次印行。《浮士德初稿》中的女主人公格蕾琴已经在歌唱此诗。此诗原文的用词与语法颇具朴质与古风特色，作者应是意在取得一种近似民歌的风格。

赠他一只金杯。

他当作无上珍品，
宴席不可无它；
但凡他从中啜饮，
眼便盈满泪花。

他到了临终之际，
清点国中城池，
尽给储君来承继，
唯独留下杯子。

在海滨城堡里面，
列祖高堂之上，
他举办豪盛酒宴，
骑士拥簇身旁。

老酒徒身立此处，
饮尽生命残焰，
并将那神圣之物
抛进涛浪之间。

他目送此杯坠去，
沉入深深波心。
而他的双目合闭，
从此一滴不饮。

绝美的花儿[①]
伯爵之囚歌
Das Blümlein wunderschön

伯爵

我知道一朵绝美之花，
心中渴望将它得到；
我多么想前去找寻它，
可自己却身陷囚牢。
我心灵痛苦到了极致，
因为在我仍自由之时，
它一直都在我近旁。

这城堡周围都是陡墙，
我在此眺望着四面，

---

① 埃吉迪乌斯·楚迪（Aegidius Tschudi）所著的《瑞士编年史》（Chronicon Helveticum）记载道，中世纪的汉斯·封·哈布斯堡伯爵（Graf Hans von Habsburg）曾在苏黎世附近的一座塔中被囚禁三年半之久，并作了一首“我知道一株小小蓝花”的歌谣，然而史书并没有给出完整歌词。但曾有学者搜集到一首来自16世纪的类似歌谣：

我知道一株小小蓝花，	我四处找寻它都不见，
如同蓝天般闪烁，	想来已彻底失掉，
在青青的田野上萌发，	经受着寒风还有霜打，
名字叫作勿忘我；	我的它变得枯凋。

歌德接触到这部史籍是在其1797年10月瑞士之行的途中。根据其本人日记，此诗成篇于1798年6月16日。

可从这高高塔楼之上，
目光无法将它找见；
谁若将它带到我这里，
无论是骑士还是仆役，
我会永远报以恩信。 111

玫瑰

我绽开的花朵多华美，
听到你幽囚的悲思。
你所意必是我这玫瑰，
高贵而苦命的骑士！
你的心志是多么远大；
而那占据了你心的花
也必是群芳之女王。

伯爵

你的艳色衬搭着绿衣，
足以配上一切荣光，
故而你能适少女之意，
同黄金与宝石一样。
你能让至美脸庞增色；
可我常在暗中恋慕者
却是另外一朵花儿。

百合

习气格外骄矜的玫瑰
总是如此好胜争强；
然而可爱的恋人亦会
将百合之美丽称扬。
谁的心脏忠贞地迸跃，
能感知我一般的纯洁，
应当会视我为至珍。

伯爵

我确能自谓纯洁忠直，
未曾背负任何罪误；
可是我依然被囚于此，
孤寂地忍受着痛苦。
在我眼中你虽然美丽，
象征少女的纯情柔意；
112 可我犹有更爱之物。

石竹

那大概便是我这石竹，
我生在守卫的园里；
不然那老者是为何故
如此殷勤将我打理？
花瓣团聚成美丽圆环，
芬馨悠久终生不消涣，
还有千般缤纷色彩。

伯爵

人们不应当贬低石竹；
她可是园丁所钟爱：
时而须置于光照之处，
时而又得避免日晒。
但何物才让伯爵欢慰？
那可并非瑰艳的芳卉，
而只是朵沉静小花。

紫罗兰

我总是垂着头儿隐居，
也不喜欢过多言说；
可我现在正遇见时机，
要打破深邃的沉默。
你若指的是我，善人，
那我会苦于自己不能
向上为你送去芬芳。

伯爵

我将美好紫罗兰赞讴，
多么谦卑而又香馨！
可这份芳泽并不足够
慰藉我苦难的运命。
而我惟愿向你们坦言：
在这片不毛高崖上边，
并没有我心之所爱。 113

大地上最忠诚的女人，
正在下方溪畔彷徨，
轻叹出多少伤怨之声，
期盼着我重获解放。
当她采撷那蓝色花朵，
并不住呢喃：勿忘我！
我在远方亦能觉到。

是，二人若真情相爱，
虽远亦能感知此力；
正因此我才能坚持在
这暗无天日的牢狱。
当我心几乎迸碎零落，
只须呼一声：勿忘我！
生命便能得以重振。

骑士库尔特迎亲记[①]
Ritter Curts Brautfahrt

怀着当新郎官的欢喜
骑士库尔特跃上马背。
他要驰到恋人城堡里，
在那里举行婚礼盛会。
可在一处荒芜的岩崖
有个仇敌汹汹地出现，
毫不迟疑也毫不多话，
二人当即便兵刃相见。

战斗的浪潮激荡许久，
最后库尔特成了赢家，
他得胜离去不再逗留，
可自己身上也已挂花。
而他旋即在灌木之中

① 素材来自法国元帅德·巴松皮埃尔（François de Bassompierre，1579—1646）的回忆录（1666 年版）。歌德显然阅读过此书，在其 1795 年的《德意志流亡者趣谈录》（Unterhaltungen deutscher Ausgewanderten）中还复述过此书中的另外两个故事。作者还在 1814 年 5 月 23 日致友人克内贝尔（Carl Ludwig von Knebel，1744—1834）的书信中写道："我肩上差不多也背负了或好或坏的种种事务，就像德·巴松皮埃尔元帅一样，他让一位大户小姐产下了孩子，不得不承担这一有损声誉之事的恶果，同时还陷入要被债主们关进债务监狱的境地。不过正如他所写的那样，他借助上帝的恩惠 [指获得一笔遗产] 而挺过了这一切，但愿我自己也能这样。"

发觉了个闪动的形影！
是他的情妇行过树丛，
114 轻手轻脚怀抱着幼婴。

她招呼他到自己身旁：
亲爱主君，别急着走！
难道不留下一点家当
给您的情人还有骨肉？
他猛觉如火如饴激情，
于是再不想举步离开，
觉得此时喂奶的母亲
还似少女时一样可爱。

而仆役们将号角吹起，
使他重忆高贵的新娘，
他又经过道旁的市集，
那里多么热闹而喧嚷，
他到商贩那里去挑选
许多定情结谊的礼赠，
哀哉，犹太人竟出现，
携着债务逾期的据证。

于是法庭出手去逮捕
这位骁勇敏捷的骑士。
哦！英雄的人生之途
竟遭此等可憎的横事！

今日叫我怎样能忍耐？
这是如何狼狈的境遇。
敌手、女人以及负债，
唉！没有骑士能躲去。

婚礼之歌[①]
Hochzeitlied

我们歌谣中所传唱的是
生前住在这堡中的伯爵；
今日他的后裔举办婚事，
故而设宴邀请众君赴约。[②]
老伯爵曾参加神圣战役，

---

① 1802年12月6日寄送给策尔特。我们并不清楚歌德究竟是如何接触这一素材的，或许是通过旁人的口头叙述。不过可以明确的是，歌德几十年来都对这段童话素材表现过持久的兴趣，例如《由慧语引发的显著进步》（Bedeutende Fördernis durch ein einziges geistreiches Wort）第17章提过一首《伯爵与侏儒们》（Der Graf und die Zwerge）的诗。另外诗中的故事在《格林童话》中也出现过，只是情节略有出入：萨克森地区的艾伦堡（Eilenburg）伯爵领地有一群侏儒。他们在城堡中举办婚庆时吵醒了伯爵。侏儒们允许伯爵也来旁观婚礼，甚至加入舞会，但是条件是不要再让任何其他人看见。伯爵应允。然而后来伯爵夫人也听到动静，前来偷看。于是侏儒诅咒伯爵的氏族永远不能有七名骑士同时在世，故而至今艾伦堡家族中只要有男婴出生，在世的六名骑士中就必然有一位死去。

② 这首诗是婚礼时歌唱所用，这段传说的主人公（伯爵）就是现在的新郎的先祖。

为十字军征讨屡建勋绩，
当他骑马回转故乡之际，
望见自家城堡依旧高耸，
可人丁与财宝四散一空。

伯爵，你现在回到家中，
此间的一切都愈发不堪！
一阵阵风儿吹刮过窗洞，
在厅室间穿行毫无遮拦。
此等秋宵叫人如何是好？
更苦的夜我也曾经逢遭，
明早大概便会好转稍稍，
那便快映着这明朗月光，
歇眠在稻草都无的床框。

而正当他想要沉沉入睡，
床下却有些许声响传出。
任凭老鼠如何窸窣作祟，
愿它能找到些残羹果腹。
看呀！有个精致的小人
手提着灯儿在此处现身，
一派演说家的庄重姿神。
他出现在那位困倦欲眠、
却仍未入睡的伯爵脚前。

自从你离开了家园之后，
我们擅自在此举办庆典，
由于误以为你尚在远游，
所以正准备来欢闹嬉喧。
假如你不怯怕也不惜吝，
就容我们矮人在此痛饮，
向雍容优雅的新娘致敬。
伯爵在沉沉甜梦中答道：
你们在这殿中尽管逍遥！

于是从床底的藏身之处
三位骑手驾着马儿出来，
后面是吹拉弹唱的队伍，
都生着滑稽矮小的身材。 116
一辆辆车载来货品如山，
叫人耳不暇听目不暇观，
此等排场乃是王者所专。
最后在镀金的车驾之上
新娘和宾客们全体到场。

此时来客都在疾驰飞跑，
在殿中挑好自己的场位。
大家开始欢乐蹦跳舞蹈，
每人都有舞伴两两配对。
吹笛提琴声哩哩又啦啦，
舞列攒动声呼呼又沙沙，

笑谈交语声唧唧又喳喳；
伯爵默默观望着这一切，
仿佛在高烧中失去知觉。

此时殿内所有板凳桌椅
全部吱吱呀呀响个不停，
众来客与各自伴侣一起
都要在盛宴上饕餮尽情，
享用起小小的香肠火腿，
还有烤肉、水产和禽类，
稀贵的酒浆充溢着华杯。
狂闹与欢笑持续了多时，
直至最后在歌声中消失。

——

若要让我们唱后事如何，
那便请欢闹嬉喧声停休。
他目睹完微型婚礼之乐，
此后也将大型庆典享受。①
喇叭、奏乐与歌唱之音
马车、骑手与迎亲人群，
多少人到场来躬身致敬，
无数的嘉宾在幸福喧欢。
从过去到如今一直这般。

① 意即后来伯爵自己也举办了婚礼庆典，至今子孙绵延，故而才能有本诗开头的那一幕。

掘宝人[1] 117

Der Schatzgräber

囊中如洗，心绪颓靡，
我就这样一日日煎熬。
贫穷即是最大的苦恼，
至高的追求便是钱财！
为将自己的苦痛消弭，
我决意去将宝藏挖掘，
我用鲜血写下了契约：[2]
愿将自己的灵魂出卖！

我将一个个魔圈绘下，[3]
并把神秘的火焰燃起，
还将草药和骨殖聚积：
召唤步骤就这样完结。
按照自己学到的方法，

---

① 作者 1797 年 5 月 21 日于耶拿的日记：“[……] 不错的想法，由一名童子将闪亮的杯盏呈送给掘宝人。”有学者认为，歌德的创作灵感可能来源于意大利作家彼得拉克（Francesco Petrarca，1304—1374）作品《两种幸福的拯济》（De remediis utriusque fortunae，1511 年）的德译本，这个版本中所含的铜版插图所展现的场景正如本诗所叙述。此诗是歌德对自己先前热衷购买汉堡彩票的经历的自嘲式反思，他一度幻想中大奖后买下一座田庄。

② 意即与魔鬼签订契约，以出卖灵魂的代价来换得尘世的财富，在西方这是个非常古老且广为流传的宗教及文学母题。

③ 魔圈：用法术在地上划出的圆环，被召唤的精灵将在其中出现。

我在其所指示的地方，
开始挖掘古老的宝藏。
夜空昏黑，风暴猛烈。

我遥遥望到一粒光点，
从身后最迢渺的远方
如同星辰一般地临降，
此时正好敲十二点钟。
异象猝不及防地出现。
一时间四下熠熠生辉：
一只盈盈的光灿华杯，
持在一位美少年手中。

他闪烁着明媚的双目，
额间缠着华丽的花环；
杯中酒似晴空般灿烂，
照着他迈入魔圈之内。
他邀我饮下杯中之物；
我心想：这位年轻人
携来美好的光明礼赠，
118 想必并非邪恶的魔鬼。

饮下纯洁生命的勇气！①
来将我这份教诲理解。

① 这一诗节是神奇少年对“我”的教导与勉励：劳动创造幸福。

别再畏怯地念着口诀，
重新回返到这个地头，
枉费心机地挖掘寻觅。
白天劳作！晚间宴客！
平时苦干！节日欢乐！
这才是你未来的魔咒。[①]

捕鼠人[②]
Der Rattenfänger

我是位闻名远近的歌手，
也作为捕鼠人四方漫游，
这座古老而驰名的城邑
定然迫切需要我的拯济；
无论老鼠数目如何之多，
无论是否还有黄鼬一同；
我都能把一切就此清扫，
它们统统都得逃之夭夭。

① 魔咒：意指这段教诲应成为“我”挣得人生幸福的座右铭。
② 德国民间传说，有个叫哈默尔恩（Hameln）的地方一度鼠灾肆虐。有一次，一位穿着花衣的外乡人前来，声称自己擅长灭鼠。村民们表示只要确能有效，必不会吝惜重酬。于是外乡人吹起笛来，众鼠听到笛声便自行跳入河中，尽数淹死。然而村民们竟背信弃义拒付酬谢。外乡人一怒之下再度吹起笛子，于是全村的孩童全都如同着了魔似的随他远去，不知所终。

此外这逍遥快乐的歌手，
有时也擅长将孩童拐诱，
只要歌唱起金色的童话，
再野的孩儿都不在话下。
无论男孩如何倔强执拗，
无论女孩如何顽固闭守，
只要我将手中琴弦拨起，
他们都会紧随我的足迹。

还有这道行高深的歌手，
时而也会将姑娘们拐诱；
无论来到哪座城镇之中，
都有许多芳心为他而动。
不管少女如何青涩拙稚，
119 不管妇人如何冷淡矜持；
只须听到那魔弦与歌唱，
便尽皆深陷爱情之迷怅。
（从头重复）

纺纱女[①]

Die Spinnerin

我曾安详地把纱纺，
连一刻也不停闲，
有个英俊的少年郎
来到了捻杆之前。

他把我恭维了个遍。
这难道是要害我？
夸我亚麻般的发辫，
夸我丝线的经络。

可他总是缠扰绵绵，
得寸进尺不休歇；
我那保守许久的线
就这样断作两截。[②]

亚麻是多么地重沉，
斤两还逐日增加；[③]

---

① 本诗的前两段文字非常近似著名作家、翻译家约翰·海因里希·福斯（Johann Heinrich Voß，1751—1826）所作的另一首纺纱女之诗，应有受其启发之处。

② 这里的“线”不仅指女子所织的纱线，亦在暗指男女间的“防线”，是在隐晦地表达姑娘失贞之事。

③ 暗指腹中胎儿的生长。

但可怜我再也不能
为之而自豪炫夸。

正要将其交给布匠，
却感到悸动阵阵，
我胸中可怜的心脏
跳动节律在跃升。[①]

我又冒着炎日耀照，
把它送到漂白坊，
很费力才能弯下腰，
靠到身边的池塘。[②]

我曾悄悄在小屋内
织编得多么精致！
此事还能如何收尾？
终还是见了天日。

---

① 怀孕的生理表现。
② 可能是在暗示母亲溺杀婴儿。

法庭上[1]
Vor Gericht

究竟谁是我腹中孩子的生父，
我才不会告诉你们。——
你们喊道：呸，瞧那个娼妇！——
我可是正派的女人。

我也不会供出自己与谁结姻，
我的他可爱又优秀，
无论他有黄金项链佩戴在颈，
还是只有草帽在头。

如果一定要遭受嘲笑与奚落，
就都让我一人担负。
我很了解他，他也很了解我，
上帝对此也很清楚。

牧师与法官您两位大人阁下，
请不要再纠缠不放！
这是我的孩，永远不会变化，
你们可没有帮上忙。

---

① 未婚先孕在当时的文学中是个很热门的话题，然而鲜有女主人公的形象如同歌德此诗中那般勇敢磊落。

贵族侍童与磨坊姑娘[①]

Der Edelknabe und die Müllerin

贵族侍童

去何方？去何方？
美丽的磨坊姑娘！
你名叫什么？

① 本首及以下三首诗最初同时发表于席勒主编的《艺术年鉴》1799 年本。然而在初版中，这四首诗之间还隔着其他作品。这四首“磨坊姑娘”之诗在内容上并不连贯，情节上也没有承接关系，仅仅是母题类似而已。歌德 1797 年在前往瑞士的路上经过法兰克福时，观看了意大利作曲家乔万尼·帕伊谢洛（Giovanni Païsiello，1740—1816）的歌唱剧《磨坊姑娘》（Die Müllerin），这几首诗便应是受其启发而作。此外作者 1797 年 8 月 31 日从斯图加特致信席勒：“我必须告诉您，我在旅途中发现了一种诗歌形式，我们日后应当在这方面多作创作，这样可能会对后面的艺术年鉴有好处。这便是对话形式的歌谣。我们德意志的某个过往年代也有过这一类型的非常优秀的作品，通过这一形式可以表达很多东西，只是需要先沉浸其中，钻研其特色之处。我已经开始创作一篇发生在一位爱上了磨坊姑娘的少年以及一条磨坊小溪之间的对话，希望很快便能寄送给你。诗学、桥段式、托寓式的事物通过这一手法而得以绽放生机，特别是在旅途中，被许多事物感触之时，这是种极佳的文学样式。”从瑞士之行的记录来看，《贵族侍童与磨坊姑娘》是 1797 年 8 月 26 日作于海德堡，《少年与磨坊小溪》9 月 4 日作于斯图加特，《磨坊姑娘的懊悔》9 月 7 日作于蒂宾根，《磨坊姑娘的背叛》虽然论刊印顺序是在《懊悔》之前，构思显然也更先，但却是 1798 年 6 月才于魏玛完成。在《艺术年鉴》中，这四首诗分别被标为“古英格兰”“古德意志”“古法兰西”与“古西班牙”。然而事实上只有第三首，即《磨坊姑娘的背叛》，多少算上是对法语中篇小说（Novelle）《朝圣的痴女》（La folle en pèlerinage）中一首浪漫曲较自由的翻译。1807 年，歌德又翻译了全作，将其吸收进《威廉·迈斯特的漫游年代》中。

磨坊姑娘
丽泽。 121

贵族侍童
去何方？去何方？
还将耙拿在手里？

磨坊姑娘
去我父亲的田地，
去我父亲的草场。

贵族侍童
你是独自过去吗？

磨坊姑娘
我手中正持着耙，
要把草料收回来；
而附近的果园里
结出了成熟的梨；
我要将它们采摘。

贵族侍童
此处可有清净的凉亭？

磨坊姑娘
有两处凉亭，

分别在两边。

贵族侍童
我要跟从你，
在这暑日里
让我们藏身那间
隐秘的绿屋里头——

磨坊姑娘
会让人风言风语。

贵族侍童
122 你可愿意在我的怀中歇休？

磨坊姑娘
绝对不可以！
谁若吻了正派的磨坊女子，
大家即刻便都会知道此事。
您身穿着漂亮的深色衣衫，
若沾上白斑，
会令我遗憾。
门当户对！此理才是正途！
我无论生死都会坚守此言。
我所钟意的是磨坊的学徒；
我折损不了他任何的体面。

少年与磨坊小溪
Der Junggesell und der Mühlbach

少年

清溪呀，你要赶去何方？
多欢快！
你多么欢踊舒畅地奔往
低处来。
何以匆促地倾泻向山谷？
听听我，请将缘由道出！

小溪

少年呀，我本是条小溪；
但被人
改造之后便在这渠道里
疾流奔，
朝往下游那座磨坊驰行，
我永远这样轻捷而满盈。

少年

你怀着安恬的心境奔涌
往磨坊，
可却不知我年少的心中
何感想。
是否那美貌的磨坊少女
时常会亲切地向你望去？ 123

小溪

她迎着晨光早早地开启
那店面，
将可爱的双颊浸入水里
来洗脸。
她的胸脯既丰盈又洁白，
我燥热得要冒出蒸汽来。

少年

就连河水都会为她燃起
爱之狂；
那有血有肉之人的心里
会怎样?
谁人只要见过芳容一次，
便注定追觅她永无休止。

小溪

然后我便冲到水轮上面，
浪声荡，
所有的桨叶都随之回旋，
哗哗响。
自从得以目睹她的美貌，
连水的劲头都变得更高。

少年

苦命的你可似旁人一样
会伤哀？
她含着笑对你戏谑地讲：
且走开！
莫非她投来脉脉的注目，
就能够挽留你让你停驻？

小溪

我要从她身边潺潺流远，
多哀愁！
我只有蜿蜒着穿越草原，
缓缓流； 124
我假如并非是身不由己，
定然立刻会倒流回那里。

少年

你我因苦恋而同病相哀，
我告辞；
或许有一日你还会再来
报喜事。
快去她身边多同她讲述
少年暗怀的期冀与愿诉。

磨坊姑娘的背叛
Der Müllerin Verrat

清早赶路的他是行自何处?
东方才刚刚显露出晨曦。
他此先莫非冒着严冬寒酷,
去林中教堂陶冶了志意?
迎面的小溪已是冰封严严;
他岂是自愿赤裸着双脚?[①]
在积雪而荒芜的山岭上面,
为何他以咒骂当作晨祷?

唉,他是从温暖床笫而来,
本打算享受另一种幸福;
而假如身上外套也已不在,
那会是何等可怖的羞辱。
那害人家伙将他骗得不轻,
还把他的行头卷个精光,
苦命的他被剥得一干二净,
赤条条简直像亚当那样。

① 虔诚的朝圣者往往会自愿赤脚跋涉,以示赎罪。这里是讥讽之言。

他是何故迈上了这条道路，
垂涎于那对迷人的苹果？①
此物虽是在磨坊主的宅屋，
也同天堂禁果一样诱惑。②
他难以再重温这一份欢快，
当时是仓皇窜逃出屋门。
而现在他终于行到了野外，
便放声呼出苦痛的哀恨。

“从她火焰般炽烈的目光，
我没有看出丝毫的负义；
她似乎是与我相恋得痴狂，
实则在策划阴毒的诡计。
我依偎她怀里时岂能想见
她心中暗藏着何等险恶？
她让可爱的爱神久驻身边，
祂也赐了我俩不少恩泽。

好好将我给你的爱情享受！
这场良宵似乎永无止境！
可是待到即将破晓的时候，

---

① 迷人的苹果：有人认为是指姑娘的双眼，也有人认为是指其两乳。
② 《旧约·创世记》第 3 章说道，人类的先祖亚当与夏娃因为受诱惑而偷吃禁果，懂得了男女之羞，因此被上帝逐出乐园。

她便喊叫着让母亲来临！
于是十几个亲戚一拥而入，
真个算得上是人海人潮；
堂兄弟和姨妈们奔至此处，
连兄弟和叔父也都来到。

随后便凶暴地怒狂了一阵！
各自都摆出独有的兽态。
他们发出狰狞可怖的吼声，
叫我将姑娘的名节还来。——
你们为何全都仿佛是疯掉，
将这位无辜的少年穷迫？
毕竟得有更较迅捷的手脚，
才能将此等之尤物赢获。

毕竟那种美妙的爱情戏法
总能被爱神及时地表演。
他委实才不会让这种芳花
十六年独守在磨坊里面。——
这时他们将衣裳包裹强抢，
126 另外还要掠走我的外衣。
怎会有如此多可憎的混账
藏身在这所窄小的屋里！

我狂忿地咒骂并奋跃而起，
想要强行冲破这堵人墙。

我再次瞧见那个下作东西，
可她脸蛋还是如此漂亮。
他们忌惮我的盛怒而退后，
只听见无数声凶恶叫嚣；
我也爆发出雷霆般的怒吼，
总算从这个魔窟里脱逃。

得避开你们这些乡村少女，
正如须提防城里的姑娘。
还是让那些上流贵妇们去
尽情将仰慕自己者剥光。
就算你们也是风流的老手，
并且不愿意去承负情债，
那尽可以换掉自己的蜜友，
但没有必要将他们出卖。”

他就这样放歌于严严隆冬，
此时大地没有一棵绿草。
我开怀嘲笑他沉重的伤痛，
毕竟这一切都是他自找。
谁若白日欺瞒自己的佳侣，
而到了夜间便色胆膨胀，
钻进爱神那座薄情磨坊里，
就活该也落个此等下场。

磨坊姑娘的懊悔[①]
Der Müllerin Reue

少年

棕皮肤的女巫，滚开吧！
不要污脏了我的洁屋，
127 休叫我在严正警告之下
将你强逐！
你所歌的都是假意虚情！
唱什么隐秘的爱与真心？
谁人会听信这套鬼话？

吉卜赛姑娘

我所歌的是少女的懊恨，
与恒久而热切的思念；
因为轻浮已转化作忠诚，
催人泪涟。
母亲的威吓她已不惧畏，
亦不再惮忌兄长的淫威，
唯恐遭受恋人之仇怨。

① 此诗绝对不应被误解为上一首诗的“续集”，仅仅是题材近似，所以编排在一起。参见《贵族侍童与磨坊姑娘》一诗的注释。

少年

你不如去唱自私与叛背，
去唱害命谋财的凶行；
说你干任何勾当都不会
有人不信。
将偷抢的财货衣囊瓜分，
正是吉卜赛的卑鄙营生，
这才是你的家常便饭。

吉卜赛姑娘

唉，我是犯了何等荒唐！
如今听这些有何用处？
我已听到他奔行的声响
逼近我屋。
我曾心慌意乱地思忖道：
当初若没有将那场良宵
告诉给妈妈那就好了。

少年

唉，我曾鬼迷心窍一样，
悄悄到这小屋来探问：
“恋人！容我到你身旁，
求你允准！” 128
可立刻爆发出一阵喧嚷；
族亲们疯了般一拥而上。
我的血至今犹在滚沸。

吉卜赛姑娘

但愿那段良辰能够重现！
我在私地里伤痛难过！
唯一幸福就这样从身边
轻率失落。
苦命的我彼时还太年轻！
而我那兄长又过于无情，
竟能对郎君下此狠手！

诗人

深肤色的女人走进屋里，
院中喷涌着一泓清泉；
她使劲将自己面庞濯洗，
那副容颜
竟变得白皙而亮丽无比，
重新化作美丽的磨坊女，
少年见状且怒且讶愕。

磨坊姑娘

哦，我可爱英俊的情郎！
我不会畏惧拳殴刀劈，
而只害怕你盛怒的面庞，
惟愿向你
倾诉心中的苦痛与爱恋，
想要永远驻守在你脚边，
不论生死都不再动摇。

少年

真情呀，回答我的问题：
你是如何深潜于人心？
是谁将隐秘地沉睡的你
再度唤醒？
爱情，你是不朽之永恒！ 129
任何背叛与诡诈都不能
将你神圣的生命扼杀。

磨坊姑娘

你如果还似昔日的誓言
所说的那样热烈爱我，
幸福便会长驻你我之间
永不失落。
请你接纳所深爱的女人！
接纳这贞洁的青春躯身，
如今一切尽归你所有！

二人

从今任凭太阳是坠是升！
任凭那群星是明是黯！
我们面前升起爱之星辰，
光辉璀璨。
只要泉水还在流漾不停，
我们便始终都彼此一心，
两颗心儿永恒地相连。

旅人与佃户女子
Wanderer und Pächterin

男

你这美丽无比的佃家女子，
在椴树下这片宽阔树荫里，
疲于苦旅的我想稍作休憩，
可否给我解渴疗饥的饮食？

女

远道而来的人，这里仅有
酸奶油、面包和成熟果实，
这些最为自然朴质的餐食，
你可以在泉水边尽情享受。

男

我觉得我似乎早就认识你，
仿佛昔日良辰的难忘之星！
类似的状况我曾多度历经，
但今次际遇必是奇迹无疑。

女

对漫游者而言这并非稀奇，
这种惊讶之感很容易解释，
无论是金发还是棕发女子，
各个都一样可以令人着迷。

男

我今日确确实实不是首次
为这副美好的形象而心动！
昔日她在欢庆的厅殿之中
好比群日中最辉煌的炎日。

女

你若乐意，那我可以替你
叙述完往昔这段趣谈轶事：
彼时你初度与她相识之时，
紫色的丝绸飘舞在她腰际。

男

不，这些必非你虚构所得！
大概是神明将此对你透露；
你或也听闻过宝石与珍珠，
相较她的目光都黯然失色。

女

有一件秘事我清楚地知悉：
那位丽人羞于坦承其情愫，
心怀希冀愿与你再度相晤，
为此沉湎多少虚空的幻呓。 131

男

四方风尘曾驱我浪游无踪！

我百般追寻过荣耀与财富！
而在旅途尽头又寻回幸福，
见到这副与她酷似的姿容。

女
你所见之人并非与她相似，
而就是家道破落的她本人，
海伦与兄长在此流寓生根，
垦种着废弃农庄平静度日。[①]

男
可这片土地如此富饶无边，
原主人怎么会将它给抛弃？
看这富饶田野、广袤牧地、
奔泻的流泉与秀美的云天。

女
他已远走高飞过万水千山！
我们兄妹已在此颇有积蓄。

---

① 可能是在暗示法国大革命后，旧贵族抛弃家产、流寓四方的历史背景。本文的女主人公海伦大概便是这样的贵胄之女，失去了祖先养尊处优的地位之后，被迫来到这片废弃的农庄，靠耕种谋生。而最后一诗节中还提到门第之别曾使爱情无果，女方甚至顾忌哥哥至今仍可能反对婚事，这么看来男方应当并非贵族出身。总之故事情节大概多少与《赫尔曼与多萝西娅》类似：原本无缘结合的情人，因为革命瓦解了旧秩序，反而得以在历经动荡与漂泊之后终成眷属。

传言称那位善人已然死去，
若真如此我们愿购下遗产。

男
这份家产确可出售，美人！
主人所提的条件我也知晓；
不过他开的价码极其之高，
因为他决意要的就是海伦。[1]

女
运命和门第曾使你我分隔，
莫非我们的缘分还是来临？
只是我望见哥哥正在走近，
他得知之后将会如何觉得？

远距感应[2] 132
Wirkung in die Ferne

王后站在高高的殿厅，
室中燃着无数烛火；

① 这位旅人应当便是先前“远走高飞过万水千山”的田庄主人。

② 歌德友人里默尔（Friedrich Wilhelm Riemer, 1774—1845）1808 年 1 月 6 日的日记就已提到此诗，而诗人本人是在 1808 年 8 月 3 日的日记中才谈及此诗。“远距感应”（actio in distans）是时人颇感兴趣的术语，既包括了磁、重力、电等自然现象，也包括领会思想的玄妙过程。歌德在此诗中对此所表示的其实是一种戏谑的态度。

她给身边的男仆下令：
“把钱包拿来给我。
就在我那张
桌子的边上。”
少年闻命急忙赶去，
很快抵达城堡边际。

此时宫中最美的女士
在王后的身旁举杯，
却在嘴边弄碎了杯子，
这一幕可真是狼狈。
多窘迫难当！
华衣被染脏！
她慌忙地逃出大殿，
同样奔向城堡边缘。

而少年恰在往回飞跑，
迎面撞见忧愁丽人。
有件秘事谁也不知晓：
他俩彼此心中情深。
哦这份欢意！
哦这场巧遇！
二人胸膛紧拥缱绻，
尽情亲吻缠缠绵绵。

两人好不容易才分开，
她奔返自己的房间；
他则回到主君身边来，
穿行过扇子与佩剑。
女王发现他
弄污了马甲：
万事都难逃她目光，
智慧堪比示巴女王。[1] 133

她将女管家召来谈话：
“你我就此争论过。
您总认为，精神无法
远距产生感应效果；
说只有当面
才能起效验；
哪怕是星宿之力量
都无法感应至远方。

但看！刚才在我近旁，
这酒精甜饮被泼洒，[2]
同时它竟在极远后方

---

① 示巴女王：圣经人物，智慧的女统治者。见《旧约·列王纪上》第10章。
② 酒精：原文为“Geist”，这个词在德语里兼有“酒精”与“精神”的意思，此处系双关语，呼应上一诗节中所引述的宫廷女管家的观点。

沾污了侍仆的马甲。——
去买件新衫！
我代你付款！
因为这是我的物证，
不然可得将你责惩。”

飞行的大钟[①]
Die wandlende Glocke

从前曾经有个小孩子
不喜欢乖乖去教堂，
到礼拜日总挖空心思
溜到田野里面游荡。

母亲说，只要听到钟
就同接到命令无异，
假如你不肯好好服从，
钟就会来把你抓去。

孩子心想：那座大钟
分明就高挂在架上。

① 1813 年 5 月 22 日作于特普利茨，作者在当日以及后来的日记里都提到过此诗。按照里默尔的说法，创作背景是他与歌德之子共同对一位邻家男孩所开的玩笑。

他转身便奔往田野中，
就像溜出学校一样。 134

大钟大钟它不再鸣响，
母亲的话真不实在。
恐怖的大钟竟从后方
摇摇晃晃追了上来。

它速度快得难以置信，
可怜孩子惶恐不已，
猛跑中仿佛身处梦境；
大钟想要将他盖起。

但他终归将时机抓住，
步伐敏捷而又飞快，
奔过田野又奔过灌木，
一直跑到教堂里来。

此后每逢周日或节庆
他便忆起这桩遭遇，
只要一听到大钟响鸣，
就不劳人请他前去。

忠诚的埃卡特①
Der getreue Eckart

哦，多想躲远，哦，多想回家！
可是暗夜的恐怖魔怪都已抵达。
那是凶邪的姊妹妖孽。
她们飘悠而来，我们无处可藏，
辛苦打来的啤酒会被她们喝光，
只留下酒壶空空如也。

孩子们如是说道，急着要逃远，
此时竟有位长者现身他们面前：
孩子们，都快快平静！
那些女妖们巡猎归返口中焦渴，②
你们只要听凭她们来尽情贪喝，
就能博得恶灵之欢心。

说到谁，谁就到！众灵已逼近，
样貌好似晦暗飘摇的灰色幽影，

---

① 从歌德的书信和日记中可知，此诗作于1813年4月17日前往特普利茨的路上，经过埃卡茨贝尔加（Eckartsberga，意即“埃卡特之山”）之时。埃卡特（Eckart）是德国传说中的善心的警告者的形象。歌德此诗的灵感应当基本来自学者约翰内斯·普雷托里乌斯（Johannes Praetorius，1630—1680）1663年作品的情节。

② 女妖：这里指胡尔达（Hulda），日耳曼传说中的空中女妖。

她们纵情地吸咂舔舐。
壶罐全都见底，酒液一滴不剩；
随后狂暴大军咆哮着再度启程，
飞度迢远的峰谷消逝。

孩子们惊惶飞跑，要赶回家门，
那位和善的老者也随同着他们：
孩子们，都不要难过。——
我们会遭责骂，还会狠狠挨打。——
不，绝对不会，丝毫不需害怕，
请像耗子般静听我说：

我为你们指点出路、道个办法，
我素来都很喜欢与孩童们玩耍，
我是忠诚老人埃卡特。
你们定都时常听说有各种神迹，
只是旁人谁也没有可靠的凭据，
而你们已将铁证取得。

然后孩子们怯生生地各回各家，
把啤酒壶交给自己的爸爸妈妈，
等着挨骂与皮肉遭难。
看呀，啤酒尝起来是多么可口！
可是都已经饮过了三四轮之后，
壶中酒怎么也喝不完。

这桩奇迹竟一直持续到第二天，
叫人人都忍不住定要问清由缘：
这些酒壶为何会这样?
各个小耗子都偷乐着只笑不语，
吞吞吐吐可最终还是讲了出去，
于是壶中立刻便精光。

孩子们，凡是你们老师、父亲
136 或长辈们所给予的忠告与规训，
你们定然要严格遵办!
虽然管住舌头是件痛苦的事情，
但是漏嘴会坏事，沉默才是金，
这样壶中酒才能常满。

骷髅舞[1]

Der Totentanz

钟塔看守人在子夜时候
俯瞰着下方的坟场，
月光将万物都照得通透
墓地仿佛白昼一样。

---

① 与上首诗一样，是作者在前往特普利茨的路上所作。根据歌德 1813 年 4 月 21 日致妻子的信，这个故事是他从马车夫那里听到的。骷髅舞是欧洲传统艺术中常见的母题，传统迷信认为坟地中的死者不堪幽冥寂寞，会在特定时分集体离开墓穴举办舞会。

此时座座坟冢陆续打开：
男尸女尸从中钻了出来，
身拖着白色的长衣。

他们要畅快地跳起轮舞，
于是舒展起了骨架，
不论是老是少是贫是富；
只是长衣有碍步伐。
此处可无人还拘于害羞，
大家便统统把衫儿抛丢，
凌乱地扔在冢丘上。

时而抬起腿时而摇起肢，
百千般诡异的舞态，
时而又听得见咯哒咯吱，
像用木头敲着节拍。
守塔人见状觉得真可笑，
邪恶魔鬼悄声诱惑他道：
去顺一件尸布来吧。

想做便做！事毕他飞跑
回到神圣教堂门内。
月亮的清辉依旧在照耀
那阴森可怖的舞会。
最后舞者们陆续地退散， 137
一个个重新披起了衣衫，

瞬息便潜没回地下。

只剩一具骷髅跌跌爬爬，
在坟茔间摸索寻踪，
但并非是同类加害于他；
他嗅到布味在高空，
猛撼塔门却被弹了回去，
圣符圣水具有护佑奇力，
门上金色十字闪耀。

可死者非讨回尸布不可，
没有时间细作思量，
他抓住了哥特式的雕刻，
顺着塔尖登爬而上。
现在守塔人可真要遭灾！
他攀援着饰纹朝他逼来，
像只长腿蜘蛛一样。

守塔人煞白地颤栗不停，
情愿立刻物归原主，
可尸衣的衣角再生险情，
竟被一处铁齿勾住。
寒月幽辉愈加黯淡朦胧，
大钟洪亮地敲鸣一点钟，
枯骨坠地裂作碎片。

第一次瓦尔普吉斯之夜[1]
Die erste Walpurgisnacht

一位德鲁伊[2]
五月多明朗！
林中的凝霜
与寒冰都已消退。
积雪尽消融；
绿色天地中
欢畅的歌音翔飞。 138
唯有在山巅
洁雪犹可见。

---

① 根据歌德日记，本诗应创作于1799年7月30日。瓦尔普吉斯之夜是每年4月30日到5月1日之间的夜晚，其名称来自圣女瓦尔普吉斯（Walpurgis），因为此夜恰逢她的瞻礼日。相传此时各色妖魔巫鬼于布罗肯峰聚会狂欢。《浮士德》中亦有相关场景。1812年12月3日，作者在致策尔特的书信中阐释了自己写作的背景：他读到过某位学者的论著，其认为布罗肯峰上的女巫与魔鬼传说是有历史依据的。在强敌将基督教强加给本地的德意志人的先祖之后，古日耳曼宗教的祭司以及其忠实信徒依旧坚持自己的信仰，并在春日定期赶赴哈尔茨地区外人难以涉足的荒僻山间，继续按照古老传统展开异教祭典。为了掩人耳目，也为了免遭迫害，他们便派出一部分人员，故意模仿基督教鬼怪的形象以恐吓基督徒。正如作者在其1831年9月9日致音乐家菲利克斯·门德尔松–巴托尔迪（Felix Mendelssohn-Bartholdy，1809—1847）的信中所言："[……]具有高度象征性的用意。因为世界史上总不断发生这样的事：一种古老的、有根基的、久经考验的、予人以安宁感的事物遭受新兴者排挤、倾轧、摈斥，即便不被消灭，也只能被挤压于极为逼仄的空间内。"这位门德尔松–巴托尔迪曾以康塔塔形式为此诗谱曲。

② 德鲁伊：凯尔特等民族的传统宗教的祭司。

我们快登上高处，
进行古老的神圣祭礼，
在彼处颂美天父。
在浓烟萦缭的炽焰里
让心儿得以畅舒！

众德鲁伊

在浓烟萦缭的炽焰里
进行古老的神圣祭礼！
在彼处颂美天父！
去吧，去往高处！

民众之一

怎能够如此大胆行事？
莫非你们都想要寻死？
可知暴虐的征服者们
已将苛酷的法条颁布？
眼下四处都罗网纵横，
搜捕罪人与异教信徒。
啊！他们正在壁垒里
大肆屠戮我们的妇孺，
而我们全体
无疑即将面临着死期。

妇人的合唱

啊！在高高的壁垒里，

我们的孩子惨遭屠戮。
啊，征服者多么凶酷！
而我们全体
无疑即将面临着死期。

一位德鲁伊

谁若是今天
害怕作祭献，
才是活该受奴役。 139
林中雪不再！
快取来木柴，
将其堆积并焚起！
可是天还亮，
身处林中央，
须避免太大动静，
先安排些男丁去站岗，
好让你们能安心。
然后让我们精神昂扬
将自身义务履行。

哨兵的合唱

好儿郎们，分头行动，
星散到整片森林之中，
我们静静地放哨，
让旁人免遭搅扰。

一位哨兵
让我们用妙计来骗过
那帮传基督教的蠢货！
我们可以用他们自己
虚构的魔鬼使其惊惶，
都来吧，将长叉举起，
焚起火光，擂出巨响，
在夜幕之下喧哗鼓噪，
使险仄山径随之震荡。
让可怖鸮鸟
也和着我们交相凄号！

哨兵的合唱
都来吧，将长叉举起，
要与虚构的魔鬼无异，
用棍棒擂出狂野巨响，
使空寥山峦随之震荡！
让可怖鸮鸟
也和着我们交相凄号！

一位德鲁伊
我们竟只能
在深夜时分
秘密将天父咏颂！
但待到白昼，
我们将能够

将纯洁心灵献奉。
你不仅今夕，
亦可以长期
容忍着仇敌张狂。
正如净涤烟尘之烈火，
请涤净我心信仰！
即便旧俗遭外人禁夺，
无人夺走你辉光！

一位基督教哨兵
救我呀！战友！救命！
啊！地狱已倾巢降临！
望那群附着魔的怪物
浑身都燃透熊熊炽焰！
又是人狼，又是龙妇，
在此追风逐电般显现！
多么骇人魂飞的喧嚣！
我们大家快一起逃远！
恶魔在高空焚燎呼噪；
从地底处
一大片冥狱妖氛涌出。

基督教哨兵的合唱
可怖的附着魔的怪物，
又是人狼，又是龙妇！
多么骇人魂飞的喧嚣！

恶魔在火光之中游遨!
从地底处
141 一大片冥狱妖氛涌出。

德鲁伊的合唱
正如净涤烟尘之烈火,
请涤净我心信仰!
即便旧俗遭外人禁夺,
无人能夺你辉光!

魔法学徒[①]
Der Zauberlehrling

我那年老的魔法师傅
总算是有事出门不归!
如今他手下那些魔物
也该听一听我的指挥。
我心中早已暗记
他那套符术咒辞。

① 此作诞生于 1797 年 7 月初,受到了维兰德所译的古希腊作家琉善(Lukian von Samosata,公元前 2 世纪)作品的启发,其中有一段高度类似的情节。歌德这首诗初被发表时就已得到形形色色的解读,有人将其与法国大革命后失控的局势联系起来,也有人论述人与科技的关系,亦有人着眼于内行和外行的区别。法国作曲家杜卡斯(Paul Dukas, 1865—1935)于 1897 年创作同名作品(L'apprenti sorcier)。

我自己借助法力
也能行奇妙之事。

涌动！涌动！
莫停也莫息，
顺着我心意，
让水波滔滔
汇作浩荡的波澜奔涌，
好给我洗个痛快的澡。

旧扫帚呀，到我身边！
这摊破布拿去当衣裳。
你已侍奉人很久时间，
现在来替我实现愿望。
快变出两腿直立，
上端则化作脑袋，
去，手脚要麻利，
用水罐汲水过来！

涌动！涌动！
莫停也莫息，
顺着我心意， 142
让水波滔滔
汇作浩荡的波澜奔涌，
好给我洗个痛快的澡。

看，它正疾奔往河岸；
此时已开始将水取汲，
又迅捷如同闪电一般，
满载而归地奔回此地。
已经往返第二遍！
盆中的水在盈漾！
所有的容器里面
都灌得满满当当！

停止！停止！
因为你已经
将你的货品
给了我足量！——
啊！我发现真要坏事！
我竟将某段咒语遗忘！

本来念了那咒语之后，
就可以让它恢复原状。
可它还飞速汲水不休！
只愿它变回扫帚模样！
一罐后又是一罐，
飞快往屋子里带。
就像千百条河川
汹涌地朝我扑来。

不能再这样
放任它胡闹！
要把它逮到。
可憎的把戏！
唉呀，我愈发地恐慌！
神情与目光无法掩抑！ 143

难道这头地狱的孽怪
真要把屋子整个淹掉？
门槛全已被积水覆盖，
到处都只见白浪滔滔。
这扫帚多么可恨！
完全都不肯听话！
你本就是条棒棍，
我叫你赶快停下！

到这份地步
你还不停下？
得把你捕抓，
逼迫你住手。
我这就麻利操起锐斧，
劈烂你这条破烂木头！

看，它又晃悠悠来到！
我现在就要猛扑冲前，
把你这妖精即刻击倒。

利刃啪一声劈到上边。
真的！砍得多准！
看，它一裂两段！
我心中希冀重振，
呼吸也终得舒缓！

坏了！坏了！
那两段木头
还没过多久
就都站起来
变成仆人，还是两个！
啊，求天神拯危救殆！

又开动了！屋子之中
到处都是涛浪在纵横。
这片泽国多令人惶恐！
师傅，听听我的呼声！——
144 哎呀，师傅来临！
主公，我闯了祸！
我召来这些精灵，
如今却无法摆脱。

扫帚，扫帚，
回到墙角来，
恢复成原态！
毕竟若想叫

你们精灵依人意奔走，
还得老师傅出马才好。

哥林多的新娘[①]
Die Braut von Corinth

从前有个少年自雅典而来，
往人生地疏的哥林多前行。
他希望得到某位市民款待；
两家的父亲算是故交旧情，
他们很早时就已
为自家幼子幼女
预先约定好了未来的婚姻。

可如果不将重大代价付出，
怎么可能讨得主家的欢喜？
他与自家亲族仍是异教徒，
她家则都已受基督教洗礼。
每当新信仰诞生，

① 哥林多又译作科林斯，是早期基督教最重要的传道点之一，《新约》中的《哥林多前书》与《哥林多后书》即以此地得名。从作者日记可知，这首“幽灵之诗”是1797年春夏之交所作。人鬼恋、吸血鬼等母题在西方文学中素来颇为常见。歌德此诗在时人之中引起不少争议，有些人颇为赞赏其艺术性，有些人则从道德或宗教角度谴责。

什么爱情与忠贞
便都似莠草一般遭人铲弃。

此时整个屋里都一片寂静，
父女都入梦，母亲独未眠；
她热情无比地款待了来宾，
立刻让他入住华丽的房间。
还未待他开口讲，
酒肴就都已端上，
她盛情款款道了晚安祝言。

可这席餐膳尽管十分精美，
还是无法激发他丝毫食欲。
他在疲惫下忘却佳酿美味，
连衣服都没脱就上床卧去。
正当他即将入眠，
却见未关的门前
有位异客走进来与他遭遇。

他在朦胧的灯光之下看见
一位端庄恬静的姑娘走进，
白衣裹身，又以白纱蒙面，
额上所佩的箍带半乌半金。[1]

① 修女的装束。

她望见他的时候，
抬起了一只素手，
神情中流显着恐骇与讶惊。

她呼道：我难道成了外人？
他们竟不告诉我有客来家！
唉！他们让我在幽室囚困！
我此时现身此处可真羞煞。
你且待在床上边
继续安心地息眠，
我会像来时那样赶快退下。

少年呼道：美人，且留步！
并连忙从床榻上挣起身来：
此处有谷神与酒神的赠物；[①]
妩媚的你又带来埃莫之爱！
你因惶恐而失色！
亲爱的，到我这！
且来一同体验众神之欢快！

哦，少年，且停，别靠近！
我无缘于这片欢乐的人间。

① 指酒肴。拉丁文谚语：若没有刻瑞斯（Ceres，谷神）和巴克科斯（Bacchus，酒神），维纳斯（爱神）就要受冻（Sine Cerere et Baccho friget Venus）。埃莫（Amor）即厄洛斯（Eros），是古希腊神话中的爱神。

由于亲爱母亲病中的迷信，
唉，那最后一步已然实现！
146 她在康复时立誓，
将我的青春丽质
自那时起永远献奉给上天。①

那些名目繁多的古老神祇
都被逐出家屋，惟余寂静。
只将独一无形的在天上帝，
与那十字架上的救主崇敬。
这里同样有祀典，
却不将牛羊宰献，
而闻所未闻地以人作祭品。②

他追问并揣度着这番话语，
用心将她每一个字眼捉捕。
是谁人在悄寂中现身这里？
莫非就是我那亲爱的新妇？
让我们深情绸缪！
你我的父亲早就
为我们立誓求得上天赐福。

---

① 献奉给上天：送进修道院。

② 以人为祭：双关语，既可以理解为基督教的救主耶稣为了赎清人间罪孽而牺牲自己，也可以理解为基督教修道院的清规戒律是“吃人”的。

善心少年，你无法得到我！
他们会把我妹妹许配与你，
而我则在幽室里永受苦磨。
唉，在她怀中时莫要忘记
那个独念你深深，
为爱而楚痛之人；
她无多时便将潜身于大地。

不！我起誓，你看这烛火，
它为我们预兆婚神的恩典；①
你属于欢乐，你还属于我，
请随我共赴我家族的宅园。
爱人，留在这里！
现在就同我一起
欢度一场全无预备的婚宴。

于是他们交换起定情信证。
她取出条金链向郎君交付， 147
他则准备将一只华杯还赠，
多么工巧无二的银质珍物！——
此礼对我不适宜；
不过我想请求你

① 婚神：指希腊神话中的婚礼之神许墨奈俄斯（Hymenaios，汉语里又译作“许门”）。

赠予我你头上的鬈发一束。——

此时响起午夜的苍凉钟鸣，
她的姿容终于显现出舒畅。
那苍白的双唇贪婪地啜饮
盏中似鲜血般殷红的酒浆。
虽然他盛情周到，
邀她来同食面包，
可她一点也不愿将其稍尝。

她将那只酒盏向少年递来，
他也同样贪渴地饮酒倾觞。
他想趁幽静筵席与她欢爱；
唉，他苦命的心为情而狂。
可不管如何乞求，
她始终不肯接受，
最终少年哭泣着倒在床上。

于是她行到他的身前跪倒：
啊！你的苦痛多令我伤戚！
唉，可你若将我肢体触到，
便会察知我那怖人的秘密。
肌体如雪般洁白，
可又冷凉似冰块，
这便是你自己选中的佳侣。

他猛用双臂将她拥揽入怀，
青春爱情之力量使他激奋：
哪怕你是从幽深墓穴中来，
也可在我怀中体验到暖温！
感知彼此的呼吸！
酣畅的吻与情意！
你可觉得我们在共同炙焚？ 148

爱情促二人愈发紧搂似锁，
以滚滚泪水浇灌幸福欢悦。
她贪渴地吸食他口中烈火；
除彼此之外将一切尽忘却。
他以狂爱之炽燃
将她的寒血温暖，
可姑娘胸中并无心脏跳跃。

此时母亲心系着家事烦忧，
深夜时分又踱到走廊上去。
她在门前暗自偷听了许久，
所听见的一切是多么诡异！
这是新郎和新娘
且欢且怨的交响，
爱不自胜之时的乱语狂呓。

她静立在门外面一动不动，
想要先弄明白是怎么回事。

只闻蜜语甜言与海誓山盟，
真是让母亲心中恼恨之至。——
停吧！公鸡要啼！——①
不过你明日夜里
可还再来？——吻声不止。

母亲再也无法克制住愤怒，
当即将那熟悉的门锁打开：——
咱家里莫非还有这等淫物，
外人刚上门就要送抱投怀？——
就这样闯进屋子，
借助着灯影逼视，
天！竟是她自己生养之孩！

少年在惶恐下连忙将被褥
与姑娘的纱巾朝身前拉拽，
想以此将情人的躯体遮覆；
可她自己缠扭着从中挣开。
149 随后她那副形体
仿佛是借着灵力，
从床上面悠悠杳杳地起来。

① 夜鬼畏惧鸡鸣，然而少年并不理解这一点，而误认为女方只是在担忧时间问题。

母亲！母亲！她幽幽说道：
真的就容不下我良夜求欢？
非要将我从温暖之乡驱跑。
我苏醒来就为了落个心寒？
您让我裹着尸布，
早早埋进了坟墓，[①]
都已到如此地步您还没完？

然而我受自身意志之驱策，
逃出那座覆压沉重的幽冢，
无论是赐福或是喃喃颂歌，
你们的神父全都毫无作用；
盐与水之礼不能[②]
令青春激情转冷；
啊！大地无法将爱情封冻。

当这位少年被许给我之时，
维纳斯的欢乐庙宇仍屹立。[③]
您拘于外教的虚谬的愿誓，
从而竟抛却了昔日之信义！
但无论任何神灵

① 双关语：既可从字面上理解，也可以理解为是暗指母亲当初让女儿身披修女衣装，囚入坟墓一般孤寂的修道院。
② 基督教为信徒尸身祝福时泼洒掺盐的水。
③ 维纳斯（Venus）：古罗马神话中爱与美的女神。

都绝对不会答应
哪位母亲将女儿婚约毁弃。

我被驱使着离开那间墓室，
还想找回自己错过的宝藏，
还要爱恋自己失去的男子，
并从他的心脏中吸食血浆。
待到他灭命殒身，
我还会追觅别人，
让青年们覆灭于我之疯狂。

英俊少年！你已时日无几；
你的生命即将在此处凋朽。
我将自己的锁链加之予你；
你的鬓发则被我随身带走。
且细观你的棕发！
明朝便白似雪花，
只有到彼世之后才能复旧。

母亲，请听我最后的愿望：
用柴薪将一座火葬堆搭建；
并开启我那间愁闷的小房，
让有情人安息于熊熊烈焰！[1]

① 迷信认为只有用火焰才能消灭吸血鬼，然而火刑的母题在这里被歌德创新性地重新阐释为有情人在烈焰中共同赴死。

我们待火花溅飞，
待躯骸化作炎灰，
便疾奔去与古时众神相见。

神与舞伎[①]

印度传说

Der Gott und die Bajadere

湿婆神身为大地之主宰，[②]
第六次临降到尘凡之中，
幻化成与我们一般形态，
同样感受到欢快与悲恸。
他甘愿过起下界的人生，
亲身将世间之百态体悟。
须以人之眼光看待世人，
才好将孽罪惩治或宥恕。
他已作为过路者观察了城市，
既考查了贫家也探窥了富室，
到晚上便离开此地继续赶路。

而正当他行出内城之时，
经过那片最外围的屋房，

① 作于1797年6月，与上一首诗关系紧密，两诗中的有情人都在烈火中结合。歌德从法兰克福时期起就已经开始对印度文化感兴趣。

② 湿婆：印度教三大主神之一。

见到个年轻的风尘女子，
美丽的脸庞艳裹着粉妆。
可爱的姑娘！向你致意！——
感恩光临！我这就来到！——
你是谁？——我是舞妓，
151 此地专门供人寻欢买笑。
她持着铙开始翩翩舞蹈起来，
如此娴熟而优雅地回旋摇摆，
又躬下身向他敬献花环一条。

她恭请他穿过门往内走，
盈盈地把客人牵至里侧：
英俊的远宾，我马上就
点起灯来照亮这间小舍。
我可以稍舒缓你的疲倦，
助你来消弭双脚的苦辛。
我能满足你心一切希愿，
予你安歇、快乐与欢情。
她殷勤宽抚他假作出的愁劳。
天神微笑着；他欣慰地看到
她在沉沦中仍葆有美好人性。

他令她奴婢般服侍自己，
姑娘却愈发地甘心恭顺。
她早先习得的媚人之技
逐渐化作本性的一部分。

就仿佛在开出花朵之后，
果实也逐渐地化育而出；
只要心生了依顺的念头，
便可知爱情已在不远处。
可是为了展开更严苛的考察，
这位通天知地之神决定让她
体受欢乐、恐骇与可怖痛苦。

他亲吻了她绘彩的面部，
让她体味到爱情之楚痛，
那位姑娘仿佛遭到囚缚。
双目竟第一次热泪汹涌；
少女瘫倒在来客的脚底，
了无财利或情欲之贪念，
啊！她巧捷伶俐的肢体
再无法听从自己的意愿。
这段醉人的良宵佳夜的时光 152
仿佛为他们布下了安逸乌帐，
床榻之上开始了缠绵的欢宴。

她很迟才在欢笑中入梦，
歇眠未久便已早早苏醒，
却只见自己的怀抱之中
那位心爱佳客竟已殒命。
她扑倒他身上哭天喊地，
可怎么也无法将他唤回。

没多久这具僵硬的尸体
便要被人送去焚化成灰。
她听到僧侣将送葬经咒诵念，
便狂奔着挤过熙攘人群上前。
什么人？为何闯到火葬场内？

她瘫倒在棺柩边的地上，
呼号声几乎穿透了云霄：
我要自己丈夫回到身旁！
到墓穴中也要将他寻到。
难道他伟岸如神的体魄
就要这样焚销在我面前？
他最理当归属的人是我！
虽然仅有一夜甜蜜同眠！
群僧诵道：我们既送走老人
早已经衰朽而又冷凉的躯身，
也送走死得猝不及防的青年。

且听僧侣们予你的劝解：
这个男人不是你的丈夫。
因为你平生以舞妓为业，
故而对他并不负有义务。
惟有影子才会紧跟身躯
前去到幽寂的亡灵之乡；
也惟有妻子才随夫而去：
这既属责任，亦是荣光。

让喇叭吹起神圣的哀乐绵绵！
哦，愿众神收下这俊杰少年，
将他从火焰中接到你们身旁。 153

这些无情之辈何等冷酷，
愈加令她心中无限悲思；
于是少女展开双臂跃入
那熊熊燃烧的火中赴死。
可那天神所幻化的少年
竟从烈焰之中重新起身，
将心爱的姑娘揽在怀间，
携着她一同向高空飞升。
上天乐于见到罪徒心生悔意，
不朽神灵们伸出火焰之膀臂，
将沉沦浪子引领向天国之门。

154 哀歌 I[①]

Elegien I

现在只有你们才能道出
我们曾体验过何等幸福!

I

石头，告诉我！巍峨宫殿，向我开口！
街道，说句话！守护神，你何以不动?
的确，你神圣城墙内一切都浸透灵气，
永恒的罗马呀，只是一切都对我沉默。
哦！谁呢喃于我耳侧，行到哪扇窗前
才能见到那令我幸福如焚的美好形象?
我莫非还不知道，通过哪条道路才能
不断往返于她身边，牺牲宝贵的光阴?
我还在欣赏教堂、宫殿、废墟与古柱，

---

① 这一版块在原手稿中的标题为拉丁文 Erotica Romana（《罗马风流》）。分析作者的书信可知，这些“哀歌”创作于 1788 年至 1790 年之间。作品完成后，起初仅仅在友人圈子中流传，其公开发表主要应归功于席勒之促成。时人对其评价褒贬不一：人们既赞赏诗歌的文采，又从社会道德角度表示批评。需要注意的是，这里以及后面的《威尼斯箴言诗》《巴基斯的预言》《四季》《拟古诗》《杂诗》等版块中的不少作品，都是用一种被称作“双行体”(Distichon，又译“偶行格”）的拟古格律所写，其每个奇数行都有六个音步，偶数行则有五个。此外，“哀歌”（Elegie）一词在古时实际上可以泛指各类以双行体写成的诗歌，但其感情基调则未必悲哀。

像考虑周密的游客，合理地规划行程。
但不久便会过去，只余一座唯一之庙，
这便是埃莫之庙，接纳虔信着他的我。
罗马，你确是一片世界，但若没有爱，
世界便将不成世界，罗马亦不成罗马。[1]

II

随你们去恭维谁！我终于适得其所了！
上流社会的美丽淑女与优雅绅士们哪，
去打听舅父、表兄弟、姑姑和婶婶吧，
先客套地寒暄，然后玩起可悲的游戏。
聚结成大群小圈的众君，愿你们保重，
你们曾多少次令我险些陷入绝望之中。
你们尽可以鹦鹉学舌各种政论与闲话，
逼使漫游者疯狂逃窜，踏过整个欧洲。
马尔博罗小调便是这样将那英国旅人[2]
从巴黎赶到里窝那，然后又赶往罗马，[3]
再往那不勒斯，即便他乘船去士麦那，[4]

---

① 这里暗藏着两个拉丁语文字游戏：一方面“罗马”（Roma）的字母顺序颠倒过来，正好就变成了拉丁语的“爱”（amor），另一方面，拉丁语的“城市”（往往特指罗马）与“世界”两词在某些语法条件下形似。

② 马尔博罗小调：一首广为流传的讽刺歌曲，一度被认为是针对英国的约翰·丘吉尔·马尔博罗公爵（John Churchill Duke of Marlborough，1650—1722）所作。

③ 里窝那（Livorno）：意大利西北部港口城市。

④ 士麦那（Smyrna）：小亚细亚的港口城市，现名伊兹密尔（Izmir），属土耳其。

港口中还会有马尔博罗的歌声迎接他！
我至今这一路上，走到哪里满耳都是
因民众以及王家顾问而起的谩骂之声。
不过现在爱神掌权，祂赐予我避难所，
我藏身其中，你们一时无法将我找见。
祂仿佛威赫的君主，用翅膀将我遮庇，
我的情人有颗罗马心，不惧高卢狂徒。①
她从来不打探蜚言，而只无微不至地
关心她所以身相许的心上郎君之愿望。
她因这位爽朗且健壮的异乡人而欢乐，
让他讲述起山岭、积雪与木屋的故事。②
她分享着自己在他怀中所燃起的烈焰，
欣喜他用钱并不似罗马人般斤斤计较。
如今她餐桌丰盛了起来，衣裳也不缺，
要去歌剧院的时候，也能雇得起车马。
母女二人都因北方的来客而欢快不已，
而这位野蛮人占据了罗马女人的身心。③

① 高卢狂徒：此处影射法国大革命时期的乱象。
② 歌德于《意大利之旅·1787年2月25日》中写道，那不勒斯人对北方国家的刻板印象是“永远下雪、木头屋子、极度无知、但特别有钱”。
③ 古代罗马人视德国人的祖先日耳曼人为野蛮人。

III

情人，莫后悔自己如此迅速委身于我！
相信我绝不会对你有狂妄或轻贱之意。 156
埃莫之箭有不同效力：有的只刺伤人，
慢性的毒液却能使心灵之疾经年不愈；
而有的则装饰着翎羽，有磨锐的尖端，
能深透骨髓，使得血液瞬间熊熊燃烧。
在远古英雄年代，男女众神相爱之时，
一见便能钟情，有情便立刻干柴烈火。①
女神在伊达山的林中恋上了安喀塞斯，②
你难道觉得这是久久深思熟虑后所为？
月神卢娜亲吻俊美牧人之时可曾迟疑？③
否则他就得被嫉妒的奥罗拉抢先唤醒。④
海洛在喧哗的宴席之上见到利安德后，
情郎便夜夜受狂爱之驱使而投身海涛。⑤

---

① 此行系化用古罗马诗人奥维德（Publius Ovidius Naso，前 43—约 17）有关战神玛尔斯的诗句：“Mars videt hanc visamque cupit potiturque cupita.”（Fasti III, 21）

② 传说中，维纳斯在伊达山（Ida）上与英俊的特洛伊王室成员安喀塞斯（Anchises）结合，后生下罗马人的始祖埃涅阿斯（Aeneas）。安喀塞斯后来却由于泄露了与女神的情事，被宙斯惩罚失明（亦有一说是瘫痪）。

③ 俊美牧人：指恩底弥翁（Endymion）。德语原文的“牧人”一词在某些版本中作“睡者”，二者在德语中形近。

④ 奥罗拉（Aurora）：曙光女神。

⑤ 传说中，海洛（Hero）是赫勒斯滂海峡西岸的女祭司，其情人利安德（Leander）却住在东岸。后者夜夜冒险渡海与之相会。有一夜，利安德遭遇风暴溺死，海洛见恋人之尸被漂到岸边，便毅然殉情。

高贵少女雷亚·西尔维娅到台伯河边，[①]
本来只想汲水，却被战神玛尔斯遇获，
神就这样产下双子！他们被母狼哺育，
最终使罗马能自称统治全世界的女王。

IV

相恋的我们暗中虔诚地敬拜一切灵力，
希望能够求取一切男神与女神的欢心。
常胜的罗马勇士，这一点同你们一样！
你们也为各民族一切神祇都建造庙堂，[②]
无论是玄武岩雕的黝黑威严的埃及神，
还是大理石刻成的洁白秀美的希腊神。
虽然我们将最贵重的熏香尽专门献给
一位女神，但是其余众神也不会见怪。
是的，我们向你们坦承，我们的祷告、
与每日的顶礼都是专为这一女神而为。
我们的秘密庆典诙谐、欢畅而又肃穆，
而一切参与之人尽皆谨遵着沉默之责。
我们情愿因为丑恶行径而遭复仇女神

① 雷亚·西尔维娅（Rhea Sylvia）：传说中的罗马建立者——孪生兄弟罗慕路斯（Romulus）与雷穆斯（Remus）之母。由于她身为祭司，理应保持处子之身，因此遗弃了二子。他们后来被母狼哺育长大。台伯河（Tiber）：意大利中部河流，罗马的母亲河。

② 罗马人常接纳来自各种被其征服的各民族的形形色色的神灵信仰，特别是在帝制时期。

追踪不舍，我们情愿斗胆将宙斯触犯，
让祂将我们绑缚在滚轮或悬崖上严惩，①
也不愿意让心灵远离这番醉人的仪式。 157
这位女神名叫作机缘，愿众君结识她！
她常于尔等眼前现身，可形貌总不同。
或许其父是普洛透斯，母亲是忒提斯，②
七十二变的把戏曾经骗倒过多少英雄。
如今女儿也出道，来欺骗不谙世事者，
她调笑沉睡之人，而又躲开清醒之人。
她只愿意顺从于敏捷而又主动的男子，
在他面前温顺、淘气、柔婉而又可爱。
曾有一次她作为棕发少女显现我面前，
暗色而浓密的头发从额头上披垂而下，
秀丽的颈项周边还盘绕着短短的发鬈，
头顶上还有未加编织的头发向上卷缠。
我没有认错，一把抓住飞驰而过的她，
她也可爱而顺从地回我以拥抱与亲吻。
哦，我那时多幸福！嘘！良辰已不再，
罗马式发辫，我如今已经被你们缠住。③

---

① 希腊神话中，宙斯惩罚伊克西翁（Ixion）永恒被绑缚在火轮上旋转不止，普罗米修斯（Prometheus）则被永恒锁在高加索山的悬崖上，每日被鹰啄食肝脏。

② 普洛透斯（Protheus）与忒提斯（Thetis）都是海中神祇，可以幻变为不同的形象。

③ 罗马式发辫：旧版本作“金黄色发辫”。当代学者猜测这是指后来成为歌德夫人的克里斯蒂安娜·武尔皮乌斯。前文的棕发姑娘可能是某位更早期的恋人。

V

在先贤的故土上，我收获欢欣与灵感。
过往与身边的世界都愈加嘹亮而迷人。①
在此我听从了忠告，用不知疲倦的手
翻览古人的著作，每日都有新的心得。
但到夜间，埃莫却令我操劳另一事务，
我虽然怠废了学术，却能够幸福加倍。
不过当我窥见恋人丽胸的轮廓，或者
手滑到她臀部时，难道不也学到许多？
此时我才凭思索比对而悟懂了大理石，
用有触觉的眼看，用有视觉的手感触。
158 虽然恋人使我靡费了白日的些许光阴，
但是她总能通过夜晚的良辰将其补偿。
不是互相亲吻，便是进行智识的交谈。
待她沉沉睡去，我便躺卧着思绪万千。
我还时常依偎在她的怀抱中创作诗歌，
并且用手指在她的背脊上轻轻地计数
六音步的节律。她在安梦中舒缓呼吸，
吐出的气息却将我的心怀最深处焚透。
此时埃莫将灯拨亮，回忆着过往时光
他曾同样为古罗马诗坛的三伟人值夜。②

---

① 响亮：参见I的开篇。

② 三伟人：指善于创作哀歌的卡图卢斯（Catullus）、提布鲁斯（Tibullus）与普洛佩提乌斯（Propertius）。

VI

“无情之徒！出言怎能如此令我寒心？
贵国的情郎讲话难道都这样刻薄冷酷？
若遭民众告发，我只能吞忍！毕竟我
岂非无罪？唉，我的罪都是与你共犯！
这些衣裳正是妒火攻心的女邻的物证，
能证明我并没有甘守寂寞为亡夫哭泣，
你岂不还时常轻率地在月明时分来访？
一身暗灰色的长外套，头发盘在脑后。
你岂非开玩笑而自己选择了僧侣面具？
假如真的是个教长，那么指的便是你！①
在僧侣扎堆的罗马，虽说挺难以置信，
但我还是发誓从未拥搂过任何出家人。
我曾是贫苦的少女！浪荡子都知道我。
法尔科涅里曾每每贪婪地盯我的双眼，
阿尔瓦尼的皮条客给我递过神秘纸条，② 159
想勾诱我前往奥斯蒂亚，或前往四泉。③
不过姑娘我可从未曾应允，这是因为
我素来都发自心底地憎恶红袜与紫袜。④

① 双关语：“教长”一词在原文中为Prälat，这个词的本意是“被优待的”“较为偏爱的”。
② 法尔科涅里（Falconieri）与阿尔瓦尼（Albani）都是罗马望族，出过许多高阶教士。
③ 奥斯蒂亚（Ostia）与四泉都是罗马附近的地名。
④ 红袜与紫袜：红衣主教穿红色袜子，教长穿紫色袜子。

虽然母亲不甚在意，但毕竟父亲总说：
最终受骗上当的总归都是你们女孩子。
然而我到底还是上当了！你在我面前
不过是佯装愤怒，因为你打算抛弃我。
走吧！你们配不上女人！我们的体内
所怀的不仅是孩子，还怀着满腔忠诚。
可是你们！你们男人在拥搂女人之时，
却将感情随体力和欲望一道抖落干净！”
情人如是说道，将小儿子从凳上抱起，
将他拥揽到怀中亲吻，眼中流泪涟涟。
我羞惭地坐在那，因为自己竟听信过
恶毒仇敌们对我心上佳人的诽谤之言！
当水猝不及防地倾浇到烈焰上的时候，
火焰只在一瞬间变得沉暗而泛出蒸汽，
不过它总能复原，将阴郁的青烟驱除，
其后便让火苗更加焕然而炽烈地跃动。

VII

啊，我在罗马多么欢乐！我忆及昔日
自己的背后笼罩着北国灰茫茫的天空，
愁云惨雾哀颓而沉重地覆压在头顶上，
被无色无形的天地笼罩，多令人疲乏。
我探寻着不得满足的灵魂的阴郁道路，
反省着自己，陷于静默而深邃的思虑。
如今的天空则倍加明朗地焕放着光芒，
日神阿波罗召唤出千百种形态与色彩。

到夜间则星光灿烂，奏鸣着柔和歌吟，
此方的月色比北国的白日都更为光明。
我这凡人竟享受天堂之乐！莫非是梦？
朱庇特，莫非我是漫游到了你的神宫？[①]
我倒下身来，朝你的膝盖伸出手祷告，
朱庇特·克塞尼乌斯，求你将我垂听！[②]
我说不出自己究竟是如何误入了这里。
是在漫游中被赫柏抓住，带到这殿堂。[③]
莫非你原本命令她引领一位英雄升天，
女神却带错了人？求你容我因误得福！
你的女儿福尔图纳亦然！她像个姑娘，
仅凭一时心情就厚赠无上美好的礼惠。
你可是好客之神？那就请别再将宾客
再度从你的奥林匹斯逐回下方的人间！
“诗人，怎敢狂妄如是？”请宽宥我，
卡比托利尼山正是第二座奥林匹斯山。[④]
朱庇特，容我留下！赫尔墨斯将带我[⑤]
经过切斯蒂乌斯之塔而静静降入冥府。[⑥]

① 朱庇特（Jupiter）：罗马神话中的最高神祇。
② 克塞尼乌斯（Xenius）：朱庇特的别名，意为“庇护客旅者”。
③ 赫柏（Hebe）：古希腊神话中的青春女神。传说中，她将凡间的英雄们迎往奥林匹斯并盛加款待。这里诗人形容恋人正如赫柏一样，能让自己获得升天般的幸福。
④ 卡比托利尼山（der Capitolinische Berg）：罗马的山名，上有朱庇特神庙。
⑤ 赫尔墨斯（Hermes）：古希腊神话中的交通、商人、旅途之神，行动迅捷，是众神的信使。
⑥ 切斯蒂乌斯（Cestius）之塔：古罗马官员切斯蒂乌斯坟墓之金字塔，附近正是新教徒的公墓。

VIII

恋人，你告诉我你小时候不受人喜爱，
甚至自己的母亲都看不上你这个孩子，
直至你在成长中默默变化。我相信你。
我心中愿意将你视作一个独特的孩子。
虽然葡萄之花不具美丽的形姿与色彩，
161 但果实成熟后却能让世人与众神陶醉。

IX

秋日乡村的温馨炉灶闪烁着耀目火光，
燃烧的干柴接连不断迸出噼啪的响声。
可爱姑娘今晚赐我额外的欢乐，因为
在炉中物还未燃耗为焦炭与灰烬之时，
她便来到我这里。此时柴薪熊熊燃烧，
暖融的良夜成为了我二人的灿烂佳节。
待次日清晨她便勤快地走下爱之床第，
从炉灰中麻利地重将沉眠的火种拨旺。
毕竟埃莫赐予妩媚的她以独特的本领，
能使刚刚焚尽为灰的欢乐重新被唤起。

X

亚历山大、凯撒、海因里希与腓特烈，[1]
他们若将自己挣下的一半荣耀赠与我，

① 都是欧洲史上的武德昌盛的霸主。

我便愿意分赐他们享受一夜床笫之欢。
可他们多可悲，被冥府之威死死禁锢。
生者呀，且好好珍惜爱情的温柔乡吧，
趁冥河的怖人水波未沾湿你逃奔的脚。

XI

美惠女神们，有位诗人将寥寥的纸页
与玫瑰之蓓蕾献到你们纯洁的祭坛上。
他是多么地从容！艺术家欣喜于见到
自己的工作室永远都好似一所万神殿。[①] 162
朱庇特垂下神圣的额头，朱诺则仰首，
阿波罗迈步前行，头上鬈发随之摇动，
密涅瓦淡然地俯望，轻捷的赫尔墨斯
则向一旁斜视，既狡黠而又不乏温情。
阿佛洛狄忒含着润湿坚石的痴醉眼神，[②]
凝视着沉沉瘫软在迷梦中的巴克科斯。[③]
她多么怀念他的怀抱，似乎还在发问：
是否应让我俩的骄子来我们身边相助？[④]

① 歌德不仅参观过不少众神雕塑，自己家中也藏有许多。
② 阿佛洛狄忒（Aphrodite）：古希腊神话中的爱与美之女神，诞生于海洋的泡沫中。
③ 巴克科斯（Bacchus）：酒神狄奥尼索斯（Dionysos）之别名。
④ 阿佛洛狄忒与狄奥尼索斯之子是生殖力之神普里阿普斯（Priapos）。

XII[1]

爱人，你可听见弗拉米尼亚大道那里[2]
麦客们踏上归乡的远途而欢乐地呼唤？
他们已替罗马人代劳完成了收割工作，
毕竟后者不屑亲手为刻瑞斯编织花环。[3]
这位伟大女神赐人以金色小麦，使之
不再靠橡栗果腹，可却无人庄严祭祀。
且让我们二人怀着欢乐悄悄庆贺佳节！
毕竟两位恋人也可以算是聚集的人众。
你或许也听闻过那种神秘的祭祀典礼？
据说是随征服者从依洛西斯流传而来。[4]
这是希腊人的创设，即便在罗马城内
他们也总是呼道："来庆祝神圣之夜！"
外教人士便回避，而初入教门的新人
则身着象征纯洁的白衣而惶恐地等候。
随后新人便在种种异象组成的迷宫中
迷途般穿行，感觉自己仿佛正在梦游：

---

① 古希腊有纪念农业女神得墨忒耳（Demeter）与其女普洛塞庇娜（Persephone/Proserpina）重逢的节庆，此时全体女性应斋戒并禁欲九日。古罗马诗人奥维德曾在作品中（Amores III 10）埋怨这一习俗使得自己一时无法享受床笫之欢，并戏谑地援引得墨忒耳爱上希腊英雄伊阿西翁（Iasion）的传说，证明女神自己也有七情六欲，所以她必然不想看到人间缺少欢爱。歌德此处用典正承袭了奥维德。

② 弗拉米尼亚大道（Via Flaminia）：罗马的路名。歌德当时住在波波洛门（Porta del Popolo）附近，距其不远。

③ 刻瑞斯(Ceres)：古罗马神话中的农业女神，相当于古希腊神话中的得墨忒耳。

④ 依洛西斯（Eleusis）：古希腊地名，建有得墨忒耳神庙。

地面上群蛇蠕动，还有许多少女捧着
由稠密的麦穗缠饰着的紧闭宝箱走过。 163
祭司们作出郑重其事之态，念念有词。
学员则焦急而惶恐地期待着光明点化。
他必须先经受住许多轮的磨练与考验，
才能获知异象之中所隐藏的神圣奥秘。
奥秘是什么？无非是伟大的得墨忒耳
也动过凡心而委身于一名伟大的英雄。
她曾允准勇健的克里特国王伊阿西翁
享受自己的仙身玉体上最隐秘的部位。
克里特因此而蒙恩！女神的新婚床笫
生满了麦穗，结出了饱胀的累累籽粒。
可是其余地域却饥困不已，因为女神
流连于欢爱而抛忘了自己美好的本职。①
入教的新人听到这段童话便惊异不已，
悄悄呼唤恋人道：“你可明白我用意？
那里桃金娘掩蔽之处有块清静的圣地！②
我们在彼处寻欢不会给人世带来祸难。”

XIII

爱神埃莫是个无赖，轻信他便会上当！
他到我身边假惺惺道：“这次请相信

① 传说中，由于女神流连在克里特，导致世上只有此地的农田能够丰收，而其他地域的作物却都因此无法生长。
② 桃金娘是爱之女神阿佛洛狄忒的植物。

我对你毫无欺骗，因为我深深感激你，
因为你以自己的生命与创作向我致敬。
看呀，我跟从你来到罗马，并且打算
在异国他乡为你促成一些风流的乐事。
行旅之人总埋怨无法得到称心的款待。
可凡是埃莫所恩宠之人总能适得其所。
你惊异地将古代建筑遗留的废墟欣赏，
并感怀万千地漫游于这片神圣的场所。
164 你尤为景仰的是某些巨匠的珍贵遗迹，
我昔日也曾每每造访他们创作的场所。
这些形象全部是我亲手所塑造！抱歉，
我这次并非自夸，你也承认此言为实。
如今你服事我愈加倦怠，请问你昔日
所创造的美好形象与斑斓色彩都何在？
朋友，你还想继续创作吗？希腊学府
仍然大门敞开，不因岁月流逝而封闭。
我这名教师永恒年轻，并热爱年轻人，
不喜欢你变得老气横秋！拜托理解我！
先人幸福地生活时，古风才新生未久！
你若幸福地生活，古风便能活于心中！
你何处寻得到歌篇的素材？只有靠我，
只有爱情才能教你书写出高雅的格调。”
那位诡辩家如是说道，又有谁能反驳？
而可惜我偏又习惯于顺从主君的旨令。——
如今他背弃诺言，虽给了我创作素材，
却将我的时间、精力与思维一并夺去。

两位相恋之人总是不断彼此交换眼神、
握手、爱吻、关切与柔情的只言片语。
于是呢喃化作漫谈，嗫嚅则化作情话：
这首不受韵律束缚的颂歌终消逝耳畔。
奥罗拉，我往常总以为你是缪斯之友！
莫非你也被那轻浮的少年埃莫所勾迷？
如今你似乎已是他的女友，总是将我
从他的祭坛边唤醒去面对欢朗的白日。
我感受到她浓密的鬈发依偎在我胸前！
我搂着她的颈，她的头安枕在我臂上。
如此醒来多么愉快，安详的良辰使我
永远铭记那份令我们恬然入梦的欢情！——
她于沉眠之中在宽绰的床榻上翻过身，
背对着我，可她的手依旧留在我手中。
共同的衷心爱情与诚挚热愿始终不变，
变化的只有时而涌起时而平息的情欲。
握了下手，于是我看见她明媚的双目
重新睁开。——不要！回归到旧态吧！
愿你继续合拢，否则我会迷惘且沉醉。
别过早剥夺我单纯欣赏你的沉静乐趣。
你这副仪态多么伟大，肢体多么高贵！①

① 参见约翰·约阿希姆·温克尔曼（Johann Joachim Winckelmann，1717—1768）所提出的重要美学口号“高贵的单纯和静穆的伟大”，影响了包括歌德在内的整代人。

忒修斯呀，阿里阿德涅若有如此睡态，[1]
你可还舍得抛弃她？吻下这唇再走吧！
看着她的眼睛！她醒了！永恒紧拥你。

XIV

孩子，为我点灯吧！“现在天还太亮，
白白浪费油与灯芯。先别拉下百叶窗！
太阳才刚下了屋檐，不过还没有落山！
还须再等半小时才能听到晚钟的鸣声。”
傻孩子，就去吧！我要等候佳人来到。
166 愿灯盏做可爱的夜之使者，予我慰藉！

XV

我大概永远不会随凯撒去远征不列颠，
而弗罗鲁斯轻易就能将我拖进小馆子！[2]
因为对我而言，北方弥漫的愁云惨雾
比南国孜孜不倦的成群跳蚤更为可憎。
我从今日起，会更加热爱各种小酒馆，
罗马人极为贴切地称之为奥斯特里亚。[3]

---

① 古希腊传说中的英雄忒修斯（Theseus）从克里特岛劫走了公主阿里阿德涅（Ariadne），然而又在神的指示下，趁她熟睡之时将她抛弃。

② 古罗马诗人弗罗鲁斯（Lucius Annaeus Florus）曾向皇帝哈德良献诗：“我不愿做皇帝，跋涉不列颠，忍受斯基提亚的严冬。”哈德良回道：“我不愿做弗罗鲁斯，跋涉酒馆之间，浪荡于小馆子，忍受肥胖的害虫。”

③ 奥斯特里亚（osteria）：即意大利语的“酒馆”，从“待客者”（oste）一词派生而来。

因为今日我在酒馆见到恋人和她舅舅，
她时常为了与我相会而将他百般欺瞒。
我们一群德国人其乐融融地围坐一起，
而姑娘则在另一桌，坐到了母亲身旁。
她屡屡挪动凳子，懂得如何举止适宜，
让我能看到她的半边脸蛋和整个颈项。
她用比一般罗马女人更高的音量说话，
斟酒时眼睛还瞟着我，把酒泼了出来。
桌上浆液横流，而她伸出纤纤的手指
在木桌上涂抹出一圈圈湿淋淋的印记。
她将我的名字写到她自己名字的后面，
我贪婪地盯着她手指，她也觉察到我。
最终她迅捷地画出了一个罗马数字五，
在前面又加上一竖。在我看见了之后，[1]
她便不停地抹圈，将字迹都统统擦去。
然而那可爱的四字仍然驻留在我眼中。
我继续无言地坐着，紧咬发烫的嘴唇，
半是为情趣，半是因欲念，竟然咬伤。
夜幕降临还早！但竟还要再挨四小时！[2]　167
太阳呀，你在高空久久俯视你的罗马！
你无论过去还是未来所目睹到的一切
全不及贺拉斯所激昂地断言更为宏伟！[3]

① 罗马数字五（V）前面加一竖即是四（IV）。
② 旧时的意大利人从日落之时起计数一天的时辰。
③ 古罗马诗人贺拉斯（Quintus Horatius Flaccus，前65—前8）曾在诗中（Carmen saeculare 9—12）断言，太阳见不到比罗马城更为宏伟的胜景。

然而今日我求你不要流连，并且尽早
顺从我意，别让你目光盘桓在七山上！①
求你看在诗人份上，减短灿烂的昼时，
莫管画家如何幸福地贪看这白日景观。
你可以速速地仰起头让辉焰播耀此方，②
再望一遍房屋、穹顶、华柱与方尖碑，
然后便赶快落归大海，这样明早即能
更早重见千百年积淀而成的超凡美景，
欣赏这片生长着高高芦苇的潮湿滩涂
与座座满覆着树林和灌木的阴暗山丘。
这里原只有几所陋屋，其后转瞬之间
你便见证了得逞的悍匪来此结群聚居。③
他们将全部所获之物都带到此方聚积，
其余的地方几乎都不再值得你去瞩目。
你见过这里的世界兴起，又沦为废墟，
其后废墟中又诞生了个更宏伟的世界！
为能让我久久欣赏它被你照耀的美景，
希望命运女神审慎而缓慢地纺我的线；
但又盼愿她写下的美好时辰马上到来！——④

① 七山：即罗马城。古罗马城建立在七座山丘之上。

② 指落山的太阳仿佛从底方仰照着古城。

③ 悍匪：指罗慕路斯在初建罗马城时曾收容各路劫掠者。

④ 命运女神（Parzen，或 Parcae）：又音译为“帕耳开”，是罗马神话中的一组女神，负责编织并斩断决定着世人命运的线。这两行是说，“我”虽然希望命运女神不要让人生流逝太速，但还是希望将这苦等美好约会的几个钟头赶快熬到头。

多幸福！莫非我已听见？不，三点了！
可爱的缪斯们哪，正是你们再度相助，
使我不觉中熬过了与恋人漫长的远隔。
别了！我得抓紧，我不怕怠慢了你们，
你们虽然高傲，但终究得让位给埃莫。

XVI

“情郎呀，你今日为何未到葡萄园来？
我信守了诺言，一直在上面独自等你。” 168
恋人哪，我进去过了，不料碰巧看到
你的舅舅在葡萄架旁来来回回地忙活，
便悄悄开溜。“哦，你真是大错特错！
吓跑你的不过是一只稻草人！是先前
大家用陈旧衣物与芦苇辛苦缝制而成，
当时我也勤快地帮了忙，却自食其果。
唉！老头心愿成真，毕竟今天吓跑了
那只偷他园子与外甥女的最坏的坏鸟。”

XVII

我厌恶很多种声音，可最让我憎恨的
一直是狗的狂吠，多么折虐人的耳膜。
不过有条狗的吠声偏偏总能让我欣喜，
这便是我邻居家所养之狗。原因在于
它曾在我的恋人悄悄前来赴约的时候
对她咆哮不止，险些令我们情事败露。
如今我只要听到它叫便觉得是她到来，

抑或忆起我所苦盼的佳人来临的良辰。

XVIII

有件事总能令我烦恼至极，还有件事，
哪怕仅仅是想到它，便令我浑身上下
都毛骨悚然。朋友们，我向你们坦承：
那件令我烦恼之事便是夜间独守空床。
169 而令我悚然之事则是，在爱情之路上
需要忌惮幸福的玫瑰丛中隐匿着毒蛇。①
在幸福高潮之刻，洋溢着献身的欢情，
却有份担忧逼近你垂下的头向你耳语。
而福斯蒂娜则是我之幸，因为她既愿②
与我同眠，也愿以忠贞回报我之诚意。
冒失的青年想要为情涉险，然而我却
喜欢长久且从容地享用有保障的宝藏。
这是何等幸福！我们交换安全的爱吻，
无顾忌地互相啜吸并灌注气息与生命。
我们就这样欢享长夜，彼此胸膛紧贴，
静静地谛听着外面传来的风鸣与雨音。
东方初明，清晨将新鲜花朵带给我们，

---

① 喻指性病。在 1790 年 1 月写给饱受花柳病折磨的卡尔·奥古斯特公爵的书信中，歌德还曾庆幸自己虽然不乏风流，不过终究免遭此难。

② 歌德在《哀歌》中仅在此一处提及自己的恋人之名：福斯蒂娜（Faustine）。有学者猜测其真实身份为生于 1764 年的福斯蒂娜·安农齐亚塔·露琪亚·乔瓦尼（Faustina Annunziata Lucia Giovanni）。她与前夫育有一子，青年孀居，住在坎帕尼亚旅店（Osteria Campanella）附近。

将我们新的一日装点得欢愉而又亮丽。
罗马诸君，莫嫉恨我之幸福。愿爱神
赐每人都享受美好人生的起点与归宿！

XIX[①]

我们很难才能保全声誉，毕竟我知道
谣言女神与我主君爱神埃莫彼此不合。[②]
你们是否也知晓他们的仇恨由何而起？
这些都是陈年旧事，且让我好好道来。
她素来是强大的女神，然而其余众神
难以将她忍受，因为她喜爱掌控言论。
自古以来，每逢天神们欢聚饮宴之时，
她铜一般的嗓音总是令全体宾客生厌。
她曾有一次狂妄地自吹自擂，说自己
令朱庇特的骄子倾倒，甘心做她奴仆。[③]
她得意道："众神之父啊，有朝一日
我定会使得我的赫拉克勒斯脱胎换骨。
他再也不是阿尔克梅尼为你所生之子。
正因倾慕我，他才成为了尘世间的神。

---

① 本诗中的情节不见于传统神话，是歌德在既有素材基础上的新创。此诗表达了人生在世的一份两难抉择：一方面是对爱情的追求，另一方面则是对世俗道德与名誉的顾忌。

② 谣言女神：原文中为法玛（Fama），是罗马神话中的名誉与谣言之女神。其所对应的希腊名是斐默（Pheme）。

③ 朱庇特的骄子：指朱庇特与凡间女子阿尔克梅尼（Alkmene）所生的大英雄赫拉克勒斯（Herkules/Herakles）。

他仰望奥林匹斯时，你会误以为他在
将你强大的膝盖瞻仰。对不起，其实
绝世英雄只想从云霄中望见我的倩影。
他踏上无人涉足的险径只为赢取我心。
而我也在路途中将他迎候，在他还未
完成功业时，就预先将他的英名传扬。
你会让我俩结姻。征服阿玛宗的英雄[1]
应归我所有，我将喜悦地称他为郎君！”
众神无言，并不愿意去刺激虚荣的她，
因为她会在恼怒之下放出恶毒的谣言。
不过她未注意到小埃莫偷偷行到一旁。
他略施小计便让英雄爱上美丽维纳斯。
他为这对爱侣扮装，将沉重狮皮披到
女神肩上，并费力将棍棒放到她身旁。
随后他将英雄悍立的头发用鲜花缀饰，
还将纺线杆塞进他毫无抗拒的拳头里。[2]
埃莫将这对滑稽的男女装扮完毕之后，
便飞跑去向整个奥林匹斯山高声宣告：
“多奇妙！天地间不曾有过如此场景！
就连永恒运转不倦的太阳也从未见过！”
众神匆匆赶来，听信了坏小子的鬼话，

① 赫拉克勒斯的功业之一就是战胜了阿玛宗人（Amazonen，又译“亚马孙人”）女武士。

② 赫拉克勒斯曾与奥姆法勒（Omphale）女王结合，穿上女装做女人的工作，而女王则披上英雄的狮皮，手执棍棒。

因为他讲得一本正经。法玛也未缺席。
看到那位男子汉大出洋相，谁会开心？
当然是朱诺。她亲热地望了埃莫一眼。①
而法玛站在一旁，羞愧、狼狈而绝望！
起初她还只是讪笑：“只是面具而已！
我太了解他了！这不过是戏子的耍弄！”
不过稍后她便痛心地发现，还真是他！—— 171
这副通人性的神网精准地抓住了时机，
将女神与壮健情郎困在一起动弹不得，
令大家看见奸夫淫妇两情缠绵的丑态，
武尔坎努斯见状却没有丝毫气恼之意。②
墨丘利与巴克科斯看到此景兴奋万分，③
不得不承认：“依偎在美丽女神胸上，
光想象就觉得美好！”便恳请她丈夫：
“不要放开他俩！让我们再欣赏一会。”
老乌龟也挺不知羞，将他俩越捆越紧。——
而法玛见状只能满怀愤懑地匆匆跑开。
从此她与爱神埃莫的争端就再也没完：

① 天后朱诺（Juno）是朱庇特的正妻，因此本诗中的她见到私生子赫拉克勒斯出洋相便极为幸灾乐祸。

② 武尔坎努斯（Vulcanus）是罗马神话中的匠神，维纳斯之夫。传说中，日神索尔（Sol）发现维纳斯与战神玛尔斯（Mars）私通，便告知武尔坎努斯。于是武尔坎努斯制作了一副奇妙的网，在捉奸现场困住了二位，使之动弹不得，随后他又唤来众神围观这副滑稽场面。歌德在此诗中对原始神话情节有所创新。

③ 墨丘利（Merkur）：罗马神名，对应希腊神话中的赫尔墨斯。

她一旦看中某个英雄，小爱神就追上。
谁越是倾慕她，便越会被他紧抓不舍，
越是正派之人，便越容易遭受他伤害。
谁若想逃开他，便只会陷入更糟之境。
谁若愚蠢地回绝他所送上的女孩之心，
就得好好地将他可怖毒箭的滋味品尝。
他挑动男人相斗，并激发兽性的欲求。
以他为耻之人必然遭罪，他令虚伪者
只能在罪恶与困迫感下作痛苦的享乐。
而女神也用眼睛与耳朵对他施加报复：
她只要见到他在你身旁，便充满敌意，
用严峻的目光与鄙夷的面容将你恐吓，
让爱神频频造访的人家变得声名不堪。
我也遭受到这一切，已然吃过些苦头。
嫉妒心切的女神总是要打探我的秘史。
但这是条古老法则，我只能默默谨守。
172 我像希腊民众，为王者间的争执赎罪。[①]

XX

男子汉应当具备刚强与自由勇敢之心。
哦，可是他恐怕更加需要深邃的秘密。

---

① 贺拉斯有诗（Epis. I 2, 14）云：“不管君王们做下何等疯狂之事，为之赎罪的总是希腊民众。”意即普通人最终不得不为君主的不理智行为承受后果。歌德则在此诗中戏谑地化用了此语，意指凡人因众神之间的久远争执而面临困境。

沉默女神，你能攻破城垒、统御万民！
无论我遭逢何等命运，你都始终忠实
带我平安走过人生之途。缪斯与埃莫
开着顽劣的玩笑，令我紧闭的嘴失守。
唉，我已难以继续替王者的丑事保密！
无论王冠还是佛里吉亚高帽都藏不住
弥达斯的长耳。贴身的近侍发现此事，[1]
却必须深藏心中秘密，恐惧而又压抑。
为了释放重负，他要将其掩埋地洞中，
然而大地并没有替他将这条秘密保守。
芦苇长出，随着风吹而发出瑟瑟低语：
“弥达斯！国王弥达斯生着长长耳朵！”
如今让我瞒住自己的美好秘密则更难。
唉，心中的千言万语太容易脱口而出！
我不能讲给女性友人，她们会责骂我。
男性知己也不行，怕会给我带来危险。
本可将喜悦诉说给森林与鸣响的岩石，
但我毕竟已不再拥有那份青春之孤独。
那就将其倾吐在五六音步的诗篇中吧：[2]

---

① 奥维德曾在作品《变形记》（Metamorphosen XI 174—193）记述，阿波罗惩罚佛里吉亚（Phrygien）国王弥达斯（Midas），使之长出驴耳朵。于是弥达斯平日总是戴着高高的帽子遮丑，然而终究御用理发师还是发现了秘密。他知晓了秘密却无处倾诉，痛苦不已，于是挖了个地洞，朝洞口中悄声道出了此事，然后再用土将洞填平。然而此地后来长出一丛芦苇，借着风吹而传布这条秘密，以致最终世人皆知。

② 五六音步的诗行：即这里的哀歌。参见本版块开篇处有关其格律的注释。

因为她，我白日多欢乐，夜晚多幸福。
多少人觊觎她，她却避开他们的网罗，
令大胆的追求与诡诈的巧计一无所获。
173 她机智而优雅地绕过陷阱，心中清楚
心上人会于何处静静地盼候她的来到。
她来了！愿月神停步，别让邻居望见。
愿风儿吹响树梢，别让人听到她脚步。
一首首心爱的歌谣呀，我愿你们绽放，
愿你们在温和可爱的晚风中轻轻飘摇，
你们最终也可像那些多嘴的芦苇那般，
告诉罗马人一对幸福情人的美好秘密。

哀歌 II 174

Elegien II

有多少画面与多少热狂
都欣然寄身在歌谣之上！

亚历克西斯与多拉[1]

Alexis und Dora

啊！船儿每时每刻都不停地奋冲疾航，
穿行过翻卷着泡沫的海涛，继续前进！
龙骨在船的后方划下一道长长的轨迹，
海豚腾跃着尾随，似追踪逃逸的猎物。
一切都预示航程将顺利，从容的船员
轻轻拉扯那片为全船提供动力的船帆。
众人之心仿佛旗帜，急切地飘扬向前。
只有一人伫立桅边，哀伤地回望后方。
眺着座座青山愈来愈远，它们的轮廓
渐被大海吞没，他的一切欢乐也沉沦。[2]
多拉，船也遁出你视线。唉，这艘船

---

① 此诗原本被作者称作“田园诗”（Idylle），根据日记，1796 年 5 月 14 日完成于耶拿。此诗尚未发表时，便已经在当时的友人圈子中引发了热烈反响。弗里德里希·施莱格尔（Friedrich Schlegel）与席勒都曾对此盛赞不已。

② 此处叙述视角改变，后面开始了男主人公亚历克西斯（Alexis）的独白。

将你的知己与新郎亚历克西斯夺走了。
你仍在枉然地向我遥望。我们的心脏
仍在为彼此而跳动，可是再无法相拥！
唯一的一瞬哪！我只体验过一瞬生命！
这足以抵偿一切在冷漠中消逝的日子。
唉！只在那最后一瞬，我从你的身上
蓦然获得一份好似神之恩赐般的生机。①
阿波罗，你的辉光壮丽地灼耀着晴空，
但全属枉然，我憎恶普照一切的白昼。
我的思绪回到内心深处，想在静寂中
重温起那段她每天都与我同在的日子。
怎可能只以眼观玉颜，而不用心感受？
超凡之美怎可能不触动你木讷的灵魂？
苦人，莫自怨！——诗人就常常这样
向大众讲述一条巧用辞藻修饰的谜题。
奇异图像串联在一起即能使众人欣赏，
但仍然缺少那个隐藏深意的关键之词。
只有最终解谜之后，大家才喜悦不已，
得以从诗歌之中领会微妙的双重蕴含。
唉，埃莫，你为何迟迟才将谜题解开？
为何如此之久才解下遮蔽我眼的缚带？
我的船早就装载完毕等待着合适风向，

① 女主人公的名字（Dora）是多萝西娅（Dorothea）之简化，后者原意为“神之恩赐”。

如今终于盼来了陆地刮向洋面的顺风。
青春的时光与未来的幻梦都何等空虚！
尽皆消逝，只有唯一良辰还留在身边。
对，幸福也还在！我保有着你，多拉！
多拉，惟有你的倩影能让我重见希冀。
我曾每每见盛妆的你端庄地走向庙宇，
而你的母亲则在你的身旁肃穆地同行。
你将果实带往市场时散放着活泼朝气，
井中汲水后头顶水罐归来又多么洒脱！
趁此时机，可以清楚地欣赏你的颈项，
还能观察你的动作节律如何优美和谐。
我还每每担心水罐会从你头顶上滑落，
可它却总是稳稳当当地停在裹布之上。
美丽的邻家女，我习惯于这样见到你，
正仿佛人们仰望星辰或欣赏明月一般，
虽为之愉悦不已，可心中却兀自平静， 176
丝毫也不会产生想要将其占有的念头。
逝去了多少年华！我们的房屋只相隔
寥寥二十步远，我却从未迈进那扇门。
如今我们则被骇浪遥遥相隔！大海呀！
你宛若天空，你壮丽的深蓝正似夜色。
忆往日，众人都在忙碌，有一个男孩
奔到我家的门前，呼唤我到大海边去。
他说道：“船帆已升起，在空中鼓振，
水手奋力拖拽，船锚已经拔离了沙岸。
来吧，亚历克西斯。”于是勤恳老父

用手抚摩着我的鬈发作为临别之祝福。
母亲则关切地递给我一副理好的包裹。
他们呼道："祝愿你平安地满载而归！"
随后我将包裹挟在腋下，欢跃着离去，
我顺着墙走，见你伫立自家果园门口。
你满面微笑地对我说："亚历克西斯！
那边喧哗的人众就是你此行的旅伴吗？
你将造访异乡的海岸，购进贵重货物，
替城中阔绰的贵妇们采买来不少首饰。
我想拜托你捎带一条轻巧的项链给我。
这是我的夙愿，我会感激地付钱给你。"
于是我停下脚步，照商人的方式询问，
想搞清楚你订购的是什么款式与分量。
你客气地道出了估价，而我与此同时
则在窥视你那配得上宫廷奇珍的秀颈。
船上的喊声更加激烈了，你亲切地说：
"到我的果园里，取点果子带上路吧！
177 将熟透的橙子与白洁的无花果都拿去，
毕竟海上不产，陆上也不是处处都有。"
于是我走了进去。你殷勤地替我采摘，
并在围裙里兜满了沉甸甸的金色果实。
我说了很多次"够了"，可你仍不停，
发现可爱的果子，便轻盈地摘到手中。
最终你来到凉亭边，那里有一只小篮，
桃金娘开着花的弯枝遮覆在我们头顶。
你一言不发，开始娴熟地整理起果实：

在最低层摆放金球般的沉甸甸的橙子，
柔软的无花果不能受压，便置于上层，
最后你铺上桃金娘枝，装饰这份礼赠。
我却未拿起它，而是站着，与你对视，
此时我的眼前覆盖着一层朦胧的纱雾。
我紧拥你时感受到了你的胸！用膀臂
搂抱着你秀美的颈项，将其吻了千次。
此时你将头低垂到我肩上，并伸出了
美丽的胳膊将幸福的我拥揽在你怀抱。
我感到埃莫的双手将我俩有力地贴紧，
而此时晴朗的天空中传来了雷鸣三声。①
我眼中泪水涟涟，你在哭，我也在哭。
痛苦与幸福交织，身边世界仿佛沦没。
海边的呼唤声愈来愈强烈，而我似乎
无法举步，呼道：“多拉！你属于我？”
“永远！”你低语道。于是我们的泪
仿佛被天堂的春风从眼中轻轻地拂去。
大家来唤我上路，负责寻找我的少年
透过园门望见了我俩。他接过了篮子， 178
强行将我带走！我又再度握了你的手！
我好似大醉一般，不知自己如何登船。
同伴们也觉得我是病了，并未为难我。
如今城市已然被遮掩在远方的迷雾中。

① 雷鸣意味着宙斯表示赞许。

“永远！”多拉，我耳际回响你的话
以及宙斯的雷鸣！祂宝座边正伫立着
祂的女儿爱神，而她身旁是美惠女神！
我们的结合已然得到众位天神的确证！
哦，那就但愿船儿快快顺着风势前行！
愿坚固的龙骨冲过翻卷着泡沫的海涛！
请速将我带往异乡的港湾，我将即刻
到作坊里吩咐金匠打造那份辉煌信物。
多拉呀，这将委实不仅是条小小项链！
这条宽绰的锁链将缠绕你的颈项九圈。
此外我还将为你置办形形色色的饰品，
慷慨地用许多金质镯子装点你的手腕。
我要让红绿的宝石在你身上争奇斗艳，
要让可爱的蓝刚玉与赤锆石交相辉映，
还要用五彩斑斓的耀目宝石镶嵌金饰。
哦，新郎的快乐便是独自将新娘装扮！
我看到珍珠便想起你。看到任何戒指
便想像将它戴佩到你的纤纤素手之上。
我要易物、购买，将最美的都选给你，
我情愿此行带回的货物都尽给你一人。
但你的郎君所采购的不止是珠宝首饰，
179 还要为你捎带居家主妇所钟爱的物件。
我看中了镶绣着紫边的精美羊毛被褥，
用来为我们铺设起柔软而舒适的床榻；
还有贵重的织物。你可以安坐着缝补，

做衣裳给我和自己，说不定还有童装。[①]
愿希冀的幻景将我的心欺骗！众神哪，
求你们压制这团冲透了我心怀的烈火！
可是当忧虑向我冷酷而淡漠地逼近时，
我又切望那份充满着苦痛的欢乐回返。
即便复仇女神之火炬与地狱犬之狂吠
令深陷绝望境地的罪人所感受的惊恐，
都不及这番冷酷幻景对我造成的折虐：
远方丽人将自家果园的大门再度打开，
另一个男人来到！她也为他采摘果实！
让他也享受到无花果那滋补人的甘蜜！
她可也会勾诱他去凉亭？他会不会去？
众神！让我瞎掉吧！抹却这一切回忆！
对，她是个姑娘！可以迅速委身一人，
就可以转身又飞快投入另一人的怀抱。
宙斯，这次别再讥嘲横遭毁弃的盟誓！[②]
求你让可怖的雷霆降下！将闪电收回！
让荡飘的乌云将我追踪！请在暗夜里
降下你耀目的闪电击中这不幸的桅杆！
让迸碎的船板漂散洋面，让这些货物

① 这里是全诗的转折点，主人公从甜美回忆与幻想中，突然陷入猜忌与嫉妒所造成的绝望。席勒曾表示过自己不甚赞同歌德在此处几乎毫无过渡的写法。

② 古典作品中，天神其实通常并不在乎人间的山盟海誓，亦无心惩罚凡世男女间的背信弃义。

沉沦于狂涛之中，并让我被海豚攫走！——[①]
缪斯们，够了！你们永远无法描述出
热恋者心中的痛苦与幸福的剧烈交替。
你们虽不能治愈爱神埃莫造成的伤口，
但只有善心的你们能令痛苦稍稍缓和。

180

新帕夫西阿斯与他的卖花少女[②]
Der neue Pausias und sein Blumenmädchen

西刻翁的帕夫西阿斯是一名画家，他少年时爱上了极其巧于编结花环的同城少女格吕刻瑞。二人互相比赛，他对繁花的描摹到了无与伦比的程度。最终他画下了自己的爱人坐着忙于编制花环的模样。这幅作品被认为是他最佳的画之一，被称作《制花环的少女》或《卖花环的少女》，这是因为格吕刻瑞少时穷困，曾赖此糊口。卢基乌斯·卢库卢斯[③]曾在雅典花两个泰伦特[④]而买下了一份摹本。

——普林尼[⑤]第 35 卷第 125 节

---

① 主人公的独白于此结束，叙述视角回归开篇的叙事者。不过令人疑惑的是，海豚并不猎食落难的水手，因而这半行诗的具体所指不详。专家们猜测，有可能主人公是希望海豚载着自己返回出发地，不过也有可能这是作者的有意讽刺。

② 作者 1797 年 5 月 22 日的日记提及了创作与朗读“制花少女”的经历。终稿于 6 月 13 日寄送给席勒。需要注意，歌德之妻克里斯蒂安娜·武尔皮乌斯少时也曾在工厂中制作过假花。

③ 卢基乌斯·卢库卢斯（Lucius Lucullus，前 117—前 56）：古罗马元老院成员及军事统帅。

④ 泰伦特（Talent）：古希腊的货币及重量单位。

⑤ 这里指公元 1 世纪的古罗马学者老普林尼（Gaius Plinius Secundus Maior）的著作《自然史》（Naturalis historia）。该作是汇纂古典时代人所具知识的极为庞大且重要的百科全书。

女

尽管把花朵撒来，撒到你和我的脚边！
你播下纷杂的乱花，一片绚烂的迷惘！

男

你之真情能将众多不同的元素相连结。
这一切在你编织过程中才绽放了生命。

女

轻轻撩拨玫瑰吧，且让她藏在小篮中。
朋友，你在何处，我便公开以此相赠。

男

我会假装不认识你，亲切地表达感谢。
然而送我礼物的少女却拒绝接受回礼。

女

且将那风信子递给我，还有那康乃馨，
让早开与晚开的不同花儿紧依在一起。

男

且容许我坐到你脚边缤纷的花堆中来，
我要用大捧的宜人芬芳填满你的怀抱。 181

女

将线递给我。那些在花园中原本只能
远远相眺的亲人，如今可以欢聚紧拥。

男

我不知最应欣赏的是什么：美丽的花?
灵巧的手指? 还是遴选鲜花者的心灵?

女

再给我些绿叶，中和鲜花的耀眼色泽。
有沉静的叶片衬托，花环才鲜活生动。

男

你为何要为这支花束如此地精挑细选?
想必是要将其献给自己尤为惦念之人。

女

我白天里要卖出去上百只花环与花束，
然而最美的一只我则在傍晚赠献给你。

男

画家假如能摹绘出这些花环该多幸福!
画出这片芬芳田野，最先画出那女神!

女

我觉得，他在此并非幸福得无以复加；
比他更幸福的，是向他送来爱吻的我。

男

恋人哪，再吻一下！嫉妒不已的晨风
早就飞快地夺走了我唇上的最初之吻。 182

女

春日赠予我多少鲜花，我也同样乐于
赠爱吻给恋人，将花环与吻一起给你！

男

我若有幸具备帕夫西阿斯的过人才华，
那我白日的工作便是将这只花环摹绘！

女

花环真美。看！福罗拉俏丽的女儿们[①]
仿佛在上面迈着斑斓变幻的悦人舞步。

男

于是我俯身沉浸花萼里，尽情地啜饮
大自然灌注在朵朵花冠上的甘美魔法。

---

① 福罗拉（Flora）：罗马神话中的花朵女神。

女

在画布上它有声有色，永远不会枯萎。
能使它直到晚间都仍保持鲜丽与紧致。

男

啊，我感到自己多么地可悲而又无能！
但愿这份灼耀我目的幸福留在画布上！

女

不知足的人呀！你是诗人，何以妒忌
古代画匠的才华？请施展自己的专长！

男

诗人能否得宜地再现缤纷花朵的色泽？
183 他的辞藻与你的美貌相比不过是暗影。

女

可是画家能否得宜地表达出“我爱你”？
朋友，我只爱你！我只为你一人而生！

男

唉，而诗人自己再怎么表达“我爱你”，
都无法像你灌注我耳的情话那般甜美。

女

此二者都颇具才华；不过爱吻的语言
以及眼波的语言都只留赠给爱河中人。

男

你则结合了一切，用鲜花创作诗与画。
福罗拉的女儿对你既是色彩亦是辞藻。

女

少女手中产出的仅是稍纵即逝的作品，
刚完成于早晨，到傍晚便已华彩不复。

男

众神也同样只赐予人稍纵即逝的礼物，
并不断地用新的赠品将凡间之人引诱。

女

自从你我二人心心相连的第一天开始，
你便从未有过一天未获赠花环与花束。

男

是，最早的那只花环还挂在我的房里。
是你优雅地绕行过宴桌，将它呈给我。 184

女

我将花环置于你杯上，玫瑰落了进去。
你喝下酒，呼道："姑娘，花里有毒！"

男

然后你答道："这些花朵都浸透蜂蜜，
然而只有蜜蜂才能品味出其中的甘甜。"

女

粗野的蒂曼特一把将我抓住，并说道：
"雄蜂难道善于探索花中的甘甜秘密？"

男

于是你转过身，想要逃走，篮子和花
一并翻倒，撒在了那粗野的男人面前。

女

你以命令口吻对他喊道："放下姑娘！
她的花与身体都非粗人鄙夫所应碰触！"

男

然而他却将你抓得更紧，不止地狞笑，
而你连衣裙的领口处已经在开始撕裂。

女

此刻你激愤难当，将酒杯径直摔向他，
清脆地砸到他脑袋上，酒液四溢狼藉。

男

酒精与愤怒令我昏了头脑，与此同时
我见你正在遮挡雪白后颈与美丽胸脯。

女

四下喧嚷，乱成一团！紫色污血涌出
与酒液相混杂，瘆人地从他头上流下。

男

可我的眼中只有懊恼地跪在地上的你，
正在用一只素手扶住往下脱滑的衣服。

女

啊，有人用盘子砸向你！我多么害怕，
不想让飞来的金属击中这位陌生君子。

男

可我的眼中还是只有你，正敏捷地用
另一只手从凳子下捡拾起篮子和花环。

女

你走过来保护我，以免我不巧被砸中，
不让店主因我搅扰了宴席而朝我撒火。

男

对，我还记得，我一把扯起一张桌布，
用左臂挥舞，仿佛与公牛较量的斗士。

女

店主与理智的宾客奉劝我们冷静下来。
我悄悄溜了出去，然而屡屡回头瞥你。

男

啊，你从我眼前消失！我枉然地寻你，
186 找遍屋中的角落、外边的街巷与市场。

女

我羞惭地躲藏起来。中规中矩的少女
平日被众人喜爱，却成为今日的谈资。

男

我看到了数不清的花朵、花环和花束，
可却无法找到你，城中哪里都不见你。

女

我静静坐在家中。多少玫瑰花从枝头
凋谢零落，而康乃馨也同样枯败萎折。

男

少年们聚在广场上谈论：“此处有花！
然而却不见那位编织花环的可爱少女。”

女

此时我在家制作花环，却任凭其枯萎。
看见否？这些给你的花环仍挂在灶边。

男

你赠给我的第一只花环也同样已枯萎！
纷乱中我未把它抛忘，归来挂上床头。

女

我晚间观赏着枯萎花环，独坐着堕泪，
直至幽暗深夜，斑斓色彩都凋逝而去。

男

我漫无目的地游荡，打探你家住何方。
可就连最爱卖弄的万事通也无以回答。 187

女

我家很偏，谁也不知在哪，无人探问。
这座城市够大，足以让穷人轻易隐形。

男

我漫无目的地游荡，乞求着高空太阳：
“神哪，你的光在哪个角落照耀到她？”

女

崇高众神不会聆听你，可彭妮娅却能。[①]
最终我迫于贫穷，又出门去寻求生计。

男

难道不是另一位神驱你找寻那位侠客？
埃莫难道没有为我们互换爱情之魔箭？

女

我在拥挤的市场上寻觅你，终于找见！

男

熙攘的人群也阻拦不住任何相爱之人。

---

① 彭妮娅（Penia）：贫困女神，有的文献称之为小爱神之母。

女

我挤开人墙。我们相会。你在我面前。

男

你也在我面前。仿佛周遭只有我们俩！

女

身处人海之中！旁人好似灌丛与树木。

男

他们的喧哗在我耳中只如同泉水潺潺。 188

女

相爱之人虽处人海，眼中也只有彼此。
不过虽只有两人，也会有第三位来到。

男

埃莫，没错！他用这些花环装扮自己。
继续撒花吧，把怀中剩余的尽皆撒却。

女

好的，我撒走所有美丽花朵。爱人呀，
在你怀抱中，我的太阳今日再度升起。

欧佛洛绪涅[①]
Euphrosyne

夕阳投射下的紫色辉光已然远去不见，
连巍峨冰峰的锯齿形顶巅也黯淡下来。
漫游者的山谷与小径早已被夜幕笼罩，
可他还行在湍流之旁，渴望抵达小屋，
一日行程的终点是那宁静的牧人之宅。
睡意如同天神恩赐的可爱亲切的旅伴，
此时已提前来临。愿神圣的罂粟今日
也能降福于我，为我的头顶佩上花环！[②]
可是彼方的山谷上，何物在向我闪耀？
竟将翻卷溪流上的雾霭都映照得辉煌。
莫非落日余晖穿过隐秘岩缝照了过来？
因为彼处那迷幻的光影必非来自尘世。
云雾翻卷而来，辉煌闪耀，何等惊奇！
玫瑰色的光团中可会显现神秘的倩影？

---

① 初印于席勒1798年推出的《1799年艺术年鉴》，该书的目录上还附有注言：“纪念一位年轻、才华横溢、为了戏剧艺术而过早逝世的魏玛女演员——贝克尔夫人，原姓诺伊曼。”这里指的是死于肺病的克里斯蒂安娜·诺伊曼（Christiane Neumann，1778—1797）。歌德曾与女表演家克洛纳·施勒特（Corona Schröter，1751—1802）共同倾力栽培她，感情颇深，最终却在瑞士之旅的途中获悉其早死之讯。参见其同年10月25日从苏黎世致伯蒂格的书信以及次年6月12日从耶拿致马克思·雅各比的书信。欧佛洛绪涅（Euphrosyne）是一位美惠女神的名字，诺伊曼生前曾扮演过这个角色。

② 罂粟有镇静催眠之效。

是哪位女神在走近？抑或是哪位缪斯
在这片怖人的谷地中找寻忠实的友人？ 189
美丽女神！求你现身，不要再度消失，
欺弄我那满怀激动、深受感触的心灵。
若愿意向我这俗夫透露你的神圣芳名，
便请说出；否则便请赐我暗示与点化，
让我猜测你是宙斯的哪一位不朽女儿，
我会立刻在诗歌之中郑重地将你赞美。
“善人，你认不出我了吗？我的形象
素来受你钟爱，如今为何却形如陌路？
虽然我不再属于尘世，我颤栗的灵魂
也已在悲怀中抛却了欢乐的青春年华；
但我希望自己的形影仍深深地镌刻于
友人之回忆中，并因真情而增辉添彩。
对，你泪盈盈的目光已然告诉我一切：
这位朋友仍然认得她——欧佛洛绪涅。
看，逝去的女子不惧穿越森林与山脉，
只为了找寻到那位在远方漫游的旅人。
她找寻的人是她的师长、挚友兼父亲，
她再一度回望起尘世欢娱的浮艳舞台。
且让我回想往日，你将还是孩子的我
奉献给美丽的缪斯，从事迷眩的表演。
且让我回想昔时所经历过的每一细节。
啊，谁人不痴迷于重温不复返的往事？
尘世的浮华日子在欢乐中一天天逝去，
啊，谁足够珍视这份倏忽即逝的宝藏？

如今看来虽渺小，但对心灵多么珍贵！
真情与艺术能使得一切渺小之物伟大。
你是否还记得我们在舞台之上的时刻？
你曾引领我登上崇高艺术的庄严阶梯。
我表演一位动人的男孩，你叫我亚瑟，[1]
令不列颠文学人物在我身上宛如复生。
你威胁要用可怖的火焰烧瞎我的眼睛，
然而却心受感化，转过脸庞流下泪珠。
啊！你多么地仁义，保全了一位弱者，
可是他终究还是在冒险潜逃之时殒命。
你慈悯地收拾起他的碎尸，将我抱走，
而我久久地在你的怀抱中表演着死者。
待我终于睁开眼，便见到你若有所思，
严肃而静默地待在你宠爱的孩子身前。
我童真地起身，感恩地亲吻你的双手，
将乖巧的小嘴递过去接受你纯洁的吻。
我问：‘父亲，你表情何以如此严肃？
我若犯了错，还请你告诉我如何改进。
在你身边，我会不辞辛苦，一切动作
我都甘愿反复练习，只要有你的教诲。’
而你有力地抓住我，紧紧地将我搂抱，

① 歌德曾与诺伊曼共同参与排演莎士比亚的名剧《约翰王》（König Johann）。歌德表演休伯特的角色，受命弄瞎小亚瑟，但是最终还是放过了他。亚瑟后来在跳墙逃跑时死去，休伯特收拾尸身，将其携下场。

使得我的心底最深处感受到一阵战栗。
你呼道：‘不！可爱孩子，你今天的
表现好极了，明天公开表演就要这样。
要像打动我时一样，打动全城的观众，
冷血之人也会流下晶莹泪水将你称誉。
不过最受打动的终究是我：抱着你时，
你演得多真切，令我感受到夭亡之怖。
自然呀，你在万象中都显笃定而伟大！
天空与大地都始终遵循着永恒的铁律， 191
一年承继着一年，夏日总接续着春天，
其后严冬又亲切地向丰饶的秋季伸手。
耸伫的磐岩相望，永恒之泉喷涌而出，
翻着泡沫从云霭掩映的沟壑滂沱而下。
云杉终年苍翠，即便冬日里落尽叶片
灌丛也在枝桠间暗暗保藏着一些芽苞。
万物生灭自有恒定法则，可人之生命
虽是无上珍宝，却受无常的运数支配。
经常并非老迈迟暮的父亲先安详逝去，
从坟冢边向正当芳华的儿子亲切颔首，
经常并非强健的年轻人为年长者送终，
替衰颓者闭合上那从容低垂着的眼睑。
啊！谁料命运每每令年岁的次序颠倒，
让老翁为早夭儿孙而无助地徒然痛哭。
正好似饱经沧桑的树干，周身的枝桠
尽被狂乱的霜雹无情摧虐得四散零落。
当你乔装成尸体，躺在我怀抱中之时，

可爱的孩子，我心便沉浸于此类思绪。
然而当你在我怀中重焕灿烂青春之刻，
仿佛众人的掌上明珠，我又多么欣喜。
假小子呀，快乐地蹦跳吧！这位姑娘
长大后将为世界带来欢欣，令我迷醉。
愿你无止求索，在生命的登攀之途中，
愿你一步步在艺术中发挥天赐的禀赋。
愿你总能为我带来快乐。在瞑目之前，
我希望能见证你佳妙的才华臻于完美。’——
你就这样说道，我永远忘不了那一刻！
我用自己的进步来阐释你庄严的言辞。
192 哦，你曾向童稚的我倾吐过多少话语，
我每每将那份深意与感动转述给众人！
哦，你的双眼给我多少教益，我时常
在黑压压的惊异听众中找寻你的身影！
然而，尽管你还将一直留在彼处伫立，
可是欧佛洛绪涅再不能取悦你的双眼。
你再也听不到自己成长的学徒的声音，
她很小时就受你训练而歌咏爱之悲苦！
世人来来去去，还会有别人令你欣赏，
即便最伟大的天才也会被后来者超越。
可是不要忘记我！以后在纷攘的舞池，
假如有另个女子欢乐地翩跹到你眼前，
听从你每一指令，期待收获你的微笑，
并且只喜爱待在你为她所指定的位置；
假如她不辞辛劳苦楚，竭尽全身之力，

哪怕近在坟墓之侧也呈来快乐的祭品；
不论已过了多久，愿你忆起我并呼道：
‘欧佛洛绪涅，她在我眼前再度复活！’
我还有许多话要说，可亡者无法久留。
哀哉！有位天神严刻地主宰着我魂灵。[1]
别了！我必须飘飞着迅疾地归往彼处。
不过我还有个愿望，求你倾听并恩准：
不要让我默默无名地沉沦到亡灵之乡！
只有缪斯能为死者多少赋予些许生机。
因为在普洛塞耳皮那之国度中彷徨着[2]
不计其数的湮没了形体与姓名的幽魂。
可哪位孤灵若能得到诗人的单独称颂，
便重获形体，能与一切古时英杰聚会。
以你的诗歌为引介，我便能欣然前去，
有幸亲身沐浴冥府女神那仁慈的目光。
她将和蔼地将我迎接，道出我的名字， 193
宝座近旁的不朽神女们则会向我致意。[3]
忠贞无人能及的珀涅罗珀将同我交语，[4]
埃瓦德妮依偎在爱夫的身上将我欢迎[5]

① 天神：指赫尔墨斯，他有引领亡魂的职责。
② 普洛塞耳皮那(Persefoneia/Proserpina)：希腊神话中的谷神之女，被冥王掠走，成为冥后。
③ 不朽神女：指在文学作品中受到赞颂而得以美名不朽的女子。
④ 珀涅罗珀（Penelope）：希腊传说中的奥德修斯之妻，多年忠贞不渝地苦等他历经危难归来。
⑤ 埃瓦德妮（Euadne）：希腊传说中殉夫自焚的忠诚女子。

那些来自晚近世代的早亡女子也前来，
与我一道为我们共同遭受的命运哀怨。
若堪称姊妹情谊楷模的安提戈涅到来，[①]
还有仍沉痛于新郎之死的波吕克塞娜，[②]
我便视之为姐妹，庄严地走到其身边；
因为她们尽皆是悲剧艺术的美好产物。
也同样有一名诗人塑造我，他的歌声
助我实现自己生前所未能实现的圆满。”
她便这样说道，可爱的小嘴翕动不止，
还有话要说，但声音已渐渐隐微不闻。
因为从一片悠悠漂浮的紫色云彩之中
伟大天神赫尔墨斯现身，从容地走出。
他温柔地举起法杖示意，于是我眼前
云雾飞涨弥漫，将二者的形影都吞噬。
四下的夜色更深了，湿滑的小径之侧
倾泻不休的瀑布的咆哮之声愈加喧嚷。
我满怀忧伤无法遏抑，悲痛令我疲殚，
被满覆苔藓的岩石托住，才不致跌倒，
惆怅令我的心弦撕裂，泪珠在暗夜中
涟涟不绝，森林的上空已然泛露朝霞。

---

① 安提戈涅（Antigone）：希腊传说中的俄狄浦斯之女，在兄弟波吕尼刻斯（Polyneikes）死后，她违背他们的舅舅——国王克瑞翁（Kreon）禁止埋尸之令，故被他以活埋之刑惩罚。

② 波吕克塞娜（Polyxena）：特洛伊国王普里阿摩斯（Priamos）之女，与希腊英雄阿喀琉斯相爱，最终作为祭品而死在新郎的墓边。

重逢
Das Wiedersehn

男

亲爱女友，求你再向这双唇恩赐一吻、
哪怕只一吻！今日何故对我如此吝啬？
树梢今日与昨日一样开满花，我们曾
拥吻千次不止，你还曾将其比作蜂群，
它们是如何飞近花朵，悬浮空中吮吸，　194
又再度吮吸，为甜美盛宴而动听歌唱。
全体都忙于美妙的劳作。我们的春日
难道还未等繁花散尽便要飞逝而过吗？

女

亲爱朋友，就继续梦吧、叨念昨日吧！
我愿意倾听你，诚恳地紧拥你于心怀。
你说昨日？我知道曾有个美妙的昨日，
话声消散在话声中，爱吻排挤走爱吻。
昨晚的分别多么苦痛，而悲哀的长夜
又迫使我们昨日与今日之间彼此分离。
然而晨光又再度来临。啊！在此期间
可惜我这树已然十次开花、结出果实。

阿敏塔斯①
Amyntas

尼基亚斯！能治愈身与心的杰出医士！
我的确病了！然而你的疗法太过残酷。
唉！我疲殚不已，无力遵从你的良言。
对，连挚友在我看来仿佛都化作仇敌。
我无法反驳你的忠告，自己也总这么
劝导自己，说连你都说不出口的狠话。
唉！可是瀑布从陡崖上迅疾倾泻而下，
底方溪流中的水波便无法抑制住歌声。
风暴难道没有一直在怒狂？太阳难道
没有从正午的巅峰运转西沉落入浪涛？
周遭大自然就这样对我说道：“而你，
阿敏塔斯，也得服从无情铁律的威力。”
朋友，别再眉头紧锁，从容听我讲述
溪边一棵苹果树昨日所给予我的教益。
它往岁总嘉实累累，而今却结果稀少，
看呀，这是因为被常春藤牢牢地绕缠。
于是我抓起尖锐的弯刀，要将其割去，
把那一道道卷须与藤蔓统统撕扯下来。

---

① 歌德在 1797 年 9 月 19 日的日记中写道：“树与藤 [成为] 哀歌的灵感。”阿敏塔斯（Amyntas）与尼基亚斯（Nikias）都是古希腊田园诗派的创始者与代表者忒奥克里托斯（Theokrit，约前 3 世纪）的作品中出现过的人名。此诗可能是诗人自况甘愿为克里斯蒂安娜·武尔皮乌斯而奉献一切。

可是树梢间竟传来了凄伤的深深悲叹，
令我惊怖不已，仿佛有谁喃喃地哀诉：
“哦，别伤害我！我是你园中的挚友，
在你还小时就曾馈送你许多可口果实。
哦，别伤害我！你正奋力毁坏这藤蔓，
可你若拔掉她，便是残害了我的生命。
我岂非亲自喂养她，让她攀着我爬高？
她的叶片与我的叶片难道不脉脉相通？
她怀着渴切的力量，静默地将我绕萦，
我怎能不钟爱这株只将我依赖的植物？
她在我身体上扎下了成千上万只根脚，
将成千上万纤维牢牢扎入了我的生命。
她从我身上汲取我自己所需要的营养，
就这样将我的心髓与魂灵尽吸吮而去。
我只能勉强维生，因为我庞大的根系
所摄取的营养只有一半能为自己所用。
因为这位虽危险却为我所深爱的来客
从半途劫夺走我秋日结果所需的养分。
树冠得不到滋补，外围的枝叶已疏落，
枯败凋死的枝条悲哀地低垂在小溪上。
对，是妖媚的她骗去了我生命与财富，
骗去了生长的力量，骗去了我的希冀。
我只能感受她的缠抱，陶醉在枷锁中，
钟爱寄生的浓叶为我披上的致命绿装。”
收回刀吧！尼基亚斯，放过苦命的我。
我甘愿为爱情之欢乐而被迫形销骨立！

放浪终是一种快事，且让我尽情放浪！
献身于爱情之人，难道还会顾惜生命？

196 植物之形变[①]

Die Metamorphose der Pflanzen

爱人，花园里处处盛开多少奇芳异卉，
这千姿万态的驳杂景象令你眩迷不已。
你听到了各种各样的古怪的异域花名，
然而听到了一个便立马将另一个忘却。
一切都有形貌共同之处，却都不相同。
大群的花朵就这样暗示着神秘的法则
与神圣的谜题。亲爱女友，我多么想
立刻满怀喜悦地为你揭开背后的谜底。
且来细细观察，植物是如何一步一步、
遵循章法地生长、变化、开花并结果。
一旦那在静默之中孕育着万物的大地
恩许它沐浴生命，它便破种而出发芽，
娇柔无比的新萌嫩叶就这样被托付给
被永恒律动的神圣日光所耀照的世界。

① 初印于席勒的《1799年艺术年鉴》。歌德对植物学也曾抱有极大兴趣，并有一定著述，参见本《全集》第14卷。他甚至还计划进一步创作一部“宏大的自然之诗”。

力量起初便在种子里沉眠，种壳之中
已然静静蛰伏着那份未来生命的雏形，
苍白无色的叶、根与芽尚未成型完全。
如果干燥，种子便将生命静静地保藏；
一旦感知到水分的润泽，便绽苞抽芽，
转瞬间便挣脱周遭的暗夜，挺起身躯。
然而起初所长成的形态仍然甚为简单，
植物世界中的孩童的特点也正在于此。
而随后又爆发出一阵向上的强大推力，
不断地重生新芽，使植物一节节长高。
然而长势并不总相同，你可以观察见，
新生之叶发育出的状貌总是百种千类，
有的略宽、有的豁边、有的还分开叉，
而这一切在地底沉眠时原都长成一团。
它就这样达成了预先注定的至高完美， 197
在许多种类上能使得你不禁惊异不已。
饱满肥厚的叶片上生满了叶脉与锯齿，
生命动力多么自由，又仿佛无穷无尽。
然而大自然又用强大的手使长势停顿，
轻柔地引领它达到那更为完美的境界。
导管被渐渐收拢，汁液不再那么充盈，
于是植物的形态显现得更为温婉柔美。
努力生长的边缘受此影响而逐渐收缩，
而茎秆上的脉络则是发育得更为完善。
没有叶片的柔嫩花枝迅速地挺直起来，
展现出能令观者赞叹不已的奇妙景象。

较细小的叶片紧凑在同类的身边成长，
聚拢成圈，可以数，却怎么也数不清，
有遮护作用的花萼紧围着中轴而生出，
释放色彩绚丽的花冠，形貌无比绚丽。
大自然就是这样，充满着优雅与光彩，
一花一叶都整齐有序地展示自己之美。
每当你观察到，秀丽的绿叶底盘之上
枝头花朵轻摇，便会无止地为之讶异。
然而这片盛景预示着新的造创的到来。
是的，缤纷的花瓣感受到了神性之手，
于是迅速地收拢。而最为柔软的部分
注定要二合为一，开始努力两两聚拢。
它们为数众多，仿佛成对的秀丽情侣
亲切地会集，在神圣的祭坛四周列队。
许墨奈俄斯降临了，浓烈的芬芳气息
弥漫此方，令周遭的一切都生机盎然。
此时已然开始有无数的花苞开始膨大，
果实就这样生长，仿佛在母腹中一样。
大自然在此完成了她永恒力量的一环，
但旧的一环总能立刻被新的一环继承，
198 就这样让这条长链世世代代无尽延展，
使得整体像每个个体一样具备生命力。
爱人呀，现在重去看那斑斓的乱丛吧，
它们的舞步如今已不再让人心灵迷惑。
此时每种植物都向你宣告着永恒法则，
每种植物都在愈发响亮地同你讲着话。

而你一旦在此破译了女神的神圣符文，
便处处都能见到，哪怕形态变幻万千。
让爬行的毛虫缓步，辛勤的蝴蝶疾飞，
而人类将固有的形态千变万化地重塑。
哦，愿你回忆起，我们的相识的蓓蕾
是如何渐渐地萌发为相知的美好新芽，
心中又是如何吐露对彼此的热烈情谊，
最终埃莫又是如何催生出花朵与果实。
回想下大自然如何令形形色色的一切
默默地绽放，并将其赋予我们的心间！
为今日而欢乐吧！神圣的爱情总谋求
收获至上之果——从共同的观念出发、
寻得共同的观点，这样一对爱侣才能
和谐地彼此融合，发现更高远的天地。

赫尔曼与多萝西娅[①]

Herrmann und Dorothea

普洛佩提乌斯曾赐我灵感，而大胆的
马希尔曾同我结交，这莫非是种罪孽？[②]

---

① 歌德于1796年12月7日将此诗寄送给席勒，深为其所赞赏。作者原本打算将本诗作为同名的“史诗”的序言。初印于1800年。

② 普洛佩提乌斯（Sextus Propertius/Properz，前1世纪）与马希尔（Marcus Valerius Martialis，约40—约103）皆为古罗马爱情哀歌与箴言诗人，对歌德有一定影响。

我并没有将这些古人丢弃在学校之中，
他们愿意随我到拉丁姆去将生活体验；[1]
我坚持不渝地致力将自然与艺术观察，
不被权威所欺惑，也不受教条之束缚；[2]
在做人上也从未因生活之无奈而改变，
痛恨伪善的可悲面具。这一切可是错?
199 缪斯呀，上述的谬误可全是你所培养。
愚民为此谴责我，并认为我才是愚民。
对，乃至善良而正直的相对有识之士[3]
都想让我改。可我只遵从你意，缪斯。
因为只有你，助我重焕发内心的青春，
并许诺我可以保有它直至生命之终点。
神圣女神，但愿你今后对我倍加关怀！
唉，我头顶的鬈发已不似昔日般稠密，
所以需戴上种种自欺以及欺人的花环，
毕竟连凯撒也是迫于无奈才遮掩头顶。[4]
如果你已经为我备下了一根月桂树枝，[5]
就将它留在树上，将来赠给更配之人。
不过请你多多地编制家用的玫瑰花环，

① 拉丁姆(Latium)：古意大利中部包括罗马在内的一片地域，拉丁语的起源地。
② 权威、教条：应是指英国科学家牛顿。歌德始终不遗余力地攻击其颜色学理论。
③ 有识之士：可能指赫尔德、维兰德等人，此外即便席勒夫妇也劝阻歌德与克里斯蒂安娜·武尔皮乌斯结合。
④ 凯撒秃顶。
⑤ 折下月桂枝条，即可制作桂冠，传统上这是对诗人的极高奖赏。

无须多久，银发就将如百合一般缠卷。①
让夫人生起火，在洁净的灶台上烹煮！
让儿子在嬉玩中不停地朝中投入柴薪！
别让杯中无酒！乐于谈天的投缘友人，
请进吧！看！这些花环正将你们等候。
为某君的健康干杯，是他令我们不再
被荷马之名束缚，而踏上更广的赛道。
毕竟谁敢与天神争斗？与唯一者争斗？
不过即便做最末位的荷马传人也不赖。②
所以请诸君听最新之诗！再好好一醉！③
让美酒、友情与爱将你们的耳根软化。
我要介绍德国人物，去更清静的宅中，
那里的人较亲近自然，得以陶冶人性。
曾有位诗人让露易丝火速与佳偶姻配，④

---

① 意即“我”并不急需诗人的荣誉，所以甘愿放弃月桂，而更希望及时获取象征爱情的玫瑰。

② 当时德国的古语言学家弗里德里希·奥古斯特·沃尔夫（Friedrich August Wolf，1759—1824）认为，荷马并非单个人，所谓的荷马作品其实来自许许多多位歌手，他们被称为“荷马传人”（Homeriden）。这一理论挑战了传统观点，消解了作为“唯一者”的荷马的“天神”般的地位，从而鼓舞后世诗人不受权威束缚，“踏上更广的赛道”，创造堪比前贤的新作。不过需要注意，沃尔夫的观点也同样有缺陷，学界至今仍然难以确定所谓的“荷马”的真实身份。

③ 最新之诗：即歌德所作的与本诗同名的“史诗”。其主人公都是德国人，所以下文说“我要介绍德国人物”。

④ 露易丝（Luise）：约翰·海因里希·福斯（Johann Heinrich Voß，1751—1826）的同名田园作品的女主人公。在该著中，她与恋人原已定好结婚日期，然而牧师在前一晚就猝不及防地替他们提前举办了仪式。

这多令人喜悦，愿他的灵将我们随伴。
我也会将悲哀的时代画卷展示给你们，
不过愿豪健的新人能以勇气将其克服。
假如我的歌谣能令你们眼中满含泪水，
灵魂却盈充喜悦，就来热情拥抱我吧！
愿我们的对话充满智慧！将逝的世纪
将智慧教给我们。谁未曾受命运考验？
如今你们因乐观心境而不求万事齐备，
愿你们可以更加欢朗地回顾那些苦痛，
我们已认识了许多人与民族，如今愿
我们能认识自己的心，并为之而欢悦。

文学书简 201

Episteln

我很想将其继续写下去，
可未完工便被搁置一隅。[1]

书简甲

Erste Epistel

如今人人都能阅读，而不少读者
只是性急地乱翻书，自己还取笔
以少见的娴熟而为小书续补大作。
朋友，我也如你所愿就此写一点，
加添些许新料，讲明自己的看法，
他人都自有观点，且任这些观点
如激荡的浪流般无止向天际奔泻。
渔夫只要逢风势良好、晨光来临，
便向大洋进发，开始自己的营生，
不须介意海面上还有成百的同行。
尊敬的友人，你渴望为人类造福，

① 歌德 1800 年 4 月 2 日在致奥古斯特·施莱格尔的书信中表示：“我觉得，这些书信还是搁置吧，且等到有兴趣在这一门类下做些新工作的时候。”然而这些搁置的工作最终并未能得到继续。本版块所收录的两篇作品都是在调侃当时的文学生活。

特别是为德国同胞与身边的市民，
故而担心危险书籍可能酿成恶果。
此忧不虚。可是哪怕是贤士明王，
人对此又应该、又能够有何作为？
202 我觉得这个问题极为严肃而重大，
不过我遭遇它时，心情正好不错。
在温和晴空之下，四方一片灿烂，
波浪上的风儿为我送来凉爽清芬。
在欢朗者眼中，天地也一片欢朗，
忧愁只如遥远天际的浮云般飘过。

我用笔写下的字迹极易湮没消逝，
有人说印刷出来便可以永存不朽，
然而虽如此，也终无法深入人心。
固然印刷品能传到更多读者手里，
但正如人们记不住自己镜中芳容，
即便铜字印的，很快也会被遗忘。

人们互相交谈，流畅地应答彼此，
说话者虽多，却不过是自说自话，
乃至从他人话中也只能听出自己。
书其实也一样。毕竟人人从中都
只读得出自己；花费大力气才能
将自己读进去，与他人思想交融。
所以你无论如何都无法凭借文字
来改变他人所既有的秉性与倾向，

不过或许倒能强化他原本的观念，
只有对未成熟者才能够施加浸染。

我告诉你我的想法，我真确觉得
人完全由本性决定，话语不重要。
我们虽爱听符合自己观点的言论，
可观点并非被听所决定。或许人
也会听信雄辩者宣讲的讨厌道理，
但思维上仍会重去寻熟悉的轨径。
要让人乐于听从，就须将其迎合。
无论同民众、贵人还是王者交谈， 203
可以将他们所认可或希望的事情、
自己想过的生活，都讲述得真实。

哪怕作品能被所有人聆听与阅读，
荷马不还是迎合各类受众的喜好？
爱听他的《伊利亚特》岂不总是
巍峨宫殿与君王营帐之中的豪杰？
于此相反，奥德修斯的百变巧智
在熙攘的市井之中岂不更接地气？
前者让披坚执锐的勇士看到自身，
后者则让褴褛的乞丐都浮想联翩。①

---

① 这一诗节是在承接上面的论述，大意是：《伊利亚特》更为符合贵胄英豪的兴趣，而《奥德修斯纪》则更为贴近大众口味，甚至连乞丐都能欣赏，毕竟奥德修斯最后是乔装成乞丐还乡的。所以优秀的文字应当考虑受众的体验。

在处处敬拜插翅之狮的海神之城，①
我也同样曾在遍铺卵石的水岸上，
目睹过民众紧紧围成一圈以聆听
一名褴褛的游吟诗人讲述的童话。
他说：“我曾被风暴席卷到小岛，
名叫作乌托邦。不知听众诸君中
有没有人去过。它深藏茫茫大洋，
大致位于赫拉克勒斯之柱的左侧。②
当地人热情将我迎送到客店里面，
供给我最好的饮食、床榻与照料。
一个月飞快地逝去。哀伤与困苦
我都忘却干净。不过我在暗地里
却开始担忧：享受了这一切之后，
饭钱该如何支付？毕竟囊中空空。
所以我拜托店主，少给我些东西，
204 可他竟愈加慷慨。而我越发惊恐，
再也没有胃口，于是最后请求他
把价目定便宜些。而他眼神阴郁，
斜睨着我，抄起根棍子挥将过来，
毫不留情地痛揍我，打中了我的
肩膀和头部，差点叫我当场送命。

① 海神之城：即威尼斯。其纹章兽是插翅之狮。

② 赫拉克勒斯之柱（Herkules Säulen）：又译作“海格力斯之柱”，传说中的极远去处，相当于汉语中的“天涯海角”。

于是我连滚带爬地去找法官评理，
店主被传唤，可他竟从容地陈词：

“谁人若敢如此恬不知耻地践踏
我等岛民所视为神圣的好客之风，
同款待他的人谈钱，就纯属活该！
我怎能在自己家中承受这等侮辱？
不！我假如连此般恶行都能吞忍，
那我胸中便没长心肝而尽是海绵！”

法官便对我说：“忘掉挨揍之事，
因为你罪有应得，甚至还没罚够！
另外你假如想留居此地成为岛民，
就必须先证明自己是有价值之人。”
我答道：“老爷呀，我一无是处。
从来既不爱做工，也无一技之长，
对大伙毫无用处，人家都笑话我
是懒汉汉斯，还把我赶出了家门。”

法官说：“欢迎！以后开大会时，
你都应坐在前排贵人的专座之上，
并且理当跻身市政厅的元老之列。
但请小心，千万别因为旧病复发
而又去劳动，别让人发现你偷藏
铲子或桨之类的东西。不然的话，
你立刻就得名誉扫地、饥寒交迫！

你应当叉着胳膊、抚着肥硕肚皮，
闲坐在市场之上听取愉快的歌谣，
并欣赏姑娘的舞姿与少年的戏游。
这将是你的义务，你须恪守不怠。”

艺人就这样讲述着，所有的听众
额头上都崭露喜悦，都热切希望
住到那种地方去，甚至情愿挨打。

书简乙
Zweite Epistel

尊贵友人，你皱眉了，似乎认为
这些玩笑不合宜。问题是严肃的，
你是在审慎地索求回答。老天啊，
我不知那时心中恶魔是如何作怪。
不过我且从容继续。你说你希望
群众因我之故而尽力地好好生活、
好好读书。但请你想想，诗人的
淫作却能教会家中幼女懂得邪事。

这种事不难解决，大家都能想到。
姑娘们很乖巧，愿意有事情要忙。
可以让其中一个司掌酒窖的钥匙，
只要酒农或者商人运来所订之货，

就让她负责替父亲管理窖中库藏。
要打理如此多的酒桶与瓶瓶罐罐，
这样姑娘家就会有好些家务在身。
她要时常观察桶中液体发酵之状，
不够时便须补充，让翻卷的泡沫
总能齐到桶沿，酒浆可口而澄澈， 206
最终美酒酿成，可以供来年享用。
于是便让她不知疲惫地又舀又斟，
好让餐桌总能因美酒佳肴而欢快。

此外再让另一个丫头去管理厨房，
那里每天都好多活计。不论冬夏，
都得在节俭的前提下烹调好餐肴。
从春天起便需在外面无止地忙碌，
又要养好小鸡，又得给鸭子喂食。
她得将四季的特产送上你的餐桌，
要巧加琢磨令三餐天天都不重样。
她在夏日里果子刚刚成熟的时候，
就得思量好如何为冬日备下库存。
她还须在冰冷地窖腌制菜与黄瓜。
但她的房间保藏着波莫娜的礼赠。①
她很愿意接受父亲和姐妹的夸赞，
假如什么活计没做好便难过至极，

① 波莫娜（Pomona）：古罗马神话中司蔬果栽种的女神。

比你家的债户逃之夭夭还要懊恼。
这样的话姑娘就永远都劳忙不止，
养成顾家的美德，是理想的贤妻，
就算想要阅读，也只找烹调手册，
出版社早推出过上百种此类读物。

再让另一女儿管理花园，保证它
207 不会蜕变成罗曼蒂克的阴湿野地，
而是挨着厨房，井井有条地安排，
栽培上实用的佐料和甘甜的果实。
愿你自己生出一个父权制小王国，
让家中都住满你忠心耿耿的臣属。
而你假如还有个喜爱安坐的女儿，
那让她静静做女红可就再好不过。
家中的织针一年到头都停不下来，
她们在家勤快，在外像悠闲贵妇。
自从姑娘穿上希腊田园式的白衣，
便总颇为自得地拖曳长长的裙尾，
既能扫净园宅，又能在舞池扬尘，
于是缝补以及洗熨的活增长百倍。
的确！假如我家里有十几个女儿，
永不会缺少活计，总是有事要忙。
于是一年到头都不会有借书商贩
能将一本闲书送进我的家门里来。

箴言诗[①] 208

威尼斯 1790

Epigramme. Venedig 1790

这小书风趣地告诉我们，
人是如何靡费钱与时辰。[②]

1

异教徒将石棺和骨瓮装点得生气勃勃。[③]
法恩环舞四周，与成群的酒神女信徒
组成了缤纷的舞列。长着羊脚的号手[④]
脸膛红润，用号角奋力鸣奏嘶哑乐声。
铙鼓齐响，我们看见也听见了大理石。

---

① 1790 年 3 月 10 日，歌德已准备好陪伴安娜·阿玛利亚公爵夫人完成意大利之旅的最后一程，将一同从威尼斯返回魏玛。然而公爵夫人迟到了很久。从 3 月 31 日直至 5 月 6 日，歌德基本上都在威尼斯城内无所事事地等候，这些箴言诗也多少反映了作者当时的复杂心境。歌德于 6 月 20 日重返魏玛，但是 7 月 26 日又须陪同公爵前往西里西亚（Schlesien）观看普鲁士军队演练，10 月 6 日才返回。于是又有一部分箴言诗诞生。同罗马哀歌一样，这一版块的作品原先仅仅在友人圈子中分享，是席勒将其发表的。评论界对其褒贬不一。然而即便是总体上倾向赞扬之人，也多少觉得歌德在这些作品的写作上不甚用心。威廉·封·洪堡与奥古斯特·威廉·施莱格尔都表达过批评。

② 这段附言补作于 1814 年，系作者回忆自己在威尼斯苦等的经历。

③ 这里描绘的是基督教时代以前的古典葬俗。

④ 指希腊神话中的牧神帕恩（Pan），其下半身是羊。

群鸟振翅！鸟嘴中的果实多么地可口！
喧噪无法将你们驱赶，更吓不走埃莫，
他到了杂沓人群中才开始欢举起火炬。①
盎然的生机就这样战胜死亡，而骨灰
即便寂静安息，仿佛也仍可享受生命。
但愿未来，诗人的石棺四周也能如此，
披裹着这份被自己灌注满生气的诗卷。

2

晴空倍加蔚蓝，几乎望不见灿烂太阳。
茂盛的青藤似花环般从高崖之上垂坠。
209 我见到勤劳的酒农将藤蔓移接上杨树。
一阵温和的风拂过维吉尔的摇篮吹来。②
缪斯们随即来到诗友的身边同他做伴。
我们时不时互相交谈，使人旅途欢畅。③

3

我总是贪婪地将爱人拥揽在怀抱之中，
我的心总是冲跃着要紧靠在她的胸前，
而我的头总是要依偎到她的膝盖之上，
我又总是抬头仰望她可爱的嘴和双目。

---

① 传说中的爱神埃莫手持火炬，用以点燃爱情烈焰。
② 维吉尔：古罗马著名诗人，他的出生地在意大利北部曼图亚（Mantua）附近的安第斯（Andes）村。
③ 断续的谈话：指简短而彼此不甚连贯的箴言诗。

有人会骂我：“软蛋，你就这般度日？”
唉，我的日子多么痛苦！请听我道来：
我悲伤地与自己命中唯一的欢乐道别，
已经被颠簸的车辆拖行了二十天之久。
如今马车夫顶撞我，服务员甜言蜜语，
雇来的仆佣总是盘算着如何坑蒙诓骗。
我若想逃开他们，便会被邮政官逮住，
车夫简直是老爷！税务衙门也真够受！
“可是我实在听不明白！你自相矛盾！
你明明就像里纳尔多那样在天堂逍遥。”[1]
唉！我明白我自己：在路上的是身体，
而我的心灵却始终依偎在爱人的怀间。

4

这就是我所离开的意大利。尘土满街。
外乡人在此无论怎样总不免遭受宰骗。
无论任何角落都寻不到德国式的正派，
这里有蓬勃的生机，却无秩序与风教。
人都只顾自己、猜忌他人、自以为是，
掌驭国家者到头也只不过是为了私肥。
此邦甚美。唉！可却未重逢福斯蒂娜。[2]
再不是那个曾令我难舍离别的意大利。

① 里纳尔多（Rinaldo）是意大利文学中的十字军战士，受到魔女诱惑，流连在她的神奇花园中享乐。参见本卷《里纳尔多》一诗。
② 福斯蒂娜：作者旧时在意大利的恋人。参见本卷《哀歌 I · XVIII》。

5

我舒展四肢躺在贡多拉船中，穿行过[①]
许多停泊在运河上的满载物资的船艘。
你可以瞧见供人生活所需的各色货品：
有小麦、葡萄酒、蔬菜、碎木与薪柴。
如箭穿梭时，我脸被一棵迷失的月桂
砸中。我呼道："达佛涅，你要伤我？[②]
我还指望得到奖赏！"仙女低声笑道：
"诗人罪孽不重。惩罚很轻微。加油！"

6

我看到朝圣者之时便忍不住流泪涟涟，
我们世人竟能因虚妄信念而幸福如是！

7

"我曾有个爱人，对她的爱超过一切！
但已失去了她！"别说了，默默承受！[③]

① 贡多拉（Gondel）：威尼斯特有的船型。

② 达佛涅(Daphne)：传说中美丽的宁芙仙女，被司掌诗歌的太阳神阿波罗追逐，她在奔逃中化作月桂树。所以阿波罗珍视月桂树，并以其枝叶作为对诗人的奖赏。"桂冠"一词正是由此而来。

③ 这段诗可能应被理解为自语，转折在第二行的中间。不详具体用意何在，可能是指夏洛特，亦可能是指意大利。

8

我将这艘贡多拉船比拟作轻柔的摇篮，
而上面的船舱则好似一口宽大的棺柩。
的确！我们就在摇篮与棺材之间摇摆，
在漫漫的运河上悠游无虑地度过人生。

9

我望见教皇的圣使行走在总督的身边。
他们将我主埋葬，一人还将石头封印。①
我并不知道总督如何想。但是另一位
定在暗笑这盛大场面竟如此煞有介事。 211

10

人们为何如此劳碌、呐喊？除糊口外，
还要生养孩子，尽力为子女填饱肚皮。
旅人呀，记住这一点，回家也请照做！
世间人无论如何，到头也都无非如是。

11

看那些神父在摇铃！多么地郑重其事！
他们召唤信众前来，像昨日一样念经。
休要责怪神父，他们深谙世人的需求！
只要明日还能照旧念经，便多么幸福！

---

① 这里描述的是威尼斯人纪念圣受难周五的风俗：先埋葬耶稣受难的木雕，随后郑重地封印坟墓。

12

空想家应招收多得似海滩沙数的门徒。——
沙还是沙，但珍珠得归我。多么聪明！

13

在春日轻踏初萌的软柔绿草多么幸福，
而温柔地抚摩绵羊的绒毛也同样美好；
看鲜花开遍春意盎然的枝头多么幸福，
用充满渴望的眼神期盼树冠披上绿装。
但更幸福的是用花撩拨牧羊女的心怀，
可五月天却让我无法欢享这种种幸福。

14

我将国家比作砧板，统治者比作锤子，
而将民众比作当中的一块弯曲的铁皮。
唉！如果永远都只是胡乱地随心敲打、
212 永不成器，那么这块铁皮是如何悲惨！

15

空想家能够招徕大批门徒、感染众人，
而理智之士却只能得到个别人的欣赏。
显现奇迹的圣像往往只是拙劣的绘画：
具备灵性与巧艺的作品并不面向庸众。

16

让懂得实现自身利益的人自立为君吧，
我们则只选择能够理解我们利益之人。

17

据说患难令人学会祈祷。谁若想学会，
就去意大利吧！异乡人去那必遭患难。

18

多少人拥向那家店！人们多么勤快地
称斤两、收钱款、并把货物交给顾客！
这里卖的是鼻烟。真算是有自知之明！
民众不劳医生处方就自己来取嚏根草。[①]

19

威尼斯每位贵人都能当总督，因此故
少年时便已雅致、古怪、深思、高傲。
所以在信天主教的南国，圣饼都很软，
因为神父是用同一块面团来祭奉上帝。

20

武库之旁静立着两只古希腊式的狮子，
相衬之下大门、塔楼和运河都显渺小。

① 嚏根草：传统上用于治疗忧郁和愚蠢。

如果众神之母降临，那么这两只便会[①]
偎靠到车前，她则会欣然让它们驾车。
可如今它们多悲伤，新来的有翅的猫[②]
到处呜呜叫，被威尼斯称作其守护神。

21

朝圣者奋力前行！他可会找寻到圣徒？
可会听到或看到那位显现神迹的奇人？
不，他随岁月远去：你只能见到残躯，
仅有其骷髅和一些骨骸得以保存至今。[③]
向往意大利的我们也正如朝圣者一样，
213 虔诚而欢愉地膜拜着一堆零散的骨渣。

22[④]

朱庇特·普鲁韦乌斯！你今日多仁慈！[⑤]
在瞬间降下了如此多样而丰沛的礼赠：
为威尼斯带来饮水，为土地带来绿意，
此外还为我的小册子带来许多首小诗。

---

① 众神之母：指小亚细亚的女神库伯勒（Kybele），她也受罗马人供奉，经常被描绘成坐在狮子拉的车中的形象。
② 有翅的猫：指威尼斯的纹章兽——插翅之狮。
③ 福音作者马可的遗骨藏于威尼斯，逢濯足节会被取出供人瞻仰。
④ 22 至 25 是雨中有感而作。
⑤ 普鲁韦乌斯（Pluvius）：朱庇特的别名，意为“带来降水者”。

23

尽管下吧，淹溺那些身穿红袍的青蛙，[1]
浇灌干渴的土地，叫它长出西兰花来。
但别给我的小册掺水，它应成为一瓶
纯粹的甜浓酒，可随意用于调配潘趣。[2]

24

那座教堂叫污泥中的圣若望，我如今[3]
觉得更应称威尼斯是污泥中的圣马可。

25

你若到过巴亚，便见识了大海与鱼类。[4]
而在威尼斯，你便见识了泥潭与青蛙。

26

“你一直在睡？”别作声，让我休息。
我醒来又能做甚？床很大，但却空着。
独守空床的话，哪里都和撒丁岛一样，
若能被爱人叫醒，哪里都堪比蒂沃利。[5] 214

---

① 红袍：威尼斯人的特色服装，称作 tabarro。另外歌德在 1790 年 4 月 3 日致公爵的书信中也曾称呼威尼斯人是“两栖动物”。

② 潘趣：一种混合酒精饮料。

③ 污泥中的圣若望（San Giovanni in Bragora）是威尼斯一座教堂之名。

④ 巴亚（Bajae）：那不勒斯附近的古罗马滨海浴场，当地出产之鱼尤为著名。

⑤ 此处系用典：古罗马诗人马希尔（Marcus Valerius Martialis）曾在诗中（IV 60）对比不适宜居住的撒丁岛与舒适宜人的蒂沃利。

27
九女曾频频向我招手，我指九位缪斯。
可我却未曾留意，因为怀中搂着姑娘。
现在我与爱人远离，缪斯也将我远离，
我在迷惘中睨视，找寻着利刃与绳索。
可是奥林匹斯满是神祇。来拯救我吧，
无聊女神！你是缪斯之母，向你致意！[①]

28
你们问我想得到怎样的姑娘？而我已
如愿以偿，觉得自己拥有的似少实多。
我漫步海滨搜集贝壳，在一只贝壳中
发现一枚珍珠。如今将它收藏于心怀。

29
我尝试过很多：绘制图画、雕刻铜版、
创作油画、还将不少东西用黏土捏制，
然而缺乏恒心，既未精益也一事无成，
却只将一份才能提升到了纯熟的水平：
用德语写作。我这不幸的诗人就这样
以最为劣等的选材糟蹋了生活与艺术。

① 意即无聊催人写作。

30

你们带着可爱的儿女，却遮掩着面孔
沿街乞讨，想极力打动男子汉的心灵。
见到你们苦命的儿与以纱蒙面的女儿，
便令人自己也想生养这样可爱的孩子。

31

你所用的丐童并非亲生，却令我生怜。
而为我生下骨肉的女人将何等打动我！

32

你匆忙中与我照面之时何故舔着小嘴？
好的，这小舌头告诉我它何等地健谈。

33

德国人善于学习且实践一切技艺门类，
在每项严肃对待的技艺上都颇显才华。
但只有诗艺，他未加学习便实践起来。
所以才砸成这样。诸君，我等体会过。

34 甲

众神，你们昔日总称自己是诗人之友！
赐他所需之物吧！他要的不多也不少：
首先是宜居之宅，其次是充裕的饮食，
德国人同你们众神一样懂得欣赏佳酿。
然后他还需合体的衣裳与投缘的友人，

还要衷心爱慕他的恋人与之共消永夜。
我所最为渴求的便是这五项具体之物。
此外再恩赐我掌握古时与现代的语言，
让我能够聆听到各民族的生业与故事。
再赠我纯明的感知力以便理解其艺术。
让民众敬重我的名，权贵在乎我的话，
216 或者赐我其余种种有益我处世的便利。
好，我已在感恩众神。你们早成全了
最幸福的人，因为你们大多都已赐我。

34 乙

我的公爵相比德国各邦君主固然渺小，
他仅统治弹丸之地，所具权力亦有限。
但如果每位都如他那样对内对外努力，
那么德国人便能与同胞共享太平盛乐！——
“但你因何赞美不乏伟业与成就的他？
你一腔崇敬似乎却像是受其贿利而为。”——
毕竟他给予了我君王所极少赐赠之物：
倾心、闲暇、信赖，以及田地和园宅。
他是我最应感谢之人。我的需求甚多，
毕竟作为诗人的我并不擅长生计之道。
全欧洲都赞美我，然而又给过我什么？
全无！我为诗付出了何等沉重的代价！
德国人处处效仿我，法国人想阅读我，

英国人也热情接纳了那位憔悴的来客。[1]
可即便中国人都在玻璃上小心翼翼地
将维特与洛特描画，这于我又有何益？
从来没有皇帝或王者过问或关心过我，
而公爵就是我的奥古斯都和梅塞纳斯。[2]

35
一个人的人生竟是何物？毕竟千万人
都可以议论他，品评他一生所作所为。
而一首诗更渺小，千万人都能褒贬它。
朋友呀，尽管活下去，尽管继续写诗。

36[3]
没完没了的画作，我已为此疲惫不堪，
威尼斯城珍藏了多少辉煌的艺术宝藏。 217
毕竟即便此等享受也需要休歇与闲情，
我目光便开始如渴地搜寻鲜活的美好。
杂耍姑娘呀，画中人物的原型便是你！
她在乔瓦尼·贝利尼笔下生出了羽翅，[4]

---

① 指《青年维特的痛苦》在各国掀起的热潮。
② 奥古斯都（Gaius Octavianus Augustus，前63—14）和梅塞纳斯（Gaius Cilnius Maecenas，约前70—前8）都是慷慨资助文人的古罗马权贵。
③ 36至47是观赏杂耍表演有感而作，诗人显然对小演员贝蒂娜印象颇为深刻。
④ 乔瓦尼·贝利尼（Giovanni Bellini，1437—1516）：威尼斯画家。这里指的是他所画的天使群像。

保罗·韦罗内塞则让她向新郎递酒杯，[①]
而婚礼众宾不明就里地将水当作美酒。

37

这可爱身材仿佛是绝世巧匠之手所雕，
柔软如若无骨，好似水中游动的虫豸！
全身尽是巧肢、尽是关节、尽惹人爱，
全身都如此之匀称，都能任意地运动。
我见识过许多人、走兽、羽禽与鱼类、
诸多特别的蠕虫，大自然的种种奇迹。
可我还是为你之美惊异不已，贝蒂娜，
你集种种奇异于一身，并且是个天使。

① 保罗·韦罗内塞（Paolo Veronese，1528—1588）：意大利画家，绘有名作《迦拿的婚礼》，今藏卢浮宫。《新约·约翰福音》第2章第1至11节："第三日，在加利利的迦拿有娶亲的筵席，耶稣的母亲在那里。耶稣和他的门徒也被请去赴席。酒用尽了，耶稣的母亲对他说：'他们没有酒了。'耶稣说：'母亲，我与你有什么相干？我的时候还没有到。'他母亲对用人说：'他告诉你们什么，你们就做什么。'照犹太人洁净的规矩，有六口石缸摆在那里，每口可以盛两三桶水。耶稣对用人说：'把缸倒满了水。'他们就倒满了，直到缸口。耶稣又说：'现在可以舀出来，送给管筵席的。'他们就送了去。管筵席的尝了那水变的酒，并不知道是哪里来的，只有舀水的用人知道。管筵席的便叫新郎来，对他说：'人都是先摆上好酒，等客喝足了，才摆上次的；你倒把好酒留到如今！'这是耶稣所行的头一件神迹，是在加利利的迦拿行的，显出他的荣耀来，他的门徒就信他了。"

38

可爱的姑娘，不要把腿儿朝天空高抬，
无赖朱庇特会看，盖尼墨得斯会担心。①

39

尽管放心地把腿朝天高举！我们即便
高举膀臂祷告时也都不及你这般无邪。

40

你的小脖子扭向一边。这可堪称奇迹？
你虽轻盈，但总用它支撑全身也太过。
小脑袋歪斜着，不过这并不让我反感。
从未有颈项为如此美丽的重负而弯曲。 218

41

好比布吕格尔心怀地狱般阴郁的思绪，②
以恣意缠扭的幽冥精怪令人目光迷乱；
好比丢勒用启示录中人与怪兽的异象，③
而将我们原本健康的头脑尽撕扯摧虐；
好比诗人歌唱斯芬克斯、塞壬与人马，④

---

① 盖尼墨得斯（Ganymed）是传说中的俊美少年，朱庇特的同性恋人。

② 布吕格尔（歌德原文作 Breughel，但亦有 Bruegel、Brueghel 等不同拼写通行于世）：16 至 17 世纪荷兰的画家家族。

③ 丢勒（Albrecht Dürer，1471—1528）：德国著名画家，其取材自新约的版画《启示录》尤为闻名。

④ 斯芬克斯、塞壬与人马都是希腊神话中的异形。

而在人们惊异的耳中激发强烈的好奇；
又好比梦境刺激忧思之人，在他以为
可以获得进展的时候却见一切都变样；
贝蒂娜就这样扭转婀娜身体眩惑观众，
不过待她重新站稳时，我们都很欣喜。

42[①]
我很想穿越过那由宽粉笔划出的界限，
可是姑娘开张时，总礼貌地将我推回。

43
“耶稣！圣母！他在对这些魂灵做甚？
竟然将几小捆衣物放在水井边上绊脚。
她倒了！我看不下去了！快去！看哪：
她又优雅地起身！轻盈且面带着笑颜！”
阿婆你也赞赏我最爱的贝蒂娜，很对，
她给了你欢乐，似乎让你也重返青春。

---

① 作者曾于1790年4月30日将这几段有关杂耍的诗作寄送给友人克内贝尔，并解释表演的场景：表演者“在节目开始前，便视情况而让不知保持距离的观众让开，为自己腾出必需的场地，有人会用粉笔将其划出来。贝蒂娜通常让弟弟站到自己肩上，然后绕着白线行步，清开场地。天主教基督徒口中的‘Anime’（魂灵）还有一重意思，指得到拯救而注定获得极乐的灵魂，所以人们不应同他们开此类无礼玩笑。”

44

你的一切我都乐于观赏，但最中意的
还是看你父亲迅猛地将你抛飞在空中，
随后你顺势伶俐翻滚，惊魂一跃之后
重新站稳并奔跑，仿佛一切都未发生。 219

45

所有面容都舒展，劳苦、紧张与贫困
所镌刻的皱纹消失，仿佛充满了幸福。
船夫都为你而心软，抚弄着你的脸蛋，
虽然出手不甚慷慨，但多少愿意解囊，
你高声地呼唤着圣徒安东尼奥的神迹、
救世主的五道伤口、至福处女的心灵、
折虐灵魂的火炙苦痛，以此恳求众人，
于是威尼斯人纷纷解开大衣向你施舍。
所有男童、船夫、小贩与乞丐都拥上，
快乐地感受自己还和你一样都是孩子。

46

作诗是一门愉快的手艺，只是太费钱：
我的小册子越写越多，可金币却变少。

47

“你无所事事得疯了？怎么没完没了？
要为她写本书吗？倒是来点更高明的！”
稍等，假如能对帝权霸业有更深了解，

我也可以立马咏唱大地上的雄君英主。
可我还是写贝蒂娜。杂耍艺人与诗人
毕竟亲缘紧密，找寻着彼此且能找到。

48

未来法官将宣判道：“山羊们去左边，
绵羊们，你们则应安然站到我的右侧。[1]
好的！但我仍有一愿，希望祂命令道：
“谁若具备理性，便站到我的对面来！”

49

你们可知，只要让我远离爱人的身边，
我就必定能为你们创作几百首箴言诗。

50

一切宣扬自由的布道士总是令我厌恶，
毕竟到头来人人都只求自己为所欲为。
想给众人自由，便须勇敢地服务众人。
想知道此中危险会有多大？请君一试！

51

据说君王们想要善政，而煽动家亦然。
但他们错了，他们和我们一样都是人。

---

① 《新约·马太福音》第25章第31—33节：“当人子在他荣耀里同着众天使降临的时候，要坐在他荣耀的宝座上。万民都要聚集在他面前，他要把他们分别出来，好像牧羊的分别绵羊山羊一般：把绵羊安置在右边，山羊在左边。”

我们明白，大众并不知自身诉求何在，
可谁若自以为能替他人诉求，就请便。

52
但愿将每个空想家都趁三十岁时钉死，[1]
一旦认清了世界，受骗者就成了恶徒。

53
但愿大人物们反思下法国的悲剧命运。
但实话说，小人物才更应好好地思量。
大人物们毁灭了，可是谁来保护民众
免受同胞伤害？他们互为彼此的暴君。

54
我经历过疯狂的年岁，而自已也不免
盲从时代给我的指令而亲手干下蠢事。

55
“我们做错了吗？那帮暴民就是得哄。
看哪，他们那副样子多么拙笨而野蛮！”
一切遭受粗暴欺骗之人都拙笨而野蛮，
你们须自身正直，才能教会他们人性。[2] 221

① 《新约·路加福音》第3章第23节：“耶稣开头传道，年纪约有三十岁。”
② 手稿上还有额外的两行：“你们将其教成了狗。待他们作出狗态，/你们就用鞭打。可早该挨鞭的是你们。”

56

君王们常先在破铜上镀上薄薄的银子，[①]
再印上自己的尊容，使民众不明就里，
空想家将思想之印盖在谎言与胡话上，[②]
缺乏试金石之人会误以为这便是真金。

57

你们说那些歇斯底里的演说家都疯了，
法国的街道集市总听到他们慷慨陈词。
我也觉得他们疯了，可是自由的疯人
能说出哲理，而奴隶之口道不出智慧。

58

上流社会之人早就在讲法国人的语言，
谁若不说法语，就得被他们矮看一截。
如今全民都痴狂于结结巴巴地学法语。[③]
贵人息怒，你们昔日的愿景终于实现。

59

“箴言诗，出言休太狂！”何以不能？
我们仅是标题，内容都在现实世界中。

---

① 过去的君主不乏巧用手段制造劣币以攫取财富者。
② 空想家：有手稿作“拉瓦特尔”。可能指瑞士神学家和作家拉瓦特尔（Johann Kaspar Lavater, 1741—1801）。
③ 喻指民众开始受到法国大革命思潮的影响。

60

读者，这小书展示之物有洁也有不洁，
正好比崇高使徒所见的满是动物的布。[①]

61

一首箴言诗写得好不好，你可否评判？
毕竟没法总看明白混账作者想说什么。

62

作者越是卑劣，越是充满妒恨与恶毒，
那你肯定就越容易理解他小诗的用意。 222

63

克洛埃说爱我，我不信。“但她爱你！”[②]
行家说。也罢，不过我信了也就完了。

64

非拉科斯，你不爱谁，可竟如此爱我。[③]
除此之外难道便无征服我的途径了吗？

---

① 《新约·使徒行传》第10章第11—14节：圣彼得“看见天开了，有一物降下，好像一块大布，系着四角，缒在地上。里面有地上各样四足的走兽和昆虫，并天上的飞鸟。又有声音向他说：‘彼得，起来，宰了吃！’彼得却说：‘主啊，这是不可的！凡俗物和不洁净的物，我从来没有吃过。’”

② 克洛埃（Chloe）：女名，所指未详。

③ 非拉科斯（Philarchos）：这个名字的字面意义为“爱铜”或者“爱统治”。

65

神、人与世界是什么，岂是巨大秘密？
不！只是无人愿听，故而才一直秘密。

66

我极具忍耐力。绝大部分可憎的事物
我都可以遵从神之旨意而安然地承受。
但有极少数东西对我堪比毒药与蛇虺，
共有四件：烟味、臭虫、大蒜和十字。[1]

67[2]

我很早就想同你们谈谈那些小动物了，
它们纤巧而迅捷地来来回回奔行不止。
既像是小蛇，却有四足；既可以奔跑，
也可以爬行；身后还轻盈地拖着尾巴。
看，那里就是！还有那里！又不见了！
去哪了？遁形到什么缝隙或草叶间了？
如果你们从今准允，我便称之为蜥蜴，
因为我还要时常用到它们的悦人形象。

68

凡见过蜥蜴的人，便可以想象出那些
223 在广场之上来回穿梭不止的漂亮姑娘。

---

① 十字：原文作特殊符号“+”。在另一份手稿中明确写作“基督”。歌德尊敬作为伟人的耶稣，然而颇为抗拒基督教的原罪以及十字架救赎理论。

② 第 67 至第 72 首是为威尼斯娼妓所作。

多么迅速而灵敏，滑行、站立、闲谈，
奔行时衣裙飘摆身后发出沙沙的声音。
看，她在这里！还有这里！一旦走神，
就再找不见她们，很久后才重新露头。
如果你不害怕七拐八拐的窄巷和阶梯，
那就顺着她的引诱，随她到黑店里去！

69

你们是否想知道黑店究竟是怎么回事？
说起来这本箴言书几乎就得变成词典。
是狭窄巷道里的阴暗房屋：会有美人
带你品咖啡。献殷勤的是她，而非你。

70

两只最标致的蜥蜴彼此总是形影不离。
不过一只似乎太高大，另一只又太小。
如果同时见到二者，你便会难以取舍，
单独看起来时，每个都是绝顶的美人。

71

人们传言说，诸位圣徒对于罪男孽女
特别容易格外开恩。而我偏偏也这样。

72

“我假如是个主妇，家中一切都不缺，
便会忠诚而又快乐，拥吻自己的夫君。”

这是个唱淫词艳曲的威尼斯娼妓的歌，
我从来都未听过比这更为虔诚的祷告。

73
我从来不惊异人类为何竟如此地爱狗，
224 毕竟人与狗同样都是可悲的泼皮无赖。

74
我大概变放肆了，这不奇怪。众神哪，
你们不仅仅知道我也可以虔敬而忠诚。

75
“你没见过上流社会？你这小书几乎
全在讲杂耍艺人与民众，乃至更贱者。”
我也见了上流社会，人们所谓的上流
并不能激发我写诗，再短的也写不出。

76
命运想拿我怎样？问出这种问题大概
太过鲁莽，毕竟它通常漠不关心世人。
可是假如语言并非如此不可驯服的话，
那它大概已实现造就一名诗人的愿望。

77
“你倒腾什么植物学、光学？搞什么？
去打动女子芳心，所获难道不更美好？”

唉，什么芳心！庸人也可以将其打动。
大自然，我唯一的幸福便是将你阐释！

78[1]
牛顿从一切色彩中得出白色，将你们
要弄成白痴，你们却信了一世纪之久。[2]

79
一名学生对我说：“一切皆可被解释，
只要借助某位大师所传授的高妙理论。”
就算你们用木头做了个绝佳的十字架，
活生生的身体在上面也只能饱受惩虐。

80
若有个少年跋涉艰险去探访他的恋人，
愿他持有这本书，能予人吸引与慰藉。
若有个少女等待情郎来临，那便愿她
也持有这本书，不过等他到了就扔掉。

① 席勒似乎对这首小诗表达过反对意见，因为歌德在向其寄送稿件时特意强调过：“第 78 首固然不甚重要，但是我还是希望将其留在此处，以刺激并惹怒那个学派，听说他们颇因为我的沉默而得意，还散布流言说我想让这件事就这么过去。”

② 原文的两个“白”字亦为文字游戏。

81
如同匆匆行去的姑娘的问候，只是在
经过之时隐秘而亲切地掠过我的臂膀；
缪斯们，就像这样将小诗赐给旅人吧：
哦，再为佳友预备好更加深厚的恩惠！

82
当太阳被云雾所掩蔽，光芒暗淡之时，
我们多么沉寂地在小径之上继续漫游！
而当旅人遭逢风雨，乡间小屋的遮庇
多令人欣慰！风暴之夜的眠梦多安详！
然而女神回返了！请求你快快将雾霭
从额头之上逐扫！像大自然母亲一般！

83
你如果想以纯诚的真情享受爱之欢乐，
哦，那便让放恣与严肃远离你的心房。
前者会驱走小爱神，后者则要束缚他。
淘气的神会同时嘲笑这相对立的两极。

84
莫耳甫斯，你徒劳地挥舞可爱的罂粟，[①]
但若爱神不合拢我眼，便得始终睁着。

① 莫耳甫斯（Morpheus）：希腊传说中的睡眠之神，他手持着可用于镇静、催眠的罂粟。

85

你能灌注爱与欲，我的怀中如同火焚。
如今愿可爱的你再将信任也灌注我心！ 226

86

哈，埃莫，我极为了解你！你携来了
你的火炬，在我们的前方映亮了黑暗。
可你随即将我们带上歧途，我们此时
正急需照明，而误人的火炬竟然熄灭！

87

只愿一夜依偎你怀！余者将水到渠成。
在夜雾深沉的时分，埃莫将我们分隔。
是，我经历了早晨，奥罗拉窥视爱侣
两心紧贴，而早起的阿波罗唤醒二人。[1]

88

你若真心，就别再踌躇，快让我幸福！
你若只是游戏？恋人，那便游戏个够！

89

我的沉默令你怨恨？可我又何须言说？
你未留意我叹息与眼神中有千言万语。

---

① 奥罗拉是曙光女神，而阿波罗（Apollon）则为太阳神，此处是以神名代指曙光与太阳本身。

有一位女神能够为我的嘴唇解开封印，
只有奥罗拉会将我唤醒于你的怀抱间。
随后便让我的颂歌鸣向晨间神祇之耳，
正如同门农的石像动人地歌唱着奥秘。[1]

90

这件玩具多么有趣！圆盘绕缠在线上，[2]
先从手中滑下，随后又迅疾地升回头！
我心也如此，似乎总为不同女子而动，
然而却始终能立刻飞速地返归到原处。

91

哦，我往常是多么地在乎季节之更替。
227 我既喜见春季来临，也同样怀念秋时！
然而自从埃莫用翅膀将幸福的我庇遮，
便再无冬夏，只有永恒春日将我笼罩。

92

“告诉我，你如何生活？”即便人生
能有许多百年，我也愿明日总似今朝。

---

① 底比斯（Theben）地方有一座毁于地震的硕大石像，能在日出时发出类似裂弦的声响。希腊人认为，这是门农（Memnon）在问候自己的母亲厄俄斯（Eos，即奥罗拉）。

② 这种游戏在现代一般被称作“悠悠球”或“溜溜球”。

93

众神，我该如何答谢你们！你们赐我
人所祈愿的一切，但几乎都微不足道。[①]

94

在清晨的霞光之中登攀上山峰之绝顶，
我问候可爱的星辰，你是白日之使者！
我焦急地期盼着天空女王的目光临降，[②]
这是少年幸福所系，常诱我乘夜漫游！
你们出现了！白日的使者们好似空中
恋人的眼睛！而我总觉太阳升得太早。

95

你惊异地让我看大海，它仿佛在燃烧。
夜航之船四面的涛浪舞蹈如烈焰一般！[③]
我不惊异，海毕竟孕育了阿佛洛狄忒，
而她所生下的儿子岂不正似一团烈火？[④]

96

我见大海在放光，可爱的浪花在闪烁，
饱胀的船帆借助着风势在振奋地航进。

① 第二行诗的寓意不明，专家亦不甚了然。
② 天空女王：太阳。
③ 这里所描述的是发光生物浮聚海面的自然现象。
④ 儿子：指小爱神埃莫。

228 我心中虽毫无憧憬，然而思慕的眼神
随即便开始怀念起后方高峰上的积雪。
南面有无穷无尽的宝藏！可是在北方
有一件珍宝如巨大磁石般牵动我回首。

97

啊，我的姑娘要远登旅途！她上船了！
强大风神埃俄罗斯，请不要兴起风暴！
神对我呼道：“傻瓜！莫怕风狂雨横，
可畏的是埃莫之翅轻扬所泛起的微风！”

98

我追求那姑娘之时，她贫苦而无华衣，
当时我中意赤裸的她，至今依然如此。

99

我曾时常犯错，其后又总能回归正道，
却未能变幸福。而今她即是我的幸福！
假如这也是场假象，那便请众神开恩，
到彼处的严寒河岸上再让我看清错谬！①

---

① 严寒河岸：冥河之畔，意即死后。

100

饥饿老翁弥达斯，你之命运何等悲惨！①
你贪婪抓到的食物俱化作沉重的黄金。
我也类似，但却比你快乐，因为凡是
我手所触碰之物都会化作轻盈的诗篇。
美好的缪斯们，我认命了，但请你们
别让依偎我怀中的爱人化作一段童话！

101

爱人担忧地说：“唉，我脖子有些肿！”②
我的女孩，不要担忧！请你听我一语： 229
维纳斯用手触碰了你，轻声对你预示，
她即将让你娇小的身体不断经受剧变，
苗条的身段以及玲珑的胸脯都将不再。
全身都将会膨胀，新衣裳再也穿不下。
请安心！园丁一旦看到花朵凋萎垂落，
便知晓可爱饱满的果实将于秋日成熟。

102

倾听爱人的心初次向你告白的砰砰声，
热烈地将她拥揽在怀抱，这多么幸福！

① 弥达斯（Midas）：传说中愚蠢的佛里吉亚（Phrygien）国王。酒神狄奥尼索斯赐予他将一切所触碰之物皆化为黄金的能力，于是就连他的盘中餐也都化作黄金而无法下口。

② 古代民间认为脖子发肿意味着少女失贞。此诗与下一首所叙述的，正是怀孕与生育。

但更为幸福的是，感受新生命的节拍，
听到爱人腹中的胎儿不断成长的悸动。
他已在尝试着像敏捷的少年一样蹦跳，
等不及地叩着门，期待见到光明天日。
再稍坚持几天吧！时序女神将会谨守
命运的旨意而带领你走过生命的路程，
成长中的爱子呀，不管你将有何遭遇，
你由爱而生，也将收获自己应得的爱！

103

我当时与全体友人远隔，就这样蹉跎，
在海神之城中浪掷了多少时辰与日夜。①
我将全部经历用世上最美的佐料调制：
这两种美好佐料便是甜蜜回忆与希冀。

① 海神之城：即威尼斯。

巴基斯的预言① 230

Weissagungen des Bakis

先知的歌谣多么地奇诡；
然而现实之诡是其双倍。

---

① 初印于1800年。巴基斯（Bakis）是古希腊传说中的预言家，歌德是从维兰德所翻译的古希腊剧作家阿里斯托芬（Aristophanes，公元前5至前4世纪）的喜剧《骑士》（Ritter）中了解到这一人物的（参见其1798年1月11日的日记）。另外根据里默尔的说法，歌德曾“有意图在一年中的每一天都写一首此类的双行诗，以按照过去的格言集的形式，构成一部预言书（Stechbüchlein），就好像人们平时翻开圣经、赞美诗集之类的书，并将随机读到的诗句理解为凶吉预言、确认、警示或其余类似的信息；或者就好比古人习惯翻开荷马或维吉尔的作品，以获知命运。”歌德于1800年3月20日写信给奥古斯特·威廉·施莱格尔（August Wilhelm Schlegel, 1767–1845）：“巴基斯的预言本应更加繁多，以便把大众弄糊涂，但做这些蠢事的幽默可惜并非总是信手拈来的。”1827年12月4日，作者又在给策尔特的信件中写道，德国读者们“用《巴基斯的预言》来折磨自己，也折磨我，过去还折腾过女巫乘法表[这是《浮士德》中的一段令人费解的文字]等许多其他胡扯的内容，想用朴素的常人思维将其领会。”可见时人就已经在为这些谜样的预言诗而困惑不已。至今学者们对《巴基斯的预言》的阐释有两派截然不同的倾向：一部分人认为作者是在故意堆砌玄奥而空泛的“哲理”，以达到戏谑、讽刺的效果；另一部分人则相信文中确实暗藏着有价值的哲思，不少语句可以与具体的个人经历，乃至政治、历史、社会话题联系起来。然而即便是后一派人，也难以就其具体涵义达成一致。鉴于上述原因，译本的注释只限于从字面上解释某些词汇与典故，而不去具体探讨文本有何深意。

1

在去往伊里昂前人们说卡尔卡斯疯了，①
在离开伊里昂时人们说卡珊德拉疯了，②
有何人能听见明日和后日？一人也无！
因为昨日与前日说过的话语又有谁听？

2

一条路既漫长又狭窄。只要你踏上它，
它便拓宽；但身后会引来扭曲的蛇群。
你若抵达终点，那便让这团可怖之物
变作你之花朵，你应将其献赠给整体。

3

博知的巴基斯并不仅仅预言未来之事，
他也揭示那些现今犹自寂静隐藏之物。
神枝还长在树上之时并不会指示宝藏，③
它唯有被能感知的手握住之时才颤动。

4

如果天鹅之颈变短，且托着人的脸孔，
231 那位善于预言之客极力越过这片镜面；

---

① 相传卡尔卡斯（Kalchas）曾向希腊战士预言，要到第十年才能征服特洛伊（别称伊里昂）。

② 城破后被俘的伊里昂女先知卡珊德拉（Kassandra）向希腊联军统帅阿伽门农预言，他会在自己的家中惨遭覆亡。后来他果真被妻子及其情夫共同谋害。

③ 神枝（Wünschelrute）：传说中可以用于勘探深埋地下宝藏的神奇枝条。

而美丽的她让那银色的纱帘落出小舟，
金色的河流便即刻跟随着泛游者奔行。

5

我见到两个形象！伟大者和更伟大者！
二者不共戴天地试图消磨尽对方气力。
此是岩崖与陆地、而彼是岩崖与涛浪！①
谁才更伟大，只有命运女神才能道出。

6

一位漫游的君主来到冰冷门槛上入眠，
且让刻瑞斯静默地编织花环为他佩上；
然后群犬便沉默，一只秃鹫将唤醒他，
一支积极进取的民族喜迎崭新的运命。

7

七人蒙着面行走，另七人则露出面容。
前者害怕人民，害怕世上的诸位伟人。
而后者才是叛徒，无人曾将他们探明；
因为无耻者以脸孔作遮掩自己的面具。

8

昨日时还没有，今天和明朝也仍没有，
可人人都已要将其许诺给邻人和友人；

① 可能与分别掌握海洋与陆地霸权的英法两国的竞争有关。

是，还许诺给仇敌。我们这般高尚地
迈入新的纪元，而手和口犹空空如也。

9
鼠群正在敞开的市场奔集；而漫游者
踩着嘎吱作响的木质的四足来临此方。①
在此时群鸽正从种苗的边上飞翔而过：
232 陀拉呀，其后地底之福运将会恩宠你。②

10
少女孤独在家用黄金与丝绸装点自己，
不需镜子指引便能感知衣装是否合身。
她现身时宛如女仆，唯独一人能识察；
而他的眼向她映现了臻于完满的形象。

11
汹涌的洪流，你们源自朱庇特的身边，③
越过河岸与堤坝，又吞噬田野与花园。
只见一人！他坐在那为毁灭而奏竖琴；
可那狂暴涛浪将歌声也一并席卷而去。

---

① 木质的四足：可能是喻指车辆。
② 陀拉（Tola）：法官之名，见于《旧约・士师记》第10章第1节。
③ 洪流：在歌德笔下常为革命与战乱的象征。

12

你是强大的！也是有教养的，每当你
携着浩大队伍行过市集，万物皆鞠躬。
他终于离去。此时每人都轻声地问道：
这一整支队伍的美德中莫非偏无公平？

13

我见到墙壁倒塌，又见到墙壁被建起，
这边是囚徒，而另一边也是众多囚徒。
这世界莫非只是一所硕大无朋的监牢？
自由的恐怕惟有以锁链为花环的疯人。

14

让我休息，睡了。“可我醒着。”不！
“你在做梦？”我被爱！“你在梦呓。”
醒者，你怎么了？“去看那一切宝藏！”
我应该去看吗？宝藏岂能为双目所见？

15

书中散布着可以用于解答谜题的锁钥；
因为先知之灵呼唤有智识者。我觉得 233
善于从时光中学得知识之人最为聪明；
而时光大概会将谜面及谜底同时带来。

16

凡世愚夫，巴基斯也向你们昭示过去，

因为即便过往之事也常是你面前之惑。
了解过去之人也能够知悉将来；二者
纯粹地与当下共同汇作个完满的整体。

17
天空一旦开启并降下雨露，一时间中
岩崖、草地、墙垣与树木都受其滋润。
待炎日重现，石上之膏泽即蒸发而去；
只有具生命者才能牢抓住天神之所赐。

18
你为何数数？“我想要将这十者领会，
然后又是十个，其后还有百个与千个。”
听我一言，能更近目标。“此话怎讲？”
命令十者为十，千者便都会归你所有。

19
你是否看到那浪花奔袭而来冲破岸际？
看，第二轮来了！又喷吐着泡沫退回！
第三轮也即将涌来！实话讲，你今日
永远也等不到最后一浪静停在你脚前。

20
姑娘想，我要得到某人之心；又觉得
234 另一位高尚且善良，可却不太中我意。
第三位若能稳拿，便应当是我所最爱。

唉，最令人喜爱之物，永远都是无常！

21

我眼中的你苍白而了无生气。你如何
出于内在之力量而将神圣的生命激唤？[①]
“我若对眼睛是完美的，你便可安享；
唯有缺陷才能使你超越你自我的羁碍。”

22

头发要变色两次，先从金黄化为棕色，
在此之后棕色又再转变作纯粹之银色。
猜谜只应猜一半！于是剩下的另一半
将完全臣服而助你制服谜题的头一半。

23

你为何害怕？“快让这些幽灵都走开！
给我看朵花，给我看一张人类的脸孔！
好，我已见到了一些花朵和人之面庞。”
可我觉得你自己是一只被欺骗的幽灵。[②]

24

一物从那边滚来；而九物则安然立着：
而在运行完结之后，有四者倒卧在地。

① 可能是指无生命的雕像。
② 可能是在论述具体的外在与抽象的内在二者之间的关系。

英雄们乐于有力而又精准地施展影响；
因为惟有一位神才能够既做球又做瓶。

25
你要这些花结出多少苹果？“一千个；
因为这里的花总共大概有两万朵之多。
每二十个中收获一个，我觉得很合理。”
哪怕千个中能收获一个，就已算幸运。

26
园丁问道：如何才能够根除麻雀之害？
以及那些毛虫，还有形形色色的甲虫，
鼹鼠、地甲、黄蜂、蠕虫，种种灾星？①
“都不用管，这样它们就会互相掠食。”

27
我听见响声，那是欢乐雪橇的铃铛声。
即便天寒地冻，愚蠢之行竟也不停息！
“你听到响声？我觉得那是你的帽子，
它被炉火烤热，故在你耳畔发出动静。”②

---

① 普鲁士国王腓特烈二世曾设赏鼓励臣属扑杀麻雀，然而第二年他的花园就爆发虫灾。
② 愚人的帽上挂着铃铛，此诗意即那位刚才斥责别人的“愚蠢之行”的人自己才是愚人。

28

看那鸟儿从一棵树又飞到另一棵之上。
它麻利地在枝丛椏间到处啄食着果实。
若去问它，它也会言之凿凿地喳喳道，
它啄取到了崇高大自然的美好的核心。[①]

29

我知道有一物受人崇敬，被跪地膜拜；
可它若头着地倒立，就会被众人诅咒。
我知道有一物，嘴唇欣然地与它触碰：
但到了第二刻它便会遭受全世界憎厌。

30

这是最崇高者，而同时也是最卑下者；
如今是最美者，但马上也是最可憎者。
你只应浅啜着享受它，莫要深入品味。
在诱人的泡沫的下方，渣液沉淀于底。 236

31

一个灵活的物体让我喜爱，它永远都
先指向北方，其后又严肃地垂向底处。
而另一物则不然；它总是跟随着风向，
它的全部才华就在于无止地屈身弯腰。[②]

① “核心”与“果核”在德语里是同一个词，此处为双关语。
② 磁针与风向标。

32

对你们而言他永将是一体，而自身又
分作众物，却又永恒地是唯一的一体。
在一体中寻到众物，感知众物如一体；
这样你们便得到了艺术的开端与终结。

四季[1] 237

Vier Jahrzeiten

这里的四者都或多或少
如同可爱的孩童般顽淘。

春[2]

Frühling

1
双行体诗行，似伶俐少年般振奋起来！
花园与田野多繁茂！取花来编结成环！

2
田野花卉繁盛；不过一些只在眼里美，
另一些只在心中美；读者请自行挑选！

---

① 歌德曾将一系列“善意”的双行体作品与讽刺、论战性的《温和的讽刺短诗》一同发表在席勒主办的1797年度《艺术年鉴》上。后来作者又将这些双行诗中的一小部分挑选出来，按四季的顺序重新编排，于是便构成了“四季”这个版块。他曾于1800年3月22日将稿件寄送给席勒审阅，另外也交由奥古斯特·威廉·施莱格尔进行格律上的润色。另外原著的诗节计数显然有误，我们的底本中缺少第49诗节，而在某些其他版本中缺少的是第52诗节。鉴于作者显然有意凑整一百个诗节，译本只能因循其原有的错误编号。

② 这一组诗的内容来自《艺术年鉴》（Musen-Almanach），原题为《致众多人》（Vielen）。大部分诗节上方原本都标有花卉名称或者人名缩写。这些人名应当是在暗指当时魏玛与耶拿社交界的某些女士，然而今日已大多无从考据。

3
玫瑰蓓蕾，你被献赠给那芳华的姑娘，
最优雅的她却表现出最为谦卑的姿态。

4
编结众多紫罗兰，这小小花束才显得
像朵花；这是指你，宜室宜家的姑娘。

5
我曾认识一位，如百合纤细，而纯洁
238 是其骄傲。所罗门亦不曾见过更佳者。①

6
猫爪花优雅地直起身，又将头儿低垂。
实有所感还是刻意作态？你们猜不出。

7
哦，风信子，你摇着多少芬芳的铃儿；
但这些铃儿与你的香气一样并不诱人。

8
香花芥，烈日时人们径从你身边走过；
可夜莺吟唱时分，你便吐出醉人香氛。

---

① 所罗门：圣经中的以色列贤王。然而他也曾违背上帝的意志，建起了包纳上百妃嫔的后宫，参见《旧约·列王纪上》第11章。

9

晚香玉，你在野外高立着赐予人欢欣；
但请你远离我的头，也远离我的心房。

10

我远远望见如焰的罂粟花。唉，可是
稍走近我便立刻发现，玫瑰你在撒谎。

11

郁金香，多愁易感的行家们责备你们；
然而情思欢乐之人也期愿欢乐的花瓣。

12

康乃馨，你们多美！然而都一般模样，
区分不出彼此，使得我难以作出选择。

13[①]

曙光花、毛茛、郁金香和紫菀多艳丽！
可有片黯淡之叶能凭芬芳令尔等羞惭。 239

14

毛茛，谁都无法将我从你们身边引开。
可还是爱观赏你们在花畦与众芳交杂。

① 在《艺术年鉴》中原题《天竺葵》（Geranium）。

15

说！何物让芬芳充盈屋室？是木犀草，
并无绚彩，貌不出众，多沉静而谦卑。

16[①]

你大概是园中之绝，而你现身时总说：
是刻瑞斯亲自以金色的种子将我播撒。

17

小巧可爱，有优雅的眸子，他们总说：
勿忘我！总是说道：只愿别将我忘记！

18[②]

即便内在之眼失却了一切花朵的样貌，
埃莱奥诺雷，心头仍能涌现你的倩影。

① 原题《矢车菊》（Kornblueme）。
② 原题《L. W.》。大概是指魏玛公爵夫人露易丝。

夏[1]
Sommer

19

爱神待我无情！哦，缪斯们，用他在
嬉戏之中所激起的内心楚痛来游戏吧。[2]

20

我拥有的手稿比任何学者或国王都多；
因为恋人为我书写我向她所吟咏之诗。

21

我对你的倾慕正如种子一般，在冬季
只缓慢抽芽，到夏日则蓬勃绽放成熟。

22

田野、森林、山崖和花园对我曾只是
一个空间；恋人，是你使之成为地点。

23

我感到时间空间仅是直观形式，恋人，[3]
因为你所在的角落在我看来无穷无限。

---

① 这一组诗的内容也来自《艺术年鉴》，原题为《一人》（Einer）。

② 意指爱神埃莫无意成全人的爱情，而只以戏谑的态度对待；诗人在此祈求缪斯之助，以将无果爱情的苦痛体验转化为创作诗歌的灵感。

③ “直观形式”是康德哲学中的术语。

24

忧虑总是随着你登上马背，迈进船舱；
而爱神如影随形地缠扰我们更甚于它。

25

倾慕之情是难以战胜的；假如又逐渐
生根而养成习惯，那便再也无法克服。

26

怎样的文字我才会两遍三遍接连阅读?
是我的恋人给我写来吐诉衷情的纸页。

27

她予我幸福，或许是在欺骗——作戏!
诗人与歌手须向我恋人学得一点本事!

28

愿那位赐予诗人激情的丽人也能一同
感知到他写出优秀诗篇时的一切欢乐。

29

据说箴言诗太短，不够向我抒发真情?
情郎，可是真情之亲吻岂非更加匆促?

30

你可知不得满足之爱的那份美好之毒？
既熬人又醒神，损销骨髓又助之焕然。 241

31

你可知爱情终得以满足时的欢朗感受？
它使身体美好结合，同时令精神解放。

32

始终保持自身不变，这才是真正爱情，
不管是应允其一切，还是拒绝其一切。

33

我希望拥有一切，以能同她分享一切；
而只要她属于我，我便愿意奉献一切。

34

伤害一颗爱恋之心，同时又必须沉默，
拉达曼迪斯也想不出更为严酷的惩虐。[1]

35

美貌问道：宙斯呀，为何我如此易逝？
天神答道：因为我只让易逝之物美丽。

---

① 拉达曼迪斯（Rhadamanthys）：希腊神话中的冥府判官。

36

爱情、花朵、露珠与青春听到了此言，
便尽皆哭泣着从朱庇特的神座前离去。①

37

人既要生活也要爱，可二者都有尽头。
242 命运女神，只愿你斩断两线是在同时。

---

① 罗马神话中的朱庇特和希腊神话中的宙斯虽然有着不同的来源，但是由于形象与司职相近，所以在文学中经常被视作同一个神。

秋[①]

Herbst

38

生命带给人果实；但这些硕果极少能
如我们常见的苹果般红艳艳悬在枝头。

39[②]

随便你们怎么对生活与事务指指点点，
但别禁止可爱的爱神与缪斯一同嬉戏。

40[③]

你们去说教吧，这也适合你们，我们
也尊崇风化；但缪斯不会听你们指令。

41

缪斯，去取普罗米修斯与爱神的火炬，
用前者赐人生命，而用后者赐人悲欢。

---

① 这一组的内容杂糅自作者发表于《艺术年鉴》杂志的众多双行诗。在原杂志中，这些诗节多有自己的标题，不过本书的注释只在对理解诗歌内涵有帮助的情况下才专门注明原标题。

② 原题《致道学先生们》（An die Moralisten）。

③ 同上。

42[1]
造物都是大自然所为。朱庇特的神座
激荡着万能之光，滋养且颤震着世界。

43
诸友，凡事都应怀严肃与爱，这二者
很适宜因众多缘故而扭曲的德意志人。

44[2]
孩童朝墙面上抛球，又将它重新接住；
若朋友也向我回抛，我便欣赏这玩法。

45
要始终追求整体，但你若自己不能够
243 成为整体，就作为一环加入以服务它。

46[3]
狂热者，你们如果有能力去领会理想，
哦，那就是在履行崇敬自然的本分了。

47
正直的朋友，我可以告诉你该相信谁：

---

① 原题《天才灵力》（Genialische Kraft）。
② 原题《相互影响》（Wechselwirkung）。
③ 原题《自然与理性》（Natur und Wirkung）。

信任生活，其教益胜过演说家与书本。

48
花朵必须凋零，才能让喜人果实长出；
只有你们缪斯才可以同时赐花又赐果。

50[①]
我认为有害的真理要胜于有用的谬误。
真理能治愈其自身所带给我们的苦痛。

51[②]
谬误有害吗？未必！但迷途必然有害。
而只有到旅途终点才能明白程度如何。

52[③]
我们爱别人的孩子总不及自家的孩子；
谬误是自己的孩子，距我们的心尤近。

53[④]
谬误从不远离我们，但有种更高需求
总是在静默中将求索之魂引导向真理。

---

① 原题《有何用》（Was nutzt）。
② 原题《有何害》（Was schadet）。
③ 原题《怀中爱子》（Das Schoßkind）。
④ 原题《慰藉》（Trost）。

54

人都应类似上帝，但每人都互不相同，[1]
那该如何？人人都应力图完善其自我。

55

为何品味与才华这二者很少合于一体？
244 因为前者惧怕力量，后者则鄙夷屏障。

56[2]

一切理性的高谈都无法帮助世界衍续，
从它们之中也无法涌现任何艺术作品。

57

我想要怎样的读者？是最不受拘缚的，
忘却我、自己和世界，唯独活在书中。

58

与追索的我共同漫游的人便是我朋友；
他若邀我去闲坐，那我当天就要溜开。

---

① 基督教传统认为人都是上帝按照自己的形象制造的，参见《旧约·创世记》第 1 章第 26—27 节。

② 原题《白费口舌》（Vergebliches Geschwätz）。

59[①]

这美好的、值得与之共赴目标的灵魂，
却只谓我为工具，我该何等深切哀伤！

60[②]

如果对孩童赞美他所渴望购买的玩偶；
杂货商与孩童便都会真的以你为神祇。

61

大自然是如何才在人身上结合了高尚
与卑下之物？它在二者间置下了虚荣。

62[③]

我从来都不曾高看那些多愁善感之众；
只要机会到，他们中只会涌现出恶徒。

63[④]

在这些混乱时日里，法国风气排斥了
稳当的教育，正如路德主义昔日所为。

---

① 原题《盲目的工具》（Das blinde Werkzeug）。
② 原题《评时风》（Moderezension）。
③ 原题《H.S.》，指歌德的朋友容－施蒂林（Johann Heinrich Jung-Stilling，1740—1817）。
④ 原题《革命》（Revolutionen）。

64
群党涌现之时，人都泥于此派或彼派，
要许多年后他们才能重新统一于中道。

65
“那些人在结党，这种苗头岂能容忍?
不过我们自己的党本来就是理所当然。”

66①
我儿，若想保持自由，就学正当之道，
并保持知足，永远都不要朝上方仰望。

67②
谁是各自阶层中较高尚之人? 是不管
自身所处境况，而始终追求平衡之人。

68
你们可知小人物也有分量? 愿他做好
小事；大人物也同样追求将大事做好。

69③
何为神圣? 是那将众人灵魂联结之物；

---

① 原题《最具父爱的建议》（Väterlichster Rat）。
② 原题《好人》（Der Biedermann）。
③ 原与前一诗节合为一首诗，题为《神圣者与至圣者》。

即便只是像用草杆捆扎花环那样轻盈。

70
何为至圣？自今日至永恒被众人精神
愈加深入地感知、并促进其统一之物。

71
何为国家最可敬的部分？能干的公民；
无论担负何种身份，他终是最优之材。

72
谁人才是真正的君主？这我总能见到，
只有能够胜任之人，才是真正的君主。

73[1]
如果上层缺乏见地，而下层没有善意，
那暴力就即刻横行，它或将终结争端。 246

74[2]
我见过多个共和国，这样办才是最好：
让统治方承担重责，而非是坐享收益。

---

① 原题为拉丁文《Ultima ratio》，意为“（王者的）最后的手段”。自腓特烈二世时期以来，普鲁士大炮上多有此铭文。

② 原题《谁想要这个位置？》（Wer will die Stelle?）

75[①]

很快，只要让所有人认识到自身权益，
并承认他人权益，那永久和平便到来。

76[②]

谁也不愿意满足于自身所应得的份额。
所以你们永远都不会缺乏战争的原料。

77

要道出恰当的真相，就只有两种方式：
要么对全民公开，要么仅对君主密报。

78

若高声斥责个人，他会执拗不思改悔。
而若赞美群众整体，他们便也会这般。

79[③]

你是国王也是骑士，能下旨也善战斗；
但是签订条约之时别忘了让首相参与。

① 原题《永恒的和平》（Zum ewigen Frieden）。
② 原题《永恒的战争》（Zum ewigen Krieg）。
③ 原题《致独揽大权者》（An die Selbstherrscher）。

80
聪明、能干、坚定、各色事务全通晓、
对上对下皆干练，那就该一直做首相。

81
我尊重何种廷臣？最体面而高雅之人！
其余秉性对作为人的他而言太过于好。

82[1]
你是否是最精明的那位，这不太重要。
但无论在公还是在私都应是最正派的。 247

83[2]
守夜人，任你睡吧，只要你歌声不止。
去与其他人一样，在沉睡之中咏唱吧。

84
秋呀，此次你只洒下轻飘枯萎的落叶；
待下回则希望你将饱满的果实偿予我。

---

① 原题《议员》（Der Ratsherr）。
② 原题《守夜人》（Der Nachtwächter）。

冬[①]
Winter

85
水已凝结，河面如平地。两侧河岸间，
在冬日的照耀下，展开了最新的戏剧。

86
这的确只似一场幻梦！生命中的多少
重要图景温情而郑重地滑行过这冰面。

87
我们看到多少世纪正如同凝结为坚冰，
人之感情与理性只是暗暗潜行于底处。

88
惟有冰面才能够决定人生的回旋轨道。
它若光滑，众人便都会忘咫尺之危险。

89
所有人都在追奔、寻觅并躲避着彼此；
却因冰面较滑而受到一种善意的限制。

① 这一组诗的内容也来自《艺术年鉴》，原题为《冰道》（Eisbahn）。

90

师傅与学徒们都乱作一团地滑了过来，
而那些普通的民众则夹处在他们中间。 248

91

每人都在此展现自己所能。无论褒贬
都既无法阻人、也无法助人抵达目标。

92

你们喜欢赞美拙劣之徒，却贬损大师，
愿你们只能在河岸恼恨而无言地旁观。

93

学生，你太过畏缩，总避开较滑冰面。
放心！你终会成为滑道上的欢乐之星。

94

你们在尚无把握之时就想要表现出彩?
白费劲！只有能力充分才能大展身手。

95

凡世之人都注定会跌倒。学生和师傅
在这里都一样会摔，但后者危险更甚。

96

顶尖的滑冰健将摔倒时，岸上人便笑；
人们就这样边抽烟喝酒边奚落失败者。

97

快乐地滑吧，为成长的学生给出建议，
并且去欣赏师傅，就这样享受着生活。

98

看呀，春天快来临；下方涌动的水流
249 与上方和煦照耀的日光正销蚀着冰层。

99

这些人离去了，纷杂的人群散归各处；
激荡的河流重新归属船夫和渔人所有。

100

奔突的浮冰，畅游吧！若没有成块地
沉陷水底，或许将化作大洋中的水滴。

十四行诗[①] 250

Sonette

① 这一版块的作品大部分应是1807年12月所作。十四行诗（又称商籁体）是一种通行欧洲的诗歌格律形式，其主要奠定者是意大利伟大诗人彼得拉克（Francesco Petrarca，1304—1374）。它始终由四个诗节构成，前两个各有四行（Quartette），而后两个各有三行（Terzette）。每一诗行有十一个音节，在德语文学中，这十一个音节一般被组织为五音步的抑扬格，行末通常押“阴韵”，也即重音在倒数第二个音节上的韵脚。此外押韵模式也非常严格，一般仅有几种变体。我们这个版块中的歌德诗作的韵脚都谨遵着 abba abba cde cde 的模式。汉译无法完全再现原文的华丽格律，仅能保留其整齐的诗行长度以及押韵顺序。

17世纪的巴洛克德语文学就已经开始对十四行诗这种体裁感兴趣，然而早有人批评其格律要求过于严苛。因此不难理解，在18世纪的德国文学界，这种诗歌形式一度衰落。可到1800年前后，德国浪漫派作家兴起，以奥古斯特·威廉·施莱格尔为代表的诗人努力复兴这一体裁。歌德与浪漫派的关系十分密切而复杂，在十四行诗的问题上，他一度持有过保留意见，后来才逐渐转变态度。他曾在《四季笔记》中写道：“维尔纳 [Zacharias Werner，1768—1823，德国诗人]12月初来到耶拿，无法否认，他为我们的圈子开辟了新纪元。[……] 他朗读时怀着巨大的真情与力量，从而赋予了自己出色的十四行诗以更高价值，尤其是那些饱含着纯粹的人性与激情的作品获得了热烈欢迎。这是我自席勒死后第一次在耶拿享受宁静的社交乐趣；眼前的他是多么亲切，唤起了对逝去者的向往，让人再度感受到失去之痛，也让人期待起替代者。熟习、倾慕与友情上升为爱与激情，变得正如同这个有限的世界中的一切绝对之物一样，对于许多人可能具有毁灭性。然而在这样的时代中，诗艺显出提升与缓和的作用：既让心灵提升，又缓和着剧烈的满足。就这样，十四行诗，这种早先由施莱格尔娴熟地运用、并由维尔纳上升到悲剧性的形式，在此时便极为受人欢迎。这种形式特别适合里默尔的敏锐诗才，我也同样受到其感染，至今无悔；因为这章小小的十四行诗诗集正是那个年代所作，我始终都乐于回味其中的情愫，其他人也很乐于参与其中。”

我要怀着爱而将爱赞颂，
每一种形式都源自天空。①

就内容上来说，我们这里的十七首十四行诗大多与爱情相关，但是其幕后究竟蕴藏着诗人何等的具体人生路程与感情经历？根据前代学者的研究考据，至少有三位女人是不能不提的：

其一是贝蒂娜·封·阿尼姆（Bettina von Arnim，1785—1859），本姓布伦塔诺（Brentano）。她的兄长克莱门斯·布伦塔诺（Clemens Brentano，1778—1842）和丈夫阿希姆·封·阿尼姆（Achim von Arnim，1781—1831）都是德语文学浪漫派的重要代表人物。她本人明言这里的若干首诗都是因她而作（参见她1835年的著作《歌德与一个孩子的通信》）。贝蒂娜与歌德的关系紧密，1807年还两度前往魏玛。无可争议，她的确影响过歌德的文学创作，歌德甚至于1808年1月9日对她写道："别了，我可爱的孩子！请快再给我写信，好让我再有可翻译的东西。"不过很早就有学者怀疑，贝蒂娜对歌德的影响是否有她自己所称的那么重要。

其二是西尔维·封·齐格萨，她是哥达一名官员的女儿。歌德1802年在耶拿生活时，时常前去附近属于她的家族的德拉肯多夫田庄。此外在1807年5月，二人于耶拿再度相会。到1808年夏日，二人的关系更是达到高峰。更有人认为，西尔维某种程度上就是《亲和力》中的奥蒂莉的原型。总之歌德曾经与她两情相悦，然而我们无法从这里的十四行诗的具体字句上找到与西尔维的直接联系。

其三是威廉敏娜·赫茨利布（Wilhelmine Herzlieb，1789—1865，昵称"敏娜"），她是耶拿的弗罗曼（Frommann）一家的养女。本版块的第十七号诗似乎是个有力证据，因为"赫茨"意为"心"，"利布"意为"爱"。歌德也两度坦诚自己曾经"超出分寸"地爱过她（见于1812年11月6日致妻子的信以及1813年1月15日致策尔特的信）。贝蒂娜于1807年11月11日告辞之后，歌德立刻就赶往耶拿待了一个月，并在日记中屡屡记载"晚上在弗罗曼家"。无疑，歌德在那些年岁里经历过不少情感波澜，与包括这三人在内的许多女子都有过真挚的感情。不过我们并无必要去过于执着地考据某首诗后究竟站着哪个具体的女人，毕竟诗人完全可以凭借其才华而将自己多段不同感情中的相通感触都融汇于同一篇作品之中。

① 与时人有关十四行诗的论辩有关。歌德在此表示每种诗歌形式都是平等的，并无优劣之别。

I
骤然巨惊[1]
Mächtiges Überraschen

一道河流冲出云霭中的崖尖，
急切地希望奔汇入大洋之澜；
不论沿途倒映出何等之景观，
它只是不可阻遏地涌泻而前。

可奥蕾亚斯突然鬼魅般塌陷——[2]
山与林也如旋风般随之崩坍，
她要在那里找寻到平静宁安，
构成水岸将流波的行程阻限。

水花飞溅，惊愕地退回脚步，[3]
向高位漫涨，不住畅饮自身；

① 贝蒂娜在一封给歌德的书信中（日期不详，11月底或12月初）称自己是“上帝所给你的女人，如同一座堤坝，你的心无法以时光之波浪而超涌过去，只能永恒年轻地停留在你自身之内，永远在爱情之中释展。”

② 奥蕾亚斯（Oreas）：山地仙女之名。此句是写山崩阻拦了河流的前进，并形成堰塞湖的自然现象。德语中“山”一词本为阳性，然而歌德巧妙地以山地仙女代指山本身，从而使得河（在德语中亦为阳性词）与山之间可以展开男女之爱。

③ 惊愕地：有学者认为此处可能是将原文的“staut”误印为“staunt”，果真如此的话，这行诗便应被译作“水花飞溅，被障碍阻住脚步”。然而“staunt”其实也可以讲得通，这行诗就是指原本在自己的河道中运行的水流毫无预料地遭遇山崩，从而不得不在“惊愕”中迎接被“围筑成湖”的“崭新生命”。

无法如愿将父亲的居所登临。[①]

它且摇曳且安详，围筑成湖；
星辰俯瞰着辉映星光的浪纹
将崖岸拍击，一份崭新生命。

II
亲切的相会
Freundliches Begegnen

我裹着齐到下巴的宽大外衣，
251 迈步在陡峭灰暗的山崖岩径，
正要往冬意萧萧的平原行进，
心境不宁，随时都准备遁离。[②]

突然仿佛崭露了白日之晖丽：
有位容颜如天界的少女走近，
完美如同诸位诗国中的女性，
于是我心中的渴念得以止息。

可我转身到一旁，让她行去，
并将自己更深地紧裹在衣中，

---

① 父亲：指大海。
② 这一诗节酷似彼得拉克的《十四行诗·I 28》的第一诗节。

仿佛是要在执拗中温暖自己；

却又尾随着她。她停下步履。
我无法再将自己在套中囚封，
我将其抛下。她投入我怀里。[①]

III
简言之[②]
Kurz und gut

我难道得这样对她迁就无尽？
最终恐怕会沦为纯粹的痛苦。
因此今日我尝试去改变态度，
不将那习于宠溺的美人接近。

如何才能让你谅解，我的心？
我在要事上总对你不管不顾。
好！来吧！让我们诉出悲楚，
用且悲郁且欢欣的深情乐音。

---

① 此诗表达了一位厌世离群之人受到感触而终究回心转意，这是洛可可时期文学中常见的母题。

② 本诗大意为："我"希望在爱之热狂中保守住自我，与痴恋的对象保持一定距离，然而仍然无法克制自己的感情，以致在倾情写下爱之悲欢的诗歌后，又要立刻携着自己的心而赶赴爱人身边亲自将其歌唱。

看，可行！按诗人所示之意，
久奏的琴弦鸣起和谐的乐篇，①
倾情地将一份爱情之祭呈上。

你很难想到，看！一曲已毕；
现在该如何？趁这激情如焰，
252 你我赶赴她身边亲向她歌唱。

IV
少女说②
Das Mädchen spricht

恋人呀！你的目光多么严肃，
好比你自己的这尊大理石像；
你们都不给我以生命的征象；
这石头反比你更具温存风度。

---

① 久奏的琴弦：相传琴被弹越多，乐音就越美好。

② 作者的亲笔手稿显示此诗日期为1807年12月6日。灵感应是贝蒂娜的信（日期不详，11月底或12月初）中的语句："[……]假如你的心灵正如同你的雕像一样是石质的，那我就要呼喊：拥抱我吧，白色大理石。"此外先前贝蒂娜曾在魏玛的图书馆里亲吻一尊按歌德四十岁时模样而塑造的胸像，然后歌德"在嫉妒之下将她拉开，热烈地吻起她的唇，将她高高举起并呼道：'众神的孩子！星辰的孩子！'"此外贝蒂娜于1月初又写道："[……]在图书馆时，我忍不住强扑到你早年的雕像上，像只青春的夜莺那般，在上面打磨着我的鸟喙。"

敌人才要用盾牌将自己掩护，
而朋友则应大方展现出脸庞。
我找寻你，你却总寻求躲藏；
请你如同这雕塑般止住脚步。

我如今该走向二者中的哪个?
它没有生命，而你则是活人。
难道我要将双重之冷意忍耐?

罢了！我不想再多耗费口舌，
我要久久地将这具石雕亲吻，
非让你妒忌难忍将我俩拉开。

V
成长[①]
Wachstum

你幼小可爱时常在春日早间
蹦跳着与我去游览郊野田垠。
“我假如是这般女儿的父亲，
定会甘心辛劳给她幸福家园！”

① 作者亲笔手稿显示此诗创作日期为 1807 年 12 月 13 日。

而当你开始将世间事务挂牵，
便乐于殷勤不尽地照料家庭。
“有这般的妹妹会何等温馨！
253 我与她之间定然会信任永坚！”

现在你美好的成长再无限阻；
我感知到心中那份炽灼狂恋。
可该揽她入怀以消弭这苦痛？

唉！而今只能视你为女君主：[①]
你高高在上地倨立于我面前；
我面对着你的匆促一瞥鞠躬。

VI
旅途的食粮
Reisezehrung

我若再无缘将她的目光看见，
将再不能从中获赐美好生命。
所谓的命运素来不体恤人情，

① 此诗背后的女人是谁？有西尔维（Silvie）与敏娜（Minna）这两种说法，然而她们的社会地位似乎都不及“女君主”的高度，除非认为这一称呼只是在夸张地形容女方之遥不可及。另有观点认为是魏玛的卡洛琳（Caroline）公主，歌德于1806/07年间与她确实关系密切。然而以上皆非定论。

深知此理的我惊愕退向后面。

我此时不知还有何幸福可言；
无论是这般或那般的必需品，
我马上便将一切都弃置殆尽：
必需之物唯有她脉脉的双眼。

可口的佳肴、热烈的葡萄酒、
舒适生活、睡眠、交游之乐，
我尽要丢下，抛得干干净净。

这般我便能从容地四方浪游：
所需的外物我随处都可寻得，
只携着必不可缺者——爱情。

VII
告别[1]
Abschied

在不知餍足地千亲万吻之后，

---

① 贝蒂娜曾在一封给歌德的信件中写道："正如同友人在不舍久久之后还是起锚离去，这最后的一次拥抱于他便抵得上百倍的亲吻与寄语，甚至还不止，而他所远眺到的水岸对于他便承负起这最后一刻所给他的意义，而当蓝色山峦也终于消失之时，于他而言，他的孤独与他的回忆便成为了一切。忠诚地爱着你的心灵便是如此，这便是我！"

到头总会有道别的最后一次，
尝受了苦涩离分的哀切情思，
254 我艰难地挣离陆地登上船舟。

那历历的屋舍、山丘与河流
映在我眼帘时真是幸福之址；
最终蓝空中只余那悦目影子
在那远逝的明亮昏暗中驻留。①

终于目之所及惟有茫茫大洋，
炽烈的思慕再度临降我心魄；
我懊丧地想寻回所失却之物。

此刻天空顿时仿佛大放光芒；
我又感到仿佛什么都未失落，
仿佛尚拥有自己享过的全部。

① 明亮昏暗：并非矛盾语，而是有着作者自己的颜色学理论的影子：歌德认为当人透过光亮的介质而观察黑暗时，便会感知到蓝色。

VIII
恋人来信
Die Liebende schreibt

从你眼中投进我眼中的一瞥，[①]
由你唇上铭到我唇上的一吻，
像我这般领略过此二物的人，
怎还可能由别处感受到欢悦？

与你远隔，又与亲人们疏别，
我心内时时有万千思绪驰奔，
总是会忆念起那段惟一良辰，[②]
于是我双目便开始涟涟不绝。

不觉中泪水风干，思绪不断：
既然他的爱能传及这片僻壤，
你的情难道就无法达至远处？[③]

听听这片爱之苦痛下的呢喃；
你对我的情意便是我在世上

① 贝蒂娜于 1807 年 6 月写道：“我曾希望能将自己的信用一个眼神投射到你的眼中。”
② 惟一良辰：参见贝蒂娜的同一封信：“[……] 我总是希望能回到那个我初次感受幸福的地方。”
③ 这两行是女方的思绪。

仅有之幸福，请你作出表露！[①]

255 **IX**

恋人再度来信[②]

Die Liebende abermals

我再度诉诸信纸，这是何故？
恋人，你莫要苦苦追问下去。
因为我对你本已道不出言语，
可这封信终究仍会寄达你处。

我无法亲至，那便让这尺素
将我的整颗心携去与你相遇，
有幸福与希冀、欢乐与悲郁：
这一切都既无开端亦无结束。

我无法将今日感触向你告白：
满载着惦念期望与愿诉幻想，
我忠挚的心是如何向你翔飞。

① 歌德与里默尔在1808年5月15日的日记中分别都提到一场有关男女爱情之差异的谈话。结论是：男性的爱是富有激情的，女性的则是殷勤奉献的。随后便“朗诵了我的十四行诗，说明了其用意。”

② 贝蒂娜作于1807年11月末或12月初的那封日期不详的信件开头便是：“为何我不得不再度写信？［……］我没有什么可说；当初那时我也没有什么可说，但是我要看着你，内心幸福，此时整个灵魂便激动不已。”

我曾伫立着，迎面朝你望来，
却一言不发。有何话语好讲？
我的整个本质于自我中完美。

X
她无可自止
Sie kann nicht enden

我若不先在纸页上写下文字，
而是径向你寄送去空白函信，
你或许会书满它以消磨光阴，
再寄回来，令我快乐到极致。

而待我望见那枚蓝色信封时，①
会怀着女人所固有的好奇心，
连忙拆开将内容无遗地看尽，
读起总使我迷醉的唤呼之词。 256

亲爱的孩子！我的心与唯一！②

---

① 蓝色信封：歌德曾用蓝色信封将两首十四行诗（即本版块中的第 1 与第 7 首）寄送给贝蒂娜。她于 1808 年 1 月写道："我收到那枚蓝色的信封并拆开，发现自己在其中以神性的光辉重生。"

② 贝蒂娜于 1807 年 6 月写道："[……] 我谨慎地道出我以你的名义而给自己作出的回答：'我的孩子！我的好姑娘！可爱的心！'"另外 1807 年 10 月 6 日的信中亦有类似内容："你们的孩子，你的心，好姑娘。"

你亲切地用这些甜美的辞文
弭息我渴望，将我彻底宠坏。

我甚至觉得读到了你的喃呢，
你温情地将其灌注入我神魂，
使我感知永恒升华临降襟怀。

XI
涅墨西斯[①]
Nemesis

每当可怖的疾瘟肆虐于各处，
便应谨慎地避免与人群会聚。
我也曾每每怀着踌躇和犹豫，
希望自己免受某些疫病之苦。

虽然爱神时常恩赐给我财富，[②]
我却终究不能借此作出创举。
谁凑出成三成四押韵的诗句，[③]

---

① 涅墨西斯（Nemesis）：主持正义的复仇女神。此诗是戏谑之作："我"原本不甚高看众人所热捧的十四行诗，但现在竟也改变了态度，加入到十四行诗风潮之中，故而理应受到复仇女神惩罚。
② 爱神所赐的财富指的是能给人以诗歌灵感的爱情体验。
③ 成三成四押韵的诗句：十四行诗始终由两个四行诗节和两个三行诗节构成。

我总谓之哭腔怪调不予管顾。[①]

可现在鄙弃者遭受到了严惩，
仿佛被复仇女神的蛇炬之光[②]
跋山逾谷，跨陆渡海地追逼。

我听到了诗圣们的讥笑之声；[③]
可是对商籁体与爱情的热狂
使得我将一切理智统统抛弃。

XII
圣诞礼物[④]
Christgeschenk

亲爱的！你看看这些盒子里
装盛着五花八门的可口甜食。

---

① 哭腔怪调：原文为“Lacrimassen”，系文字游戏，由“lacrimae”（拉丁语：泪）与“Grimassen”（德语：鬼脸、怪相）组合而成，影射诗人威廉·封·许茨（Wilhelm von Schütz，1776—1847）1803年的戏剧《泪》，其中充斥着千篇一律的浪漫派套路。

② 蛇炬：通常认为复仇女神头上生着蛇发，手中持有火炬。歌德在此诗中将蛇与炬融合为一个词。

③ 诗圣：具体所指不详。有专家认为这里指的是真正擅长十四行诗创作的前代诗圣，但也有人认为是指那些鄙夷十四行诗的同代“诗圣”。

④ 此诗据猜测是作者寄给威廉敏娜·赫茨利布的。

这些是神圣圣诞期间的果实，
257 烤制好只为供孩童大快朵颐！

而我此时想发挥言语之蜜意，
以诗意的甜点为你庆贺节日；
只是何须采用这套虚华藻辞？
且罢，莫要以甘言令人炫迷！

但尚有件甜美之物发自心间，
虽远方之心亦能品尝其滋味，
此物唯独能够飘播往你那里。

到时你若感到一阵亲切忆念，
仿佛熟识的星辰的欢乐光辉，
你定不会鄙嫌这份至薄之礼。

XIII
警告
Warnung

最后的审判到来，号角高鸣，
凡间的一切生命都已经结束，
我们必须为往日说过的全部

无用的话词而作出辩白澄清。①

而我迄今为了求得你之垂青，
已将多少深情言语向你吐露，
它们最终若都在你耳中空付。
到那日来临时我该如何对应？

恋人，所以请诘问你的良知，
多少时光因你之踌躇而逝去，
莫要让世界遭受此等之劫难。

如果我到时将不得不去解释
自己为你浪掷掉的所有话语，
那恐怕一年也没法审判得完。

① 基督教认为世界末日来临时，上主将会逐一审判世人之罪孽。这段话典出《新约·马太福音》第12章第36—37节：“我又告诉你们，凡人所说的闲话，当审判的日子，必要句句供出来；因为要凭你的话，定你为义；也要凭你的话，定你有罪。”作者在此诗中戏谑道，他向自己所爱的女人吐露过太多的真情话语，可这些话都没有能达到应有的目的；所以假如要为所有这些“无用的话词”都作出辩护的话，那么末日审判便会被拖得一年也无法结束，而这些都将要由冷淡的爱人负责。

258 **XIV**[1]

质疑者

你们爱着，并写作着商籁体！
何苦！心灵表露自我的渴望
却要寻找韵脚凑成整齐诗行；
孩子们！须知意愿终究无力。

即便全无束缚的时候也难以
倾吐心绪！它们可不愿张扬；
会如同风暴般地自弦上迸放；
其后便又沦降回暗夜与岑寂。[2]

为何非要将自己与我们折虐？
推着巨石艰难登上陡峭崖峰，
待它滚回后又从头无止苦劳？[3]

---

① 本首与下一首都是在讨论十四行诗这种文学形式是否适合抒发真情实感。

② 有的研究者认为这一诗节中的说辞不太符合“质疑者”的立场，更像是出自捍卫十四行诗者之口。但同样也有不少专家认为这里的台词分配并无错误，“质疑者”们是在强调，即便完全没有格律约束，抒发感情都极为不易，更何况是镣铐般的十四行诗格律。

③ 这里的典故出自希腊神话中的西绪弗斯（Sisyphos）的故事，他因触怒了神，而被惩罚去做将一块巨石推上山的工作，然而待巨石到达山顶，便会自动滚落，于是他被迫重新推石，如此循环，直至永恒。他的故事常被用于比喻无穷无尽的徒劳工作。

热爱者
相反，我们的道路才系正确！
若想欢欣地将最坚顽者销熔，
就要有至强的爱情之焰燃烧。[1]

XV

少女
我质疑工巧的诗行是否诚挚！
虽然我也欣赏你的音律游戏；
但亲爱的朋友，我觉得心里
若怀真情实感，便不应雕饰。

诗人在需要将无聊排解之时，
总爱将自己的心灵挖掘至底；
不过他也懂得冷却自身伤迹，
用魔法之词将极深创痕疗治。 259

诗人
恋人，看！就好比炸药专家，
为达到最佳效果而精研技艺，
挖掘出迷宫一般繁复的坑道。

① 大意是说，只有怀有足够强烈的感情，才能克服最为苛刻的格律要求。

只不过造化的威力更强于他，
他稍不留意便可能腾飞而起，
连同着满身才干迸碎在云霄。

<刊于 1827 年诗集>[①]

XVI
纪元
Epoche

彼得拉克以火焰符文在心上
将圣受难周五铭作特别一天。[②]
而同样地，我敢说于我而言，
一八零七年将临期也是这样。[③]

① 以下两首诗在 1815 年诗集中并未刊印，因为正如作者自己在《四季笔记》（Tag- und Jahresheft）中所坦言的那样："它们把当下的事况描说得太过清楚。"

② 彼得拉克在《十四行诗 · I 3》中写道，他是在 1327 年的圣受难周五与所爱的劳拉初见。圣受难周五系基督教纪念救主耶稣被钉上十字架蒙难的节日。

③ 将临期是从圣诞节前四周开始，由最接近 11 月 30 日的主日开始，直到圣诞节为止，意在迎接救主基督降生。从歌德日记可知，他这里指的正是自己在耶拿度过的那段时日。

爱之旅并无起点，惟有前方。[①]
我早先就曾经将她装在怀间，
后来又明智地将那思情排遣，
可现在又被驱到了她的心房。

彼得拉克所爱之人高不可得，
他从未收获回报，满怀伤戚，
如同永恒的圣周五一般悲切。

但愿她的到来始终甘饴喜乐，
让我以棕枝之欢而幸福颤栗，[②]
女主之临降是我的永恒五月。

<刊于 1827 年诗集>

① 这句话在德文中本是双关语，直译为：“我没有开始，只是为爱而旅行。”或者“我没有开始，只将（既有的）爱情继续。”暗指“我”曾为与爱人相会而不辞频繁路旅奔波。译者就此只能权变。

② “棕枝之欢”之典来自耶稣骑驴进入耶路撒冷城的故事，参见《新约·约翰福音》第 12 章第 12—13 节：“第二天，有许多上来过节的人听见耶稣将到耶路撒冷，就拿着棕树枝出去迎接他，喊着说：‘和散那！奉主名来的以色列王是应当称颂的！’”下文中临降的“女主”正与作为基督教的男性“主”耶稣相对应。

XVII
字谜[①]
Charade

这两个字说起来轻松又简单，
我们常在喜悦中将二者道出，
可它们表述的究竟是何事物？
我们却无论如何都无法了然。

大胆在一者上将另一者灼燃，
自古至今都是种欢欣的感触；
如果能将二者合在一起去读，
便是表达了无上的幸福美满。

而我现在想要求取二者欢心，
愿它们赐许我与之同享快乐；
我默默祈望能实现以下三条：

呢喃地将它呼作心上人之名，
在一个形象上同时看见二者，
怀中搂着一人却将二者拥抱。

① 原于1807年12月17日朗诵。这两个谜底字是“心”（Herz）与“爱”（Liebe），详见本版块导读中有关赫茨利布的部分。

康塔塔[①] 261

Kantaten

但愿歌者能够将此赞讴，
这是为向他致敬而编就。

德意志的帕尔纳索斯山[②]

Deutscher Parnass

荫着这方
月桂树林，
草地之上，
座座澈清
瀑布旁边，
阿波罗赐许我欢度
那快乐的童年时日；

---

① 康塔塔（Kantate）是篇幅较大的歌唱诗，通常有音乐伴奏，亦可意译为“合唱歌”。

② 帕尔纳索斯（Parnassus）是希腊神话中的神山，相传司掌文艺的神阿波罗和缪斯就在此居住，因而常被作为诗坛、文坛的代称。此诗应作于1798年，是针对诗人约翰·威廉·路德维希·格莱姆（Johann Wilhelm Ludwig Gleim，1719—1803）的讽刺之作。格莱姆是阿那克里翁诗派中的名家，曾为批评歌德的《温和的讽刺短诗》（Zahme Xexien）而作讽刺诗《老珀琉斯的力量与敏捷》（Kraft und Schnelle des alten Peleus），其中就有丑陋的法恩（Faun，又可意译为“羊人”，是希腊神话里的森林之神，长有羊脚，性格淫荡。）闯入诗国圣境胡作非为的情节。歌德这首诗正是对格莱姆的讽刺性回击。

崇高缪斯
按照神明
所下达的伟大旨令，
在这幽境将我育抚，
用那银泉
赐我清鲜
于帕尔纳索斯山里，
并且在我的双唇上
铭上了纯贞的印记。

夜莺们簇拥我身旁，
摇着翅膀谦卑环翔。
在这丛中与那林梢，
它们呼唤成群亲朋，
而那天国般的歌咏
262 促我心间情梦萦缭。

我心逐渐盈充一种
高尚渴望促我交游，
友情与爱开始滋萌，
而阿波罗打破清幽，
赐生气给这片山川。
甘美柔风吹拂徐缓。
谁只要为他所钟意，
便必被诱引至此地，
贤士君子道路相属。

这位来者性情欢愉，[1]
目光豁达而又舒畅；
那位遨游则较严肃。[2]
另一位则几未康愈，
想要唤回昔日力量；[3]
因为他的髓中燃遍
一种醉魂蚀骨之焰。
爱神所窃他的一切，
归还只能借阿波罗：
宁静、欢乐、和谐、
与不懈的纯粹求索。

兄弟诸君，
向歌致敬！
歌声亦堪称是善业；
若要劝解迷途友生，
谁能比歌手更卓越？
你之努力能比常人
取得更为长久之功。

---

① 可能是指格莱姆的友人约翰·格奥尔格·雅各比（Johann Georg Jacobi，1740—1814）。

② 可能是指诗人弗里德里希·戈特利布·克洛卜施托克（Friedrich Gottlieb Klopstock，1724—1803）。

③ 暗射格莱姆的讽刺之作的标题。

是！我遥遥地听见
他们正拨奏着琴弦，
如天神般豪宕弹动，
呼唤着正义与责任，
他们在用
旋律与诗句激勉人
投身于至伟的高尚，
263 能化育出一切力量。

而幻想的奇妙芳卉
也在周围
每一棵树梢上放绽；
金色硕果
不久便似仙界幻国，
累累缀满林中枝干。

我们在这极乐之邦
所感与所见之全部，
将多少卓绝的女郎
诱至这片阳光乐土。
可爱缪斯们的气息
唤醒了少女的胸臆，
她的脸庞多么美艳，
嗓中唱起庄严乐篇，
伴着典雅旋律响鸣，
行到姐妹身旁坐定。

丽人们结着队歌咏，
竞相显露柔情无穷。

但有一名
女子独行
在榉树间
与椴林里，
想在那边
找回自己
曾在幽寂桃金娘林
被爱神所巧窃之物：①
心内那片美好宁静、
胸中那份初萌浓情。
她满怀携揣着无数
任何男子
都不配的迷人情愫，
步入这片绿林荫深。
她不惧怕白日燥闷，
也不介意黄昏凉冷，
在田野中渐渐迷失。 264
莫要搅扰她的步伐！
愿缪斯静静走向她！

① 传说阿佛洛狄忒的桃金娘树丛是让人失去贞操的地方。

我耳畔是何等喧嚣?
竟盖过瀑布的咆哮,
呼啸着穿荡过丛林。
何以如此鼓噪轰鸣?
无法相信眼前一幕!
一伙肆无忌惮之徒
闯进这片神圣秘境。

此处涌出
一帮凶徒!
情欲亢奋,
醉气熏人,
目光悍戾
毛发竖立!
成群喧哗
男女交杂,
虎皮之裳
浑身乱荡,
半裸皮肉
不知臊羞。
金铁之声
嘈杂阵阵,
刺耳难忍。
闻见此音
令人心惊。
此处冒出

一帮凶徒；
任谁见到
都要遁逃。

啊！树丛惨被折断！
啊！花朵蒙遭摧残！
被这伙人残酷践踏。
此等暴行谁能招架？

弟兄们，鼓起胆量！
你们颊上义愤似焚。
阿波罗若目睹此状，
定然会为我方助阵。
甚至可以
提供武器：
他摇撼山峦之峰巅，
叫那碎岩
星散落下，[①]
林中满撒。
快将石块奋力捡起，
如同雹雨
向匪徒们倾泻而去；
将这帮外来的蛮徒

---

① 传说当自己在德尔斐神庙受到外族威胁时，阿波罗便降下了石块与冰雹，击退了来犯者。

都驱逐出咱们这处
天国般纯净的乐土！

何等场景？
难以置信！
无可忍受！
我浑身上下在震颤。
而我的手
本想高举却也垂瘫！
难以置信！
并非外人，
而是我们
自家兄弟为其引路！
这帮狂徒！
还亲自行在最前处，
用铙钹将节拍敲打！
好弟兄，我们逃吧！

但肆无忌惮的你们
且听我以一语相赠，
如雷击般命中尔曹！
话语是诗人的武器。
天神若想伸张公义，[①]
便会放出箭矢呼啸。

① 天神：指司掌文艺的阿波罗神。这句话意即神必会报复亵渎文艺的罪人。

那崇高似神的尊望，[1] 266
你们难道
能忘抛？酒神之杖，
对于你们只习拨挑
柔滑琴弦的手而言，
岂非十分粗笨不便？
你们竟把西勒诺斯
胯下丑恶坐骑牵至[2]
汩汩溪河
与清新瀑布旁解渴？
它的肥唇多么蠢粗，
将阿加尼佩泉亵污；[3]
还用笨蹄不停踩踏，
好水都被秽物糟蹋。

情愿自欺闭上眼睛，
可痛苦仍能被听到；
纯洁之境、
神圣之荫，
竟冒出可憎的聒噪。
狂野笑声
取代了柔情之幻求！

---

① 意指优秀诗人的尊望堪比为神。
② 西勒诺斯（Silenos）：酒神的同伴与导师，骑驴。
③ 阿加尼佩泉（Aganippe）：传说中帕尔纳索斯山里的一方圣洁之泉。

那伙鄙厌女性之人
得意地撕扯起歌喉。
夜莺与雉鸠都抛弃
清白而温暖的眠巢，
羊人燃着疯狂肉欲，
将宁芙紧紧地搂抱。
在此处衣衫被裂撕，
泄欲之后便是讥嘲，
阵阵咂吻何等放肆，
神明见状多么气恼。

没错，我已然看见
远方来的烟云霭雾。
并非只有琴才有弦，
267 弓的上面亦有此物。
即便崇拜者的心间
亦感到恐骇在逼近，
因为毁灭者之烈焰
正遥遥宣告其降临！
哦！你们听我一句，
这可是好言之劝解！
且将神之盛怒躲避，
速离开我们的疆界！
为让此方圣洁归来，
叫结队的狂徒离去！
毕竟大地之上存在

足够多的污浊之地。
我们周遭星辉高洁，
此处只尊高贵之物。

可你们若远在荒野
又期盼着返归此处，
苦于在其他的方域
得不到此处的欢快，
而喧嚷过分的游戏
也再不令你们开怀；
那就做善意朝圣者，
喜悦地登攀上山岳，
唱起深痛懊悔之歌，
即可重归弟兄行列。
将有一副崭新花环
郑重戴在你们额间。
若迷途的浪子回返，
众神都会一齐欢颜。
热情美酒可以使得
善心之人立刻忘却
你们犯的一切罪责，
比冥界忘川还迅捷。
一切都将手到擒来，
万众将乞你们赐恩；
你们将要焕发光彩，
并加倍地归属我们！

268 **田园歌**[①]

Idylle

（假定一群乡村合唱者集结就绪，正准备开始庆典游行）

合唱
织起花环芳馨，
列起纷纭舞队，
众人交游欢会，
轮舞合唱喜迎
这节庆的一天。

达蒙
我渴盼能将此方喧扰抛却！
若僻居幽处我该何等喜悦！
身在这片熙攘的人群中央，
田野和空气显得逼仄难当。

合唱
现在整理行队，
全体各就各位，

---

① 根据作者日记，此诗作于 1813 年 1 月 18/19 日。这首康塔塔曾由音乐家奥古斯特·埃伯哈德·米勒（August Eberhard Müller，1767—1817）谱曲，并于 1 月 31 日值露易丝女王的生日（1 月 30 日）之际上演。达蒙（Damon）与梅纳尔卡斯（Menalkas）都是田园诗（Idyllendichtung）中常见的人名。

大家结伴行去，
沿着这片草地，
一同漫游翩翩。

（假定合唱者渐渐远去，歌声愈加微弱，最终在远处完全消逝）

达蒙
任你们邀约，我定不同去；
我心在说话，它只愿自语。

我若能够望见
受祝佑的乐土，
那片蔚蓝云天，
和青绿的草原， 269
便必定会单独
流连那片幽处。

我将在那地方
向我女主致敬，
心中将她欣赏，
献上仰慕之情；
惟有那片回声
将这秘密见证。

合唱（极为微弱；仿佛是自远方而来，稍与达蒙的歌声交织）

惟有那片——回声——
将这秘密——见证——

梅纳尔卡斯

挚友，怎会在此与你相遇！
你为何还不速去参加盛会？
不要再踌躇，快与我同去，
我们也加入那翩跹的行队。

达蒙

朋友，欢迎！但请容许我
在这古树荫中将节日消度。
爱情使得人向往幽僻去所，
仰慕之心亦使人钟意寂处。

梅纳尔卡斯

你这样其实是将虚荣追求，
会使得我今日的心情郁郁。
爱情或许是你一人所专有，
但仰慕之心是众人所共具！

千百人在齐集，
美好之日开启，
四下尽是歌音，
多少笑语欢鸣，
这盛大的庆典，

让人耳愉心畅；

正值此千百人同乐之机缘，
多少的感情在此得以抒发，
多少的愿望在此得以表达，
此景会使得你也心志高扬。

（假定合唱者渐渐从远处行回）

达蒙

我已听到远处的悦耳歌声，
众人的气氛正催诱我同来；
是，他们正在行进中欢腾，
自山丘之巅来到谷地之上。

梅纳尔卡斯

让我们在欢乐中举步急奔，
一同合上他们旋律的节拍！
是，他们来了，即将临登
那座青枝绿叶的森林殿堂。

合唱（渐强）

是，我们到来，即将现身，
这一天可真是充满了愉快。
我们要欢唱着悦耳的歌声，
度过绝无仅有的佳节时光，

全体

我们目标何往？
心中有何感想？
都不用道出来！——
271 只须展露愉快，
便已表明一切！
未来属于欢畅。
这份陶醉之中，
既有荣辉尊光，
亦有祝福融融，
属于这场佳节！

约翰娜·泽布斯[①]
Johanna Sebus

纪念
来自布里嫩村的
美丽、善良的十七岁姑娘，
1809 年 1 月 13 日
莱茵河融冰时，
克莱弗哈姆堤坝崩溃，
她为营救他人而殉身水底。

堤坝崩裂，田野轰响，
洪流浩浩，汪洋激荡。
“母亲，我背着你冲越洪波，
水还不深，我能平安地趟过。”——
“别忘了我们也在困境之中，

① 根据作者日记，此诗作于 1809 年 5 月 11/12 日。地方官克芬贝格男爵（Baron Keverberg）计划为舍己救人的乡村少女约翰娜·泽布斯（Johanna Sebus，1791—1809）建造纪念碑，并请求歌德为此作一首献礼之诗。歌德此诗的情节基本与男爵的叙述内容相吻合，只是在正文中对主人公的名字作了改动。作者 1809 年 5 月 30 日在致夏洛特·封·施泰因的信称扬过这位“农家姑娘的天真而伟大的事迹”。1809 年 6 月 9 日，作者在致赖因哈德的信中再度赞美“这一纯洁而善良的事迹的天真性”。而在给克芬贝格男爵的信中，歌德又表示自己这篇作品也是“天真之作”（1810 年 2 月 28 日）。歌德反复强调“天真”的概念，是因为他有意让自己的诗作回归民间，化作质朴而不朽的传说。的确，这首诗发表后立刻就广受欢迎，这多少也与动荡的时局有关，这种积极的道德榜样正是深陷迷惘混乱之中的时人所热切需求的。

邻家的妇人，还有三个孩童！
弱女子！……你把我们丢抛！”——
她已经驮着母亲穿过了波涛。
“往丘顶逃命，先在那等候，
我马上便回来，我们都有救。
只几步之遥，那里还没被淹；
别忘了把我的山羊带在身边！”

堤坝溃陷，田野轰响，
洪流肆虐，汪洋激荡。
刚将母亲带到了安全的陆岸，
美丽小苏珊要再度赴身狂澜。
“上哪去？水势愈发地险猛，
四面八方波浪多么横溢汹涌。
你竟豁着性命跳进水涛里去！”——
272 “救人是应该，救人是必须！”

堤坝沦没，水浪轰响，
宛如海潮，澎湃激荡。
美丽小苏珊踏上熟悉的道路，
周遭波涛肆虐拦不住她脚步，
她冲到丘顶女邻和孩子身边，
可却无法救助他们逃出生天！

堤坝无存，海波轰响，
小丘四面，波澜激荡。
骇浪喷着水沫张开可怖大口，
妇人和孩子们被吞噬入深流；
一个小孩犹紧抓着羊角不放，
他们都注定要在狂涛中殒丧！
美丽小苏珊顽强地耸峙依旧：
谁能将那最高尚的少女拯救！
美丽小苏珊如星辰那般岿立，
然而有情之人也都鞭长莫及。
在她四周惟有洪涛一望无边，
没有船儿能够奋冲到她近前。
她再度抬起头来向苍天仰视，
随后迂柔的波涛将姑娘吞噬。

再无堤坝、田野可见，
惟有树梢、塔尖入眼。
滚滚的浊浪已将一切都埋掩，
可小苏珊的倩影犹到处浮现。——
待洪涛渐退，陆地重新显露，
四方都为小苏珊而悲泣痛哭。——
谁若不将她的事迹叙述传唱，
便诅咒他的生死都遭人遗忘！

里纳尔多[1]
Rinaldo

合唱

快行去水边，登上船舟！
273 如果风势已然不再理想，
那便快豪迈地摇起船桨！
愿强者能挺过这一关口：
我们就这般穿越过大海。

里纳尔多

哦且让我在此地再逗留一会！
天意不愿如此，我不应告辞。
这荒芜的岩崖和苍翠的港湾

---

① 根据作者日记，此诗作于 1811 年 3 月 22—24 日。这首康塔塔是献给哥达的弗里德里希王子（Prinz Friedrich von Gotha）的，他擅长男高音，故而能够出色地演唱里纳尔多的角色（参见作者 1812 年 4 月 17 日致策尔特的信）。此诗的素材来自意大利作家托尔夸托·塔索（Torquato Tasso，1544—1595）的叙事作品《被解放的耶路撒冷》（Gerusalemme Liberata）。原著中十字军战士里纳尔多（Rinaldo）受到魔女阿尔米达（Armida）诱惑，流连在她的神奇花园中，忘却了原本的神圣使命。然而在一面钻石之镜中，他看见了真相，震惊不已，毅然离开，急速奔向前线。随后阿尔米达出于绝望而毁灭了自己的宫室与花园。不过里纳尔多后来令她皈依了基督教，并与她成婚。歌德此诗的情节与原著有一定出入，正如他自己在 1811 年 3 月 6 日给王子的信札中所言："阿尔米达因爱人背弃而深感失望，离开了此地并让悔恨不已的他滞留在岩崖与大海之间。虽然此方风景无比荒芜，但她还是牢牢地掌控着他，他则有时间复述往日的幸福，而他的战友则徒劳地催促他速速离开此地。"

把我拘缚，将我的遁逃阻拦。
曾美丽的你们如今宛如隔世，
大地和天空的胜景业已湮亡。
何物挽留我在恐惧之地彷徨?
我将唯一的幸福在此方遗失。

那些金色时光仿佛天堂，
但愿我能再度将其享受，
跃动吧，我亲爱的心房!
求忠诚之灵让一切复原!
自由的气息，你的歌篇
交织着欢乐也掺着苦忧。

那片花坛多么绚丽缤纷，
四面环立着辉煌的宫殿；
此景充溢着霞彩与馨芬，
你在幻梦中都未曾想见。

还有多少座华美的游廊
围绕着这片开阔的花园；
大地上玫瑰花绮丽绽放，
高处的树冠也群芳争妍。

看那泛着光的翻卷水流!
潺潺的银溪多么地恬静；
斑鸠鸟咕咕地呼朋唤友，

274 还有夜莺也在闻声相应。

合唱

安详地来吧！前去领受
那一份崇高之至的使命：
魔法虽曾织结百般幻诱，
可现在都已然消逝无形。
愿善心话语与友情呼声，
啊，为他治愈那些伤痕，
啊，为他抚慰那些光阴。

里纳尔多

斑鸠鸟咕咕地呼朋唤友，
还有夜莺也在闻声相应；
看那泛着光的翻卷水流
也和着它们的节律漩鸣。

而一切都在宣告：
她才是意之所在；
可当她荣华闪耀，
显露着青春绰态，
现身我面前之时，
一切却霎时消逝。

百合与玫瑰盛开，
汇结为锦簇花团；

风儿清新而微寒，
如从眠梦中醒来，
迈起欢欣的舞步，
散着芬馨而吹拂，
边疾奔又边亲昵，
来回地相趋相避。

合唱
不！不能再继续延拖，
速速将他的梦境打破，
把钻石之盾递给他照！

里纳尔多
哀哉！这是何等形貌！

合唱
对，就是要驱尽幻梦。

里纳尔多
我竟要看见这面镜中
自己如此屈辱的神形？

合唱
都已经过去了，冷静。

里纳尔多

好的！我要镇定下来，
离开这个心爱的所在，
再一度抛下阿尔米达。——
就这样，让我们出发！

合唱

是，好的！我们出发。

分声部

回来，重返征途！
顺风航越过大海！
眼前仿佛浮现出
旌旗在猎猎飘荡，
勇士集结着行来，
战场上风卷沙尘。

合唱

发扬先辈之荣光，
英雄正豪情高振。

里纳尔多

而我又一次
276 望见山谷里
有人在哀戚，
至绝之女子

正悲泣心伤。
莫非还应当
再见她一次？
我怎么能够
听着这哀愁，
却毫无举措？

合唱
可耻的枷锁！

里纳尔多
我见那女子
容貌竟改换，
目光与举止
都似妖魔般，
再无法期盼
有任何宽恕。
那座座宫府
遭闪电穿击！
这座仙宅里，
是鬼魅巫魔
幻化的乐国，
这一切奇观，
唉！尽消散！

合唱
是，尽消散！

分声部
虔诚者的祈请
已然得到实现，
何故踟蹰不前？
眼下风遂人意，
277 催人速速登程。

合唱
快！赶快启程！

里纳尔多
心底多么伤情，
听到这番话语；
你们催我起碇。
旅途多么哀戚！
海风多么可憎！

合唱
快！赶快启程！

——

合唱
船帆鼓胀，
碧涛荡漾，

看那洋面
青绿广阔，
海豚翩翩
飞速游过，
激起水花。

逐一轮唱
它们抵达！
它们浮悬！
它们疾泳！
它们争先！
流连之容
多么伶俐，
多适人意！

两两
往昔景观，
由此焕然，
由此消逝。
你迎接着 278
受祝福的
一轮初始。

里纳尔多
往昔景观，
由此焕然，

由此消逝。
我迎接着
受祝福的
一轮初始。
（三人一同重复）

全体

我们皆是奇妙地来临，
又都奇妙地泛舟返行，
我们的伟大目标已达！
且让应许之地的口号
在圣地的海滩上呼啸：
戈特弗里德与索吕玛！[①]

---

① 前者指戈特弗里德·封·布永（Gottfried von Bouillon，约 1060—1100），中世纪十字军的领袖人物之一。后者是圣城耶路撒冷的别称。

杂诗[1] 279

Vermischte Gedichte

无论杂货名目多么繁杂，
且将样品清单拿来览查！

悲歌[2]

有关一名贵妇——阿桑·阿伽之妻，
原文为摩尔拉克语[3]

Klaggesang von der edeln Frauen
des Asan Aga, aus dem Morlackischen

那边绿林边的白色是什么？
究竟是白雪，抑或是天鹅？
若是白雪，那便应该融消，
若是天鹅，那便应该飞逃。
那既不是雪，也不是天鹅，
是阿桑·阿伽帐子的光泽。
他负伤太重躺卧其中养伤；
他的母亲和姐妹都去造访，

① 顾名思义，本版块中所收录的多为难以归类的诗歌。不过这里与旧版诗集中的同名版块所收录的篇目并不一致，因为旧版中的部分诗歌在新版中已被另归入其他版块，此外新版中也增添了一些旧版中所未曾收入的作品。
② 赫尔德曾将此诗纳入自己的民歌集。
③ 摩尔拉克人（Morlacken）是对原南斯拉夫沿海地区居民的旧称。

而他妻子却羞于将他探望。[1]

待他的伤势稍为缓和之后，
他令人转告自己忠诚的妻：
“莫要在我院中将我等候，
也别和我的家人待在一起。”

当夫人听到这席严酷话语，
忠诚的她痛苦得僵若木鸡。
她听到门外的马蹄声响起，
以为是丈夫阿桑回到此地。
她奔上塔楼决定一跃而下，
两个女儿惊恐地跟随着她，
泪眼模糊地对她高呼喊话：
“这不是我们父亲的马匹，
是我们的舅舅宾托洛维奇！”

于是阿桑的妻子转回身来，
搂着自己的哥哥痛哭悲怀：
“哦看看你妹妹所蒙之辱，
五个孩子的母亲被夫驱逐！”

---

① 妻子羞于未经传召而来到丈夫身边，是因为顾忌习俗，然而丈夫误以为妻子冷漠无情。

哥哥沉默着从口袋里掏出
一份大红绸子所包裹之物，
这是她丈夫所开出的休书，
让她回到自己母亲的住处，
重新自由地嫁配一位新夫。

夫人看到伤心的休书之后，
她吻了吻两个男孩的额头，
又吻了吻两个女儿的脸颊，
可摇篮里还有个吃奶的娃，
她苦痛万分始终无法放下！

狂野的哥哥一把将她拉走，
迅捷地把她抱到马背上头，
他匆匆地领着忧惧的夫人，
径直朝着父亲的宫室驰奔。

才过不到七天的短短光阴，
已然有许多贵人闻知此讯。
我们的夫人正悲痛地寡居，
可多少贵人意图娶她为妻。

求亲者之中最有势的一个
名叫作伊莫斯基斯·卡迪，
夫人泪水横流地乞求哥哥：
“我以你的生命起誓求你，

不要再把我嫁给别人为妻。
若是重见可爱可怜的儿女，
我会为之悲痛得心碎不已。”

可是兄长不顾妹妹的哭泣，
铁了心意要将她许给卡迪。
281 善良的夫人不停向他哀告，
请求哥哥起码写一张字条，
将下面的话语转告给卡迪：
“年轻寡妇向你亲切问候，
写这张字条因有一事相求：
待你的部属护送你来我家，
请为我带条长长蒙面纱巾，
好在阿桑家附近遮住脸颊，
不要让我的孤儿望见母亲。”

卡迪刚刚才看完这份纸条，
便下令将所有的部属集召。
他们准备好朝新娘家出发，
同时也带上了她要的面纱。

他们顺利抵达夫人的居宅，
顺利地将她从家接了出来。
可当他们靠近阿桑的住处，
儿女们从高处对母亲高呼：
“请你重回到自己的旧屋！

与你的孩子齐聚一堂晚餐！”
阿桑的妻子闻言多么怆然，
她转过身对主君卡迪说话：
“求你让部属和马匹停下，
在我孩子的门前稍稍留驻，
我还想给儿女们送些礼物。”

于是他们便在那门前留驻，
她给可怜的儿女送去礼物。
给了男孩们金线织的靴子，
给了女孩们华丽丽的衣饰，
至于摇篮里那吃奶的孩子，
她也给了件以后穿的衣服。

父亲阿桑·阿伽站在一边，
他悲哀地对亲爱儿女高呼：
“可怜的宝贝们快快回屋！
你们母亲的心已比铁还坚，
丝毫也感受不到恻隐哀怜。” 282

阿桑的妻子听到这一番话，
她脸色刷白，颤抖着倒下。
当她看到孩子竟躲避自己，
忧惧的灵魂登时飞离躯体。

穆罕默德之歌[①]

Mahomets Gesang

看那山泉，
欢快澄亮，
如同星辉。
高在云端，
仁慈精灵
在危崖间的丛莽中，
为它滋育蓬勃朝气。

它似少年般焕发，
从云间翩跹而降，
落到大理石岩上，
再度欢腾着
迸跃向天穹。

它穿过道道山谷，
逐追着七彩卵石，
早早显露领袖的仪态，
引领着兄弟诸泉
汇流齐行。

① 本诗原是计划中的一部有关伊斯兰教先知穆罕默德的戏剧的一部分。

在底方山谷中，
它所经之处开出芳花，
而草地也
赖其滋润而获得生气。

可荫凉山谷留不住它，
也没有花朵
能够因依偎它的膝盖、
目送秋波而使它留驻。 283
它奔往平原，
蜿蜒如蛇行。

众多小溪亲近地
依偎入它的怀抱。
它耀着银辉进入平原，
让平原因为它而灿烂。
流自平原的众河、
源自山脉的众溪，
都对他欢呼：兄长！
兄长，带群弟们走，
同去见你的老父亲——
永恒的大洋。
它正大张开膀臂，
将我们迎候。
可是它所张开的臂膀
无法拥抱牵念的孩儿。

因为荒漠中贪渴的砂
将我们吞噬。上空的烈日
吸吮我们的血液。而山丘
拦路使我们停步化为湖沼！
兄长，带走平原来的群弟，
带走山脉来的群弟，
一同去见你的父亲！

你们都来吧！——
于是他漫涨起来，
愈加壮观，全族一齐
高高地拥戴这位君王！
在欢涌的高潮之中，
列国都因它而得名，
城邑在它两岸兴起。

它继续滔滔地奔流不止，
多少如焰般辉煌的塔顶、
大理石宫室、它造创的整片天地
284 都被它甩在了后面。

它如阿特拉斯一般①
巨肩托举着无数松木巨舰。

① 阿特拉斯（Atlas）：希腊神话中顶着天穹的巨人。“地图册”一词即来自于此。

它头顶的空中
千旗万帜呼啸飘过，
见证它的壮丽。

它就这样携着自己的诸弟、
自己的宝藏与自己的儿女，
在欢快的鼓噪之下，
抵达生父充满期待的心中。

水上众灵之歌[①]

Gesang der Geister über den Wassern

人之灵魂
正如水一般：
自天空而来，
又蒸腾归天，
再又降下，
返归到大地，
循环永恒。

在危峻崖上，
有澄光一道

① 此诗系1779年游历瑞士施陶普巴赫瀑布（Staubbach-Fall）所作。

奔泄而下，
动人地迸散为尘，
化作云浪，
溅在滑润的岩上，
轻柔地相触，
荡飘为雾纱，
在淅淅低鸣中
沉降谷底。

若有巉岩
直对着瀑布，
怒涛便泛着泡沫，
层层而起，
跌降深渊。

水在浅浅河床
流经幽谷绿茵。
在平滑的湖面，
星辰欣赏着
自己的面容。

风是波浪的
可爱的情郎，
自深底翻搅，
挑逗着水沫。

人之灵魂，
你多么似水！
人之命运，
你多么似风！

我的女神
Meine Göttin

哪一位女神
应得到至高赞美？
我不同他人争辩，
而将此殊荣
献给朱庇特的
永恒灵动而
永恒清新的奇异女儿，
他的掌上明珠
——幻想女神。

因为他将一切
他本来只允许
自己一人所独具的
异想奇思
都一并赐赠了她。
他因这傻姑娘
而感快乐。 286

她可以戴着玫瑰花冠，
持着百合花法杖，
踏足开遍芳花的山谷，
向蝴蝶发号施令，
以蜜蜂之吻
吮吸花丛间
轻盈滋润的甘露。

她也可以
披散着长发
眼神阴沉，
绕着岩壁
于风中呼啸，
如同晨光与晚霞，
现出千般颜色，
变幻无定，
宛如月光般
向凡人现身。

让我们全体
将父赞美！
古老而崇高的他
让这如此美丽的、
永不凋萎的妻子
同世间凡夫
结为伴侣！

因为他让她
唯独同我们
结成天作之合，
并命令她
无论悲欢
都做忠诚妻子，
绝不分离。

而生灵繁多的
大地上的 287
一切其他
可悲物种
仅能漫荡与觅食
于蒙昧的饮啄中，
和沉郁的苦痛里，
过着一份
局限于当下的生活，
被谋生必需的
重轭压垮。

我们应喜悦，
他赐予我们
他最伶俐的、
娇宠的爱女。
要如珍惜情人般
亲切地待她！

让她在家中
享受女主人之尊！

丈夫的年老母亲
名叫“世故之智”。
但愿她不要折辱
儿媳的纤弱心灵！

而我认识她的姊姊，
更为年长而端庄，
是我的沉静友人：
愿她不要将我离弃，
除非生命之光熄灭。
她便是高贵的驱策者
288 ——予人慰藉的“希望”！

哈尔茨山冬旅[①]
Harzreise im Winter

愿我的歌谣
如沉沉的朝云上
舒展着柔韧羽翅

① 1777年冬作者骑马前往哈尔茨山旅行所作，此间他还拜访了一位抑郁的友人。文中所说的狩猎也确有其事。

悠然寻觅猎物的
猛禽那般地翱翔。

因为有位天神
为每人都预先
划定好了前路。
幸福者沿它
迅捷地奔向
欢乐的终点。
可是因不幸
而心灵扭曲之人，
只能在徒劳挣扎中
试图突破那道
只能被苦痛的剪刀
斩断一次的[①]
命运之铁线的藩篱。

野兽闯入
昏昧的灌木，
而富人们，
早同雀鸟一道，
进入沼泽越冬。[②]

---

① 命运之线被斩断即意味着死亡。
② 雀鸟于沼泽中越冬。与此类似的是，富户也常于冬日离开乡间田产而迁入城市生活。

跟从幸运女神
所引领之车甚为轻松。
正如王侯的人马
在整葺的大道上
安适地前行。

然而边上是谁人？
289 他的小径迷陷在丛莽间，
他身后的灌木枝叶
重新合拢，
踏过的草重新竖立，
荒芜将他吞没。

唉，谁人疗愈他苦痛？
甘露对他也化作毒剂。
他从爱情的汪洋之中
吞饮着对世人的仇恨。
昔日饱受鄙夷，如今鄙夷他人，
在不得满足的自私中，
他寂然地耗蚀着
自身的价值。

爱之父呀，你的琴上
如若有篇曲调
能传到他耳中，
那便请愉悦他的心灵！

打开愁云掩翳的眼眸，
让他见到荒漠里
焦渴者的身边
有千万口甘泉。

你为每人都创造
无尽无穷的欢乐，
请赐福狩猎诸君
追踪野兽的足踪，
激扬少年的傲气，
畅意地大开杀戒，
为农夫报复他们
长久以来用棍棒
所未能抵御之祸。

爱呀，用你的金色云彩
围裹那孤独之人！
用常青藤缠饰
你的诗人的
湿漉的头发，
直至玫瑰重开。

你用朦胧的火炬
为他照亮着
夜间的津渡，
走过泥泞小径，

穿越荒芜原野。
以绚烂的晨曦
令他心灵欢朗。
让刺割的风暴
将他托向高处。
冬日河流涌下岩崖，
和着他的颂歌。
而怖人的山峰的
白雪皑皑的顶巅，
素被民众想象为
群魔狂舞的秘境，①
却将成为他至美感恩的祭坛。②

挺着未勘测的胸膛，
你充满奥秘与启示，
威临着惊愕的世界，
高从云端俯眺凡间
万国与万国的荣华，③
这一切是你以身旁
群弟的血浆所灌溉。

---

① 布罗肯峰为哈尔茨山脉的最高峰，民间相传瓦尔普吉斯之夜（即每年4月30日到5月1日之间的夜晚）时，各色妖魔巫鬼于峰顶聚舞狂欢。

② 歌德于当年12月10日在致夏洛特·封·施泰因的书信中写道："我在顶峰，在魔鬼的祭坛上将最美的感恩祭献给我的神。"

③ 《新约·马太福音》第4章第8—9节："魔鬼又带他上了一座最高的山，将世上的万国与万国的荣华都指给他看，对他说：'你若俯伏拜我，我就把这一切都赐给你。'"

致车夫克洛诺斯①
An Schwager Kronos

赶快，克洛诺斯！
哒哒地驱马前行！
路是下山的方向。
你一旦迟延耽搁，
便令我头晕反胃。
无论道路多颠簸， 291
只须爽利地前行，
送我驶入人生中！

如今再度行驶到
辛苦的上坡之路，
疲乏地气喘吁吁！
上吧，休要懈怠，
要有拼搏与希冀！

四下可一览无余
人生之壮丽广博。

---

① 作者曾于1774年秋曾陪同克洛卜施托克往卡尔斯鲁厄（Karlsruhe）方向同行一段路，本诗可能是返程中所作。“御者”在原文中为“Schwager”，本意为男性姻亲，但在当时的大学生俚语中指车夫。诗题中的克洛诺斯（Kronos）原为希腊神话中的提坦巨人之首、宙斯之父，在古时有时会被塑造为驾车人的形象。他很早就被人与本是时间之神的另一个克洛诺斯（Chronos）相混同。

此山与彼山之间，
氤氲着永恒之灵，
兆示着永恒生命。

边上有凉棚一所，
吸引你荫中休憩。
门边少女的目光
诱你来享受惬适。
歇脚吧，我也要
这泛着沫的佳饮
与这活泼的眼波。

下行了，快往下！
看哪，白日西垂！
趁它未落的时候，
趁沼雾未笼罩我，
没牙的嘴巴发抖，
老朽的骨头颤栗。

沉醉最末的余晖，
目中洋溢着火海，
我已盲聩而踉跄，
请你速将我带入
292 地府的暗夜之门。

车夫，鸣起号角，
让马蹄哒哒作响，
让冥王听到客至，
让主人速到门前
殷勤将我们迎候。

漫游者的风暴之歌[①]
Wanderers Sturmlied

精灵，你所不弃之人，[②]
虽狂雨与风暴也无法
将恐惧吹上他的心头。
精灵，你所不弃之人
望见云奔雨骤、
以及陨雹飞霜，

---

① 作者曾于1774年8月31日将本诗手稿寄送给当时的友人弗里德里希·海因里希·雅各比（Friedrich Heinrich Jacobi，1743—1819）。在与弗里德里克分离之后的悲伤时期，歌德常常漫游以排解苦闷。后来他在《诗与真》第12章中回忆道："一路上我对自己歌唱奇异的颂歌与酒神赞歌，其中有首题为《漫游者的风暴之歌》的留存至今。我曾激情地独自唱着这首半是呓语的歌，因为在路上遭遇可怖的风暴，而我只能迎着它前行。"所以此诗可能真的是某次漫游途中遭遇风暴而作，据猜测可能是在1772年春。的确，此诗中许多地方正如狂人呓语般难解，学者们就此也莫衷一是，译注只能择其要。诗中的豪迈气魄、跳跃思维、诡异词句很大程度上是对古希腊诗人品达（Pindaros，前6—前5世纪）的效仿。

② 精灵：亦可译作"守护灵""守护神"，指存在于人的内在之中的崇高力量。

便似云雀那般
迎着它们高歌。
哦，崇高的你！

精灵，你所不弃之人
会被你用火焰之羽翼，
托举至泥泞之途上空。
他将漫游，
仿佛那位步履生花的、
轻易创下屠龙伟业的、
击杀了皮同的阿波罗，
迈过丢卡利翁的浊流。①

精灵，你所不弃之人，
在岩崖之上入眠之时，
你会铺展开柔软羽翼，
用翅膀遮覆并守护他，
使之安度森林的子夜。

精灵，你所不弃之人，
在冰雪纷飞的严寒中
293 也会被你捂温。

---

① 宙斯曾降下洪流毁灭人类，只有丢卡利翁（Deukalion）与其妻幸存。劫难后，浊流中涌现出种种异兽，其中包括恶龙皮同（Python），后来它为阿波罗所屠。

缪斯与美惠女神也会
来到你身旁获得暖意。

众位缪斯与美惠女神！
在我身边环翔吧！
这是水，这是土。
水与土之子则是泥淖，
我在这泥淖之上徜徉，
宛如天神。

你们纯洁好似水之心，
你们纯洁好似土之髓，
你们环翔着我，而我
高飞在水与土的上空，
宛如天神。

意如火焚的矮黑农夫，①
他可要返归？
心中单单期盼着享受
布洛弥乌斯老爹之礼、②
以及通亮暖融的炉火？
他怀着高扬志气返归？
而我则得到你们陪伴，

① 不乏猜测这里的“农夫”所指具体为谁，然而并无定论。
② 布洛弥乌斯（Bromius）：意为“吵闹者”，是酒神的别名。他的赠礼即是酒。

众位缪斯与美惠女神。
凡是尔等在人生四周
赋予美好幸福的一切，
众位缪斯与美惠女神，
这一切都正等待着我，
而我岂能颓丧地回去？①

布洛弥乌斯老爹！
你就是守护精灵，
世纪的守护精灵。
你恰如内心烈焰
对于品达的意义；
也正如同阿波罗
294 对于人世的意义。②

唉！唉！内心的温热、
灵魂的温热、
中点！
面对阿波罗
熊熊燃烧吧！
否则他那威严的目光

---

① 本诗节大意可能是说：农夫不过是在追寻着一个与他相配的合适目标；而漫游者则追求着更高远的理想，冒着陷于颓丧而无法到达的危险。

② 本诗节大意可能是说：品达需要内心烈焰而感受到激情，大地需要日神阿波罗的照耀而得到温暖，而我辈要感受到激情温暖则靠酒神。

会冷冰冰地
扫过你的身，
被妒意击中，
而寓目于强健的雪松。
它不需待他，
也可以苍翠。[①]

为何到歌尾才提及你？
你是其开端所在，
你是其终结所在，
你是其发源所在，
朱庇特·普鲁韦乌斯！[②]
我的歌谣以你而涌流，
而卡斯塔里亚之清泉[③]
相比下只似旁支小溪，
流向偷安者、
快乐的凡夫，
而与你疏远。
是你氤氲我、盖覆我，
朱庇特·普鲁韦乌斯！

---

① 本诗节大意可能是说：如果漫游者的“中点”不面对着阿波罗熊熊燃烧，那么神就不再会赏光看他，漫游者只能嫉妒地发现，神转而注视起并不需很多阳光照耀亦能苍翠的雪松。

② 普鲁韦乌斯（Pluvius）：朱庇特（Jupiter）的别名，意为“带来降水者”。

③ 卡斯塔里亚泉（Castalischer Quell）：希腊神话中神山帕尔纳索斯（Parnassus）边的泉水。饮者可成为诗人。

你未在榆树边
拜访那位诗人。
他温柔的膀臂
抱着一对鸽子，
头戴可爱玫瑰的花冠，
幸福如花地嬉游着的
阿那克里翁，
吐纳着暴风雨的神祇！[①]

你未在锡巴里斯河畔[②]
白杨树林之中，
也未在山脉的
映着灿烂日晖的顶巅，
将他抓住，
那歌着百花的、
呢喃着甘蜜的、
友善地唤人的
忒奥克里托斯。

---

① 神祇：即上文的“你”。

② 锡巴里斯（Sybaris/Sibaris）：古希腊田园诗人忒奥克里托斯的故乡，其居民以热爱奢靡求欢而著称。本诗节中的不少意象都是他所开创的诗派中所常见的。不过也有学者猜测这里所指的并非这个地名，而是帕尔纳索斯山边洞穴中的同名怪兽。

当车轮声响起，[①]
于弯道处驰奔；
燃着胜利豪情，
少年高举皮鞭
清脆抽打。
车尘滚滚，
仿佛山上风暴
裹挟霜雹降下。
品达，你灵魂危殆中
燃烧勇气！——燃烧？
可怜的心！
彼处那座山丘的上方，
天灵之力！
也赐我足够的烈焰吧，
我的小屋在那，
要趟过这泥淖！[②]

① 这里描写的是古希腊的车辆竞技。

② 这里又回到在狂风泥淖中苦苦挣扎的漫游者的画面，他乞求天灵也赐予自己如同先前的农夫那样多的“烈焰”，好回到山上小屋。但是学者们始终在争议，结尾的泥淖之灾究竟是悲剧性的还是幽默性的。

航海[1]
Seefahrt

我满载的船儿苦熬漫漫日夜，
等候着顺风。挚友与我同坐，
以美酒促我重振耐心与勇敢。
我在港中。

而他们的焦急却是我之双倍：
296 “我们都盼愿旅途尽快结束，
也祝福你此程可以一帆风顺。
多少鸿运正在彼方世界招手。
归来时我们将拥抱着你道出
爱与赞美。”

次日的清晨是一派忙碌景象，
水手的欢呼将我从睡梦唤醒，
到处人头攒动，满盈着生机，
借着初至的顺风，航程开始。

风中的船帆宛若花朵般盛放。
太阳以如火的热情鼓舞众人。

---

① 初印于 1777 年。此诗表述了作者在法兰克福的最后的日子以及初赴魏玛时的心境，参见其 1776 年 3 月 6 日致拉瓦特的书信：“我现在完全航行到了人世大洋的波涛上——下定决心：去发现、赢取、争夺、失败或者自己同全船一并炸入云霄。”

船帆悠悠，高空云彩也悠悠。
岸边送别的友生们尽在欢呼，
咏唱希望的歌谣，陶醉深深，
畅想旅程总如登船时的晨光、
以及随后几夜的星辉般美好。

然而上天所降下的无定海风
将他从原先规划的航道刮远。
他虽然表面上已向海风屈服，
实则暗地思忖如何以智取胜，
纵使偏离航道也仍忠于目标。

然而从沉闷灰暗的远方大洋，
暴风雨不动声色地表明来意：
它将群鸟都凌压得紧贴水面，
也将众人的心境凌压至消沉。
它到了。面对它固执的狂暴，
水手干练地将船帆尽皆降下。
船儿如同恐惧的浮球般摇荡
风涛之间。

而彼方的海岸上有人正伫立，
朋友与亲人在陆上惴惴不安：
“唉，他为何没有留在此处？
唉，暴风雨将他刮离了好运！ 297
多么好的人难道就这么完了？

天哪，他本应该……本可以……”

而他正坚定屹立着操控舵盘。
狂风与骇浪将航船玩于股掌，
可他心中却了不因风浪动摇，
气镇全局地俯眺着可怖深渊，
无论覆亡或着陆都始终信赖
他的众神。

鹰与鸽
Adler und Taube

一只雏鹰高振羽翅，
准备捕食，
却遭猎人箭矢摧残，
右翼的骨筋被射断。
它倒在桃金娘丛中，
强咽了三日的剧痛，
抽搐不绝，
熬过三个漫漫长夜。
终究感谢
万能的大自然之力，
伤口逐渐得到痊愈。
它从灌丛中钻出来，
试图重展羽翼，唉！

再也不能如昔翱翔，
克服巨艰才能勉强
直起身走，
捕抓低劣猎物糊口。
它深含着哀伤栖身
在溪畔的低矮石墩。
它抬头仰望着橡树、
仰望天幕，
高贵的眼含着泪珠。 298

此时正有两只鸽子
欢脱地从枝间飞至，
落到溪边金沙滩上，
摇头晃脑悠然游荡，
相互发出咕咕鸣叫，
微红眼珠含情带笑。
公鸽望见悲恸雏鹰，
好奇之下飞到附近。
自负而和气地打趣：
“朋友，你多忧郁，
放开心些！
小日子所需的一切
这里岂非样样不缺？
莫非这些金色枝条
不能遮蔽烈日灼烤？
栖身溪边软苔之上，

难道不能抬起胸膛
欣赏西山夕阳红艳?
含着露的百花丛间
灌木之中随处有食,
可以供你尽情捡拾,
饭餐几乎触手可得;
还能饮用银泉解渴。——
朋友,真正的幸福
即是知足,
只须知足,
永无缺匮。”
鹰答道:“真智慧!”
随后陷入思绪深深:
“真是鸽子的口吻。”

普罗米修斯[①]
Prometheus

宙斯,去将你的天空
299 用云霭遮蔽,

① 参见本《全集》第4卷的普罗米修斯戏剧。希腊神话中,普罗米修斯盗天火赠与人类,被宙斯罚受永恒的折磨。还有传说称普罗米修斯依照众神的形象,捏泥而创造了人。不过按照本诗的设定,人类显然并非普罗米修斯所创造,而是早先就已存在的。

再好似小男孩削割掉
蓟草头一般，
用橡树和山巅来练手。
但我的大地
不许你触碰，
我的小屋并非你所造，
而我的灶炉，
其中的火焰
是你所妒忌。

众神呀，在太阳底下
什么都不及你们可怜！
你们仅依赖
祭祀之贡品
与祈祷声息
维持着权威。
若非孩童与乞丐之流
满怀心愿而遭受愚弄，
你们便都得忍饥挨饿。[1]

我还小之时，
尚不谙世情，

① 意即宗教是寻求虚幻慰藉的弱者所发明。在古希腊剧作家阿里斯托芬（Aristophanes）的名剧《鸟》（Die Vögel）中，出场的人物普罗米修斯甚至表示，自从空中之城建立之后，众神就完蛋了，因为祭品再也无法到达天上。

便时常用迷惘的双眼
仰望天日，仿佛那里
有个耳朵能听我哀诉，
有颗心同我的心一样，
能怜悯遭苦受难之人。

谁曾帮助我
对付狂妄的提坦之族？[①]
谁曾拯救我脱离死亡
与奴役之厄？
我神圣而炽燃的心呀，
一切岂非你自己所为？
然而年轻且善良的你
怎受骗而将所受之助
归功于天上的沉睡者？

要我崇拜你？凭什么？
你可曾为肩负重荷者
减轻过苦痛？
可曾为心受悲恐之人
拭干过泪水？
将我铸炼为男子汉的，
难道不是全能的时间

① 提坦（Titanen）：传说中的巨人族。

与永恒命运？
我与你同受它们主宰。

你难道幻想，
我会憎恨起这份生命，
遁亡入荒漠，
只因花般的瑰丽梦想
并未都实现？

我坐在此，仿我之形
而创塑人类，
一支与我同样的种族，
会苦痛哀泣，
会快乐陶醉，
并和我一样
毫不在乎你！

盖尼墨得斯[①]
Ganymed

晨光中你在我身边
如此灿烂地闪耀，

① 盖尼墨得斯（Ganymed）是传说中的美少年，又译作“甘倪美”。宙斯爱上了他，令神鹰带走他，做众神的掌酒官。

春日呀，情郎！
那份来自你之永恒温暖的
神圣体验
以千倍的爱之快乐
涌上我心头，
无限之美呀！

但愿我能将你
301 揽入我的怀中！

啊，我卧在你怀间
饱受煎熬，
而你的草与花
拥向我心头。
可爱的晨风呀，
你止息了我胸中
灼燃着的渴慕！
迷雾山谷中的夜莺
含情向我呼唤。
我来了！我来了！
去哪？啊，去哪？

向上！向上高升。
云朵往低处飘浮，
它们俯下身凑近
含情思慕的心灵。

朝我来！朝我来！
在你们的怀中
飞升！
拥抱着，且被拥抱！
飞升到你的怀中，
全爱的父呀！

凡人的界限
Grenzen der Menschheit

当那太古的
神圣的天父
以安详的手
从乱云之中
向大地播撒
赐福之电时，
我吻他衣袍
最末的边褶，
童稚的敬畏
谨怀在胸中。 302

因为任何人
都绝不应当
与众神相较。
假如他高升，

以头顶触碰
天上的星宿，
悬空的双脚
就无地可依，
而风与云朵
便将他戏弄。

如果他凭着
强韧的躯体，
挺立在这片
坚实大地上，
那他的身高，
甚于同橡树，
乃至葡萄藤，
都无法相比。

众神与人类
因何而不同？
在祂们面前
有无数浪涛，
如永恒之河，
而我们则随
水波而浮沉，
沦没在其中。

人生被圈限

在小环之中，
多少个世代
永恒地连串
生命存在的
无尽的长链。 303

神性
Das Göttliche

人类应当高贵、
仁爱且善助人！
因为独有这点
才能使得他与
我们所已知的
一切生灵有别。

我们所预感的、
却仍然未知的
崇高众神万岁！
人应当像祂们。
愿贤人之表率
令我等信仰神。

大自然终不能
理解人之感情：

太阳普照世人，
无论其善或恶，
而月亮与群星
对恶棍与贤人
都同样地璀璨。

风暴以及洪流、
雷鸣以及雹霰，
总是轰鸣降下，
而又疾奔而过，
攫走世间生灵，
一个接着一个。

命运也是如此
将手伸向世人，
时而摸到男孩
无邪可爱的头，
时而抓到罪徒
304 光秃秃的脑袋。

依据着永恒的、
不可逆的法则，
我们全体必须
完成生生世世
所应尽的循环。

只有人类才能
行不可能之事：
他有辨别之力，
能选择与判断；
可以使得瞬间
延长化作永恒。

只有他才有权
报答善良之人，
惩罚恶劣之徒，
他能疗愈拯救
一切迷途浪子，
使之发挥助益。

而我们崇敬着
那些不朽神明，
将祂们比作人，
在大尺度之上
做着凡间贤人
小尺度上所做。

人类应当高贵、
仁爱且善助人！
愿他不倦地做
有益正确之事，
愿人能够象征

所预感的众神！

王者的祷告
Königlich Gebet

哈，我乃是世界的主君！
服事我的贵人都爱戴我。
哈，我乃是世界的主君！
我爱护我所统治的贵人。
上帝啊，请保佑我不要
以为崇高爱戴天经地义。

人的感受
Menschengefühl

啊，众神哪！伟大的众神！
你们栖居高空的辽阔天际！
若能恩赐给我们世间众人
坚定的意念与无畏的勇气，
我们便不嫉羡仁慈的你们
安享自己高空的辽阔天际。

莉莉的动物园[1]
Lili's Park

世上所有的动物园都不如
莉莉的这座那样丰富多彩！
她自己也不知是如何捉来
如此多的异兽豢养在此处。
看它们蹦跳、奔跑、游荡，
有的还扑扇着截断的翅膀，
它们全都是些可怜的王子，
心中怀着难消的痛苦相思！

“那仙女叫什么？”“莉莉？”“别问起！[2]
你们如果不认识她，才真该谢天谢地。”

多么地嘈杂！如此多嗥叫！
只要见到莉莉在门口站立， 306
盛饲料的小篮子持在手里，
就能听到动物们吵嚷喧噪！
树木灌丛似乎都生机焕发，
成群的动物冲奔到她脚下，
就连水池之中的成群鱼儿
也等不及地拍水探出脑袋。

---

① 初作于1775年。
② 仙女：可能是指传说中用魔法将追求自己的男子都变作动物的仙女。

随后她便将食料撒了出来，
播下的秋波能将众神迷倒，
动物又怎么可能招架得了？
只见到处都开始啜饮啄食，
动物们乱成一团不可收拾，
将彼此推搡、冲撞、撕扯，
无止地追逐、啃咬、恐吓，
都不过是为了块小小面包，
干面包只要经过她的玉手，
就仿佛是浸透了仙馔神酒。

哦，她那眼波！她那嗓音！
她若发出“皮皮”的吆喝，[①]
会从朱庇特宝座招来神鹰，
还会迷诱来维纳斯的双鸽，
甚至孔雀也丢下虚荣之心。[②]
只要遥遥地听到她的嗓音，
我保证它们必然都会来临。

① 皮皮：呼唤家禽进食的声音。
② 古罗马传说中，朱庇特宝座边有神鹰为伴，维纳斯身旁有双鸽，而天后朱诺则养有孔雀。

毕竟她就是这样从暗林里
将一头笨拙而又粗野的熊[1]
诱骗到了自己的囚牢之中，
让它同斯文的伙伴在一起，
与别的动物一样温顺无比：
（但有个例外，这是当然！）
她看上去多么美丽而善良，
我情愿让自己的鲜血流淌，
只为将她的朵朵芳花浇灌。

“你说你自己，这是何意？”
那直说吧，这头熊就是我。 307
我陷到了一片纠缠的网里，
被她脚下的一条丝带擒获。
不过至于这件事情的经过，
我会另择时机对你们讲述，
因为今天的心情太过恼怒。

因为，哈！我站在角落处，
听到远处传来嘎嘎的叫唤，
看到翅膀乱拍、羽毛乱闪。
我转过身，

① 歌德曾将自己比作熊，在1778年6月给夏洛特·封·施泰因的书信中，他还写道：“朱庇特不愿从蛇那里接过玫瑰，而你将接受一头熊的玫瑰。它虽然不属于优美的动物，却是忠诚的。”

发出吼声，
然后又往后奔跑了一段路，
再转过身，
发出吼声，
又奔跑了一段路，
可是最后还是回到了原处。

随后我突然间又开始暴怒，
一口悍气从鼻中喷吐而出，
狂野的本性顿时充满心怀。
你真怯懦如兔、蠢不可耐!
是个皮皮、咬坚果的松鼠!
我后颈刚毛直竖，
不习惯成为仆佣。
修剪井然的树都将我讥讽!
我逃离了供人游戏的草坪，
抛下了刈平整的可爱绿地。
黄杨树嘲讽我而撅起了鼻，
我则遁入最阴暗的灌木林，
要逃出这片囿苑，
要越过这道栏槛!
可我无法攀爬也无法跳跃，
被法术压弯身躯，
被法术钩住步履，
我辛苦万分弄得精疲力竭。
终于倒卧在人工瀑布之旁，

啃啮、哭泣、翻滚到半死。 308
唉，只有瓷制的山间仙子，
能够听到我的苦痛与哀伤。

突然！有种感受
幸福地将我浑身肢体穿透！
正是她在彼处的凉亭歌唱！
重闻那可爱、可爱的声响，
空气都盈漾着温暖与花芳。
啊！她莫非是在唱给我听？
我践踏着灌木丛将她找寻，
周遭树木仿佛有意避让我，
野兽就这样到她脚旁倒卧。

她看着我说：“滑稽怪物！
似熊却又太体贴，
似狗却又太狂野，
如此毛绒、笨重而又蠢粗！”
她用脚丫抚摩起它的背脊，
它感觉自己仿佛身在天堂，
所有的感官全都奇痒不已！
而她的凝视则平静而安详。
我亲吻她的鞋，啃着鞋底，
展现熊所能的最大的温顺；
我轻轻起身，悄悄地偎依
到她的膝上。若是好日辰，

她会容忍我，并揉我耳朵，
还会恶作剧地狠狠抽打我，
我咕噜着，幸福如同新生。
然后她甜美而轻浮地戏弄：
起来，乖乖，伸出爪子，
做个绅士，
给我鞠躬。[①]
她就这样继续嬉笑与戏谑！
那总受骗的傻瓜满怀希冀。
可是只要见到它稍显顽劣，
309 那么她的态度便重归严厉。

而她还有一小瓶爱情魔火，
世上之蜂蜜都不及其甘甜，
假如她受到爱与忠的感动，
便会用指尖沾上一滴涂抹
她那只怪兽的焦渴的唇沿，
然后她再逃开，将我抛丢，
而我虽得释放却仍不自由，
情迷心窍地总要到她身边，
找寻她，却又战栗着逃远。
她放开了这只悲惨的动物，
漠不关心它的欢乐与苦愁，

① 以上三行原文是当时德国上层阶级所流行的法语。

哈！有时她却半敞着门户，
挖苦地斜视我是否要逃走。

而我！众神哪，只有你们
才能够施法破除这道魔阵。
我将感谢你们赐予我解放！
可是你们并没有降下拯济——
我的挣扎并非尽徒劳无益，
我能感到！我定还有力量！

爱之需求
Liebebedürfnis

谁人聆听我？我应向谁倾诉？
而听到的人是否会将我怜悯？
唉！这只唇儿曾享受过无数、
也曾给予过无数的蜜意欢情，
可如今它却裂开，疼痛之至。
而它受到伤害的缘故并不是
最心爱的姑娘来势凶猛太过，
为了能更加坚牢地占有情郎，
在陶醉之下亲昵地咬伤了我。
不，这温柔的唇儿裂开受伤，
是因为冰天雪地的寒风萧瑟，
凛冽而无情地迎面将我摧折。 310

如今我要用优质葡萄的佳酿
混合蜜蜂们辛勤产出的琼浆，
在炉火上调制，以缓和苦痛。
唉！可是这一切又都有何用，
若无一滴爱情甘露掺杂其中？

甘美的忧愁[①]
Süße Sorgen

忧愁，快离开我！——唉，然而凡人
除非死亡，便永远不可能被忧愁放过。
既然只能够如此，那便请爱情之忧愁
驱逐她的全体姐妹，并独占我的心房！

请求
Anliegen

哦美丽的姑娘啊，
你有着乌黑秀发，
你来到了窗户旁，

① 作者1788年11月16日将此诗寄送给出版商格奥尔格·约阿希姆·戈申（Georg Joachim Göschen，1752—1828）与卡尔·奥古斯特公爵。“忧愁”一词在德语中为阴性，故可被比作姐妹。

正伫立在阳台上！
你伫立岂无缘由？
你若是为我而站，
并为我拉开门闩，
我将会何等欢快！
会飞速腾跃上来！

致他冷淡的女友
An seine Spröde

你可看见了橙子？
果实还高悬在枝。
三月份已然度过，
开出了新的花朵。[1]
我漫步走到树下，
说道：“橙子呀， 311
哦橙子你已熟透，
哦橙子你多可口，
我将这树干摇动，
请你落到我怀中！”

① 橙子树在春日可以同时开花结果。

缪斯的向导[①]
Die Musageten

在沉沉的冬日的夜里，
我时常向缪斯们呼唤：
“没有朝霞照亮天际，
白昼的脚步也太迟缓。
但是请你们及时给我
柔和的灯火以供照明，
代替奥罗拉与阿波罗，
以促使我默默地耕耘。”
可她们让我昏睡久久，
沉郁而又懑闷地躺卧，
每个晚起的早晨之后
一天便碌碌无为度过。

而待到春日萌动之际，
我便又对夜莺们说道：
“亲爱夜莺，请务必
早早地在我窗前鸣叫！
从沉眠之中早唤醒我，
助我摆脱睡意的枷锁。”
可是那些多情的歌手

---

① 作者1798年6月16日于耶拿的日记提及此诗。“缪斯的向导”（Musagetes）本是阿波罗的别称之一，此处戏指苍蝇。

偏于夜间在我的窗前
将动人旋律鸣奏久久，
使我热忱的心灵难眠，
令我新受触动的胸臆
又焕发出脉脉的期冀。
于是一夜就这样度过，
奥罗拉总是见我酣卧，
对，阳光也弄不醒我。 312

终于又到了夏日时光，
随着第一缕晨曦微芒，
便有早起忙活的苍蝇
将我从美梦之中唤醒。
即便在半梦半醒之间，
我不耐烦地将其驱撵，
它还是不留情地回头，
恬不知耻地呼朋唤友。
困顿的眼睑终究失去
最后一丝温存的睡意。
我便麻利地一跃起床，
将亲爱的缪斯们寻访，①
在山毛榉林与之邂逅，
她们殷勤地将我迎候。
多少金色良辰应归功

---

① 喻指开始进行文学创作。

这些可嫌可恶的昆虫。
固然你们都招人烦恨，
但诗人仍然称赞你们
堪称缪斯真正的向导。

晨怨
Morgenklagen

你这轻浮而可爱可恨的女孩，
告诉我，我犯下了何等过错，
你竟然迫使我承受折磨虐待，
竟然还毁弃自己作出的承诺？

昨晚上你还切切地握着我手，
亲昵地细声告诉我这番话语：
“对，我会来的，我的朋友，
明天早晨我定会去你屋找你。”

于是我将自己房门轻轻虚掩，
并且仔仔细细地检查了铰链，
313 高兴它不会发出声让人听见。

要熬过苦苦等候的漫长一宵！
始终醒着，计数每刻的时间：
虽然也曾有短短的工夫睡着，

但我的心却始终都未曾入眠，
将我从浅寐中唤醒了多少遍。

是，我对茫茫黑暗道了祝福，
它如此安详地将万物尽遮覆，
四下的一片沉寂多令我欢快，
我时刻都谛听着沉寂的夜幕，
想察觉何方有细微响动传来。

“如果她心中也想我之所想，
如果她也能感受到我之感情，
那她便不会久久地等待天亮，
而会在这一刻就已提前来临。”

有只小猫咪蹦跳在我的楼上，
角落处有只老鼠在窸窸窣窣，
屋里不知还有何物发出声响。
我始终希望能听见你的脚步，
我始终觉得已听见你的脚步。

就这样躺了好久，久得漫长，
而东方天际已渐渐升起晨光，
无论此处彼处都可听到声响。

“有门在动？但愿是我的门！”
我在床上用臂肘支撑起上身，

望着那扇已被照得半亮的门，
想看看它是否还会移动一点。
可那两片门扇兀自保持虚掩，
安详倚靠在静静的铰链上面。

而白日的辉光变得愈加明亮，
我已然听到邻人开门的声响，
314 他正急赶着去挣取今日口粮，
随后又听见辚辚驶过的车辆，
此刻这座城的大门也已开放，
杂沓的商旅货资齐聚在市场，
四下充满了混乱的人声喧嚷。

此时楼里到处是走动的声音，
听到住客上下楼梯出出进进，
门的嘎吱人的脚步响个不停。
可正如不能将美好生命抛忘，
我始终无法割舍自己的希望。

终于，令人憎恨的太阳光芒
照耀到我的窗台和屋墙之上，
我一跃而起，急奔向花园里，
想用凉爽的晨风来冷却自己
如火燃烧并充满渴念的呼吸，
期盼或许还能在园中遇上你：
可无论椴树大道还是凉亭中，

哪里我都无法寻见你的行踪。

探访
Der Besuch

今日我打算偷偷探访恋人，
可她家的大门却上锁紧闭。
不过我自有钥匙在口袋里，
便悄悄打开那扇深爱的门！

在客厅中我并没有寻到她，
在她的房间里也未见其人，
最终我轻轻启开卧室之门，
便看见她优雅地沉睡在那，
没脱掉衣服便躺上了沙发。

她是在编织时沉沉地入睡，
交叠着的双手多么地柔美，
还静静持握着织物和织针。 315
于是我坐到她身旁的座位，
思忖自己是否该唤她起身。

此时我欣赏起她睡眼之美，
其上弥漫着一片美好祥和：
唇边可感受到静默的淑德，

颊间泛着一种居家的妩媚，
而一颗既纯真且善良的心
正在她的胸膛中跳动不停。
她全部肢体正和谐地轻舒，
仿佛都浸润着众神的甘露。
我怡然地安坐着将她欣赏，
而原先想要唤醒她的愿望
仿佛被某种神秘锁链缚住。

我思索道：爱人哪，即便
易使人的伪装败露的睡眠，
也全然无法损害你在情郎
眼中优雅而又温柔的形象。

如今你可爱的双目正紧闭，
开启时则是我唯一所醉迷。
而你纹丝不动的甜美双唇
此时却既不谈话也不亲吻。
此刻你的双臂自然地舒展，
平时则如魔绳般将我拥揽。
带来过多少亲密爱抚的手，
此时也正沉静地垂在胸口。
假如我是错误地认识了你，
假如我对你的爱只是自欺，
那我此时定然能将其发现，
毕竟身边的爱神并未蒙眼。

我坐了许久，衷心地愉快，
因为她之珍贵与我之真情。
她沉睡中也如此令我喜爱，
以致我没有勇气将她唤醒。 316

我将橙子两只与玫瑰两株
轻轻地放在她的小桌上面。
我温柔、温柔地踏上归途。
可爱的她一旦重睁开双眼，
便能立刻看到鲜艳的赠礼，
她会惊讶它们为何会出现，
毕竟道道大门都始终锁闭。

今夜若能与我的天使重会，
她会多么快乐，定将加倍
报答我那柔情蜜意的礼馈。

魔网[1]

Magisches Netz

1803 年 5 月 1 日

我所见的莫非是战役?
还是游戏抑或是奇迹?
五个最为可爱的男孩,
他们与五位姐妹相竞,
合着规则也应着节拍,
遵从女魔法师的指令。

前者持着闪亮的戈矛,
后者则在迅捷地编织,
她们将重重套索布置,
仿佛连钢铁都能捕囚。
很快戈矛便陷入其中;
可是在洒脱战舞之后,
他们却又悄悄地依次
从软柔的桎梏中脱身,
而套索每放走个俘虏,
就同时捉捕个自由人。

① 此诗可能是为亨里埃特·封·沃尔夫斯凯尔（Henriette von Wolfskeel）小姐与卡尔·威廉·封·弗里奇男爵（Karl Wilhelm Freiherr von Fritsch）贺婚而作。歌德曾观察过新娘如何编织马甲。

格斗、争战又是得胜，
交替遁退又再度返来，
就这样结成精巧之网， 317
好似天空的雪花洁白，
错落有致地疏密交替，
从而构造出图形花纹，
绚丽胜过染料之所能。

这件最值歆羡的衣衫
最终将会归谁人所得？
谁的侍奉能得到认可，
以承蒙挚爱女主恩泽？
我获赐这份美好礼赠，
不负默默的衷情期冀。
我感到浑身被其缚囚，
心甘献身做她的仆役。

而当我穿上漂亮新装，
志得意满地行在路上，
看！那边的轻浮妞儿
毫无争执地悄悄苦忙，
织结出更精细的罗网，
以暮时的月光为丝线，
还编进了夜芥的花香。①

① 这两行诗是在形容晚间花前月下的爱情。

在我们觉察这网之前，
有个幸福者已被捉捕；
我们全体人向他致意，
既怀祝福也不乏嫉妒。

杯
Der Becher

我曾紧紧用双手握住一只
精雕细镂的盛满酒的杯子。
我贪婪地从杯沿啜饮美酒，
希望借此一扫苦闷与烦愁。

埃莫走进屋来看见我独坐，
温和的微笑在他脸上闪烁，
318 仿佛是在怜悯做傻事的我。

“朋友，有种更佳的酒器，
值得把整个心灵沉浸在里。
我若用它斟满另一种美酒，
呈赠与你，你将何以为酬？”

哦，他仁慈地信守了话语！
莉达，他将充满柔情的你，[①]

① 莉达：作者对夏洛特·封·施泰因的爱称。

送交到渴盼已久的我这里。

当我拥搂起你可爱的躯身，
并从你那独一忠诚的双唇
畅享起笃定的爱情的甘霖，
我便幸福地告诉自己的心：

不，除埃莫外绝没有神祇
能创造、拥有这样的酒器！
武尔坎努斯即便穷极技艺
也无法打造出如此的形容！
即便狄奥尼索斯在山林中
命令最老练的法恩都出马，
将精挑细选的葡萄果压榨，
亲自监督发酵并百般辛忙，
必仍酿造不出此等的琼浆！

夜思
Nachtgedanken

苦命的星辰，我为你们哀叹。
你们在天空中多么光芒璀璨，
为迷途危殆的船员照亮目标，
可却得不到众神与世人酬报：
是因为你们不会爱、不懂情！
只是永恒遵循着时序之指令，

无止地运行轮转在辽远天空。
自从我投入爱人的怀抱之中,
抛忘掉你们以及暗夜的万物,
319 你们已徒然走过了多少路途!

远隔[①]
Ferne

据说大自然赐予王者一种过人的天赋,
使他们的长臂能够伸展远处释放力量。
可卑微的我竟也获赐这种王者之特权,
因为我能从远方将你紧紧抓住,莉达。

致莉达
An Lida

莉达,你要求你的惟一所爱
完全归属你。这是理所应该。
他也的确全归你所有。
因为自从我离开你后,
就觉得这奔忙的世上,
一切纷扰和一切喧嚷,

① 作者1789年4月9日写道,即便与莉达相隔遥远,却仍仿佛“近得触手可及”。

不过是薄纱一层，从中始终
能似隔着云般窥见你的姿容：
在我的面前，闪耀着爱与忠，
仿佛永恒之星的微芒
照透摇曳无定的极光。

亲近
Nähe

亲爱的姑娘，我不知何故，
你对我时常显得如此生疏！
当我们在人群之中的时候，
这一点总是令我十分难受。
可是待到四下昏暗而静寂，
你的爱吻便让我重认出你。

致蝉[1]
原文来自阿那克里翁
An die Zikade
nach dem Anakreon

亲爱小家伙，你真幸福，

① 相传蝉仅靠饮天露为生，没有七窍，不食不泄，况且它们在中午其他生灵休息之时放声歌唱，故可象征诗人。此诗在旧版中尚有副标题“原文为希腊文”。

你栖身枝桠繁茂的树木，
只须露水便能激情歌唱，
生活得仿佛是一位君王！
你在田野所见到的一切、
以及光阴所带来的一切，
这些统统都归属你所有。
身边的农人皆以你为友，
他们对你不加任何伤害。
你得到凡世众生的敬拜，
是可爱春日的可爱信使！
你还受恩惠于诸位缪斯，
又是阿波罗本尊的宠儿，
祂们赐赠你银铃般嗓音。
你永不会陷入老迈厄境，
是诗人智慧温柔的女友，
出生于世却无凡俗血肉。
你是无苦痛的大地之女，
几乎可以与众神相比拟。

选自《威廉·迈斯特》[①] 321

Aus Wilhelm Meister

虽身处喧嚷中也请听取
那些天才们所唱之歌曲。

迷娘[②]

Mignon

莫要让我开口，且让我沉默，
因为我有义务守护着秘密；
我想要向你将整个内心诉说，
然而这会违背命运的旨意。

运转往复的太阳适时地来到，
驱去暗夜并布播光明辉丽；
坚固的岩崖敞开自己的怀抱，
不吝将深潜之泉赐予大地。

---

① 这个版块中的诗作全都来自长篇小说《威廉·迈斯特的学习年代》（1795/96），由于广受读者欢迎，故而在此处又得到单独刊印。这些作品大多不乏知名的音乐家所作的谱曲。另外本卷中的《迷娘》与《歌手》二诗也来自这一小说。

② 见于小说第5卷的结尾，另见于《威廉·迈斯特的戏剧使命》第3卷第12节。

人都投入朋友怀抱寻求宁静，
在那里能够倾吐怀中悲戚；
可是有条誓言将我双唇封禁，
只有一位神才能将其开启。

前题[①]
Dieselbe

惟有懂得相思之人，
才理解我的痛苦！
只影茕茕孤独一身，
一切欢乐都不复，
我仰望着天空沉沉，
朝向他所在之处。
322 啊，知我爱我之人
正与我相隔远路。
我的脑中晕眩难忍，
毒火焚炙着脏腑。
惟有懂得相思之人，
才理解我的痛苦！

① 见于小说第4卷第11节的结尾，另见于《威廉·迈斯特的戏剧使命》第6卷第11节。作者曾于1785年6月20日将此诗寄给夏洛特·封·施泰因。

前题[1]
Dieselbe

容我这样打扮直至幻化，
不要脱下我这件白衣！
我从这片美丽尘世往下
赶赴那所坚固的宅居。

我会先在彼处稍作歇息，
随后明目会重新启开；
至时我便丢下纯洁素衣，
也抛弃掉花环与衣带。

天国中的那些天使形象
了不关心男女之差异，
在神光焕发的躯身之上
没有任何衣装作掩蔽。

我的生活虽无多少悲怀，
但我总感到苦痛深深。
因忧伤之故我老得太快；
请让我重获永恒青春。

① 见于小说第8卷第2节接近结尾处。小说中的迷娘在一次圣诞活动上扮演天使，事后大家想让她脱下道具衣装，然而她极不情愿，并唱出了这支歌谣。

竖琴师[①]
Harfenspieler

谁若是沉浸于寂寞之境，
啊！他很快便会孤独，
人人都自有生活与爱情，
323 任他独面自己的痛苦。

好！让我独面哀思！
而我哪怕只有一次
能将真正寂寞领略，
便不会有孤独之觉。

好比情郎静静潜来窥视，
看女友是否独自一人；
痛苦与哀思也正是如此，
无论昼夜常将我探问，
悄悄窥察孤独的我。
待我一朝能够安卧
在一座寂寞的坟墓，
它才肯容许我独处！

---

① 见于小说第 2 卷第 13 节，另见于《威廉·迈斯特的戏剧使命》第 4 卷第 13 节。作于 1783 年。

前题[①]

Derselbe

我要挨门逐户地行乞，
沉静有礼地伫立等候；
善心人会将食粮给予，
随后我便将继续漫游。
无论谁见到我的形貌，
便都会觉得自己幸福；
他会将一滴泪水洒抛，
我却不解他为何泣哭。

前题[②]

Derselbe

谁不曾和着泪将面包咽下，
不曾在苦痛长夜枯坐在床、
泣涕滔滔，那么他便无法
懂得你们这些天灵之力量！

① 见于第 5 卷第 15 节。
② 见于第 2 卷第 13 节，另见于《威廉·迈斯特的戏剧使命》第 4 卷第 13 节。作于 1783 年。

你们将我们领到人世之中，
又让那苦命之人犯下罪行，
其后又听任着他苦恨哀恸，
因为罪孽在凡间必受报应。

菲莉涅[1]

324 **Philine**

且不要用悲伤的调门
歌唱起夜晚的寂思，
不，诸位可爱的丽人，
这本是交游之良时。

就像女人归属于男人，
成为他更美的一半，
夜晚也是半份的人生，
也确是更美的一半。

白昼仅仅能打断良宵，
你们怎会为之欢畅？
它只适于将时光磨消，
其余便没什么用场。

---

① 见于第 5 卷第 10 节。歌德曾数次在其他场合表达过本诗的主旨，例如《赫尔曼与多萝西娅》中也有这样的语句：“愿夜晚成为你人生的美好一半。”

可待到良宵时分降临，
悦人的灯影在流散，
人们将欢笑以及爱情
与身边人以口相传。[1]

就连毛躁轻浮的小伙，
也抛下平素的习气，
常为了些微薄的礼获，
而流连愉快的游戏。

夜莺献上深情的歌声，
让爱河之男女陶醉；
但对羁囚与伤悲之人，
都却只似怨叹哀喟。

那十二声安缓的钟响
宣告着安详与宁静！
你们心绪轻盈地荡漾，
不去将那鸣奏谛听。

① 以口相传：双关语，既指蜜语，也指亲吻。

326

拟古诗

Antiker Form sich nähernd

古人服装有着宽绰褶纹，
对我们是否也能够合身？[①]

不伦瑞克的利奥波德公爵[②]

Herzog Leopold von Braunschweig

你被统治河流的古老水神以暴力攫走，
他留你在身边与他永恒共治水邦泽国，
如今你在瓮间的微弱鸣声下沉沉入眠，
只待洪流再度喧响唤你醒来投身事业，
让你如同生前那样永为民众带来拯济，
作为神而完成身为凡人时所未竟之志！

致农夫

Dem Ackermann

犁沟既浅且轻地将那金色的种子覆盖，
善人哪，深沟终将掩埋你安息的骸骨。

---

① 这里用古代的服装来喻指拟古的格律。作者设问道，古旧的格律体裁能否赢得当代人的认可。

② 公爵是魏玛的安娜·阿玛利亚公爵夫人之弟，1785 年 4 月在参与奥德河（Oder）洪水救援行动期间溺死。

在欢乐中耕耘撒种，蓬勃的作物滋萌，
即便是坟墓之侧也不会被希望所远离。

阿那克里翁之墓
Anakreons Grab

此方玫瑰绽放，葡萄藤与月桂枝交缠，
此方斑鸠啼鸣，还有蟋蟀在欢欣歌唱，
为何被众神点缀得如此优美而富生气？ 327
这是谁人之墓？阿那克里翁在此长眠。
快乐的诗人欢享了春日、夏天与秋季，
最终由这座坟丘保护他免遭凛凛寒冬。

兄弟
Die Geschwister

浅寐与深眠是受命服务众神的两兄弟，
普罗米修斯请求他们为人类降下慰藉，
但对神来说轻松之物，凡人却难承受，
对我们而言浅寐即深眠，深眠即死亡。

计时
Zeitmaß

厄洛斯，你为何两手各持着一只沙漏？
轻浮的神哪，你为何竟要双重地计时？
“一边流逝缓，计量爱侣的漫漫远隔，
另一边则飞快，计量情人欢会的光阴。”

警告
Warnung

别唤醒爱神埃莫，可爱的孩童还睡着；
赶紧去吧，去完成今日所应尽的工作！
用心的母亲正是这样利用自己的光阴，
328 要趁着孩子睡时，因为他总醒得突然。

孤独[1]
Einsamkeit

栖身于岩崖与林木的仁慈助人的宁芙，
愿你们助人人都实现自己暗怀的愿望！

---

① 1782年5月5日附于致克内贝尔的书信。此诗曾作为铭文刻在魏玛公园的石上。

施与悲伤者宽慰，为疑惑者带来教益，
并恩许身陷爱河之人喜逢自己的幸福。
因为众神赐准你们做人类做不到的事：
为信赖你们的众人都带来慰藉与拯济。

领会到的幸福
Erkanntes Glück

大自然通常将天资审慎地分配给万众，
却又慷慨地将一切都集于她一人之身。
这位满受福赐的宠儿受众人倾心爱慕，
可竟亲切地将爱之鸿运赐予幸福的我。

被选中的岩石[①]
Erwählter Fels

少年在此方寂静中思念自己的心上人，
欢朗地对我说：石头，为我做见证吧！
不过不要过于骄傲，你还有许多同类，
我对田野上每块幸福地踏足过的石头，
对森林里每棵在漫游中拥抱过的树木，

① 1782年5月5日附于致克内贝尔的书信。此诗曾被镌刻在歌德位于魏玛公园中的花园住宅的后方，即夏洛特·封·施泰因爱去的处所。

都庄重而快乐地请求它见证我的美满。
可是我唯独赐许你发声，正好比缪斯
329 在众人中只选定一位，并亲吻他嘴唇。

乡间的幸福[①]
Ländliches Glück

林中的精灵与河流的宁芙，我愿你们
将远去之人牵挂，并赐身边之人欢乐！
他们曾在寂静里隆重庆祝乡间之佳节，
我们则沿着拓出的道路悄悄寻到幸福。
愿埃莫与我们同在，这位天国的童子
让身边人亲切，而让远去者如在眼前。

菲洛梅勒[②]
Philomele

女歌手，你必是爱神埃莫所饲喂长大，
这位童稚之神用箭矢将食物投喂与你。
使得你纯良的喉嗓中浸透了他的毒药，

① 1782 年 5 月 5 日附于致克内贝尔的书信。此诗曾同样被镌刻在公园中。
② 1782 年 5 月 26 日以《夜莺》(Die Nachtigall) 为题而寄给夏洛特·封·施泰因。魏玛的蒂弗特（Tiefurt）公园曾有一座小爱神埃莫用箭饲喂夜莺的雕像，这首诗就镌于其下。菲洛梅勒（Philomele）是希腊神话中化身夜莺的女子。

是故菲洛梅勒能以爱之威力摄动人心。

神圣之地[1]

Geweihter Platz

当诸位美惠女神从奥林匹斯悄悄降下，
于神圣月夜加入跳着轮舞的宁芙之列，
诗人便来此静窥，聆听着美妙的歌谣，
欣赏那些无人言说的舞步的奇姿妙态。
天界的一切美好，与大地的一切神韵，
此刻尽皆呈现在这清醒的迷梦者眼前。
他将此叙述给缪斯，而缪斯则教会他
如何含蓄地吐露秘密，以免触怒众神。

公园[2]

Der Park

荒芜之地竟开辟出一座如此辉煌之园，
面前一派生气勃勃、光明熠熠的气象。

① 安娜·阿玛利亚公爵夫人于1782年令人在蒂弗特公园为著名作家维兰德树立胸像。这首诗就镌在其底。此诗内容也同维兰德的诗体史诗《奥博隆》（Oberon）之情节有涉。

② 此诗与哥达（Gotha）地方所新建的公园有关，也流露了作者对其时笼罩当地的悲哀氛围与混乱局势的感触。参见其1782年5月9日致夏洛特·封·施泰因的书信。

大地上的众神哪，你们在效仿造物主！
有山有湖有灌木，有鸟有鱼也有野兽。
可是若要使此地成为真正的伊甸乐园，
还缺少幸福的人，缺少安息日的祥和。

老师
Die Lehrer

当第欧根尼栖身桶中默默晒太阳之时，[①]
在卡兰解脱地跃入熊熊烈焰葬身之刻，[②]
这对于菲利普之子本该是极佳的教诲，[③]
只是世界霸主太过伟大无法将其接受！

诱惑[④]
Versuchung

始祖母夏娃曾将祸患之果递给她丈夫，

① 第欧根尼（Diogenes）：古希腊犬儒派哲学家，栖身在桶中，主张无欲无求。当亚历山大大帝拜访他时，他正在晒太阳，要求君王别遮住他的阳光。
② 卡兰（Calanus）：印度智者，曾自焚以免承受晚年病痛之煎熬。他曾预言亚历山大大帝必将早亡。
③ 菲利普之子：即亚历山大大帝。
④ 歌德曾将自己园中的果实寄赠给夏洛特·封·施泰因，而与此同时她正在教堂领受圣餐。

那愚蠢的一咬害得整个人类都须遭罪。[①]
而如今，可爱并虔诚悔罪的莉迪娅呀！
你领受那份能滋养并疗愈心灵的圣餐。
所以我赶紧寄赠与你甜美的凡间嘉果，
愿上天护佑你永不远离自己所爱之人。

不相配的婚姻[②]
Ungleiche Heirat

即便天国情侣也会在结合后显得不配，
普绪喀变老变聪明，埃莫却终是孩童。 331

神圣家庭[③]
Heilige Familie

哦看那可爱的孩子，看那幸福的母亲！
他是她唯一的欢乐，她也是他所喜悦！
观赏这幅美好图画令我怀中幸福无比，
可惜站在一旁的我并非圣洁似约瑟夫！

---

① 即基督教教义中人类的原罪。
② 普绪喀与埃莫是古罗马作家卢修斯·阿普雷乌斯（Lucius Apuleius，约125—180）作品中的爱侣。前者是凡间公主，后者则是爱神。
③ 此处创作可能与某幅美术作品有关。神圣家庭指的是耶稣圣婴、圣母玛利亚以及圣子的养父约瑟夫。

辩解
Entschuldigung

你指责女人总是水性杨花、见异思迁，
莫怪她，她只是想寻到不变心的男子。

罗马的中国人[①]
Der Chinese in Rom

我在罗马遇到过一位中国人，他觉得
此地一切古今建筑都太过累赘而笨重。
他叹息道："唉！我多希望他们能懂，
要用木质的小柱子支撑起屋顶的构造，
此外有修养的行家的慧眼只可能赞赏
木条、纸板、镂刻和色彩缤纷的镀金。"
看呀，我觉得这正同很多空想家一般，
将脑中幻觉当作坚实大地的永恒本色，
总将真实而纯粹的健康者贬斥为病态，
332 却又觉得只有病态的自己才可谓健康。

---

① 原为针对德国作家让·保尔（Jean Paul, 1763—1825）所作。

缪斯之镜[①]
Spiegel der Muse

曾经有一天清早，缪斯为了梳妆打扮
沿溪流徜徉，想要寻到波平如镜之处。
可是摇荡不息的小溪潺潺地流奔而过，
总是扭曲她的面容，女神恼恨地离去。
于是小溪从她身后嘲讽地喊：当然了，
你不愿意面对在我镜中所见到的真容！
与此同时她已远去，来到了一处湖滨，
欣赏着自己的玉颜，拨正头顶的花环。

阿波罗与赫尔墨斯
Phöbos und Hermes

威严的得洛斯岛主与迈亚敏捷的儿子，[②]
为了得到一份珍贵宝物而激烈地相争。
赫尔墨斯与阿波罗都想占有这张古琴，
可他们心中满怀的希望最后全都落空。
因为阿瑞斯突然赶来以蛮力解决争执，[③]

---

① 作者 1799 年 3 月 22 日的日记提过“缪斯和小溪”。
② 得洛斯岛（Delos）主：即阿波罗（Apollon），是诗艺之神。迈亚（Maja）之子：即赫尔墨斯（Hermes），是商业之神。此诗阐述的是世人对待艺术的两种不同态度。
③ 阿瑞斯（Ares）：希腊神话中的战神。

他狂野挥剑将金色的乐器打成了两半。
赫尔墨斯因幸灾乐祸而放恣狂笑不已，
而阿波罗和缪斯们则感到由衷的悲伤。

新的埃莫[①]

Der neue Amor

那个已非孩童并勾引过普绪喀的埃莫，
艳遇无数的风流郎正在奥林匹斯张望，
竟看到位姿貌卓绝、远胜侪辈的仙女：
维纳斯·乌拉妮娅简直令他痴迷似焚。[②]
啊，圣洁女神自己也无法抵挡其攻势，
333 放恣的少年紧紧地将她拥揽怀抱之中。
二人的结合使一名可爱的新埃莫诞生，
他继承了父亲的才智以及母亲的淑仪。
你们总能见到他与可爱的缪斯们相会，
他迷人的箭矢催人萌发对艺术的热爱。

① 此诗为作者1792年末于加利钦侯爵夫人（Fürstin Mariane von Gallitzin, 1748—1806）处做客时所作。

② 维纳斯·乌拉妮娅（Venus Urania）：超越凡俗的“柏拉图式”爱情之女神。

冠冕[①]

Die Kränze

克洛卜施托克教导我们远离品都斯山，
勿追求月桂，而要满足于本国的橡果。[②]
可他自己也率领着超越史诗的十字军，
登上各各他的山巅去顶礼异国的神祇！[③]
但无论他登上哪座山，都要召集天使，
让孤寥的义人们在善人的坟冢旁哀哭：
一切英雄或圣徒的牺牲或诗人的歌咏，
尽皆为我们的生与死留下了绝佳榜样，
见证着卓绝的勇气与崇高的人生价值。
各民族都理当怀着虔敬的沉醉而跪倒，
膜拜荆棘与月桂，即他的荣耀与苦难。[④]

---

① 此诗用意在于指出，从不同民族的历史中，都同样可以发掘到能够体现崇高人生价值的素材。

② 诗人克洛卜施托克的文字不乏民族主义情节。月桂是希腊罗马人所推崇的植物，所以这里作者戏谑地将其与“本国的橡果”相对比。

③ 各各他（Golgatha）：耶稣受难之山。这里指克洛卜施托克的倾心之作《救世主》（Messias）的情节。

④ 荆棘：耶稣受难时戴着荆棘之冠。

瑞士高峰[①]

Schweizeralpe

昨日你的头颅仍棕得好似爱人的秀发，
她那迷人的倩影从远方向我默默呼唤。
可一夜风暴将多少大雪向你头顶倾泻，
使得今朝你的鬓发早早被覆染为银灰。
青春哪！你与人生暮年并不相距远遥，
正如昨日今朝之间只隔着幻变的一梦。

① 有一份抄本上有标题“1797年10月1日于乌里”。乌里（Uri）是瑞士的州名。

致友人 334
An Personen

我将许多赠予所爱之人。
自己身边却无多少留存，①

伊尔默瑙②
1783 年 9 月 3 日
Ilmenau

秀美的山谷！你这常青的树林！
我再次衷心祝愿你们一切都好；

---

① 在这两行诗句中，诗人是在表示自己曾在数十年间写下过不少赠与友人的诗行，但如今手头还能找到的只是其中的一小部分。另外这是歌德第一次将此类诗歌汇集起来公开发表。不过本卷中亦有部分内容曾以其他归类方式，而在早先的诗集中发表过。

② 此诗本于 1783 年为魏玛公爵卡尔·奥古斯特庆生所作。伊尔默瑙（Ilmenau）本是当时公爵及其部属所热衷的游览地，后来因为矿业而取得重要的经济地位。作者 1828 年 11 月 23 日曾向爱克曼回忆自己与公爵等人在山间夜宴的经历，以及本诗的创作动机："我们在一处岩崖下建起了座座小棚，覆盖上冷杉的枝条，这样好在里面的干燥地面上过夜。小棚前燃着几处篝火，我们烹饪、烧烤猎获之物。当时克内贝尔就已经烟斗抽个没完，坐在离篝火最近的地方，用各种笑话逗着整群人开心，同时大家一个接一个地传递酒瓶。瘦长的泽肯多夫的四肢修长细致，舒舒服服地躺在一处树干边上，哼着各种诗句。——在旁边的一所同样的小棚之内，公爵正在沉睡。我自己则坐在前边，靠着微燃的火炭，思绪沉重，满心惋恨自己的文字所酿成的不少灾难。[……] 他过去完全就是这样的。其中没有一点描写是夸张的。可是公爵不久还是从这种狂飙突进的阶段转化为颇有作为的清朗状态，所以我于他 1783 年的生日的时候，可以 [以此诗] 让他好好想起自己早年的这番样子。"

请为我舒展开累累低垂的枝条，
友善地迎接我走进你们的树荫，
清风与芬芳从山顶上吹拂而来，
在这深情的佳节令我胸臆畅快！

崇高的山呀！多少轮悲欢离合，①
而我总是重新返归到你的脚侧。
哦，请让我在你那柔和的峰巅
今日见到一片青春的新伊甸园！
我或许也曾为你们贡献过气力，
我默默操劳，而你们静静翠绿。

请让我忘记，多少生灵在这里
遭受到这片土地的束缚与奴役：
农夫将种子播撒进松垮的砂土，
可作物却常常被野兽掠去果腹，
矿工在坑道之中苦劳聊以糊口，
猎人咒骂之际烧炭工瑟瑟发抖。②
请你们再度在我面前焕发年轻。
让我仿佛于今日开启新的生命。

你们恩待我，赐予我这些梦境，
我沉醉其中，重萌往日的诗兴。

---

① 崇高的山：指基克尔哈恩山（Kickelhahn）。
② 这里所描述的是当地经济缺乏开发的穷困现实。

我远离众人喧嚣仿佛遗世独立，
我多么热爱在你的芬芳中沐浴！
高高的冷杉又发出动听的飒飒，
山上的瀑布亦悦耳地飞流直下；
云霭低垂，雾气沉入山谷弥漫，
顿时便是一片晚昏夜色的景观。

在幽暗的森林中映着柔和星辉，
我不慎迷失方向，道路在何处？
远方的种种声响何以如此奇诡？
它们在高高的岩崖上回转往复。
我静静地急奔而去想看个究竟，
仿佛是猎手追踪着野鹿的唤鸣。

我在何处？可是魔法童话之乡？
深夜山崖的底部何以盛宴开张？
在满覆着树枝的座座小棚之间，
我见到他们欢畅躺在篝火旁边。
高空的火光照耀着挺拔的杉树，
下方的灶上烹制着粗蛮的食物，
那群人正在那里高声嬉笑喧哗，
传递着酒瓶很快一滴也不剩下。

我该将这伙快活之徒比作什么？
他们从何方来，又要上何方去？
为什么他们的一切都如此奇特？

我应当问好，还是将他们躲避？
岂是鬼魅猎手大军在兴风作浪？
岂是在此施展魔法的精灵妖仙？
我在灌木丛中还看到点点火光，
恐惧之下我不敢继续留在此间。
难道是可疑的吉卜赛人在集结？
还是在阿登森林里流亡的公爵？[①]
我在这片错综迷乱的山路幽径，
336 难道竟遇见了莎翁笔下的妖精？
是的，我脑中的这一想法很对：
这即便不是它们，也定是同类！
只见众中有一鬼怪正狂欢纵兴，
粗野之余也流显出超凡的秉性。

那到底是谁？你们如何称呼他？
他正懒洋洋地缩着肩把腰弯下。
他紧靠在篝火边坐得悠然自在，
体魄结实有着古老的英雄血脉。
他贪婪地吮吸自己挚爱的烟斗，
烟气袅袅地上升弥漫他的额头。
好脾气的他尤其善于谈笑逗乐，
常常摆出一副郑重其事的神色，

① 这里引用的是莎士比亚的《皆大欢喜》（Wie es euch gefällt）里的典故，该作中的公爵被流放阿登（Arden）的山林。

当他讲起陌生诡异的蛮腔侉话，
能让整个圈子都响满笑声哈哈。

而另一位又是谁？他正躺倒在
那一棵古老的树木的树干下头，
他陶醉而慵懒地四仰八叉摊开，
显露出修长而精细的腿脚臂肘。
虽然饕餮之众都对他毫不搭理，
他的诗兴还是驰骋到九天云霄，
以至深之情咏唱着单调的旋律，
歌颂着天空之玄境的奥秘舞蹈。

可大家似乎都觉得还缺少某人。
我听到他们一时都放低了音声，
免得打搅到那位少年安歇养神，
在尽头处，正在这片山谷末端，
有着简易搭建而成的小棚一间，
门外篝火将熄，只有余烬微闪，
他在四下的瀑布声中安详沉眠。
我心催我去漫游那片谷地之中，
我悄悄地迈步离开了这群人众。

你好！是谁人迎着深深的夜幕[①]
怀着沉重的思绪而在此方独醒？ 337

① 作者幻想现在的“我”遇到了当年与上述众人一起聚会的青年时的自己。

为何你远离了伙伴而孤坐此处?
我觉得你仿佛在思考重要事情。
你为何竟在沉思中失落了自我,
你为何不拨亮身边的小小篝火。

“哦莫问了,毕竟我并不情愿
轻易地替陌生人打消好奇之心。
我甚至还要谢绝你的好意盛情,
毕竟此时只应无言地忍受伤怨。
我自己也实在没有办法告诉你
我来自何处,是谁人遣我来这;
我只是偶然从远方飘落到这里,
却因友情而再无法将此地割舍。

谁了解自己?谁知自己之所能?
勇者难道从未将这道难题尝试?
然而只有到了事后才能够明审
自己之所为竟是利举还是弊事。
普罗米修斯岂非取来纯粹天火,
将其降于泥土而使之神性迸跃?
可是当他开始填充生灵的经络,
所灌注的岂还不是凡人的俗血?
我昔日从祭坛取来纯粹的火种,
可所点燃的却并非纯粹的烈焰。①

① 指引起争议的诗人早期作品。

风暴使火焰更旺而危险也愈重，
我在不动摇的同时将自己责谴。[①]

当我愚蠢地咏唱起勇气与自由，
歌颂起正直与突破羁绊的自由，
我为自己骄傲并衷心感到畅舒，
我获得了来自世人的百般青睐：
唉！可有位天神却令我学不来
那种巧于为人处世的可悲艺术。
我现在既觉高昂而又消沉萎靡，
既无辜而受惩，又无辜而快意。[②] 338

说得轻些吧！因为这一片屋檐
是我一切幸福一切苦忧之所牵：
有颗高尚的心，因受命运羁缚，
而一度从天性的正道之上脱离。
可命运又在直觉中回到了正路，
与自身以及种种魔影斗争不已。
他志在通过汗水奋斗重新挣得
自己生来就承命运所赐的福泽。
他的精神不因亲切话言而展放，

① 此句似有深意，专家就此也表达过颇多疑惑。大概是说：我虽然因为我自己的创作所造成的后果而谴责自己，但是我却始终毫不动摇地保持对自己的忠诚。

② 后一个“无辜”旧版本作“有罪”，可能存在印刷错误。

他的巨浪不因歌谣而不复动荡。

谁人能对着树枝上爬行的毛虫，
预言它未来将享受怎样的食粮？
谁人又能帮助落在地上的虫蛹，
剥开这层束缚它的柔软的茧网？
时间终会到来，它将自己挣开，
化身为蝴蝶而疾飞入玫瑰之怀。

当然，岁月也会助他释放才智，
指示光明大道所在的正确方向。
在充满追求真理的渴望的同时，
他仍容易一时冲动而犯下错妄。
轻狂之心引诱他前往远方历练，
不惧崎岖的小径与陡峭的崖峰；
随时可能遭遇路旁潜伏的危险，
使他落入痛苦灾难的魔爪之中。
于是乎他被过度的紧张与痛苦
时而驱往此地，时而驱往彼地，
为了从抑郁不快的悸动中复苏，
他又再度在抑郁不快之中歇息。
在欢朗的日子里仍然烦恼良多，
无法控制自己，快乐一去不回，
他心灵与肉体都受尽创伤折磨，
在一张坚硬的床榻上渐渐入睡：
与此同时我则静静地待在此地

几乎屏气地仰望着自由的繁星，
半是醒着，半是在沉郁的梦里，
无法抑制自己深陷沉郁的梦境。” 339

梦境都散去吧！感谢缪斯女神！
感谢你们引我到这条道路上面！
这周遭的整片山河只需要一言，
便可以立时间化作明媚的阳春；
云气已然消逝，雾霭已然隐遁，
阴影不再。众神哪，可喜可赞！
真实的太阳正在我的面前灿烂，
一片更加美好的世界为我而生；
空中再不见那令人忧惧的幻象，
这是一份新生命，早已经开场。

我看到，正如同疲于苦旅之人[①]
重逢于故国时再度将彼此认出，
一群默默劳作的民众开始勤恳
利用起自然所恩赐的一切财富。
纺线从织工们操控的捻杆之上
卷上迅疾转动的机器得到编织，
而绳索和吊斗也不会被人闲置，
再不会湮没于荒弃的矿井之旁。

① 此诗节是在展望本地未来的经济建设。

诡诈遭到揭穿，秩序得到恢复，①
众人将会迎来坚实的人间幸福。

主君，愿你属下的这一隅国土，
能够成为你统治生涯中的典型！
你极早就明晓自己阶层的义务，
在逐步地约束自己不拘的心灵。
谁人若是冷酷得只顾一己之意，
那他便可以放纵许多个人愿望，
可是谁人若是志在统御好国邦，
那就必须具备克制自己的能力。

愿你一往直前，收获丰厚酬报！
莫像那位撒种人一样总是动摇，②
使种子易因偶然因素撒落别地，
有时落在路上，有时落于荆棘。
不！大丈夫的手要慷慨而睿智，
向着一片开垦的土地播撒福祉。

---

① 诡诈：歌德为官的政绩之一就是整顿了混乱的税收系统，并揭穿了一名腐败的伊尔默瑙收税官的诡计。

② 《新约·马太福音》第 13 章第 3-8 节：“有一个撒种的出去撒种。撒的时候，有落在路旁的，被人践踏，天上的飞鸟又来吃尽了。有落在磐石上的，一出来就枯干了，因为得不着滋润。有落在荆棘里的，荆棘一同生长，把他挤住了。又有落在好土里的，生长起来，结实百倍。耶稣说了这些话，就大声说，有耳可听的，就应当听。”

然后便可静待即将出现的收获，
为你和你的臣属带来幸福良多。

格勒特的纪念碑[①]
厄泽尔设计
Gellert's Monument
von Oeser

敬爱的格勒特逝世的时刻，
多少善良心灵默默悲哭。
也不乏无力而偏狭的谤歌，
搅扰人心中纯挚的痛苦。
每一个来墓边的凡夫俗人，
总爱以自我陶醉的表情，
要么献上一点微薄的捐赠：
要么献上一朵小花致敬，
而厄泽尔与常人并不一样，
他因领悟到逝者而深思，

① 克里斯蒂安·费希特戈特·格勒特（Christian Fürchtegott Gellert，1715—1769）是德国诗人与道德哲学家，曾是歌德的老师，对其有一定影响。莱比锡 1774 年建起了由弗里德里希·亚当·厄泽尔（Friedrich Adam Oeser，1717—1799）设计的格勒特纪念碑：两位美惠女神面对着一只安放于一根柱基上的骨灰瓮表达哀悼，第三位美惠女神则躬身面对着柱上所悬挂的奖章。1777 年 10 月 24 日，歌德为了给安娜·阿玛利亚公爵夫人庆生，将一份仿制此碑的纪念品赠给她，配有绸带，其上正印有此诗。

如何能为作古的君子构想
一座丰碑使之永垂后世。
他以超凡才智在大理石中
收集起众人嗫嚅的赞美，
正如我们用一只小小的瓮
收集起所爱之人的骨灰。

致察哈里埃[1]
An Zachariae

载着你的旅车已迅疾鸣响，
离开这无须哀辞之地，
多少欢乐也紧缚在你车上，
尽皆随伴你一同远去。

你刚离开，从沉郁的洞里
便钻出两只苦闷怪兽。[2]
而他们此前在你初来之际，
341 曾如雾霭遇日般逃走。

---

① 弗里德里希·威廉·察哈里埃（Friedrich Wilhelm Zachariae，1726—1777）是德国诗人兼翻译家，擅长颂歌体。歌德曾于1767年在莱比锡与他会面，参见《诗与真》第8章。在这首戏谑之作里，诗人也是在有意地模仿颂歌的风格。

② 两只苦闷怪兽：形容下文的“烦恼与无聊”。

烦恼与无聊如同神话怪鸟[①]
飞来围聚我们的桌子，
还朝向我们射出剧毒羽毛
破坏我们和谐的餐食。

你在何方？行善的大救星？
你是维纳斯神的宠儿、
阿波罗的最爱、众神所幸，
可还活着？去了哪儿？

哦，我若有气力拨动那张
阿波罗恩赐他的巨琴，
弹奏起来怪兽就必定逃亡，
惊恐地奔回地狱遁形。

迈亚之子，你常借鞋给人，[②]
求把羽鞋也借我一穿，
我便能立刻逃离这片苦闷，
迅速飞翔到奥克河畔。[③]

---

① 神话怪鸟：指希腊神话中的斯廷法罗斯湖怪鸟（Stymphaliden），它们可以将自己的金属羽毛像利箭一样射出害人，后被大英雄赫拉克勒斯（Herakles）消灭。
② 迈亚是众神的信使，穿着插翅的鞋，所以行动飞快。
③ 奥克河（Okker）：流经察哈里埃所居住的不伦瑞克（Braunschweig）的河流。

我会在河边突然与他碰面，
不过他不会特别吃惊，
我仿佛总黏在他脚后跟边，
对他永远都如影随形。

他周身所散放的荣光如火
温暖了我年轻的心胸。
他爱我，所以缪斯也爱我，
因为她们都将他恩宠。

致西尔维[1]
An Silvien

到枝条扎根、生长、
泛绿、结果的时光；
你或可将一片笑颜
342 作为对友人的忆念。

前题
Derselben

如果未能妥加护持，
以致它们终遭冻害，

---

① 指西尔维·封·齐格萨。

其后还有合适措施：
怀着希望重新植栽。

致一位身在旅途的高贵女士[①]
Einer hohen Reisenden

无论走到哪里你都使我们欢快，
你的面庞上闪耀着清鲜的尊雅，
眼中充溢和善，口中流露可爱，
仿佛是天国之光明透穿过云霞。
而背景中那些成群喧聚的恶怪[②]
如何凶恶迫逼都无法使你惊怕，
你自由无拘地迈步，落落大方，
使得人人心志高昂、灵魂宏广。

你行来观瞻那与你酷肖的形象，[③]
她从天空俯瞰我们，崇高至极，

① 指黑森－卡塞尔的弗里德里克·克里斯蒂安娜·奥古斯特公主（Erbprinzessin Friederike Christiane Auguste von Hessen-Kassel），她从德累斯顿经过卡尔斯巴德前往意大利。当时的随员包括画家布里（Friedrich Bury，1763—1823）。根据日记记载，歌德应布里的要求，于 1808 年 7 月 26/27 日在卡尔斯巴德写下了此诗。全诗被誊抄在一张华丽的纸页上呈献给了公主本人，另外这张纸边缘上还绘上了公主此行所路经的风光与其所关注的事物。此诗初次刊印于 1815 年的《耶拿文学汇报》。

② 德国学界亦未详此句具体所指为何。

③ 指意大利著名画家拉斐尔所作的圣母像。公主在德累斯顿时曾去参观此画。

那是万母之典范、万妇之女王，
而绘下她的形容的是一支魔笔。
有一男一女满怀着深情的恐惶，
在她面前无言陶醉、谦卑屈膝；
而你到来时，朝着她将手伸出，
仿佛是在家中与平辈一般相处。

但莫论此处风景，且继续行前，
去那片无有别处可相媲的土地，[1]
借自然而解放，为艺术而流连，
心怀愈发柔润，精神益加坚毅。
在静静观瞻中，多少沧桑时间、
熙攘人群行向深渊或升于天际：
在创造中追索的你正属于彼处，
343 使得废墟重兴，死者生命还复。

请带我们踏越脚下锦绣的花枝，
沿着广阔河流穿过熟谙的山谷，
此方的向阳的山丘上萄藤交织，
高耸岩崖遮护你免受暑热之苦；
请愉悦享受小巧凉亭中的荫适，
并进用纯净而尊贵的洁白之乳，
无论在此在彼请恩准我们沉陷
你目光与言语所赐的永恒迷恋。

---

① 指意大利。

周年庆典[1]

Jubiläum

1815年1月2日

新一天尚未完全开端，
冬季之欢意已炽旺，
每人见到恩主与伙伴，
心中都喜悦地盼望。

说呀，为何才第二日
便又兴起一场庆祝？
莫非喜人的传说此时
已将祖邦帝国创筑？

是否那些权重望崇者
商讨终于得出决定，
造创性地缔立并贯彻
普遍而永久的和平？[2]

不！我们所编之花环
献给那可敬的善人，

① 初印于1815年的《耶拿文学汇报》。作于1月1日，用于庆贺哥达的部长西尔维厄斯·弗里德里希·路德维希·封·弗兰肯贝格男爵（Sylvius Friedrich Ludwig Freiherr Frankenberg，1728—1815）履职五十周年。

② 指1814年9月18日到1815年6月9日之间举行的维也纳会议。这场会议主要商讨重建欧洲政治秩序的问题。本诗写作时，会议仍在进行中。

伴着歌谣的欢唱万般，
将节庆的舞列汇成。

就连钢铁也不再固坚，
神奇地来向他致敬；①
而你们即便相隔遥远，②
344 也应让人听到颂庆！

他曾多年全身心劳忙，
时常经历大地颤裂，
终见君主与人民泰康，
不负自己所付心血。

他也见到了深爱之妻，
重忆起无数的良辰，
多年之佳侣忠贞至极，
伴随身侧终不离分。

愿他常葆少年之力量，
永远焕发事业光辉，
在至为关键的事务上
既怀干劲又展智慧。

也愿他在密友圈子里

---

① 可能是喻指勋章。
② 歌德本人身在远处，未能亲身出席这场庆典。

与人相欢而无苦恼，
将远方与近处的天地
按自己的方式塑造。

谜语[1]

Rätsel

有许多先生在工作与教学中
都因善业而配得上极高尊崇；
可是那一位敢于向我们奉赠
自然完全拒绝给予之物的人，
我认为大概可以称他为至伟：
我觉得你们应该知道这是谁？

致科隆的三胞胎朋友[2]

随赠一张画像

Den Drillingsfreunden von Cölln

画中的人物的形象

① 创作时间与背景不详，谜底未知。

② 此诗于1815年1月2日被作者寄送给博伊塞雷兄弟二人（Sulpiz Boisserée，1783—1854和Melchior Boisserée，1786—1851）以及他们的朋友贝特拉姆（Johann Baptist Bertram，1776—1841），同时还随寄了画家卡尔·约瑟夫·拉伯（Karl Josef Raabe，1780—1849）所绘的歌德像。

着实是非常地相似
那神圣的三位贤王，
这是因为无论他是
身处于怎样的所在，
都乐于去侍奉听遵
那一颗从东方行来
而历历现形的星辰。[1]

而绘出此图的画师
也正与往昔的那位
出生入死过的骑士
都属于相同的一类。
就如同海姆林那样，[2]
是一名真正的英雄。
他凭借自身的勇壮
成为骑士挣得殊荣。[3]

为此他们现在一起
来向你们表示敬服，
你们怀着满腔勇气
而投身于钻研古物，

① 歌德当时醉心于东方文化以及《西东合集》的创作。
② 海姆林 (Hämmling)：汉斯·梅姆林 (Hans Memmling, 1440—1494) 之误写。本为佛拉芒地区的画家，据称他曾在 1477 年的南锡战役负过伤。
③ 拉伯曾在抗击拿破仑的战争中英勇负伤，并为此得到过表彰。

探索着众多的领域，
心中满载慕古之思，
乐于将新生命赋予
丝织、圣徒与金石。[①]

致乌拉纽斯[②]
An Uranius

我们每当遭遇了挫败，
便会高呼道：唉！天！
而天空则希望能招徕
教士以及骑士团成员。[③]

很多人在喧嚣的凡间
找寻到了自己的天国；

① 这一诗节是讲标题中的三位，赞赏他们对古德意志艺术研究而作出的卓越贡献。

② 乌拉诺斯 (Uranos) 是希腊神话中的天空之神。乌拉纽斯 (Uranius) 意为“属于天空的（男子）”。此诗是献给作曲家弗里德里希·海因里希·希默尔 (Friedrich Heinrich Himmel，1765—1814，这个姓的字面意思正是“天空”) 的游戏之作，他 1807 年 8 月 2 日在卡尔斯巴德演奏了自己为诗人克里斯托夫·奥古斯特·蒂德格 (Christoph August Tiedge，1752—1841) 的教益诗《乌拉妮娅》(Urania，这个名字正是与乌拉纽斯相对应的女性形式) 所作的配曲。

③ 应是双关语，既指天国希望接纳有贡献的人，另外也可能指希默尔希望得到“教士与骑士”的青睐。具体所指今日已无从考证。

且舞蹈且游戏的青年
346 以为自己正处在天国。

不过从钢琴声中响起
一片全然不一样的天；
我每日早晨向他致意，
他在白马背上把头点。

致蒂施拜因[①]

An Tischbein

原是德国人，后则是瑞士人，
再后又是翻山越谷的漫游人，
做罗马人之后做那不勒斯人，
是哲学家却不做某系某派人，
作为诗人在各处都成果丰裕，
时而用图画，时而又用话语，
从台伯河畔一路到易北河边，
你始终是同个人，不曾变迁！
愿你幸福平安！如你所追觅。

① 这首以及下面另三首同名诗都被作者于 1806 年 4 月 18 日寄给自己的好友，画家约翰·海因里希·威廉·蒂施拜因（Johann Heinrich Wilhelm Tischbein，1751—1829），以感谢他寄来一本含有画作的“欢快的书”（见歌德 1806 年 2 月 24 日致蒂施拜因的信）。

祝福你绽放自己妙笔的生气。
故而享受吧，也予人以享受！
直至宁芙们都向你致以问候，
她们在伊尔姆河中沐浴欢欣，
以最为盛情的姿态将你邀请。

前题
An Denselben

你所想以及你所思的一切、
还有你从自然与艺术
通过感知而领悟出的一切，
你都承缪斯之宠绘出。
颜料拿来！你的大师豪情
创造一部视觉的诗篇；
你在丰足中亦怀谦卑之心，
不会将这些话语鄙嫌。

前题 347
An Denselben

你慷慨地向我们送寄
多少佳善与优美之物，

为此愿每一位克米尼[①]
都似你般将欢乐播布！
愿在北方的阴郁雾氛，
一切善良与可爱之人
都对你满怀真情挚意，
陪伴着你，四处如一，
怀着亲切交游之幸福，
一如在阳光下的乐土！

前题
An Denselben

你并非是将人类遗失
在那兽群之中，而是
在兽中发掘出了人格。
作为真正的骚人墨客，
你洋溢着情怀与感性，
给予羊豕之群以生命。
即便驴子都承受荣耀，
还咿呀出了智慧之道，
那些由布丰起头之事，[②]

① 克米尼（Camöne）：泉水之宁芙，亦具缪斯的职能。

② 法国学者乔治·路易·勒克莱尔·德·布丰伯爵（George Louis Leclerc Buffon，1707—1788）在其知名之作《自然史宏微》（Histoire Naturelle Génerale et Particulière）中拟人化地介绍了动物的“风习”。而蒂施拜因也同样擅长将画中的动物拟人化。

靠蒂施拜因才见天日。

宾客题词留念册献词[1]
Stammbuchs-Weihe

我热爱生机勃勃的花园，
里面有着多少鲜花绮丽，
而你在此处正有所花园，
我注意到，是在心怀里。 348

让祈愿的寄语纷至不停，
积累直至上千条之数目；
以愉悦目光欢迎其来临，
而最先请问候我之祝福。

致那位情深的健忘女士[2]
生日祝贺
Der Liebenden Vergesslichen

这是为了那个美好的日子而书！
愿你常沐浴在它的明朗光芒里。

---

① 1813 年 3 月 14 日写在卡洛琳·乌尔里希（Caroline Ulrich，1790—1855）的留言簿中。

② 1812 年 8 月 7 日于特普利茨献给约瑟芬·奥·唐奈·封·蒂克奈尔伯爵夫人（Gräfin Josephine O’Donell von Tyrconnd，1779—1833）。

你对我们之爱从来都没有结束，
不过请求你：不要将我们忘记！

携着诗与真[①]

Mit Wahrheit und Dichtung

有一位老友覆着面具前来，
此举的隐秘用意究竟何在，
他可并没有向全部人都讲；
但你立时发现了押韵之处，
并且完全私密地将其道出：
他这是想要求取你的……[②]

归返时的礼赠[③]

Angebinde zur Rückkehr

那位女友先前已出门在外，
她想要四处去将世面领略；

① 此诗是作者于 1814 年 5 月 10 日将《诗与真》第三卷敬呈给奥·唐奈伯爵夫人时的献词。
② 从韵脚和格律来看，原文此处所省略之词应当是“欣赏”。
③ 作者于 1813 年 11 月 30 日将此诗与一份生日礼物一同寄送给宫廷贵妇康斯坦策·封·弗里奇（Constanze von Fritsch，1781—1858）。

不消多时她便会回到家来，
按照素来的习惯再作休歇。
待到她垂下那可爱的脑袋，
上有大大小小的辫子覆盖，
想要寻个垫软的地儿坐下，
就快去友善地把帽儿给她。

349 # 艺术①
Kunst

艺术家，无言地创造吧！
让你的诗如轻风般沐化。

数滴甘露
Die Nektartropfen

从前密涅瓦有意施恩②
她的宠儿普罗米修斯，
便将满满一整盏甘露
从天国携往下界凡尘，
造福他所创造的人类，
向他们的胸膛中注灌
追求美好艺术的渴望。
此时她迈着急促脚步
不想让朱庇特神看到，
金色的酒杯摇晃不稳，
以致其中有几滴甘露
迸落青绿的大地之上。

---

① “艺术”是在此版诗集中才初次作为单独的版块而出现，然而这里所收录的大部分诗歌成文都早于魏玛时代，先前也多在第1卷中的《杂诗》版块中发表过。另外不难发现，这些诗歌大都是从视觉艺术家的角度出发的。

② 密涅瓦（Minerva）：雅典娜（Athena）的别称。此诗通过杜撰一则神话，而将艺术的起源归于雅典娜所赐予的天国甘露。

随后辛劳的蜜蜂赶来，
殷勤地啜饮天降礼赠；
而蝴蝶也踊跃地到达，
希望及时抓到一小滴；
即便是那丑陋的蜘蛛
也爬过来起劲地吮食。

各色各样的柔弱虫儿
都快乐地将甘露品味！
此时它们与人类共享
最美的幸福——艺术。

漫游者[①] 350

Der Wanderer

漫游者
少妇呀，愿上帝保佑
你和那偎在你的胸前
吮着奶的婴孩！
且让我在这座岩崖旁，
榆树的树荫里，

① 灵感来自作者1770年夏日从斯特拉斯堡骑马前往萨尔布吕肯（Saarbrücken）时一路历览古迹的经历，参见《诗与真》第10章。

放下我的重担，
在你身边休息。

女子
你所做的是什么营生？
竟然要当着酷热日头
风尘仆仆地来到此处。
你莫非是从城里过来
下乡兜售商品？
陌生人呀，你是否在
笑话我的提问？

漫游者
我并非从城里来贩货，
晚间渐觉清凉。
亲爱的女子呀，
你所喝水的井在哪里？
请你指给我瞧！

女子
顺着这条山路往上走。
向前！穿过这灌木丛，
有一条小径通往小屋，
那是我的居所，
那里便能找见
351 我所汲饮的井。

漫游者
看得出，这片灌丛中
有人精心打理的痕迹！
毕竟这一切可并非是
大自然鬼斧神工所为！

女子
继续往上！

漫游者
苍苍的苔藓覆盖古梁！
看得出曾有巧心圣手
在这坚石上留下印迹！

女子
继续，陌生人！

漫游者
我脚踩在一段铭文上！
然而无法阅读！
哦镂刻深深的文字呀，
你们本应向千秋万代
展示匠人的虔诚用心，
可却都已被践踏磨灭。

女子
陌生人你为何
盯着石头发呆?
在我山顶的小屋四周
石头还有很多。

漫游者
上面?

女子
往左边走,
穿过灌木,
352 这里。

漫游者
缪斯与美惠女神们哪!

女子
这是我的小屋。

漫游者
这是一所古庙的废墟!

女子
边上往下
有一口井,

我饮里面的水。

漫游者
守护精灵！你灼燃着
在自己的坟冢上漂浮！
在你上方
你的杰作
已然坍塌，
哦，不朽者呀！

女子
稍等，我去拿
罐子给你喝水。

漫游者
这副纤长的超逸形姿
却被青藤环抱。
双柱呀，你们竟如何
从瓦砾中
犹自屹立！
彼处还有个孤寂姊妹，
她同你们一样，
神圣头颅盖覆着苍苔，
庄严而伤悼地俯瞰着
你们的一位位 353
被摧残涂地在

脚下的姊妹们!
在黑莓灌木的暗影中,
她们被瓦砾泥土遮掩,
杂草在上方高高摇曳。
自然,你就这样珍惜
你杰作中的至上杰作?
竟无情地毁践
你的圣坛,
播下野蓟?

女子
孩子睡了!
陌生人,请问你是想
到小屋里歇息,
还是更情愿待在外面?
天凉了,你抱孩子去,
我去汲水,
宝贝儿,睡吧!

漫游者
你睡得多甜美!
仿佛于天赐的康泰中
饱含宁静地畅游呼吸!
你出生在
神圣往昔的废墟之上,
愿它的灵守留你身边!

被这份灵环抱，
便能够每一日
享尝着天神般的感受。
饱满的蓓蕾，绽开吧，
你正是壮美的春日的
华彩盛饰，
你应比同类更加灿烂！
而若花朵凋去，
你的怀中还将
生出丰美果实，
迎着阳光成熟。 354

女子
上帝保佑！他还在睡？
除了清鲜的泉水之外，
我只有一块面包给你。

漫游者
我感谢你。
周围的花草多么美丽，
青翠缤纷！

女子
我的丈夫很快
就从田里回来。
哦，留下吧，留下吧，

在此同我们一道晚餐。

漫游者

你们家住此处?

女子

正在废墟之间。
小屋是我的父亲所造,
用了砖头和瓦砾碎石。
我们在此生活。
他将我嫁给一名农夫,
最后在我们怀中长辞。——
亲爱宝贝,睡好了吗?
看他是多么活泼爱玩!
这淘气包!

漫游者

永恒绽放的大自然呀,
你赐予每人生命之欢,
慈母般为每一位孩子
都留下了产业与小屋。
燕子在高檐之下筑巢,
却不知晓自己
所黏盖的是何等珍品。
毛虫在金秋枝上吐丝,
为繁育而建冬日居所。

而人，你则在
往日的伟大废墟之间，
在累累坟冢上，
为自己之需造下小屋，
而享受着生命！
幸福的女人呀，别了！

女子
不留下吗？

漫游者
上帝保佑你们，
赐福你们的孩！

女子
一路平安！

漫游者
过山的那条路
通向何方？

女子
库迈。①

① 库迈（Cuma）：意大利地区最古老的希腊殖民地，其被森林覆盖的废墟是著名的怀古之所。有趣的是，歌德曾于1831年6月28日请求策尔特，不要让世人知道，自己这首诗其实并非意大利之旅所作。

漫游者
距此多远？

女子
三里有余。

漫游者
别了！
大自然，请你引领我！
356 漂泊异乡，
正迈步在
神圣往日的累累坟上
作着漫游。
请让我抵达太平之地，
免遭寒风吹刮，
那里有片白杨小森林
保护我不受炎日折虐。
待到晚间
我往家赶，
沐浴着金色夕阳余晖，
来到小屋，
愿我也能被这样一个
怀抱孩子的女人迎接。

艺术家的晨歌
Künstlers Morgenlied

诸位崇高伟大的缪斯，
你们的庙宇已筑。
而此处我心间正怀着
那至为神圣之物。

当我被温暖朝阳唤醒，
欣悦地环顾四方，
见到永生的你们环立，①
沐浴着神圣晨光。

我祈祷，而我的祷词
纯粹是赞歌一首。
而欢快的弦乐声响起，
为我的祈祷伴奏。

我走到了祭坛的前方，
履行应尽的义务，
翻开神圣荷马的史诗，
在虔思之中阅读。 357

① 歌德当年的房间内确实藏有许多古典石膏像。

他带我到狂乱的战场，[①]
勇士如雄狮争锋，
神裔群英高坐在战车，
为复仇狂突怒冲。

只见四下都乱成一团，
战马在车前翻倒，
敌友尽在血泊中挣扎，
而英雄之子来到。

他挥舞起烈火之剑刃
一下便焰吞万军，
而待到某位天神出手，
他自己也终力尽。

他倒在了先前所亲自
垒成的尸堆上头，
此时敌人们前来凌辱
他那健美的尸首。

此时我便勇敢地加入，
用炭笔当作武器，

---

① 以下叙述的正是荷马史诗《伊利亚特》第16至18歌的内容：帕特罗克洛斯穿戴上阿喀琉斯的装备奋勇杀敌，最终却在阿波罗的干预下，被赫克托耳杀死。

在我高高的画板之上
激扬着战场杀气。

上！上！敌人的狂吼
震荡得何等暴戾，
到处的甲盾都在相撞，
拼死争夺着遗体。

我猛冲上前去、前去，
双方正抢夺尸身，
友军的胆气愈加鼓张，
泪水中饱含义愤。

为他战斗！救他回来！
将他带回到营帐， 358
为阵亡之雄涂抹香膏，
让泪水为他流淌！

当我回到现实之中时，
爱人你将我欢迎，
虽只是姑娘你的画像，
但画像也含温情！

啊，你曾歇息我身边，
含情脉脉地凝睇，
从眼中直透到我心内，

促使我重拾画笔。

我多痴情于欣赏她那
眼睛、嘴和脸庞。
怀中感到青春的活力，
仿佛是天神一样。

回来吧，留在我身边，
紧紧依偎着我胸，
我再也不要什么战斗，
只要你在我怀中！

爱人，我要以你作为
包蕴一切的理念。
把你绘作圣母玛利亚，
将圣婴画在怀间。

我要在深邃森林树丛
将你这宁芙捕捉，①
别逃避我粗野的胸膛，
以及高竖的耳朵。

① 这里是将自己比作追求宁芙的法恩。

我要做战神与你同寝，[①]
而你是爱之女神，
我要在身边撒下罗网，
将众神喊来作证。 359

众神中不论是谁来看，
定羡慕我们逍遥，
哪个若作出嫉妒之态，
便让他困在床脚。

风景画家埃莫[②]

Amor ein Landschaftsmaler

早晨我坐在岩崖的顶端，
凝滞的双眼注望着浓雾，
它好比灰底的画布舒展，
遮掩着上下四方的万物。

---

① 希腊神话中，战神玛尔斯（Mars）与爱神阿佛洛狄忒（Aphrodite）有私情，于是后者之夫匠神赫淮斯托斯（Hephaistos）设计，趁二人偷情时用网将其捕捉，并展示给其余众神围观嘲讽。此处歌德反其道而行之。

② 歌德于 1787 年结识了美丽的米兰女子马达莱娜·里吉（Maddalena Riggi，1765—1825），颇为倾心，然而其后却得知她已订婚。此诗极有可能与那段经历有关。

一位童子到我身边问道：
“亲爱的朋友，你何故
久久盯着这空白的画布？
难道你已经永远地失去
绘画与塑形的创作乐趣？”

我打量着他，默默地想：
“这小孩竟要自居画匠！”

“你如果一直愁闷懒散，
必定不能收获任何长进。
看，我来为你作一幅画，
教你摹绘出美丽的图景。”

于是他伸出了一只食指，
红润得仿佛玫瑰的鲜花，
面对着无垠展开的画布，
他以手指为笔淋漓挥洒。

他在上方画出美丽太阳，
我满眼都是耀目的光华，
他将云朵边缘描成金色，
还让辉芒穿过云层泻下。
然后他画起了鲜翠树木，
绘出柔嫩而轻盈的树梢，
又画出一条条山坡逶迤，

下方不忘加上江河湖沼，
他将河水画得多么自然，
仿佛在灿烂阳光下闪光，
仿佛在高峻河岸边喧响。

啊，河边有着多少花朵，
草地上的色彩缤纷灿烂，
黄金琉璃夹杂绛紫碧绿，
仿佛各色宝石争艳璀璨！
纯净的亮色涂上了天空
与层层渐远的蔚蓝山峰，
我陶醉得仿佛新生重获，
来回注望着画家与画作。

他说："我已向你证明，
这门技艺我是多么拿手，
然而最困难的还在后头。"

他小心翼翼地伸出指尖，
开始作画于小森林之旁。
恰在那明朗通亮的大地
反射着灿烂阳光的地方，
他画下了最可爱的姑娘，
有曼妙身材与雅致衣装，
褐色头发下是清秀脸庞。
这脸庞也是多么地红润，

正如画下它的手指一样。

我呼道：“孩子你究竟
师从过哪一位名匠学画？
竟能如此迅速而又自然
善始善终地将这些画下！”

当我说话时，微风兴起，
361 摇曳着山巅树木的枝桠，
在河面上吹出片片涟漪，
吹鼓了无瑕少女的面纱，
更加让我惊异万分的是：
那少女竟然迈动了脚步，
走了过来，走近了我与
风流的良师所齐坐之处。

于是万物都开始了悸动，
无论花木、河流、面纱、
还是少女的秀美的足弓。
你们觉得，岩崖上的我
可会似岩崖般不为所动？

艺术家的晚歌
Künstlers Abendlied

啊，愿内在的创造性
将我的心怀响透!
愿满盈着生气的灵韵
从我的指尖涌流。

我只是在口吃与震颤，
怎么也无法止步。
我感知并理解了自然，
就定要将其抓住。

我想到，在许多年里
我不断开拓心扉，
过去它曾干涸如荒地，
如今则畅饮泉水。

我多渴望你，大自然，
要忠忱地感受你!
你仿佛欢腾的喷泉般，
自千万孔隙涌起。 362

我心灵中的一切之力
将因你而得欢快。
我渺小的生涯由于你

成为永恒的存在。

行家与艺术家
Kenner und Künstler

行家
很不错！先生。
只是左侧
和右侧不太似，
这里好像太长，
这里太宽；
这里略有些抖，
而嘴唇那，
不甚自然，
全局缺乏生气！

艺术家
给我提提建议吧，
帮助我达到完美！
自然的源泉竟在何处？
让我在汲饮中感受到上天，
让指尖迸发生机，
让我用神之心智，
以及用人之双手，
能够塑造出那些，

我同自己的老婆
以动物性的方式
能为且必为之物。①

行家
您得观察。

艺术家
咳！②

行家与热情爱好者③ 363

Kenner und Enthusiast

我带了个哥们去找小姐，
想叫他好好地消受，
可以纵情尽享她的一切，
少年温柔乡的风流。
我们见到她小手撑着身，
正坐在自己的床沿。
那位先生只客套了几声，

① 本诗论述艺术家的创造，既将其与神的造物过程类比，也将其与动物性的生育过程类比。
② 大意是：“我本来完全也可以很快想到这一点的。”
③ 初印于1775年。与初版相较，此版的文字已经略显平和。

便坐到了她的对面。
他撅起鼻子死盯着她瞧，
翻来覆去到处端详：
这样怎么叫人能受得了，
我见状简直要抓狂。

随后亲爱的先生便起身
把我带到一处角落，
跟我说她细瘦得太过分，
而且脸上雀斑还多。
于是我同姑娘说了再见，
道别时我仰望天日：
“啊上帝呀，我主在天，
求你垂怜这位君子！”

然后我带他去画廊里边，
见证人类才艺精粹。
不知何故，我须臾之间
感到心脏都要裂碎。
我高呼：“画匠呀画匠，
但愿上帝赐你酬劳，
只有给你最美貌的新娘，
才算是足够的赏犒！”

只见那位先生走来走去，
还用牙签掏着牙缝，

把这些天神之子都登记
在自己的目录簿中。 364
我的怀中充满忐忑之情，
千思百绪蜂聚心头，
而他却在挑短论长不停，
测量研究一丝不苟。

于是我躲进个角落藏身，
腹中积气如火爆发。
他身边则聚起不少先生，
齐声夸他是个专家。

爱好者的独白
Monolog des Liebhabers

若没有热忱的创造力
充盈着你的魂魄，
若它并没有能促使你
用指尖造创新作；
那眼前大自然的胜景，
于你竟有何用途？
身边的一切艺术珍品
对你又有何益处？

忠告
Guter Rat

或许人们有的时候便会
既难忍自己也不容同类，
假如万事全都令你不快，
去搞艺术难道就能例外？
所以坏日子里不要仓促，
丰盈与力量永远在近处：
如果能够安守艰难年岁，
那么幸福日子将会更美。

365 致信[①]
Sendschreiben

我的那本古老的福音之书，
此次已被我重带到你身边；
可是我的周身是如此畅舒，
所以便为你提笔书写成篇。

我取来了黄金也取来酒浆，
并把这一切都放在了一起。

① 原为1774年致友人默尔克（Johann Heinrich Merck，1741—1791）的书信，似乎含有很多私人圈子里的戏谑内容。

如果我的绘画被焚烧精光，
我想这便会生热送来暖意！
我在此收集有不少的珍宝，
也梦想着许多烈焰和财产；
不过终究是人的肉体最好，
比任何东西都更适宜取暖。

凡是如同你和我那样勤奋
并且不热衷品评他人之人，
劳动必然会带来喜人犒赏，
世上万事都不会令其沮丧。
他可并非龇着已钝的牙齿
面对桌上烹制许久的美食。
他起先虽然还在文雅细嚼，
可是最后消化得还是不好；
而是抓住硕大的火腿一根，
好似个雇工一样猛咽狂啃，
贪婪地把酒杯加到了最满，
喝了后连嘴巴都不擦一番。

看，大自然仿佛生动书页，
未能被理解，但并非无解：
因为你满怀着巨大的愿望，
要将世上所有的一切欢畅、
一切的阳光与一切的树林、
一切的海滩与一切的梦境，

都聚到你的心里汇集成册，
366 正如昔日班克斯与索兰德。[①]

一切你都能在自身中取得，
你若能感受到这点该如何！
即便是极乐的魂魄在天堂，
与金灿灿的天神交游来往，
连他们的快乐都无法比拟
你对你妻子与忠犬的情意。
不是在罗马，而在大希腊，[②]
你的心中充满了幸福无加！
谁若能与大自然母亲和谐，
便能在试管中发现个世界。

艺术家的正当权利[③]

Künstlers Fug und Recht

有名优秀而勤奋的画匠
曾经许多次获得过奖赏；

① 班克斯（Sir Joseph Banks，1743—1820）与索兰德（Daniel Solander，1736—1782）：曾与库克船长一起周游世界的科学家。

② 大希腊（Magna Gräcia）：系旧时意大利南部希腊殖民地之名。

③ 此诗系 1792 年的即兴之作，讲述一名习惯在画架上创作的画师初次尝试壁画的故事。这首诗同时也是作者的自白，表明自己不愿为了迁就受众的期待，而将自己捆绑于单一的写作风格与素材领域之上。

但是也有不这样的时候，
他也曾屈居更优者之后。
不管赞誉与工钱有几多，
他总是继续埋头于画作。
有些作品得到积极回应，
人们还给他建了所圣厅。

曾有次他得到一个机会，
为一座大殿将壁画摹绘。
他按照通常工作的惯例，
勤勉地将线条画了上去。
他还将轮廓清晰地勾出，
人们能看出是要画何物。
虽并没有填充很多颜色，
但足以让观者感到惊愕。
他认为这样是正确之举，
刚好符合这种场合所需。
当女士先生们在此之时，
便可以欣然将作品观视；
与此同时他还心怀愿望，
想以此让观者多作思量。 367

待到终于大功告成之时，
许多朋友双双结伴来此。
他们平常欣赏他的画作，
所以此时反而倍加失落，

因为在丑陋的墙面之上，
并无天神般的壮美形象。
于是他们立刻质问画家，
为何他偏偏要那样去画，
毕竟如此的大殿和墙壁
更像是出自蠢材的手艺。
他不应该受到这种诱惑，
如此胡乱涂画椅子和桌；
应该始终留在画板边上，
继续用画笔精美地造创。
他们一直像这样责备他，
说了许多殷切嘱托的话。

就此画家谦逊地回答说：
你们的话让我愧疚良多。
世上最能让我高兴的事，
就是得到你们欣赏支持。
不过正如上帝本职在于
创造世间一切鸟兽虫鱼，
即便是丑恶的猪与蛤蟆，
乃至毒蛇也都来自于祂。
某些东西祂只勾了轮廓，
而未进一步设计出更多。
人看待人也只能看大略，
而不能端详每一处细节。
而我是一名可怜的奴仆，

为罪孽深重的人类服务，
从小就观察其心之所愿，
并在一切方面多加操练，
既是靠苦功也是靠运气，
你们都承认我有了成绩。
我觉得现在奔忙了太多，
也可以停下喘口气再说， 368
对他善意之人不应立刻
嫌弃他懒惰而横加指责。

故而如今我有句话要说，
自始至终从来都没变过：
我从未以任何作品自夸，
我所画之物就是我所画。[①]

① 此句系化用《新约·约翰福音》第19章第22节："我所写的，我已经写上了。"

大哉！以弗所人的狄安娜[①]

《使徒行传》第19章第39节[②]

Groß ist die Diana der Epheser

在以弗所有一位金匠，
在自己的作坊里做活，

① 歌德1812年8月23日在日记中提到了此诗，然而我们不清楚当天是刚开始创作还是已经完稿。此诗的创作动机与作者的发小弗里德里希·海因里希·雅各比（Friedrich Heinrich Jacobi，1743—1819）密切相关。他与歌德的个人关系历经过不少曲折，二人1805年于魏玛最后一次会面。1811年雅各比在著作中不指名道姓地批驳谢林，指责其泛神论思想近乎无神论，谢林则于1812年激烈反击。就这些争执，歌德曾于1812年4月8日在致友人克内贝尔（Carl Ludwig von Knebel，1744—1834）的书信中写道："我早就预料到，与雅各比终究且必然会这样终了，他狭隘而又活跃不息的性子早就让我受够了。"此外他还于同年5月10日在给雅各比的感谢信中坦言道："然而我为了保持自己素来的纯粹而正直的秉性，只能直言不讳地表示，这本书让我很不高兴。我现在就做一回以弗所的金匠，一辈子都在观瞻、嗟讶并尊崇着女神那座可敬的庙宇，并仿作她那些神秘的形象；如果某个使徒想要将另一个无形之神强加给他身边之人，这是不会让他感到舒服的。[……]我属于那种乐于自己安享宁静，并且不愿意煽扰民众的人。"次年1月6日，作者又在另一封信中对他表示："就我自身而言，我的性格中有许多种不同的倾向，但我无法满足于局限于其中一种；作为诗人与艺术家时，我是多神论者，而作为自然研究者时，我又是泛神论者，这两种倾向都同样地坚定。我若作为有道义的人，并因我的品性而需要一个神的时候，这个神也已存在了［即设想一个人格化的上帝］。天上与地上的种种事物构成了一片广袤的王国，只有动用万物的全部感官才能够将其领会。你看，我便是这样，始终宁静地进行对内与对外的活动，我也很希望别人都这般做。我认为某些东西对于我自己的此在以及活动是必不可少的，只有当其被别人视作次级、无用或有害之物对待时，我才允许自己在某些时刻表现出不悦，而且不会在自己的朋友和亲近之人面前隐瞒这一点。"

全神贯注地无休辛忙，
要打造出最精美成果。
当他还是孩童及少年，
就曾跪在庙中神座前，
观摩女神胸底腰带上
那些繁复的兽形图像，
以在家中精细地仿制，
这是父亲交付的差事；
他在虔敬的生命之中，
将精益求精贯彻始终。

突然他听到外边巷道
有帮家伙狂风般喧叫，
断称人类愚蠢的脑袋
里面有一位神灵存在，
其荣耀甚至远远超过
塑像体现神性之广博。

② 《新约·使徒行传》第19章讲到：正当保罗等人在以弗所城传播基督教福音之时，金匠师傅底米丢（Demetrius）企图鼓动同行们结伙阻挠保罗等人的传道活动。他告诉自己的同行，基督徒会毁掉阿耳忒弥斯（希腊的月之女神，对应罗马的狄安娜）的神庙，故而必然会影响手工业者的生意。他们在城中鼓噪高呼“大哉！以弗所人的亚底米[即阿耳忒弥斯的别译]啊”（第28节）的口号许久，混乱局势直到地方官干预才暂时平息。但是歌德在此处将故事颠倒了过来，把滋事聒噪的金匠师傅改造成了不为外界喧嚣所动、一心钻研手艺的匠人形象。

老艺人并未多加在意，
任凭徒儿往市集奔去，
他故我地将兽像造塑，
369 以装扮他女神的膝部；
祈愿命运恩赐他成功
塑出她那崇高的面容。

——

如果有人持不同主张，
那么且随便他去怎样；
只求他别将手艺糟蹋，
否则便叫他付出代价。

譬喻类诗歌[1] 370

Parabolisch

我们乐于在图像中欣赏
生活中令人懊丧的情状。

对一颗古代宝石的阐释[2]

Erklärung einer antiken Gemme

有一株幼嫩的无花果，
生在美丽的花园之内；
有只公山羊在边上坐，
仿佛是想要将它戍卫。

同学们，其实并不是！
它并未得到悉心守护；
另一边有只甲虫来至，
嗡嗡地飞上这棵树木。

这位披着铠甲的壮士
飞来在枝桠之间美餐，

① 标题中的“譬喻类”（Parabolisch）这一用词是在暗示，本版块的内容并不仅仅是严格定义上的包含本体与喻体的“譬喻”（Parabel），而是兼纳了各种与其类似的体裁。

② 歌德素来喜爱搜集各种古老宝石，参见《意大利之旅·1787年9月22日》。但是我们不知道此诗是否真的是歌德在欣赏某一枚宝石之时的有感而发之作。

山羊也难将欲望压制，
惬意地朝向上方登攀。

故而你们都看见这树
差不多已是片叶不留；
它赤条条地立在此处，
可怜楚楚地向天哀求。

所以幼小的你们应该
将这席衷心良言聆听：
须将小树苗好好护爱，
371 免受公羊与甲虫袭侵！

猫肉馅饼[①]
Katzenpastete

自然研究者不仅理应
无拘而平和地观察，

① 作者1810年4月18日在日记中提到过一首“猎人与厨子的小诗”。另外歌德本人曾亲笔誊抄过此诗的后四个诗节，并加上标题“作为物理学家的牛顿”以及“数学家与物理学家”。里默尔曾在1806年3月提到过，歌德这首“猫肉馅饼”的诗是在攻击牛顿的颜色学理论。此外歌德1810年4月20日向萨尔托里乌斯(Georg Friedrich Sartorius, 1765—1828)宣告自己的《颜色学》问世时，也随寄了此诗，并毫不隐晦地道出了“猫肉馅饼”的用意：“[我将]愉快地观察，牛顿党人会如何反应[……]我觉得这些先生们会按照他们百年来的习惯断言，这就是真正的兔子[……]。”

还应兼具自信与严谨，
掌握好度量的手法。

虽然两类品质能同时
在同一人身上存在，
不过总归还是两码事，
这点谁也无法抵赖。

——

曾经有个能干的厨师，
非常擅长美食烹饪；
有天他突发异想奇思，
想要去做一回猎人。

他携枪去往苍翠林丛，
那有许多野味栖住，
须臾就将只猫儿射中，
它原本在饱餐鸟雏。

他认为这是一只兔子，
毫不动摇坚持己见，
涂抹了许多香料烹制，
呈上餐桌供人品鉴。

可许多宾客为之气恼，
他们嗅觉可不糊涂：
那只被猎人射死的猫，

并未被厨师做成兔。

372 **会议**

Séance

众位字母平常就是在这里
以自身之名义来出席会议。
元音们身穿着猩红色衣装，
它们都高高地坐在最前方，
即：A、E、I、O、U，
同时发出极为诡异的号呼。
辅音们到来时则脚步拘谨，
而且还必须事先请求准允。
A主席对待它们还挺不错；
它们都得到位置可以就座。
而PH与TH这样的发音[1]
就都只能站立在一边旁听。
然后便是一套难解的发言：
这个地方就被人称作学院。

① 有不少人认为德语里“th”与“ph”的拼写组合是冗余的，完全可以分别用“t”和“f”替代。

圣徒传说
Legende

有位圣徒在荒漠中栖身，
曾撞见个长羊脚的法恩，
他的话语很让圣徒惊愕：
“求您为我和族人祷祈，
让我们获准升入天堂里，
我们渴望享受彼世之乐。”
圣徒闻言之后面有难色：
“你这个请求可不好办，
想要应允那可真是太难。
你因为长着双羊脚之故，
永远无缘听到天使祝福。”
于是那个野蛮怪人说道：
“您何故介意我的羊脚？
我见过不少驴脑袋的人
也能阔步迈向天国大门。”

不同的作者 373
Autoren

穿越草地，顺着溪水，
行过自己的缤纷花坛，
他采撷最鲜嫩的芳卉；

他的心因期待而震颤。
他的姑娘到来——哦，幸福！
少年，用你的花来换她一顾！

篱笆另一头的邻舍园丁说话：
“我才不会做个这样的傻瓜！
我乐于培育我的花朵，
防备鸟儿吞吃其佳果；
但待成熟后便应卖出。
我怎么可以白白辛苦？”

大概正如不同的作者。
一位播撒着他的欢乐
给他的读者以及朋辈；
另一位则要预收稿费。[①]

评论家
Rezensent

我曾招待过一个家伙吃饭，
当时对他也没有多大反感。

① 当时不少作家苦于版权被盗、作品被任意翻印等现象泛滥，所以常要求预先支付稿费，以保障自身权益，然而无需忧心金钱用度的青年歌德却显然不能理解这种做法。

我正好享用着家常的餐食，
任由那家伙也来猛嚼狂吃，
把我的储备都当甜点吞光。
待那家伙刚刚填饱了肚肠，
就受着魔鬼指引跑去隔壁，
开始对我家饮食大肆论议：
“那个汤水寡淡得太过分，
烤肉不够火候，酒不够陈。”
可真他妈是个十足的混蛋！
一起来把评论家狗命打断！

业余爱好者与批评家[1] 374
Dilettant und Kritiker

一位少年有只温柔鸽子，
色彩是多么地缤纷炫美，
他天真地爱它爱到极致，
乃至嘴对嘴地将它饲喂。
他爱它，爱得一定要将
这份欢乐与其他人分享。

---

① 可能是作者对自己所遭受的某种批评的回应。比较可信的一种猜测是：歌德所信赖的“老狐狸”是赫尔德，后者曾经于1772年春批评过他的《格茨》。

有只老狐狸与他做邻居，
老道、智慧又擅于言语；
它常常杜撰故事与奇闻，
助少年消遣过不少时辰。

“定要将这鸽子给狐狸欣赏！”
他跑去，见它正在树丛间躺。
“看！我的鸽儿多可爱乖巧！
你有生来可曾见过如此之鸟？”

狐说：“拿来！”少年照办。
“还行，只不过还有些缺憾。
例如身上的羽毛太过于短少。”——
于是不顾少年喊叫开始拔毛：
“你若不以更佳的毛羽替换，
就会既不美观，也无法翔飞。”
拔光后又评价：“丑陋不堪！”
便把它撕成肉块。少年心碎。

谁若感到那好少年正像自己，
就应当对各路狐狸多加警惕。

求新者
Neologen

我曾遇见一位年轻人，
打听他有何事务在肩， 375
他答道：我尽我所能，
力图在自己有生之年
挣得一小片乡间庄田。
我说：这个想法挺好，
于是祝愿他能够做到。
却又听说了其中底细：
他早从亲爱爹娘手里
获得了绝佳骑士田庄。
——
而我还是称之为独创。

吹毛求疵者
Krittler

一个自以为是的无耻家伙
从贩卖铁制品的铺面经过，
见到陈列的货物多么出色，
觉得这些都是为自己而设。
他便当着隐忍的店主之面，
将所有光洁器具摸了个遍，

还对其大放厥词胡诌一通，
吹捧便宜货，把好货嘲讽，
带着一副洋洋自得的嘴脸，
然后啥也不买就离去走远。

店主因这番行径很是不乐，
于是便算准了恰当的时刻
在炉中烧烫一把精美钢锁。
那个自以为是者见状便说：
“那块铁都锈成这等模样，
这种破烂玩意有谁看得上！”
言毕便立刻愚蠢地把手伸，
随即他就凄惨地叫出了声。
“怎么回事？”店主问道。
有人说：“是个凉爽玩笑。”

376 吠骂者
Kläffer

我们朝向着四方驰行，
找寻快乐并追求作为，
后方却传来骂声狺狺，
阵阵声嘶力竭的狂吠。
是我们的家犬的叫声，
它总这样将我们随伴，

阵阵响亮的吠吼只能
证明我们在前进不断。

名流
Celebrität

不论在大桥还是小桥上
都有各式的内波穆克像，①
有画作也有木石与铜雕，
有的极硕大有的则小巧。
过往者向它们致以虔意，
因为他是在桥梁上死去。

如若一个有头有耳之人
被选中而获得圣徒身份，
或者是在刽子手的刀下
生命悲惨地终结于虐杀。
那他便算是满足了条件，
其肖像就可以四处出现。
铜版与木刻画流播迅疾，
向全世界汇报他的事迹。

---

① 内波穆克（Nepomuck/Nepomuk）：天主教圣徒，相传他是在桥上蒙难死去，所以各个天主教地区的桥梁上往往立有他的雕像。另外他被波希米亚人认为是本乡的守护者，故而此诗很有可能是某次前去波希米亚浴疗地时所作。

一切带着他名字的形象
都可以得到欢迎与传扬。
而即便是我主耶稣本尊
论场面较之也难胜半分。
对世人而言这可真诡异：
维特的形象也见于各地，
他半是罪人又半是圣徒，
处处在木刻中引人瞩目。
那一副凄楚不堪的姿样
377 赫然出现在所有集市上，
还高挂在旅店受人瞻视，
这样才表明了他的价值。
谁都能拿起手杖来指点：
“子弹马上就打进脑间！”
众人一边吃喝一边论议：
“我们没死，感谢上帝！”

譬喻[①]
Parabel

在一座仍然遵循着古风
奉行教派平等的城镇中，

---

① 此诗意在批判当时某些浪漫派人士过分倾向天主教文化的趋势。作者在1813年2月23日的日记中提到过“神父游戏的譬喻”。按照里默尔的说法，他曾向歌德叙述过自己在家乡格拉茨（Glatz）的相关童年回忆，从而为此诗提供了素材。歌德与浪漫派的关系非常复杂。一方面，歌德为浪漫派人士所尊崇，也与不少浪漫派代表人士有深厚情谊，在创作中也颇受到唯心主义哲学（特别是谢林）的启发。但是另一方面，歌德在涉及浪漫派的问题时，采取了一种与早年的自己似乎格格不入的理性主义的立场。里彭豪森（Riepenhausen）兄弟曾贬低古希腊罗马，并断言称真正的艺术高峰只能“留给更晚的时代，到那时，一个别样的、更具神性、更加神秘的宗教将漫溢着崭新的精彩，涌遍一片别样的、借由它而重生的世界”。素来崇敬古典文化的歌德愤而批驳，在自己运营的《耶拿文学汇报》上激烈地反对起浪漫派艺术观的这种“新天主教式的多愁善感”与“修士化、施特恩巴尔德化的胡闹”（见于海因里希·迈尔的《论波利格诺托斯的画作》一文中的增补部分，施特恩巴尔德是浪漫派作家路德维希·蒂克笔下的人物）。歌德还在1810年10月7日致卡尔·弗里德里希·封·赖因哈德（Carl Friedrich von Reinhard，1761—1837）的书信中表示：“这是在企图回归中世纪，乃至回归一切过时之物，我倒是很愿意听任这一切倒退的趋势传扬，毕竟我们自己在三四十年前也有过这种倾向，而且我坚信其中是会产生些好的东西的，只是希望人们不要自负地用它来缠迫我。[……]有时候他们简直要叫我疯掉。所以我必须克制自己不太过粗鲁[……]如果我有一个误入歧途的儿子，那么我情愿他是从妓馆欢场流落到猪棚[可参见《新约·路加福音》第15章第11至第32节]，也不想见到他折腾近日风行的那套愚蠢玩意：因为我很担忧，从这样的地狱中是没法得到拯救的。此外我也极力将这个时期视为一段已然过去的历史阶段。”不过需要注意：歌德虽然确实对浪漫派表达过厌恶，但首当其冲的是浪漫派的视觉艺术所热衷展现的诡怪离奇的形象，其次才轮到浪漫派诗歌中的“新天主教式的”倾向。

那里天主教徒和新教徒
适应与彼此和平地共处，
大家都按照先辈的习惯，
以各自方式将上帝礼赞。
我们这些路德宗的孩童
原本只参与布道与歌唱，
然而内心却更加地欣赏
天主教动听的管弦乐咏：
那里的一切都多么绚丽，
看起来何等缤纷而有趣！

毕竟猿猴、人类和小孩
模仿的天性是与生俱来，
所以为了欢快消度光阴，
我们决定玩神父的游戏：
大家喜爱唱诗班的圣衣，
女孩们便献出自己围裙；
她们还给毛巾巧加缀饰，
拙劣地模仿圣带的样子；
又以便帽充当主教冠冕，
378 用金纸的兽像作为装点。

我们便身披着教士礼服，
整日穿行于花园与房屋，
拙劣地表演神圣的角色，
仿效着祭典的整套司责；

可仍缺少最重要之物件。
我们懂得，庄严的钟韵
在此种场合下最富意蕴；
而命运正好将我们顾眷：
恰在地上将根绳索拾见。
于是我们顿时激动万分，
将其选定作拉钟的缆绳。
整日玩弄着它片刻不闲：
因为小伙伴轮换着彼此，
交替着表演起教堂司事，
每个都迫不及待要登场。
游戏就是这样其乐融融，
由于我们没有真的大钟，
所以便自己高唱着当当。

我们已将那童真的游戏
如同极古的传说般淡忘；
然而在最近这些时日里，
回忆突然又临降我心房：
这完全就像是那伙企图
标榜新诗艺的天主教徒！

379 上帝、内心与世界[1]
Gott, Gemüt und Welt

只要天空变得明净无浊，
你们便能数出千颗还多。

不需多少时间
上帝便将正确之物寻见。[2]

——

信仰上帝之人
已具德行之根。

——

---

① 本版块主要探讨有关神、内在世界与外在世界的各种话题。作者似乎是在效仿公元前1世纪的古罗马作家卢克莱修（Lucretius）的《物性论》（De rerum natura），意在创作一部篇幅较长的“自然诗”，这里的众多彼此并不完全互相连贯的格言诗可能只是这一部尚在构思中的宏大作品的“草稿”。作者1798年7月16日在给当时正在从事卢克莱修作品翻译的克内贝尔的信中写道：“我首先所想的差不多是，按照同样的方式撰写一首有关磁力的诗。难以整体办到的工作，便只能分部分尝试。”次年1月18日，作者在日记中记录道：“晚上与席勒一起。关于一部自然诗的想法。”同月22日他又写信给克内贝尔：“[……] 自从上个夏天以来，我常常思考，在我们的时代写一部自然诗是否可行，自从作了有关植物之形变的小小尝试之后，我便受到了各种各样的鼓舞。”3月22日歌德再度对克内贝尔表示：植物形变之诗所受到的好评鼓舞着他“筹划更大的作品。从整体而言这固然要吓倒人，不过还是应当认为，通过坚持不懈的努力是能逐渐做到的”。5月8日作者日记：与席勒一起“详细讨论自然诗的想法”。另外作者的不少灵感来自其与哲学家谢林的交流。

② 作者因循古代格言集的传统，将神置于开头。

即便这种话也绝对属实：
被上帝欺骗亦是种福祉。

——

我父在天是篇好的祷祝，
在一切危难中带来拯济。
若有人念的是在天我父，
以上帝之名，随他祷去。①

——

我在广袤缤纷原野漫游，
它属于原初的自然所有，
我于美好泉水沐浴躯身，
这便是传承，便是赐恩。②

——

若只是从外部用指尖推动天地，
此般之神能算得上是什么上帝？
祂更宜从内部操纵世界之运转，
自然含蕴自我，自我含蕴自然，
只要在祂内存在、作为、生活，
便永远不会将祂的灵与力失落。

——

在内心中也同样有个宇宙存在，
万民的可赞风俗正是由此而来：

① 基督教基本经文《主祷文》的第一句有着不同语序的念法：“我父在天”或“在天我父”。这是改革宗（又译归正宗）与路德宗的教派区别。
② 这是在讨论源于自然的“原初”之物以及经人中介而“传承”之物。

每人都将其所知的最善的东西，
称为上帝、称为他自己的上帝。
他将天与地尽皆托付给祂管辖，
畏惧着祂，在可能时亦会爱祂。

——

如何？何时？何地？众神不语！
你只应求原因，而勿问其目的。[①]

——

你若想向无限之境前行，
只须全方面将有限探寻。

——

你若想领略整体之奥秘，
便须在至微处见到整体。

——

许多事物欲从内心深处、
从母腹之中出来见天日；
然而一旦小者化作大物，
必会引起激震动荡之势。

——

在水流一分为二的地方，[②]
有生之物最先得到解放。

---

① 参见《诗与真》第 11 章："'什么'在于我们之中，'怎么'却很少取决于我们，'为何目的'是我们所无权质问的，所以人们让我们诉诸'原因'是正确的。"

② 水是生命之源。这节诗大概是在说：原初独一的生命之源化为两极，从而孕育了生命。

——

而待到水面宽阔而广放，
立刻展开生机勃勃之象。
动物蠕动登岸干燥躯身，
大地上的植物枝萌叶生。

——

天空是如此澄净而透亮，
而其胸中蕴有巉岩坚钢。
二者将炽燃着相遇一起，
并降下金属与石块之雨。①

——

因为凡为活火所攫之物，
便不再是地面混沌顽石。
会蒸腾为不可见之态质，
疾奔回其所本源的高处。 381

——

而但凡是源于大地之物，
都再度从空中落下归返。
我们也都是这般被育出，
一度成形，又一度消散。

——

谁若是在奔驰之中越度
火气水土这四大类元素，

① 当时有观点认为流星雨是风暴云气所产生。

他最后必然会明白自己
如何也无法与它们相比。

——

“此针为何总指向北边？”[①]
“它没办法将自身找见。”

——

惟有令一极触碰另一极，
才能感受到最终的宁息。

——

故而凡间众生应感谢神，
他将两极设为永恒二分。[②]

——

请为我将磁性之谜解答！
它不比爱与恨之谜更大。

——

你若想要结识你的同类，
立刻就会与之相斥相推。

——

为何男孩喜与女孩舞蹈？
异者与同者相距不远遥。

——

如果天下君王齐集一堂，

① 本节与以下的若干小节都是在探讨磁力的问题。
② 歌德认为这种“二分”是生命的来源。

那便永远只能听到灾殃。[①]

——

反之若是农夫聚在酒馆，
立刻便挥椅腿殴作一团。

——

官吏很快便能平息纠纷，
因为并非他们同类之人。 382

——

要让罗盘给出准确指示，
就须提防随伴你的磁石。

——

假如群星的光亮能加倍，
那么宇宙将永恒地昏黑。[②]

——

“何物居于这二者中介？”[③]
“你的眼以及物体世界。”[④]

---

① 这节诗似乎是在抨击维也纳会议。然而诡异的是，这节诗只在维也纳印刷的诗集中出现，在斯图加特版中则缺失，莫非是维也纳的排印人员出于某种目的而擅自在文豪作品中加上了这段话？抑或是斯图加特的工人凑巧将其遗漏？可惜二者的共同底本今已湮没无存，所以今日无从直接查考这节诗是真是伪。另外下一节诗开头的“反之”既可以被认为是在承接上面有关男孩女孩的诗节，即“同”与“异”这两个范畴相反；此外也完全可以承接这里的“国王”，即“国王”与“农夫”贵贱相反。所以仅从字面上看，两种说法都能讲通。

② 歌德从这里开始直到本版块结束，都是在探讨自己所热衷的颜色学理论。

③ 二者：指光明与黑暗。

④ 物体世界（Körperwelt）：在歌德的颜色学理论中指由具体的、现实的物体所构成的世界。

——

目光在黑暗中更加凝聚，
在光亮下则会发散开去。[①]

——

黑与白，一派死亡之色，
于低下的灰色之中混合。

——

光若要与一件物体姻匹，
便会选择完全透明之躯。

——

而你则应当心怀着情愫，
紧守那透亮与浑浊之物。

——

因为至浊之气遮蔽太阳，
便能使你望见至美紫煌。[②]

——

如果光从至浊之气挣脱，
红色便会焚燃好似炽火。

——

① 歌德沿袭古人的观点，认为人在黑暗中会倾向于聚集目力观察一处，而在光亮下则有较广泛的视野。

② 按照歌德的观点，当人眼透过“浑浊”的介质（例如早晚间的大气）看到光线时，便会感受到红色。当“浊度”不足时，便会呈现黄色。而若是透过浑浊且被光照亮的介质去观察黑暗(例如通过被照亮的大气仰望太空时)，则显蓝色。

待浊气逐渐蒸腾而遁藏，
红色便褪淡为极浅之黄。

——

待到天空终归纯净澄澈，
光就恢复到原初的白色。

——

阴暗底色前有乳状灰蒙，
受日晖之照便映作蓝空。 383

——

群山的上方深蓝而泛红，
至洁的峰巅邻近着天空。

——

你惊异于王者般的辉丽，
须臾夜色就乌绒般黑漆。

——

黑暗在永恒的和平之中
与光明相离却终不混同。

——

若说明暗能够彼此角力，
此类话语纯属愚蠢至极。

——

二者是与物体世界相争，
是它使得明暗永恒隔分。

384 谚语类诗歌①

Sprichwörtlich

若身处民众中就应习惯
任何人都不将他人谅宽。②

我若要认真地对待玩笑，
谁也不应为此将我嗤嘲。
我若嬉笑处理严肃之事，
那也始终不变是我本自。

——

说话的兴致适时地显现，
心中口中涌出真切之言。

——

我曾向四下环顾以找见
有趣且富有智思的话言；
只能欢欣于艰难的时日，

---

① 这些“谚语类”(Sprichwörtlich)的内容大多应是在1812年至1815年间写就；另根据作者日记，这一版块的编纂工作主要在1814年1月至次年1月期间完成。歌德在《诗与真》第6章中透露过自己早年就对谚语怀有浓厚的兴趣。从他个人的藏书和他在魏玛图书馆的借阅记录（特别是1806年之后的时段）来看，他也确实从许多作者的谚语书目中汲取过丰富的营养。然而歌德对谚语、格言等文学体裁的兴趣并不仅仅是个人性的，而是与当时的社会政治因素也不乏关联：那是个危机四伏的年代，旧的秩序在解体，新的秩序尚未形成，这种“程式化”的文学体裁从某种意义上来说，恰好为人提供了现实世界中所严重匮乏的稳定感。

② 意指某些谚语可能过于直接，近乎粗暴。

是它们成就了妙语佳辞。

——

新年之际祝愿幸福来至！
治愈创痛需要上佳膏药！
打糙木块就得用糙楔子！
对待混账便须更狠偿报。①

——

若想生活得愉快，
就带上两个口袋，
一个是用于给予，
另一个用于收取。
这样你便与君主相类，
对属地既掠夺又施惠。

——

凡是在时代的画廊陈列，
曾一度堪称出色的作著，
有朝一日总会被人发掘，
得到重温，再度被阅读。

——

并非人人只走寻常之道，
蜘蛛就在空中把路建造。

——

编织花环相对不算难处，

① 作者亲笔手稿上所标日期为1814年1月22日。

却难找到匹配它的头颅。

——

如何去掌控植物的长势，
是每位园丁所操习之事；
可若是论到人类的成长，
则应由人各自尽其力量。

——

你若想将至佳之事做成，
那便不应固守自己一身。
而要遵从一位师傅之意；
跟着他犯错对你也有益。

——

应踏实地运用你的时间！
若想求知就别舍近求远。

——

今日与明朝相隔
一段漫长的时日。
应趁自己还醒着
学会及时地做事。

——

墨水能让我们学知广博，
但地方不宜就令人恼火。
书写下的文字堪比珍宝，
墨污脏斑却像恶毒玩笑。

——

人若为未来而有所举事，

定会遭许多人斜眼轻视。
而假如将目标设于当今，
就应先将祭礼献给命运。 386

——

若以身执行自己的命令，
便是达到了为君之佳境，

——

只管去做好你自己之事，
其余事宜自会得到处置。

——

谁若能够在小事上适心，
便应认为他已达到大境。

——

相信我，若能养成耐性，
就已是做成了不少事情。①

——

谁若伸腿不顾被子长度，
双脚就没法子得到盖覆。

——

当下方巢中的卵在孵育，
空中之飞鸟便格外欢愉。

——

聪明男士若给妻子下令，

① 作者手稿上所标日期为 1814 年 6 月 22 日，上有法文标题“L’aptitude à la patience”（忍耐之力）。

所涉应是一件重大事情；
女人若要指挥自己丈夫，
须从小事中将大者择出。

——

哪位女人拥有好的丈夫，
可以从她的面容上看出。

——

女人面容时常流露凶恶，
这本是好男人所不应得。

——

我很了解男子汉的做法：
揍完老婆又替她梳头发。

——

答是也行，答不是也行，
只求爽快，我都肯欢迎。

——

一月、二月、三月，
387 你是我心所爱悦，
五、六、七、八月，
我意识尽皆失却。

——

被亲吻的嘴与新月一样，
立时明亮、焕然而健康。[①]

① 来自意大利谚语：Bocca bacciata non perde ventura, anzi rinnuova come fa la luna.

——

我所能想到的最大痛苦，
便是在天堂中茕茕孤独。

——

如果什么事都两遍去做，
一切都可以出色地办妥。

——

今日、今日万不要中招，
这就抵上千百次的脱逃。

——

身陷艰难时行事可随意
但是千万不可自认占理。

——

可以鞭打恶狼、教训狗，
但莫要触怒白发的老头。[1]

——

你尽可在河边骂骂咧咧，
洪水却无法被骂声阻截。

——

我昨晚打死了上千苍蝇，
可清早还是被一只弄醒。

——

即便你远走到天涯海角，

① 意大利谚语：Castiga il cane, castiga il lupo, non castigare l'uomo canuto.

避身于最为寒微的茅舍，
也无济于事，照样遇到
烟草以及恶毒者的长舌。[①]

——

不知还会有何更好发明，
仿佛点灯还能不剪灯芯。

——

如果面包能像兔子奔跑，
388 得花不少汗水才能买到。

——

如果捕鸟没有什么收效，
那就应该烤了你的雕鸮。

——

若在葡萄藤上缠满香肠，
你定会认为这花园漂亮。

——

你永远都不应作出妄誓，
说决不会去吃这顿饭食。

——

对那种货真价实的懒虫，
即便是烤鸽飞到他嘴中，
他也还是会满心不乐意，
除非预先替他把肉切细。

——

① 作者手稿上所标日期为 1812 年 7 月 20 日，地点为特普利茨。

谁想叫猫交出口中肥肉，
那他可有好长的路要走。

——

你烤栗子的时间已太长，
它们都焦糊成黑炭模样。

——

这些餐点真是叫我遭殃，
宾客必会被它噎住死亡。

——

用自己的体油烹炸自己，
这可算是伟大事迹之一。

——

被炙烤、被烹煮！
他正遭灼燎之苦。

——

被烹煮、被炙烤！
你们休将我嘲笑。
今日你们还庆幸，
明朝也同遭此命。

——

只要有耳朵就该去聆听，①
有钱就该全都吃喝干净。 389

——

① 此句化用了《新约·马太福音》第11章第15节的文字：“有耳可听的，就应当听。”

我向母亲赠礼，
而将女儿思忆。

——

柱子披上衣裳，
像个小姐一样。[①]

——

我睡觉可以让自己舒服，
工作却不知是为谁辛苦。[②]

——

我彻底就是
一个可怜虫，
我的梦境无一属于现实，
我的思索全都徒然无功。

——

我可以允许你这样去干！——
只是我眼中会泪光潸然。

——

这样之人真是悲惨之至，
不去做自己所能做的事，
所不懂的却偏壮着胆做；
他到头必定会遭受灾祸。

——

一无所有便可把心放宽；

① 意大利谚语：Vesti una colonna, vi paro una donna.
② 意大利谚语：S’io dormo, dormo a mi; s’io lavoro, non so a chi.

但财富是种更轻的负担。

——

世间万事全都可以忍耐，
唯有连串的好日子除外。

——

你何故对逝者殷勤焚香？
还不如趁他在世时这样！

——

对！他岂知你们的敬意？
你们建碑非为他实为己。

——

若想为自身的价值喜悦，
便应该将价值赋予世界。①

——

谁如果想要传道于荒漠，
便能够自己令自己解脱；
可若是向身边弟兄训话，
一般不会得到好言相答。

——

任凭恶与妒将自我煎熬，
再怎么也无法将善阻挠。
感谢神！因为自古皆然：

① 作者于1814年5月8日将这节诗写于叔本华（Arthur Schopenhauer，1788—1860）的留言簿。这段话绝非空洞的应酬之作，而是有针对性的劝诫，因为叔本华的哲学是悲观的，认为世界不过是苦难之所。

阳光所照之处尽得温暖。

——

过渡期的后方
乃是一个混账。[①]
我们都生活在过渡期中，
故而世上混账何等之众。

——

你何故多问？目的何在？
到何地、要如何才能完？
朋友，我说你或许更该
待在家里面与墙壁交谈。

——

厨师太多会糟蹋掉汤羹；
求别让太多侍者折腾人！
而坦率承认，我们亦是
躺满了整个病院的医师。[②]

——

你们说我是严重自欺者，
可是这并非我杜撰所得。

——

① 1548 年的“奥格斯堡过渡期”（Augsburger Interim）旨在结束宗教战争，重建和平，让人们在这个过渡期内厘清有争议的话题。这节诗的前两行引用自当时就已在流布的谚语。然而此诗中的“过渡期”应当不仅仅是政治、军事意义上的。

② 作者 1787 年 5 月 27 日的日记中有言：“[……] 我只是害怕，同时世界也是一所庞大的医院，每个人都将温情地照料另一人。”

巴比伦塔仍如幽灵浮动，
他们还都无法团结一道！①
每个人都会有自己的虫，
而哥白尼则有他的那条。②

——

因为阅读敬爱的古人时，
大家都需要附注与阐释；
却以为能直接领会今人，
然而若无翻译也并不能。 391

——

他们说道：这和我无关！
并觉得事情这样就算完。

——

在我这个领域
曾有一些学者
任何书都读不下去，
只有自己的经文册。

——

你提供很多救助方式，何意？
什么都抵不上审时应变之力。

——

尽管将烦忧放下，
一切都终会散消。

---

① 前两行的另一版本为：“在同一个人的身体之中 / 错妄与真理常合为一道。”
② 后两行化用自耶稣会士雅各布·巴尔德（Jakob Balde，1604—1668）的诗句。

即便天空要崩塌，
也有只雀鸟能逃。[①]

——

如果遭受伤害还感耻辱，
就真要困窘得万劫不复。

——

我觉得你待我太过，
我担忧终会崩坍！
上帝并非每个周末
都计算宴席账单。[②]

——

我敢说你真是太过焦灼！
想要找门却又把门跑过。

——

他们自认为在相互吵嘴，
两方面都觉得彼此不对。

——

买下之后就更加地高兴，
没过多久却又懊恼伤心。

——

你如果不想买无用东西，
392 就无须凑热闹去逛市集。

——

① 当时有类似于“天塌了之后所有雀鸟都要完”的谚语流传，歌德在此反其道而行之。

② 作者手稿上所标日期为 1814 年 1 月 10 日。

无聊是一种可憎的杂草，
但也能做助消化的作料。

——

但若将真正的痛苦历遭，
我们便会情愿忍受无聊。

——

为了能将子女教育成功，
母亲们必须将母鸭仿效：
要亲自带幼雏安详游泳，
当然此时水也非常重要。

——

少年常有这种妄谬之思：
自己受洗日就是创世日。
但愿他们好歹也得记住
我们所赠送的受洗礼物。

——

“不！今日命运太无情！”
“只管备鞍，放心骑行！”

——

为一件事已经谈了许多，
作了不少商讨久久延拖。
终究还是迫不得已之境
逼使人无奈地作出决定。

——

每一日都像围城的缺口，
许多人想从此冲上城头。

不管多少人在此处丧生，
尸堆永远不会变高一分。

——

但凡是跋山涉水的游子，
总会逐渐积累不少感触；
这些感触还会满载苦楚
而在人生中再度被揭示。

——

无论谁人总将经历自身
393 最后的幸福与最末时辰。[①]

——

别用称金的宝秤来量度
你日子里的幸福有几多。
而你若将小贩的秤使用，
便会在羞愧下适应其中。[②]

——

如果你做了次正确之事，
而有仇敌对此心怀恨忌；
那他或早或晚总有一时
也鬼使神差地向你学习。

——

孩子，你若想要行好事，

① 作于 1813 年 10 月，“正在莱比锡战役的前一天”（《四季笔记》）。意即结局来临之前，无法断定谁人的生命是幸福的。
② 参见《意大利之旅·那不勒斯·1787 年 3 月 17 日》。

只需长寿，机遇便自至；
然而假如你过早地死去，
便会收获未来人的谢意。

——

至美的祥和感来自何物？
自由地铸造自己的幸福。

——

请将年轻人统统交给我，
一同欣慰地赞赏其才华！
毕竟连大自然奶奶时或
也会喜欢上傻气的想法。[①]

——

我们曾因缺教养而遭受嫌憎，
而现在我们又讨厌起了新人。

——

“怎样的狂妄之气才能让你欣赏？”
“童子之狂：世界正在他们手上。”

——

你们总认为我属于欢朗之徒，
我曾粗野现又身伴成群鲁夫。
人们或许会喜欢起别人身上
自己也曾经犯过的那种错妄。

——

① 作者手稿上所标日期为 1823 年 6 月 20 日。

若想与我共居，
394 就叫野兽出去。

——

如果人类显出野兽之态，
便可把动物带进屋内来，
于是矛盾程度便会减低，
我们好歹都是亚当后裔。

——

与蠢货们一同生活绝非困难，
只要在身旁开设一所疯人院。

——

说呀，假如疑心病患者
爱好起艺术该如何奇特，
在展厅漫步时他会感到
所有画都将他折磨嗤笑。

——

待到生活真的令人痛苦，
疑心病患者便立时康复。

——

死亡应该可以使你满足，
何故要让生命成为痛苦。[①]

——

这种错误真是荒诞无加，

① 意即要正确地看待死亡，不应总是忧心忡忡，以致生命过分阴暗。

为某人设宴却忘了邀他。

——

这下便令你领悟到人世景况：
一号人物的存在是理所应当。

——

如果高贵之人亏负于你，
你就应表现得毫不在意：
他自然会记到账簿之上，
不用多久便会向你清偿。

——

别徒劳地寻求治愈！
我们的顽疾的秘密
正摇摆于两者之间：
不是过急就是拖延。

——

好，尽管叱骂诅咒下去，
永远都不会有转机产生。
因为慰藉是个荒谬词语：
不能绝望那就无须生存。

——

我不应绝对地信赖师傅，
也不会永远听从他嘱咐。
不，我知道他不说谎言，
但他自欺时也会将我骗。

——

我欣赏许多能干的好人，

虽然其间总闻聒噪狺狺。
德意志人善将错误纠正，
可却不懂得去帮助促进。

——

“你不向理念之国前行！”
但我在陆地上并非无名。
谁若觉得无法征服海岛，
自然便可抛下他的船锚。[①]

——

我若行在通往善的道上，
诗才之火花便毫不炽旺；
反之若要逃离紧逼之恶，
那簇烈焰便会熊熊灼热。

——

温情之诗如同彩虹在天，
只显现于黯淡背景之前；
正为此故，诗人的才赋
总是钟情于忧郁之元素。

——

我刚刚步入这世界之中，
形象才稍稍露显，
人们就已将我捧至高空，
将我滥用并作践。[②]

① 这节诗体现了歌德对当时的唯心主义哲学思潮的折衷态度。
② 时人热衷仿效与翻印《格茨》及《维特》等作品，歌德对此非常不满。

——

谁若服务观众，便是个可怜之人；
既要操劳不堪，还没有谁会感恩。 396

——

做平等者中的平等一员，
这很难才能实现：
你或许不得不放下恼恨，
决心做最末之人。

——

人们无法永远相守相伴，
尤其面对大堆人群之时。
挚友之别总是步履缓缓，
不顾其余人潮飞奔远逝。

——

你可以让自身错误滋增，
不过这无法搅扰到我们；
你能将我们赞扬或痛批，
我们则不认为这些有理。

——

不应与爱嘲讽的人往来，
谁乐意被当作傻子看待？
然而还是必须极力克制，
不可以将傻子称作傻子。

——

基督圣婴除去世间孽罪，
圣克里斯托夫携他渡水，

二人仿佛是施展了魔力，
使得我们返归童真时期。[①]

——

柔弱的灵魂正如常春藤，
攀援而上便会花繁叶盛。
可若找不到树干或墙面，
便只有凋萎而消失不见。

——

优美思绪以及甜蜜追忆，
这是内心最深处的生气。

——

曾有如日昭昭的梦与情，
397 让我感知到自身的生命。

——

想常怀热忱做正确之行，
便应在内心中怀有真情。

——

何时你最为乐意躬下身？
将春日芳花采撷给恋人。

——

① 作者在海德堡曾参观过博伊塞雷兄弟的艺术藏品，其中有汉斯·梅姆林（Hans Mehmling，1440—1494）就相关宗教题材所作的绘画。博伊塞雷1814年10月23日在致阿玛利亚·封·黑尔维希（Amalie von Helvig，1776—1831）的信中提及这段与歌德共处的经历：“连我们的异教老王［指歌德］都必须向德意志的耶稣圣婴顶礼，从这以后，我们都充满了甘美的自豪。”

但这根本不算多大功劳，
毕竟爱始终是至高赏犒。

——

时光既割走玫瑰也割走棘枝，
然而都总是不断地重生复滋。

——

享受苦痛留给你的回味！
困境过后艰难尽化甘美。

——

纯粹品味爱情之人多么幸福，
毕竟爱与恨最终都封入坟墓。①

——

我经历过许多的爱，
有时并无真情在怀，
有时反遭懊恨哀伤，
有时几乎为爱而亡。
而你若将总账计算，
结余还是非常可观。

——

如果有谁有恩于你，
请速即报答，速即。
鲜有人能安心等待
感恩之田开出花来。

① 这节诗是歌德与里默尔 1811 年 12 月共同编订的戏剧版《罗密欧与朱丽叶》的结束语。

——

给得及时就等于给双倍，
将人所求之物及时赠给，
那么便抵得上给予百倍。[①]

——

“你脚步为何如此迟疑？”
398 “我不愿意无为地静息，
而我若想做些好的事情，
就必须先求取同意才行。”

——

你何故久久地观望夷犹，
因身边世事而自寻苦忧？
唯有开朗以及耿直快意
才能给你带来最终惠益。

——

谁能将最美的幸运棕枝赢得？
乐于去作为，并为成果欢乐。

——

全面和解很快便将实现，
勇义的战士将赢取冠冕。

——

一切都迟滞，你不会有收效，

① 前一行来自拉丁谚语“Bis dat, qui cito dat.”后两行来自15—16世纪的大学者伊拉斯谟（Erasmus von Rotterdam）对上述古谚语的补充“Centies qui optata dat.”

应乐观通达！
投石在泥沼
打不出水花。①

——

在我的酒庄的佳酿里面
你们竟将低劣的水掺加！
总是觉得错误在我这边，
而我原本才更算是行家。

——

有件事我只能无奈接受：
群众必须得用武力厮斗，
只有这样才配得上尊敬，
可其判断能力实在差劲。

——

我们往往极其难以知晓
为何自己开始做起某事；
而我们从中所得的回报，
常常只是挫折以及亏失。

——

若见到他人有优良特质，
且希望自己也能够得到， 399
我便怀着感情将其培植，
不成的话我就另走别道。

---

① 参见《温和的讽刺短诗》第678—685行。

——

都说我自私！你们懂个什么？
嫉妒心才是真正的自私品格；
不管我是迈上了怎样的道路，
你们从不会逢我于嫉妒之途。

——

你口中不须总说牢骚话
抱怨你的同代人与同乡；
邻邦与未来之人还会把
别样的胡扯说到你头上。

——

身居于祖邦之国土，
请将你之所悦写出；
爱之羁縻正在于斯，
你之天地正在于斯。

——

在外不是太多就是太少，
在家才保有尺度与目标。

——

为何诗人们总遭受嫉妒？
因为狂狷常被视作风度。
可痛苦的是，处世之时
我们可不能学这个样子。

——

诗人就这样在人世游遨，
自己也不知是如何做到。

性情开朗才有好的回馈；
否则便会收益不抵耗费。

——

“我常以为希望要实现，
可现实旋即又不如所愿！”
“把整个生命分成小段，
就能够避免整体之艰难。”

——

“你真的没有被毁灭掉？
你的希望都已统统落空！”
“有希望就能思考创造，
使快乐可以常留我心中。”

——

万物并非只有一条道路，
千万别与自身陷入争执！
应以情怀完竣所创之物；
并以沉稳完竣所学之识。

——

“何人批判我们最尖锐？”
“自身无贡献的半桶水。”

——

诗意会被过度理性驱除，
但它仍能钟意理性之物。

——

“可靠的导师在何处才可寻？”
“听从自己内心的微小声音。”

——

若自谓了解自己，你将不能
了解神，并误以劣者为神圣。

——

能感知神的人值得尊敬，
因为他永不会沉湎恶行。

——

你们之间不应互相恼愤，
贵族农夫在此处都平等。[①]

——

我们为什么将上帝喜爱？
因为他从不将我们阻碍。

——

如果青蛙都有牙齿在口，[②]
渔夫们还有何生计可求？

——

樱桃与浆果的美味如何，
401 问孩童和麻雀才能晓得。

——

“可爱的她为何离开你？”
“我终归无法报以恨意：
她好像早就有惧怕担忧，
觉得我会抢在她前下手。”

---

① 此处：指文艺领域。
② 青蛙：可能是在讽刺文学批评家以及门外汉。

——

姑娘，请听我一言，
让你的两腿歇歇，
舞蹈所必需的条件
不仅只是双红鞋。

——

我所不知道的，
不会使我脑热。
而我所知道的，
已经使我脑热，
假如我不晓得，
一切该会如何。

——

当你一切慰藉尽皆失却，
常常只能默默自我排解。
唯有遭遇到暴力之袭侵，
众人才会向你表达同情；
对你所罹受的不公感触，
没有谁会投来眼神关注。

——

为何你因德不配位者而怨恨？
哪里不都是被强塞进来的人？

——

这一切干系何在？非常简单！
父呀，趁你仆役觉察前决断！
信号旗飘扬往此处或彼处去，

舵手知道风将你们吹向何地。

——

本性自会在你身上固定，
你应着力培养自身特性。

——

若习性很多，并无关系，
402 但是千万不要养成惯性！
这是诗人所赠良言之一，
莫要谓之为蠢话而不听。

——

我做过的许多正确事迹，
全都已经与我再无干系，
可昔日犯过的疏漏之误，
却像幽灵在我眼前漂浮。

——

让我有事可做，
这是一种厚馈！
我心无法静卧，
企望有所作为。

——

他们很多人知识真不少，
可距智慧还是遥不可及。
你们觉得他人毫不足道；
而没有谁彻底了解自己。

——

人们编了首攻击你的歌；[1]
想出它的仇家多么歹恶。

——

任凭他们一直唱这曲子，
因为不消多时便会终止。

——

它在世上传唱不会久于
那宣告基督复活的歌曲。

——

已过了一千八百年之久，
真实不虚，还有些零头。

——

何等之人才算大权独揽？
这很容易道出：
不论他是追求恶还是善，
都没有谁能够将他拦阻，[2]

——

分而治之乃是至理名言，[3]

---

① 从这里开始的四小节的素材都来源于一段有关马克西米利安皇帝的轶事：一位抄写员被人作诗攻击，于是他请求皇帝下令禁止其流传，然而皇帝答道："此类歌谣传扬得快，消逝得也快，不会比至今已有一千五百年历史的'基督复活了'的歌谣传播得更久。"

② 复辟分子的新专制主义思想与自由进步的人民主权论二者针锋相对。另参见作者 1790 年在西里西亚之旅中写下的文字："威权就是有能力不顾赏罚而行正义或不义之事。"

③ 分而治之：罗马谚语"Divide et impera."

403 合而驭之则是更佳之谚。

——

你或许能将我欺诳一次，
我发觉后不会太当回事；
但你若是当着我面道出，
我终身都无法将你宽恕。

——

我所知晓的至大的优点
是认可仇敌也有其正面。

——

“你行善可曾收获回馈？”
“我让华美的羽箭翔飞，
它在天幕上自由地游遨，
或许能命中某处的目标。”

——

“你的朋友为何苦着脸？”[1]
“挚友，我不了解由缘。
大概是失掉了甜美脸蛋，[2]
所以他脸色才如此难看。”

——

你们试图给众人以名称，
并且以为能够以名识人。
观察更深者却坦率认可：

---

① 有人认为后引号应移至第二行之后才更为合理。
② 甜美脸蛋：指所爱的女性。

其间实有一些不可名者。①

——

你已然耽搁了许多事情：
光沉溺梦境却不曾践行，
在该感谢时却保持沉默，
在该漫游时却始终安卧。

——

不！我什么也没有耽搁！
你们可知我梦见了什么？
我马上就要去道出谢意，
只是且让包裹摆在那里。②

——

我今日离去。待我归来，
我们将别样的歌谣咏唱。
在有着许多希冀的所在，
离别也正如同庆典一样。 404

——

我何须多爱，我又何须多恨；
只有让他人活，人才能活存。

——

哄穷人开心最简单不过，

① 作者早在 1780 年 9 月 20 日就在给友人拉瓦特尔（Johann Caspar Lavater，1741—1801）的书信中表示：“我可曾对你写过‘个人是不可言说的’[原文为拉丁语“Individuum est ineffabile.”]的话语？我从中推导出了一个世界。”

② 所指不详。

可无益的甜言没人会说。

——

“他是如何才将此实现？”
“行走的时候踮着脚尖。”

——

谚语能够道出各民族的品性，
但先得充分相处相了解才行。

——

认识你自己！什么意思？[①]

---

① 认识自己：这句格言据称来自古希腊的德尔斐神庙。歌德对此一向持明确的反对态度，参见《由慧语引发的显著进步》：“我在此坦承，那项宏大而听起来至关重要的任务‘认识你自己’在我看来，从来都一直有种嫌疑，仿佛是祭司们联手所作的阴谋，用不可达成的要求来让众人陷入迷惘，让他们不再积极面对外界，而被误导入内心的虚假虔思之中。人只有认识世界，才能认识自己，而他只能在自己中认识世界，并只能在世界中认识自己。每个新的客观对象，若加以详切观察，都会在我们的内在之中开启一副新的感官。”再者早在《塔索》中，他就借角色安东尼奥之口表示：“人只有通过人才能认识自己，只有生命才能教给每个人他是什么。”其 1827 年 11 月 8 日致瓦恩哈根·封·恩泽的书信中的论述则更为深入地批评了捷克学者普尔基涅（Jan Evangelista Purkyně，他认为自我认知是每一位研究者的必备能力）的观点：“例如普尔基涅完全不加掩饰并充满信心地这样表示：应当从心病患者、怪僻可笑之人、自我仇恨者的身上学习真正的、对人而言必不可少的自我认知。这是一种极为危险的表述，因为世上最靠不住的事情正是将缺陷提升为准则。”类似内容亦见于 1827 年 8 月 17 日致黑格尔的信：“我们很长时间以来都看到，这种被人所称赞的自我认知只会招致自我折磨与自我毁灭，从中并没有对生活产生过一丝一毫的实际益处。”值得注意的是，普尔基涅还算是歌德的颜色学理论的为数不多的拥护者之一，然而即便这样歌德还是直言不讳地驳斥他，可见其对“认识自己”的格言实在是极为反感的。另参见歌德遗作中的《温和的讽刺短诗》第 19—24 行。

是要你既如此又不如此！
这句箴言来自敬爱哲人，
虽然简短却已自相矛盾。

——

认识你自己！于我有何实益？
我若认识自己便得立刻离去。

——

好比我将假面舞会参加，
却立刻把脸上面具拿下。

——

你必须尝试去认识别人，
奉承他们或者嘲弄他们。

——

“为何你不读某些文字？”
“那些也曾是我的养料。
在虫儿正急着结茧之时，
便不再迷恋叶片的味道。”

——

何物对各代人都行得开？
许多人就此发挥过想象；
然而这一切关键之所在
通常总是被教师所疏忘。

——

莫停留，成为你自己的梦幻，
感恩在旅途中历经的每一站。
无论是冷是暖都应适应才好，

你与世界永不会嫌彼此太老。

——

无需曲折，
便应懂得
是何物让你与世界反目；
它不爱真情，只爱礼数。

——

真情必须藏匿，
而礼数则触手可及。

——

我以直白的话语来陈告
适用于各处的真实之道。

——

焦急毫无用处，
悔恨更是无谓，
前者增加孽误，
后者招致新罪。

——

在这片狂野的渴念之中，
当你播种下泪水之汪洋，
便有望与众神欢乐与共——
愿这份想法将你心解放！

——

谁人如此当机立断，
我便要称赞其勇敢！
为了躲避淋雨，

跳进池塘水里。

——

即便承受命运之厚遇，
对愚夫又能有何用？
即便天空下一场粥雨，
他也没勺子在手中。 406

——

诗人与狗熊类似，
总爱啃自己爪子。[1]

——

世界不是粥和果酱做成，
所以别做游手好闲之人；
我们必须咬开坚硬之食，
若不将其消化就得噎死。

——

距此不远有群聪明居民，
他们做事始终尽力尽心；
用粥来浇灌教堂的矮塔，
以使得它能够长得高大。

——

我的一塔勒值二十六格罗申，[2]

---

① 自啃爪子的熊是常见于各类徽章、标志的图像母题。例如布赖特科普夫出版社（Verlag Breitkopf）的社徽就是如此，且附有拉丁语文字“Ipse alimenta sibi”（自己是自己的食粮）。

② 塔勒与格罗申都是欧洲旧时常见的币值单位，通常情况下一个塔勒可以兑换二十四个格罗申。

为何你们指责我是自夸之人?
有人要用一格罗申抵一塔勒,
可却从未见你们将他们斥责。

——

这世界上最为庸俗的事,
便是白日之后又是白日。

——

可怜的玻璃是对你做了何事?
你不要如此丑恶地瞪着镜子。

——

年庆之诗以及爱情之书[①]
使人变得苍白而憔悴;
史书上说曾有青蛙无数
在法老的床榻上作祟。[②]

——

到此为止吧，以免使得
大家的耳朵受聒噪太长,
理性太高，智识又太苛,
我们摇响了愚人之铃铛。

——

这些话语并非全来自萨克森,
407 也非在我自家的肥堆上长成,
不过凡是从异方而来的种子,

① 所指未详。
② 法老与青蛙的典故出自《旧约·出埃及记》第8章。

我都在本乡好好地施肥栽植。[①]

——

即便对于风雅社会中人，
这也算是册有趣的小书，
这并非什么复杂的壕坑，
纯粹是简易挖掘的产物。[②]

① 意指这里的谚语有不少是借自其他国家的。
② 复杂程度不一的坑道系统比喻难易不等的文学作品。

408

箴言类诗歌[①]

Epigrammatisch

愿这份信息所蕴的珍价
助深沉心灵向欢乐转化。

十四行诗[②]

Das Sonett

在崭新的艺术运用中去练习，
这是我们加予你的神圣责担：
你定然也可以如同我们一般，
按其规定而亦步亦趋地下笔。

---

① 歌德的“箴言类”(Epigrammatisch) 诗歌包含了各类风趣而言简意赅的短诗。

② 初印于1806年，然而写作时间可能略早。前两个四行诗节是对诗人的呼吁，后两个三行诗节则是诗人就此给出的回答。科塔的《晨报》于1807年1月5日为所谓的“十四行诗论战”而再度刊印了此诗。当时以奥古斯特·威廉·施莱格尔为代表、包括阿尼姆、布伦塔诺、格雷斯等人在内的浪漫派文人正致力于复兴十四行诗（又称“商籁体”），在耶拿与魏玛更是爆发了一场“十四行诗热狂”。《晨报》编辑为了表达自己对这一诗歌形式的反对立场，援引了歌德的这首诗，以论证　十四行诗总归还是免不了“粘黏”的。然而歌德曾于1808年6月22日在书信中对策尔特表示：“如果我一边说着十四行诗的坏话，一边又反复念叨着我的十四行诗，把一件美学的东西变成是一种党派的东西，把我自己变成党派的一员，而全然不顾人们对一件事本来就可以嬉笑怒骂，但并不会因此就去鄙视它，拒绝它，如果我这样做的话，将会多么可笑。”

因为在神思激烈地震荡之际，[①]
正是桎梏能够赢得人们喜欢；
无论内心中到底是何思何感，
到最后作品终究能得以完毕。

我便想自己写造作的商籁诗，
以娴熟的语言大展勇敢自豪，
将至佳的感触用韵脚来言说；

只是我在此寻不到舒逸位置，
本来我喜欢将整块木头刻雕，
现在却时时得做粘黏的工作。

语言[②]
Sprache

无论是富饶或贫瘠，有力或虚弱！
被掩埋的宝瓶的表面可还算华丽？
藏于武库不用的宝剑可还算锋锐？[③]

---

① 嘲讽当时的浪漫派人士的希求。

② 1773 年初印于 1774 年度的《哥廷根艺术年鉴》。在这首诗中，歌德表示反对当时某些人从理论层面论证德语具备特殊价值的做法，他更乐于宣扬语言在诗歌创作上的潜力。此诗据猜测可能是在针对性地回应克洛卜施托克发表于同一杂志前一期上的讴歌德语优越性的诗歌《我们的语言》。

③ 意即只有得到鲜活的运用，语言之美才有意义。

409 神哪，慷慨而坚定地将其把握吧，
顺遂的机遇将从你之中流涌而出！
力量呀，为胜利而持住那柄剑吧，
亦为了获得超越众位邻人的荣耀！

调解①
Vorschlag zur Güte

男
亲爱的宝贝我多喜欢你，
我们两个在这待在一起，
叫我到永远都不想分开；
这样让我们二人都畅怀。

女
你若喜欢我，我也相同；
你坦率表露，我也诉衷。
好呀！那我们即可结婚！
后面的事都会水到渠成。

男
天使呀，结婚是个怪词；
我感觉很快我又得告辞。

① 初印于 1806 年。当时德国文学圈中有许多离婚以及再婚的事例。

女

这竟是怎样的巨大伤悲？
不行的话那就再离了呗。

信赖
Vertrauen

甲

你干嘛得意洋洋地冲我叫嚷：
“我可有个恋人，十分漂亮！”——
倒是给我看下，她到底是谁？
她兴许跟不少家伙都有一腿。

乙

“你难道认识她，你这无赖？”——

甲

我现在可不想把这个讲出来；
不过或许在某些顺遂的时刻，
她曾让某甲和某乙有求必得。

乙

“你说的某甲和某乙是何人？
这一切你必须统统向我招认！
如果你不能告诉我他们是谁，

那我立刻就把你的脑袋打碎！”

甲

假如你真的把我的脑袋打坏，
这样我可就再也道不出话来；
只要你觉得自己的恋人很好，
那其余的一切可就都无必要。

叹息[①]

Stosseufzer

啊，人有太多舍不得！
本可以不这样屡屡改变目标，
钝性与无果渴念也可以更少，
自己也可以更加快乐——
只要没有酒精
与女人的泪影！

① 初印于1806年。某些专家认为此诗创作远早于此，因为作者1780年4月1日在日记中如是写道：“三天没喝酒。现在要当心英国酒。若能戒掉酒，定会很高兴。”然而酒精与女人的问题未必不曾在其他时期同样困扰过歌德。

自我完善之力[1]
Perfektibilität

我要是能够变得更好
超过现在！该会如何?
假如能让我变得更好，
超过你，请向我授课！

我但愿还能变得更好，
还想把许多人都比下！
而你如果想比我们好，
亲爱朋友，就走开吧。[2]

裁缝之勇[3] 411
Schneider-Courage

“响起了一声枪响！
天，谁在外头射击？”

---

① 初印于 1806 年。

② 古罗马作家西塞罗曾经记载过，以弗所地方的人不能容忍同胞中有出类拔萃者，故而将优秀之人都驱逐至别处。

③ 这首诗起初被匿名刊印于作家克莱斯特（Heinrich von Kleist，1777—1811）所运营的《柏林晚报》（Berliner Abendblätter）之上。“裁缝之勇”在俗语中是怯懦的意思。

是那个年轻的猎人，
在后屋里扣动扳机。

花园里的那群麻雀
为此陷入深深苦恼。
俩麻雀和一个裁缝
在此次射击中死掉；

麻雀死于身中子弹，
裁缝死于惊吓过度；
麻雀掉进豆荚之中，
裁缝掉进——①

宗教课②
Catechisation

教师
孩子，这些好东西是哪来的？
你靠自己可没法将它们取得。

① 这里省略掉的词是“一滩泥污”，参见第 1 卷中的相应部分。
② 1773 年 10 月 26 日初印于《万茨贝克信使报》。此诗可能是在讨论私有财产的起源。另外凑巧的是，歌德所继承的财富也是他祖辈挣下的。

孩子
哎！我都是从爸爸那得到的。

教师
爸爸他又是从哪里得到的呢？

孩子
从爷爷那。

教师
又错！爷爷又是从哪得到的？ 412

孩子
他自己拿到的。

完整性
Totalität

论头脑与心怀都是骑士，
这样之人处处都受欢迎，
谈笑起来多么风趣机智，
收获了多少小女人芳心：
可到时有谁能将他保护，
假如他缺少气力和拳法？
要是他根本都没长屁股，

这位君子如何才能坐下?

面相学之旅[①]
Physiognomische Reisen

面相学信徒
粗野漫游者所宣告之物莫非是真的?
人形象中体现的一切可见之物全都
是在欺骗我们，我们这些从面相上
寻觅高贵与蠢陋，狭隘与伟大的人，
都不过是帮虚妄而自欺欺人的傻子?
唉，我们惊骇地重回到迷惘生活的
黯淡道路，闪耀的微光也化作暗夜。

① 拉瓦特尔在其著作中认为，上帝按照自己的样貌创造了人，故而人的样貌必然能体现其道德品质、以及其与上帝的距离。越美貌则品德越善，反之则越恶。基于这种理论，他不仅尝试着为同代人、历史人物以及动物“相面”，还敢于以此“构拟”耶稣基督的真容，甚至还建议法律机关借助面相学理论辨识既遂与潜在的犯罪者。这套荒诞学说在当时一度颇为流行，甚至还成为了一种社交游戏。当然，同时期也不乏理性之士，例如魏玛的教师约翰·卡尔·奥古斯特·穆索伊斯（Johann Karl August Musäus，1735—1787），他也是著名的童话搜集者。歌德此诗的标题来源于穆索伊斯（即诗中的“粗野漫游者”）旨在揶揄拉瓦特尔理论的著作《面相学之旅》（Physiognomische Reisen，1778—1779，四册）。歌德对拉瓦特尔的理论颇有兴趣，然而从此诗可见，他的态度同时也不乏审慎。

诗人

亲爱诸君，且抬起你们疑虑的额头！
不要犯人云亦云、盲听盲信的谬误。
难道忘却了自己的导师们？且起来，
去品都斯山问美惠女神的近亲缪斯！①
惟有她们才司掌崇高而安详的洞察。
热切地信赖神圣教诲吧，谦卑记住
这段轻声的言语。我能向你们保证：
缪斯女神和穆索伊斯所说的并不同。②

鬼脸③ 413

Das garstige Gesicht

如果某位德高的正人君子，
卓越的议员或可敬的牧师，
死后被遗孀刻进了铜版画，

---

① 品都斯山（Pindus）：希腊的山名，传说中司掌文艺的缪斯女神们常在那里相会。

② 这里是一个文字游戏，有意将缪斯（Musen）与穆索伊斯（Musäus）这两个拼写近似的名字并举。

③ “鬼脸”本是一种大学生恶作剧的名称，玩法是用竿子将一副丑陋面具顶到体面市民人家的窗前。当时的歌德对于洛特以及其夫约翰·克里斯蒂安·凯斯特纳（Johann Christian Kestner，1741—1800）而言，大概就是像副鬼脸一般令人不安。歌德还在1774年8月31日的信中要求洛特“不要害怕，也别骂我是鬼脸”。

下面注上句不文不白的话；
这意思便是：都快看过来！
这位高贵先生多值得爱戴！
来将他的双眼与额头瞧瞧；
但是他还拥有智慧的头脑，
曾经屡屡为公众事业造福，
而这些从鼻子上可看不出。

亲爱的洛特！现在也这样：
我在此向你寄来我的肖像。
你可以看清那严肃的额头、
目光如炽焰、鬈发在飘悠；
这差不多就是我那张鬼脸：
但你从中看不出我的爱恋。

科布伦茨的饭局[①]

Diné zu Coblenz

1774年夏

在拉瓦特尔与巴泽多之间[②]
我快活地就座饕餮着盛宴。
副主祭先生丝毫都不倦怠，[③]
坐到一匹黑马的后背上来，
将一名牧师带在自己身后，
在圣经《启示录》中检搜，[④]
那是先知约翰用多少隐谜
而为我们锁藏起来的奥秘；
他简洁而绝妙地启开封印，
如同开启装着灵丹的器皿；

---

① 作者在《诗与真》第14章中写道："我用打油诗（Knittelvers）记录了对科布伦茨的一场奇异饭局的回忆。""我坐在拉瓦特尔和巴泽多之间；前者教导一位乡村神职人员约翰《启示录》中的秘密，后者则对牛弹琴般地试图向一名固执的男舞蹈教师论证，洗礼是一种过时的、根本不合于我们的时代的做法。"

② 约翰·伯恩哈德·巴泽多（Johann Bernhard Basedow，1723—1790）是具启蒙思想的改革派教育家。歌德在《诗与真》中将他描述为招人厌烦、热衷争辩的奇葩，是"最为针锋相对地反对三位一体的死敌"，且是拉瓦特尔的绝对反面。

③ 副主祭：指拉瓦特尔，他是归正宗的神职人员。

④ 本段中的"黑马""苇子"和"珍珠门"都是《新约·启示录》中出现的意象。"黑马"见于第6章第1节，后三者见于第21章第15至21节。相传约翰是《启示录》的作者。

并且使用神圣的苇子一根
而为那位惊异万分的学生
414 测量起四方之城与珍珠门。
可我却没有随他一同游遨，
而是将一整块鲑鱼肉吃掉。

而巴泽多老爹在这一时刻
正硬将一名舞蹈教师拉扯，
非要解释清耶稣在世之时
洗礼仪式本是怎么一回事；
还说用水濡湿孩童的头皮，
这种做法早已经不合时宜。
另一位闻言之后极为愤怒，
根本不愿意继续听他论述，
还说道哪怕小孩子都统统
明白这违背了圣经的内容。
而与此同时我却依旧悠然，
又将盘中的一份鸡肉吃完。

——

这样正如同伊姆瓦斯之旅，[①]
跨迈着精神与火焰之步履，

① 据歌德自己所言，这一节诗最初是写在某本纪念册里的，后来才被承接到前一节诗之后。以马忤斯的典故参见《新约·路加福音》第24章：耶稣复活后出现在通往以马忤斯的路上，与两名门徒相遇并与他们同行，然而他们由于双眼被蒙蔽，故而未能认出这就是复活后的耶稣。

左也是先知，右也是先知，
夹在中间的则是人世之子。[①]

欣费尔德的年度集市[②]
Jahrmarkt zu Hünfeld
1814年7月26日

我来到年度集市上四下望去，
自信地运用自己的洞察能力，
将商贩摊前的各色买主观视，
想要试试能否用遥远的往日
拉瓦特尔所秘授的那套学说[③]
看出些名堂，还真颇有所获！
我在那首先看到了士兵不少，
没有人的境遇能比他们更好：
他们已经挺过了劳碌和苦难，
不愿马上重启一轮新的挑战；
只需一身军装就足以让女孩 415
求之不得地将自己芳心献来。

---

① 人世之子：双关语，既诙谐地指不沉迷于宏大的宗教话题而一心享用俗人美食的“我”，同时也是在化用典故，指行在两位门徒之间的人子基督。
② 莱茵之旅时的作品。欣费尔德（Hünfeld）是德国中部城市。
③ 这里是在戏谑拉瓦特尔的面相学理论。“我”在此尝试通过观察普通人的面容，从而感知反拿破仑战争时期德国民间的众生相。

农夫和市民似乎都沉默无话。
流浪者们更是显得几近呆傻。
钱包和谷仓都已被扫荡一空，
却无人为此向他们致以殊荣。[①]
都在期待着即将到来的事情，
虽然很有可能并非十分顺心。
而妇人与姑娘们则从容安然，
正在那里将木质的鞋儿试穿；
表情和姿态上已然表露无遗：
她正拥有着或正渴求着希冀。

记忆口诀[②]

Versus Memoriales

Invocavit：我们呼喊得响亮，
Reminiscere：哦，我若是新娘！
一双 *Oculi* 来来回回地瞧；

---

① 市民与农民因战争之故而牺牲了大量财产，然而并没有人为此而称他们为英雄。

② 诗题是拉丁语（Versus memoriales）。本诗列举了一系列复活节及五旬节期间的主日的拉丁文名称，这些名称基本来自圣经经文。作者为了辅助记忆，在这里为每个拉丁词加上了德语解说。诗中的拉丁文的和合本汉译依次为："他若求告""求你记念""眼目""欢喜快乐""求你伸冤（审判）""棕榈""像才生的婴孩""慈悲""欢呼""唱""祷告""垂听""（圣）灵"。

却不因此而 *Lætare* 过高。
哦，不要 *Judica* 我们严苛太过！
我们会把 *Palmarum* 大量撒播。
很多人在此为复活节蛋欣喜，
简直 *Quasi modo geniti*。
Misericordias 我们都需要，
Jubilate 的情况则很稀少。
Cantate 让人们心情舒逸，
Rogate 带不来多少裨益，
请 *Exaudi* 我们于此时刻，
Spiritus 呀，你才是最终者。

新的圣女[①]
Neue Heilige

所有能以泪水洗净恶行
而化身圣女的美貌罪徒，
如今为了赢得众人之心，

① 这首诗的素材来自于1785年的“项链艳闻”。受害者是红衣主教罗昂（Kardinal Rohan），骗子们告诉他只要能献上某条极为昂贵的项链，就能得到王后玛丽·安托瓦内特（Königin Marie Antoinette）的宠幸。罗昂应允，并将项链交给骗子，随后骗子安排长相酷似王后的玛丽·勒盖·德·奥利瓦（Marie Lequay d’Oliva）去与罗昂夜间幽会。罗昂赴约时误以为这是真的王后，竟为之神魂颠倒，事后骗局才败露。然而到庭审之时，奥利瓦成功地使众人相信自己只是遭受利用，从而得以无罪释放，这成为时人的热门话题。

416 全都合并成了一个人物。
你们看她的母爱与泪花，
瞧她是何等悔恨而伤郁！
可并非抹大拉的马利亚，
眼下这位是奥利瓦圣女。

警告[1]
Warnung

就如同仙界魔国的提泰妮娅
发现自己双臂搂的竟是波顿；
你也即将为罪孽而受到严惩，
发现自己双臂搂着提泰妮娅。

恣意而欢快
Frech und froh

我内心中鄙弃爱情之痛苦、
温柔的怨嗗与甘美的悲楚；
只有豪迈之物我才有兴致：

① 在莎士比亚的名剧《仲夏夜之梦》中，仙女之女王提泰妮娅（Titania）中了魔法，竟疯狂地爱上了长着驴脑袋的织工波顿（Bottom，德语版译作Niklas Zettel）。待到魔法解除时，她才终于意识到自己做了什么，震惊不已。

狂放的咂吻和热烈的注视。
任凭可怜虫去流连于那种
欢与恸相交杂的感情之中！
但愿姑娘为我振奋的心里
倾注一切快乐，而非哀戚。

军人的慰藉
Soldatentrost

不！此处并无困难搅扰：
这里有黑姑娘与白面包！
明天便去另一处小镇上，
那里有黑面包与白姑娘。

问题 417
Problem

为何一切都似谜题一样？
这里既有意愿也有力量；
意愿和力量二者都就位，
此外时间也喜人地充沛。
看，美好的世界在这里
是如何联结一起！
看，可它竟又分崩离析！

劳碌至极[1]

Genialisch Treiben

我就这样，不息一刻，
如第欧根尼将桶滚着。
时而严肃，时而取乐，
时而心善，时而心恶，
时而是那，时而是这，
啥都不是，又是什么。
我就这样，不息一刻，
如第欧根尼将桶滚着。

无病呻吟者

Hypochonder

愿全人类统统落到魔鬼手里！
这简直是要叫我发疯！
于是我不顾一切地决定自己
再不去见人类的面孔，
随便上帝与魔鬼拿别人怎样，
统统自己顾自己去吧！

---

① 锡诺普的第欧根尼（Diogenes von Sinope，约前413—约前323）是古希腊的犬儒主义哲学家，栖身于桶内。他曾滚桶上山下山。后人以此比喻疲惫无功的行为。

可是刚刚看到一张人之脸庞，
我便又重新喜欢上他。

社交 418

Gesellschaft

曾经有一位寡言的学者
离开了盛大聚会，回到自己的屋舍，
有人问他此次体验何如——
“他们若是书，我一本也不会去读。”

屡试不爽[①]

Probatum est

甲
人们传言道您是个愤世之人！

乙
上帝哪！我并不将世人憎恨！
不过也曾受过愤世之情搅扰，
便立刻想了办法将它排遣掉。

① 诗题原为拉丁语（Probatum est）。

甲
你是怎样才迅速找到了法子?

乙
我决定去过隐士的生活方式。

原初之物
Ursprüngliches

甲
这一方溪水为何不中你意?

乙
我只爱从鲜活泉眼中饮汲。

甲
419 可小溪正是从泉眼中发源!

乙
其中的区别实在非常明显:
不断有外来滋味沾染其中,
所以只能任由它继续流涌。

致别出心裁者[①]

Den Originalen

某君曰：“我不属任何派别；
既不与活着的大师关系密切，
而另一方面我也绝对不会去
从逝者的身上学习什么东西。”
我若没理解错，这就是在说：
“我是一个自负其责的蠢货。”

致缠扰不休者[②]

Den Zudringlichen

合不到一起那就该互相避开！
我也不阻拦你们去哪里遨游：
毕竟你们是新人而我已老迈。
随便做甚，只求别缠扰不休！

① 一份作者手稿上所标日期为 1812 年 11 月 4 日。

② 应是 1812 年 8 月 5 日所作。有人猜测本诗所针对的是贝蒂娜与阿希姆（阿尼姆夫妇）。

致善心者
Den Guten

让一位神来赐你们灵感，
我的话语只会给人阻限。
你们的能力将得到施展，
只是不必总来问我之见。

致至佳者
Den Besten

我非常乐于将死者们瞻观，
即便其功业都已远逝渺然；
然而更加喜爱在世的新俊，
愿意感受与之竞争的欢欣。

420 **无力**[1]
Lähmung

想些好的事情，应该很好，

---

① 作者曾将此诗的前四行誊抄于一份手稿，其上所标日期为 1814 年 1 月 14 日。此诗可能与作者同哲学家叔本华之间的关系波折有关，他们自 1813 年 11 月起往来密切。叔本华一度对歌德的颜色学理论颇感兴趣，表达过一定的赞同，然而在某些具体问题上仍然坚持己见。二人之间约于 1815/16 年间开始显露裂痕。

只是需使同样的血液常葆；
你的好想法进入别人血管，
马上就又会与你自己吵翻。

——

有所作为仍是我心所期盼，
但又想休止：
因为我毕竟还得一直去干
我先前一直无奈而为的事。[①]

——

我很愿意继续承担为师的重负，
只要学生不立刻就要化身师傅。

话语与驳语
Spruch, Widerspruch

你们不必再以反驳来使我迷惑！
毕竟人刚张开口就已开始犯错。

谦卑
Demut

当我观瞻起诸位大师的成果，
看到的是他们既已完竣之作；

① 可能涉及某种论战，或与牛顿有关。

而当我审视自己随身的杂物，
便看到自身应尽却未尽之务。

无一可行
Keins von allen

你如果自己让自己成为奴才，
过得再悲惨也没有谁会怜哀；
你如果自己让自己成为主君，
421 旁人见到了也照样不会开心。
而你如果始终都保持你自身，
那他们就又会说你无甚可称。

生活之术
Lebensart

不管天气与男士如何任性，
你连眉头都不要皱起一次；
而当漂亮女人犯起怪毛病，
你也应当始终愉快地观视。

白费力气[①]

Vergebliche Mühe

你若想做忠诚的埃卡特，
为每个人警示前方危险，
这必会是个无益的角色：
他们照样投到罗网里面。

条件

Bedingung

你们坚持要求、不肯让退，
想听我的指教，我可以给；
不过我只是想要落个清净，
请答应我，不要真去践行。

至佳之物

Das Beste

当你头脑与内心嗡嗡乱鸣，[②]
你还要什么更佳之物？

① 作者的手稿上标注“贝尔卡，1814年6月21日。”贝尔卡（Berka）是魏玛附近的沐浴胜地。埃卡特在德国传说中是一位善心警告者的形象，参见本卷中的《忠诚的埃卡特》一诗。

② 形容身陷爱河时的迷乱心绪。

谁若再不犯错也再无爱情，
就应当被埋葬进坟墓。

422 我的选择
Meine Wahl

我由衷喜爱达观之人，
乐于在家将他们邀约。
开不起自己玩笑的人，
定然不属于佳客之列。[1]

记住[2]
Memento

你可以抵抗命运之力，
但有时会有挫折阻碍；
如果困难无法被除去，
诶，那你就自己走开！

---

① 后两行本为文字游戏，难以用中文再现。
② 诗题原为拉丁语（Memento）。1813 年 7 月 1 日，歌德在前往德累斯顿与特普利茨的路上将此诗寄送给赖因哈德。

外一首
Ein Anders

你不必抵抗命运之力，
然而也不须一味逃避！
如果你能够直面运命，
它会亲切地携你同行。

都一样
Breit wie Lang

谦卑者必然要忍耐，
狂妄者必然要遭罪；
故而同样背负孽债，
不管狂妄还是谦卑。

生活之规①
Lebensregel

若想将美好的生活打造，
就别为过去之事而苦恼， 423

① 此诗原见于一份由书写员转录的抄本上，不过歌德亲自对其作了修订，其上所标日期为 1828 年 10 月 25 日。

尽可能减少自己的烦愁；
应时时刻刻将当下享受，
切忌对人怀有仇恨之情，
将未来托付给上帝就行。

鲜蛋即好蛋
Frisches Ei, gutes Ei

亲爱的诸君，我有意
将满腔热忱比作牡蛎，
如果品尝不趁着新鲜，
那可真叫人难以下咽。
热情并不像鲱鱼那样，
没法经年历岁地贮藏。

自我感觉
Selbstgefühl

每个人毕竟都是个人！！——
他若留心观察自己，
便会懂得，自然对他
真是不吝任何厚礼。
他作为他、作为自身，
承受多少欢欣悲伤。

他在事后难道不也该
展现出快乐的模样?

谜语[①]
Rätsel

他与自己所有的弟兄相较，
在所有的方面都差异全无，
是诸多环节中必需的一道，
同属一位伟大父亲的国度;
但很少有机会看见他现身，
像是个被强塞进来的孩童:
只有当其他诸位不能胜任，
这才会轮到他来发挥功用。

① 在意大利剧作家卡罗·戈奇的悲喜剧《图兰朵》中，公主向追求者们出了三个谜语。而席勒在1802年于魏玛创作改编版时，加入了新的谜语。此诗是歌德1802年2月3日给席勒的“供稿”。席勒本人为其撰写的谜底如下:
这个儿子与其诸多的兄弟
论模样是完完全全地相同，
可当他身处他们的行列里，
却像是时不时被强塞其中——
何物比一天与另一天更似?
你所要的谜底就是“闰日”。

424 **年岁**[1]

Die Jahre

年岁好比是最可爱的人：
昨天与今日都带来礼赠，
我们这些年轻人就这般，
消度舒逸生活宛如梦幻。
可它突然就改变了脾气，
不再如同平时那般善意；
什么都不再送我或借我，
今日与明朝都予取予夺。

晚年

Das Alter

晚年好比个礼貌的男人：
一次又一次地敲你的门，
可没人对他说可以进来，
他则不愿在门前面久待。
他拧开了把手迅速闯入，
此时人便说他多么粗鲁。

---

① 歌德于 1814 年 2 月 13 日将此诗与下一首诗同时寄送给策尔特。

墓志铭[1]

Grabschrift

孩童时倔强而又闭守，
青少时狂妄而又执拗，
成年时怀立业之愿志，
老迈时常发轻浮奇思！——
你墓上会有这番铭文：
他曾真正做过一个人！

榜样

Beispiel

每当我不耐烦的时候，
我便想起隐忍的地球， 425
据说它每天都在旋转，
一年接一年始终这般。
我生在世间还能怎样？——
惟有将亲爱母亲效仿。[2]

---

① 一份作者手稿上所标日期为 1814 年 1 月 9 日。
② 亲爱母亲：地球。

反之
Umgekehrt

如果所爱者身陷灾殃，
我们会为之加倍心伤；
如果所仇者春风得意，
我们会谓之不可思议；
若能反过来便是喜讯，
为友之福敌之祸欢庆。

为君之规
Fürstenregel

如果人们都不思考、不创作，
就要给他们快活的日子可过；
若想给他们带来些实在益处，
对其就既要盘剥、也要庇护。

欺还是骗?
Lug oder Trug?

该不该将民众欺骗?
我说不!
但若要对其说谎言，

就不要有太多忌顾。

平等
Egalité

人们不企望与最伟大者相匹，
而只将与自己同等之人妒忌，
谁若把所有人都当做同等者，
他便是世上最恶的奈特哈特。①

投桃报李 426
Wie du mir, so ich dir

若将自己的口袋扣得紧紧，
谁也不会对你有友善之举：
只有用手才能够将手洗净；
若想要索取那就先得给予！

---

① 奈特哈特（Neidhart）：这个人名的字面意思可理解为“极为妒恨”。

时代与报纸[①]
Zeit und Zeitung

甲
告诉我，为何时纸不入你目？

乙
我不喜欢，它只为时代服务。

时之兆[②]
Zeichen der Zeit

你且来听一听这些与那些，
数百年的希冀来自卑微之人。[③]
你若想要认识这些与那些，
现在它们将要对你道明自身。

---

① 德语中 Zeit 意为“时代”，“Zeitung”意为报纸，后者是前者的派生词，因此诗题本是个文字游戏，但无法以汉语再现。

② 诗题暗射《新约·马太福音》第 16 章第 3 节：“你们知道分辨天上的气色，倒不能分辨这时候的神迹。”

③ 第一行的“这些那些”（harum horum）以及第二行全文（Ex tenui Spes Seculorum.）在原文中是拉丁语。第二行的具体所指不详，不过可能是在化用《新约·马太福音》第 2 章第 6 节的语句：“犹大地的伯利恒啊，你在犹大诸城中，并不是最小的；因为将来有一位君王，要从你那里出来，牧养我以色列民。”

车到山前必有路
Kommt Zeit, kommt Rat

谁非要将万事究遍?
待雪化便自会显现。

——

再费劲也帮不上忙!
是玫瑰就终将开放。

427

1815年诗集增补
Supplement zur Sammlung von 1815

以卡尔斯巴德全体市民之名[1] 429

Im Namen der Bürgerschaft von Carlsbad

皇后驾临[2]

Der Kaiserin Ankunft

1810 年 6 月 6 日

为将独一无二之日庆祝，
穿上盛装，把花环织编！
让清新春风吹拂的山谷
在本乡人与来客的面前
显现得更加灿烂而辉煌。
所有父母以及所有儿女，
来吧！让欢乐之歌响起，
将身边的一切装扮绮丽，
以迎接皇家大驾之来访！

---

① 这里的诗作都是 1816 年才收入诗集的。前五首所致敬的是奥地利皇后玛丽亚·卢多维卡（Maria Ludovica, 1787—1816），她是弗兰茨一世的第三任妻子，第六首诗献给她的丈夫，第七首则是为他的女儿法国王后玛丽·露易丝（Marie-Louise von Österreich，1791—1847）所作，同时也附带了对拿破仑的致语。卡尔斯巴德（歌德写作 Carlsbad，然而更通用的写法是 Karlsbad）原是波希米亚西部的德意志城市，是历史悠久的温泉疗养胜地，今日汉语世界一般按捷克语名称而译作卡罗维发利（Karlovy Vary）。

② 1810 年奥地利皇后准备来访卡尔斯巴德，当地人请求歌德作诗向她致敬，然而诗人对皇后本人根本没有了解，故而此诗也便不免空泛。

这片谷中森林多么郁葱，
它受过无数远客的祝福，
因为在养生的温泉池中
他们的病躯获得了康复，
生命又焕发崭新的气象。
而在此方的山崖之深底，
必有火焰从岩脉中挣逸，
炙烧着与水交融在一起；
这份力量产出新的力量。

在健康及痊愈者的面前，
有多少宝藏可供人开辟。
朋友在此地将朋友找见，
而这些贵宾的尊雅坐席
见证了回忆是多么美好。
而森林与草地便是这样
成为了供人居栖的天堂，
愿人人都能将欢欣畅享，
感受自身的快乐与逍遥。

而泉水呀，我愿你今日
焕然从穴窟中激涌迸出！
瑰丽的花朵，你们好似
绿色谷地中的颗颗珍珠，
愿你们清鲜绚烂地绽放！
而本乡的小苗般的孩童，

快快前来观瞻她的面容，
以信赖之情与幸福融融
将那位威严的女人仰望！

她原本是属于千人万众，
如今却选择来属于你们！
无人禁阻你们将她围拢；
她仁慈赐予庆典以隆恩，
母仪之目光柔和而崇威。
年轻人快成群簇拥上去！
谁若少时能受如此殊遇，
这份登天之境般的回忆
将在他的心中逐年增辉。

那份将此方的弹丸之地
泽被荫庇的帝邑之隆恩、
以及那份在喜悦人潮里
鼎沸雷动数百年的欢声，
这片山谷也应共同享有！
这里所流涌的一切幸福，
这里所响鸣的一切欢呼，
都满载着炽焰般的颂祝，
朝下呼喊向她致以问候！ 431

皇后之杯
Der Kaiserin Becher
1810 年 6 月 10 日

虽然要给你，小小花纹容器，
绘上栩栩如生的繁花已太迟；
然而为了将我们的幸福宣示，
现在且用辞藻之花环缠绕你。

愿这盘旋花环将你装饰美丽，
如同美惠女神与缪斯所编织；
要纯粹道出我们所感之纯思，
即便对于诗人也是枉费心机。

有福的杯呀，从这嘴唇之上
涌流着宠惠、友善以及欢快，
而你竟能获准与它紧贴一处！

这双唇享用了那温热的波浪。——
但愿它从我们这快乐的所在
啜饮清鲜舒爽的生命之膏露。

皇后之座
Der Kaiserin Platz
1810 年 6 月 19 日

面对着女主周身所焕发的光芒，
无数民众组成的拥挤人潮散开，
随后却又再一度奋力拥簇而上，
沉默与惊诧过后便是欢呼开怀，
热烈的万岁祝颂之声回音传响；
但愿这方清凉之境的宁芙现在
对每一颗默默感知的心灵道出
陛下的那份优雅、友善与亲睦。 432

那从蓝空之中降下的巍峨崖岩
姻连着山谷，有多少苔藓盖覆。
阴青色山侧的片片斑斓的草原，
你们的风景早受到艺术家眷顾，
永远地繁茂绮丽而又悦人双眼。
只不过你们似乎总是缺失一物：
你们直到面对起她恩宠的注视，
才终于明白自己是为谁而妆饰。

太阳不久即将落下。哦，宁芙！
你与我们一样，难舍与她离辞；[①]
她的远去使得众人痛苦地思慕。
哦，愿这一切渴念所系之女子
还能重登通向此方的欢乐归途！
哦，但愿待到你美貌重焕之日，[②]
你将能在覆着枝拂着风的居宅
再度见到她，见到她携夫同来！

皇后辞行
Der Kaiserin Abschied
1810年6月22日

让我们再一次将夜色
用斑斓的炽焰来照亮！
火光从山崖水面反射，
向她表说我们的心上
如同烈焰的忠诚祝颂。
再一次让纷杂的人群
于晨光来临之时汇聚！

① 她：双关语，既指西垂之日（“太阳”在德语中为阴性词），也喻指辞行在即的威严皇后。
② 你：指宁芙。她的居宅就是美丽的大自然。

齐声唱起欢乐的歌曲；
让焕发的生命之豪情
从心房内涌奔到口中。

号角鸣响，旗帜猎猎，
鼓声宣告着欢庆来临； 433
啊！可是所有的队列
上空都浮着如纱浮云，
云幕环绕着崖尖峰顶，
多少目光道出了悲伤：
那将我们征服的女人，
那使我们昂扬的女人，
啊！她不消多时就将
朝山上缓缓道别远行。

从山巅降到我们身边，
与我们在道路上同行，
躬身答谢我们的祝言，
这份普济的喜人宠幸，
失去将是何等之苦愁！——
宽慰吧！她亦有感触，
且让缪斯来将其述告：
毕竟缪斯可以做得到，
她洞悉人内心的情愫，
也能把她的思绪看透。

“在群崖环抱的谷边
那里有至珍之宝涌下。
此方的居民孜孜不倦，
奉献众人却少求报答，
履行自小所习之本职。
需要济助之人从四方
到这人居稠密的谷地。
如今我在绿色宫殿里，
高居在芳花宝座之上，
而将这一方山水统治。

我见到使者向我致敬，
他们来自不同的邦国；
我寻到了朋友及至亲，
他们都彻底归属于我，
故而我拥有着这一切。
434 此处人人尽感到欢畅，
都满怀深情亲近着我。
我的心儿也变得宽绰，
而这一段逍遥的时光
对我而言将难以忘却。

在我伤感离别的时刻，
不要播撒鲜花来送辞。
缪斯！去告诉忠情者，
我心与他们一道悲思：

我的时辰很快便来到。
且让歌唱声尽皆停下；
而那份慰勉我的愿祝
依旧在你们唇边漂浮。
你们在呢喃：归来吧！
我即刻公布回答：好！”

去吧，缪斯，快去把
女主所交付之事宣告。——
一起来驱散一切雾纱！
并让最美之太阳照耀！
毕竟人人都会怀希望。
如今送别她多么伤戚，
到时则应喜迎其归途；
共同登上崭新的道路，
簇拥她以皇家之威仪，
在最美之日迎她临降。

致奥地利皇后陛下[①]
Ihro der Kaiserin von Österreich Majestät

我们久久地将确切的信息盼愿！
疑虑多么忧惧，希冀多么甜蜜！
那段悲苦的时辰依旧浮现眼前：
威严的女主从我们的身边别离，
仁惠之口向我们道出最后话言，
许诺说自己不久还将返归这里；
在这片宁静的山谷中我们将要
再度见到她，见到她夫妇同到。

这席话还是难以让人挥去忧思，
且可憾我们先前都太过被宠坏；
每逢清晨都忆起正是她使昔日
那最美一天将更多的美好承载，

① 这首盼归之诗在诗集中并未注明日期，故而很容易给人一种错觉，仿佛它是紧接着上一首送别诗的，然而事实上是1812年6月7日所作。当时的卡尔斯巴德人正在热切期待奥地利皇帝、皇后以及法国王后（奥地利皇帝与其第二任妻子所生）在那里团聚。不过最终只有奥地利皇帝与他的女儿法国王后光临了卡尔斯巴德（参见下两首诗），奥地利皇后则最终去了特普利茨，于是歌德将此诗寄往那里。随后皇后邀请诗人到自己身边做客，二人几乎每日都相见，建立起了一种亲近而信赖的关系。诗人自己也于1812年8月13日在给赖因哈德的书信中深情回忆了与她共度的时光。值得一提的是，皇后的宫廷女官约瑟芬·奥·唐奈·封·蒂克奈尔伯爵夫人密切见证了诗人与皇后之间的关系，所以歌德也曾为她创作过若干诗歌，例如前面已有的《致那位情深的健忘女士》与《携着诗与真》。

我们平常生活总是蜷居于宅室，
却因她而承受皇家的荣光华彩。
可如今她从我们的身边被夺去！
她所经之处人人俱会久久挂记。

面对着她那庄重而尊贵的容姿，
连坚顽岩崖仿佛都要折腰鞠躬；
沐浴着她优雅气度的柔和拂拭，
就连树木都连摇着枝条而舞动；
连那些垂首在绿丛之中的花枝
也抬起头思忖追觅着她的足踪。
灌木丛朝着她身边将芳花播撒，
全体忠诚之心亦与之竞相奉花。

当她的旅程穿越过广袤的国度，
人们便立刻详问她所去的方向；
而如果她所迈之途是通往远处，
期冀落空的心儿便会痛苦怨伤，
可新的希望还会不断萌发而出，
她不会将自己所作的承诺遗忘；
而首先她还要和她的夫君一同
去与他们的女儿以及佳婿相逢。

这实现了！在这幸福至极之瞬，
满怀深情的目光得以彼此相会，
昔日曾在多瑙之滨苦楚地离分，

而今又在易北河畔圆满地回归。[1]
有谁人能将这一切表达成辞文：
436 至上的贵人得以收获至大欢慰，
身处这片风谲云诡的世间纷纭，
眷顾了为人父母及儿女的感情。

盛大庆典即将在高高城堡举行，
让人们的精神高扬、感官惊异：
因为波希米亚首府要承受恩幸，
获得观瞻陛下容颜的独一良机；
一位父亲将在那里将女儿款迎，
奥地利皇帝迎接法国皇帝之妻。
他要将隆贵而渐已疏远的爱女
在这欢乐之日带归与亲人团聚。

幸福已在近旁却又要逝去无踪，
如此良时怕是永远都无法再临！
不！不要拒绝满怀希望的人众，
他们呼喊出了心底跃动的声音：
正如此方流涌的泉水永远贞忠，
我们的心永属手持权杖的主君，
我们款待宾客之时的所作所为
配得上他的瞩目以及他的德惠。

① 流经卡尔斯巴德的埃格尔河（Eger）是易北河的支流。

现在庄严的钟声终于开始鸣响
宣告赫赫贵人们大驾即将来到，
而在山脉平展安缓的一侧之上，
他们的队列已经登临皇家大道；
拥挤的人群正如同翻滚的波浪，
争向前求取主君们目光的恩照。
让歌声停息！好让人尽情倾听
激动胸膛中的欢悦呼声的齐鸣！

致奥地利皇帝陛下[1]
Ihro des Kaisers von Österreich Majestät

他来了！他近了！在欢声之下
灵魂里立时多少焦灼预感荡漾！ 437
可这阵震动山崖的万岁声喧哗，
已然使所有的心儿都获得解放。
缪斯呀！此刻快快将种子播撒
朝那片拥簇主君的人潮的方向，
让他们心头滋萌出庄重的敬服，
敬服于这一时刻，并永恒瞩目。

① 本首与下一首诗都作于1812年6月5日至9日之间。

毕竟当他的目光在辽阔的国疆
检视无数各色各样的宝藏之时，
便可以历历地看到在四面八方
都广布着无可比拟的丰饶财资；
那里有山峰拔地也有平原坦荡，
有金色的谷穗也有葡萄的琼汁，
还有为人类所驯服的多少家畜
都被成群结队地驱来以供用度。

何处有大江与大河汹涌地行前，
流经过开阔而富饶的膏腴之地，
有疾浪向城市送去问候的话言，
他的双目便每每在那流连居栖。
而这座低矮城邑由于地势迫限，
大胆地将自己布局在狭窄谷底，
愿它也将他慈父般的目光收获，
它或是最小之城，但绝非最末。

因为这方谷地虽被山崖所环围，
却创造出一份非比寻凡的奇迹，
从极古年岁起便有疗病的泉水
不知疲倦地悄悄涌出石缝岩隙，
在深窟之中不需火炙便可腾沸，
还能高高喷溅到空中不坠不息。
它塑出了所发源的山崖的形廓，
直至自身的创造激情渐渐消没。

原先这些山谷之中的深寂荒原
罕有猎人的号角会惊吓到野兽。
波希米亚的卡尔发现这口奇泉，① 438
是他将生气带给这片沉静清幽。
谁若在昔日不惧到深渊的边缘、
来到此方的灼热土地之上居留，
或在今日将远方病人招徕此处，
便可享森林、田野与草地之福。

从此奋斗之志便始终常葆高振，
自然与人力为民众带来了福祉。
上帝所送交到市民手中的礼赠
如若能承受君主的保护与扶持，
让父亲遗留的产业能为子所承，
这样生命便牢不可破无有尽时。
代代相承可以挺过至极之灾殃，
茁壮地绽放生长直到最后时光。

若坐拥巨宝却缺少至高之奇珍，
那么这便算不上是完满的幸福；
我们过去慕念之时仍与之远分，
就这般将多少年岁徒劳地消度。

---

① 神圣罗马帝国皇帝卡尔四世于1370年将这个当时叫做瓦利（Vary，在当地的斯拉夫语言中意为“温泉”）的居民点升格为王城，自此城市也依他冠名，被称作卡尔斯巴德（“巴德”在德语中也是“温泉”之意）。

直至今天我们才能欣慰地承认，
自己曾如何为这一缺憾而痛苦；
而今终获昔日求而不得的欢乐。
主君目光堪比另一轮太阳耀射。

庄严的现场！昔日在心底秘处
久久怀藏的愿景终得化为实际。
无论官员与市民都在彼此鼓舞，
在新的欢庆之年中竞相地效力，
每人都将自身之所能慷慨献出，
在一切方面尽皆表露踊跃积极。
如今故旧的一切都显现得坚定，
新者则都朝气蓬勃，以悦主心。

即便那不羁之泉，本潜身深处，
原非人类之才智与力量所能及，
而今再也不在逼仄深渊中咆怒，
439 是智慧为它将开放的大门展启；
为让最远方的朝圣者在此康复，
具有奇力的浪流向外潇洒荡激，
再也不会击裂那些天然的穹顶，
它今后不再怖人，而只愿疗病。[①]

① 当地1809年曾发生泉水爆炸事故。诗人在这里所赞颂的是驯服狂咆之泉、使其造福访客的功绩。不过水潮的意象在歌德的笔下往往还隐含着政治蕴含，这一点在下一首诗中体现得更为明显。

而在泉水之沸荡较为温和之地，
主君指令说此处也应予人欢快。
座座宽敞的大殿已然拔地耸立，
垒砌砍下的木材与方形的石块。
这里将常常响起对主君的赞誉：
是他赐赠了此厅，将我们邀来！
我们再也不会忍遭困难与苦忧，
将能够适意并更加久长地漫游。

他柔和目光之中燃起一股圣火，
这份烈焰将永在我们心间留驻；
正如待到秋天将累累葡萄收获，
人们才能够将夏日的力量领悟，
同理也只有待到他与我们别过，
他赐我们的奇妙福祉才当显露，
但愿在至佳时运之下这座小城
能够以此成为伟大帝国之象征。

致法国皇后陛下[①]
Ihro der Kaiserin von Frankreich Majestät

若见到夜空中最美之星辰闪耀，
那么眼睛和心灵都会极感欢快；
可是有一种情形很难才能盼到：
一颗明星移身到另一颗身边来，
于是格外相近的辉芒汇成一道，
人人尽皆举目流连，喜悦盈怀；
而我们的目光也正是这般仰望，
因荣辉尊光的汇集而几近眩盲。

她是和平之新娘、父母之爱女，
我们思忖她如何登上离别之道；

① 歌德在1812年8月14日在给夏洛特·封·席勒的书信中表示："[……]这项我无论如何都无法逃避的任务既艰巨又令人疑虑，[……]这件事非常奇异，创作本来是需要尽可能大的自由的，却又要兼顾外交考量。"这可能是在指这首诗。拿破仑于1810年迎娶奥地利公主，次年皇子降生，拿破仑随即赐予他"罗马王"的封号。这一系列事件似乎表明了新秩序正在确立。在此诗中，歌德将拿破仑展现为带来和平的君主，甚至将他与历史与神话蕴意丰富的雅努斯庙的典故联系起来，此外诗人将皇后比拟为圣母玛利亚，从而将其抬高到神的地位。不难理解，这首诗招致了德意志"爱国主义者"的极大反感。歌德事后也在书信中对策尔特表示："我经常听见有别人在缺乏了解的情况下就指责这首诗。"（1816年11月10日）然而如果读者仔细考量作者创作的时代背景，便不难理解此诗其实绝非纯粹的歌功颂德之作：当时法俄关系激化，拿破仑不久前还在与自己的盟友商讨出征事宜，战争迫在眉睫，这么说来，歌德此诗反而更像是一种强烈的和平呼吁，然而拿破仑本人并未听到这一忠告。

高贵的莱茵浪花已在躬身行礼，
两侧的河岸则都在亲切地微笑；
大地便这样表露对天空的欣喜，
上面缀饰着多少的斑斓的珠宝，
而他，虽然已消失在我们眼前，①
但保障着自己宣告的和平实现。

在新国度中她受到百万人欢颂，
他们仿佛是身居于黑暗的夜里
再度举头仰望灿烂的白昼融融，
重新苏醒回归坚实的生活中去。
每人都感知到心脏安宁地跳动，
并在惊讶，因为一切皆告完毕，
美丽新娘闪着生机盈盎的灿烂——
而一夫之力让万众之惑思消散。

他以最为明察的智慧灵光看透
人们多少世纪来惘然苦思之谜，
琐碎之物已然尽皆消融为乌有，
眼下只有大海与大地尚有意义；②
而前者所占据的陆岸刚被夺走，
骄傲的潮浪在滩涂上蒙遭折戟，

① 他：双关，既指上文的天空（在德语中是阳性词），也是在歌颂拿破仑。
② “大海”应指掌控着海上霸权的英国，与此对应，“大地”指的是在欧洲大陆占据统治地位的法国。

而依赖着睿智决断与力势争竞，
坚固大地得以承负其一切权柄。

虽然那英雄是命运相中的骄子，
他的全部事业尽皆以凯旋闭幕，
虽然一切青史所罗列过的伟事
俱首先被加添给他的肩头担负；
功业之丰甚至超过骚客之歌诗！——
但是此前他仍旧缺少至高财富；[①]
而今帝国在安定与整合中屹立，
441 爱子是他巩固自身功业的希冀。

而为了使孩子自身有足够威严，
罗马女神受命亲自做他的卫士。
她庄穆立在自己国王的摇篮前，
心中再度思索一个世界的运势。
当父亲在其爱子之深情中沉湎，
世上一切胜利之桂冠何足挂齿？
他们将要一道享受命运之隆恩，
以宽慈之手合上雅努斯的庙门。[②]

① 至高财富：子女。
② 雅努斯是古罗马的终与始之神。按照罗马风俗，只要国内有战事，庙门就应当开启，只有待罗马人取得一切战争的胜利之后，才会闭上庙门。

她作为新娘曾是如何卓绝冠世，
依照神之范式而成为女中介者，
身为母亲骄傲地展示怀抱之子，
愿她将崭新而持久的联盟造设；①
正当世界陷于昏暗与忧惶之时，
愿她廓清天空让阳光永恒耀射！
愿我们通过她而获得最终之幸——
欲吞一切的他定然也欲求和平。②

---

① 以上这几行诗是将皇后比作圣母玛利亚。耶稣正是通过后者的“中介”而道成肉身，从而开创了信仰的新纪元，此外玛利亚又是信徒向神祷告的媒介，在基督教绘画与雕像艺术中，她时常以怀抱圣婴的形象出现。

② 1814 年法国战败以后，歌德在节日戏剧《埃庇米尼得斯的苏醒》（Des Epideminides Erwachen）之中收回了自己先前对拿破仑的不切实际的幻想。该剧的开场白显然是在承接本诗的末尾：
欲望并不能为我们带来和平：
欲吞一切之人首先欲求权势；
他的胜利也教会了别人争竞；
他的思虑也教会了敌手逞智，
力量与诡诈就这样蔓延不停，
让多少可怖的怪兽充斥人世，
孕诞出无穷无尽的祸患灾难，
每一天都仿佛是末日的审判。
这段话的第一诗行所批判的恐怕不仅仅是拿破仑，某种程度上也是歌德对自己往日一厢情愿的幻想的反省。歌德对拿破仑的态度非常复杂，被法军占领的经历在后来多次被他形象化地表现为“大洪水”般的灾难图景。

442 譬喻
Parabel

这些譬喻
被续写到
十几个之多，
人们希望能以此
来将这里所点出的
个性
彻底地重新描画，
并同时认为
能为我们的这个
如此看重
艺术中的
个性特色的时代
作出一定的
贡献。

I

曾经有个乡村教书先生，
他从自己的凳子上起身，
心里揣着个笃定的打算，
想去上流的圈子里看看，
便到了附近的疗养地中，

迈进了人们所说的沙龙。
还在门前便已惊诧万状，
仿佛觉得这里太过排场。
面对右边第一位陌生人，
他毫不失礼地鞠躬深深；
然而他却忘了注意后面，
毕竟也有人正站在那边，
他屁股结结实实地撞到
左手边某位先生的怀抱。
他多么想马上表达歉疚， 433
可当他问候这位的时候，
却又碰到了右边另一个，
就这样再一次将人招惹。
当他再向这位认错之时，
却对另一人又犯了一次。
他痛苦不堪地行礼不停，
前前后后穿过整个大厅，
直至最后有个粗鲁之人
不耐烦地叫他滚出大门。

但愿身陷罪孽中的众君
从中汲取些有益的教训。

II

而当他行在归路上之时，
心想：我太过低三下四，
以后再也不会卑躬屈身，
装草包的人会被山羊啃。
他立刻壮起胆横冲乱突，
不再顺沿着田埂道走路，
而是踏着肥美耕地草场，
蠢脚把一切都踩个精光。

田主人此时正走了过来，
见状也没去问青红皂白，
而是把他狠狠揍了一顿。

“我仿佛是重获了新生！”
我们的漫游者狂喜高呼：
“是谁人使我如此幸福？
但愿上帝永远赐我助佑，
让我遇上这种欢乐之友！”

1827 年版诗集 445
Die Sammlung von 1827

杂诗
Lyrisches

任遥遥歌声响起，
任近处清风习习，
欢乐，痛苦！
总有星光熠熠。
万善行效更疾；
老孩子，小孩子
都爱听取。

叙事谣曲[①]
Ballade

进来，善良的人，进来吧，老人！
下面这个大厅里只有我们，
我们要把门锁上，
母亲在祷告，父亲在森林，
他去打狼，拿着猎枪。
噢，请你来给我们唱个童话，
我和弟弟都学，多唱几遍吧；

① 德国的叙事谣曲有一个特别的传统，那就是要求听者或读者自行补充某些内容。歌德的这首谣曲就依循这一传统而作。

歌手，我们已盼许久，
孩子，个个爱听童话。

深夜，敌人的恐吓让他
惊恐地离开高矗的豪宅，
珍宝他已掩埋。
伯爵匆匆奔向小门，
什么夹在他的臂弯？
他把什么飞快地藏到大衣下面？
如此迅速地要把什么带向远方？
是他的小女儿啊，正睡在梦乡。——
孩子们真爱听他唱。

天亮了，世界如此之大， 448
山谷森林，处处为家，
座座村庄都有人相助于他，
就这样，歌手行乞四方，
一路上胡须越来越长；
怀中可爱的孩子也在成长，
就像天有吉星直为她而亮，
一件大衣为她把风雨遮挡——
孩子们真爱听他讲。

岁月流转，年复一年，
大衣褪色，破烂不堪，
再也无法把她裹在里面。

看着她，父心幸福满溢！
喜悦之情自是难以抑制；
她长得如此高贵，如此美丽，
一颗出色的种子发出的芽儿，
让高贵的父亲真是富有无比！——
孩子们真爱听他的童话。

这日有爵爷骑马经过，
她伸手去接他的施舍，
但他并不想给她什么。
他用力抓住她的小手：
大声说：我想要它，用一生相守！
老人回道：你慧眼识珍，
愿意让她贵为爵爷夫人，
在这绿意生发之地，我许她与你——
孩子们听得真是欢喜。

牧师赐福于她，在那神圣地方，
她要离开此地，带着欢乐悲伤。
她不想和父亲就此天各一方。
老人今天在此，明日离去
快乐地带着他的悲伤。
如今，我已思女多年，
孙子们可能都在远方，
449 我祝福他们，白天晚上，
孩子们真喜欢听他唱。

他正为孩子们祝福；嘭嘭有人砸门，
父亲，他回来了！孩子们跳出门去，
他们已无法藏起老人——
你竟诱惑孩子！你这乞丐，傻瓜！
你们，铁面的差役，抓住他！
把这个狂徒带到最底层的土牢！
母亲在远处闻听，急匆匆赶到，
用奉承的话语为他求情——
孩子们听了真是高兴。

差役们没去抓这个可敬的老人，
母亲和孩子们的请求令其不忍。
爵爷高傲地克制着冲天怒火，
恳求的声音让他怒不可遏。
终于，他不再沉默：
你这个卑贱的后代！一家都是乞丐！
贵爵的星空都失了光彩，你们给我
带来不幸！这是我应得的悲哀。
孩子们听了真是不快。

老人目光威严，昂首而立，
铁面的差役向后退去，
只有狂怒仍在恣溢。
好久以来我就诅咒自己的婚姻，
现在我就是个自食恶果之人！
人们总在否认，也完全有理由

否认高贵可以学来，
女乞丐给我生了一窝小乞丐——
孩子们听了满心不快。

你们的丈夫、父亲若赶你们离开，
放肆地解除最为神圣的纽带；
就到父亲这里，到先祖这里来！
头发花白、衣不蔽体的乞丐
依然能为你们开辟美好未来。
这座城堡属于我！是你把它掠抢，
是你的家族把我逐向远方；
我有珍贵的公证印章！——
孩子们听了真是欢畅。

合法之王他已回府，
让忠实者重获遭窃的幸福，
我宣布解除宝藏的封印，
老人目光友好，声音沉稳，
我对你们格外开恩。
一切都会好的，儿子，好好休息！
今天，幸福的星辰合而为一，
侯爵夫人给你生了侯爵的后裔——
孩子们听了真是高兴不已。

贱民
Paria

贱民的祈祷
Des Paria Gebet

伟大梵天，万神之主！
一切皆源生于你，
你是公正与正义！
难道你只创造了祭司，
只创造了武士和富人，
难道你只创造了他们？
抑或你也是让猴子，让
卑贱如我者生存的神？

我们不能称为高贵：
一切不好皆属我辈，
让他人失去生命的
唯独会让我们繁衍。
就让人们这样去想，
让我们把蔑视承担；
可是你，你该重视我们， 451
因为你可把所有人责谴。

主啊，听了我的祈求，

就让我们成为你的孩子，
或者就造出一种东西，
让它把我和你连在一起！
因为你曾亲自让一个
舞妓变成为女神飞离，
我们其他人也赞美你，
也想听到这样的奇迹。

传说
Legende

一个纯洁的女人去汲水，
一个美丽而高贵的婆罗门女人，
受人尊敬，没有错误的婆罗门
它的公正可谓严厉惊人。
每天她都来到这条圣河
汲取最为宝贵的饮料；——
但水罐和水桶呢？
这些她并不需要。
极乐的心，虔诚的手
涌动水波，聚成一颗
晶莹而美丽的球；
手托水球，喜在心间，
冰清玉洁，优雅向前，
步入家门，与夫相见。

今天，她清早就在
祷告中来到圣河岸边，
俯身向清澈的水面——
突然，她惊奇发现
来自最高层天一个
最可爱身形的倒影
正急急在她头的上方飞行
那是天神元初的美好意念 452
从永恒的怀抱中造出
一个令人崇敬的少年：
看到他，她感到
内在至深的生命
俘于令人惶惑的
情感，只想一直观看，
刚刚驱逐，便又重现，
不知所措，她沿河而上，
用不安的手去将水捧取；
可是！她再也无法把水
托起！因为圣河的水
像是在逃跑，在远离，
空空的漩涡中她只见
可怕渊薮，深不见底。

双臂低垂，踉跄的脚步，
这可是那条回家的小路？
可该犹豫？可该逃亡？

她要思考吗？此时思想、
建议和帮助都失去力量——
于是，她来到丈夫面前：
他看着她，用一双判决目光，
带着高尚心念，他抓起宝剑，
将她拖于死丘之旁，
那是罪犯用血赎罪的地方。
她可会做出反抗？
一个不知何罪的罪人，
她可会请求原谅？

他沉思着回到安静的
家里，剑上沾满血迹；
这时儿子过来询问："这
是谁的血？父亲！父亲！"
那个罪人的！——"不对！
它不像罪犯的血那样
凝在剑上；就像
453 正从伤口里流淌。
母亲，母亲！你快出来啊！
父亲他一向公正，
你说他这是干了什么！"——
闭嘴！闭嘴！这是她的血！——
"谁的血？"——闭嘴！闭嘴！
——"难道是我母亲的血！！！
出了什么事？她犯了什么错？

把剑给我！我已经抓到手了；
你的妻子可以任你杀伐，
但你不能把我母亲斩杀！
妻子会随她唯一的
丈夫一起走进火里，
忠实的儿子会随他唯一
亲爱的母亲同死于剑下。”

等等，等等！父亲大喊，
还有余地，快去，快去！
把头重新安上躯干，
你再用剑碰它一下，
她就会醒来，随你身边。

快去，他气喘吁吁地
惊见交叉叠放的两具
女人身躯，连头也是这样；
怎样的惊人！怎样的选择！
他抓起母亲的头颅，
没给它亲吻，忙将
毫无血色的的头放到
一旁那个身躯的空处，
用剑为虔诚之作赐福。

巨像有了生气。——
母亲亲爱的双唇——

未改的甜美如神，
说出的话却令人恐惧：
儿子，儿子！你太急！
454 你母亲的尸身在那边，
旁边的头属于那罪女，
是公正统治的
祭礼！可现在
你把我永远地
植入她的身体；
心思智，行无拘，
我将如此立身众神之间。
是的，高天少年的形象
就在我眉眼前美丽浮现；
落入我的心中，
激起疯狂渴念。

一切循环来到，
总是升而又落，
阴暗复归美好，
这是梵天所要，
他让彩翼，让明净
面孔与苗条的四肢，
唯神独有的形象
将我考验，诱迷；
因众神欢喜，诱惑
就从上方来到这里。

我这个婆罗门女人，
既以头存在于天堂，
也同样感受着贱民，
尘世中下拖的力量。

儿子，我要你回父身边！
安慰他！不要赎罪哀哀，
出离地等候，骄傲地奉献，
不要在荒芜中久驻苦挨；
你们要走过所有世界，
穿越所有时代，即便面对
最渺小的人你们也要宣告：
他的声音梵天会在上听到。

对他来说，没人渺小得
看不到——无论谁人
四肢瘫痪，精神崩溃，
阴郁地无人救助安慰，
无论是婆罗门，还是贱民，
只要他抬头上眺，
就有感觉，就会知晓：
那里有千眼闪耀，
也有千耳在静听，
没什么掩藏得了。

我若飞到他宝座之前，

让他看到我，这个可怕的合体，
他重塑的生命，这般丑陋不堪，
他一定永远为我痛惜，
而这对你们便是裨益。
我将友好地提醒他
我将愤怒地告诉他，
我感官的渴望，
我胸中的激荡，
而我的所思所感——
将是秘密，永远。

贱民的感谢
Dank des Paria

伟大的梵天，我心已知，
你是所有世界的创造者！
我称你是我的统治者，
因你让人人都有价值。

一个人，即便来自最底层
你的千耳也不会闭上一个；
我们，被降至底层的生命，
是你让我们个个获得新生。

你们要求助这个女人， 456
是痛苦让她变成了神，
现在，我坚定不移地看着
他，唯一作用、行动的神。

激情三部曲[①]
Trilogie der Leidenschaft

致维特[②]
An Werther

你，令人垂泪无数的幽灵，
再次大胆面对日光，
与我相遇，在新花的草地
我的出现并未令你惊慌。
仿佛你就生在清晨，
同一土地的露水给你我清新。
一日辛劳终成过去，
夕阳一缕令人心喜；
我被选择留下，离去的是你，
你先走了——却无太多失去。

人生，就像命运一样精彩：
夜晚多壮丽，白天多可爱！

---

① 歌德在编写全集时将三首因乌尔丽克（Ulrike von Levetzow，1804—1899）而创作的诗合为组诗《激情三部曲》。从创作时间来看，《致维特》是其中创作最晚的一首。

② 1824年，在《青年维特的痛苦》出版五十周年时，歌德应出版社之约为之撰写序言，其时想起自己与乌尔丽克的爱情经历，自感悲凉，遂写下这首《致维特》。

我们被置入欢乐的天堂，
尚未得享尊贵的太阳
迷惘的追求便开始了斗争，
忽而与自己，忽而与环境；
一切都不得呼应，
外面阴郁，内里便光亮充盈，
我悲伤的目光掩住了外面的亮，
幸福尽在眼前——心盲不得见。

现在我们自觉知悉！
女人的美丽将我们强系：
那位少年，欢乐如入童年，
春天中，他就是春天自己。
欣喜讶异，这一切是谁给予？ 457
他环顾四周，宛若世界之王。
无拘的匆忙牵他走向四方，
无以限制，宫殿抑或高墙；
就像鸟群在树稍翩然掠过，
飘浮的他环心爱的人游荡，
在情愿离开的天空找寻
牢系自己的忠诚目光。

警告来得先是太早，后又太迟，
他感觉飞行受阻，被环绕牢系，
重逢欢乐，难在别离，
再次重逢令人更加欣喜，

数载时光片刻得偿；然而
“别了”总狡猾地在最后等你。

你笑了朋友，理所当然地深情：
一个可怕的告别让你世上闻名；
我们纪念你可怜的不幸，
你留下我们甘苦担承；
激情未知的轨道将我们
吸引，就像迷宫一样；
我们一次次卷入困境，
终至别离——别离便是死亡！
当诗人把它唱起，令听者动容，
躲开死亡，是别离把它带入人生！
卷入如此之痛，半是他的过错，
愿神赐言，让他诉说所忍究是什么。

哀歌[①]
Elegie

当人在痛苦中沉默，
一神予我言辞，将吾痛诉说。

对重逢，对这一天尚未
开放的花，该有何期待？
天堂、地狱对你敞开； 458
心中忐忑不安！——
不再怀疑！她会走近天门，
将你托上她的臂弯。

——

就这样你被迎入天堂，仿佛
永远美好的生命你可以得取；
再无愿望，不再希求、希望，
这里是你最热切追求的目的，
得见独一无二的美，
令渴望的泪泉瞬时止息。

① 即《马林巴德哀歌》(Elegie von Marienbad)，准确地说是卡尔斯巴德哀歌。1820年开始歌德每年夏天都会去新建的马林巴德疗养浴场。1821—1823年，阿玛莉·封·莱韦措男爵夫人（Amalie von Levetzow，1788—1868）也带着自己的三个女儿来到这里。1823年，歌德正式向莱韦措夫人的长女，乌尔丽克·封·莱韦措求婚，致使莱韦措夫人带着女儿转赴卡尔斯巴德疗养浴场。歌德随后到来，却始终未得回应。这首哀歌的前四句是歌德到卡尔斯巴德之前所写，其余诗句则是他在从卡尔斯巴德回魏玛的路上所写。

白昼振动疾飞的翅膀，
似将分秒推向前方！
夜吻，忠实而约束的印章：
下一个太阳也是同样，
一个个小时都在温柔漫步，
虽如姐妹，却各具其相。

最后一吻甜美得如此残酷，
竟将缠绵的爱网碎割。
脚步匆匆又止，不敢把门槛越过，
仿佛一个发光的天使[①]正将他驱逐；
郁郁中呆视阴暗小路，
回看，小门已然锁住。

此刻，关闭自己，就像
心从未打开，不曾欢享
与天上的每颗星辰竞相
在她身旁闪亮的时光；
在一片阴郁之中，恼怒、悔恨、
责备、忧伤，沉沉地压在心上。

① 出自《旧约：创世记》3:24："于是把他赶出去了。又在伊甸园的东边安设基路伯，和四面转动发火焰的剑，要把守生命树的道路。"基路伯（Cherub）便是大天使。

世界荡然无存了？悬崖峭壁
不再有神圣的阴影为之加冕？
庄稼不再成熟？灌丛和草原
不再有绿带相依的河畔？
超越尘世的广袤不再隆起， 459
形象万千，旋即又形迹不见？

庄严之云中，宛若天使，
飘出一个雾像，明亮而颀长，
那般轻盈、优美、透明而柔和，
蓝天中，就像她一样：
你看到她在快乐地舞蹈
在最可爱的形象中冠压群芳。

然而你只可斗胆将这幻象，
而不是她，留住瞬间；
回到内心，你会更觉美妙，
在你心中，她变化万千；
一个幻化许多，
成千上万，愈加可爱非凡。

她站立门旁，就像迎接一样，
自此每级台阶，我都心儿欢畅；
最后一个吻后，她又追我而来，
把最后的吻压在我的唇上：
亲爱的人形象如此清晰灵动，

用火焰符文写入忠实的心房。

到心里，这颗心固若城堡高墙，
为她保留，也将她纳于四壁，
因为她而为自己的长久欣喜，
当她显现之时，浑然只知自己，
感觉更加自由，在这可爱的界限里，
只是感激地跳动，为一切她的给予。

爱的能力，对被爱的需求
曾一度熄灭、消退；此刻
快乐计划、作出决定、迅速行动
这充满希望的乐趣竟于瞬间找回：
若爱会让恋爱者兴奋不已，那它已经
以最为可爱的方式在我身一显神威。

而且是通过她！——内心之忧曾怎样
可厌地沉重，直压在精神和肉体之上：
不安而空虚的心中一片荒凉，
目光所及尽是恐怖景象；
此刻，熟识的门槛慢慢给人希望，
真实的她现于柔和而明亮的阳光。

神的安宁，在这世上比理性
更让你们欢乐——书上这样写着——
在最爱的人身边那份爱的宁喜

我想可以与之相比不差。
我心安定，什么也不能干扰
那最深的意义：我心属于她。

我们纯洁的心中涌起一个梦想，
因感激而情愿将自己交付于
一个更高、更纯的未知力量，
去探寻那永远无名者的谜底；
这于我们便是：虔诚！——如是至喜
我自觉已然分享，当我站在她的身旁。

面对她的目光，如沐暖阳，
迎着她的呼吸，如浸春芳，
自我意识业已融去，寒冬墓藏，
它早已变得又冷又僵；这一刻，
没了自私自利，没了自我意志，
她的到来把它们吓得仓惶遁去。

她像在说：“生命被美好地
赐予，一个又一个小时，
昨天的时光可知甚少，
明天的一切不可知晓；
我也曾害怕夜晚，夕阳西下，
我还会看见让我欢乐的美好。

所以像我一样，快乐而理智地

正视每一个片刻！不要迟疑！
461 迅速地迎它而去，友好而充满活力，
行动，无论是为了快乐，为了爱；
你在，就有一切，永葆天真，
你就是一切，永立不败。”

我想，你说的容易，神
让片刻的宠爱相伴于你，
在妩媚的你身边，每个人
都以命运的宠儿自居；
让我害怕的是你挥手让我离去，
学习高深的智慧竟于我何益！

现在我相距遥远！无法说
此刻这一分钟该做些什么；
它给了我走向美的某些好，
可这只是负累，我必须摆脱；
无法克制的渴望让我四处漂泊，
除了无尽的泪没有任何良方救我。

流淌吧，泪水！不住洒落；
但内心的炙热却不会减弱！
它在我胸中狂怒，猛烈地撕扯，
生与死可怖地把高下比较。
或许有草药止住身体的折磨；
决断和意志，精神却无从寻找，

无法想象：他该怎样把她想念？
千万次地，他把她的形象追忆。
它一会儿犹豫，一会儿又被拉去，
时而模糊，时而又现于至纯的光里；
这能给我什么安慰，
来来去去，宛若潮汐？

在此离开吧，我忠实的旅伴！
让我独守巨石，面对沼泽和苔藓；
尽管行动吧！世界已为你们展现，
大地宽广，天空辽阔而威严；
搜集细节，观察钻研，自然的秘密 462
或许将被结结巴巴地复述人前。

我失去了宇宙，失去了自己，
众神的宠儿，我曾经的过去；
他们给我考验，给我潘多拉之盒，
宝物无数，危险却也更多；
他们将我驱向爱人美妙赐予的嘴，
却又将我驱离，将我摧毁。

和解[①]
Aussöhnung

激情带来痛苦！——失落
太多的心啊，谁人安抚？
时光啊，急急溜向何处？
最美徒然为你选出！
精神沮丧，迷惘开始；
崇高的世界无从感知！

插上天使的翼翅，
音乐将万音编织，
穿透人的心灵，
用永恒的美将人充溢，
眼睛湿润了，在更高的渴望中
感受到乐音和泪水神性的价值。

心放松下来，敏锐地发现
它还活着，在跳动，也想继续，
面对丰盈的馈赠，
它感激地情愿回献自己。

---

① 此诗的第二次出现是在本卷的《思考与信笺》版块，标题为《致玛丽·希马诺夫斯基卡夫人》。这位钢琴家曾用美妙的音乐安慰了求婚失败后重返魏玛的歌德。

这时便有了——愿它永存！——
乐音与爱的双重欢愉。 463

风神的竖琴
Äolsharfen
对话
Gespräche

他
我想我没有痛，
心却如此悸动，
额头牢缚，
大脑空空。
直到泪水滴落，
倾泻心头离恸。——
“再见”她说得平静轻松，
现在许和你一样浸在泪中。

她
是的，他走了，现在必须离去！
亲爱的你们，请让我独守自己，
你们若觉我怪异，
我不会永远如此！
此刻，我却难忍他去。
不能不哀伤哭泣。

——

他

我不再难过
也无法拥有快乐：
每棵树给人的成熟的
礼物，对我全无意义！
白昼让我厌倦，
无聊，当夜晚点亮自己；
我唯一的享受是你
妩媚模样在我心中变换不已，
你若渴望这一幸福，
便迎我在半路。

她

你如此难过，因我没有出现，
许是我在远方没有忠诚思念，
464 否则我的灵魂也会映你眼前。
彩虹会妆扮蓝天？那便
下雨吧，很快会有新的彩虹。
你在哭！我已出现，在天空。

他

是的，你是可与彩虹相比！
一个可爱的神奇标记。
柔韧美丽，和谐缤纷。
永远像她一样，永见永新。

焦灼
Ungeduld

一次次穿越大地
向遥远海洋飞去，
想象张开翅膀
在岸边盘桓飞翔；
体验不断变换：
心中常怀忐忑，
痛是青春的养料，
泪是极乐的颂歌。

欢乐与折磨
Lust und Qual

黑礁石上，垂钓而坐
一个渔童，那就是我
在把虚伪的礼物赶做，
侧耳倾听，独自唱歌。
钓钩诱惑地向下飘落；
鱼儿马上游过，咬住，
幸灾乐祸的无赖之歌——
小鱼儿，已无力逃脱。

啊！行岸边过田间，

穿密林，入深山，
循伊人足迹，那里，
牧女她孤身而居。
目光低垂，不再言语，
伸手将我的卷发拉住，
就像折刀猛然弹出
小男孩，欲逃无力。

上帝知道，她还会
再与哪一牧人媚好，
我还是要整装下海，
不管风大浪高。
大大小小的鱼儿
尽在网中哀号；
我还是想一次次
被她双臂环绕。

永永远远，无处不在
Immer und überall

步入深深沟壑，
随云跃上穹庐，
缪斯千万次轻唤，
到泉边，到山谷。

新花吐蕊，
总要新曲相随，
时光飞逝，
四季去而复归。

三月
März

下雪了，
还看不到
百花盛开，
不能为花开
欣喜开怀。

阳光弄人， 466
发出柔和的光，
燕子也在撒谎，
燕子也在撒谎，
它为何独回北方？

春天已然不远，
我却还要独自消遣？
我们会相依相伴，
我们会相依相伴，
夏天，就在眼前。

四月
April

眼睛啊，告诉我，你们
说什么？你们所说太美，
声音又那么娇嫩；
看得出，你们也在发问。

哦，我想我懂了你们，
你们的清澈之下，是
一颗心，充满爱与真，
一切全由自己，

定是快乐不已，
面对许多木然的眼神
终于找到一个
懂得珍惜的人。

我潜心研究
一个个密码，
让你们也同受引诱，
467 想把我的眼神看透！

五月
Mai

轻轻的银雾弥散
乍暖的空中，
柔柔的，淡淡一圈光边，
是太阳正透过雾气窥探；
波浪轻轻荡漾，
涌向丰饶岸旁，
明亮的新绿宛若水洗，
倒影在水中
摇来，荡去。

天地静寂，微风止息；
是什么在摇动树枝？
这丰沛湿热的爱，
从林间向灌丛飘去。
这时，眼前突然一亮，
看！一群鼓翅的孩子[①]，
正敏捷地向前疾翔，
它们是晨的孩子，
总像翅膀，成对成双。

① 指小爱神。

他们开始编结房顶；——
不知谁需这座小房？
像是行家，真正的木匠，
长椅和小桌在正中摆放！
兀自惊奇，
竟不觉依山斜阳；
再来百个展翅的小娃
带我宝贝到这小小草房，
昼夜流转，美丽的梦想！

468 六月
Juni

在山的那面有个
让我心动的姑娘。
山啊，告诉我，这是为什么？
为什么你就像一道玻璃的墙？

而我仿佛离得并不远；
她来了，我已经看到，
难过了，是寻我不见，
笑了，哦，她已知晓！

这时，中间现出一道
清凉山谷，轻盈灌木，

小溪、草地和别的什么东西，
磨坊与岸，那是最美的标志，
马上有一片空地出现。
田野辽阔，四望无拘。
就这样一直向前，向前，
直到我的家，我的花园！

可是怎么回事？
我竟不觉高兴——
我曾多喜她的面容
还有她闪亮的眼睛，
多喜欢她步态曼妙，
此刻我就这样看她
从发辫到她的双脚！

她走了，我在这里，
我走了，我在她那里。

她登上陡峭小山，
急急沿山谷走去，
恍有振翅之声，
又如流动旋律。
一人静静等待 469
这青春的活力，
快乐而又美丽的肢体，
让他快乐，她是唯一。

爱于她太过相配，
没什么让她更美！
在她心里，柔柔地
正探出朵朵花蕾。

每每想到：爱应如此！
我就不再有丝毫疲惫；
她若爱我，
何能更美？

不，更美的是新娘，
她会把自己完全交付于我，
她会说，会告诉我，
什么让她高兴，给她折磨。

无论过去，现在，
她的感觉我了然在心。
谁会赢得她的身心，拥有
这样一个姑娘，一个女人？

四季皆春
Frühling über's Jahr

花苗松动纤腰
一点点长高，

铃兰摇摇摆摆
雪一样洁白；
藏红花花红
浓烈，如火如霞
那翠绿的嫩芽
竟吐出如血的花。
报春花昂首阔步
它是如此唐突，
捉弄人的紫罗兰，
故意藏身不现；
朵朵丛丛
生机绽放。
春天就这样
作用，生长。

但花园中
全心怒放，
唯数宝贝儿的真情
妩媚芬芳。
我的目光
一直燃烧，
她的歌声让人激动，
她的话语让心欢跳。
总向我敞开
她如花的心，
严肃而不失友好，

玩笑亦不失清纯。
便是携了
玫瑰与百合，
夏天也无法
与她一争高下。

一生一世
Für's Leben

一场春雨应了
你我热切的祈求。
我的妻，你看神的赐福
在我们的田野上驻留！
我们的目光沉醉
在薄薄的蓝雾！
爱在这里漫步，
幸福在此居住。

471 你看，那一对
白鸽，正飞向
阳光中的凉亭，
紫罗兰正环亭怒放。
在那里，你我第一次
同把一束花儿扎起，
在那里，爱的火苗

熊熊燃烧你我心底。

说完那句“我愿意”
走下圣坛的我和你，
牧师看着我们和几对
年轻人疾步而去。
这时，一轮别样的太阳，
别样的月亮为你我升起。
于是我们便赢得
一个自己的世界。

十万封印让连结
已变得牢固不已，
树林里，小丘上，
山谷中的灌木丛，
山洞中，旧屋里，
悬崖上的至高地，
爱神甚至把火种
撒入湖畔的苇丛。

我们满足地散步，
以为只是我们两个；
命运却把安排巧做。
你看！我们是三个，
四个，五个，六个
在同一口锅旁围坐，

现在，几乎都高过
你我，这些家伙！

472 在那美丽地方，
耸起一座新房，
一弯溪水环绕，
杨树岸边生长。
是谁在那里造出
这个快乐的地方？
难道不是我们老实的
弗里茨还有他的新娘？

石谷中困住的河
不得不涌着泡沫
从深渊中跃出，
扑向一架架水车：
人说磨坊姑娘
个个多么美丽；
可在那后面赢家
总是我们的孩子。

教堂和草地周围
绿色竟如此浓密，
老杉树独自
向天空致意，
我们的亲人躺在那里，

命运让他们早早离去，
也让我们的目光
从地面投向天际。

武器耀眼的寒光
波浪般涌下山岗。
我们的军队跋涉而来，
打一场和平的大胜仗。
是谁骄傲地走在前面？
身佩一条荣誉的绶带，
好像是我们的孩子！
卡尔，他已经回来。

此刻最可爱的客人 473
自有新娘亲自款待；
在庆祝和平的日子，她
得许于他——忠诚可爱，
每个人都争着
加入舞蹈的狂欢，
你用花环把最小的
三个孩子打扮。

悠扬的笛声中
时代兀自改变，
你我曾正当年轻
轮舞中喜悦蹁跹；

在这美好的一年，
幸福我已觉不远！
待儿子孙儿洗礼，
我们便相伴同去。

永远
Für ewig

人以尘世局限
以神之名命名的幸福，
忠诚之睦，坚实稳固，
友谊之和，疑虑无着；
那只为孤独思考的智者，为
沉于美好的诗人点燃的灯火，
我早已在生命中的最美时刻，
于和谐中发现，为自己觅得。

两个世界之间
Zwischen zwei Welten

只属于一个她，
只敬重一个他，
让心与意识如此统一！

莉达，[①]身边的幸福是你！
威廉，[②]一颗星高挂天际！ 474
是你们让我成今日自己。
时光飞逝，
我的全部价值就在
那些岁月里奠基。

出自 1604 年一本宾客题词留念册中的诗[③]
Aus einem Stammbuch von 1604

希望让思想插上翅膀，爱让希望
飞翔，晴夜里飞向月神，飞向爱！
你便说：天上的月亮容颜更改，
人世间我的幸福去而复来！
温柔而谦卑地向月亮耳语，
怀疑常让人垂首，信任独洒泪滴。
你们这些思想就是喜欢猜疑，
向情人道出责备之语：
无论模样怎改，你依然是你，
要像月亮，纵容颜更改，总是自己。

---

① 莉达（Lida）是夏洛特·封·施泰因（Charlotte von Stein）在歌德诗中的名字。
② 指莎士比亚。
③ 该诗副标题是莎士比亚，原文为英语，据说是莎士比亚所写。歌德于 1818 年读到了该诗的德语版。

怀疑入它内心，不会生出毒意，

爱因怀疑的调剂变得更加甜蜜。
若她闷闷不乐，眼角堆起云翳，
阴云把晴空遮蔽，
叹息的风就会把乌云吹去，
让它化作雨丝，滴滴洒落大地。
思想、希望和爱，只在月亮升起的地方存在，
它就是这样给了我思想，给了我希望和爱。

午夜里[①]
Um Mitternacht

午夜里，我一个小小男孩，
不情不愿地走向教堂墓地
去到牧师，到我父的家里。
天上星星闪烁，那么美丽；
午夜里。

475 如果有一天，我要去生命的
远方，只因心上人迁居别离，

① 歌德非常重视这首诗，因为它成于歌德在月夜下突然而得的灵感，歌德觉得非常奇妙。

极光和星辰[1]在空中对抗，
路上的我却将快乐吮吸；
午夜里。

当空中明亮的满月终于
清晰照亮我昏暗的心底，
思想心甘情愿，聪慧无比，
飞快地缠绕在将来和过去；
午夜里。

圣内波穆克节前夜

St. Nepomucks Vorabend

1820 年 5 月 15 日，于卡尔斯巴德

小小的烛灯在河上飘荡，
孩子们在桥上放声歌唱，
教堂里大钟小钟齐鸣，
正是喜乐的祈祷时光。

烛灯消逝，星星不再亮，
圣徒的灵魂[2]已去向远方。

---

① 星辰象征固定不变，极光则是流动变换。

② 指内波穆克（Nepomuk），因为保存告解者的秘密而成为殉难者：他被淹死在伏尔塔瓦河中，尸体顺流而下，周围环绕烛火和星星，预示他已去天堂。于是人们每年都会在水上放出烛灯。

我们对他倾诉的过错，
他啊，对谁也不可讲。

烛灯漂向远方，孩子多么欢畅！
童声合唱响起，噢，唱啊，唱！
请你们宣告世人
是什么让一颗星走向宇宙星辰。

走过
Im Vorübergehn

田野中，
我信步前行，
心底
无意寻觅。

476 忽见一朵小花，
亲近顿生刹那。
从此最喜得见，
唯有它。

我想把它折下，
它忙对我发话：
我有根须，
深藏地下。

我的根
深扎土里，
我的花
才会美丽。

我不能抚摩，
不能切割，
不可折断，
只可移窠。

森林中，
我信步前行，
心中快乐轻松，
只想一直不停。
这便是我的心声。

圣灵降临节
Pfingsten

半枯的白桦嫩枝下，
我们亲爱的朋友[1]在安睡，

---

① 可能指里默尔先生在五朔节的装饰下睡着了。当时他正在热烈追求卡罗利妮·乌尔里希（Karoline Ulrich）。

唉，我想对他说的话，
怎会让他快慰？
这干枯的树枝没有了根，
青春的血液业已干涸。
可德莱斯希先生[①]说，爱
会为它注入生命的长河。

477

眼与耳[②]

Aug' um Ohr

眼前所见，
便信以为真，
耳中所闻，
却难以信任；
你美好的话语
常令我心舒畅，
但适当地方，仅一目光
便令我不再有丝毫妄想。

---

① 生活在图林根州一个村子里的一个做生意的花农。
② 歌德常将此诗赠与年轻女士。

无尽的目光
Blick um Blick

当你看镜中自己，暗想，
我在将你的双眼亲吻，
你若避我而去，
我必一劈两分：
因为我只活在这双眼里，
你如果会像我一样给予，
我便无药可治，现在的
我，正一次次呱呱坠地。

家庭花园
Haus-Park

亲爱的母亲，小伙伴
不时会对我说
我最好感受一下外面
那赋予万千的大自然，
身在墙里，这围篱，
这黄杨，他们真为我
遗憾。还有那荒谬的
玩笑，年年再次来过。

这绿色的墙如此生硬， 478

他们不会在此久站；
毕竟从一端就
看到了另一端。
叶子要剪，（痛啊！）
唉，花儿也要如此这般！
阿斯姆斯，我亲爱的堂兄，说那
纯粹是个裁缝的玩笑，剪了又剪。

邻居的花园
杨树高高挺立；
而我们这里
洋葱多么粗鄙！
你们若不随我所愿——
我也不再执意！
亲爱的母亲，只是今年我恳求
别再来卷心菜，上帝保佑！

新哥白尼
Der neue Copernicus

一座美丽的小房，
让我藏身，
为我遮阳，
多么舒适欢畅。

这里有小门小窗、
小锁片和小抽屉，
独处啊，这是多么惬意，
胜过和美丽的姑娘相聚。

奇迹！森林
舞动只为我欢欣，
遥远的田野，
更加靠近我心。

绿树覆盖的群山 479
尽从我身边舞过，
只缺兴奋的地精
狂呼内心的欢乐。

但身边飞逝的一切
都是那般悄然无息，
大多笔直，亦常弯曲
这样，我也更是欢喜。

当我想细细观察，
凝神注视，或许
一切都默然而立，
唯我自己在挪移。

彼此相依
Gegenseitig

我的心上人怎么了?
是什么让她如此欢喜?
远方的人啊，她在把你
轻摇，把你放在了怀里。

她将一只小鸟
养在精巧的笼里。
只要高兴，
她便放它出去。

它啄她的手指，
她的唇，飞舞，
振翅，再次向
它的主人飞去。

快回家乡吧，
这是新的惯例!
你拥有了姑娘，
她便拥有了你。

海盗 480
Freibeuter

我的房子没有门儿，
我的门儿没有屋，
总是带着珍奇宝贝
在此进进又出出。

我的厨房没有灶，
我的灶也没厨房；
煎炸烹煮
唯我独享。

我的床没有支架，
我的支架没有床。
可我不知有谁
比我更加欢畅。

我的地下室很高，
我的谷仓啊很深，
我就躺在那最上面，
最底层，酣睡沉沉。

一觉醒来，我
又要动身起航；
我地没有停留，我的

停留，不在任何地方。

漫游者之歌
Wanderlied

从山岗到丘陵，
沿山谷向远方，
若闻振翅声起，
若见歌声飞扬。
任绝对本能
给你欢乐，引你前行；
481 愿你的追求——即便起于爱——
和你的生命，是行动。

纽带已断，
信任已伤；
我今告别，漫游四方，
将要面对怎样的偶然
我怎能说，我怎知详。
就像一个寡妇
哀哀背转身去，
与人远走他乡！

不要在此驻留，
勇敢向外出发，

身心快乐抖擞，
天下处处为家；
只要阳光照耀，
便会烦恼尽消；
我们在阳光中消遣，
世界由此辽阔无边。

482 共济会分会
Loge

信念
Symbolum

共济会成员的漫游
就像人的一世行走，
而他的追求
就像世人的
行动。熙攘漂流。

未来的每一步
快乐抑或痛苦
纵无法得见，
我们无畏无惧
迈步向前。

遥遥垂下
一道天幕
沉重而又肃穆。
空中群星沉寂，
地上坟墓静立。

仔细观看，你会

发现，英雄胸中
暗涌的惊恐
严肃的情感
在不住变换。

但那边传来
幽灵的声音，
会长的声音：
尽行善之力，
莫误好时机。

这里，花冠 483
在永恒静寂中盘起，
它们要用丰裕
回馈行动的你！
记住，希望存心底。

缄默不语
Verschwiegenheit

当情人回望爱的
目光，诗人的歌
也欢喜把它唱起，
如此幸福，如此欢愉！
但是沉默带给你的丰盈

是更丰厚的信任，安静！
安静！轻轻地，轻轻地！
这才是幸福，真正唯一。

激战中，隆隆的鼓声
让一个战士斗志昂扬，
大喊着冲过片片战场，
狼狈的敌人无处逃亡，
因为歼灭他获得胜利，
愉快接受喧嚣的荣誉，
殊不知，暗中的敬意
才对其善举更为有利。

上帝保佑！我们心心相连的
兄弟知道无外人知晓的秘密；
就是为人熟知的歌曲
在我们这里也严守自己。[①]
没人应该，也无法得见
我们将内心袒露于兄弟，
因为沉默和信任
构成庙宇的根基。

---

① 共济会员习惯按共济会的内容来阐释外来的令人愉快的歌曲。

姐妹们的回敬致辞[①] 484

Gegentoast der Schwestern

于 1820 年 10 月 24 日基金会与阿玛利亚[②]庆典上

亲爱的客人，
我们的谢意，深切而有力
却不会让快乐者心生诧异：
你们的节日让我们再欢聚。

我们女人，真该
满心感激地称颂
那些总在一旁指导我们
将目光投向内心的弟兄。

可阿玛利亚，可敬的阿玛利亚，
也会让你们得见她神性的美丽，
在此，我们和你们一起
用言语与歌声向她献礼，
我们和你们，心心相系。

我们无意干扰
你们高唱的歌，

---

① 女人只有在特别场合才会获准参加共济会活动。

② 1764 年，在萨克森－魏玛－埃森纳赫的安娜·阿玛利亚公爵夫人生日那一天，魏玛成立了一个共济会分会，并命名为阿玛利亚分会。

但兄弟们可曾自问，倘若
没有姐妹，你们会是什么？

哀悼的聚会
Trauerloge
献给难忘的魏玛－埃森纳赫卡洛琳公主
梅克伦堡什未林太子妃

在荒凉的生命之岸，
一座座沙丘起伏连绵，
当风暴滴落在浓浓的黑暗，
你要给自己的追求一个目的。
在早已消失的印记下面
千万个先辈正寂然长眠，
485 唉！一个又一个朋友
也深埋于座座新丘。

你若能承受，
夜和苍穹将会如昼亮起，
永恒的群星将向你昭示
生机满盈之时，你高兴地
在此停留，与欢乐者相聚，
一起忠实地劳作不休，
也忠实地飞步走向你
深爱的永恒，深爱的上帝。

歌者的谢意[①]
Dank des Sängers

人们常常说起宫里
到来的一个个歌者。
那里什么都不缺，
他们就在那里就座。
可是哪里，随便哪里
能像此地给我
这许多可贵兄弟？

不要问我到底来自何方，
我们都从上面来到世上；
然自由者在歌唱中变得自由，
也可以赞美自己的兄弟朋友。
歌声舒松胸膛！不管外面
多么狭隘，又多么紧张，
没有什么会让我们张皇。

我已道出
一心谢意，
用纯净灵动的音调
把可敬的你们赞誉。

---

① 为共济会接受歌德的儿子奥古斯特·封·歌德（August von Goethe，1789—1830）而作。

除了如此爱听的声音
还有什么会留下印象，
486 当我们处处，在每一个
地方，默默地繁衍生长。

Zur Logenfeier des dritten Septembers 1825
1825 年 9 月 3 日共济会庆典

序曲

不管今生得遇什么，
这一次我们感受了
最大的幸福，为这样
一个日子而庆祝欢乐！

这一天愉快走出黑夜
披一席闪闪亮的彩饰，
快乐地为自己定下边界，
又携无尽祝福西落而去。

所以打开你们的大门，[①]
让你最信任的人进来；

① 此次共济会聚会也允许非会员到场。

今天在每一地方
都要让爱靠近爱！

间曲

太过短暂的一切，让它去吧！
向它寻求建议总是枉自劳累；
最能干的，活在过去，
令其永恒是美好行为。

代代延续中，勃勃
生命获得新的力量，
因为思想是长久的存在 487
只有思想让人长存世上。

关于第二故乡的问题①
答案已然昭示明白；
尘世岁月的恒常已经
赋予我们永恒存在。

终曲

站起身来，你们兄弟一样

① 即对永恒的追问。

彼此信任，请让世人知详！
你们彼此敬仰
今要向外传扬！
歌声别再只是
在大厅里回响。

你们热烈欢呼着
走过崭新的街巷！
一度空荡荡的地方
出现了美丽的新房
花环一个又一个，
一行又一行。

外在的建筑宣示
内在的欢畅；
间间教室欢乐地
扩为明亮厅堂；
孩子们不必再怕霉气，
也不必担心不够宽敞。

走进这通风的房间吧！
是谁种下了这些树，
你们这些爱子的丈夫？
是他[①]保持这些浓荫，

① 此次庆典是为纪念大公爵执政五十周年而举行。

那一带带的绿林
将座座山丘环护。

忘却痛苦折磨， 488
且把好事估量，
热烈而又忠诚，
忠实而又欢畅，
一首真诚的歌
你们齐声唱响！

他曾给予多少，
又成几多胜迹，
无数人同盟结起，
难以言喻的幸福
已然奠基，将在
生命中轮回传继。

上帝与世界[①]

壮阔人生，广袤世界，
年复一年，追求不懈，
总在探索，总在创立，
常近终点，从未止歇，
旧作忠存于心，
新曲友好理解，
精神快乐，目的纯洁：
好吧！一段人生已然完结。

写在前面[②]
Proœmion

以创造自身者的名义！
永远把创造之业继续；
以他的名义，是他创造了信仰
信任、爱、行动和力量；
以他的名义，其名人常说起，

① 1822 年，歌德重拾起 1815 年的《上帝、内心与世界》版块，只是去掉了其中的“内心”一词。其时，该词已被庸俗化，在歌德看来是个包容种种弱点的词语。在《上帝与世界》版块中，歌德所关注的便是自然，而他所表达的世界观首先在《写在前面》一首诗中得以体现。

② 诗人按照基督教祈祷词“以圣父的名义”模式写就此诗，却在诗中彰显自己对“上帝—自然”的信仰。

依其本质，却从未有人知悉：
极尽听闻，极尽目力，
你只能在所知中找到他的相似，
精神的驭火飞行
已让你拥有足够的比喻、象征；
你受到吸引，被快乐裹挟，无论你
放步何处，路途与所在都为你美丽：
你不再计数，不再把时间算计，
每一步都是无限无际。

——

仅从外部触动何谓上帝，
只会让宇宙绕指盘桓！
纳自然于内，在自然中安栖，
他该从内部将世界旋转，
生活、活跃、存于其内的一切
都有他的力量、精神，从不欠缺。

——

内心也是一个宇宙；
每个民族都可敬地
用他所知的最好命名他：
上帝，是的，他的上帝，
交付他天和地，再献上满心
敬畏，可能的话，还有爱意。

再度拥有
Wiederfinden

众星之星啊，我能否
将你再次拥在胸前！
啊！遥远的夜是
怎样的痛苦，怎样的深渊！
噢，我的快乐相抗有你，
那般可爱而又甜蜜！
想到过去的痛苦，
面对当下我竟自颤栗。

当世界在最深的谷底
在上帝永恒的胸口卧息，
上帝带着崇高的创世之欲
将第一个时刻开启，
他说："要有！"
一个痛苦的声音[①]立刻响起！
当宇宙，以强力，
切入到现实中去。

光舒展怀抱！黑暗
胆怯地离他而去，

① 此处以孩子降生时母亲的阵痛做比。

各个元素立刻
彼此告别，各自分离。
飞快地，在狂野荒凉的梦中，
每个元素都竭力拓展疆域，
呆板静滞，在无度的空间，491
没有渴望，没有声息。

万物无声，寂静荒凉，
上帝头一次感到孤寂！
于是他创造了晨曦，
它把痛苦怜惜；
又为阴郁者
奏出颜色的旋律，
一度分离的一切
此刻重又相爱相依。

相属者急急
将彼此寻觅，
情感与目光向
灵动的生命转去：
只要能够捕捉、握牢，
怎管是捉住，还是夺取！
安拉不必再行创造，
他的世界我们创立。

带着朝阳火红的翅膀，

生命把我拉到你的唇旁，
夜带着千万封印，
闪亮的群星让联结更有力量。
你我生于世上
在欢乐痛苦中成为榜样，
第二句：“要有！”[①]
不会让我们再天各一方。

宇宙之魂
Weltseele

盛宴后，你们散向
各个地方！兴奋地
越过邻近的片片地域，
冲入宇宙，将它占据！

492 你们已飘浮在无度的远方
极乐的众神之地，在辉光
遍布的群星间，宇宙里，
发出崭新光芒，乐无忌。

巨大的流星，你们便要
飘向远方，远方的远方，

① 这里指的是相爱的人通过生育来“创造”世界。

穿越太阳和行星的迷宫
条条轨道你们恣意驰航。

你们年轻而富有创造之力，
迅速抓住尚未形成的星体，
令其在匀速的转动中
拥有生命，勃发生机。

鼓荡的风中你们旋转着
带着变幻的轻纱飞驶，
又在所有的堑沟里
为石头写下不变的形式。

现在，一切都带着神的勇气
努力超越自己；水，不具
繁殖能力的水，想要发芽，
每一粒尘埃都有生命之力。

你们以柔和的争斗
将雾湿的夜排挤；
广袤的天堂
燃起一片斑斓壮丽。

很快，各种生命走来
一起看那优美的光，
你们，第一对情侣，惊叹

在幸福的河谷草地之上。

无限追求很快化于
幸福的对视。心怀感激，
493 你们将宇宙最美的生命，
纳于宇宙的怀里。

变化中的恒常
Dauer im Wechsel

抓住这早时的恩赐
啊，只需一个小时！
可是温和的西风
已摇落浓密的花雨。
我可该为绿叶欢喜？
首先要感谢它的荫凉。
当它在秋日灰黄摇荡
暴风雨让它消散四方。

你若想要果实，
就快把你的拿走！
那些已然发芽，
这里的已渐成熟；
大雨过后，你幸福的
山谷都现出另一面孔，

你不会在同一条河中
第二次游泳。

现在是你自己！
在你面前所有坚似
岩石的墙垛、宫殿
你都投以别样的目光。
一向在亲吻中康复的唇
已不知去向何方，
那只蹬在危岩上的脚
曾和大胆的羚羊较量，

那为人做事的手
喜欢温柔地动起。
这结构清晰的形体，
哪一样都今夕迥异。
那个位置上的他，曾 494
用你的名字称呼自己，
如一道水波涌来，
又匆匆回到水里。

让始与终
合而为一！
让你的消逝快于
种种的流去。
想着，缪斯的恩宠

向你预告永恒，
形式来自你的精神，
内容，在你胸中。

一与一切
Eins und Alles

在无限中回归自己
个体消失也愿意，
所有的厌烦尽皆化去；
不再有热切的愿望，狂野的意志，
不再有讨厌的索取，严厉的要求，
放弃自己是一种享受。

宇宙之魂，充盈我们的身体！
与宇宙精神角力，
将是我们力量最高的天职。
美好的灵魂，最高的大师，
温和而关切，引我们
向今昔造物的他走去。

改造创生的一切，
呆滞不容，
活力涌动，永在作用。
一切都不可安歇，

过去未有的，将要现有，
纯净的太阳，多彩的地球。

一切都要运动，创造，
先是塑出，再予转变；
只是看似有静止瞬间。
永恒在万物中永动无歇：
若想在存在中永续，
便要在虚无中毁灭。

间曲①

Parabase

多年前，
精神追求不息，
快乐地研究、体验
大自然如何在创造中存在。
永恒的“一”
以无数面孔显现；
大者之渺小，小者之伟大，
一切存在，方式各异。

① 原文为Parabase：古希腊文化中心阿提卡的喜剧中会安插由合唱团向观众发表评论的环节，有意打断情节发展。此处诗人要引出下面的《植物变形记》和《动物变形记》。

变化不止，牢牢坚持。
近前与远方，远方与近前
就这样塑造，改变——
我之存在，只为惊叹。

植物变形记
Die Metamorphose der Pflanzen

亲爱的，花园上空千百种花香
混合飘荡，让你迷茫；
你倾听着许多名字，竞相
排挤，带着蛮野的音响。
各个相像，又都不一样；
同说一个秘密法则，一个神圣的谜，
噢，亲爱的朋友，但愿我能马上
快乐地向你送上谜底！
现在请你把植物的变化观察，看它们
一步步成熟，长出花朵和果实。
496 当寂静的天地，繁育的怀抱，仁慈地
将它们放入生活，它们就钻出种子，
把萌芽的叶片最柔美的模样
托付给阳光的魔力，神圣而永远活跃的光。
力量就在种子中沉睡；
圆极之形闭合着，在壳下蜷曲，
叶、根和芽，具形一半，颜色未施；

内核就这样单调地将平静的生命保持，
一旦向上涌动，浸入柔和的湿气，
便从环绕的夜中挺身而起。
但最初的形象还很简单；
植物中的孩子也有如此特点。
接着就出现一个嫩枝，昂起头，换新颜，
总是最初形象，一节节向上伸展。
虽然并非总是一样；你看，下一片叶子
总是以各种模样形成、完善，尖端
和各个部分都在变大，更多凹痕，更为分离，
在最下面的器官里，它们曾静静地长在一起。
这样，它们就首先达到了先定的完美，
某些种属会令你讶异不已。许多锯齿，
许多纹路，装饰着肥美充溢的叶面，
丰裕的本能仿佛在此自由而无限。
然而大自然用强有力的手止住形成的步履，
温柔地引其向更完美走去。
现在大自然更有节制地输送汁液，收缩
维管束，植株马上显得更为柔和细腻。
延展的边缘静静地收敛本能，
茎的棱条变得更为丰盈。
更为柔嫩的茎儿迅速挺起，没有叶片，
一个神奇的形象吸引着观察者的视线。
现在，小些的叶子围成一圈，片片
相似相连，数之不清，屡屡徒然。
蕴藏的花萼决定挤在茎轴的周围，

497 它要释放彩色的花冠，让它成为至美。
大自然以高大丰满的形象引人流连，
层层展示着排列的成员。
变换的叶子构成修长身形，
当花儿叶上摇动，你总会再次惊叹。
这美景在把新的创造宣示；
上帝的手触摸着彩色的叶，
它迅速收缩；最柔嫩的形式，
一对对来到世上，注定合而为一。
现在它们友好齐聚，对对爱侣，
许许多多，环绕神圣的祭坛站立。
婚礼之神飞来，雾气缭绕，气势恢宏，
挥洒阵阵甜香，赋予一切生机。
此刻，无数萌芽零星膨起，
可爱地包在鼓起的母腹里。
这里，大自然把永恒之力的环闭合；
新的一环马上又扣住了前面一个；
让链条穿越时代，不断延续，
整体与个体都充满生机。
噢，亲爱的，调转目光去看那攒动的彩色，
它不再在精神面前摇动，令人迷惑。
每个植物都在向你宣告永恒的法则，
每一朵花，都在越来越响地与你言说，
但是你若在这里把女神神圣的字母破译，
你就到处都会看到它们，即便是面貌各异。
让毛虫犹豫地爬吧，蝴蝶忙忙于蹁跹，

人要可塑地把既定的形象改变！
噢，想一想，相识的萌芽
慢慢生成我们可爱的习惯，
友谊全力从我们内心走出，
爱最后把花朵和果实奉献。想一想，
大自然把多彩的形象赋予我们的情感
时而这样，时而那样，默默发展！
高兴吧，为今天这个日子！
神圣的爱追求着思想同一的最高果实， 498
愿伴侣对事物拥有同一观点，能够和谐
观看，愿你们找到更高层次的世界。

写在中间的话
Epirrhema

在观察大自然时你们一定要
注意全体和个体；
什么都不在里，什么都不在外：
因为存在于外，就存在于里。
不要犹豫，抓住这个
神圣的、公开的秘密。

——

要为真实的假象高兴，
为严肃的游戏悦意：
任何生命都不是单纯的“一”，

总是一个多重的个体。

动物变形记
Methamorphose der Tiere

你们有胆，也去攀登这一高峰
最后一级台阶，递手给我，放眼望
自然辽阔。丰富的生命馈赠
女神四处播撒；她不像凡间女人
担心孩子没有食物保障；这对她并不恰当：
因为最高法则她已双重确定，限制每一生命，
许它适度之需；她把馈赠洒向四方，
容易发现，不计其量，
暗助困窘的孩子欢快努力；
命运要他们不得教养，东游西荡。
499 每只动物都是目的本身，完全诞生于
大自然的母腹，又让完美的孩子来到世上。
每一部分身体都按永恒的法则形成，
最罕见的形式秘密地保存着原型。
每一张嘴都巧纳适应身体的食物，
不管是身虚体轻，牙齿全无，
还是有力的牙齿长在颌骨之上，
灵巧的器官总会给身体送去营养。
无论大小，每一只脚都会动，
都会和谐地适应动物的需求和官能。

这样，每个孩子完全纯粹的健康
皆由母亲决定：因为所有富有活力的组成
都不会相互排斥，而是共同为生存而作用。
外形决定了动物的生活方式，
而生活方式又强有力地反作于所有形体。
有序的构造坚实地显现，
作用于外的本性却令其易变。
但在内部，高贵造物的力量
囿于生命结构的圣圈。
没有神将其拓展，大自然也尊重不变：
因为只有受限才有可能完满。
但在内部，一个精神似乎在有力地斗争，
它多想打破这个圆，让形式和意志可以任性；
然而它的努力，终是徒劳无功。
虽然它冲向这些环节，那些部分，
有力地给它们配备，
其他部分却苦于匮乏，负担超重
击毁所有形式的美，
所有单纯的运动。
你若见一个造物以某种形式
获得了特别优势，就马上问一下，
哪里会苦于缺乏，用研究的精神
去寻找，你就会发现所有形态的回答。
一只动物若上颌长满了牙，额上就不会有角，
所以永恒的母亲完全无法把长角的狮子创造，
即便她把一切力量都为之动用；

若让它长满两排牙齿，她的材料便不够
让鹿和公牛的角在狮子头上威耸。

力量和限制、法则和肆意，
自由和尺度，灵活和秩序，
优势和缺陷，这美丽的概念许会令你极是心喜；
神圣的缪斯和谐地将它给你，温柔地促你学习。
有德行的思想家也想不出更高的概念，
劳作的男人，创作的艺术家亦是如此；
名符其实的统治者只是通过它才拥有王冠。
最高的造物啊，去欣享大自然，你自觉能够
思考大自然，想它最高的思想，那是大自然
努力创造的产物。此刻你且静立于此，向后调转
目光，检验，比较，从缪斯嘴里拿到
可爱的确定：你是在看，而不是在夸夸其谈。

致观众[①]
Antepirrhema

你们目光谦谦
将永恒织娘的杰作观看，
一落足，动起无数丝线，

① 原文为希腊语 Antepirrhema，指希腊旧喜剧中合唱队向观众致词的部分。

飞梭去而复返，
交织流动的是线，
一投梭，便无数接联， 501
这不是她祈求的恩典，
是永恒在为她排列经线；
只为永恒的大师
能够放心地将纬纱抛现。

奥尔甫斯的圣词[①]
Urworte. Orphisch

ΔΑΙΜΩΝ，魔鬼
那一个日子让世界有了你，
太阳驻足向行星致意，
你立刻发育起来，依循法则
不断成长，也是法则让你至此。
你必须如此，你无法逃离自己，
西比勒[②]曾言，预言家也同样说起；
任何时间和力量都无法肢解
一个生存发展的烙印的形式。

---

① 指的是本诗中作为诗歌标题的每一个希腊词语，每个希腊词语旁边都有一个德语译词。每首诗都是对一个希腊词语的阐释。
② 西比勒（Sibylle）：古希腊的女预言家，神秘的女占卜者。

TYXH，偶然

变化与我们同行，在我们周围出现，
它适度地避过严格的界限；
你从不孤独，在交游中把自己培养，
做事可能像别人一样：
生命中忽而衰老，忽而期至，
这是小事一桩，就这样游戏过去，
岁月的环已悄悄圆满，
灯盏期待着点燃生命的火焰。

ΕΡΩΣ，爱

它[1]不会缺席！——他[2]从天上冲来，
原初的混沌曾让他荡到天上，
乘着轻盈的羽毛飘下
沿着春日，环额头和胸膛，
仿佛就要飞离，却又回到身旁，
于是痛苦有了幸福，甜蜜而又恐惶。
有人把心浮系凡世，
502 最高贵的心却向“至一”献上。

① 此指生命的火焰。
② 指希腊神话中的爱神。

ΑΝΑΓΚΗ，强制

现在，再次如星辰所望：
条件、法则和所有的愿望
都只是渴想，正因我们应该，
愿望面前，肆意不发一语；
最心爱的被从心中骂去，
愿望和奇念听任严厉的必须安排。
经过一些岁月，我们的的确确
只比最初离死亡更近一些。

ΕΛΠΙΣ，希望

一道界限，一道铜墙，
极力抗拒的小门被撬动了门栓，
愿它长久，就像古老的岩石一样！
一个生命轻轻地动着，不受任何局限：
它将我们从阴云、雾霭、骤雨中
托起，和它一起，也因它而插上翅膀，
你们一定知道它，它飞过所有地方；
一次振翅——已过亿万时光！

大气
Atmosphäre

“世界如此辽阔广袤，
天空也如此深远崇高，

我要把一切纳入眼底，
却是难解其意。”

要在无限中回归自我，
你必须辨别后联结，
感谢那个辨云的男人
让我拥有插上翅膀的歌。

503

霍华德[1]的荣誉纪念
Howard's Ehrengedächtnis

威严崇高的弄云女神，
摇摆着漫游空中，轻而又沉，
漫将纱皱舒卷，爱煞云形变幻，
此刻她静立不动，瞬息不见，
而我们惊讶不已，恍然如梦，
几乎不相信自己的眼睛。

现在自行塑造的力量在行动，
让不定变成了确定；看！一只发威的
狮子，那儿是一头大象，起伏不停，
骆驼的脖子，变成了龙，

① 霍华德（Luke Howard, 1772—1864），英国气象学家。

一支部队开来，却未获胜利，
陡壁上，它威力尽失；
最忠实的云使也没了踪迹，
还未飘抵你所希望的远方目的。

而他，霍华德，用纯粹的思想
给我们带来新学说最美妙的收益。
那无法保留、无法企及的，
是他第一个记录、触及；
给不定以规矩和界域，
准确为之命名！——愿荣誉属于你！——
当一带层云升起，聚拢，飘散，下落，
愿世界会感激地将你记起。

层云

当寂静的水平之地
浓雾把平坦的地毯抬起，
月亮精灵汇入翻腾的形影，
闪亮地塑造出一个个精灵，
我们每个人都是，要承认这一点，
神清气爽的快乐之子，噢，大自然！

层云在山边升高，聚积延展， 504
中等高度的大片地方一带带阴暗，
在山边，马上要下落，润湿
大地，抑或轻轻浮起。

积云

若能干的成分依使命
要升到更高的大气层，
云彩在高高的天空，聚成壮观的一团，
预示，成型，终至强大的力量显现，
然后是你们畏惧，肯定也曾经历的场面，
上面沉沉威胁，下面震颤不安。

卷积云

越来越高是高贵的追求！
解脱是一种极轻的强制。
堆积的云团，片片散去，
急如小羊，还把毛儿轻理。
下面轻轻形成，终又无声
流入父亲的怀中，手里。

雨云

你们也要下来，地心力
把上面聚积的拉向大地，
雷雨天中愤怒地发泄，
军队一般散开，消逝！——
劳作受苦的命运啊，地球承当！
然而用想象抬起你们的目光：
言说要向下走去，因它在描述，
精神要向上升起，在那里永驻。

好好记住 505

Wohl zu merken

如果我们已经区分
就要为被分离出来的
再次献上富有生机的礼赠，
我们要拥有连续的生命。

如果霍华德的分类
画家、诗人都非常熟悉，
晨曦中，暮色里，
审视大气，

他就承认了这个特征；
然而这世界轻轻飘飘
给了他过渡与柔和，
愿他得以触摸，感受，塑造。

眼内颜色

Entoptische Farben

致朱利安

让我给你讲一讲
物理学家的小镜把戏，
他们喜欢现象，

更喜欢用思想折磨自己。

这里一面镜，那里一面镜，
两个位置，精心选择；
二者之间，一颗水晶
那是地球生命在昏暗中静卧。

当镜面反射，水晶就显出
最美的颜色游戏，
两镜送出朦胧光影
向情感显示自己。

506 你会看到黑色像十字苦刑，①
你会找到孔雀翎毛上的眼睛，
昼逝夜去，
直到二者一起消失。

名字变成一个标记，
水晶被深穿过去：
眼中的眼看到
同样的镜像神奇。

---

① 见法兰克福版《歌德全集》该卷插图 6c：眼内颜色，物理学家塞贝克（Th. J. Seeback，1770—1831）的发现。

承认宏观宇宙吧，
还有它幽灵一样的形象！
那可爱的小小世界，
确含至美显相。

有效的一切
Was es gilt
致颜色学家

你让人了解自然，
令人尽享其泽；
你没有把虚妄编设，
人人给予认可。

——

你们若喜把光分割，[①]
看一个又一个颜色，
或者上演其他把戏，
让小球发生偏振，
使听者惊恐不已，
意识和感官都顿觉停滞：
不！你们不该成功，
不该把我们向一边推去；

① 根据牛顿的学说，光不是单一且不可分的，而是由不同光色合成。对此，歌德表示反对。

我们有力地开始，
就要达到目的。

507 **传统**

Herkömmlich

神父要唱弥撒，
牧师要布道；
谁人想法
都要他人知晓，
身边教徒环绕，
内心其乐淘淘，
结结巴巴的话啊，
今昔相差分毫。
请让我以我的方式
将颜色宣告，
没有伤口，没有疤迹，
带着最可原谅的过失。①

① 指说了闲话，参见《新约·马太福音》里耶稣的话：（12:36）“我又告诉你们：凡人所说的闲话，当审判的日子，必要句句供出来。”（12:37）“因为要凭你的话定你为义；也要凭你的话定你有罪。”

然而
Allerdings
致物理学家

“大自然的内里——”
噢，你这个庸人！——
“被创造的精灵都无法进去。”
但愿你们不要
让我和兄弟姐妹
将此言想起：
我们想的是：各个地方
我们都在内里。
“多么幸福！要是大自然
能把它的外壳示现！”
此话我反复听了六十年，
我回以咒骂，却只是偷言；
千万遍告诉自己：
一切它都愿意充沛给予；
大自然没有核，
也没有壳，
一气便成一切；
好好检查一下自己，　508
看你是核，还是壳。

最后通牒
Ultimatum

所以现在我最后一说：
大自然既没有核，
也没有壳；
你好好检查一下你自己，
看你是核，还是壳！

——

“我们认识你，坏蛋！
你就是丑态连连；
我们面前确有很多
隐秘未现。”

你们误解偏离，
莫当我们戏说！
难道大自然的核
不就在人的心里？

智者与人们
Die Weisen und die Leute

埃庇门尼得斯[①]
来吧，兄弟们！在林中齐聚，
百姓们都在此拥挤，
纷涌而入，自南北东西，
他们想得教导，
但需不耗气力：
我请你们，随时准备
自然地为其读文诵句。

人们
你们这些奇思怪想的人，
今天要将我们的问题回答，
清清楚楚，不要含糊， 509
你们说——世界是永恒的吗？

安纳克萨戈拉斯[②]
我相信如此：因为世界
不存在的任何时间
都该是个遗憾。

---

① 埃庇门尼得斯（Epimenides），公元前6世纪克里特人的哲学家。
② 安纳克萨戈拉斯（Anaxagoras，约前500—前428），古希腊哲学家。

人们
可是，它是要毁灭的吧?

阿那克西米尼[①]
或许！但我不会为此悲哀:
因为上帝永恒，
世界自会存在。

人们
可什么是无限?

巴门尼德[②]
你怎能如此折磨自己?
走进你自己的内心！如果你在心里
找不到精神和意志的无限，
就没什么能够救你！——

人们
我们用哪儿思考，又是怎样思考?

① 阿那克西米尼（Anaximenes，约前585—前528）古希腊哲学家、米利都学派的第三位学者，是阿那克西曼德的学生。
② 巴门尼德（Parmenides, 约前525—前445）是一位诞生在爱利亚（意大利南部隔爱琴海沿岸的希腊城市）的古希腊哲学家。

第欧根尼[1]
你不要再喊！
思想者从帽子到鞋都在思想。
他一下子就能想见
什么和怎么，想到最后的答案。

人们
我身体里真的住着一个灵魂吗？

米姆奈尔摩斯[2]
这要问问你的客人。——
因为，你看，我向你承认：
怡情醉心的美好生命
喜欢让自己和他人高兴，
我称之为灵魂。

人们
夜里灵魂也会睡觉吗？

佩里安德[3]
它不会和你分离。
这取决于你，你这个躯体！

---

① 第欧根尼（Diogenes，约前412—前324），古希腊哲学家。
② 米姆奈尔摩斯（Mimnermus，前7世纪下半叶），古希腊诗人。
③ 佩里安德（Periander，前665—前585），古希腊七贤之一。

如果你的身体惬意，
它也会高兴地休息。

人们
所谓的精神是什么？

克莱俄布卢[①]
人们平日称为精神的东西
给出回答，却不提问题。

人们
告诉我什么是幸福？

克拉泰斯[②]
赤裸的孩子不会犹豫；
拿上个芬尼就跑远，
有小面包的地方他非常熟悉，
我的意思是面包师的小店。

人们
511 你说，谁能证明不朽？

---

① 克莱俄布卢（Cleobulus，约前 600），古希腊七贤之一。
② 克拉泰斯（Crates，前 365—前 285），犬儒派哲学家。

亚里斯提卜[①]
织出真正的生命之线者
生存且让他者生存，
他旋转，捻线，
亲爱的上帝才是纺线之人。

人们
愚蠢和聪明，哪个更好?

德谟克利特
这也好理解。
如果傻瓜觉得自己足够聪明，
智者会予以承认。

人们
一切都只是偶然和假象吗?

伊壁鸠鲁
我坚守我的轨道。
将偶然制服，变成欢喜，
让假象把双目愉悦；
二者便对你有用而有趣。

---

① 亚里斯提卜（Aristipp，约前435—前355），古希腊哲学家，昔勒尼学派的创始人。

人们
我们的意志自由是个谎言吗?

芝诺[①]
关键是要敢于冒险。
只是要坚持你的意志,
即便你最后仍是失败,
也不是什么太大损失。

人们
512 我天生就是恶吗?

贝拉基[②]
或许大家定要将你忍受。
你的确从娘胎里
就带来一个讨厌的命运:
这么不聪明地提问题。

人们
我们有向善本能吗?

---

① 从诗中的内容来看,这里给出回答的很可能是季蒂昂的芝诺(Zenon of Citium,前 335—前 263),古希腊哲学家,于公元前 305 年左右创立了斯多葛学派。

② 摩根·贝拉基(Morgan Pelagius,约 360—约 420),不列颠或爱尔兰修士,否认原罪和宿命论,为人的善良和自由意志辩护。

柏拉图

如果变好不是世界的乐趣，
你大概不会提这个问题。
你先试着和自己交流，
如果你无法理解自己，
就不要让别人头疼不已。

人们

自利和金钱统治一切！

爱比克泰德[①]

把猎物给它们吧！
你不必妒忌
世人的算计小利。

人们

你说，在我们永别之前，
什么理当让我们喜欢？

智者们

我的第一法则是，这世上
要将提问的人回避。

---

① 爱比克泰德（Epictet，55—135），古罗马新斯多葛派哲学家。

513 艺术
Kunst

艺术家之歌[①]
（出自漫游年代）
Künstler-Lied

为了创造与决定，
艺术家，你应常饮孤寂，
为享受自己的影响，
要急赴协会，满心快意！
在那里完整地观看，
得见自己的发展，
你昔日的作为
已有近己者展现。

思考，设计
各个形象与其联系，
彼此借力提升，
最后，足矣！
聪明编排，妥善虚构，
漂亮塑造，精致完讫，

① 此诗最初是为柏林艺术家协会的庆典而作，后用于《威廉·迈斯特的漫游年代》（1821）。

艺术家的力量，他一向
高度艺术地赢取。

正如大自然在缤纷里
只将一神昭示，
辽阔的艺术领地中
只活跃着一个永恒意义；
这是真理的意义，
只用美装饰自己，
信心十足地面对
最亮的白昼极致的清晰。 514

演讲家、诗人，勇敢地
用韵与非韵倾诉赘言，
生命欢乐的玫瑰
若在画家的插图中鲜艳，
周围是兄弟姐妹，
秋实环绕四边，
便让神秘生命的意义，
变得显而易见。

让一个个美丽的形式
千百次从你手中流去，
愿你以人之形象
享受神之回眸。
不管使用什么工具，

你们都是兄弟；
祭坛的牺牲柱
歌咏般燃烧烟起。

古希腊
Antike

荷马长享敬意，
今添菲迪亚斯；[①]
二人无以相比，
对此不存争议。

——

高贵的客人们，真正的
德意志思想将你们欢迎；
因最美与最好的
令精神获益更增。

① 菲迪亚斯（Phidias），公元前5世纪雅典雕塑家，以雅典卫城的雅典娜纪念像和奥林匹亚宙斯神庙的巨大宙斯雕像闻名。1803至1813年，曾任英国驻君士坦丁堡特命公使的埃尔金伯爵托马斯·布鲁斯（Thomas Bruce，1766—1841）派人将雅典卫城的雕像运回伦敦。

欢欣
Begeisterung

仅握缪斯的衣角，
你做的还是太少；
精神与艺术尽在峰顶
示人其妙。

研究 515
Studien

模仿自然
——美丽的自然——
我或许也曾属意；
或许也曾想让自己
渐渐习惯
如此娱情悦意；
只是我一成年，
希腊人，便只有你！

内在的法则
Typus

皮肤中没有什么

不存于骨骼。
人人惧怕不佳形象
那对眼睛是个折磨。

什么让人高兴？看花儿盛开，
它们从内里就已定形；
外部可以平滑，可有缤纷色彩，[①]
只是一切早已天定。

理想
Ideale

画家敢绘众神，
登峰便告完成；
但有一样他自觉不能：
为恋爱的男子再现他的钟情。
愿他大胆落笔！梦于人有益，
一幅剪影也极受欢迎。[②]

① 指雕像或者绘画，雕像代表古希腊艺术，绘画更受浪漫派青睐。
② 指恋爱的人会自行对不完美的图像进行补充。

歧途 516

Abwege

艺术家若内心死板，
可是令人不喜；
线条模糊的一团
我们也是厌弃；
但当你发觉
并未得其真意，
真正的艺术自然
已将小路开启。

现代之作

Modernes

“汉斯·凡·艾克[1]怎么能
和菲迪亚斯相比？”
你们必须，我告诉你们，马上
把他们一个个忘记。

你们若总是钟情一人，
怎能依然在爱？

① 即扬·范·爱克（Jan van Eyck，约 1390—1441），尼德兰画家，15 世纪北欧后哥特式绘画的创始人。

这是艺术，这是世界，
就是一个接一个地令人青睐。

博物馆
Museen

你们来来回回地拖着
失去和购得的画作；
东西寄来寄去
还剩什么？——残迹！

517 ## 威廉·蒂施拜因①的田园生活
Wilhelms Tischbeins Idyllen

卷首画
还是一介少年
蒂施拜因便漫游世上，
穿山越谷
总在正确地方；

① 威廉·蒂施拜因（Johann Heinrich Wilhelm Tischbein，1751—1829），1782年经歌德介绍，他获得了一份赴罗马学画的奖学金。1786年两人就计划合作完成一本诗画集，1821年歌德为蒂施拜因的画作创作了诗歌，将二人的作品集称为《绿色的书》。

所见总擅分享，
文学创作同样；
有时也写动物，
女人则遍布他
“诗—雕”天宇之上：
台伯河畔，
我们绘画作诗，
其情一如昨日，
朋友相惜依然。

1.
威严豪宫已如残骸，
围墙倾颓，穹顶犹在，
历经千年喧嚣，
门与柱都高大不再。
生活再次开始，
新种土中暗息，
缘茎低垂；
大自然兀自欢喜。

2.
美好而人道的精神，
让我们到野外游赏，
森林中，田野里，
陡峭山坡之上，
一次次日出，日落

把自然与上帝颂扬。

518 3.[①]
森林中，树树邻立，
兄与弟自食其力，
漫游抑或梦想
无碍无扰惬意；
可是，一个个小伙儿
若优雅地共同进取，
融为美好的整体，
那是快乐，是生趣。

4.[②]
水平面正中
耸起一棵橡树，
繁茂绿林里一枚
威严的侯爵印章；
它看着脚下的自己
看着天空映在水底：
如此享受生命的孤独，
便是无上财富。

---

① 见法兰克福版《歌德全集》该卷插图 16。
② 见法兰克福版《歌德全集》该卷插图 17。

5.
美丽的姑娘翘首而立，
什么声音将她们心扉开启？
是就要为之吹响的长笛，
牧神的排箫[1]尽待他人听取。

6.
今天羔羊还在
天堂的草地上觅食，
山羊在岩石间跃起；
奶和水果永远是
老少的美食；
孩子的摇篮是母亲的双臂，
父亲的笛声在耳中响起，
大自然一如往昔。
你们醉心于妩媚的姑娘，
天地一片银光金缕。
忠实而自由的朋友，　519
上帝保佑你！

7.
老人吹过的旋律，
孩子会将其研习，

① 古希腊神话中的牧神帕恩相貌丑陋，喜吹排箫，且曲调忧郁。

先辈唱过的歌曲，
快乐小伙会唱起。
噢，愿他们早早
习惯于美，
愿他们降世一遭
只为令牧神耳醉。

8.
高贵而严肃，半是动物的它
伏卧着观看，思虑，
摇摆的思绪，
想把巨大的成功获取。
啊，他真想避开
这样的任务，这样的尊严；
成为英雄
是半人半马的负担。

9.
让我们快乐而感恩，
即便终是折磨，
让我们渴望拥有，
身心都想获得：
快乐之地，如此宽阔，
青春脚步，朋友相佐，
相互平息
爱的苦痛欢愉；

你们体会了一切，
尘世之乐，唾手可得；
渴望和要求
却从地面升入天空。
泉边仙女，
空中气精，
浴中你们更觉轻松，
天雾里更是轻盈；
水声，雾气
将你们牢吸；
便让歌与画渐去，
内心已是足矣。

10.
现在它们[1]翻滚一起，
清凉，却有火苗蕴藏，
在下面更深的地方，
牧羊人将要解带美浴：
为得三人中的最美
二者相争不让。
一个明显湿热地流淌，
一个是惯有的清凉，
它的最爱在磨坊。

---

① 画面上分别有两个年龄不同的女性各持水罐，两个罐中的水都流入同一条小溪。

11.[1]
径向地面垂去，
直与大地相依，
更无及天之力，
你们看，它们已摇摆向上，
在抚弄芦苇和攀缘的卷须！
如此轻松，尽随画家心意。

12.
黑暗中，玫瑰在曙光女神，
神的孩子身边诞生，
她[2]飞了，一心飞得高远轻盈，
太阳照亮她的足跟。
这就是真正的生活，
521 即便深夜也有花儿飘过。

13.[3]
没有人的缺陷，
神一样天性快乐，
在露水打湿的
苔藓和水面飘过。

---

① 写的是柳树仙子。
② 指曙光女神。
③ 清晨的雾仙女。

就像昨天一样逃走，
从缪斯怀里挣脱；
啊，她的姐妹如此讨厌，
我们尴尬地把她们摆脱。

14.
你们[①]编结着轻织的时刻，
迷人与妩媚在此相晤，
至长生命的经线和纬线，
告别，到来，问候，祝福。

15.
可怕的山洞，平静的水面，
庄严的光和山巅，
奇怪，有恐怖的声音
在对我们的灵魂言说。
大自然精彩地把自己展现，
艺术家的目光只是将其捕捉。

16. [②]
在这最迷人的纷乱中，

① 两个衣装轻盈的气仙姑娘仿佛在飞行中相遇。
② 第 16 和第 17 首诗中两幅画上是七个女性头像，第 18 首诗还是为第 9 幅图而作，第 19 首诗指的是三个飘浮空中的美丽女神。第 20 首诗写的是一张有着不同主题的速写，第 21 首诗写的是一张风景画。

一幅画嗡嗡绕着其他画作飞动，
诗人的目光变得胆怯而困惑，
古琴静默无声。

17.
可爱仙女相聚，
火焰可谓过溢。
过多只生痛苦，
522 此众真应为一。

18.
“那些好孩子究竟为何难过，
这么年轻，痛苦只是片刻。”
老孩子们，你们忘了吗？
片刻，也痛得同样强烈。

19.
艺术家多么幸福！美丽的女人
在美妙的空中为他舞动。
玫瑰的芳香，诱人的腰身
他可是样样精通。

20.
这里，蒂施拜因以他的方式，
奇特地把线条两两结合；
并非都能清楚破解，

却笔笔都是思想的言说。

21.
世界多么精彩！多么美妙！
愿心思如是者都幸福安好！

一个小教堂里的画
Zu Gemälden einer Kapelle

正如摩西，初到世上
便已注定死亡，未想
拯救竟来得神奇：
有人败亡已现，
怒向入侵之敌，
却得快乐幸福安置。

——

约翰首先在沙漠中布道说：
“你们看，上帝的羔羊被罪恶毁去。”
然后他用手指向美丽的河谷草地：
“你们看，主，救赎的主，应在那里。”

523 **科蕾**[1]

Kore

没有解释!

她是母亲？女儿？妹妹？孙女？
太阳神是她的父亲？谁是她的母亲？
丢了？藏在何处？去向哪里？
找到了？——对艺术家来说都是一个谜。
阴郁的面纱后，她掩面静立。
冥河之火烟雾缭绕，
神的天性令她获益：
神女要追求至美，
给她神的生活，西西里。[2]

关于我的速写作品[3]

Zu meinen Handzeichnungen

I

最寂寞的荒野[4]
我曾用充满爱的目光看这个世界，

① 科蕾（Kore），古希腊神话中珀耳塞福涅（Persephone）的另一个名字。

② 古希腊神话中主管收获的女神德墨忒耳（Demeter）的女儿珀耳塞福涅被冥王抢走，由西西里带入冥府。

③ 创作于1821年9月23至25日。

④ 见法兰克福版《歌德全集》该卷插图10。

世界和我，我们在欢喜中浸淫；
巨岩，河流，灌木和山林，
如此芬芳，令人振奋，永远清新。
然而无力的追求，笨拙的模仿，
常常让铅笔、毛笔都一败涂地；
一次新的冒险最后只余
一半的良愿，一半的痕迹。

可是年轻人啊，未曾说过的话，
你们敢说，没有丝毫犹豫，
手笨拙地努力和思想较量，
把思想和无能温柔地忘记，
你们未向广大的艺术世界隐瞒
我和你们不曾实现的东西。
所有的叶子都和森林一样，
萌芽，变绿，枯萎，落地。 524

II

宅旁小花园[1]

我们先安静地待在家里，
一个个房间煞是惬意；
艺术家愉快地静观，
生命友好地向生命走去。

---

① 见法兰克福版《歌德全集》该卷插图11。

即便我们要穿越陌生土地，
生命从那里来，还要回那里去；
不管世界多么迷人，我们都要走向
那个狭隙，它，只让我们自己欢喜。

III

自由世界[①]

我们在熟悉的土地上更远漫游，
我们曾经年轻，曾经在此健康，
夏日里我们终夜闲荡，
在多姿多彩的路上，带着一半的希望。
你来了，就不会再踏上归途：
相遇是最美的一种恋爱幸福。
两个人一起看河水和道路，
山和灌木，双眼瞬间改变。
漫步走过同一条小路的人啊，
愿他美好的愿望得以实现！

IV

最隐密的住处[②]

看它的风格，看它安然静立，
也许是古希腊建起。

---

① 见法兰克福版《歌德全集》该卷插图12。
② 见法兰克福版《歌德全集》该卷插图13。

曾经作用、快乐勤奋的许多，
世人都一无所知。
庙宇挺立，献给最高意识，
脚踏岩石，威严孤寂，
虔诚的朝圣者一旁宿居。
年复一年，他们你来我往。
朝圣之人，静静坚持，
护有围墙，更多是正义和光，
历经一年考验，
便可立足世上；
我们也望在庇护中建立根基。
认识海湾海角，就会把它找到，
黄昏无比美丽，啊，上帝
定望它已落入艺术家眼里！

V

舒适的漫游[①]

漫游者在此似乎颇受照顾：
午夜里谁人都能找到小路。
我们不说，我们经常得见
谁人走在如此轻松的路上；
不必面对艰难的地方，
朝圣者当然时刻赞赏；

---

① 见法兰克福版《歌德全集》该卷插图 14。

他自可勇敢前行，轻松落脚，
可以愉快地达到目的和目标。

噢，快乐的青春，它
日夜催你到另一地方，
惬意穿行荒芜的山沟，
与云雾同游在山顶之上。
人不应责骂，因为青春
也在云上享受明媚阳光。

VI

受阻的交通[①]

人与人紧挨着被定在海边，
岸上的水手背负过多重担，
狭窄的小径挤得无法前行，
重视安全，却更重强权；
或正当，或麻烦，自有理，
随便怎样，总是障碍来袭，
526 日夜让旅行者受苦：
写的太过灰暗，也许。

---

① 见法兰克福版《歌德全集》该卷插图15。

乡村即景
Ländlich

远去的夜莺
春天引回这里；
未添新的技艺，
犹唱可爱老曲。

——

这座园中小屋
看来并不自负，
谁人在此生活，
都会心悦神舒。

——

简单的石笔游戏
让某些美好降临，
认真观察，端看仔细，
可惜不见磨坊和树林。

——

晨曦暮色，我都想起
那张最可爱的脸，
她把我思念，我把她惦记，
于她于我尽皆枉然。

风景①
Landscraft

一切都显得如此欢快，
农舍冲刷得毫无尘埃，
青草树木，朝露轻颤，
群山边缘一道美妙的蓝！
只消看那小云儿游戏空中，
纳一分凉意在纯净苍穹！
若有荷兰人到此，
或许真会马上住下，
527 所见，所画，
将加付百年给他。

这一切你感觉如何？
就像透过银纱闪烁，
纱后是一道光，
还有那最可爱的面庞。
灯光如此妩媚，
让一切都清晰而纯粹，
平日讨厌的“大约”
每天都可能有的粗野，——
若艺术昂贵，精神欠缺，
爱情知道该如何解决。

① 指的是根据德累斯顿画廊中一幅油画复制的水彩画，画中有一位目光友好的少女。

箴言类诗歌 528
Epigrammatisch

国民公会
National-Versammlung

左派，右派，
山岳派①和中间派，
或坐或立，争吵不休
谁都无法把他人忍受。

当你把全体观望，
投票如你所想，
你会发现与谁疏离，
感到谁已靠近了你。

Dem 31. Oktober 1817
1817 年 10 月 31 日②

三百年里，
抗议者已经证明，

① 法国大革命时期的国民公会中，激进派成员坐在会议大厅较高的长凳上，故称为山岳派。
② 马丁·路德在维滕堡贴出论纲三百年纪念日。

教皇与土耳其皇帝的谕旨
令他恼火至极。

任神父[①]巧思暗尝，
布道者[②]警立岗上，
让死敌[③]枉自奢望，
德意志人尽要担当。

我亦不可枉耗
上帝所赐力量，
在艺术与科学中
抗议，我一如既往。

529 **生而命定**
Nativität

德意志人懂德语，
就是有学问；
但他尽可
迈出家门。
当他归来，

---

① 天主教和东正教的宗教职位。
② 传讲基督耶稣的人，即新教牧师。
③ 指土耳其人。

定有更多学问，
没有更多错误，
定是莫大幸运。

剧院正厅如是说
Das Parterre spricht

向严肃的小姐致意，
我不得不勉强自己；
那些轻佻的甜妞
问候就更为容易。

舞台上的拐弯抹角
我不敢恭维，
难道我不懂的东西
还要我来赞美？

调皮好懂的表情
会给我好感；
我宁可变坏，
也不想生厌。

待售[1]
Auf den Kauf

我们背负的重担令其
折磨受尽，可是他在
哪里？形象不够时，
十字架就迅速立起。

他们歌颂着教士英雄，
让女人心生欢喜，
他们拿来了鞋面皮革，
却是没有鞋底。

或高或矮，年长年轻，
可怕的歹徒一群！
没人愿做鞋匠，
皆想做一诗人。

人人跑将过来，
都想一展诗才；
鞋楦尚且不知，
只配门外伫立。

① 针对“天主教化”的浪漫派而写。

市场上，你若把这
该死的东西买来，
还没想到会坏，
便有了光脚之快。

细细说来
In’s Einzelne

你们的行为我避而不谈，
很多年我沉默无言，
每个白天和白天的心愿，
都让你们满意而喜欢。

你们想，无论风从何来，
有益，还是有害，
只要你们中意，
意义皆是同一。

你们来去扬帆，
尽把波浪检验，
一度看似船队，
却已尽被打散。

531 **天广地阔**

In's Weite

走向大千世界，
让人多么喜悦！
轻松幸福，
亦似完美无缺。
暗礁，
他们毫不知晓，
乘船远去，
亲爱的人啊，那般欢愉，
他们会，毫不费力地，
一起触礁。

艺术审判员克洛诺斯[①]

Kronos als Kunstrichter

食子[②]的萨图恩，
全无一点良知；

① 克洛诺斯（Kronos），古希腊神话中的宙斯之父，罗马神话中称之为萨图恩。
② 萨图恩（Saturnus），古希腊众神之父，因为有预言说他的孩子会取而代之，便把孩子一个个吃掉。这里或许说的是弗里德里希·施莱格尔在作品中批评自己此前曾经盛赞的作家。

无需芥末和盐，你们知道，
便把你们的食物吞吃。

莎翁也会遭食
按照传统方式：——
独眼巨人①说，把他给我留着，
我最后吃。

基本条件
Grundbedingung

当你说起艺术和自然，
二者就在眼前：
若无现在和时机，
言说无益可谈！

在你说爱之前，
先让它在心中点燃，
一张柔美的面庞 532
给你火焰，就像磷光。

---

① 波吕斐摩斯（Polyphem）：古希腊神话中吃人的独眼巨人。

年复一年
Jahr aus Jahr ein

没有冰鞋和铃儿欢响，
一月就是不幸时光。

——

没有狂欢节舞会和假面游戏，
二月也没有多少乐趣。

——

不想三月尽失，
四月，你就不要进去。

——

四月一日你必须挺过，
后面会有些好事等着。

——

接着到了五月，如果运气，
又一位少女会让你着迷。

——

这将你全心占据，浑不记
月份、日子和星期。

美丽而娇小
Nett und niedlich

你可见那姑娘
匆匆而往？真希望
她是我的新娘！

是的！一头金发，淡淡
黄色！宛若筑巢的小燕
飞过，优美翩跹。

——

你是我的，如此雕饰，
你是我的，如此客气，
但你还少些什么； 533
亲吻，你用尖尖的唇。
就像鸽子把水轻啄，
你的娇小真是太过。

为她
Für sie

你的歌里那么多
名字，真是动听！
“其中的很多位
只是衬托的背景。”

那么是哪位美人
把你放于心上?
“因她而起的歌声,
瞒不过任何姑娘。”

足够
Genug

永远妩媚,总是欢乐,
总是可爱!不可尽说,
总是朴实,却又慧秀,
我想,这已足够。

给绝对论者
Dem Absolutisten

“绝对者,
是我们追求的完美。”
人人尽可去追;
但我首先牢记:
绝对的爱
是必要前提。

谜语[①] 534

Rätsel

一种工具，每日必需，
男人少用，女人更喜，
尽忠服务，温柔效力，
一面多齿尖利。它的游戏
常喜重复，我们亦是满足：
外部光滑，内部让人受苦。
游戏和装饰让人精神倍添，
爱却给它应有的庄严。

同样的（谜语）[②]

Desgleichen

我们最好的朋友，
却带着疼痛到此，
它们给我们的伤痛
几乎与其馈赠可比。
当它们再次告别，
你只能顺从其意。

---

① 谜底为梳子。
② 谜底为牙齿。

仇视的目光
Feindseliger Blick

你已超越许多，
为何不能自已？
为何这般激动，
就因戴镜者与你言语？①
你的表情如此厌恶，
不发一言一语。

“事情清楚分明！
坦白无饰是我的表情，
我的目光自由而忠诚；
他却带着面具一张，
目光好似窥望，
难道我该顺应？”

——

谈话中，究竟是什么
将心与精神充满，
若非真正的词语印记
由眼流入眼！
人若配镜出现，
我便静默不言；

① 歌德非常不喜人戴着眼镜看他，感觉就像被当作一样东西来仔细观察。

透过眼镜，我和人
没有理性的话语可谈。

诸多建议
Vielrat

你若和每人商谈，
就谁也听不见，
无论谁的想法，
都不同他人一般。
如此耳中的建议
还能有何意义？
不能人人尽知，
你便注定败绩。

不要平衡
Kein Vergleich!

上帝啊，让我们摆脱 s 和 ung，[①]
我们可以没有它们：

① 1818 年的一期《晨报》上，作家让·保尔提出从德语合成词中去除字母 s 和字母组合 ung。

我们不想用这些花样
烦扰自己和他人。

有人写给我：德意志人
和法兰西人的均衡[1]
爱国者看了
都会立发雷霆。

536 基督徒都不会去听；
这家伙莫非已经发疯?
但是他可以说比较，
那我们一定要赢。

艺术和古代
Kunst und Altertum

“艺术和古代到底是什么?
古代和艺术呢?”
够了，一个拥有荣誉，
另一个得到认可。

---

[1] 歌德对去除德语中的名词词尾 ung 表示异议，此诗便以 Vergleich（歌德时期意为 Ausgleich，即均衡，平衡）和 Vergleichung（比较，歌德时期意为批判性的对比）为例。

万灵神药
Panacee

“你说！你为何不断改变自己？”
若常喜伟大，你亦可如此。
伟大者永葆新鲜，给人活力与温暖；
狭隘者在琐屑中冷得颤栗不已。

荷马又是荷马[①]
Homer wieder Homer

你们，洞察力的拥有者，
敏锐地让我们把崇拜摆脱，
我们过度自由地宣布
伊利亚特只是拼凑之作。

但愿我们的背弃不曾伤人；
是青春燃烧着我们，
让我们更愿将他作为整体考虑，
高兴地将他感受，作为整体。

---

① 1795 年弗里德里希·奥古斯特·沃尔夫（Friedrich August Wolf，1759—1824）提出，荷马史诗并非一人所作，而是有人按照荷马风格参与了创作。歌德最初对此观点表示欢迎。

537 漫游的幸福
Wandersegen

漫游岁月已然开启，
漫游者每一步都充满疑虑。
虽然他从不唱歌、求祈，
只要浓雾蔽目，道路崎岖，
他真诚的目光便转向
自己和爱人的心里。

同样受益[①]
Gleichgewinn

一个和另一个同去
抑或先他一步；
让我们忠诚而勇敢地
走上人生小路。
或许在最初的战役
年少者就已牺牲；
而另一个直到晚年
都常驻营地之中。

① 歌德写在妹夫约翰·格奥尔格·施洛瑟（Johann Georg Schlosser，1739—1799）的侄子弗里茨·施洛瑟（Fritz Schlosser, 1780—1851）的宾客留言题词簿中。弗里茨·施洛瑟是歌德崇拜者，天主教徒。

但他会竭尽全力
扩大他和主的荣誉，
他最后的财产一定是
床，他那荣誉的蜗居。

生命的享受
Lebensgenuss

“人怎可这样生活？
你不曾一日好过！”
辛苦的劳作过后，
有美好的夜晚享受。

如果任人拖往
我毫无留恋的地方，
那我便与自己分隔，
这一天便不曾活过。

若一事为人所需 538
而我又能尽其力，
全心参与做得美满，
那，就是我的一天。

自觉不在任何一地，
时间，也不是时间，

只风趣开明的一句，
便让永恒轻起波澜。

今天和永远
Heut und ewig

人无法把白天展示给白天，
它只是反映混乱中的混乱。
人人自觉正确而独特，
只会律人，无视己过；
如此，最好双唇紧闭，
让精神不断舒展双翼。
昨天，不会变成今天；
时代更迭，沉落，兴起。

最后的诗
Schlusspoetik

缪斯，请你告诉诗人
他该怎么去做？
这可爱的世界，满是
最奇特的评判者。

我总在歌中指出

正确而清晰的路，
小径从来不喜，
因其糟糕而阴郁。

那些先生的渴望
我自无从知晓；
他们若知自己所需， 539
或许很快就会说起。

“你若想定立标尺；
且看如何把高贵者衡量，
当轻率不能自制，
高贵者也被扭曲。”

给人启发，你的歌
令人欢喜，让一个
更好的静世出现，
无论人群多么混乱。

别再问什么理由，①
它当属纯粹意志！
把恶棍交给警察，
让蠢蛋去找傻瓜。

① 在里默尔给出的一系列标题建议中，这首诗位于倒数第二位，如果不是其后又插入一首“假面舞会”，它就该是结尾诗了。

科隆假面舞会
Der Cölner Mummenschanz
狂欢节 1825

由于年龄，我们知道，
不会把愚昧阻隔，
对开朗的老叟来说，
许是意外收获：

在船来船往的莱茵，
面具下聚起人群，
全副武装抗击来敌，
只为保护那古老权利。

愚蠢或许惬意地
伏在智者左右；
他若和你们结盟
还是容易接受。

即便伊拉斯谟[1]
曾戏把愚昧追讨，
胡滕[2]用蒙昧者

① 鹿特丹的伊拉斯谟写过作品《愚人颂》，呼唤虔诚和道德。
② 乌尔里希·胡滕（Ulrich Hutten，1488—1523）曾撰写《蒙昧者书简》来讽刺德意志人文主义者约翰内斯·罗伊希林（Johannes Reuchlin，1455—1522）的反对者。

击碎结实的长矛。

疯狂追求值得赞许，
若它短暂而有意义；
快乐了尘世生活，
也给人瞬间醉迷。

若此一日只是累积
所有聪明的愚昧，
让后世和我们一起说：
爱与义务要多年相随。

小丑的闭幕词
Der Narr epilogiert

我完成不少佳作，你们
拿去赞美，我不受伤：
我想，世上一切
很快又回归正常。
若有人夸，为我的傻，
我的心就暗笑哈哈；
若有人骂，因我的好，
我便惬意地接受它。
若有权的人把我打疼，
我就装作那是玩笑；

可若是和我一样，
我会勇敢地把他调教。
若有好运，我就欢畅，
把甜蜜的欢呼[①]唱响；
若幸运之轮坠落，砸我在地，
我就想：嗯，它会再次升起！
不要在夏日中
忧愁冬天快到；
当洁白的雪花飘落，
541 我喜欢去滑雪橇。
去向哪里全随我意，
太阳不会为我停步，
它总是走着老路，
沿它可爱的漫长轨迹。
一家的主人和仆从，
每天穿衣脱衣，
无论自视高低，皆须
渴饮饿食，醒来睡去，
于是什么都不令我心痛；
行如小丑，你们便是聪明。

① 一首古老的圣诞歌的开头。

譬喻类诗歌 542
Parabolisch

1

诗歌是图绘的窗！
从市场看向教堂，
里面阴郁而昏暗；
市侩大人心存此念：
或许就会闷闷不乐，
一生无欢。

走进去吧！
去向神圣的教堂致意；
那里瞬间就明亮绚丽，
历史和装饰迅速闪亮，
如此深意，这高贵的光；
上帝的孩子得沐恩泽，
给你鼓舞，赏心悦目。

2

上帝为他粗鲁的孩子送出
法律与秩序，科学与艺术，
赋予他们所有天宠，
以减轻地球的劫数。
他们赤裸着从天而降，

不知如何举止；
诗歌为之着装，令其
无需再觉羞耻。

3
市场上，我穿过
人群的拥挤，
543 众人中，独见
少女的美丽；
我走来，她靠近，
却在那边悄立；
没人看得出来
我们相爱不已。

“老叟，你还在说！
总是不离少女！
年轻时，你
有小小凯特。[①]
现在谁给你甜蜜？
你明白地说。”
你们看，她正在向我
致意，此情真实不虚！

① 指的是《诗与真》中小凯特（Käthchen），即安娜·卡塔琳娜·舍恩科普夫（Anna Katharina Schönkopf, 1746—1810）。

4
骤雨卷挟冰雹，
又一日没有爱的美好，
你把微光掩藏；
我叩门，敲窗：
出来吧，可爱的姑娘，
你的美丽，一如既往。

5
缪斯姐妹突想
要教灵魂[①]学习
如何书写诗行；
小人儿散文一般纯洁。
古琴[②]的乐音并无特别，
即便是在最美的夏夜；
可爱神的目光和激情
却让课程立告完结。

6
阴险的饮料它吮吸不休 544
贪婪地，被第一口引诱；

① 即 Psyche：德语中有“灵魂”和“人”之意；阿普列尤斯（Lucius Apulejus，约 124—约 189，古罗马作家、哲学家）的寓言小说《变形记》（又名《金驴》）中爱神妻子的名字。

② 希腊语中诗歌（Lyrik）一词指的就是与里拉（Lyra）琴演奏相配的诗歌。诗中提到的古琴（Leier）就源于古希腊语中的 lýra。

它感觉很好，小腿纤细，
一个个关节却早就麻痹，
再不会灵巧地轻掸小翅，
再不能敏捷地把头撑起，
生命就此在享受中失去。
它的小脚几乎无法站立；
仍出声地喝着，吮吸中
死亡迷蒙了它千只眼睛。

7

你若居大河之旁，
有时会见它浅浅流淌，
你若爱惜你的草地，
它席卷而来留下泥浆。

朗朗晴空，渔船顺流而下，
渔夫独自驾驭，聪明灵巧，
当寒冰耸立砾石、暗礁，
一群男孩儿便主掌航道。

如此情形必然偶现，
无论你想成何心愿！
不可停滞，不可前赶；
从容走过的，是时间。

8

两人性格迥异，
应邀鄙舍共餐，
此次无事相安，如
仙鹤与狐狸的寓言。

我为两人备餐，
速给乳鸽拔毛，
因他是胡狼亲族，
更添上圆鼓葡萄。

长颈玻璃瓶
即刻来摆上，
金色银色鱼儿
水中游得欢畅。

你们若是亲见
狐狸把浅盘净卷，
定会艳羡承认：
这胃口正合盛宴！

那只鸟儿却从容悠闲，
单腿站立，身体轻摇，
脖子和嘴，细柔瘦小，
靠近小鱼，姿态美好。

归途中它们快乐感激，
为吃到乳鸽和小鱼；
每个都嘲笑另一个
用了猫儿吃饭的小桌。

——

若不想损失油盐；
请人吃饭，你须
根据伊索寓言
看嘴和喙定餐。

9

灌木和树丛之间
难觅狐狸[1]踪迹；
心有同情之意，
便无法猎捕狐狸。

546 或许某个奇迹，
就像说 A B 和 Ab,[2]
现在正令我们
绞尽脑汁。

---

① 这里指的是牛顿（Isaac Newton，1643—1727）及其追随者。自 18 世纪 90 年代开始，物理学家牛顿就成了令歌德不快的人，原因就是牛顿认为白色的光是由不同光色组成，而歌德对此无法认同。

② 歌德说自己撰写的“演员规则”就像一部初级的教义问答或者是 a b ab。这句诗的意思就是人可以轻而易举地说出某个奇迹是怎样出现的。

10
冰封巨大池塘，
青蛙水下深藏，
不再蹦跳，不再欢唱，
半梦半醒却暗自希望，
上方有片领地，
夜莺一样歌唱。
和风吹化冰面，
蛙儿骄傲上岸，
坐在辽阔岸边，
呱呱一如从前。

11
盛宴村中举办，
据说那是婚宴。
我挤进酒馆大厅，
见对对都在旋转，
每个女孩都有舞伴，
爱恋在某些面孔浮现。
这时我终把新娘问起——
一人盯我直言：
“你得向别人问了！
我们在为她祝贺，
舞跳了三天三夜，
还没人把她问过。”

生活中你若观望端详，
你会相信，此非虚妄。

12
547 女孩儿被抬出
家门，送往墓地。
市民看向窗外，
生活无忧无虑，
有家产属自己。
他们心想：她被抬出，
接下来会轮到自己，
最终谁会留在房中，
拥有财产和佳礼：
一定该有人承继。

13
在饱满明澈的光中，
金星女士步入夜空；
或是一颗血红流星，
曳尾在群星中穿行；
庸人跳出家门：
那颗星就在我家上空！
唉！这真是让人头疼！——
他惊恐地对四邻大喊：
啊你们看，这是我的凶兆，
这确实是我们穷人的预兆！

我母亲喘息艰难，
孩子受风，感染了流行病，
我老婆，我担心也要生病，
她已经八天没吵：
据说还有别的事情！
最后审判怕是已到。

邻居说：您可能有理，
这次我们所有人都会不妙。
不过，咱们再走几条街道，
您看是否可有别的预示。
他们这里解释，那里解释。 548
每个人都聪明地各守其位吧，
尽你所能把事情做好，
和别人一样苦受煎熬。

14

孩子们跑向
卖苹果的女人，
买，谁都想；
他们各个快乐地
把苹果从堆里抓起，
渴望地拿近，再近些
看着它半边红的模样——
当他们听到价格，
猛地扔下苹果，

就像手儿被烫。

——

购买者需要的
是无偿赠送者！

15
你们看，那烧成灰烬的
山村，恢复得多么迅速！
家家户户又有了安居板屋，
孩子们躺在尿片上，摇篮里；
多么美好，若是相信上帝！

“新的柴堆已经架起；
若是火星与风欢喜，
或许上帝也会沉迷一戏。”

16
在梵蒂冈，棕枝主日[1]
要有真的棕榈树装饰，
549 红衣主教们鞠躬，
把古老的赞美诗唱诵。
同样的赞美诗也唱给
手里的橄榄树枝，

① 复活节前的星期日。

为此习俗，山里人
要有冬青把橄榄代替；
最后只求一根绿色嫩枝，
于是便有人把柳条拿起，
虔诚者的赞美和歌颂
要在低微之物上展示。
或许你们已然发现：
信仰若坚定一些，
就会得赐方便；
这就是神话学。

三首翻作[①]
Drei Palinodien

1

“——香只是为众神准备的贡品，
对凡人来说就是毒药。”[②]

难道你的祭香
要把众神来伤？

---

① 针对出版商科塔（Georg von Cotta，1796—1863）出版的、《为受教育阶层提供的晨报》的主编弗里德里希·豪格（Friedrich Haug，1761—1829）的诗而写。

② 出自豪格的诗《祭品》（Das Opfer）。

你掩上鼻子——
我该怎想?
香比什么
都为人高待;
难忍其味,
别带它前来。

你用僵硬的表情
向木偶表示崇敬,
若牧师不能闻到,
上帝就得了感冒。

2

精神与美的争论

精神先生,令人尊敬,
他的认可举足重轻,
听说有人胆敢
把美置于其上;
精神火冒三丈。
这时豪赫[1]先生来到,
精神的威严代表,

---

① 即德语中的Hauch,其希腊语词源是精神之意。在法兰克福方言中,Haug(豪格)就读作Hauch。1814年豪格写了一首题为《精神与美》的诗,诗中称美会随岁月变老,精神的力量却在不断增长。这一想法令歌德写下此诗。

他开始，可惜并非殷勤，
诵读台词，为这轻佻之女，
轻率如她毫无所动，
径见剧院经理：
你们素来机巧，
世界早已太小！
你们反抗，我就远离；
你们聪明，就爱我珍惜。
我保证，这一年，不会
再有一对，如此美丽。

又一首

美曾有美丽的女儿，
精神曾生下愚子，
对若干家族来说，
精神并非永恒，美却如此。
精神总是土生土长。
他再次到来，追求，作用，
他最高的报偿是，
发现美，令生命长青。

3

雨和虹

电闪雷鸣，雨水如注，

目送远去的恐怖，
551 庸人对和他一样的人说：
雷声让我们惊恐异常，
闪电点燃了粮仓，
这是我们的罪孽引起！
却不知雨让人神清气爽，
给我们清新安康，
还有秋日里的欢畅。
现在彩虹为何
在灰墙边出现？
它还是别在这里，
彩色的欺骗！空洞的光线！

虹夫人回道：
你竟敢口出秽言？
我直入宇宙浩渺，
将更美的世界宣告，
让眼睛安心地
从人间望向蓝天，
在浓雾阴郁的网中
将上帝和他的法则识辩。
你这个猪猡，尽管
用鼻子在土里拱翻，
我用壮美让亮起的目光
喜入心间。

告别
Valet

素有愚人为友，
唤来家中聚谈；
各带椽子前来，
都想为我改建。
欲把房顶拆去，
重新用椽搭制。
摆出叉形支架，
旋又将其拿下，
各个来回奔跑， 552
相互碰撞不停；
让我内心恐惧，
顿觉浑身发冷。
便说：傻瓜，出去！—
他们很是气恼；
自带椽子离去。
告别，如此粗暴。

于是我得教训，
当我门边独坐，
愚人又来找我：
走开，我喊，永别再来！
你这个傻瓜，实在可怕！—
他满面怒意：

“这位房主！太卑鄙！
你真是高看自己！
我们游窜街巷，
欢呼市场之上，
人若太过膨胀，
没人和他闲叙。
你和我们，毫无干系！”

——

痛苦终于完结！
他们就是门前拉屎，
也比在厅里好些。

译作[1] 553

Aus fremden Sprachen

拜伦的唐璜

Byrons Don Juan

我渴望英雄！——“月月年年
英雄涌现，此言竟何从谈起？”——
一位报刊作者许在谄媚地折磨自己，
时代却说：真正的英雄哪个堪比。
谈论他们我的确不喜，
内心暗把唐璜老友思虑；
歌剧中我们见他
年纪轻轻就进了地狱。

维尔农，[2]伍尔夫，[3]屠夫坎伯兰，[4]

---

① 对歌德而言，翻译外语作品，不是为了寻找范例，而是为了获得启发。他相信，世人共有一种世界之诗（Weltpoesie），各个民族，各个伟大的作家都在以自己的方式昭示普遍的人性。基于这一思想，《译作》版块既有高雅文学，也有东西方民歌。既有同时代作品，也有让人想起古希腊的诗歌。

② 这一段提及的人物都是海军上将和总司令，拓展了英雄的类型。爱德华·弗农（Edward Vernon，1684—1757），英国海军上将。

③ 詹姆斯·沃尔夫（James Wolf，1727—1759），18 世纪中叶英国名将。

④ 坎伯兰公爵，即威廉·奥古斯都王子（Prince William Augustus，1721—1765）英国将领和统帅，英王乔治二世幼子，有弗兰德恶棍和坎伯兰屠夫之称。

霍克，[①]王子斐迪南德，布古安，[②]
凯佩尔[③]和霍维，[④]皆享节日欢乐，
就像维尔斯利[⑤]——班珂家族，[⑥]
国王的幽灵脚步——一丘之貉！——
荣誉，统治欲，将其心牢牢吸附。
迪穆里埃[⑦]与波拿巴赢得了战争，
报纸马上就为之扬名。

巴纳夫[⑧]和布里索[⑨]名存于史，

① 爱德华·霍克（Edward Hawke，1705— 1781），男爵，英国海军上将。
② 约翰·布古安（John Bourgoyne，1722—1792），英国将军。
③ 奥古斯图斯·凯佩尔（Augustus Keppel，1725—1786），英国海军上将。
④ 威廉·霍维（原文为 Hawe，William Howe，1729—1814），英国将军。
⑤ 威灵顿公爵（Wellesley，1769—1852），英国陆军元帅。
⑥ 莎士比亚戏剧《麦克白》中正直善良的班珂，其历史原型班柯和麦克白合谋杀害了当时的君主。
⑦ 夏尔–弗朗索瓦·迪穆里埃（Charles-François du Périer du Mouriez，人称 Dumouriez，1739—1823），法国将军，法国大革命时期的著名人物。
⑧ 这段诗里提到的人大多是法国大革命中上了断头台的人。安托万·皮埃尔·约瑟夫·玛丽·巴纳夫（Antoine Pierre Joseph Marie Barnave，1761—1793），1789 年法国议会成员。
⑨ 布里索（Jean Pierre Brissot，1754—1793），18 世纪法国大革命时期吉伦特派领袖。

孔多塞，[①]米拉博[②]和佩蒂翁[③]亦是如此；
克洛茨，[④]丹东，马拉遭受众多谣言，
拉法耶特[⑤]也几乎成烟，再就是
儒贝尔，[⑥]霍赫，[⑦]军位高坐，
还有拉纳，[⑧]德塞[⑨]和莫罗。[⑩]
盛赞他们，当时已是风习；
但这一切对我的歌都毫无意义。

---

① 孔多塞（Marie Jean Antoine Nicolas Caritat Marquis de Condorcet，1743—1794），又译康多塞。孔多塞是18世纪法国最后一位哲学家，同时也是一位数学家。

② 奥诺雷·加布里埃尔·维克多·里凯蒂·德·米拉博伯爵（Honoré Gabriel Victor Riqueti Comte de Mirabeau，1749—1791），法国大革命早期领导者之一。

③ 热罗姆·佩蒂翁·德·维伦纽夫（Jérôme Pétion de Villeneuve，1756—1794），绰号“佩蒂翁国王”（Roi Pétion）。

④ 让·巴蒂斯特·德·克洛茨伯爵（Jean Baptiste (Johann Baptist) Comte de Cloots, 1755—1794），法国作家、政治家、革命家，法国大革命时期被处死。

⑤ 拉法耶特级护卫舰（英语：La Fayette class frigate，法语：Frégates Classe La Fayette）是法国海军隶下的远洋巡逻护卫舰，舰名以纪念18世纪法籍美国大陆军少将、美国独立战争英雄、前法国国民军和国民自卫军总司令、法国立宪派领导人拉法耶特侯爵。

⑥ 巴泰勒·凯瑟琳·儒贝尔（Barthélémy Catherine Joubert，1769—1799），1796年底任少将，他曾在荷兰、德国莱茵地区和意大利任各种指挥职务，同年1月任意大利方面军总司令，在法国大革命时期的诺维战役中战死。

⑦ 拉扎尔·霍赫（Lazare Hoche，1768—1797），法国大革命时期的将军。

⑧ 让·拉纳（Jean Lannes，1769—1809），法兰西帝国元帅。

⑨ 德塞·德·沃伊古（Dessaix de Voygoux，1768—1800），法兰西第一共和国时期著名将军。

⑩ 让·维克多·莫罗（Jean Victor Marie Moreau，1763—1813），法国大革命和拿破仑时期的法国将领。

纳尔逊[1]无疑是我们的战神，
即便今天仍如此承认；
554 特拉法尔加[2]的传说业已消亡，
正如潮汐，反复无常。
军队受人喜爱，
海员认同难寻；
王子[3]支持陆军，谁人记
邓肯，[4]霍维[5]和纳尔逊。

阿伽门农之前曾有勇士诸多，
其后亦不乏智者、英杰；
他们影响众多，死去便无声息，
只因没有诗人令其生命得续。
我无意把我们的英雄指责，
各个度日都要把精神振作；
也不知该用诗将谁人称颂，
便把唐璜称为我的，我的英雄。

---

① 霍雷肖·纳尔逊（Horatio Nelson，1758—1805），英国海军上将，勋爵。
② 从 1803 年开始，拿破仑就开始构思法国海军穿越英吉利海峡，登陆英国。在 1805 年的特拉法尔加海战中，英国皇家海军指挥官纳尔逊阵亡，法军的指挥官维尔纳夫被俘，庞大的法国和西班牙联合舰队也全军覆没。从此，法国失去了和英国在海上争夺霸权的实力。
③ 摄政王乔治，1820 年成为国王乔治四世。
④ 亚当·邓肯（Adam Duncan, 1731—1804），子爵，曾为英国皇家海军立下显赫战功。
⑤ 理查德·霍维（Earl Richard Howe，1726—1799），伯爵，英国海军上将。

拜伦的曼弗雷德[①]的独白
Monolog aus Byrons Manfred

曼弗雷德 一个人

我们是时间的小丑，恐惧的小丑！
它们偷走了一个个日子，悄悄溜走。
我们厌倦生命，害怕死亡。
在所有被诅咒的闹剧的日子——
活生生的负累压在反抗的心上，
忧郁让它停滞，痛苦让它躁狂，
快乐的终结是垂死和昏迷——
在所有的日子里，无论未来，还是过去——
生活中什么都不是现在——你数一数
在多少：——比少还要少的日子里，
灵魂不曾渴望死亡，却又被死亡吓退，
就好像那是一条冬日的长河。
寒意或许只是一瞬。——凭借知识，
我想出一策：我唤来死者
问他们：我们所惧为何？
最严肃的回答便是坟墓。
而这毫无用处，他们不予回复——

① 曼弗雷德（Manfred）是英国诗人拜伦的哲学诗剧《曼弗雷德》的主人公，是一个对人生和人类都感到失望的人。

已被埋葬的牧师回答了
隐多珥[①]的女人！[②]
斯巴达国王从希腊少女不眠的精神中
获取答案，知晓命运。
他杀死至爱，却不知所害是谁；
死去，却未容赎罪。
即便求得温和的宙斯相助，
在费加里亚
他呼唤阿卡迪亚的女巫，
让愤怒的幽灵给予宽恕，
也只得复仇时限。其言
意义模糊；却终得实现。[③]

但愿我从未活过！我的爱
或许还活着；但愿我从未爱过！
我的爱或许依然美丽，快乐，
令人心怡，可现在她是什么？
她在受罪，为我的错误——

---

① 隐多珥（En Dor），圣经中的一个地名。

② 以色列的第一个国王扫罗（Saul）因为听不到上帝的声音，便在隐多珥通过一个女巫让以色列最后一位祭司撒母耳（Samuel）复活，撒母耳预言扫罗的毁灭。

③ 统帅保萨尼阿斯（Pausanias，公元前 5 世纪）意外杀死了自己的情人克列奥尼克（Kleonike）。她以幽灵的形象在他面前出现。他让来自阿卡迪亚地区的费加里亚唤灵者把她招来。她向他预言说他就要从虚相中解脱。很快，保萨尼阿斯就因为叛国罪被杀。

一个生命？别去想——也许就是个虚无。
短短几时之后，我就不再无谓请求，
然而我一向蔑视的，这一刻却怕了，
幽灵，我从未怕过，
无论是善是恶。现在我在哆嗦？
心披露水，陌生而又冰冷！
虽是厌恶，却决心已下，
我召唤大地的恐怖——夜，来了！

拜伦的曼弗雷德
Aus Byrons Manfred
诅咒

当明月低悬波上，
当萤火虫草中隐藏，
一道虚光罩落坟墓，
泥潭之上鬼火闪亮，
当星星坠落，
猫头鹰尖声呼应，
树叶无声，纹丝不动，
傍依昏暗的坟茔， 556
我的灵魂会伏你魂之上，
载满暗示和力量！

纵使你深沉梦乡，

精神却总是清醒。
那里的幽灵永不遁形，
那里有你未曾驱逐的思想。
你不曾知晓的力量
从不让你独处。
尸布将你包裹，
团云将你围住，
你将永远，永远在这句
咒语的魔力里停驻。

即便你未见我走过，
也能用双眼把我感受，
就像一种从未亲见
却近在身边的东西，
如果你，暗自恐惧，
就转过头去，
你一定奇怪，
我并非像幽灵一样存在；
不！你所感受的力量，
就在你体内隐藏。

一个咒语，一首歌曲，
用一道诅咒为你洗礼，
一个空气精灵
用套索将你迷惑。
风中有一个声音，

不许你快乐。
若夜未能给你
清空的静谧，
当白昼带来阳光，
日落便是你心所望。

在你虚伪的泪中我提取 557
最为致命的精华，
在你的心里我吮吸
鲜血，那最黑的源发，
从你的微笑中我诱出
盘曲的蛇，
从你的唇间我吸出
最可怕的毒液。
你自身的毒
比我尝过的每种都更烈。

你蛇笑微微，冰寒胸口，
深不可测是你狡诈咽喉，
道德的光在你双眼流转，
封闭的灵魂只识欺骗，
你的伎俩完美超群，
妄想你有一颗人心，
你欢喜别人的苦忧，
你直与该隐同流，
所以我用魔法唤你，

让你成为你的地狱！

在你头上我洒酒一碗
让你接受这一判决：
不死不眠
是你的不幸，无止无歇；
看似要如你心愿，
死亡却只是恐怖相胁。
看啊！魔法在你周围作用，
链条无声地将你牢扎；
咒语已走过你的
心和大脑——去吧！

558 五月五日
Der fünfte Mai
亚历山大·曼佐尼[1]的颂歌

他[2]走了——一动不动，
吐出最后一声叹息。
躯壳躺在那里，无人铭记，
强大的精神已弃之而去：

---

① 亚历山大·曼佐尼（Alessandro Manzoni，1785—1873），意大利作家。
② 指拿破仑，1821年5月5日病逝于圣赫勒拿岛。

惊闻此讯，
世界愕然呆立。

无声回想
恐怖者的最后时刻，
这世界似乎不知
人类的脚
是否敢再次
踏上血染的尘迹。

缪斯沉默无言
看他宝座上威光四射，
看他更迭中
沉浮，倒下；
万千语声、言说呼唤，
她只一语不发。

贞洁的她，厌弃诽谤
奉承和放肆。
突然她激动地站起，
那光线已然隐去，
她用歌声为骨灰盒
加披华冠，无止无息。

从阿尔卑斯到金字塔，

从曼萨纳雷斯河[①]到莱茵河旁，
雷云闪亮，必有闪电巨响，
从斯库拉[②]到塔内斯，[③]
他驶入片片海洋。

559 带着真正的荣誉？——未来
自有定论！我们垂首鞠躬，
向最有力量的人，
这个创造者，他万能
强大的精神
留下无垠印痕。

宏伟计划
令他颤抖、狂喜，
狂野之心一丝恐惧，
臣服[④]中把王国觊觎，
终获最高酬报，
存此希冀，曾是愚不可及。

而他终获一切：荣誉
因危险而更增高度，

① 曼萨纳雷斯河（Manzanar，西班牙语作 Manzanares），西班牙河流名。
② 斯库拉（Scylla），古希腊神话中吞吃水手的女海妖，有六个头十二只手，腰间缠绕着一条由许多恶狗围成的腰环，守护着墨西拿海峡的一侧。
③ 塔内斯河就是现在的顿河，注入亚速（Azov）海。
④ 原文是 ferve，意为狂热，歌德误以为是 serve，意为服务。

继以逃亡，再次胜利，
皇宫与放逐；
两次险成祭礼，
两次被踏入尘土。

他走出人群：
分裂的世界，相抗的戎兵，
顺从地向他转身，
仿佛在把命运倾听；
四方肃静，仲裁人
他在中央坐定；

不见了！——闲情的日子
闭锁于狭小空间，
那是无尽的妒忌
是深深的虔诚情感，
是无法消除的恨意，
也是爱，狂热无边。

就像波涛翻滚，压在
海难者头上，
波浪把可怜的人
抬起，卷向前方，
让他无谓地
向远去的地方最后一望；

精神就是如此，波浪般
在回忆中升起。
啊！他常常都是这样
想向未来的人讲述自己。
疲惫的手无力地
落在永恒的纸页之上。

噢，无声终结
空虚的日子，他常常
垂下闪亮的目光，
双臂环抱而立，
昔日回忆
涌上心房。

他看着可移的帐篷，
山谷中人头攒动，[①]
步兵的武器闪电般亮起，
波涛般涌动，骑马的男人，
最为激动的统治，
最为迅疾的驯顺。

啊，他在可怕的痛苦中
倒下，没有了呼吸的胸膛，

---

① 原文为 Valli percossi，意为断壁残垣，歌德误以为是 valle percorsi。

他已绝望！——
不，上方永恒的手
正慈爱地把他抬向
空中，那里呼吸更为顺畅。

带他到开满鲜花的小路，
那里充满希望，
到永恒的田野，作为最高报偿。
羞涩了所有欲望。
回视曾经的荣誉， 561
如对黑暗与沉寂。

恒久慈善的信仰之力
无上至美，无往不利！
说吧！你为之心喜：
更骄傲、更高贵的生命
从未向臭名昭著的各各他[1]
露出屈服之意。

任何讨厌的话语
都从疲惫的灰烬旁逐去，
压制和抬举的神，
施痛与安慰的神，

---

① 各各他（Golgatha），又称各各他山，据《圣经·新约》记载，耶稣基督就曾在此被钉在十字架上。

在孤寂的床上
顺从地躺在他身旁。

一束小花
Das Sträußchen
古波希米亚

侯爵的森林里
一阵微风飘起；
一个汲水的少女
正向溪边跑去，
一只铁箍的水桶
在她手中轻提。

小心翼翼，不慌不忙，
她可是打水有方。
河边，一束小花
漂向小小姑娘，
紫罗兰和玫瑰扎成，
小小花儿那般清香。

娇美可爱的小花啊，
我若能知
562 是谁把你种在
松软的土里，

真的！我会给他
小金戒指一只。

可爱的小花啊，
我若能知
是谁用柔软的
韧皮把你扎起；
真的！我会给他
发上的针饰。

可爱的小花啊，
我若能知
是谁把你抛入
清凉的小溪，
真的！我会把
头上的花环送去。

于是追着花儿，
她匆匆疾去，
赶到小花前面，
想把它抓起：
啊！她竟掉进
清凉的小溪。

哀歌
Klaggesang
爱尔兰

大声唱起皮拉鲁，①
当你们泪流不止，痛苦忧伤：
哦嗬 哦吼 哦吼 哦啦噜，
噢，主人的孩子已不在世上！

就在天要亮的时候，
猫头鹰振翅飞过，
563 池鹭在夜的芦苇中鸣叫。
你们唱起了哭丧的歌：
哦嗬 哦吼 哦吼 哦啦噜，

你死了？为什么，为什么
离开爱你的父母？
离开亲戚众多的大家族？
你无法听到这里的啼哭：
哦嗬 哦吼 哦吼 哦啦噜，

母亲要告别她的宝贝，
美丽又甜蜜，可是如何？

---

① 原文为 Pillalu，爱尔兰语中“哀歌”的意思。

难道你不是她心的心脏，
是给它生命的脉搏？
哦嗬 哦吼 哦吼 哦啦噜，

她让男孩离去，
他的存在将只为自己，
那快乐的面庞永远别去，
青春气息她再也无法吮吸。
哦嗬 哦吼 哦吼 哦啦噜，

你们看那小路和高山，
清澈湖水环围的岸，
森林的一角，播种的土地，
还有眼前的围墙和宫殿。
哦嗬 哦吼 哦吼 哦啦噜。

痛苦的邻居挤身过来，
目光空空，沉重呼吸，
停下脚步，随队而去
用死者的话把死亡唱起：
哦嗬 哦吼 哦吼 哦啦噜。

大声唱起皮拉鲁，
诉出你所有哀苦！
哦嗬 哦吼 哦吼 哦啦噜，
主人唯一的儿子，上归途。

564 现代希腊—伊庇鲁斯[①]的英雄诗歌
Neugriechisch-Epirotische Heldenlieder

I

这片土地已归土耳其，
它曾是阿尔巴尼亚领地；
斯特吉奥斯[②]还活着，
他不把帕夏[③]放在眼里。
只要山上下雪，
我们绝不屈服土耳其。
把你们的尖兵派到
狼群盘踞之地！
城里人啊就是奴隶；
对勇士来说，城区
就是荒芜的巨岩缝隙。
宁与野兽为伴，
也不与土耳其人共立天地。

---

① 伊庇鲁斯王国（Epirus），在爱奥尼亚海东海岸，在今阿尔巴尼亚南部和希腊西北部。

② 斯特吉奥斯（Stergios），希腊人民英雄。

③ 1788年，阿里·帕夏（Ali Pascha）被苏丹派驻守隘口，用阿尔巴尼亚人替下希腊警察。歌德此诗的前两句基于一个误解。

II

卡桑德拉海岸
驶出黑色战船，①
蓝天下
扬起黑帆。
迎面驶来土耳其的船只，
闪亮飘扬猩红的信号旗。
“马上把帆收起，
落帆！”——
不，我不收帆，
也永不投降，
尽管恐吓，当我是个新娘，
小女人，一吓就慌。
我是扬尼斯，斯塔萨斯的儿子，
布科瓦拉斯的女婿。
小伙子们，精神抖起！
都向船头聚集；
土耳其人定要流血，
不信上帝，不可姑息。
土耳其人巧妙地
把船头调转；
扬尼斯却一跃上船，

① 这首诗的背景是1806—1812年的俄土战争。1807年俄国和土耳其停战，俄国撤回舰队，希腊人要自守国土。诗中，曾在俄国舰队服役的扬尼斯·斯塔萨斯（Jannis Stathas）拉起船队，继续与土耳其的海战。

手中军刀牢握，
船中滴落的鲜血，
把波涛染成红色。
阿拉！阿拉！不信上帝的人
跪下哀唤悲悯。
悲哀的人生！胜利者大喊，
已属战败的人。

III[①]
利阿科斯，向帕夏，
向维齐尔[②]屈服吧！
从前你是警察，[③]
现在陆军统帅是你。
“只要尚存一息，
利阿科斯就不会投降。
只有他的剑是他的帕夏，
他的维齐尔便是他的枪。”
阿里·帕夏闻听，
对他怒目相向，
写信，下令，

① 穆罕默德·阿里·帕夏（Muhammad Ali Pascha，1769—1849）要求说阿尔巴尼亚语的自由斗士利阿科斯（Liakas）臣服，接管关隘守卫之职，遭利阿科斯拒绝。于是阿里·帕夏便派阿尔巴尼亚人维利·盖卡斯（Veli Guekas）前去捕他。

② 土耳其语，土耳其最高行政长官。

③ 原文是 Armatole，希腊反奥斯曼帝国的警察。

该做什么他已决定。
维利·盖卡斯，
快去乡村、城市，
带回利阿科斯，
无论是死是活！
盖卡斯在这一地带巡逻，
对斗士进行捕捉，
四处探听，发起突袭，
他已是先锋一个。
康托吉亚库皮斯，
从高垒向下呼喊：
孩子们！勇敢战斗吧！ 566
孩子们，冲锋向前！
利阿科斯敏捷闪现，
宝剑牢噙齿间。
日夜作战，
三夜三天，
痛哭的阿尔巴尼亚女人，
个个一身丧服；
当维利·盖卡斯归来，
已是血哽咽喉，一命呜呼。

IV[①]

轰轰隆隆，何方响动?
何来这般剧烈的颤抖?
是面对屠刀的公牛，
还是愤怒而战的野兽?
不，那是布科瓦拉斯
带领1500名士兵，
在克拉索翁
和巨大的城区之间抗争。
火枪飞弹如雨
宛若冰雹粒粒！——
山口上，金发少女
隔窗向下呼喊：
别再射击，别再壮胆，
扬尼请求停战：
让尘埃落地，
让弹雾飘散，
清点你们的战士，
看看谁已魂断。
土耳其人点数三番，
伏尸四百在地。
斗士一方，

① 大约1750年扬尼斯·布科瓦拉斯（Jannis Bukowallas）在克拉索沃（Keressowo，希腊西部伊庇鲁斯地名）和大霍里奥（Megali Chori，希腊中部的山村，歌德误以为是“大城区”）战胜了土耳其人。

只有三人死去。 567

V

太阳结束了统治，
众人来到统帅面前：①
小伙子们，去打水，
一起分享晚餐！
兰布拉基斯，我的外甥，
过来坐在我身边；
这是你要扛起的武器，
现在，领导者是你；
你们，勇敢的战士，
用那把孤独的战刀
砍下杉树绿枝，
为我把卧榻编好；
再把神父带来，
我要向他告解，
一生所为
我尽言无缺：
我做了三十年国警，
二十年民兵；
现在死亡要骗我过去，

① 大概是1800年左右，迪莫斯·布科瓦拉斯（Dimos Bukowallas）觉得自己生命快到尽头。此处，歌德把希腊语中的Dimos误译为“众人”，此处正确译法为“迪莫斯命令道……”。

此生我已知足满意。
请为我备好新坟，
里面又高又宽，
可以站立作战，
为手枪装上子弹。
右侧我要开窗一扇，
让燕子报告春天，
听夜莺把五月
最可爱的事儿啼啭。

VI

奥林匹斯与奥萨山，
面面相对两相争执；
奥林匹斯
568 径对奥萨回言:
“奥萨，虽遭践踏，
你可别起击土耳其。
我可是奥林普斯老人，
全世界都曾听我声音。
六十二座山峰为我所管，
更有两千眼清泉，
水井旁都有信号旗亮起，
树枝边都有战士护立。
在最高的山峰之巅
雄鹰停落在我面前，
它的利爪强而有力，

英雄的头颅鲜血直滴。”
“说吧，头！事情是怎样发生？
你可是罪恶地丧命？”——
鹰啊，你吃吧！我的青春，
我的生殖力，你尽可吃掉！
你有长长的翅膀，
一双巨大的利爪。
在卢龙，科赛洛梅隆，
我是战士一名，
在哈西亚，在奥林普斯山
我战斗一十二年。
杀死六十官吏，
将其领地付之一炬；
土耳其人，阿尔巴尼亚人，
也曾在我手下倒去，
数量太多，实在太多，
我无法点计；
现在轮到我
在战斗中勇敢死去。

VII
卡戎[1]

山顶为何如此漆黑？
那云浪来自何方？
569 是狂风争斗山上，
还是砸落山峰的暴雨？
那不是狂风相斗，
也不是峰顶雨骤；
不，是卡隆呼啸而至，
要把亡者带去；
年轻的他推在身前，
老迈的他拖于身后；
最小的，婴儿，
排挂马鞍左右。
老人对他大喊
少年跪立于前：
“噢，卡戎！停一下！
禁猎区里，清凉井边，
老人要解解疲乏，
青年要掷石玩耍，
男孩儿们温和地消遣，
采几朵缤纷的小花。”

① 卡戎（Charon），古希腊神话中冥河上的摆渡人。在新希腊的民间信仰中变成一个骑黑马的飞行骑士，带死者在空中飞过。

我不会停在禁猎区，
也不会在井边歇息；
打水的女人
会认出她们的儿女，
她们的男人也会认去，
再行分离无力可及。

现代希腊爱情酒歌
Neugriechische Liebe-Skolien

1
确定无疑，朝此方向，
永远向前，向着前方！
黑暗和障碍
不会让我偏航。

小路之上终见月亮，
清朗的金色面庞，
一直向前，笔直前行
终点就在可爱的她身旁。

河水把路阻断，
我大步走向小船，
可爱的天光，
引我驶向对岸！

我已看到那盏小灯
从小屋中透出微光，
让所有的星星
环你的宝辇闪亮。

2
至少她还一直，
处处将我跟随
看起来也是太美。
我不住地流泪

穿越原野田间，
徒劳地四处问遍，
你无法把她遗忘，
岩石和山峰坦言。

草地说：回家吧，
让家人给你怜惜；
你如此难过，
令我也觉哀戚。

鼓起你的勇气，
快快看清此理：
笑与哭，乐与苦，
原是姐妹兄弟。

零散小诗 571

战胜障碍，
柏树，俯下身来！
让我亲吻你的树梢，
把生活抛向云外。

——

学习你们的园艺，
或许我永不再渴望；
我的茉莉走了，
我的玫瑰流连远方。

——

远去的夜莺，
春风引归故地；
不见所学新增，
犹唱可爱老曲。

——

月亮啊，我羡慕你
高高在上，视野辽阔，
请你照耀远去的人儿，
却别对她暗送秋波。

——

你温柔真诚坦率
唤我到你身边；
我现慢慢走来，
你可在把我细看？

——

快来买戒指吧，女人！
我已不想再去漫游，
且用戒指
将一双眉眼换入我手。

——

啊，令人仰望的柏树，
请你俯耳向我；
听我把心里的话儿诉说，
然后我便永远沉默。

——

572 金发女孩，你妩媚地等待，
戴着矢车菊花冠，他便会安然，
即便月亮在猎户座的光中
愉快地将清辉变换。[1]

——

不知是何等幸运，
女孩向我仰起笑脸，
火热的黑眸，
乳白中向外探看。

——

[1] 古希腊神话中猎人俄里翁与月神阿耳忒弥斯的恋情遭到阿波罗的破坏。月神误射海边的俄里翁，亲眼看着恋人死去。出于同情，宙斯让俄里翁变成了天上的猎户座（Orion）。

我心的玫瑰
你一瓣瓣肆取，
灼热的离痛，
令余下的也都落去。

——

爱你之初，你还年小，
少女之爱我无缘得到；
现在，你终于可做我妻？
朋友在问丧夫的你。

573 思考与信笺
解释性评论
< 关于 >
喜庆之期
和
诗人所纪念的
交友乐事[①]

Inschriften
Denk- und Sende-Blätter
<und>
Aufklärende Bemerkungen
<über>
Festliche Lebens-Epochen
und
Lichtblicke
Traulicher Verhältnisse
vom Dichter gefeiert

① 一生热爱生活的歌德为工作与生活中接触的帝王贵族、亲朋好友，为自己喜爱的各领域艺术家的各类庆祝活动即兴赋诗，也用诗与远方的朋友联络，用诗回敬为他寄来礼物的朋友。生活于他就是作诗的缘起。收录在这一版块的诗歌便是留言、赠语、书信、纪念等具有私人性质的作品。

1 574

致萨克森－魏玛－埃森纳赫
世袭大公夫人殿下[1]

Ihro Kaiserlichen Hoheit der
Frau Erbgroßherzogin von
Sachsen-Weimar und Eisenach

在你高贵的画像四边
——我心中一直牵挂——
我缀满原野与花园的花，
那是春风送遍。

勇士之盾[2]的镶边，
华丽，却嫌单薄；
莫如猩红壁毯环合，
遍洒繁星，柔光耀眼。

此书精饰超群，
忠仆[3]敬献储君，
蒙恩我率先留言。

---

① 1813 年 3 月 13 至 15 日期间写就，是歌德向萨克森－魏玛和埃森纳赫世袭大公夫人殿下补送生日礼物（一本小书）时，附赠的十四行诗。

② 指荷马史诗《伊利亚特》中提到的阿喀琉斯之盾，装饰丰富，非常珍贵。

③ 歌德送的小书是海因里希·迈耶尔（Heinrich Meyer，1760—1832）设计的。这是一位来自瑞士的画家，1787 年成为歌德的朋友。

喜悦竟无法诉说。
此刻我又觉喜乐，
爱与忠方织最美花冠。

2
1824年2月2日
Zum 2ten Februar 1824

早已习惯在盛大的节日[1]
所有部族以自己的方式
信心满怀走向王座，
即便全身装饰奇特。
任你高领毛皮，
内里暴露无遗；
看似海盗，一介莽夫，[2]
却携隐居寂静祝福。

① 指贵族在节日里的假面游行。
② 暗示拜伦的叙事诗《海盗》（The Corsair，1814）。

3
大侯爵夫人亚历山德拉亲王殿下[1]
Ihro Kaiserl. Hoheit Großfürstin Alexandra

春早绿了大地，水仙和郁金香
展露笑颜，然后便是玫瑰怒放；
果实渐熟，浓浓的幸福，
迎向那越来越近的骄阳；
久盼的时光它们交替装扮，
至深的孤寂它们力讨好感。
威严的侯爵和青春竟是
对对出现，[2]令人惊视，
亲切和蔼，可敬欢愉；
内在精神将其忠实护持。
一年四季，日复一日，
变换中美景来而复去；
星光如此璀璨，即便
情愿，他也永无孤寂。

---

① 1821 年 6 月 8 日写入大公爵夫人的宾客题词留言册中。
② 世袭大公爵夫妇和大侯爵尼古拉斯（后来的沙皇尼古拉二世）及其夫人亚历山德拉（Alexandra）。

4
圣诞节
Weihnachten

树儿闪闪发亮，
到处散发芳香，
576 于光辉中轻摇，
触动老少心房——
得赐如此节日，
得献礼物装饰，
满心讶异，上下观看，
来来回回，去而复还。

可是侯爵，节日里，
夜晚如此赐福于你，
灯光与火焰
都在你面前亮起，
那是你所有的臣民，
那是你完成的功绩：
你神思高远，
陶醉心间。

5

萨克森－魏玛－埃森纳赫公主
玛利亚殿下
Ihro Hoheit der Prinzessin Maria
von Sachsen-Weimar und Eisenach
拉斐尔的“女园丁”[1]
1820年2月3日

柔美的图画奉上
女侯爵柔美形象；
平静与温和，
总在你身边飘漾！

外部的消散
源于内部的破损，
只有内部的更新
才会让意义牢存。

从缤纷的世界之初 577
调转你的仁慈目光，
满怀信任向内观望，
一如回望那神圣形象。

---

① 《美丽的女园丁》（Gärtnerin）是意大利著名画家拉斐尔的油画作品。歌德向十二岁的公主献上了一幅此画的摹本。

5a
献给萨克森－魏玛－埃森纳赫的奥古斯特公主
Ihro Hoheit der Prinzessin Auguste von Sachsen-Weimar und Eisenach
连同埃尔斯海默的早晨[①]

1820 年 9 月 30 日，曙光

杨树挺拔耸立，
灌木自吐芬芳，
万物将你寻觅：
丛山遥遥相望，
炫丽闪光，欢声欲起；
美丽的日子却静默不语。

我们想听欢乐的芦笛，
长笛、圆号和合唱，
所有让人欢乐的旋律。
即便管教严厉，
小朋友也争相蹦跳，
不停奔跑，来来去去。

---

① 献给九岁的公主，后成为普鲁士王后，也是德国第一位王后。歌德向其敬献了亚当·埃尔斯海默（Adam Elsheimer，1578—1610）的铜版画《晨曦》（Morgen），同时献诗一首。

于是我们迷住远方，
让美丽的星星欢畅，
是它们用天礼将你装扮。
新的快乐，新的歌曲
问候于你！快快出去，
因为新的春天，它在看。 578

6
1814 年 1 月 30 日[1]
Dem 30 Januar 1814

来自东方优美的光
闪耀着将我们融合；
为这一天亮起，
是它最美时刻。

7[2]

美好的命运带来
崇高的英雄，可敬的女人；

① 沙皇俄国执政女皇陛下 1814 年 1 月 31 日在魏玛停留，这首诗就是献给她的。
② 献给魏玛公爵太子妃的生日礼物。第 8 首也是献给她的诗。

永恒的你在此出现，
今日的幸福牢系我们的心。

8

这句话也要让人听见？
美丽的一天，窄小的空间；
题词或许可以一言以蔽：
我和所有人一样心系于你。

9
1812 年 2 月 15 日[1]
Zum 15. Februar 1812

谁在这里看到大理石、矿石
象牙和其他材料的高贵艺术，
都会想：愿用不倦的努力、
忠实的思想将这一切重塑，
让您的颂歌，我们的爱意
579 在千百幅画中，浓浓流露。

① 诗篇 9 和 10 均为大公爵夫人生日宴席桌上装饰而写。

10

冬日里，鲜花丛丛
欢聚一方，用目光
快乐地对我们说：
您的庆典百花怒放。

11
埃莱奥诺雷[①]
Eleonore

如果讲话应当充满信任，
我便当言：今天介绍的
一群有教养的温柔女人
多么高兴得聚您的身旁。
我获准抬头向她仰望，
盛开的鲜花让我神清气爽，
花儿每刻都实现新的价值，
永远把显赫的高贵证实。

① 埃莱奥诺雷（Eleonore）。此诗是在托普利茨（Töplitz）的一次戏剧演出结束时献给奥地利皇后陛下的，由蒂克奈尔伯爵夫人朗诵。

12
致阿巴特·邦迪先生[1]
An Herrn Abbate Bondi

来自真正的阳光国度
田野的礼物常常让我欣喜:
柑橘诱人，无花果柔蜜，
还有杏仁奶香，葡萄酒的酒力。

缪斯之作唤起我
北国精神最真挚的诗，
就像阿喀琉斯的盾牌一样，
最迷人的联合令我心喜。

得将快乐分享，
我竟获艺术收藏，
优雅有力，将我倦意尽驱。

任一伟大时刻，都不曾如此
满满内在价值，诸多快乐相依，
感谢你和你的作品，路伊森，[2]邦迪。

---

① 皇后陛下赐给歌德阿巴特·邦迪（Abbate Bondi）的作品精装本，此诗为此而作。耶稣会会士克莱门特·邦迪（Clemente Bondi，1742—1822）是皇后玛利亚·路德维卡（Maria Ludovica）的老师。他的作品《诗学》（Poesie）1808 年在维也纳出版。

② 路伊森（Louisen），即德语化的法语名 Ludovica（路德维卡）。

13
致伯爵夫人奥唐奈[①]
An Gräfin Odonell
卡尔斯巴德，1818 年 8 月 8 日

想起你，缤纷颜色
便在阳光中流溢，
叶上已现绿意，
还有玫瑰和勿忘我！
中有箭矢，可见金色，
件件透明，环于金花冠里；
为女人们唱一首崇高的颂歌——
到女友那里！愿你[②]永远完整清澈。

14
致伯爵夫人奥唐奈
An Gräfin Odonell
卡尔斯巴德，1820 年 5 月 1 日

这里，还被称为她[③]的位置，
这里，曾经摆放她的杯子；

---

① 约瑟芬·奥唐奈·封·蒂克奈尔伯爵夫人带着闪闪发光的透明玻璃杯随奥地利皇后从卡尔斯巴德到弗兰岑布伦嫩（Franzensbrunnen）。

② 指透明的玻璃杯。

③ 奥地利皇帝弗兰茨一世第三个皇后玛利亚·路德维卡·贝亚特丽克斯（Maria Ludovica Beatrix）于 1816 年 4 月 7 日逝世。

从她陵墓吹来的气息
却是少有几人知悉；

581 我说：朋友！那仁慈的人
留给你的，要奉若神圣，
她如此伟大——唉，
过早地远离我们的赤诚。

给了她爱与忠的我们，
今已心无所欲；只是，
当我们重新将她提起，
生命便有了些许价值。

15
致国务部长福格特先生
Herrn Staats-Minister v. Voigt
1816 年 9 月 27 日庆典[①]

在敬若苍穹的高山，
我们临风看密林深渊，

① 福格特服务五十周年纪念。时任行政专员的克里斯蒂安·戈特洛布·福格特（Christian Gottlob Voigt，1743—1819）曾是歌德最密切的政务合作者。

窄窄隧道，深深矿井，
寻一线光把精神点燃，
那便是你我心愿：
大自然终可探索?
至寂的尘世岁月，
终把高贵的追求铭刻。

花园亦萌诗人之花， 582
感官欢愉，精神焕发，
小小爱神偶发软弹，
那可并非毫无危险，
这里，我们得享许多
时光，乐观史前再现，
与可敬的灵魂同往，无人
企及的大师总是雄辩善言。

我们快乐前往，疲惫的脚步，
迷惘的生命，荆棘的小路，
在那里相遇，为同一样快乐相约，
男人的沉思，女人的精神和道德，
科学、艺术和缪斯的恩赐，
在我们中间，竟丰盈如斯;
早布阴霾的天空电闪雷鸣，
终让天堂和它的圣林消逝。

和平今返，给人安慰，

我们的思想忠实回归，
保护英才所获，
重建战斗与远征所毁。——
听取大众便会觉迷惑：
人人各有其说；
以同样的精神一起坚持，
是我们最为宝贵的收益。

16
致哈登贝格侯爵[①]
Dem Fürsten Hardenberg
七十岁寿辰献礼

若想细数沙漏
流出的沙粒，
便在思考沙流之际，
错失了时间和目的。

583 就是思绪也没了着落，
当我们看向你的生活，
你囿于尘世的自由精神，
你坚定的行动和信任。

---

① 普鲁士首相卡尔·奥古斯特·封·哈登贝格（Carl August von Hardenberg，1750—1822）。

幸福的事乖顺地
流出每一刻时光。
每个人都为你祝福！
愿你拥有新的勇气和力量。

17
致拜伦勋爵[1]
An Lord Byron

友好的词语一个接一个
从南而来，给我们欢乐；
唤我们走向最高贵的人，
精神向往，却难动肉身。

相伴许久的人啊，我该
如何向远方的你抒怀？
内心怀疑自己的人，
已经习惯疼痛至深。

感受自己令他高兴不已！ 584
他应敢说自己幸福至极，

---

① 拜伦曾写信或托旅者向魏玛的歌德致意，为此歌德回以此诗。1823 年 7 月 24 日，拜伦正在前往希腊的路上收到该诗并向歌德做了书面回复。1824 年，拜伦去世。

当缪斯的力量战胜痛苦；
我识拜伦，但愿他亦自知。

18

奥蒂莉·封·歌德[1]

Ottilien von Goethe

此刻，在我们启程之前
先别动，且向四下观看：
时代向来聒噪滔滔，
此时竟也陷入无言。

我心中的你，
孩提或少女，
你可在内心读出，
默默地说与自己。

当你唱起这些歌曲，[2]
愿能偿报忠诚的你：
让吾儿成为父亲，
为他生子，杰出美丽。

① 奥蒂莉·封·歌德（Ottilien von Goethe，1796—1872），歌德的儿媳。
② 歌德在《漫游年代》扉页后写了这首给奥蒂莉的献辞和几首其他的诗。

19
致枢密大臣封·维勒默
An Geheimrat von Willemer

开满鲜花的金色藤蔓
是这首歌相称的花边，
当我把您在心底封藏，
我已享受更美的金黄。

夕阳火红的光芒
令静流更为金黄，
葡萄酒泛更纯金光，
钟形水晶杯轻响。

智友金子般的话语
阴影下悄声说起，
贵子忠诚的心曲
已深得父母赞许。

金网绕您环起！
其价谁人能知？
金子出于黄金，
如出古人圣石。[①]

① 应该是指哲人石，即西方传说中既可炼金，又可起死回生的石头，也称点金石。

信笺从遥远的地方
给您带来金色话语，
一双深情的目光
令黑字金光熠熠。

20
致帕尔伯爵[①]
An Grafen Paar
1818 年 8 月 12 日，卡尔斯巴德

最喜回忆我们的山，我们的石，
流连于此，一个最友好的团体，
信任飞快地收获、流出，
时光有限，幸福便加速。
快乐不问西东，
586 瞬间化为永恒。

---

① 指约翰·巴蒂斯特·封·帕尔伯爵（Johann Baptist Graf von Paar，1780—1839）

21

致帕尔伯爵

An Grafen Paar

1818 年 8 月 16 日夜于卡尔斯巴德

对离人来说，礼物皆是珍奇，
一片薄叶、苔藓，一颗泉石，
都令他把朋友和那里记起，
那是他永远渴望的地方：
永为见证，且富有意义：
渺小的东西亦与宝贝无异！

礼物自有其形，
又存意义深厚，
一如艺术家所求；
令别友忠实地把他称颂，
便是宝中之宝绝世仅有！

22
致提廷娜·奥多奈尔[1]伯爵夫人
Der Gräfin Titinne Odonell
想要我一支羽毛笔的伯爵夫人

上学的男孩儿，
手握羽毛笔盒，
用秃钝的羽毛管
开始把字母涂写，
望写出美丽字迹，
那是他最美成绩。
但他写下的东西竟要
留存下来，流传开去，
587 秃笔管竟也有了价值，
在那狭小的学校里，
在那低矮的小凳上，
他真的全不曾虑及。

23[2]

此笔反复修剪，反复受力，
用过多次，愈发难尽人意，

---

① 提廷娜·奥唐奈（Titinne Odonell）想要歌德的一支羽毛笔。
② 赠送对象不确定。

你，友好的人，想要把它拿去。
还是取一支新的羽毛，
让它为你写下
美好时光的甜蜜歌曲。

24
致雅拉彻夫斯卡伯爵夫人[①]
An Gräfin Jaraczewska
1818年9月5日 卡尔斯巴德

由此可见人之本性：
全无良知，唯有激情！
那个孩子的小裙
快被扯下其身！
后来，我竟得此幸运，
虔诚的男孩定生羡慕之心：
感谢你，我的朋友，给我机会
从头到脚装扮这可爱宝贝。[②] 588

① 雅拉彻夫斯卡（Anna Gräfin von Jaraczewska）。
② 指歌德向伯爵夫人借来的一本书，封面缺失，前面几页皱折，歌德请订书匠重修一新。

25
致比龙·封·库尔兰侯爵①
An Fürst Biron von Curland
1818年9月8日，卡尔斯巴德

去年秋天一众信徒
把路德的节日庆祝，
如此庄重庆典，
再逢许待百年；
幸得赠画慰怀，
严肃而又柔和，
赫拉克勒斯②和他的盾牌
直令我久享当日之乐。

26
致卡尔·哈拉赫伯爵③
Grafen Carl Harrach
1819年9月25日 卡尔斯巴德

诚友长相问候，
更添欢愉之由，

① 比龙·封·库尔兰（Biron von Kurland）。
② Herkules，古希腊神话中的英雄，宙斯之子，力大无穷。比龙·封·库尔兰侯爵从特普利茨往卡尔斯巴德给歌德寄了一幅画，该作以赫拉克勒斯来象征路德。
③ 卡尔·哈拉赫（Carl Harrach，1761—1829）。

尽随美好精神
再往同一源头！
忠诚劳作纯洁相爱，
永是人生最好拥有。 589

27
献给完美的刺绣女[①]
Der vollkommenen Stickerin
1821年8月28日，马林巴德

访别高级教士，[②]
其剑圣带飘逸，
圣徒奇迹
毫不掩饰，其上
飘飘，落而又起。

我亦得赐绣礼：
可爱鲜花垂饰，
闪亮颜色和过渡层次
如自然给艺术的演示。

① 玛丽安娜·封·维勒默（Marianne von Willemer，1784—1860）为歌德的生日绣了一对吊裤带。
② 普赖蒙特莱修会修士特普拉修道院的院长卡斯帕·卡尔·赖滕贝格（Kaspar Karl Reittenberger，1779—1860）。马林巴德温泉是该修道院的财产。

最美春日大地，
阴影与渐变优美绣出；
即便心被刺透，
人也会觉舒服；
穿上它，只为亲爱的人，
为可爱的诞生庆祝。

28[①]

米拉别里李子
从南方到北方，[②]
刚刚吃完，
果盒
又匆匆到场。
内无水果甜甜，
唯见严肃面孔，
无论多么遥远，
总要相望心中。[③]

① 写给玛丽安娜·封·维勒默。
② 相对于魏玛，歌德觉得法兰克福是南方。
③ 朋友把自己的画像用掏空的果盒寄来。

29
致朋友梅里施[①]
An Freund Mellisch

一个可敬的人儿
寄礼到易北河畔，
小包到，请心安：
朋友他永不改变。

总像身在多恩堡，
那里葡萄酒最好，
一带群山与山谷
阳光下明亮炫目。

在富裕的易北河畔，
水面宽阔的大河边，
远离朋友之吻的是
同一人，不曾改变。 591

① 英国人约瑟夫·查尔斯·梅里施（Joseph Charles Mellisch，1769—1823）翻译了歌德的作品。

30
致卡西米拉·沃洛夫斯卡[①]小姐
An Fräulein Casimira Wolowska

你的遗嘱分配了可爱礼物，
大自然像母亲一样予你圆满。
遗赠一件件捐出，
得赠者意满心欢。
让人快乐若是你心所求，
得你全心者便幸福无边。

31
致一个友人相聚的团体[②]
1823年8月28日从马林巴德寄出
Gesendet von Marienbad einer Gesellschaft versammelter Freunde zum 28. August 1823

阿米达，[③]为人喜爱的健康女神
在林木茂密的山中建起宫殿，
向病人承诺康复，充满希冀的信任

---

① 卡西米拉·沃洛夫斯卡（Kasimira Wolowska）。
② 诗篇31至38是歌德在1823年写于马林巴德。
③ 意大利诗人塔索的《解放了的耶路撒冷》中的巫女。

突然在厌世者心中出现；
很快，一群出色的女人
就让半愈者有了快乐心安。
她会用所有方式将我们诱引，
游戏、舞蹈和爱好真个眼花缭乱。

就这样，梦一天天 592
虚构和清醒一样的迷宫，
但我目光犹向远方，
一个圈子将我心牵动，
我有责任，它有义务，
在那里我会更加完美地康复。
是它让我加入这个光荣的庆祝，
我已到来。——为所有的客人祝福。

32①

早就让我着迷，
今觉新的活力；
甜蜜的嘴会笑对我们，
当它已献上亲吻。

---

① 诗篇32至37都可视为在与世俗生活与每日工作的矛盾中对殷勤、爱慕、忠实与激情的敬意。

33

当我们的爱受人指责，
我们切不可郁郁不乐，
那指责只是软弱无力。
或许责骂的该是其他，
任何反对，任何责骂，
都不会让爱变得无理。

34

你，霍华德的学生，清晨
奇怪地向上，向四周看去，
雾是否落下，升起，
天上又是怎样的云翳。

593 远方的山上聚起
阿尔卑斯大军，群群冰冻，
羽状的一带白色
匆匆漫步上空；
一场阵雨从层云
降下，灰色愈来愈浓。

无声的暮色中
最亲爱的忠诚面孔

在亲切的门槛与你相遇，
你可知天晴天雨？

35

当银色活泼下落，[①]
便见雪花、雨滴，
当它重又向上，
蓝帐便再度支立。
它也会陡降，几无上升，
个个快乐和痛苦的暗示，
人很快就会在那狭小
却鲜活有爱的心里感知。

36

你过去了？怎么！我不曾见；
你回来了，我未能发现——
失去的，不幸的时日！
难道是我眼瞎？为何会是如此？

---

① 指用水银柱来测量气压。

我给自己安慰，你也愿意原谅，
你会快乐地为自己分辩；
不管多么遥远，我都会把你看见，
594 到了近前，你却会踪迹不现。

37

你在温泉之边，
我心失了欢畅，
终日念你在心，
难解你在远方。

38
致玛丽·希马诺夫斯基卡[1]夫人
An Madame Marie Szymanowska

激情带来痛苦！——失落
太多的心啊，谁人安抚？
时光啊，急急溜向何处？
最美徒然为你选出！

① 玛丽·希马诺夫斯基卡（Marie Szymanowska，1789—1831），波兰出色的钢琴演奏家。

精神沮丧，迷惘开始；
崇高的世界无从感知！

插上天使的翼翅，
音乐将万音编织，
穿透人的心灵，
用永恒的美将人充溢，
眼睛湿润了，在更高的渴望中
感受到乐音和泪水神性的价值。

心放松下来，敏锐地发现
它还活着，在跳动，也想继续，
面对丰盈的馈赠，
它感激地情愿回献自己。
这时便有了——愿它永存！——
乐音与爱的双重欢愉。

39
写在内廷总监封·施皮格尔夫人的宾客题词留念册中
In das Stammbuch der Frau Hofmarschall v. Spiegel

1821 年 1 月

今日不得思路；
请将几页为我空出！

1824年2月25日

从上次的两行到今天
几乎两百个星期过去，
犹是旧日怨曲
缪斯像是不随人意；
当我严肃悄问，
庆典上她让我如雄鹰
596 飞上绝妙时光，
又在极乐中返航：

“东方的光，现已升起，
拜占庭的女儿，在这里！
皇帝之女，一袭金衣，
可她的美却是饰物难及。
高贵的信物，一双金鞋，
是他的爱遣来的使者，
侏儒取来，那是最喜的晨礼：
爱的信物令全部家产失色。

这时歌声为罗特尔王[①]唱起
快乐从容，力量无敌，
他手持武器，高大有力，
赢得爱情，无上甜蜜，

---

① 1150年左右的同名作品中勇敢善战的主人公。

聪明的朝圣者，慷慨出色的客，
以英雄的身份把她夺去，
最美的幸运，最高贵的母亲：
他们生下了丕平和查理大帝。”

善与美永不消失，
永远作用，永远保持，
即刻走向最高的真，
生者要结伴生机；
与其结盟，无比快意，
活跃的世界经久持续；
问候久别的女友，
那一刻我心如蜜。 597

40
给最妩媚的水仙女[①]
Der zierlichsten Undine

小心！你会遇到各种麻烦，
一身干爽，便大雨突降，
你去游泳，便遇水波不从，
该把谁怨？

---

① 写给奥蒂莉的一位女友威廉敏娜·封·明希豪森（Wilhelmine von Münchhausen）。

你不见嫉妒的怒火在燃烧?
或许该以微笑相报;
你已原谅库勒伯恩,[①]
他爱水仙女,人们如此议论。

41
财富与青春
Reichtum und Blüte

鲜花与黄金
同样让人富裕。
你见自己的肖像
镶在金框里。
看啊,多么珍贵
你的拥有和你自己。

42

桃金娘和桂树曾结连理,
尽管今天许是两相分离,

① 在弗里德里希·德·拉莫特·富凯男爵(Friedrich de la Motte Fouqué, 1777—1843)的童话《水仙女》(Undine)中,水精灵库勒伯恩(Kühleborn)是水仙女的叔叔。

忆起幸福时光，犹想
满怀希望，再次相依。 598

43

阳光再次用春花
填满美丽的山谷，
夜莺常啼新曲，
面对涌来的欢喜；
高兴吧，为神赐的礼物！
高兴吧，他要你一如原初。

44
尤丽叶·埃格洛夫斯坦因伯爵夫人[1]
Julien Gräfin Egloffstein

一个个新的时刻
友好地加入过去，
花苞花朵，已细细感受，
永远不败的是蜡菊。[2]

---

① 尤丽叶·埃格洛夫斯坦因（Julie von Egloffstein，1792—1869），1816 年开始在魏玛生活。歌德非常欣赏她的绘画天赋和美貌。
② “蜡菊”一词来源于法语里的 Immortelle，意思是永生不朽。

45
给同一人的旅行祝福
Derselben Reise-Segen

为家族增光！——
莫向右看，也莫向左；
599 将目光从外物
向内心回撤；
坚信你的双手更添
自己和朋友的欢乐。

46
致尤丽叶德累斯顿之行[①]
An Julien zur Dresdner Reise

一个人才已然足够，
你却要寻访百个，
伟大，更伟大的大师
一个个从你身旁走过。
他们个个问候
你这高雅弟子，
友好地向你招手，
让你加入圈子。

---

① 诗中涉及尤丽叶要去参观的德累斯顿画廊。

你无声立此圣地，
真想提个问题，
他们给的回答，
终是那么一句。

47
致尤丽叶
An Julien

从如此精美的小像，
——那只美丽的手绘出——
你走上了更加宽广的路，
更加认真地向四周环顾。

为更严肃的事业祝福！
只为幸福的成功得享，
你将女人的可爱
汇入男人的力量。

48
致尤丽叶
Julien

愿此书完成，
内容的确充裕；

让你欢喜的
会更新持续，

让告别者快乐的
不是不久的相聚？

49

致司法总长封·米勒先生[①]

Herrn Kanzler v. Müller

1822年4月13日 魏玛

二次献上同礼[②]
与你可是相宜？
用你碗中的诗饮
配上那首老曲？
就这样！——在基督牧区
老歌总是令人欣喜；
再次听到朋友的祝愿，
601 友好亲切，一如往昔。

---

① 弗里德里希·封·米勒（Friedrich von Müller，1779—1849），1815年起任魏玛大公爵的最高司法官员。

② 前一年歌德在封·米勒先生过生日时送上一套未经装订和装饰的作品全集。一年后米勒先生把装订好的第一卷送回到歌德手里，歌德签名后又作为生日礼物赠给米勒先生。

50
写给特尔[①]的欢呼庆典
Zu Thaers Jubelfest
1824 年 5 月 14 日

是谁在花园里操劳，
将每一座花坛仔细观察？
一切都如此美丽，
他栽苗浇水，一言不发。
他双手稳当灵巧，
嫁接的树苗
柔美列队，秩序
与理性是其依照。

告诉我这是何意？
他为何如此沉默？
看得出他所思甚多，
想要别的什么。
此处或难满足，
我担心他要离开，
他大步走向园门，
一时人已在外。

① 阿尔布雷希特·丹尼尔·特尔（Albrecht Daniel Thaer，1752—1828），普鲁士的农业改革者，该诗为其五十岁寿辰所作。

田中事情足够，
自在的他纵情漫步；
他观察研究不休，
直到想法成熟。
602 可敬的人突然领悟
应该明白的至理：
凡人不该休息，
男人尤是如此！

大地毫不迟疑
年年更迭不辍，
片片土地发芽
成熟，结果；
精神亦是如此，
成果处处散去。
他的名无需问，
但愿其名永存！

51
回谢 8 月 28 日的庆祝[①]
Die Feier des achtundzwangzigsten Augusts dankbar zu erwidern

曾见镶金边框，[②]
马上骑士，灰白胡须，
二十四人在旁
相伴赶赴目的；
他们要到皇座之前，
得人招待，为人喜爱，
结实有力，亲切得体，
人们快乐地把父亲赞誉。

诗人远近可见
一群儿女，星光熠熠，
教养良好无疑，
为人能干，历经考验，
思想自由，亦能自律， 603
总把计划思虑；
忠诚做事，无论何地，
种种方式，默默坚持；

---

① 1819 年，在各方亲友为歌德庆祝七十岁寿辰之后，歌德回信致谢。
② 歌德曾经见过的一幅并不知名的画：波希米亚骑士和二十四个儿子一起骑马去见查理四世皇帝。

从不偏离正路，
最后达及目的。

愿他带一群儿女，
礼貌规矩，优雅美丽，
走向万善之父，
得纯净霞光泽沐，
永恒快乐一同感知！——
正如我们谦卑地希冀。

52
致封·齐格萨夫人（父姓封·施泰因）
生日献辞
Der Frau von Ziegesar geb. von Stein
zum Geburtstag

二十四位骑士
我们万般敬重，
小姐们也会快意，
若能位列其中。

这可爱的组队，
令我心生敬意，
她们站成五彩的一排，
齐格萨和施泰因的儿女。

这些家族的快乐之子 604
若全部盛装而至；
国王们会变得友好，
诗人们也会向其致意。

尤其是那一个，
我们可是特来祝福；
朋友们称她小姑娘，
而她配有太多称呼。

53
致我的朋友封·克内贝尔[1]
Meinem Freunde v. Knebel
1817 年 11 月 30 日

Lustrum[2]是外来词！[3]
但我们若说：
八至九个五年，
我们已在此忍过，
享受，经历，
也曾得沐爱意；

---

① 封·克内贝尔（Carl Ludwig von Knebel，1744—1834），诗人、翻译家。
② 意思是五年。
③ 当时一些德国人追求德语净化，对外来词持嘲讽态度。

谁曾追求同样，
今天与我们分享；
我们会说：太多！生活
把鲜花和荆棘一同撒播
——目的就是目的！
今天，这让我们欢喜。

54

致伯恩哈德·封·克内贝尔①

An Bernhard v. Knebel

1820年11月30日，魏玛

11月，30日
总是个神圣的日子，
祭庆，只有最勤劳
最好的儿子可以：
因为父亲此日诞生，
他的爱，没有争议。
孩子，对他宣誓！
情愿才能心生欢喜。

① 写给朋友封·克内贝尔的儿子。

55
致玛丽·封·艾因西德尔伯爵夫人
An Gräfin Marie von Einsiedel

1819 年 10 月 18 日生于耶拿

写于 1819 年 10 月 30 日洗礼纪念日

忠诚的献礼

宝贝！经过阴郁时刻
你的到来令父母欢乐，
如此年幼你就找到幸福
——为最爱的人服务。
愿你的生命美丽绽放，
给他们最为快乐的时光。

56
给青年矿物学家沃尔夫冈·封·歌德[①]的摇篮曲
Wiegenlied dem jungen Mineralogen Wolfgang v. Goethe

1818 年 4 月 21 日

她们为安睡的孩子唱出
花儿，甲虫、小鸟和小动物；

① 为 1818 年 4 月 9 日出生的长孙瓦尔特·沃尔夫冈的洗礼而作。

可是你醒了，我们走进去，
带来石子，那么安静的东西。

彩色的石子，快乐的游戏！
不管你扔哪个，它怎样掉落。
606 孩子的小手迅速伸出，
小骨、豆子和宝石通通接过。

孩子，你眼见石头凿好，
顺从安排，搭造房屋。
是的！你惊异，也同意：
石头真是有用的宝物！

玩弹子时，小球儿
乖乖地滚进洞里，
你好奇地追将过去，
这石头真是有趣！

世界散落一粒粒石子，
懂行的人把它们集起；
当你好奇地走进一座座厅堂，
你首先看到的不是块石相依。

辨别后，你会清楚地发现：
这个是红色，那个是蓝色，
最明亮的一块，那般纯净，

最高贵的石头更彩光闪烁。

这些小柱，谁将其打磨，
把它们削尖，磨出亮光
和暗光？但见山中沟壑，
石头静静地在石中成长。

永在自然运动的力
按照神的法则释放、创造；
分离的生命在生命中合一，
神灵在天，石头在地。

父亲和祖先已给你明证，
赞美自然、宇宙和上帝！
来吧！创立者引你进来，
石子，这个团体欢迎你！ 607

57

恭祝生日①

Zum Geburtstag

用我的小诗

如果这一天绕满桂冠
对她也专注不移，

---

① 1817 年 5 月 22 日写给威廉敏娜·赫茨利布小姐。

如果她在此觅得相知，
或许便是认出自己。

58[①]

依存美好精神，
记忆永葆清纯；
忘掉所有不幸，
唯思欢乐在心！
快乐留下的
总是安宁与愉悦；
让你的记忆复活，
然后再次想起我！

59

回望阴郁时光，[②]
充满烦劳忧伤，
忆念美好时刻，
觅得心之渴望。

——

① 写在某人的宾客留言册中。
② 1816年写给演员安东·格纳斯特（Anton Genast，1765—1831）。

许多的忍受与享受，[①]
半遮半掩的，大声诉说的，
都在遥远的世界挥霍。

但那些美好时光， 608
提夫特山谷和广阔的蓝天，
与你别有深情相连。

60

可爱的是在春日花园[②]
等一朵美丽的花开启；
更可爱的是在祝福中
守护他朋友们的名字：
因为看到这样的面孔
灵魂与精神尽得满足，
朋友，信守爱与忠诚，
正如朋友这美丽称呼。

---

① 1818年12月25日写给宫廷总管卡洛琳·封·埃格洛夫斯泰因（Caroline von Egloffstein，1767—1828）。

② 为约翰娜·安东尼亚·约瑟法·布伦塔诺（Johanna Antonia Josepha Brentano，1780—1869）的宾客留言册写的开篇诗。

61

当你听人唱清纯歌曲，
双耳和心胸合为一体；
当你见颜色周遭响起，
双眼便进入你的意识。
潜入心底，外物就会
把幸福和欢喜交与你。

62

歌曲在至静的空间诞生，
响起在一个个地方；
若在灵魂与精神中鸣响，
便会传唱四方。

63

写在宾客题词留念册中
观画作《布莱斯废墟》（哥廷根附近）有感

我也曾在此废墟高坐，
愉快地吃，愉快地喝，
609 遥望外面世界：

少有启发获得。
没有可爱的孩子想我，
我确是无系无着，
于是世界尽成灰色。
你们知道如何让它快乐，
地平线台阶般延展开阔。

64

写在宾客题词留念册中[①]
观画作《乌尔里希的花园》有感

关于乌尔里希的花园
如有赋诗灵感
自是美妙非凡；
在这片狭小地方
美丽多彩的春天
是我的甜美梦想。
欲得虔诚与欢乐，
也想把美好收获，
就要在最狭小的空间里欢笑。
给人快乐的，绝非空梦遥遥。

① 歌德在1801年6月7日的日记中记载了在乌尔里希（可能是耶拿教授 Johann August Heinrich Ulrich，1746—1813）花园中的活动。

65

写入一部艺术剪裁出来的风景集[1]

In eine Sammlung künstlich ausgeschnittener Landschaften

柔美浓荫的风景
飞入艺术家眼睛，
她友好快乐而温和，
总是根据她的感觉
缔造一个阴影世界；
因为尘世的风景
常随性投下阴影。

66

芙洛拉[2]用果实鲜花
装扮了小城耶拿，
来自陌生国度，
见者无不惊讶。

---

① 或许是写给阿黛尔·叔本华（Adele Schopenhauer，1797—1849），她擅长用黑色的纸剪出风景。

② 芙洛拉（Flora），古希腊神话中的花神和春天女神。

如此挨挤的屋舍，
快让它发出生机，
让最柔情的旅者
拥有永恒的夏季。

67[①]

谁所想？又是谁所做？
竟有如此可爱的结果？
此乃真正的长篇佳作，
一部上演小说的小说。

68[②]

迷途的小书！无论何处
你都在迈着不安的脚步；
你曾迈步走向流星，
还未到达便想离去。

① 1821 年 7 月 12 日写给玛丽安娜·封·维勒默。

② 歌德把两本寄给玛丽安娜·封·维勒默和阿黛尔·叔本华的《漫游年代》寄错了。给阿黛尔的一本似乎没有献辞。1821 年 11 月 28 日阿黛尔收到一本《漫游年代》，连同这首《迷途的小书》。

这一次我们可要将你牢系，
切切不可误了消息；无论
穿越紫罗兰和荨麻、玫瑰与荆棘，
611 都要径直前行，去到阿黛尔那里。

69
致两兄弟
An zwei Gebrüder
热情而年轻的自然之友
马林巴德 182<2>

岩石湿潮，苔绿其上，
昆虫飞舞，鲜花绽放；
秃山看似贫瘠，却含滋养
一群群绵羊就在这里牧放。
草原绿了，长角的牧羊变成棕色，
或好或坏心情，人们从这里走过，
种子神奇生长，带来了果实丰硕，
人们的获得或早或晚，或少或多。
未达目的，病者却已倒下，
泉水腾起，希望获得胜利。
你们！从岩石一直到空中
想着我！——给上帝赞美和颂誉！

70
学会午宴（敬酒）祝词
Toast zum akademischen Mittagsmahl
1820 年 4 月 22 日

总为我们思虑努力，
此友需要到场致意，
无论悲喜，
都同样为我们呼吸。
或晴或雨，
一个幸福明朗的目光
给不安的心带来幸运，
也让每一份欢喜久长。 612

71
1820 年 8 月 28 日祝酒词
Toast zum 28. August 1820
学会盛宴（玫瑰饭店）

年复一年青春再现，
矍铄老人不吝教益，
诸位侯爵慷慨捐献，
一切努力皆会实现，
只要人人快乐，各尽其力。——
祝福各位！祝福这个团体！

72
议会祝酒词
Toast zum Landtage

虑及人人利益，
为全体安康努力，
多么理想的团体！
顾问是出色的店主，
或许男人皆为父家中，
侯爵却亦是我州之父。

73
假面游行
Maskenzüge

一个个形象走过，
如同一张张面具；
却让你我更加欢喜，
我们在高贵的团体。

他们如此真实，
我们亲身感知，
613 亦或许我们
曾一起参与。

此刻，已是多少次想起，
星光明亮的夜晚之后，
高高厅堂中可爱的白昼
为人送上怎样的神奇。

74

缺席者致假面舞会[①]

Der Abwesende dem Maskenfest

1818 年 2 月 16 日

逼真的形象一个个过去，
活跃的生命诸多的形体，
最美的日子让爱驾驭，
轮舞中装饰极乐天地，
相伴欢愉，交谈风趣，
有教导和最为友好的温和警告。
诗人把平安祝福献给每一个你，
无论你是缺席，还是已然别去。

① 世袭大公爵夫人（Erbgroßherzogin）在庆生时要人扮演了一系列歌德笔下的人物，歌德为此题词。

75
绘画实景[①]
Bilder-Szenen
1817 年 2 月 2 日庆祝会

建筑师出色地用绘画和雕像
用一根根柱子装饰他的厅堂，
欢乐的日子客人到访，
悠然起舞，乐曲飞扬。
如今在这最美的节日里，
艺术通过对立让他欢喜，
没有激动地描述纯粹的欢乐，
614 而是让活力凝在优美的画里。

76
绘画实景
Bilder-Szenen
1816 年 3 月 15 日，
在男爵封·海尔多夫先生家

你们来看这里，
看去是画，却逼真无比；

① 为世袭大公爵（Erbgroßherzog）的生日而作。当时人们特别喜欢真实地再现绘画中的情景。

艺术会丰富多彩地培育
寓言和历史广袤的土地。
男人能干，女人诚实，
行事有力，助人温和，
看似不动，却如生栩栩，
让我们融入你们的欢乐。

77[①]

目光所向，艺术与华美
不断令他更多几许惊叹，
财富似乎蓄意挥霍，
一切仿佛兀自实现。
作品完成，他该觉奇怪？
如此设想，他该觉奇怪？
他美妙地感觉，自己在
这些时刻，才活了起来。

① 出自未完成的叙事诗《秘密》。

78
1816年6月6日[1]

噢太阳，无谓地尝试
将光射过阴郁的云翳！
我生命的全部成就
是为它的失败而哭泣。

79

别了，再会！
短短几年里，欢乐
是我痛苦中的希望安慰，
现在你是天使，那么美。
别了，再会！

80[2]

让他安息吧！高贵的朝圣者
生活已给他太多折磨。

---

① 歌德的妻子在这一天去世。
② 诗人戈特哈德·路德维希·科泽加滕（Gotthard Ludwig Kosegarten，1758—1818）于1818年10月26日去世，其子在耶拿向歌德求得这一墓志铭。

尊重他的愿望和追求，
尊重他的行动和创作。

81[1]

曾听掌声无数次为你响起，
喜爱之情洋溢在无数心里，
很多人借你身体死去，
是你将他们倾情演绎。 616

82[2]
莱茵河与美因河
Rhein und Main

到莱茵的延绵山边，
到饱受祝福的田间，
看倒映河中的草地，
看葡萄点缀的家园，
愿你们用思想的翅膀
去把忠诚的朋友陪伴。

---

① 为 1819 年 10 月 15 日去世的演员卡尔·弗里德里希·马尔科密（Karl Friedrich Malcolmi，1745—1819）而作。

② 首次出现于《关于艺术与古代》I 2（1817），是为宾根的《圣罗胡斯节》（St. Rochusfest zu Bingen）一文写的引言。

83[1]

我在那里的享受与经历，
我在那里的每一份创作，
怎样的知识，怎样的快乐，
那是一个太长的诉说。
愿它让人人欢喜，无论
初识此地，还是经验良多！

84[2]

先是感受，然后思想，
纵横驰骋，限制腾挪，
混乱中为你现出图像，
617 如此真实，妩媚温和。

85

若你们知道，若你们拥有；
你们可知，谁在为之心忧？

---

① 《关于自然科学》(Zur Naturwissenschaft überhaupt) 中《认识波希米亚丛山》一文的引言诗。
② 雅各布·维勒默 (Jacob Willemer) 的一个女儿罗西纳 (Rosine) 为歌德 1815 年的生日创作了一幅着色版画，该诗是歌德为这一作品而作。

忠于你们的觉知，
旧为新，新亦为旧。

86①

在此遥望，在此凝神，
情真爱深，远方亲爱的
人们啊，你，还有你，
快乐地生活在那个圈子。

87

远眺②

风景落入你眼便如我亲见，
你在此生活便如我在此居住；
爱与友谊伴你身边，
每一个日子都在强调反复。

① 写给赖因哈德（Reinhard）伯爵。
② 写给罗西纳·施泰德尔（Rosine Städel），即雅各布·维勒默的女儿。

88①

花萼，花钟，
追随你的旅途，
暴风里，雪片中，
为我寻觅可爱的一株。

89

闪光的不都是黄金，
人道幸福未必为真，
看似快乐的却未必快乐，
618 某些事情让我如是一说。

90②

享受不再，以画相代，
美丽的假象，
只为回想
河水、树林和露台。

---

① 据称是歌德在康斯坦策·封·弗里奇（Constanze von Fritsch）于 1815 年 8 月 28 日去彼得堡旅行时写给她的。

② 写给罗西纳·施泰德尔。

91
1815 年 8 月 15 日[①]

火红而柔和的夕阳
把流淌的河水照亮，
黑暗降临，
城中桥上。

8 月 16 日

晨曦照亮天地，
四周尽显新绿，
只因夜里那一对夫妻，[②]
宛如星辰照亮我和你。

92[③]

你也曾生活在莱茵河畔，
也曾造访比布里希宫院，
如今美因河边读书最喜，
快乐环绕，竟一如往昔。

① 1826 年 6 月 11 日寄给女大公（后成为汉诺威女王）的诗。
② 指 1815 年 8 月 15 日夜里，坎伯兰大公爵与夫人突然造访。
③ 献给马蒂尔德·封·林克尔（Mathilde von Lynker），1815 年 6 月 20 日。

93[①]

一片欢乐景象，
那是美因流过的地方，
在美丽的树林和房舍，
美酒尽情流淌。

想起远方朋友：
因这美好享受，
619 美丽的节日与河水，
还有千百泉水竞流。

94[②]

片片水域，辽阔大地，
清空下快乐启航！
条条木筏，水波荡漾，
停靠，尽随人意。

① 写给雅各布·封·维勒默。
② 1816年5月5日写给安东尼·布伦塔诺（Antonie Brentano）。

95[①]

河与岸，大地与高山，
很久以来得如此颂赞，
你到来，你离去，
默默见证你的足迹。

96[②]

远闻灌木丛中哨声响起！
是捕鸟者？——或许。——
身旁哨声更为尖厉，
是芦笛，子弹！[③]
他们在把信号互传。——
非也！熟友一介，
精明不同一般，
来享无比欢宴。

---

① 写给约翰·伊萨克·封·格宁男爵（Johann Isaac von Gerning）。

② 法兰克福卫生顾问约翰·克里斯蒂安·埃尔曼（Johann Christian Ehrmann）创立了离职枢密官兄弟会，歌德也是其中一员。埃尔曼先生每次到格贝尔米勒（Gerbermühle）都先吹一下小哨，直到维勒默同样回应后才露面。

③ 原文为法语：Cartouche，指当时常常说起的巴黎贼头。

97[1]

若有事发生，
多日后还有人谈，
若大钟敲响，
鸣声总久久飘散，
让这钟声把快乐
向你们许多的人传扬！
毕竟我们所有人终是
走向终点的朝圣的王。

98[2]

话语是灵魂的图像——
那不是画！是一道灰影！
冷冷告知，温和阐释
我们拥有什么，现在，曾经。——
曾经的拥有已去向哪里？
现在拥有的又是什么？——
现在，我们在说！飞逝中
把生命的礼物，捕捉。

---

① 最初是古斯塔夫·本雅明·施瓦布（Gustav Benjamin Schwab，1792—1850）的著作《三圣王的传说》的引言。
② 《关于艺术与古代》I 3（1817）的文章《法国评论家的断语》。

温和的讽刺短诗 621

Zahme Xenien

昔日，他把所有的秘密思绪都说与诗
就像说给忠诚的朋友：无论哀乐悲喜，
他都求护于它。于是，他所描述的古代生活
此刻就在我们面前展现，宛若一幅
神圣画卷。[1]

贺拉斯（讽刺作品 II，I. 第 30 至 34 行）

温和的讽刺短诗 I
Zahme Xenien I

令人不快的词语，
且把话题开启，
因为流氓恶棍之流，
活动还在继续。

——

“你为何要远离我们
还有我们的意见？”

① 贺拉斯在这里说起的是盖乌斯·卢齐利乌斯（Gaius Lucilius，约前 180—前 102），古罗马讽刺作品的创始人。歌德在此引用这段话意在表明，对他来说卢齐利乌斯和贺拉斯一样都是这一文体的创始人。

我写作不是要你们喜欢，
是你们要有些长进！

——

“这么做真的聪明妥当?
要让朋友和敌人如此受伤！”
成人与我再无关系，
顾念孙辈才是必须。

——

如果你和你和你
不会马上与我同亡；
为孙辈考虑
也是为你们思量。

——

622 快言快语若能原谅，
泄密也莫挂心上；
因为以往的犹豫
今已不合人意。

——

在世界历史中生活
还要着眼片刻?
关注时代，追随洪流，
才有说话与创作的资格。

——

“告诉我，坏人所欲为何? ”
毁掉别人的一天，
把它为自己赢得:

他们认为，这就是收获。

——

“现在燃起新火，
究竟为了什么？”
不能再听我说的人，[①]
应该能读到它们。

——

美享一个长长的白天，
一个短短的夜晚；
醒转时分，
正见朝阳冉冉。

——

“孩子们想问你：
若想久居尘世，
你有何高见赐予？”——
变老不是艺术，
艺术是承受老去。

——

如果上帝愿意，
给他男人的财与力，
戮力争取，
成功，便确定无疑。

——

① 指后世。

623 高高的赤松林
是我少时亲栽，
它让我如此快乐！—！—！
很快，就有人劈它为柴。
——
长斧抡响，把把闪着银光，
橡树倒去，人人得以分享。
——
老人总是李尔王！——
执手合作、战斗，
早已成为过往，
曾经爱痛与共，
今已依附他方；
青春为她而来，
“和我一起变老”，
说来竟许愚不自量。
——
迎接美好，付出真情，
老人！你要踏上旅程。
我的朋友
都已中年，[1]
一个美好的团体，
远近方圆，

① 老年歌德的朋友有的已经过世，有的已经生疏。歌德的大多数新朋友是在旅途中结交的。

他们向我学习，
思想忠诚如一，
即便遥远相距；
不曾因我受苦，
不求他们宽恕；
我本新增一员。
我们互无亏欠，
如在天堂相安。

——

行走世上，路路尽是误区；
你徒劳地勇敢，徒劳地能干，
世界只要我们顺驯，甚至是毫无价值！

——

圣人与智者的教导 624
非常高兴听到，
只是简短精要最好。

——

难耐长谈一席，
人生终该何欲？面对
世界，认识而非轻视。

——

你若也在世上长久走过，
试着像我一样热爱生活。

——

我安静地在此
付出努力与勤奋；

我更明白的一切，
我要予以承认。

——

别再吹嘘智慧引人注目，
谦虚对你来说更值称赞。
你刚刚犯过青年的错误，
老年的就要犯。

——

爱不喜人相伴；
痛苦却寻找、体贴同伴，
生命之浪，波连着波，
承托着一个，又一个。
孤独或者两人一起，
或爱，或痛，
都要先后
一个个离去。

——

一生不该追求荣誉，
即便生命行将陨落：
因为你的名声只消百年，
就无人知晓该作何评说。

——

若众神送你去美丽生活，
就尽情享受，欢欣快乐！
若步入人生让你犹疑，
人人如此，不必自责。

——

并非短暂易逝
尽管事实如此！
我们到此，只为
永恒的自己。

——

这一惩罚果真公正？
全因昔日过错？
一度要忍受父辈，
孙儿更添奈何。

——

“谁想抵抗大众？”
任其前行，我不抗拒：
任它飘晃、摇摆、飞奔，
直到再次统一。

——

“你为何不予解释，只管听之任之？”
他们对我不解，与我有何关系？

——

“你说你怎能如此坦就
青年的疯狂傲视？”
我若不曾如此，
他们确难忍受。

——

青年喋喋，听来亦是欢悦，
新声如歌清脆，老音如锯在割。

——

“你为何不想用强力
把那些傻瓜、新人打击！”
若非老而多誉，
怎会受青年的委屈！

——

626 “我们该做什么？
这几天告诉我们。”
想做什么尽管做，
只是不该问我。

——

“你这个骗人的家伙，
怎能和所有人相处？”
那些天才我不否认，
即便我不喜欢他们。

——

一个人即便自视甚高，
星星，他也够不到，
一个人若被贬得太低，
很快也就与他人无异。

——

尽管继续以你们的方式
在世上结网！[①]

① 指的是已失去生命力的理论之网。

我会在我活跃的圈子里
获得生命滋养。

——

病态之物无法欣赏，
作家首先要健康。

——

我若指出女人的问题；
便有人说：你自来一试。

——

“有力的你莫沉寂，
即便他人也会畏惧。”
想要让魔鬼躲远，
就要大声呼喊。

——

“美好的日子里，
你时会绞尽脑汁！”
我从未打错主意，
却常常算错数字。

——

走遍山峰与山谷， 627
尽是连连错误；
便向开阔地带；
可那里太过辽远，
现在我们尽快
重寻迷宫与群山。

——

我们若不相欺，多少遮掩，[①]
对话可还会存在？
真相和谎言的五香浓汁肉丁
那可是我的最爱。

——

你可知此游戏？一群欢乐的人[②]
同找一把小哨，却永远找不到，
因为有人偷偷把它拴于
寻找者外套后面的褶里，
就是：拴在他的臀部地区？

——

与傻瓜同栖并非不易，[③]
只把个精神病院聚起。
然后——马上会让你温和——
想一下，傻瓜的看守与之无异。

——

矛盾重重，嗡嗡营营，
是我最喜漫步之地；
没人给别人——多有趣！
——一个犯错的权利。

——

① 《浮士德》补遗。
② 《浮士德》补遗。
③ 此诗前两句首次出现在本卷德语原书第394页。

各个部族都在自吹，
你会的别人也会！
每根骨里都有骨髓，
每件衣下都是魁伟。

——

火鸡喜欢它的嗉囊，
鹳喜欢它的颈长；
水壶骂着灶上的锅，
两个啊都是黑色。

——

真高兴看人趾高气扬， 628
若他能够开屏，像孔雀一样。

——

“他们高雅这般
为何我不该喜欢？”
有些人你觉得胖，
其实那只是肿胀。

——

谁能阻挡他们一路疾驰！
谁在驭马飞奔？骄傲和无知。
让他们跑吧！且观静候，
吃亏、挨骂都坐在他们身后。

——

“荣辱加身
你怎得这般迅速？”
不出森林，

狼便不惹众怒。

——

朋友们
噢！别再抱怨不休：
最不幸的日子过后，
我们又可以快乐享受。
约伯
你们会对我冷嘲热讽：①
因为，鱼若被煮，
泉水还有何用？

——

愚顽老朽，何以相待？
皆如纽扣，其用不再。

——

让他们安于错误，
聪明地设法逃离，
当你跑到外面，
别让他人同去。
为你遇到的一切欣喜，
用纯粹的青春觉力，
629 接受教导，这一赠礼！
而这永是你的收益。

——

① 就约伯在《旧约·约伯记》的前半部分和三位朋友的长谈而写。

你想在稳妥中存身，
我喜欢内心的争议：
因为若是没有怀疑，
怎会有快乐的确信？

——

“你可想让人在你死后
把你的思想送入不朽？”
同业公会他从未注册，
毕生他都是业余一个。

——

“你忽而那儿，忽而这！
是认真，还是娱乐？”
不管结果如何，我非常
努力，上帝都看在眼里。

——

“为何一切于你都会
旋即失去价值和分量？”
行动自是有趣，
做过便成两样。

——

“如此安静，如此思量！
你哪里不适，但说无妨。”
我觉得很满足，
可我并不舒服。

——

你可知生命之趣得觅何处？

要快乐！——否则，便满足。

温和的讽刺短诗 II
Zahme Xenien II

伴以巴基斯的预言

也许我们太过古式，[1]
那我们便现代些阐释。

——

“昔日你遥遥远离吹嘘，
何处学会这可怕东西？”
我学会吹嘘是在东方。[2]
归来时，在国土之上，
东方人，我已发现——
我心安慰——数百上千。

——

人们为何心仪
于我都是一样；
我也想否定自己，
只是我们双人合体；
勃勃生命中，

① 这里指的是《巴基斯的预言》和《温和的讽刺短诗》的双行体（Distichen）形式，也泛指歌德在19世纪90年代使用的古希腊格律。
② 暗指歌德为写《西东合集》而做的研究。

一此，一彼。
一个喜欢驻留，
一个喜欢离去；
不过，关于自我理解，
或许还有一个建议：
快乐认知
继以行动迅疾。

——

行动的结果
如果
有时大不相同，
就让我们突遇
意外成功。

——

你们如何想，或者该如何想，
与我毫无关系；
你们想要的好的，最好的东西，
已然部分完讫。
待做之事还有很多， 631
但愿没人懒散休息！——
我所说的是自白，
为了让我和你们理解。
世界一天天辽阔，
你们也更加完美，更好一些！
应该是更好，更完美；
人人都受欢迎，无论是谁。

——

宛若星辰，
不急不缓，
一个个的人
绕一身重负
无休旋转。

——

满怀希望，我
清醒而又无辜，
若是犯下错误，
或许就不是错。

——

这的确就是正道：
当你陷入思考，
你不知道
在想什么；一切
都像是馈赠来到。

——

“为什么要受苦
何况并无罪过？——
没人听我们诉说。”
当行动者离去，
一切都是维持生计，
一切都失去活力。

——

“有些东西无法理解。”

活下去，会解决。

——

“你怎会如此镇静自若？” 632
我不得不承认我做出的谴责。

——

“巴基斯再次复活！”[1]
是的！我感觉是在所有国家。
他到处拥有的影响
都比这首小诗里更大。

——

上帝依其形象
创造了人；
然后便自己降临，
噢，他亲切而温文，
野蛮人曾试图
自造众神；
只是他们样貌讨厌，
其丑比龙更甚。

谁想要操控
耻辱和嘲讽?
上帝变成了
毒龙?

① 指神秘主义思想的复归。从此诗所处的语境来看，具体是指印度神话的重现。

——

我不想，永远不想，
让野兽出现在众神殿堂。[①]
讨厌的象鼻，
缠绕的蛇躯，
原初之龟在世界之沼深藏，
许多国王的头颅共存一体，
若纯洁的东风[②]不将其吞噬：
它们一定会让人绝望。

——

东风早已将其吞噬：
卡利达斯[③]们已然雄起；
他们用诗人的优雅
让我们把假面和牧师摆脱。
如果没有这些雕塑家，
我也想去印度生活。
还有什么更让人开心！

① 古希腊的万神庙对歌德具有特别意义，他无法接受浪漫派所宣扬的印度神话和宗教艺术进入这一圣殿。

② 专司“清澈明朗”。

③ 5世纪著名印度梵语诗人迦梨陀娑（梵语：Kalidasa），诗剧《沙恭达罗》（Sakuntala）和叙事诗《云的使者》（Mega Duhta）的作者。歌德虽然不喜欢印度神话，却盛赞印度文学。

沙恭达罗，①娜拉②我们定要亲吻， 633
还有云的使者，Mega-Duhta，
志趣相投，谁不愿有他！

——

“康复者盛赞的
铁和用手操作的方式③
你如此坚决地躲避仇视？”
上帝赋予我更高的人性，
我不喜笨重元素
反来疗我生命。

——

我非常讶异
肚脐仿佛对我一番耳语，
侧手翻，倒立，
快乐的男孩儿还可以；
我们还是像过去一样，
尽可能让头保持上方。

——

① 戏剧《沙恭达罗》塑造了一个朴素、自然、青春的理想女性形象沙恭达罗。参见：王维克译《沙恭达罗》，安徽人民出版社，2012。

② 叙事诗《摩诃婆罗多》（Mahabharata）中的爱情故事，1820 年由耶拿东方学家戈特弗里德·科泽加滕（Gottfried Kosegarten，1792—1860）译成德语。

③ 1772 年左右弗兰茨·安东·梅斯梅尔（Franz Anton Mesmer，1734—1815）宣称磁性可以通过手的抚摸从一个人传递到另一个人身上，由此发展出“动物磁疗”学说，盛极一时。

德意志是个好民族，
每个人都说：只想要正确合理；
这便意味着我和我的亲戚朋友
所赞一切都是出色无比。
“其余”，那是个广大领域，
我更喜即刻予以藐视。

——

我对大众毫无意见；
可一旦陷入困难，他们
定把恶棍、暴君①呼唤。
只为把魔鬼驱赶。

——

六十年来但见迷途深陷，
我也跟着一起狂迷其间。
座座迷宫已让迷宫混乱，你们的
阿里阿德涅②会在哪里出现?

——

634 “还要到什么地步！
你太爱说荒谬东西，
我们理解不了你。”
于是我在忏悔；
这属于罪过。

---

① 这里指的是拿破仑。
② 古希腊神话中的人物。雅典王子忒修斯在克里特岛上借助阿里阿德涅给他的线球和魔刀，杀死半人半牛的怪物后顺利走出迷宫。

就当我是预言家一个！
很多思考，更多感受，
话却要少说。

——

我想说的
任何审查也无法禁止！[①]
你们总是明智，言说
必于人有益，尽是
你们和他人该做之事；
这里要说的许多话题，
我向你们保证，
会让我们深思许多时日。

——

出版自由，美好甜蜜！
现在我们终于高兴而快意；
在一个个展会之间，它
跳来跃去，欢呼不已。
来吧，让我们印刷一切，
永远自行处理；只是
和我们想法不同的人
咕哝一句牢骚都不可以。

——

神圣的出版自由给你们带来
什么裨益、好处和果实？

① 1816年5月5日魏玛在宪法中规定了出版自由。

你们的好处表现在：
对公众意见的深度蔑视。

——

不是每个人都能承受一切：
你把这个回避，我把那个回避；
我为什么不可以说
印度的神像让我感到恐惧？
对人来说，最可怕的就是
看到示现荒唐的形体。

——

蠢话人可以说上很多，[1]
也可以写在纸上，
不杀死肉体，也不毁灵魂，
一切都和原来一样。
但蠢物摆到眼前，
就有了神奇的权力；
因为它牢牢吸引了感官，
精神便成其仆役。

——

我也不想饶过
洞穴挖掘的狂热，
地穴居者翻寻得昏天黑地，
用猪嘴，象鼻，荒谬的游戏；

① 再次谈起出版自由。

疯狂的装饰酿造，
糟糕的建筑之道。
没人将其效仿，
大象和鬼脸的庙堂。
神圣的怪念是其嘲弄，
自然与上帝，尽失其中。

——

我永远把它们驱逐，
很多脑袋的神给我革出，
毗湿奴，迦摩，[1]湿婆神，大梵天，
甚至还有那个神猴哈奴曼。
现在尼罗河畔我也要心赏，
狗头诸神乃伟大之意：
噢，但愿我的殿堂
无伊西斯[2]和奥西里斯之地！

——

善良的诗人啊，你们
要只在某些时间里温驯！
他们最终也会
让莎士比亚无味。

① 梵名Kama（诗中写作Cama），印度神话中的爱欲之神。

② 伊西斯（Isis），古埃及神话中的生命、魔法、婚姻和生育女神，有时也以奥西里斯（Osiris）的名字出现，两位神身边都会有以狗或狗头形象出现的阿努比斯。此外，《伊西斯》也是奥肯（Lorenz Oken）1817年创立的一本百科全书式杂志，其中会发表颇有争议的文章，歌德曾建议魏玛大公爵禁止其出版。

——

636 你们的阐释，要活泼而快乐！
若无法解释，便权且给出一个。

——

一个人遭遇的事
另一人也会遇到；
没人会如此博学，
若不曾漫游一遭，
就是穷鬼也会
去个别的他方，
女人知其所需，
波随波，浪逐浪。

——

“我要上战场！
英雄都是怎样？”
战斗之前品格高尚，
战斗胜利怜悯慈悲，
可爱的孩子爱心相对；
如果我是战士，
建议如此奉上。

——

“给个市民品行准则吧！”
看人间，
和平时
人人自扫门前；
战争时，

家园沦陷，
要能和宿营者相安。

——

若少年可笑荒唐，
会摔跟头，痛上很久；
老人啊，可别这样，
生命，已快到尽头。

——

“你竟说我们荒唐！
书呆子才是荒唐。”

——

可我若称你们是书呆子，
那一定是我刚会动脑子。

——

提丢斯和盖约，[①]熟悉的名字！—— 637
但是当我在光下看个仔细，
一个和另一个竟如此靠近，
我们终归都是书呆子。

——

安心地做个书呆子，
我把这化为我的丰厚收益。

——

做你的事情，正确合适，
坚守你的职业并且重视；

① 即 Titius 和 Cajus，法律和逻辑学教科书中常见的名字。

如果你觉得别人不好，
那你自己就成了书呆子。

——

一个人怎么想是一回事，
一个人做什么是另一回事；
事情做好，就是正确，
反之就是过失。

——

岁岁年年
人一定有很多陌生体验；
你只希求，不管容貌怎样，
你是同一个人，永不改变。

——

如果我认识主的路，
我真的会喜出望外；
如果有人把我领入真理之屋，
上帝啊！我就再也不会出来。

——

“我们赞美、尊重你的话，
我们看到你很有经验。”
看似昨日之言，
因其出自今天。

——

我想告诉你们一件最好的事：
你们先要看看镜中的自己。

——

但愿你们就像丽妆的新娘， 638
停驻在这快乐时光，
问问自己，面对眼前
会不会表情正直地说喜欢。

——

如果你们说出或写下谎言，
对人对己，都是毒药一般。

——

某人从未努力求真，
却在矛盾中将其发现。
他自觉更加了解一切，
却只是以另一种方式看见。

——

“你不对！”这可能没错；
但如此一说，却是心胸不够宽阔，
你比我更有道理！才是真有品格。

——

他们来自不同方向，
南北西东和其他地方，
指责这，指责那：
他未顺从其意！
他们不能同意，
别人也一样厌弃；
我这老朽为何郁郁不乐？
人们不喜欢，——我所喜欢的。

——

可是总有些可爱东西，
无论在思想，还是言语里；
就像我们更喜馈赠
貌美而不是丑陋之女。

——

有些东西我们会深感敬羡，
即便其意并未了然；
我们自知，我们道歉，
就是不想躲到一边。

——

639 “你们说！如何能够把真
——因为它对我们并不适用——
放上尸架，
让它再不想动？”
对文明的德意志，
这么做不会太费气力；
若想把它永久摆脱，
就用言语让它窒息。

——

人总是要反复声明：
我怎么想就怎么说！[①]
如果我伤害了这个那个，
他也会毫不掩饰地伤我。

① 此诗是对议会制发表的观点。

你们在胡闹！——报上写
——在那平安的可敬地方，①
人人言辞激烈，
彼此肆意相向。
一人所出主意，
谁个能够承认，
哪里都在责骂：今天
这就是时代精神。

——

年岁已对我不睬？
我又成了小孩？
我不知道，是我，
还是别人疯了。

——

“你说你为何有时
如此神伤黯然？”
所有人都努力把完讫之事
统统改上一遍。

——

若要把什么除去，
就要动手处理；
只是我以我的人格问你，
我们从哪里开始？

——

① 或许是指英国的议会。

袜子反穿，问题只是延缓，
我们正直而快乐地
把袜子翻面，
就这样穿。

——

如果做错就该重做，
他们就要从头来过；
他们总是让正确休憩，
以为，用错误也可了事。

——

人再次静立不动，
何故这也不行。

——

没人必须跑来，
件件佳礼相伴，
要感恩地认识这一点，
德意志人尚需时间。

——

优异的，即便为假，
也会作用，一天天，一家家；
优异的，如果其真令人信赖，
影响就会超越时代。

温和的讽刺短诗 III
Zahme Xenien III

欣赏巴基斯吧，你们！
就这样一直下去：
这位预言家最深刻的话语
常常只是字谜。

——

如果你想证明自己是个诗人，
就不要把英雄和牧羊人赞誉；这里
就是罗德岛！[1]跳起来吧，小东西，
为这好事来首诗！

——

人们对个性吹毛求疵， 641
理性，肆意，
可是你们有什么个性
可爱而令你们高兴？
不管它是个什么类型。
有用之人请沉默不言，
尽在无语中表现；

① 罗德岛（Rhodus）位于地中海。在伊索寓言《吹牛的运动员》中，一个运动员吹嘘自己曾在罗德岛跳得很远，连奥林匹克的冠军都无法与他抗衡。于是旁边就有人说：“你就当这里是罗德岛，你跳吧！”拉丁文就是 Hic Rhodus, hic salta!，现解释为耳听为虚，眼见为实。拉丁语中 salta 也是跳舞的意思。歌德在这句诗里用的就是此意。

人尽可随意假装，
终须看你真实模样。

——

“你认为什么是罪过？”
和每个人一样，
当我发现
人无法弃绝罪恶。

——

若上帝要的是另一个，
就会造出别样的我；
他给了我天赋，
就告知我许多，
我依靠天赋之力，
却全然不知结果；
若它不再有益，
他便会招手示意。

——

在我们天父桌边，
你们痛饮新酿，放胆进餐：
因为无论善恶尽得满足，

只一句：看啊，提布尔[①]在此安眠。

——

谁也别对我说：
我该在此居住！
这里比外面
更让我孤独。

——

真正的交谈
晨昏皆不可取。
少时我们单调无聊， 642
老去则在重复自己。

——

“老月亮，缺而又圆，
你已被冷落一边，
朋友，还有宝贝儿，
最后就是空言。”

---

① 提布尔（Tibull），即古罗马饱受赞誉的哀歌诗人提布卢斯（Tibullus，前55—前19/18），出生于古罗马一个富裕的骑士家庭。“看啊，提布尔在此安眠”是提布卢斯自己选定的墓志铭，出自古罗马诗人奥维德（Ovid）《爱的艺术》（Amores）。在提布卢斯现存的两卷爱情哀歌中，不仅出现了两位不同的异性情人黛莉娅（Delia）和涅墨西斯（Nemesis，希腊神话中复仇女神的名字），也有一位同性情人：少年马拉图斯（Marathus）。在哀歌的第1卷中，男主人公为朋友麦萨拉（Marcus Valerius Messalla Corvinus，罗马将军、作家、文学艺术资助者）远征东方，归来后情人黛莉娅已改嫁一个更富有的男人，而他所爱的少年也移情于一个富裕情敌。在第2卷中男主人公便有了另一位情人涅墨西斯。

——

“首首讽刺短诗，
恼人的欲望张扬。”
二十二岁写下维特的人，①
七十二岁要活成怎样！

——

我们先是唱：鹿儿自由地
穿过树林——啦啦呗咿——
满心惬意；
然而情况令人忧虑，
鹿已五十，
头上尖角林立！
生命的丛林，恐惧的灌木，
竟不知何处离去，
百岁，那是他的目的——
愿老年岁月，幸福洋溢！！！

——

这一切你们已认真考虑？
正如日子圆满走过，
没有一天多余；
理智与思想崇高而广阔，
然而在适当时机，
荒唐也会给你们快乐。

——

① 歌德在此把维特的创作时间提前了两年。

你若犯错，切莫难过：
不足，是通往爱的路；
若缺点你无法摆脱，
你也会把别人宽恕。

——

青春尤感奇怪， 643
当错误发展为损害；
它镇静下来，懊悔不迭！
老时会惊讶，却与懊悔作别。

——

“我该如何欢乐而长寿？”
你要力求最好，永永远远：
未知的完美其力如此深厚，
时间和永恒没有给它终点。

——

古物虽是不好，
我却不曾轻视；
但愿新物，无上敬意，
更有许多美好珍奇。

——

“错误要让我们痛苦？
没为我们的福祉考虑？”
那不是错误，而是半瓶醋，
一半加一半，不是一。

——

羊皮纸上写下的爱与恨，

今天在我们心中犹存；
若非来自古代，
怎会有这恨与爱！

——

你们半遮半掩：
让人痛苦，请你说全！
你们不要满口粗鲁：
真者自有清纯语言。

——

“不要彻底远离，
在我们这里静息！
一切一如往昔，
只是更加迷离。”
你认为重要的一切
都在虚弱的脚上撑起。

——

644 处此困境，心感慰藉：
聪明的人衣食不缺，
能干的男人可得土地，
美丽少女挽出婚姻的结；
如此延续，
世界便不会毁灭。

——

“世事你已尽知，
怎会还有兴趣？”
岂止如此！曾经的蠢事，

因为知道，不再烦恼，
世事或许令我郁郁，
若我尚未写入诗句。

——

才见湖面
如浆糊
凝滞，
抛入一石，
水晕不起。
曾见大海怒涨，
泡沫汹涌，拍岸冲击，
轰然粉碎岩上，
退去，了无痕迹。①

——

三百年②过去，
亦不复再来，
它们正直而自由，
带走好与坏；
然而二者，你们
都拥有足够：
逝去的，就任其远走，
生气勃勃，但爱无休！

——

① 此诗用浆糊般的湖面和怒涨的大海暗示情性和激昂的大众都无法影响。
② 从路德的宗教改革（1517）开始。

没有什么比过去更为温柔；
你若触摸，竟如灼热的铁：
它马上会向你证明
你生活的时代也如此热烈。

——

今后的三百年
你若能够经历，
岁月给你的一切只是
我们三十年[①]的记忆。

——

爱和激情会消散退去，
友善却永会胜利。

——

“走吧，亲爱的灵魂，
我们已有多少被人剥夺！”
即便我没有离开你们，
你们也会永远在找我。

——

一个严戒掉泪的男人，
或许自觉英雄无比，
然而当内心的渴望轰响，
一个神让他——哭泣。

——

① 从法国大革命开始算起。

“你想永生不朽；
可否告知你的理由？”
很愿意！主要在于：
它，我们都不能没有。

——

意识捕捉到、想象到什么，
羽毛笔旋即候立：
一个图像瞬间闪过，
只是，无法获取。

——

我们倾尽正直的努力，
成功只在无意识的瞬息。
玫瑰该会怎样绽放，
若它知阳光如此壮丽！

——

如果眼睛不像太阳，
或许从不会看见阳光；
如果我们心中没有神的力量，
神性的一切怎会让人欣喜若狂？

——

不管千百本书向你 646
展示怎样的真与虚，
若爱未使其统一，
全与巴别塔无异。

——

世上最好的东西

无人感激；
健康却没钱，
就已半是病体。

——

幸福啊！若能正确地
在寂静中安身；
只有幸运女神的琴声，
会让你在天地间舞起。

——

你错了，所罗门！[①]
并非一切我都觉空虚：
葡萄酒和钱包，
老翁我还是无法言弃。

——

葡萄美酒处处酌，
桶桶乐享豪饮者；
若要一饮幸福多，
希腊酒杯仿亦可。

——

艺术家！让眼睛看到
丰盈颜色，纯净苍穹！
或许灵魂所需，正是
你们健康的生存、作用。

——

① 指传道者所罗门在《旧约·传道书》（1：2）中所说的话：凡事都是虚空。

避开阴郁的愚昧盘桓之地，
它热烈地吸收，却不解其意；
避开惊恐童话溜过的地方，
看它受惊逃离，无尽地延展而去。

——

但丁地狱中的霉绿，
将它从你们的圈子里逐去，
在清澈的泉边，为自己 647
把幸福的天性和勤奋汲取。

——

亲爱的儿子们，你们只需
坚守自己的位置；
因为善、爱与美，
就是生命之于生命的联续。

——

“你的遗嘱[1]不要写？”
决不！——与生活告别，
就要告别老人与青年，
他们一定会有迥异意见。

——

“你所言，所写
全是发自心底？”
让我们郁郁不乐的

① 指的是精神上的嘱托。

难道不该报以揶揄？

——

他们都骂对方自私；[1]
谁人不想把生命存续。
如果他和他都是自私，
你会想自己也是。
你想按你的方式生活，
定要注意自己的裨益！
如此密钥在手，
你们会彼此互利；
为虚名而伤人者，
莫要容他一起。

——

“游戏如此混乱，
我真是紧张异常！”
人如此之多，
一天时光，那么长。

——

七十六个秋冬已是一去不返，
现在我想该是安静时候：
648 一天天变得聪明，非我心愿，
让爱神和战士玛尔斯[2]退休。

——

① 这首诗是对亚当·斯密（Adam Smith，1723—1790）学说的概述。
② 古罗马神话中的战神。

“那些骄傲的扫帚，
最后会放过什么？”
昨天不曾存在，
今天生硬而坚定地说。

——

或许会有仇视的目光，
你保持平静，一声不吭；
如果他们否认你的运动，①
你就在他们面前走个不停。

——

多少年我可以信任你们！
明显的或许容易看到，
若时间不是在自我消损，
不断警告，却少有教导；
谁聪明，谁愚笨？
尽是昔日如今朝。

——

“你有不适？并非神乱，
却亦非心安，看颜面
似为难，恐入催眠。”②
老人像孩子一样安睡，

① 锡诺普的第欧根尼（Diogenes von Sinope，约前413?—约前323?），犬儒主义哲学家。埃利亚的芝诺（Zenon von Elea，约前490—前430），古希腊数学家、哲学家，否认运动，第欧根尼就在他面前走来走去。
② 指18世纪末的动物磁流学说所提出的催眠状态。

正因生在人间，
你我皆卧火山。

温和的讽刺短诗 IV
Zahme Xenien IV

让温和的讽刺短诗永存，
诗人，他永是腰挺头昂；
你们曾要求处理疯狂的维特，
现在方知老年更多疯狂。

——

649 诗人的好处是：
人人审查考验，
个个都是法官；
如今无论褒贬，
诗人身份不变。

——

我的日记，
酣睡煎铲旁边，
没什么比日历
更易写满。

——

“我呼喊，因无人倾听；
他们真该这样待我？”
没人再想服从，

都喜有人侍奉。

——

“上帝何时得见其乐？”
当他用尽心思，令及
诚实而谙熟其道者，
然后让他们有所获益。

——

“什么样的人没用？”
不会命令，也不会服从。

——

“你说人为何离开你？”
不要以为这便是讨厌；
与人交谈，
我也不觉有趣。

——

鼻子达到的高度或许可以，
但它无力看见上面的东西。

——

看其人，知其神，
神便常常讥讽加身。

——

如果我离开，损失就会更大！
然而也不会更好，若我留下。

——

“这次你诚实地说：
德国文学中

最大的尴尬是什么？”
我们在很多方面出色，
只是某些地方的不足
极是令人遗憾，无措。

——

“对不起，我不喜欢你，
你虽不责骂，赞美声中，
你却一副冰冷面孔！”
前面的一样得以遮掩，
后面却另有一样翘起，
这就是，所谓的体面！

——

“你说：为何你只喜
写写这些零碎东西？”
你们看：对这个有教养的
世界，只可动手写写这个。

——

“你为何要如此轻蔑地
让年轻人远离你？”
他们什么都做得漂亮，
就是不想学习。

——

这些可爱的才子
他们都是一类，
口中称我为师，
却把嗅觉追随。

——

人们用怪异的行为
表现出许多痛苦，
没人想成为什么，
都想已是个人物。

——

“那些老旧你不想远离？
难道新的便毫无分量？”
改变思想，人总得改变思想！ 651
只是思想变了，人也消亡。

——

“对我们年轻人也说些关于爱的话吧。”
好！我爱你们，诚心诚意！
当我还被视为青年之时，
我也比现在更喜欢自己。

——

我无所羡慕，顺其自然，
某些东西我总是能够保持；
可看到两排年轻的牙齿而不生妒忌，
于我老翁可是莫大考验。

——

艺术家！要让自己变得高贵，
你要谦虚地夸耀自己；
任其今天批评，明天赞美，
最终总要付钱给你。

——

孩提时代我奉为信条，
世界是最可爱的乐事，
然而世界若是父母；
那么——我就不再坚持。

——

世故者我心不喜：
（有时也会责备自己）
他们仓促行事，
却称谨慎为之。

——

“少年读少年的特伦茨[①]，
别有所见，格劳秀斯[②]。”
孩提时这句名言让我恼火，
现在却不得不予以认可。

——

“反抗吧！你会变得高贵；
你想在下班之前就休息？”
我已太老，无力责备，
做事倒还有些气力。

——

① 特伦茨（Terenz），即泰伦提乌斯（Publius Terentius Afer，约公元前190—前159），罗马共和国时期的喜剧作家。

② 雨果·格劳秀斯（Hugo Grotius，1583—1645），自然法创始人。曾有人指责他还在看被定为学生读物的特伦茨，他回答说：同一部作品，少年和成年后会读出不同内容。

“你真是古怪稀奇，652
对此竟不发一语？”
不能称赞，
便闭口不言。

——

“在某些事情上，
你竟表现得那么笨拙。”
没有那种癫狂，
或许就没有今天的我。

——

“你完成一半的东西
也请告知大家和我！”
那只会让人迷惑，
还是付之于火。

——

“你不想也留些给我们：
你会的，也有别人能干。”
如果今天就能把我榨干，
我对他们就是合意的人。

——

这一切不属我领域——
我为何那般忧虑？
鱼儿在池塘里畅游，
全不理那小舟。

——

没人须与世界共存，

除了想利用世界的人；
若他有用而安静，就该
将自己交与魔鬼，而非
按世界的意志有所为。

——

“我首先要教你什么？”
我想从自己的影子上跳过！

——

他们很是喜欢自由，
日久却有单调等候。
当一切混乱不堪，
653 便祈求圣人出现。
如果昔圣不肯拯救，
新圣就要利落造就；
沉船时，人人悲叹，
无人更胜他人一筹。

——

无尽的生命之痛
快要，要将我压死，
人人皆言如此，
无人能主宰自己。

——

即便将暴君刺死，
还会有很多失去。
他们不肯臣服凯撒，
却不会将王国治理。

——

为何世界无序
让我这般欢喜？
生活尽随人意，
这是我的收益。
我让人人各自追求，
只为自己亦随心意。

——

其时坦白欢乐，
无人获评有理，
人亦不发赞许，
随它怎样结局，
这世界，君见得，
总有事端起落。
无论睿智愚痴，
人皆称之历史。
未来个个布雷多①
将会收之入表格，
任青年戮力深究，
难解内中情由。

——

世界这般光景—— 654
可知何事发生？

---

① 布雷多（Gottfried Gabriel Bredow，1773—1814），德国历史学家，著有《19世纪编年史》和《世界史列表》。

纸上言语
就在那里。

——

世界统治——一夜之间
我将它的形式深思熟虑。
威严的暴君最好战时出现，
明智之君则要待战争胜利；
可我还是希望，所有仆从
不要马上在他身旁站立。
此念一生，人群现于眼前，
偶尔粗鲁地将我带入拥挤；
那里，我失去了所有痕迹。——
上帝欲示何意?
我们统驭自己
只有短暂时期。

——

我不责备你们，
亦是不会称赞；
但我玩笑不断；
给世故的恶棍
脸上一拳，
正中鼻端。

——

若他的喷嚏强而有力，
谁知道会有什么发生，
他又会做出什么举动；

事后方知深析，
理智，理性，如果可能，
才是正确无疑。

——

要不停地对你们唠叨吗？
你们从不能自己去看？
他们冷了，牙齿打颤，
事后，他们称之为批判。

——

“你说的都那么稀奇！”
好好看，都是寻常话题；
生活和散文[①]说着最疯狂的事，
反倒指责诗和诗句？

——

“你心无成见，
大睁快乐双眼！”
你们个个无用，
为何我要有成？

——

“你为何如此高傲？
你还不曾这样责备！”
我真的很愿意谦卑，
若是他们不来搅扰。

——

① 德语中的散文指所有非韵文，包括小说。

我若愚蠢，他们便予认可；
我若有理，他们便想指责。

——

我的信念无人可以夺去，
谁更明白，会深信不疑。

——

向内心而观者，
不满他的躯壳。

——

“带着如此的损伤，
我们该向哪里眺望？”
尽将最好的人念想，
无论他们现在何方。

——

财富一定要妒忌来明证其强，
因为妒忌从不爬进空空谷仓。

——

若让妒忌者气炸，
便将你假面放下。

——

若财富源源而来，
就让人共享其快。

——

656 “你可收到礼物？”
他们恶意全无。

——

魔鬼！我远远觉得，
她并非低微；他们指责
这个可怜的东西，说她
竟然如此诱惑。
该死的无赖，你们想想
天堂里的堕落！
她若将你们诱挟，
便是你们的一切。

——

如果不喜此地，
就去你的东方游历。

——

我想有个漂亮女人，
事事都不计较认真，
同时却清楚知晓
我怎样感觉最好。

——

若有上帝和一位姑娘
我的歌就自有分量。

——

上帝和少女
我在歌中纯真获取。

——

把记忆留下给我，
做一份遗嘱，充满快乐。

——

“她长久将你欺瞒，
虚情你已经明见。”
你怎知何谓真实；难道
她对我的归属因此变少？

——

“她让你惨遭瞒欺，
今又将你抛弃！”
纵是虚情假意；
657 她曾在我怀里，
归属会少毫厘？

——

良言我们自是爱听，
诽谤谩骂却听得更加高兴。

——

别以为命运已安排美满；
得到警告便已得救一半。

——

美酒让智者欢畅，
未燃之香却无人得享。

——

若想香味四散，
就要下燃木炭。

——

我愿哪个有更好运迹？
这些天才个个都是虚假：
缺这，少那，难成最佳，

勉力，苦取，终无桂绩。

——

“你把事情再说清晰，
我们并非总能明白你。”
好人啊，你们可知
我是否明白自己？

——

“我们不停折磨自己，
就在错误的桎梏里。”
有些明白的词
你们却会错了意。

——

一个愚昧的词语
你们给了它意义；
于是就这样发展下去，
你们宽恕，也被宽恕。

——

接受我的生活，全部
不加选择，像我一样；
别人在梦中陶醉， 658
我的陶醉都在纸上。

——

最好乞讨，而非求借！
为何要让两人忧心难解？
若一人忧愁，殚精竭虑，
无虞者走过，轻松赠予。

内心无债务挂记，
这便是最佳利益。

——

“我本贫穷，
可你不要轻视：
贫穷是个诚实的东西。
若能正确待之。”

——

艺术家和哲学家，
这些尊贵的乞讨者，我的确见过；
但我不知，毫不夸张地说，
谁比他们为自己的酒菜付账更多。

——

“是什么让你远离我们？”
我一直在读普鲁塔克，①
“你看他都学到什么？”
那书里面都是人。

——

加图②可能是想惩罚别人；
两人一起他就喜欢睡觉。

——

① 普鲁塔克（Plutarch，约 46—120），用希腊文写作的古罗马传记文学家、散文家，属于柏拉图学派。
② 加图（Cato，公元前 234—前 149），古罗马社会风习监察官，晚年时也喜欢奢华享受。

因此在不当时机，
远离儿子与儿媳。
又娶一个年轻的妻，
这对他的身体不宜；
最后一位弗里德里希皇帝
就曾父亲般做出这一断语[①]。

——

“难道你想面对众人，
说你自己多么超群？”
加图自吹自擂，严格的 659
普鲁塔克要给他教训。

——

人子可以生而富有教养，
若父母曾在教育中成长。

——

我在家中的所有承受
陌生人第一天就会看透；
但是他善意地不去改变，
即便他在此待上百年。

——

不管世人什么意见，
日子总是把日子欺骗。

① 最后一位得到教皇在罗马加冕（1452—1493）的神圣罗马帝国皇帝弗里德里希三世（Friedrich III.，1415—1493）曾讲过这样一句话：“给一个老人一个年轻的妻子是‘殷勤’地夺其性命的可靠手段。”

——

但人们也不喜人说，
日子把日子毁了[①]。

——

我是你们所有人的负担，
更让一些人憎厌；
然而我并不在意：
我从不问起老少
青年时这让我欢喜，
现在也会如此老去。

——

自忖自虑，
总是最为适宜：
家中室外皆喜，
不时将人言听取，
还要永远自省，
老少便尽向你倾听。

——

讽刺短诗放步温和，
诗人并不觉其软弱；
若喜强而有力，
便等狂者醒起。

——

① 意思是说一天发生的各种事情偷走了人的时间。

一副年老的面孔 660
竟要故作神秘[1]！
丰润愈少您愈想
为它将画笔提起。

——

“它在附近？还是很远？
今天是什么将你压弯？”
夜晚我爱开开玩笑，
如果白天不那么艰难。

——

跟每个人交谈，
就会谁也不听；
总有一人
意见会有不同；
那么你该怎样
能把他们弄懂？
必须单独交谈，
否则绝无可能。

——

上帝将正直放到自己心上，
正直的路上没人遇难死亡。

——

① 1824年1月24日，歌德在给奥蒂莉的信中说他“决定不再让艺术家给他画像”。然而这是不可能的。正如神秘的预言书一样，存世愈少，价格越高。

你若追随虔诚的真理，
便不欺骗他人和自己。
假虔诚让虚伪存在，
于我便是最难忍耐。

——

你渴望漫游远方，
准备迅速启航；
忠实自己，忠于他人，
窄小之地也足够宽敞。

——

持纯洁于无声，
任周围电闪雷鸣，
越觉自己是人，
你就越像一个神。

——

661 用可怜的蜉蝣之梦，
报纸能给人多少欢愉，
如若不能在静室中
仍觉那般惬意！

——

最糟的事情
白天会让我们领教。
谁在昨天看到今天，
今天便不会靠他太近，
谁在今天看到明天，
他会行动，不会担心。

——

若昨天于你坦白而清晰，
你今天就自由而有力；
你也可以期待明天
快乐不输今日。

温和的讽刺短诗 V
Zahme Xenien V

别让片刻无谓溜去，
让每次际遇给你裨益。
烦恼也属于生活，
讽刺短诗便为之而作。
一切都配得勤奋和诗句，
如果你懂得好好选择。

——

上帝问候你们，
追随各种哲学的兄弟！
我是世界居民，
以魏玛派自居，
通过教育自荐于
这个高贵的圈子，
谁觉知晓更多，
尽可他处搜罗。

——

662 “你要去往哪里？”
去魏玛–耶拿，①那一
伟大城市，两端都有
很多美好，在等你。

——

你们的话毫无新意！
我不完美，此事无疑。
你们指责我的，笨鬼，
我比你们更知其意！

——

“你说！对敌对者
你为何毫无兴趣？”
请你告诉我！
路上有人……
你是否还会过去？

——

犹太人

他们不断铺路，直到
通行税高得让人止步！

大学生

众多科学也都会这样；
各个折磨爱她的痴郎。

——

① 歌德在这里把两座相距很近的城市说成了一个大城，耶拿和魏玛便分列两端。

“究竟何谓科学？”
它只是生命之力。
你们不会创造生命，
生命还待生命赋予。

——

“剧院究竟是什么？”
这个真的并不难说：
人们把最好烧的东西
堆起，很快它就着火。①

——

“这事怎让人激动不已？
他们为何又跑进剧院里？”
那里不过比窗外所见
就多那么，一点点。

——

叫它交际百科②完全合理， 663
若是话不投机，
每个人都可以
把它当作话题。

——

我们究竟该怎样在那里痊愈？
我们没感知外，也没发现里。

---

① 1825 年 3 月 22 日夜里，魏玛剧院毁于大火。

② 指交际百科全书，其中最著名的就是早在 1796 年就已发行的《布罗克豪斯百科全书》（Brockhaus Enzyklopädie），为交际提供知识。

——

我们在那里究竟有何发现?
我们不知上下，迷惘混乱。

——

词语似乎只是
和反复无常游戏。但
若出一词，强大有力，
思想便有了承继。

——

他们若偷吃篮里东西，
你就留些在口袋里。

——

要想不让寒鸦尖叫左右，
就别做教堂钟楼的柱头。

——

人为死者套上荣衣，却不想
香脂不久也会涂上自己身体。[①]
人说废墟如画一般有趣，
却不觉毁灭的也有自己。

——

朋友们在哪里腐去，
都不必在意。
是大理石柱下，
还是露天草地。

① 意即为尸体涂防腐香料。

活着的人，要想着，
即便日子对他牢骚，
他送给朋友们的
永远，永远不会枯老。

——

“这一切你全无考虑？ 664
吾辈已有明确规矩。”
我真想说你们正确无疑，[1]
却是毫无意义。

——

我和你们有同样遥远的距离，
独眼巨人[2]和咬文嚼字都令我厌弃！
自以为无所不知，
却不曾令我受益。

——

青年人健忘，
因为各有其利，
老年人健忘，
因为没有兴趣。

——

“马上让这个无赖出去，

① 从下一首诗的内容来看这里指的是关于格律的规定，特别是古希腊的格律。
② 荷马史诗《奥德赛》中的独眼巨人。歌德在 1813 年 2 月 8 日给洪堡的信中称约翰·海因里希·福斯为“海德堡的独眼巨人”。福斯热衷于研究古希腊格律在德语中的使用。

他欺骗了你；
你怎能还和他活在一起？”
我不想再费力气；
我不要他补偿，
但不会原谅。

——

“别摆出这副表情！
世界为何让你如此厌弃？”
这些人全然不知旁边、
周围都出了什么问题。

——

“我该如何给孩子们上课？
如何将无用和有害辨别，
请你为我讲解！”
给他们讲天讲地，
他们永远不会懂的东西！

——

别再责备！你在责备什么！
你手提灯笼追踪的人
他们永远也找不到；
找不到的人你为何还要找！

——

人永远不该将坏人责骂，
他们终会加重好人的砝码；
但好人定要知道，
必须把谁防好。

——

“远古时代有人生存，
那是和野兽一起生存。”

——

“他们早早晚晚将你虐待，
你一点也不发表意见？”
†††[1]已故继承人和商号
他们的公司总有贷款。

——

报业的兄弟姐妹们，
你们的安排设计
好似有意
愚弄市侩庸人？

——

原谅医生吧！毕竟
生存他和孩子也要。
疾病是个资本，
谁想将它减少！

——

“微薄的天赋
我们好好吹炫，
我们给观众的，
他们总要付钱。”

——

① 歌德应该是在草稿中刮去了一个人的名字，无法断定具体是谁。

虔诚让人联合；
但怀疑联合得更多。

——

你会看到明理者也有错的地方，
在他们不知道理的事情上。

——

车轴几遭重击，它一丝
不动——最终裂去。

——

666 愿约翰节前夜篝火[①]
无所阻挡，快乐永续！
柴枝扫帚总是扫秃，
小娃小儿不断降世。

——

劣物总可称赞；
回报你马上获取！
你在泥潭上层游泳，
将一众骗子护庇。
责骂好的？——尽可一试！
你若胆敢如此，可以；
人们一旦觉察，就会把你
踩成凝乳，那是罪该如此。

——

① 此诗因耶拿禁止在这一天燃起篝火而作。

每一条这样的癞狗
都会被第二只除去；
任何时候都正直老实，
没人会加害于你。

——

过来！我们坐到桌边，
谁会心动，为这样的蠢事！
世界就像一条烂鱼，四分五裂，[①]
我们不想给它涂上防腐香脂。

——

智者会告诉我，
米克—麦克[②]算是什么？
这样含糊的双肩负重[③]
既不舒服，也无用。

——

带着睥睨的目光，
在我们面前前摇后晃；
堆出一行又一行。
空洞装饰，诸般搅合，
拉扯读者可怜的耳朵；
我们，你们无法瞒欺！

---

① 此句与下一句为《浮士德》补遗。
② 原文为：Mick-Mack，意思是联合。
③ 暗指伪善者。

魏玛的艺术之友[①]
667 已发出重击，
其力仍将持续。

——

干巴巴的诗人
只会责备；
谁不懂尊敬，
也无法让人高贵。

——

“这个你也不要批驳，
你的评价可是一向温和！”
他们不该责骂糟糕的诗人，
因为他们也没有好上很多。

——

你虽知自己的优势，
却不懂娱乐之法。
你将伤恨和反感播下，
它们也会萌芽。

——

若想有所修习，
就习得一种美好。
人若只行正道，
坏人终会屈从效劳。

---

① 以歌德和海因里希·迈耶尔为主，估计其重击对象是慕尼黑的浪漫派《艺术报》。

——

人只需弯一弯腰，
轻轻一跃，
魔鬼就在你背上落脚。

——

尽去拜火百年，一旦
落入，发肤熔于火焰。

——

“日历里说有月亮；
可街上却看不见！
为什么警官没有发现！”
我的朋友，切莫急于判断！
头脑一片昏黑，就会有
极度聪明的表现。

——

噢，吹毛求疵的你们 668
别把一切都搞得不可收拾！
因为，真的！最糟的诗人
也能做你们的老师。

——

我毫不反对他这样；
但是若说为此高兴，
我一定就是在说谎。
我不解之时，便为他开脱，
而现在有些事我已懂得，
为什么我还要沉默，不指

一条新路，我们一同开拓?

——

放下陈年老账，
你们理智一些!
动身行走路上，
别再原地止歇!

——

奇迹疗法比比皆是，
十分可疑，我须坦白，
自然与艺术，竞相孕育奇迹;
同时附带无赖，一代又一代。

——

与这些人交往
实非什么难题:
理解，他们会充分给予，
只要你说他们无人可当。

——

噢世界，你丑陋的渊薮
令美好的意志化为乌有。
光若射入谷底的黑暗，
人便不见丝毫的光线。

——

不是用爱，只有用敬意
我们才会与你合一。
噢太阳，愿你无需发光
便能高高照耀四方!

雄者，他们会甘心崇拜， 669
如果雄者亦是无赖。

——

我们

坦白承认，你这个疯狂流氓：
某个错误，你已无力掩藏！

他

是的！可是我已经改正。

我们

你怎么改正的？

他

嗯，就像每个人都会做的那样。

我们

你怎么做的？

他

我犯了个新错，
人们趋之若狂，
旧错便被遗忘。

——

小提琴上胡乱扯拉，
某人便自以为行家；

在自然的科学里，
也使出微薄之力，
便以为他的琴艺
堪与奥尔甫斯相比。
人人皆想运气最佳，
琴声混入呕哑嘲哳。

——

人人都想发言，
各个都想改变；
只有我不该说，
也不该做。

——

他们早在把难吃的点心啃咬，
心知肚明，我们开着玩笑。

——

这一罪愆古来已有，
他们认为：算数是个虚构。

——

因为他们很多次都对，
他们的错便也配备了对。

——

因为他们的科学精确无比，
他们各个都不会混乱无序。

——

人不该发出笑声！
不该把人群摆脱！

他们所有人都想做
自己不能做的事情。

——

拥有，固然美妙，
但一定要理解才好：
能够，非常了得，
可让愿望做些什么。

——

糟透的诗人在此安卧！
但愿他永远不会复活。

——

如果我犹豫等待，
直到有人予我生命，
我或许就不会存在，
对此你们能够明白，
如果你们看清，
为发出些微光，
他们多想把我否定。

——

即便世人不予理睬，
仍有若干学生喝彩，
你的思想将其点燃，
当许多人把你错看。

——

纯韵是我之渴望，
但拥有纯净思想，

671 这天赋的至尊，
可抵所有诗韵。

——

将最可爱的扬抑音步
从诗句中逐出，
让最笨拙的扬扬格[1]
在诗中就座，
为让一个诗句出现，
烦恼不断，令我不堪。
且让诗韵可爱地流淌，
且让我把歌唱尽享，
让我享受理解的目光！

——

“你在裤袋里打了个响指，
面容这般安详，告诉这帮
恶棍，坦率而诚实，
你到底心存何想。”
我勤奋而努力
找到了我寻找的东西，
怎会在意，是否人知
我对群氓发诅咒之语。

——

已有足够收获，

① 古希腊的格律，扬扬格即连续两个长音。德语中包含连续两个长音的单词很少，更多是长音后接短音，及下面所说的扬抑格。

亦引起异议众多；
他们把我的思想毁掉，
便说已将我驳倒。

——

别出声！等天亮：
无人知其所想。
怎样的聒噪！怎样的周章！
我静坐不动，小憩梦乡。

——

所有表示赞同者，
不会变得统一，
因为正在显现的
不再显其行迹。

——

罗伊希林！[1]谁人可比！ 672
当其时代已是奇迹！
他一生穿越
城市和侯爵领地，
为圣书注解含义。
但教士们很会努力，
已把一切带入恶域，

---

① 人文主义学者约翰内斯·罗伊希林（Johannes Reuchlin，1455—1522）1410年反对当时毁灭所有希伯来书籍（圣经除外）的规定，被科隆多明我会修士斥为异端。乌尔里希·封·胡滕（Ulrich von Hutten，1488—1523）发表了《蒙昧者书简》，对罗伊希林的反对者进行嘲讽。

他们发现某些地方
正如他们愚蠢荒唐。
我若与之遭遇，便端坐
屋中，任天降大雨：
“世有费尽心机
害我的蒙昧僧侣，
亦不乏胡滕，还有
济金根[①]的正义。”

——

他们挑剔学徒，[②]
又转向漫游者，
前者学习不分朝暮，
后者不会脱胎换骨。
二者活跃在美好的圈子，
满怀信心，温和而有力；
每个人都按自己的方式学习，
每个人都以自己的方式游历。

——

不，这不会给我伤害，
我视之为上天之礼！
难道我该轻视自己，

① 弗兰茨·封·济金根（Franz von Sickingen，1481—1523），莱茵－施瓦本地区骑士首领。

② 学徒与漫游者暗指歌德的作品《威廉·迈斯特的学习年代》》和《威廉·迈斯特的漫游年代》。

只因他人的敌意？

——

为何我是君主主义，
道理非常简单：
作为诗人我已获荣誉，
自由的旗，自由的帆；
但是一切都要亲力，
无人可以问计：
老弗里茨[1]也自知如何， 673
不必听人建议。

——

“他们不肯给你掌声，
其意你也从来不合！”
他们若能给我评价，
我就不会是今天的我。

——

人们把荒谬努力
竞相向八方传播；
它可以短暂相欺，
却很快现为糟粕。

——

① 指的是普鲁士国王弗里德里希二世（Friedrich der Große，即 Friedrich II. von Preußen，1712—1786）。

“伪漫游者，[①]即便愚不
可及，亦聚起一众兄弟。”
世有诸多福音，
愿市侩同享其益！

——

你们这高贵的德意志人
还不知一个可信的老师
有义务为你们抵住非议；
若要展示何为道德，
让我们坦率而自由地
允许自己行欺诈之举。

——

为此我们有法律和条款，
目的可以辩护手段。

——

我们若将耶稣会士[②]谴责，
也要虑及我们的社会道德。

——

对杂种来说功绩是律款？[③]
错误成了一种神圣手段，

① 1821 年歌德的《漫游年代》出版，同年新教牧师约翰·弗里德里希·威廉·普斯特库亨（Johann Friedrich Wilhelm Pustkuchen，1793—1834）在奎德林堡出版同名小说，即《伪漫游年代》。

② 上一首短诗的内容据称出自他们之口。

③ 意即合理要求。

这会让——他们知道——
虔诚的德意志民族喜欢，
当它丧失所有尊严，
才会觉得异常崇高。
除了费尽心机 674
害我的蒙昧僧侣，
也不缺少胡滕，
济金根的正义。

——

你们侮辱我的创作；
你们都做了些什么？
的确，毁灭
否定地开启。
但是它徒劳地用力
把尖利的扫帚挥起；
你们根本就不曾存在！
它又怎会触及？

——

你们偶尔要挑剔，
在远远的边缘发出嘲弄，
小小战争向我发动。
你们损害了自己的声誉；
别再流连底层，
我早已离开那里！

——

“敌人的威胁

一天比一天强大，
你却毫不害怕！”
这一切我漠然相对，
他们在拉扯蛇皮，
那是我的新蜕。
若下一层足够成熟，
我也马上丢弃。
在生机勃勃的众神王国
漫步，青春而充满活力。

——

你们这些好孩子，
一群可怜的罪人，
拉扯着我的大衣[1]——
你们放手！
我要迈步而去，
任大衣落下；
谁将它抓取，
谁就意气生发。

——

天使与诅咒之魔
为摩西的尸体[2]争执；

---

① 歌德的一份手稿中有这样一个标题：写给新以利沙（Dem neuen Elisa）。在《旧约·列王纪（下）》中：“以利沙捡起以利亚的大衣，死去的以利亚的精神就来到以利沙身上。”

② 《新约·犹大书》第9节：“天使长米迦勒为摩西的尸首与魔鬼争辩。”

纵然他躺在中间，
他们也不会爱惜！
这位永葆意识的大师[①]再次
将他久经考验的旅杖抓起，
向普斯特里希[②]的群鬼打去。
天使送他还归墓里。

温和的讽刺短诗 VI
Zahme Xenien VI

我奇特的宣告
就让它作用、存在！
一个与时代一起犯罪的好人
你们怎能恶语相待？

——

诗人无意伤害，
只是勇敢飞行；
谁若想法不同，
道路并不狭窄。

——

你们[③]更喜群飞，

---

① 威廉·迈斯特和摩西都有一根旅杖。
② 即 Pustrich，这里是歌德用 Pustkuchen（即普斯特库亨）这个名字做的一个文字游戏，Pustrich 是一个古老的会吐火的异教神。
③ 对温和的讽刺短诗的称呼。

而非凑成几对，
你们让我没一边是空！
四处嗡营，定会成功！
单个刺人，蚊子也会，
不必立刻就上个部队。

——

常常独处，
惯于言语不多；
又喜写作，愿读者
676 容忍于我！应说：
口述是我喜欢，
亦是一种言说，
不会浪费时间；
没人把我打断。

——

如同蚊飞眼前，
忧虑便是这般；
当我们向美丽的世界眺望，
眼前便浮现一张灰色蛛网；
它只拉过，不会遮覆，
风景受扰，若非模糊，
世界依旧清朗：
只是眼况不良。

——

承受不幸，随你多寡，
莫向人怨，运气不佳；

听你一个不幸，
友人回你一打！

——

你无法在群体存在，
那里是要并肩而立；
他们的所憎所爱，
你可要听之任之；
他们知道的，你要言是，
他们不知的，你要痛斥，
传统的要继续下去，
新生的要聪明拖住；
然后他们会许你
顺便走走你的路。

——

但他们或许会，若能做到，
像神父一样逼你取消。

——

可鄙的人[1]啊，你们若不
把讨厌的滥调[2]停下，
等待我的就是彻底绝望；
伊西斯[3]不戴面纱， 677

① 指和歌德一起追求大自然知识的竞争者。
② 指牛顿学说的追随者。
③ 古埃及女神。此处说伊西斯不戴面纱可能是暗示普鲁塔克（Plutarch，约46—约120）公元1世纪的作品《伊西斯与奥西里斯》中所写的戴面纱的伊西斯形象。

人却会有白内障。

——

历史象征——
说它重要，愚蠢之至。
空洞内容总在研究，
丰富世界却在错失。

——

掩藏的神圣不要寻觅，
让僵死留在面纱之下，
你若想生活，善良的傻瓜，
只消看坦露身后的天与地。

——

分裂永恒之光，①
我们不得不视为蠢行，
你们却为此谬误高兴。
明与暗，光与影，
若能聪明地令其结合，
色彩王国便败势已定。

——

二者②太过相爱，
彼此不愿分开。
当一个在另一个中迷失，
彩色的孩子就呱呱坠地，

---

① 反对牛顿及其追随者的说法：光是一种组合起来的东西。
② 指光明与黑暗。

快乐地去看，用自己的眼，
这一点柏拉图开始便知；
作用内部的也在外部呈现，
这一真义在大自然中蕴涵。

——

朋友，别去碰那个小小暗室，
你们的光已被拆成错综结构，
带着最可怜的叹息，
向古怪的产物低头。
迷信的崇拜者，
多年已然足够，
忘却老师脑中所有
错觉、幻象和空想。
当目光在明媚白昼 678
向蔚蓝的天空眺望，
西罗科风[1]中，太阳神的车
猩红地沉落，请你们
给大自然以荣誉，
快乐而心眼健康地
认识颜色学原理
普遍而永恒的根基。

——

你无法把他们说服，

① 西罗科（Siroc），即 Scirocco，从撒哈拉吹来的热风。

他们已将你列入短视队伍，
短视的眼睛，短视的感官；
光中的黑暗
你永远都无法领悟；
此事要向那些先生托付，
他们都乐于将它证明，
上帝保佑这些好学生！

——

有人极力、自鸣得意地
反驳、决定、大发怒气，
我所能得出的结论便是，
他和我想法各异。

——

就像人会让国王受伤，
大理石也成废黜之王；
称父之子，今天的片麻岩，
毁灭的日子已然不远：
冥神普路托举起神叉，
一场革命即将向本源发起；
玄武岩，黑色的魔鬼摩尔人，
跃出至深的地狱，
让山崖、岩石和大地
开裂，让末端成为发源。
地球成因学
颠倒了我们可爱的世界。

——

高贵的维尔纳[1]刚刚告别， 679
波塞冬的王国就被毁去，
即便人人臣服赫淮斯托斯[2]，
我亦不会马上如此；
我只能事后作出评判。
颇多信条我心远离；
新生的众神和神像，
于我同样可厌。

——

不要让人夺去
你原初的思想！
众人所信，
信来轻易。
你要殷勤努力
自然依从理性；
聪明人所知
乃人所难及。

——

了解越多，所知越多，
就会看出一切循环往复；
人先是教那个，教这个，

---

① 地质学家、水成论创立者亚伯拉罕·戈特洛布·维尔纳（Abraham Gottlob Werner，1749—1817）于1817年去世。

② 赫淮斯托斯（Hephästos）：古希腊神话中的火神与铁匠之神，奥林匹斯十二主神之一，居于维苏威火山。

现在地核之中
定是水火之泉[1]
在起统治作用，
以期我们的地表
不缺火，不缺水。
若不是早已完备，
某物怎会来到?
于是，人还未曾期待，
神父基尔歇便已到来。
我不会为此话感到羞愧:
我们永远在把问题应对。

——

火焰与海水，我不承认
它们存于地心;
作用一切那是重力;
全无注定的死与寂。
神的活力让其充满生气，
推动一切的精神
令其更迭，变化无歇，
运动总在自身。
你们一看便会理解!
若水银或落或升，

---

① 阿塔纳修斯·基尔歇（Athanasius Kircher，1602—1680）在其著作《地下世界》（Mundus subterraneus）中解释说，地心中有热泉和冷泉。

就是在收缩与释放中
大气变得或轻或重。

——

你们的学说我并不满足：
大气的潮汐
人人可自己想出！
水银便是我的依据；
因为是专制的大气
在作用于气压计。

——

大气要在西方统治，
将风暴和洪水引向东方，
当水银像是困倦模样；
当它从瞌睡中醒来，
所有肆虐东方的风雨
均已成为过去。

——

生命栖于每颗星球：
每颗星都喜与群星徜徉，
沿自选轨道，完美无双；
地球中脉动的力
引我们向夜行走，
又再次将我们带回白昼。

——

当同一样
无限中永复流淌，

千重天有力合为一体；
当生之欲
从万物中流溢，
无论最小、最大的星，
无不迫切，无不力争，
我主上帝，永恒安宁。

——

681 当善良的精灵夜中游弋，
将睡意从你额上抹去
月光和星光
用永恒的宇宙将你照亮，
你仿佛已失去肉体，
大胆向上帝的宝座走去。

——

当白昼让世界
重新站起，
它艰难地要满足你
用清晨最美的希冀；
正午时分，晨梦便已
依稀，那般神奇。

——

生活中，知识里，
你都要努力将正路循依，
风暴和水流拉扯冲击，
却不会主宰于你；
罗盘、极星、时间测量器，

太阳和月亮你更明其意，
以你的方式完成行旅，
带着无声欢喜。
特别是，若你不会怨烦，
当道路合成一个圆圈，
环游世界的人愉快抵达
昔日出发的港湾。

——

圈子再小，也会有许多收益，
只要你懂得好好爱惜。

——

当孩子好奇地四望，
发现父亲已盖好新房；
当耳朵开始自我展现，
孩子听到母亲的语言；
觉察了近前的这或那，
听人把远方的故事讲给他，
道德教诲中他一天天长大；
他发现一切都已做完， 682
人们向他赞美这和那：
而他也真想为人颂夸；
作用、创造、还有爱，
方法都已被明确写下，
更糟的是，皆已印刷；
于是年轻人顺从站立，
终于看清：他不过是

另一个人的翻版当下。

——

我真想摆脱传统
做个完全独特；
然而计划巨大，
折磨可谓颇多。
生长此地，我会
视为最高荣誉：
若我不曾奇怪地
成为传统之一。

——

父亲给了我身形，
给我生命的严肃引领，
妈妈给了我
虚构乐趣和快乐天性。
曾祖曾迷于最美之女，
此性偶尔作祟吾心，
曾祖母最爱首饰与黄金，
此好许流于吾身。
若每个元素都难以
从组合中分离，
小家伙身上，什么
可以称为独特？

——

我无法将生命分开，
分不出一个内和外，

为与你们还有我共居一处，
所有人我都要给出全部。
我总是只在写
我的感觉，我的用意， 683
亲爱的你们啊，这让我分裂，[①]
而我依然是我，始终同一。

① 指的是作品与生命中的不同角色。

684

<1827 年文集补遗 >

<Supplement zur Sammlung von 1827>

肃穆的尸骨存放之地[①]
颅骨相嵌整齐；
让人把老去的时光忆起。
一度相仇的头挨挤成排，
相互残杀的有力的骨
交叉而卧，温和安在。
错位的肩胛骨！它们曾经的承托
无人再问，灵巧活动的四肢、
手、脚从生命的联结中散落。
疲惫的人啊，你们徒劳而卧，
不能在坟墓中安眠，
反被重逐到白日光天，
没人会喜欢干瘪的外壳，
不管它曾有多么高贵的内核。
但门徒我得赐一段文字，
神圣的意义并非人人知得。
当我在这僵死的骨堆里
得见形象，美好无比，
纵然冰冷的斗室气息腐烂，

① 歌德对骨学有过四十五年的研究，1805 年开始学习颅相学家加尔（Franz Joseph Gall，1758—1828）关于人类头骨的理论。所有这些研究都出于一个愿望，那就是将形象视为“上帝—自然”的昭示。

我却神清气爽，自由温暖，
仿佛死亡中涌出生命之泉。
形式神秘地让我陶醉！
上帝创造的痕迹至今不曾消退！
一道目光将我移至那片海岸，
更强的形象升起在奔涌的海面。
给出一个个预言，这神秘的容器！
我怎配将你捧在手里？
从腐朽中取出至宝，
我庄严地步入阳光，
走进自由空气，开始自由思想。
人在生命中的获得
怎能超越上帝—自然的昭示？
它让坚固者缓缓流向精神，
又将精神的创造稳固保持。
（待续）

遗言
Vermächtnis

万物不会毁而为虚，
永恒在一切中延续，
让你存在，快乐生活！
存在永恒，因为法则
维持生机勃勃的宝藏，

宇宙就是由它们点妆。

真者早已得觅，它
将高贵的英才联合，
去吧，去把古老的真触摸。
尘世之人，要记得是那位智者[1]
他让我们的地球将太阳环绕，
让兄弟姐妹[2]有了自己的轨道。

现在你应即转入内心，
中心会在内里得觅，
高贵者不会对此怀疑。
规则你也并不会缺少，
独立的良知便是阳光
将你道德的白昼照亮。

你要相信自己的感官
不会让你把虚假观看，
若理智给你清醒判断。
以清新目光快乐觉见，
漫步，灵敏而又稳健，
走在丰饶世界的岸边。

---

① 指哥白尼。
② 指太阳系的行星。

适享丰盈与恩赐， 686
在生命为生命而喜
之地，去处处感知。
如此，去者犹生，
来者亦先具生命，
片刻亦即是永恒。

你终于获得成功，
浸淫于情感之中：
唯多产者方为真实；
你将普遍之治审视，
其志一切遵循，你
要加入那最小一群。

自古以来，无声中
哲学家与诗人自行
将一部爱的作品完成；
你会获得最美的恩泽：
因为预感高贵的灵魂
是最值得希求的使命。

687 # 最后的组诗
Letzte Gedichtgruppen

< 为象征图像而作 >[1] 689

<Gedichte zu symbolischen Bildern>

< 鹰，衔古琴飞向天空 >

我们的歌总是要
冲向最高的苍穹？
把它们带下来吧，
让我们歌唱爱和情。

——

白天，云不断编织姿形！
黑夜，炽热的生命星河！
衔纯真之弦飞上蓝天，
你会唱出天体永恒的歌！

——

大卫王他在竖琴声中歌唱，
葡萄园女人啼转宝座之旁，[2]

---

① 1814 年 9 月 1 日，卡尔·奥古斯特从战场上归来，魏玛绘画学校的学生阿尔弗雷德·海德洛夫（Alfred Heideloff，1802—1826）按照歌德的要求创作了一组具有象征意义的画作。这组绘画先是在 1814 年用于绘画学校的装饰，1825 年在庆祝公爵执政纪念日时转饰于歌德居所临街的墙壁之上。1826 年，埃莫尔（C. Ermer）将这组绘画制成着色的铜版画，歌德为之配诗后制成纪念笺（见法兰克福版《歌德全集》该卷插图 22—23），寄给朋友，其中有的诗画笺多次翻印，寄给了不同的人。

② 指歌唱所罗门王的颂歌。

波斯人的夜莺渴望玫瑰花丛，
野蛮人的蛇皮腰带[1]夺人目光，
歌曲在变换，从北到南，
天体之舞和谐现于喧嚷；
让所有民族在同一天空
一起将同样的礼赠欢享。

——

鹰啊！不要如此欢快
衔古琴，直上云外，
还是将它带来，让
我们试弹；我们身上
也有要颂赞的对象。

——

鹰啊，别飞得那么遥远，
衔古琴，直上云天，
请为我们的歌者伴奏，
让我们将你们一起颂赞。

---

① 歌德曾翻译了一首《美洲野人的爱情之歌》（Liebeslied eines amerikanischen Wilden）。诗中野人对一条蛇说，它充满艺术魅力的颜色只有在他爱人的腰带上才能实现真正的美。

<地球上空飘浮的守护神，一手指下，一手指上>

在上与下之间，
我飘浮着快乐观看，
彩色令我赏心悦目，
蓝天令我气爽神舒。
白天，缥缈的远山
让我心生渴望，
夜里，无数的星辰
放射灼人光芒，
无论白天，还是夜里，
我尽将人的命运赞誉；
愿他永远会正确思想。
愿他永远伟大而美丽。

——

想着死亡！已经足够，
不想再将它一一提起；
为何我要在生命的飞行中
用边界将你折磨！于是，
我这爱发牢骚的老朽，
且将一个劝告与你说：
按你的方式，可爱的朋友！
只是要想着生活！

——

白日里远方和天顶

蓝蓝地向无限流着，
夜里无尽的繁星
笼住天穹，一个
完美的思想在绿色，
在彩色中汲取力量，
天上，地下，都在
将高贵的精神滋养。

691 **<挂着牌子的胳膊，
为书遮挡暴风雨>**

世上某些美好在
战争与纷争中消殒；
保护与保存的人
得到的是美好命运。

——

不想让年纪否定，就要
对他人抱有善意；支持
很多人，对一些人有益，
毁灭，便会避你而去。

——

老英雄护住老书，
暴雨却飘然而去。
年轻可爱的战士
更喜护美丽少女。

<美景中丘陵上方的一道彩虹>[1]

灰暗阴沉，愈发阴郁，
暴风雨正在靠近这方；
电闪雷鸣已去，一道
彩虹让你们神舒气爽。

——

发现快乐标志，
世界乐此不疲；
千年万载，和平
便是苍穹的叮咛。

——

透过雨水，昏暗阴沉，
画儿闪亮，永远崭新；
温柔之爱的泪滴映现
忠诚，这一天使容颜。

——

暴风骤雨，战争的涛声 692
肆虐林中、房顶；
永恒，却慢慢现出
那道彩色的虹。

——

草地树林和房顶之上
一度砸下战争的灾殃，

① 暗指拿破仑时代的结束。

这一刻，正春风习习，
和平的彩虹盈盈笑意。

——

<天才，揭开大自然的半身像>

愿秘密永远珍贵！
别让双眼突生欲望！
斯芬克斯-自然，这怪兽
用上百个胸膛让你恐慌。

——

掩藏的神圣不要寻觅，
让僵滞者在面纱下掩蔽，
若想生活，善良的傻瓜，
只消看坦露身后的天与地。

——

观看，你若能做到
先向内心观照，
再回转向外，
你便得最美教导。

<摆在彩色地毯上的骨灰坛>[①]

若能解读其意，
意义永留心里：
二者皆无生气，
艺术予之活力。

——

它敞口而立！神秘
赠礼，悄悄地滚入，
命运，充满预感，693
捉住，便非你莫属。

<水准测量仪、铅锤和圆规[②]
上方闪亮的星>

为了结束，为了开始，
圆规、铅锤和水准测量仪；
那颗星若不将白昼照亮，
一切都在手中僵死、停滞。

——

星辰将永远闪亮，

---

① 将骨灰坛按照古希腊的喜好放在彩色条纹的地毯上，毫无生命的事物仿佛通过艺术精神达到极美的境界。
② 这些手工用具象征着共济会员。

慰凡尘，照四方，
但尺度和艺术
得其最美眷顾。

**< 缠绕桂枝的毛笔和羽毛笔，
上有一缕阳光 >**

阳光一定友好地
望羽毛管和画笔，
它们将实现目的：
让尘世之子欣喜。
桂树为艺术家而绿，
若他们快乐地努力。

——

胸有凌云之志，
便得双重欣怡；
羽毛管会服务精神，
愉悦目光的是画笔。

——

画笔为他创造世界，
羽毛管给了他词语，
最高贵的模仿天职，
值得拥有桂枝。

——

694 若羽毛管温柔的划动，

画笔大胆的挥舞，
都将最纯的精神依从，
桂冠，非你莫属。

中德四季晨昏杂咏[①] 695
Chinesisch-deutsche Jahres- und Tageszeiten

I

疲于效命理政，
为官日日辛忙，
当此和煦春景，你说
怎能不出离北方？
绿野、水边畅饮，
文思涌落笔端，
盏连盏，兴正酣。

II

白若百合、清烛，
形似远星，谦立，
爱慕之光中心燃起，
点点灼红环依。

① 1827 年 5 月歌德住进了位于魏玛的英国花园内的住所，终日与大自然直接接触，写下了这十四首咏物诗。

早放的水仙
花园中排排盛开。
许是美好的花儿明白，
列队将谁等待。

III
羊群离去，
只余一片清绿，
不日便成天堂，
鲜花开遍四方。

696 希望将明亮的轻纱
雾一般向我们展开：
愿望实现，骄阳异彩，
层云尽去，幸福到来。

IV
孔雀啁啾鸣叫，
念其美妙的羽毛，
我心厌烦顿消。
印度之鹅岂可相比，
容忍又从何谈起，
叫声可怕，相貌庸鄙。

V

让你[1]的爱欲之光
现于金色的夕阳，
让你的如冠美羽，
迎它而炫，勇敢相望。
而它却看向花开的绿野，
向碧空下的花园寻觅；
一对情侣相傍相依，
那是它眼中无比的美丽。

VI

夜莺和杜鹃
真想缚住春天，
但夏已处处挤入，
用荨麻和飞廉；
也浓密了我
那稀疏的树冠，
就在那里，我爱的目光
将最美的猎物偷看； 697
彩顶、廊柱和栅栏
枝叶遮蔽不见，
目光却依然窥探，
我的东方[2]，永在那边。

---

① 指的是孔雀。
② 对歌德来说，东方象征着希望。

VII
她羞黯最美的白昼，
所以你们休怪
我无法把她忘怀，
至少是在户外。
花园中，她翩翩而来，
让我看到她的厚爱；
念念难忘，此情依旧，
心系于她，爱无休。

VIII
夜幕垂落，
近旁尽成远方；
金星点亮
第一束美丽辉光！
万物隐约，
雾气悄漫山岗；
暗色愈浓
倒映平湖之上。

此时，就在东方
应有明月晕红辉光，
婀娜垂柳，如发纤枝
漫将水面轻戏，
树影摇移，

月光颤撒神奇，
悄悄地，一缕清凉
由双眼流入心房。

IX 698
玫瑰花期已过，
方识花蕾一朵；
但见枝头独艳，
花界因之圆满。

X
世人眼中最美，
人称花之女王；
四方共赏，争论尽息，
竟有如此神奇！
绝非徒有表象，
你将观与信汇聚；
但求索依然，乐此不疲，
追究法则、缘由，*如何与何以*。

XI
让我畏惧的
是窘于讨厌的废话之中，
万事流散，无一坚守，
刚刚瞥见，便失影踪；

让我惊恐的
是困于环织的灰网。[①]——
“幸甚！不朽不亡
那是永恒法则，
699 玫瑰与百合皆依其绽放。”

XII
沉入久远的梦，
你抚爱玫瑰，对树闲说，
不近佳人，不求智者；
对此无法称颂，
同伴齐相到来，
与你相伴郊外，
笔墨与酒
听遣备就。

XIII
这静谧你们想要打破？
且让我尽享把酒之乐；
与人共处可相互教导，
心生激情却只能独酌。

① 指理论之网。

XIV

“来吧！我们即将别过，
你还有何高见要说？”

平息对远方与未来的渴望，
今天，在此为生活辛忙。

700 < 多恩堡组诗 >①
<Dornburger Gedichte>

致上升的圆月
Dem aufgehenden Vollmonde
多恩堡，1828 年 8 月 <25 日 >

很快你就要离去！
此刻却如此靠近！
层云将你遮蔽，
踪迹无处寻觅。

你竟看出我的伤感，
眉眼露出，若星光一点！
让我相信自有人爱，
即便情人如此遥远。

噢，出来了！越来越亮，
行迹清纯，光耀四方！
我的心苦跳愈疾，
夜，美丽至极！

① 1828 年 6 月卡尔·奥古斯特大公爵去世，歌德非常悲伤，7 月 7 日便离开魏玛，前往多恩堡，期间创作了这组诗歌。

多恩堡
Dornburg
1828 年 9 月

清晨，山谷、群山和花园
自雾霭中显现，
鲜花的酒杯为炽热的期待
缤纷地斟满；

当苍穹托着白云，
与明朗的白昼一决高低，
一阵东风，驱云而去，
蓝色的轨道为太阳备起；

沉于这一美景，纯洁地 701
你向壮美献上感激，
朝阳跃起，
地平线上，金光流溢。

<杂志《混沌》[①]中的诗>

Aus der Zeitschrift《Chaos》

当太阳的神辇
冲入雾霭流岚，
明光耀目，欢聚
让最长的夜变短。
当时间女神
再次急向晨光，
可爱的欢乐面庞
让最长的白昼更长。

新郎

Der Bräutigam

午夜，安睡中爱的心
却醒着，宛若犹在白天；
天明，恍惚如在夜晚，
任世事发生，我自安然。

思念中，我劳碌追求，
骄阳炙烤亦为她而受，

① 歌德 1829 年生日的时候，奥蒂莉周围的小圈子为了丰富日常的生活，成立了“缪斯协会”。1829 年出版了私人杂志《混沌》的第一期。以后每周日出版一期，直至 1832 年初，其间只有 1830 年 10 月至 1831 年 8 月停过。

清凉的夜晚尽洗疲劳！
值得等待，多么美好！

太阳落山，我们要手牵手
向最后一抹神赐美景致意，
相视间，眼睛在说：
愿它从东方再回这里。

午夜，柔梦中星光
滑向她休憩的门前。
噢，愿我也可休憩一旁，
不管生活怎样，都是甜。

<致玛丽安娜·封·维勒默，1826年10月24日>随赠彩绣枕头一只 703

一旦安置，
就不可离你而去；
想着我，给它友好注视，
爱着我，在枕上轻倚。

——

善，记在心底，
心中永葆活力。

美，记在心底，
那是世人的福祉。

爱，记在心底，
幸福啊！若爱生生不息。

将至一记在心底——
我想永是最好无疑。

< 致拜伦，[1] 1825 年 6 月 >

拳头有力，长于建议，
海伦人，[2]他爱在心底，
美好行为，高贵言辞，
让他眼中溢满泪滴。

爱刀，爱剑，
也喜弄枪；
宛见自己，如心渴望
站在勇敢的军队前方！

---

① 拜伦于 1824 年 4 月 19 日去世。这是为拜伦而作的悼亡诗。
② 指古希腊人。

把他留给历史， 704
克制你们的渴望；
光荣永属于他，
我们只拥有泪光。

——

巨浪汇聚千流
直涌跃向天空，
倾落的万千清泉
只能如此上升。

火泉一定要
先在深渊中点燃，
直向地狱的坠落
该是宣告升天。

新塞壬

Die neue Sirene

塞壬可曾听说？墨尔波墨涅[1]耀眼的女儿们
一头发辫，欢喜的脸；
齐腰向下的鸟身，最为危险的情人，
诱惑的歌流出欲吻的唇。

---

① 墨尔波墨涅（Melpomene），希腊语字面意思是声音甜美的歌者，希腊神话中司悲剧的缪斯。

她们新添的姊妹，上身是希腊美女，
下身像北方人一样端庄地长裙过膝；
她也对东西方的来往船夫说话唱歌，
迷了意识，海伦娜不许他离去。

献给她

An sie

这便是混沌，天啊！
假面舞会一样可敬！[①]
神奇的喧嚷！
服装异呈！

我要将其利用，就像
其他的假面舞会一样，
不为炫耀自己；
定要不为人知，

曾喜用散文来说的话，
我想用诗句说与你，
即便问起我，
只让你有些微悦意。

---

① 《混沌》（Chaos）杂志中的文章都是匿名或者用假名发表的，猜出作者便是人们喜爱的一个游戏。

只你一人难欺，
只你一人会懂，
想安慰，想讥讽，
继续吧，随你。

献给她
An sie

若不是你，别在意，
让它一笑而过；
如若是你，人皆喜
生活如此快乐，

想法是否同一，
查明十分容易；
你我不谋而合，
若问心中所需。

你来，我必会欢乐，
你走，我必会难过；
你我的心情
便如此起落。

你若相问，我会甘心 706
去详解你的探寻，

我若相问，你妩媚地
用回答给我活力。

触动你的痛苦
给我同样折磨，
如果节日将你诱惑，
我随你去人群欢乐。

也有变换交袭，
波涛汹涌，流水淙淙；
一个更易承受，
一个更好享用。

考验不可或缺！
坚信却沉静甘甜，
幸福出现之前，
信任，可以获得。

此火永不灭熄，
纵受生活冲击；
虽要付出很多，
亦获无数给予。

< 宾客题词留念诗 >①

1
自己发明固然美好，但他人的发现
高兴地承认、重视，不是如你的一般？

2
感动少年，抓住男人，让老翁振奋的，
可爱的孩子，愿它永远是你快乐的部分。 707

3
老人喜伴青年，青年爱找老年；
但人人最爱那个与己同样的圈。

4
牢记庄严者的形象！大自然将其
撒向无垠，宛若颗颗闪亮的星辰。

5
谁人最是幸福？擅察他人功绩，
为他人的享受而喜，如同那是自己。

---

① 六首两行诗都写于 1805 年。

6

许多事给予也拿走我们时间，可是
更好者亲切的眷顾，愿它永是你快乐享受。

——

人人都去剧院，
此次已然坐满，
他赞美、批评，随心所欲，
他以为，台上在为他表演。

——

想要美好人生，
莫为过去忧虑，
即便会有失去，
亦如新生无异。
若问每天想要什么，
每天都会对你诉说！
你要愉快地做事，
他人所为要重视，
尤其不可怀恨，
其余尽付上帝。
1828年10月25日

回忆 708
Erinnerung

他
你可记得那些时光
你我曾彼此渴望？

她
没能把你找到，
日子那般漫长。

他
然后，多么美好！
相聚让我万般欢喜。

她
我们迷失一遭；
其时曾如此美丽。

致封·席勒小姐[1]
An Fräulein von Schiller

要说的太多，
不知该说些什么，

---

① 写给席勒最小的女儿埃米莉（Emilie）。

是否在我面前
这些诗页已近一年。

现在，你要把它拿走，
羽毛管笔便该一显身手：
因为一切，正当如此，
总是延续如旧。

母亲温和提醒
要去做理性的事情，
父亲之路通往无限，
你要求索前行。
709 1819年8月10日

< 致玛丽安娜·封·维勒默，1830年4月14日 >

连同一片落地生根的叶子

就像一个叶片
萌出新生无数；
愿你在一份爱中
乐享千份幸福！

致英格兰的十九位朋友[①]

An die neunzehn Freunde in England

诗人的话，
忠诚地，在故里
影响如一，却不知
在远方是否无异。

不列颠人！你们已然理解：
“积极思想，行动收敛；
总在追求，从不停歇。”
这一点你们永不改变。
1831 年 8 月 28 日，魏玛

写入一本纪念册[②]

In ein Album

如果一份艺术的努力
会让盛开的玫瑰花丛，
闪耀的玫瑰花冠，
朝露润湿，亮光闪闪，

---

① 1831 年 8 月 18 日歌德收到英国十五位朋友寄来的生日礼物，并于次日回复。

② 写在梅兰妮·封·施皮格尔（Melanie von Spiegel，1809—1873）的宾客题词留念册里。

在这些纸页上出现；
你便得见你的容颜；
夏日花园将它拥有，
我们心间永远驻留。
1831 年最长的一天

710 地壳形态学的感谢
Geognostischer Dank

哈斯劳[1]低地，悬崖峭壁，
众多访问，又众多提及，
自从研究者纷至实地，
艾格石有了它的名字。[2]

不管我们怎样计划，
不过都是事情一件，
不管我们怎样敲打，
总是艾格石的出现。

阿普罗姆，[3]石榴石

① 哈斯劳（Haslau），艾格市附近村庄。
② 艾格石以艾格市的名字命名。
③ 即 Aplomgranat，一种石榴石。1831 年 7 月 30 日维也纳的娜塔莉·封·基尔曼斯埃格伯爵夫人（Nathalie von Kielmannsegge）从弗兰岑布伦嫩（Franzensbrunnen）给歌德寄了一块罕见的堪称完美的石榴石。

没有人想把它看见。
地球成因说的行践
只威胁着把夜延缓。

找到的已令我们满足；
但一只美丽可爱的手
更得幸运眷顾：它已
得这无与伦比的石头。

感激的回应①
Dankbare Erwiderung
1831 年 8 月 28 日

我们知道，人们习惯屈身
虔诚地将圣父的鞋亲吻！
可是！漫长生命中可曾见
人把自己的鞋亲了又亲？

他定是想着那只亲爱的手，
一针一针地细把装饰刺绣。

———

若昨天坦白而清晰， 711

① 写给燕妮·封·帕彭海姆（Jenny von Pappenheim，1811—1890），是奥蒂莉圈子的成员。1831 年在歌德过生日的时候，她送给歌德一双刺绣的拖鞋。

今天你便自由有力；
也可期待一个明天，
幸福如许。

致尊敬的十八位法兰克福庆典之友①
Den verehrten achtzehn Frankfurter Festfreunden
1831 年 8 月 28 日

葡萄园中漫坡欢声，
男人女人，忙碌喧腾，
拥挤的人们如此愉快
高声宣告宝贝的到来。

榨汁机里流出浑浊的
果浆，等待，果汁明亮，
还有那即将欢饮的新酒，
充满希望的生命琼浆。

地下室里却令人忧虑，
酒桶里泡沫涌溢，
棘手的水汽令人窒息，
正在黑暗中漫起。

---

① 为朋友们在他生日时送他四十八瓶不同年份的葡萄酒而致谢。

内存高贵力量，
寂静中，悄然生长，
岁月增长，品质更佳，
为朋友的庆典更添欢畅。

强大而正直地努力，
勤勉地暗自更强，
年复一年，时光飞逝，
它快乐地走入日光。

艺术和科学便如此
得宁静严肃的滋养，
直到永恒的典范 712
终属于尘世四方。

713 拾穗集 1800–1832

Nachlese 1800-1832

< 出自遗著的温和的讽刺短诗 > 715

<Zahme Xenien aus dem Nachlass>

< 温和的讽刺短诗 VII>

献词

“你的大作极有教益，
在下是日夜研习；
出于深深敬意，我
给你些荒谬东西。”

——

就像教皇宝座高守，
饱学之官坐享薪酬；
已获俸禄，夫复何求？
世界之大，尽向愚人开启。
不劳而作，我们无比惬意；
汝等傻瓜，忙碌不息！

——

土生土长，自学成才，
饱受蒙蔽的你啊，碌碌为生！
但且过来，一展才能！
你会恼怒发现，实践真是难行。

——

“总是远离大师；
尾随其后我引以为耻！

样样我皆自学。”——
水平亦是如此！

——

没人会了解自己，[1]
会与其自我分离；
但他日日尝试
清晰展示自己，
716 过去与现在，
所能、所喜。

——

多么勤奋，这许多人！
但努力只是令其迷惑。
多想别样生存，
行止明知对错。

——

去做吧，平心静气，
适应，你自是不必；
若想有所价值，
要予他人重视。

——

从莱茵河到贝尔特，[2]
可敬的人将自然探索！

---

① 歌德反对康德的“认识你自己”，认为这一认知让人分裂为主客体。
② 贝尔特（Belt），丹麦境内的海峡。

踏遍整个世界，
就会找到他的见解。

——

“有个新的项目，①
你不想上阵？”
我已破产一次，
机会愿给别人。

——

世间万象，
无人确知端详，
直至今日
也无人欲求真相。
理性行事，
只要尚存一息；
常念：迄今皆可，
最后也会过去。

——

你们嘲弄“一切和一”②
与我有何干系？
教授是人，
而上帝不是。

——

① 项目不断是工业化早期阶段的一个现象。
② 泛神主义的一个惯用表达。

717 一位伟大的物理学家[1]和他的同仁
这样告诉人们：
“最暗莫过于光！”[2]——
是的！蒙昧者就是这样确认。

——

我很想予之承认，
可他们也要尊重他人；
然而无人愿付理解，
我亦何必伤神！

——

我愿给他们赞赏和荣誉，
他们却无法由外获得。
终见自己学说
埋在卡法雷利宫[3]底。

——

“为何你的愤怒
不断指向远方？”——
感觉你们都有，
却无精神之光。

① 指牛顿。
② 原文为拉丁语：Nil luc obscurius！
③ 罗马的卡法雷利宫（Palazzo Caffarelli）。此诗暗示的是拿撒勒人画派（1809年成立于维也纳），一个受天主教启发出现的浪漫艺术流派，以恢复纯粹的基督教精神为己任，在艺术上厚古薄今；他们还希望获得“外部”，即奥地利宫廷的承认。1819 年该画派在卡法雷利宫举办了一次“拿撒勒人”画展。

——

“噢，舵手，为何
你偏向礁石行舟？”——
不能理解自己，
便不解愚人目的。

——

在顽固的罪人身边，
片刻不想驻足，
不想与我同路，
就别来挡我脚步。

——

是的！我以此为荣，
我独自漫游向前！
即便是个错误，
也与你们无关！

——

“漫游路上，你不会
像平时一样受人惑迷。”——
我不带欺骗随行， 718
便不会为人骗欺。

——

诗人为天赋而喜，
美好的精神礼物；
但遇燃眉之急，
便求尘世财富。
这一真实收益

当为曾孙延续，
为此尘世之利，
上税实为必须！

——

老人开怀欢歌，
青年快乐学过；
强主曾做之事，
仆从亦不示弱；
某人勇成之业，
有人斗胆去做。

——

“你成功了；必要时可以如此。”
谁人若是照做，愿他不会归西。

——

很多人所唱所言
我们都不得不听！
好人啊，你们已唱得
如此虚弱，年长年轻；
可是无论怎样歌吟，
也道不尽所欲言说。

——

“你怎得如此佳绩？
他们说，你做得很好！”——
我的孩子！我聪明了事，
从未对思想进行思考。

——

我们诗人令其受困，
他们[1]却予之自由，
他们用事物去澄清真， 719
一直到无人再信。

——

一点名声，一点荣誉，
给你们怎样的困顿折磨！
即便我不是歌德，
我也不想是……

——

“你说的都是你的想法？”
你的问题都是出自真意？
谁会在意我的想法，我的话：
因为所有的想法都只是问题。

——

且等慢待！一切都会顺利，
无论人们对我心怀何意；
我的书会令其清楚坦露，
用删节版的王储经典全书。[2]

——

致写诗的同仁
很想走向你们，心怀快乐，

---

① 指哲学家们。
② 法国国王路易十四为王位继承人“净化”经典书籍，1674 年至 1730 年出版了一套净化后的版本。

你们让我不快，却不知为何。
但说现代诗人，
谁不在自我折磨？

——

谁关注德国报上所言，
早午晚，甚至夜半，
就会失去所有时间，
没了分秒，没了昼夜，
也就失去一年；
我便将他重重抱怨。

——

那个法国人，那个青年，[1]
写诗教育我们这些老观念！
时间就像魔鬼一样不堪，
唯它知晓如何将我们改变。

——

你们可是疯了？
否了老浮士德！
这位好汉定是个世界，
竟会统一矛盾若此者。[2]

——

① 指的是法国诗人、剧作家让·弗朗索瓦·卡西米尔·德拉维涅（Jean François Casimir Delavigne，1793—1843）。曾有人向歌德推荐了他的喜剧《老人学校》（L’école des vieillards）。

② 歌德生前只公开过《浮士德 II》的片段。

每个人都因无知
看他人功绩渺小。
愿人人皆得恩遇，
出色，以自己的方式。

——

拜伦勋爵之言

不！对诗人，这个惩罚
过重，太重，也太可怕！
我的悲剧受到诅咒，
老太太，却没有。[①]

——

“靡菲斯托似在眼前！”
我几觉他在一起相劝。
在某些神奇时刻，
他缠上自己的嘴，
却越过绷带看我，
宛若双重魔鬼。

——

父亲若是财奴，
照明竟剪烛心，[②]
犹太人和妓女
便让其子赤贫。

---

① 拜伦勋爵在1821年同时得到两个消息，一是他的戏剧《马里诺·法列罗》（Marino Faliero）演出失败，二是他想继承其财产的一位女士想活到百岁。
② 用专门剪蜡烛芯的剪刀剪掉过长的烛芯。

——

你不要咒骂那个恶棍，
他极尽努力不断转身：
他若抓住魔鬼的尾巴，
手里就多出一根毛发。
无论怎样恶心，难闻——
你永远不会知晓——
若是幸运，视为麝香
也许还可以做到。

——

721 有些人声名响亮，
若我所唱即我所想，
他们定会怨怼非常；
然而我并不孤单：
有些人默默努力，
思考灵魂、世界和上帝，
知道别人不喜什么，
令其非常满意。

——

不要去想人，
去想要做的事！
过来一个青年，
他会有所成绩；
老人，他们
就是事儿而已；
我只是永远年轻，

一直在付出努力；
谁想一直年轻，
便想他在做事，
若非生儿育女，
就是另一领域。

——

不要闲站呆立，
尽可一路随去；
即便不知目的，
至少已离原地。

——

告诉我和谁说话
让你舒服惬意；
不用绞尽脑汁，
我便知你的本质。

——

我是爱，还是恨！
我只是不该谴责。
我若承认他们，
就会得到承认。

——

傻瓜！若事事敷衍， 722
你便处处是家。

——

昔日里多么美好！

妇女在会中要禁语！[①]
现在人人发声，
教徒会聚有何意义。

——

女人或爱或恨，
我们都愿听任；
若要评判表意，
常会大显怪异。

——

温暖的氛围中，
她[②]自觉舒适、高雅妩媚：
因为没人就没有氛围，
她便自觉是佳人一位。

——

我看见掘墓人的女儿过去，
妈妈怀她时没有不幸地看到尸体！[③]

——

这些礼物对处女们毫无意义！
她们不该有耳朵，也不该有眼睛。

——

① 出自《新约·哥林多前书》14 章 34 节：In Ecclesia mulier faceat! 意思是妇女在会中要闭口不言，像在圣徒的众教会一样，因为不准她们说话。她们总要顺服，正如律法所说的。

② 可能是在说一只猫。

③ 据说如果一个孕妇看到老鼠或尸体等不好的东西，胎儿就会受到损害。

少妇让人将她画成爱洛伊斯，①
可是想把她的丈夫吹嘘？

——

美丽的女人无论年岁，
都不是为了忧愁憔悴；
被高贵的英雄冷淡，
还有穷鬼可以取暖。

——

我尊重女人的尊严，②
但为了拥有尊严，
她们不要独步人生，
要为男人的尊严而高兴。

—— 723

观众

“我们为你炮制
流言，极尽无理！
又让你陷入泥潭，
一个深不见底！
我们大声笑你，
走出来吧，你自己！
再见！”

——

① 爱洛伊斯（Heloise，约 1095—约 1164），哲学家柏图斯·阿拜拉德（Petrus Abaelard，1079—1142）的情人。阿拜拉德被她的亲戚阉割。

② 因席勒的诗《女人的尊严》（Würde der Frauen）而成为惯用语。

自我先生

我若反对，蜚语
流言，只会更密。
在无意义的泥坑里，
可爱的生活失去乐趣。
我已走出。
我毫不介意。
再见。

——

我从未和你们争吵，
僧侣—市侩！妒者—无赖！
你们就像英国人一样没有教养，[①]
但你们远未这么好地付账。

——

上帝的地球，光明的厅堂
被他们化作黑暗，苦海茫茫；
我们迅速发现，只因他们自己
已经痛苦不已。

——

他们赞美浮士德，
还有其他什么，[②]
只要我作品中
发出于其有利之声；

---

① 影射1816年7月《爱丁堡评论》中关于《诗与真》的一篇书评。
② 对“施勒格尔先生之流”所发言论的回应。

古老的病态和古怪
让他们非常欢喜；
这群无赖以为，
人便仅此而已。

——

“你怎么变得这样糟糕？ 724
以前你晚上可敬而美妙！”
若无情人可待，
也便没了良宵。

——

无忧装点着青春，
它就想向前生存；
错误亦成其美德。
老年则但求无过。

——

“你的痛苦可是真的？——
走开！你的努力如此刻意。”
演员赢得人心，
却不会把心交于你。

——

这个榜样多么奇妙！—
听说有人抱怨
威严的维斯塔神庙①

---

① 人们计划仿建罗马的维斯塔（Vesta）神庙，维斯塔是炉火与贞洁女神。古希腊神话中的灶神赫斯提亚（Hestia）在罗马神话中对应的名字便是维斯塔。

正要为我筹建；
我神态自若
无视这一指责：
此庙我若应得，
定会让我恼火。[①]

——

“歌德纪念碑你付钱多少？”
这个问，那个问，都想知道。—
若非我将此碑立起，
它又怎会得造？

——

你们永远可以毫无惧意地
立碑，就像给布吕歇尔一样；
他让你们摆脱了法国人，
我让你们摆脱了市侩之网。

——

什么是市侩？
一段空肠，
填满了恐惧和希望。
愿上帝怜悯以待。[②]

——

你不感恩，便是错误，
你若感恩，不会舒服：

① 在歌德七十岁生日时，法兰克福计划为他建一座纪念碑。
② 1831 年 9 月 4 日写给策尔特。当时柏林出现了霍乱。

正确之路永不缺失，
情感良知引你行止。

——

为感恩而烦恼，
境况就会糟糕；
记得是谁引路，
谁又为你辛苦！

< 温和的讽刺短诗 VIII>

我若为某事吸引，
我想，谁都要同路；
若是无赖想要加入，
该是多么恐怖。

——

利弊权衡在此时刻
你们已经烦演多年：
这群无赖！我做了什么，
你们不会知道，永远。

——

“你要礼貌！”——和无赖?
人是不会用丝绸去缝个口袋。

——

狐疑者极力窥探，嗅闻
缪斯赋予的诗句；

让晚年的莱辛饱尝愤懑，
对我，不可以！

——

愿每一份真诚的努力
都收获一份坚定不移。

——

726 只要通往正确目的，
每一程都正确合理。

——

游戏人生，
不会自如前行；
不能自律，
便永是奴隶。

——

财物丢了——一点损失！
要迅速思考
去重新获取。
荣誉丢了——损失巨大！
定要赢取名声，
令人改变想法。
勇气丢了——败局已定！
莫如从未出生。

——

1817年7月15日于耶拿
忏悔，按习俗就是
坦白自己的想法；

可随意诉说，即便你
只是说个二三而已。

——

爱付出的牺牲，
贵为牺牲之最；
谁若能够付出，
命运就是最美。

——

只有心儿打开，
大地才如此美丽。
你阴郁而立，全不知
将它纳入眼底。

——

1832年1月18日
巫师用狂野的激情向
地狱与天堂索要海伦的形象；
若他在愉快的清晨到我面前， 727
许能平和地找到那张最可爱的脸。

——

若对收获闭口不谈，
我唯有避人不见；
我知道我做得怎样，
人却难忍这一点。

——

我那么愿意相信的哲学家[①]
教导说——和大多数人相反——
无意识中，我们总是创造佳绩：
人很愿相信，无忧无虑活个不经意。

——

诗人望世间熙攘，
但见人人为己拘框，
时而快乐，时而紧张；
但诗人自有深意。寻觅
他的道路，达及他的目的。
此中意义他为自己和人人牢记，
而他总是接受，不管结果怎样。

——

有些人着实非常努力，
回报却差强人意。
他们有个特点：刚知道，
便说，我早知如此。

——

走向世界

向世界走去！
广阔天地，
永是最好生活；
谁喜家居，

① 指斯宾诺莎。

便与世隔离——
愿他寿若星河！

——

透过车窗，我
环顾寻找，
他马上就已懂得；
他想，我在无声致意， 728
而这正确无疑。

——

声明

1811 年 5 月 26 日

欲寻小狗一只，
不怨也不咬，
专吃破碎的杯子，
还有钻石……

——

致＊＊＊

回答

你的书我是否欢喜？——
我不想伤你：
为了天下的一切，
我不会怀有此意。

——

你的书我是否喜欢？
送我，可以接受；
人活世上，偶尔

这样的想法可有。

——

不必指责，
随它去！
我可是丝毫
没改变自己。

——

1824年7月23日于魏玛
如何致谢方可，
我们得他新作，
所有探求与怨尤，
都予以恢弘终结。[①]

——

殷勤如你
为何可怕？
过于殷勤
便若狡诈。

——

729 精神与意识提升间，
年轻人，你要牢记：
缪斯可以相伴，
却不会引你向前。

——

① 指的是施特雷克富斯（Adolf Friedrich Karl Streckfuß，1778—1844）翻译的但丁的《地狱》。

我付出，
只为引诱，
西方如此，
东方亦是。
我付出，
却为失去，
我想，这是
极错的开支。

——

几天以来
你就满脸不快。
许是在想，我该问你：
叮你的是哪只蚊子。

——

居然又想起这桩，
轻佻之女要称王！[①]
恐怖让我酷热难耐，
我的发丝白而又白，
我的扑粉也定是如此，
一个轻佻女王
白得就像扑粉一样。

——

① 可能是指1785年卷入钻石项链事件的法国王后玛丽·安托瓦内特或者是指被控通奸的丹麦王后卡洛琳·马蒂尔德（Caroline Mathilde），后者是英国国王乔治三世的妹妹。

你收到邀请！但你的
收获，不在美味酒席，
摆脱一位美女，
我旋即回到家里。

——

你愿为一个
你亏欠太多的人庆祝？
你毕竟不能和一个最多
只是容忍你的人生活。

——

老伊阿宋[①]这么晚还再次
为你萌生许多敌意，
仿佛有人种下 K[②]的牙齿，
怒气也随种子长起。

——

你我眼中无人慈和，
错在我们两个。

——

“为何你的评判都是太短？”
自己放屁莫要远扬。
若非风尚如此，我不会口出骂言；

① 歌德在 1827 年 8 月 28 日收到尼古拉斯·迈尔（Nikolaus Meyer，1778—1839）送的一枚戒指，其上有一块缟玛瑙，刻着伊阿宋和带来魔汤的美狄亚。
② 卡德摩斯（Kadmos），古希腊神话中腓尼基国王阿格诺尔之子。他曾种下一条龙的牙齿，收获了一群士兵。歌德这里暗指科策布和他的继承者。

若我温文有礼，你们可会一样？

——

作为男孩，你必须忍受
将你抻拉的学校。
古老的语言宛若刀鞘，
里面插着精神的刀。[①]

——

谁愿从卓越开始，
平庸才是教育。

——

许多孩子降世，也有美的，
因为丑与丑也会相吸，
这里，相貌于人无损，
毕竟不是用脸生育。

——

在我的草稿里
还有太多的欢乐游戏；
一个乖孩子[②]冲我点头。
不知该收？还是不该收？

——

真希望能够逃离自己！
忍耐已无力继续。

---

① 路德在《致德意志所有城市议员》（An die Ratsherren aller Städte deutsches Landes）（1528）中提到福音时写下这句话。
② 指的是自己在考虑是否要在文集中收入一首讽刺短诗。

为何我总是追求，总是
向不该的地方奔去。

——

731 啊！是谁又已痊愈！
疼痛如此难敌！
它像一条受伤的蛇，
蜷曲在自己心底。

——

作为惩罚，让人心畏惧，
天堂与地狱相毗，
可怜的、被诅咒的灵魂
徒劳倾听，痛苦无比。
所以亲爱的孩子，要善良
而虔诚，切忌反复无常。

——

当然，羽毛管和箭头都是同样，
来回飞着，作用着，嘶嘶作响，
急急匆匆，片刻间一道弧形，
混作一团，带着千百愿望。
不知是该接受？还是要推开？
只有了解自己，才有权利去爱。

——

一生善待你的人，
伤你不要记在心。

——

我也坚行义务，

阴影不向阳光屈服。

——

命运不会让我悲伤，
几度亲见流泪的女王。

——

一张蛛网可会永远存在？
女仆未毁，蜘蛛也会自己扯坏。

——

他曾是巫师，[1]
只因被施魔法，
灵魂为情感占据，
因他为此欢愉，
被词语包围的他，
更生歌唱渴望，
情浸其中，自为明证， 732
感受着感受中的歌唱。

——

何来这份骄傲，
这流言与嘲讽？
你也拿块木头，
刻出神来供奉。

——

为了不发赞美，不作指摘，

① 歌德曾为尤丽叶·封·贝希托尔斯海姆（Julie von Bechtolsheim, 1752—1847）的一首诗做了很多修改。

我请你们不妨想一下从前：
因为从真正的意义上来说，
你们和我的今天代代常见。①

——

我是诗人，这你们无法夺去，
而我这个人，就交到你们②手里。
而他也不必害羞，
径向你们的屁股扑去。

——

他们会长时间表决，闲扯，③
我们终于又见哥萨克，
他们让我们将暴君摆脱，
也让自由远离你我。

——

吃饭要待人摇铃，呼唤，
这饭就没那么重要。

——

为避灾祸，
谨慎没有最多！
明月下，巡夜人
手持提灯走过。

——

① 指青年与老年相互面对的状况是超越时代的。
② 指的是普斯特库亨（Pustkuchen）之流。
③ 对维也纳会议抱有的担忧，歌德担心沙皇的影响恐怕会太大。

小职位带来小帽子，
小职位带来小票子；
帽子常常开绽，
衣服变成布片。

——

上帝要美化有权势的人， 733
大众为何不该醉心于他们？

——

读报者真是福气，
得见我今日遭遇。[1]

——

若想给人教化，上帝
就不可转身离开，
让人护其最好，上帝
就不可容人错待。

——

你们窃窃私语、迷乱心神，
我终于不想再忍。
安静！若人人都悄动唇舌，
有人也要说上一说。

——

① 1806 年拿破仑率兵洗劫了魏玛。

两个玛利亚[①]

两部长篇小说

一部听自天使，一部来源是魔，
法德两国之人竟然交换了角色。

——

随便[②]

怎样待他全随你，
就是粗暴也要向你学习。
他是世上最彻底的恶棍，
人永远不会和他搞坏关系。
不管花盆多让你欢喜，
终成碎片又于你何益?
他是世上最彻底的恶棍，
人无法再和他搞坏关系。
若在罪恶中前行，
你会在绞架上悠荡踢蹬。

——

丧期规则[③]

这一册人物

① 一部名为《玛丽》(Marie)，作者路易·波拿巴（Louis Bonaparte，荷兰国王，拿破仑的弟弟），长篇小说，1812 年出版。另一部名为《玛丽或失足的不幸后果》(Marie oder die unglücklichen Folgen des ersten Fehltritts)（佚名），1812 年出版于德累斯顿。

② 原文标题为拉丁文：Quodlibe。

③ 1813 年 4 月 10 日在不伦瑞克女公爵奥古斯塔（Augusta von Braunschweig）去世时写下。

我以后再告知你们：
即将告别的我，不想给人忧郁， 734
你们该大声欢笑，我亲爱的人。

——

到结束他还有很大距离，
他没有学过终曲。

——

因为你的文字
你最终也会获得
——就像惯常那样——
礼物，许许多多。

——

致新的圣安东尼[1]

兄弟，
你将如此轻浮之女
带入你的隐居！
无疑
魔鬼在将你诱惑。
上帝保佑你我！

——

① 圣安东尼在隐居时曾多次受到魔鬼的引诱。

瘟疫写给波塞尔特[①]先生的信

我肆意戏于亚洲，
欧洲却让我烦忧。
闻所未闻，让人生气
竟将我的脚步拦起
<此前：>
人们试图将我从海滩，
从国界边上驱赶，
但我希望<你的>祖国
不久也会认识我。
乞丐和王侯一样悲叹，
孩子和大人一样哭喊，
但我希望你会好好给我赞美，
就像法国人将我的亲戚盛赞。

——

你还想用德国人
心中的诅咒将魔鬼[②]驱逐？
735 一个又一个暴君
早已毁其骨髓，壮力不复。

——

你们这些野兽，还以为

---

① 卡尔·路德维希·波塞尔特（Karl Ludwig Posselt，1763—1804）热衷法国大革命，在和席勒谈到法国人的艺术掠夺政策时，歌德说波塞尔特先生会为此感到极度高兴。

② 拿破仑、法国人以及解放的后果被妖魔化。

我该客气？
见到打它的石头，
狗也会在上面拉屎。

——

永远向需要者伸出援手。
J.[①]
你承诺这句话永远有效？
R.[②]
现在我叫罗马，然后我叫人道。

——

愿每个人都会读那个人写下的文字，
愿每个人都对你说：我们喜欢你。

——

据说上帝要黑暗与光分离，
这一目的却未能彻底达及；
因为若要吐出颜色，
光要先被黑暗吞噬。

——

谁想把光分裂为颜色，
你要视之为一个笨蛋。
他们心怀此念，只因曾经
学过，却还远未曾检验。

——

① 可能是指耶稣（Jesus）。
② 可能是指罗马（Rom）。

曾有一人施行骗局，
他人竟觉游戏出色。
他们把毒蛛舞跳起，
今天仍给我们折磨。

——

萨阿迪[①]我记得
活了一百十六年。
他比我忍受了更多，
我是他类的一员。

——

736 无声的痛吐露心声，
苍穹澄明，愈发蔚蓝，
一带金纱，兀自飘动，
来吧老友，到我心间。

< 温和的讽刺短诗 IX>

“你说，教会史写了什么？
它将在我的思想中消亡；
可读之物无数，
真相究竟怎样？”

---

① 波斯诗人萨阿迪（Saadi，约 1213—1291）。

阿里乌教派[1]和东正教徒，
两个对手，拳脚相向。
时代更迭，诸事重返，
直到末日审判。
圣父永存无声，
却将自己向世界交付，
圣子完成伟业，
他的到来给世界救赎；
他勤勉传道，忍受无数，
就像今天一样。
现在圣灵到来，
降临节中恩泽四方。
他何所来，何所向，
却从未有人知详。
他们给他短暂期限，
因为他是最后，也是第一。
所以我们忠实而毫不掩饰地
将古老的信条再次说起：
崇拜中我们所有人都已是
永恒的三位一体。

——

教会史与我何干？
只有牧师在我眼前；

① 阿里乌教派（Arianismus），希腊基督教神学家阿里乌（Arius，260—336）创建。他的教义强调耶稣是人，致使他被定罪为异端。

737 平凡的基督徒怎样？
在我眼前竟空无所现。

——

我也可以问教区情形，
同样也问不出答案。

——

你们不要以为我在胡说，编造，
你们去看，给我找出别的形态！
整部教会史就是
错误与暴力的混乱存在。

——

信徒啊！不要把你们的信仰
誉为唯一，我们的信也像你们一样，
研究者绝不容剥夺自己的继承份额，
世人皆已得获——包括我。

——

撒都该人，[1]我一直要做！——
这或许会将我逼入绝望，
这里的民族给我逼迫，
永恒也受制他们的思想；
或许这只是过去的泥泞，
或许上面只有美好的中伤；
“别这么激烈，别这么蠢！

① 保守的犹太教派，尤其拒绝肉身复活的想法。

那一边一切都是另一模样。”

——

我毫不反对虔诚，
它同时也是舒适；
谁心无虔意，
就要极尽努力：
漫游全靠自己，
满足自己与他人，
当然还要相信：
上帝会将他注视。

——

拥有科学和艺术，
便也拥有宗教；
二者皆无者， 738
愿他拥有宗教。

——

没人该去修道院，
除非他有了
相应的过错；
只为他尽早获得
那一份快乐：
用悔恨将自己折磨。

——

就让牧师告诉你们
钉上十字架会带来什么！
最高级的装饰，从桂冠

到勋章，没人会得，
如果此前没有
被人狠狠揍过。

——

要获荣誉，德意志勇士
只需对基督教心怀仇恨，
直到高贵的萨克森人
在查理曼讨厌的剑下败阵。
他们是久战之后，
才为牧师逼就，
屈从低首；
但他们总会轻轻一动。
他们只是半睡朦胧，
当路德勇敢地译出圣经。
圣保罗，[①]骑士一样粗暴，
在骑士眼中却并非冰冷。
自由在人人胸中苏醒，
我们快乐地把抗议宣告。

——

“教皇签下的条约和教会计划[②]

① 圣保罗（Sankt Paulus）原希伯来名为扫罗，曾是早期基督徒的迫害者，耶稣通过神迹令其皈依基督，成为重要的基督教信仰传播者。

② 罗马天主教会和世俗国家签订的协议，包括1817年和巴伐利亚以及1821年和普鲁士签订的协议。从罗马教廷的立场来看，这并不是真正的协议，而是教会赋予的特权，可单方收回。

执行不畅？”——
是啊，你们一走向罗马，
就已经上当。

——

致美国 739

美利坚，你比古老的大陆，
我们的大洲，过得更舒服，
没有倾颓的宫殿，
也没有玄武岩。①
在生机勃勃的时代，
没有无益的回忆，
没有无谓的争执，
让你乱在心底。
幸福地利用这个时代吧！
你们的孩子若有了文思，
愿美好的命运让他们不必
写骑士、强盗和幽灵的故事。

——

大旱之中，
人们唤火相助，
天空旋即火红，
满眼尽是恐怖：
闪电穿过田野与森林

① 玄武岩是关于地球成因（水成论和火成论）的争论中令人不快的因素。

疾飞向燃烧的野猪群，
整个大地都已烤焦，
鱼还没有烤好。

——

当鱼烤熟，
人们备起盛宴；
客人无数，
自带小碗；
人人纷拥上前，
全无一个懒蛋，
粗鲁者却挤开众人，
从人嘴里抢下美餐。[①]

——

天使为我们公正者斗争，[②]
却败于每场交战之中；
一切都陷入混乱，
废物尽属魔鬼一边。
祈祷与乞求声起！
上帝有感前来观看。
逻各斯——亘古以来
它事事清楚——说：
你们不该羞于
扮演魔鬼角色，

① 暗指拿破仑失败后欧洲新秩序的建立。
② 指维也纳会议，特别是指“神圣同盟”的天使。

以任一方式胜利，
高唱上帝颂歌。
不需他再次讲说，
看啊，众魔已然打造。
事后他们自然发现，
做个魔鬼还真是美妙。

——

即便英雄一人足够，
结盟[①]便有更快进展；
如果战败者聪明，
就与征服者结伴。[②]

——

陆上英雄骑兵，
现在煞是重要；
如若由我操控，
骑匹海马最好。

——

末日审判，上帝座前，
英雄拿破仑终于出现。
魔鬼手拿长长清单，

① 格哈特·莱贝雷希特·封·布吕歇尔（Gerhart Leberecht von Blücher，1742—1819，普鲁士陆军元帅）和威灵顿第一公爵亚瑟·韦尔斯利（Arthur Wellesley，1769—1852）的联盟。后者1815年在滑铁卢战役中战胜拿破仑，成为英国人的英雄。

② 按照维也纳会议（1814—1815）的正统主义原则，法国及其同盟虽然战败依然可以成功地活跃在世界舞台上。

将他和他的兄弟姐妹清算，
一个少有的无耻生命：
撒旦将其记录来念。
上帝圣父，或者圣子，
二者之一在宝座上说，
或许圣灵才是
发言最多：
“不要在神耳中重复聒噪！
你就像德国教授[1]一样声讨。
我们无所不知，简短最好！
末日之际只有一个……
741 如果你敢向他攻击，
尽可将他拖入地狱。”

——

我不受引诱，
不要贬低你们的对手，
一个人人厌恨的家伙
定有不凡不消说。

——

你们若想在莱比锡
让高高的纪念碑[2]耸立，
就让男人和女人

① 如：德国历史学家海因里希·卢登（Heinrich Luden，1780—1847）年出版反拿破仑的《涅墨西斯》（Nemesis）。涅墨西斯是古希腊的正义女神。
② 指为莱比锡战役建纪念碑。

虔诚走起！
每人都把折磨
自己和他人的愚蠢
向僵滞的圆堆扔去，
我们就不会错失目的。
容克和小姐也加入
朝圣的静谧，
我们的金字塔
像崇高的巨柱耸起。

——

上帝啊！我们真是幸运，
这个暴君他喜欢海伦！
但只能迷住一个，
暴君却数以百计。
他们新的大洲体制，
让我们实难顺意，
特国[①]要纯净孤立，
封起边界，以防瘟疫，
亦防外来词携前缀后缀
与词干，不断混入德语。

——

① 原文为Teutschland，指语言净化者笔下的德国（Deutschland）。1816年5月27日耶拿大学生要求教授给出一套德语的科学术语。

致 T. 和 D.

（1814 年 2月 3 日）

可恶的大众！刚刚获得
自由，就已两半分割。
742 苦难未够？不够幸福？
德国还是特国，[1]竟不清楚。

——

无尽的烹煮，而非欢宴痛饮！
何来这计算、权衡、恼恨？
这一切的目的无非是
我们不该写六音步诗。[2]
要顺应爱国主义，
来首打油诗足矣。

——

如果你说：上帝！你就在说整体，
如果你说：尘世！你就在说卑佞之人。
内廷佞臣仍是最好，
*** 佞臣，[3]可怕啊，那是最差的一群。

——

1814 年 1 月 2 日

若平日遭遇不幸，

---

① 关于“德语”这个单词的写法而产生的讨论，即该写成 Deutsch 还是 Teutsch。

② 源于古希腊。

③ 原词也许是 Volksschranzen，即民众佞臣，指的是一味讨好群众的人。

还可向他人诉苦；
不得不在战场受苦，
晚年还可向人讲述。
现在普遍都是痛苦，
谁人都不可叹息；
现在战场各个要上，①
述说有谁听取？

——

德意志人是相当好的，
作为个体，很是成功；
现在他们头一次集体
去完成最伟大的行动。
愿人人都同说阿门，②
但求合作不是由此而终。

——

法国人不理解我们；
我们就对他们说德语；③
要是用法语看到此话，
他们一定很恼，很气。

—— 743

① 1814 年，普鲁士在普遍义务兵役制基础上建立了自己的人民军队。其他国家也至少有一场广泛的志愿兵运动，魏玛也有志愿兵走上战场。

② 基督教徒祈祷完毕时的用语，意为真诚，表示诚心所愿。

③ 约翰·费迪南德·科赖夫（Johann Ferdinand Koreff，1783—1851）的德语《诗集》在巴黎出版。

埃庇米尼得斯[①]的苏醒

最后一节

按错误建议[②]用狂妄的勇气
以德意志人的身份去做
那个法兰西人做过的事，
这样的人就该诅咒不已！
他或早或晚会觉得
这是一个永恒的权利；
尽管有力量和努力，
愿他和同伙都不会好过！

——

我们编织了多少花环！
爵爷们，[③]没有出现；
美好时刻，快乐日子
我们预先支取。
我的努力，日常小诗
大概便是如此；
埃庇米尼得斯，我想，

① 埃庇米尼得斯（Epimenides）是公元前7世纪时古希腊克里特岛的祭司、预言家和诗人。传说他曾在一个迷魂洞里酣睡了多年。

② 维也纳会议上列强瓜分小国土地。由奥地利、普鲁士、巴伐利亚、汉诺威和符腾堡组成的德意志委员会商议制定一部新宪法，此举对无权参加谈判的二十九个小国的利益造成威胁。

③ 指的是卡尔·奥古斯特公爵返回魏玛，弗里德里希··威廉三世和沙皇到达柏林。

将在柏林太晚太早地醒起。①
纯粹的感情注入我心；
很快便与谄媚的赞美无异：
德国人的六月②业已唱毕，
十月却不会唱起。

——

伟人的善举
吾生常遇；
而各民族的给予，
他们精选的智者
现在共做的商议，
愿亲身经历的孙辈
能够给出赞誉。

——

老人们昔日的歌唱，
青年们叽喳来仿；
现在，就像青年一样，
老人也要清脆声扬。
在这样的歌曲和轮舞中， 744
最好——静立不响。

——

① 指《埃庇米尼得斯》的上演要推迟。

② 1814 年 6 月德国人等待侯爵们回来庆祝胜利，他们却在伦敦先行庆祝，迟迟不归。

卡兰[①]向亚历山大别过
举步向柴堆而去；
国王与军队都满心疑惑：
你想要展示什么？——
“我不想展示，但要让人看到
在国王面前，在军队面前，
面对闪光发亮的刀剑，
智者应当沉默。”

——

“为什么我们议事
你很少出席？”
不喜无聊汗湿，
多数我还是听取。

——

最伟大的社会给出的是什么？
是平庸。

——

人人都属整体，
无人应该交税
为他代表的身份。
果真如此，我便大胆提问，
谁来代表仆人？

——

① 公元前4世纪印度智者卡兰（Calan，又作Calanus）曾经陪伴亚历山大，为了不必面对衰老而自焚。歌德改写了这个故事。

世上一切都关系不睦，
每个人都在墙里舒服；
骑士蜷缩进去，
农民受困亦觉惬意。
如果没有市民，
怎会有美好教育？
若骑士和农民联合，
自会把市民折磨。

——

你们要走入百姓，
广受欢迎！快做决定，
阿里斯提得斯[1]和威灵顿[2]
很快就威风丧尽。

——

特别是，当自由派
抓起毛笔，大胆作画，
原创人人最爱；
个个都自由表现：
童年起他就能干，
准确观察地与天，
他只重视他的判断，

---

① 阿里斯提得斯（Aristides），公元前5世纪的雅典政治家，希波战争中马拉松之役（前490年）的统帅，因其战功于公元前489年至前488年被选为雅典的执政官，公元前482年却被雅典人放逐。

② 1815年指挥英荷联军在滑铁卢抗击法国军队，在普鲁士军队的配合下击败拿破仑，后因反对改革而受攻击。

艺术本身便成为独裁。

——

我如此深受折磨，
不知他们所欲为何，
便向大众问询，
人本应做些什么。

——

大众是我的负担，
有着种种意见：
因对诸爵憎恶，
便觉自己不凡。

——

“告诉我这是怎样的奢华？
空洞的假象，外在的伟大！—”
噢！去死吧！权力所在之地，
应该也有正当权利。

——

市民义务

1832 年 3 月 6 日

每人要自扫门前，
城里便处处干净。
每人要做好功课，
参议会自有良情。

——

746 “为何这样一个国王

就像用一把笤帚扫走？”
如果不止一个国王，
他们就都毫发无损。

——

观察了诞生与死亡，
我想将生命遗忘；
我这个可怜鬼可与
一个国王相比。

——

“老侯爵[①]身家富裕，
时代精神他却远离，
远远地！”——
谁精于金钱，
就把时代摸透，
非常之透！

——

“权与钱，钱与权，
都让人喜欢，
公与不公，
都是卑鄙行径。”

——

在我眼中，好事

① 黑森－卡塞尔选帝侯威廉一世（Kurfürst Wilhelm I. von Hessen-Kassel, 1743—1821）于1813年11月在历经七年流亡之后回到自己的宝座。他完全忽视他不在的这七年里所发生的变化。尽管如此，他却获得了惊人的财富。

像萨图恩那个罪人：
孩子刚刚降世，
就被它活吞。

——

1814年1月1日

你爱好事，
这是不可避免，
然而它和最坏之事
迄今无法分辨。

747 ——

墓碑铭文

A<rndt?>和J<ahn?>[1]立碑

他懂的很多，
却非他所要。为何
一直是侯爵的仆人？
他本该服务我们。

---

① 恩斯特·莫里茨·阿恩特（Ernst Moritz Arndt，1769—1860）和弗里德里希·路德维希·雅恩（Friedrich Ludwig Jahn，1778—1852）。

< 讽刺诗 > 748

<Invektiven>

< 题《新德意志墨丘利》[1]九月刊，写于 1802 年 >

以魔鬼的名义，
你们这名字是什么东西！
德意志墨丘利里
丝毫不见一点
老父维兰德[2]的痕迹，
其名却赫立蓝色封面；
最糟糕的诗句
那是格莱姆[3]的贡献。

---

① 墨丘利（Merkur），罗马神话中的商业神，是众神之王朱庇特的信使。
② 《德意志墨丘利》（Der Neue Teutsche Merkur）是维兰德于 1773 年创立的，是当时最重要的期刊之一。
③ 全名约翰·威廉·路德维希·格莱姆（Johann Wilhelm Ludwig Gleim，1719—1803）。

<针对科策布，[①]1802年>

新阿尔喀诺俄斯[②]

第一部分

Des neuen Alcinous erster Teil

让无忧福者睡去吧！
那位老人，他如此遥远；
朋友们！来我的花园，
亲身可感的现代花园。

没有最好的土壤；
却有最美的朝向，[③]
紧邻耶拿，靠近魏玛，
正在文学创作的中央。

想在朋友的荫庇
在得赠的树下生活；
令人由衷感动的是
教堂墓地不远坐落。

① 奥古斯特·封·科策布（August von Kotzebue，1761—1819），出生于魏玛，后为俄国官员，多次返回魏玛。是1801至1802年间魏玛的歌德反对派核心。
② 阿尔喀诺俄斯（Alcinous），即荷马史诗《奥德赛》中法埃亚科安岛的国王阿尔喀诺俄斯（Alkinoos）。
③ 这座花园坐落在通往魏玛的大街旁。

墓地尽头有些死者 749
在发霉的墙边腐去，
好人罗德尔[1]
将金钟柏栽在那里。

剧院经理封·佐登伯爵[2]
不喜无度将金钱挥掷，
每部剧本送我十四棵
小苗，出自最好的土地。

它们能否像在法兰克福
在希克勒[3]身边一样成长，
早晚自会得见；若是干枯，
我便再将新剧奉上。

这条路边站立的
是出版商一个个。
这些欧楂是库默尔[4]种下，

---

① 即爱德华·封·罗德尔（Eduard von Loder，1813 年去世）解剖学教授，科策布的花园的前任主人。

② 即尤里乌斯·封·佐登（Julius von Soden，1757—1831），先后做了维尔茨堡、班贝格的剧院经理，1790 年成为帝国伯爵，以小气闻名。

③ 约翰·福尔克马尔·希克勒（Johann Volkmar Sickler，1742—1820），曾著《德意志果园园丁》（Teutscher Obstgärtner）。

④ 保罗·戈特黑尔夫·库默尔（Paul Gotthelf Kummer，1750—1835），科策布的莱比锡出版商。

这是桑德尔[①]送来的黄檗。

若黄檗就像送它的人
变得身粗腰宽，
愿孙子和曾孙
将它栽到拓宽的路边。

有魅力的小默克尔[②]
向我把李子树许下，
现在它成了黑刺李；
我的孩子们，可是猪娃?

伯蒂格[③]选择了野蔷薇果
在花园女神缤纷之子中央；
经霜之后味道尚可，
但是它们让我嗓……发痒。

年轻的宫娥，貌美的婢女，
赠送了最美的丁香，

---

① 约翰·丹尼尔·桑德尔（Johann Daniel Sander，1759—1826），科策布的柏林出版商。

② 加利布·黑尔维希·默克尔（Garlieb Helwig Merkel，1769—1850），歌德的反对者之一。

③ 卡尔·奥古斯特·伯蒂格（Carl August Böttiger，1760—1834），1791 年成为魏玛九年制中学校长，曾是歌德比较亲近的朋友，后与歌德关系不睦。

维兰特给了一枝月桂幼芽，
在我这儿它难得久长。

伯爵夫人[1]想送我
一片小小的欧榛树林，
每当我敲开榛果，
就会想起赠树之人。

蒂福特宫[2]令人着迷的树林
拥有它的枝条我真心快乐；
但尤为人羡的是
我有一枝百合。

远方与近旁的好人
热情地把它们种下，
瑙姆堡[3]的官员
让樱桃在此开花。

① 指亨丽埃特·封·埃格洛夫斯泰因。
② 蒂福特（Tiefurt）宫里住着萨克森－魏玛－埃森纳赫的安娜·阿玛利亚公爵夫人。
③ 1803 年科策布的戏剧《瑙姆堡前的胡斯信徒》（Die Hussiten vor Naumburg）在这里上演；每年七月瑙姆堡都庆祝胡斯信徒节或樱桃节。胡斯派是 15 世纪捷克宗教改革者扬·胡斯发起的基督教运动。

新阿尔喀诺俄斯

第二部分

Des neuen Alcinous zweiter Teil

在可爱的小树林中
与朋友漫步，
但愿我的敌人明白
他们于我就是个个瓶柱。[1]

尽管过来，亲爱的朋友！
让我们推抛，用力，
你们看，每个保龄球上
都写着它的名字。

中间的那个国王
我命名为老父康德，[2]
那是谢林，这是费希特，
思想最为近我。

751 布朗[3]后立一排，

---

① 科策布爱打保龄球，此诗以此为基础对他进行了讽刺。

② 科策布针对康德、费希特和谢林写了一部喜剧《访问或闪耀的欲望》（Der Besuch oder die Sucht zu glänzen）。

③ 约翰·布朗（John Brown，1735—1788），苏格兰医生。他认为所有的疾病都源于刺激过度或不足。

勒施劳布[①]头前防御，
尤是后面这个
我总定为目的。

施莱格尔兄弟和蒂克[②]
要混乱地跌作一团，
看它们翻起跟斗，
漫长变得短暂。

推出木柱，便起欢呼：
三个！五个！六个！全倒！
我总会把敌人
僵硬的腿部砸到。

依其恶行，
理当永入地狱，
敏捷的年轻人
一次次令其待击。

于是我的敌人们
败于灵巧而有力的手臂；

① 安德烈亚斯·勒施劳布（Andreas Röschlaub，1768—1835）在耶拿提出“刺激学说”。科策布在自己的独幕剧《新世纪》中对两人的学说进行了嘲笑。
② 科策布在剧作《许佩博雷的驴》（Der hyperborerische Esel, 1799）中嘲弄了浪漫派作家。

于是我一度为这些球
命名，用我作品的名字。

一个叫闪耀的欲望；
然后层次越来越高，
一个称为世纪，
许佩博雷人[1]是另一名号。

阿尔喀诺俄斯一样舒适
我安卧玫瑰之上；
但是魏玛剧院[2]
用西风给我送来牛蒡。

杂草长得灵巧，
每个飞廉头上
752 都见有面具观望，
浓发密叶，一副丑相。

默克尔派来信使；
我任他等候，沉默不言；
我继续前行，他紧随身后
谦卑地跟我走过花园。

---

① 传说中生活在北极的一个民族。
② 歌德击退了科策布对浪漫派作家的攻击，科策布最终撤回了要在魏玛剧院上演的《许佩博雷的驴》。

就像那个罗马国王[1]
把最高的罂粟挑选，
我手拿皮鞭
冲向可鄙的丛生飞廉。

所有该诅咒的头，
哪个狂妄地看我，
都要在我的鞭打之下
缩起或掉落。

信使惊讶地记下
我散步的神秘，
去向我的朋友报告；
他已行动在即。

由是我们放出光芒，
光荣地，面对批评力量，
我们——理性、谦逊，
尤其是公正的人。

① 卢修斯·塔奎尼乌斯·苏培布斯（Lucius Tarquinius Superbus，公元前495年去世）在花园里用长棍打下罂粟花的花朵。

B. 和 K.

B. und K.

你们很想把断头斧砍向
施莱格尔兄弟的旅舟；
只是他们已远在前方，
扬帆而行，桨动不休，

753 给这群狂妄的鸟好好地
将花毛缝缀虽然看似合理；
但没有缪斯，你们不会成功，
所以年轻人，无礼便留家中。

一只驴戏剧性地在阿波罗面前舞起，[1]
亲切地向他的朋友递上掌蹄，
他最会把好人歪曲。

这个献上女巫，那个送来妓女，[2]
二人都听到满满的下水道里
欢呼和掌声响起。

羞愧吧，更好的人[3]竟一起鼓掌！

---

① 暗指科策布的《许佩博雷的驴》。
② 女巫与妓女分别出自伯蒂格和科策布的作品。
③ 喜欢伯蒂格的赫尔德、维兰德和克内贝尔。

想把我们毁灭，却是徒劳一场：
我们创造新生，亦新生世上。

三头统治
Triumvirat

向拙劣之神致意，
轻浮，时代的天才[①]已至：
让我们，我可贵的朋友，
手挽手像牛蒡和牛黄；
迂腐者会气恼非常。

我们很快停下自己唯一的美妙
且无序的工作，面颊饱受养护；
如果蹩脚的草稿放射独特光芒，
严肃艺术便被放逐幻想的国度。

不乏粗制滥造，也不少滥造者的赞扬；
他自我吹嘘，赞他的还有一个出版商，
出版商得他称赞，乌合之众又赞之三：

总的来说还是头目尚缺，
一个纸制硬币铸造者，

① 也是一本杂志的名字。

寡廉鲜耻，持久不懈。

754 这时无所不在先生[1]走上，
在日夜庙[2]中为拙劣与滥造行径
用 B†r[3]打上杰作的印章。

K... 和 B...
K... und B...

上帝造出的最彻底的恶棍，
他们的职业真是奇妙，
在德意志扩建的行政区
将大众驯服轻搔，
他们日日重道
人人爱听的东西：
邻居在很多方面不错，
但还是有些问题。
二人就像上帝，在他们眼里
人的美德都与嘲讽无异，
若正确理解，甚至是个恶习。

① 伯蒂格在魏玛被称为 Magister Ubique，ubique 在拉丁文里的意思就是到处存在。
② 指日报和月刊。
③ 伯蒂格发表作品时使用的由其姓名缩写字母组成的图案。

这些人并未因此更加可恨；
因为人人，在他们的位置，
都会自觉高不可及。

——

有两个神，名字我不知晓——
因为我不曾热心了解异教——
我们深知，二神甚糟，
上帝与人的联结他们最喜毁掉。

两个神说：我们试试如何
把不幸带给德意志民族；
他们尽可说话闲聊跳舞唱歌，
却须将自己及其所为咒诅。

他们丑陋地大笑，捏起
糟而又糟的面团，努力揉摁。
搓出了人形；却像屎棍。
正是伯蒂格和科策布两大奇人。

——

怎样一群充满敬意的人
把可憎的伯蒂格围在中央？
当然！人群中的每一个
都渴望像他这样。
他的确在把世界细看；
用的却是他的眼：
所以男人女人

用处竟无半点。
他会恶意损人，
这大概是他的特权；
我却心中诅咒：让他
自觉有用，每一天。

< 针对科策布 >

啊，我要是抬足进去，
扑面就是臭气和垃圾。
——
格明德[1]银器独惧黑色试金石；
科策布啊，罗马你为何要去？

最后通牒
Ultimatum

再活百年，我心愿意，
健康快乐，我大多如此；

① 原文为：Gemünd。歌德此处书写似有误。这里应指德国巴登－符腾堡州的施韦比施格明德（Schwäbisch Gmünd）。该城市有悠久的金银制品行业史。

默克尔，施帕策尔[1]还有
科策布不得片刻安憩，
必须互助合作，日日 756
撰文，将我讽刺。
如此这样，下辈子
就有 36500 篇文章，
在这个漂亮的整数里
我没算闰年多出的日子。
我会非常高兴，晚上
坐在便器上读这可爱东西，
粗鲁的话语，柔和的纸
在此伺候，依其价值。
然后我就平静地，一如往常，
以上帝的名义安睡在床。

——

看啊！咕哝的猫头鹰，[2]双扣带上，怕见光，
亲自为你拉车，噢，康德，行在云彩上方。

① 约翰·戈特利布·卡尔·施帕策尔（Johann Gottlieb Karl Spazier，1761—1805），1801 至 1805 年担任《高雅世界报》（Zeitung für die elegante Welt）编辑，伯蒂格和科策布也为该报工作。1803 年 10 月该报曾嘲笑歌德为艺术教育所做的努力。

② 1804 年《耶拿文学汇报》第 93 期知识界版上登出的为康德发行的柏林纪念币：图中康德驾一辆布腊智慧鸟——猫头鹰拉的车。

坎佩的拉奥孔[①]
Campes Laokoon

毒汁已进入身体，毒蛇一次次出击，
父亲和儿子！噢！可怕！——神圣
的雕塑！噢，天啊！

< 针对牛顿，1806 年 >

先是做了一个暗室，
埃及的夜[②]也比它亮，
一个细小的孔
射入一丝阳光。
它穿过棱镜，
便有折射发生。
你会看到光被拆开
仿佛它是编织出来，
757 七彩而非白，椭圆而非圆，
于是老师的话我深信不疑：
这里各自分开的，
都曾存于同一。

---

① 刊于 1804 年《耶拿文学汇报》第 87 期知识界版，目的是反对约阿希姆·海因里希·坎佩（Joachim Heinrich Campe，1746—1818）对拉奥孔的阐释。
② 神为拯救以色列人出埃及而降于埃及的十大天灾之一。

就像百年来很多人那样，
这事你从不放在心上。

< 针对目的论哲学家 >

酒桶不离葡萄藤，
湿地就爱雨飘零，
鸽子会去找鸽群，
螺栓自然配螺母，
酒瓶塞儿是软木，
干粮入包上旅途，
只因活动的一切
最终都会入和谐。

因为鲜花与鲜花相遇，
这是上帝的真实之礼；
所以姑娘与小伙儿
都会疯狂，在春天里。

瓦尔斯坦
五幕悲剧
Wallstein

你理应为赞美而高兴，

噢！好康斯坦特，[1]别出声！
那个德国人不会谢你；他知道想要什么，
那个法兰克人却不知你所欲为何。

758 纪念诗

为传播和保持两个最重要的自然体系

Versus Memoriales zu Verbreitung und Festhaltung der zwei wichtigsten natürlichen Systeme

奥肯[2]的自然矿石体系
沉积岩，矿砂含量一点点，
废石场！哦，那是加过盐，
钙质砂土，可是好好煮过，
Gelfe，[3]本该很快就得遇。
于是，用几个玩笑，或许
我们很快便拥有古老矿石。

---

① 本雅明·康斯坦特（Benjamin Constant），即康斯坦·德·雷贝克，亨利·本雅明（Henri-Benjamin Constant de Rebecque，1767—1830），法国政论家，出生于瑞士。他把席勒的三部曲改编成一部古典风格的五幕悲剧。

② 洛伦兹·奥肯（Lorenz Oken，1779—1851），德国自然哲学家，歌德认为他很有天赋，却不喜其极端和自私。本诗涉及奥肯的作品《矿石的自然体系》（Grundzeichnung des natürlichen Systems der Erze），书中奥肯宣告了一套全新的矿物学术语。

③ 疑是诗人开玩笑造的词。

克内贝尔法有机烹调自然体系
肝不值得炼成油脂，
鲱鱼含盐不少，
青蛙不宜春日庆典进食，
鱼类却是最好。
有了它们，朋友的厨房
总让我们填饱饥肠。

反批评
Antikritik

可怜的托比斯，①
手拄七彩老调的拐杖，
无法拥有上天之礼
纯粹的光。

不能在阴影中欢乐，
在那里，光明与黑暗

① 托比斯（Tobis），指的是牛顿的追随者丹麦人鲁道夫·赫尔曼·托比森（Ludolph Hermann Tobiesen，1771—1839）。1795 年，托比森将亚当·威廉·封·豪赫（Adam Wilhelm von Hauch）撰写的《实验物理学基础知识》（Anfangsgründe der Experimentalphysik）译成德语。诗中将托比森与圣经次经《托比传》中的托比（Tobit 或 Tobis）关联在一起。托比曾因燕子屎落入眼中而失明，后用鱼胆治愈。

以原初的爱结合，
只为把阴暗盛赞。

烈效的油膏
很快要给那可怜人寄去，
759 因为理论的燕舞
削弱了他的视力和情欲。

——

像牛顿那样为孩子们将白色展示，
他们特别喜爱严肃的教育。
曾有一位老师带着回转仪的恶剧登场，
种种颜色，其上环聚。
它现在转了。“给我观察，要认真！
看到了什么，孩子？”啊，我看到了什么？灰色！
“你看得不对！你以为我会容忍？
白色，蠢孩子，白色！莫尔韦德[1]这样说！”

——

正字法的夜[2]
终要把白昼经历；
造出这许多话的朋友，
要在字母上省力。

——

① 卡尔·布兰登·莫尔韦德（Carl Brandan Mollweide，1774—1825），德国数学家、天文学家。

② 1812年克里斯蒂安·海因里希·沃尔克（Christian Heinrich Wolke，1741—1825）在莱比锡提出改革倡议，其中有一条把节省墨水作为准则。

羊毛，又好又细，
然而此作，无法美誉，
梳理纺线尚可，
织艺却是糟糕无比。

对赖因哈德[1]可作的评说
伯蒂格的笑话可不适宜：
那是一个方正的男人，
这是一个顶尖的回转仪。

虽说伯蒂格也会弯曲，
但常常也会断裂：
希腊名字他非常熟悉，
德莫纳克斯[2]却不会感激。

——

维尔纳先生[3]，难解的
诗人，最为好色的坏蛋，
他否认自己无耻的爱，

① 弗兰茨·福尔克马尔·赖因哈德（Franz Volkmar Reinhard，1753—1812），康德哲学的普及者。

② 德莫纳克斯（Demonax，2 世纪）《琉善》（Lukian）中曾记载哲学家德莫纳克斯对一个用古阿提卡语说话的谈话对象说："我今天向你提问，你给我回答，就像我们生活在阿伽门农时代一样。"

③ 扎哈里亚斯·维尔纳（Zacharias Werner，1768—1823），诗人，曾在耶拿和魏玛逗留。歌德最初与之交往密切，后因不喜其神秘主义的追求，与之关系破裂。1810 年，维尔纳在罗马成为天主教徒，1814 年成为神父。

否认他总是发作的淫乱，
却在把新的荡迹发展；
为罪恶的天性驱使他前往
罗马，找向巴比伦妓女。
他和僧侣、修女排卵，
自觉收获满满，
往昔肉体完成，
今日精神渎尸。
就是这个家伙要和忠诚而
纯洁—虔诚的德意志人欢聚，
因为教皇，这个反基督者，
比土耳其和法国人更恶。

时尚杂志[①]
Journal der Moden

编辑说：
我们还是要再次
说些始终不渝的东西，
不要像往常一样，挑起
女帽披巾和帽子的争执；

① 魏玛的杂志《奢侈与时尚》（Journal des Luxus und der Moden），1814 年更名为《文学、艺术、奢侈与时尚》（Journal für Literatur, Kunst, Luxus und Mode）。伯蒂格是撰稿人之一。

要说人的精神
自己获得的发展，
不要任由事件和偶然，
拼凑一团混乱；

要说追求整体的知识，
拥有基础的艺术，
不要说陌生元素，
如人常见，日日如此。

只是该怎样编排？
我们苦思至死。

撰稿者说： 761
天啊！还有什么会更舒服？
只有时尚才会这样！

科策布
Kotzebue

自然给你如此美礼，
千百人都无法企及；
但它却未曾给你最美的好：
快乐地欣赏他人的佳绩。

若能为邻居欢喜，
你就光荣地加入轮舞；
但恼火让你失去权利，
是你将自己排除。

百年后，若有评论者
想起你的作品和你，
不可有别样评说；末日
审判中，你可诉他恶迹。

< 针对克里斯蒂安·海因里希·普法夫 >[①]

荒谬的教士！你若未
在反常中封闭自己，
谁会筑堤将你
看天光的眼睛遮蔽？
你这只蠢驴！要告诫我
这个最谦卑的人谦卑，
我听到的是愚人的骄傲
是你和牧师们的虚伪！

---

① 这里应该指的是克里斯托夫·海因里希·普法夫（Christoph Heinrich Pfaff, 1773—1852）。他是医生，物理学家和化学家，曾多次撰文批评歌德的颜色学理论。

奥肯[①]若自知是谁， 762
若他不觉自己多余，
他便会静处修会，
今日情状亦无人知。

伊西斯[②]
Isis

她飞速冲入一切，
带着扫帚和狂热，
也想有教皇的权威，
真也是怪事咄咄。

< 针对科策布，瓦特堡节，[③]
1817 年 10 月 18 日于埃森纳赫 >

好久以来你就
无耻地书写高贵，

---

① 1817 年奥肯开始出版“百科”杂志《伊西斯》，对出版自由发出挑衅，甚至对魏玛宪法猛烈批评，还在《爱丁堡评论》中刊出对《诗与真》评论的译文。

② 奥肯创办的杂志，因其发表政治上颇有争议的文章，歌德曾建议魏玛大公爵禁止该杂志继续发行。

③ 瓦特堡节指的是 1817 年，德意志大学生为纪念宗教改革三百周年和莱比锡民族大会战四周年而举行的政治性集会。

想让低级的下流
与高尚者齐眉。
这让同代，我说的
是能者，恼火异常；
荣誉和幸运你却得享。

圣彼得心怀恨意，
是你要给他屈辱，①
他遣恶魔寻你，
让你家国意识全无，
直骂起你的民族。
青年人发起报复：
他们八方来聚，
谴你无数；这烈焰
圣彼得可甚是欢喜。

——

763 “为何不向科策布还击，
他用锋利的箭矢伤你？”
我幸灾乐祸地暗自观看
这敌人如何毁灭自己。

——

关于……我坦白地说与你们：
此人可谓是满嘴臭气，

① 科策布曾在作品中攻击天主教。

即便他言语明理，悦耳无比，
我们都要把鼻子紧闭；
剧院里人远远地一起看戏，
臭气四溢，那是正厅的罪过无疑。

<针对尤利亚妮·封·克吕德纳>①

老成修女少为妓，
向来许多获益，
得牧师秘授，
修道院中屡行奇迹。
如今穿越高贵的欧洲大地，
走向一个个国家，一个个群体！
狮子适合宫廷，可把佞臣来做，
猴子、狗和大熊它们跳舞不错——
魔笛崭新，令人不快——
预言家啊，原是妓女无赖！

① 尤利亚妮·封·克吕德纳男爵夫人（Juliane von Krüdener，1764—1824），年轻时纵情欢乐，后写成自传小说《瓦雷莉》（Valérie）（1803），开始转向虔信派。自称预言家和伏魔师，一度颇有影响，后被多国驱逐。

人生志
Chronica

1818 年 4 月 16 日
我也成了爷爷，终于！
当我看到亲爱的孙子，
闺房中一片宁和气息。
但很快这个小东西
就可怜地把小脸抽起：
小娃儿总是哭哭啼啼。

764 同日
烛光静静摇曳，
美好的世俗与精灵王国
马上就变成了大学。
我听到一声欢唱：呦！哒！嚯——
噢，莱比锡，噢，滑铁卢：①
大学生总是大喊狂呼。

1818 年春
Frühling 1818

这是一个市侩之年！

---

① 两场对抗拿破仑的重要胜利。

他们的满意彻彻底底，
大叫着赞美上帝
说他再次合情合理。
可他们常陷糟糕境遇，
这次也不会真信上帝。

——

面色严厉，皱纹满额，
博士米尔纳[①]就是他，
样样立抛窗外，一切，
甚至是威廉·迈斯特。
只有他最为明白，
有一点无可置疑：
主人公要是不妙，
就交到魔鬼手里。

——

科策布已让我们
饱受恶毒谩骂，
又来一位米尔纳先生，
进行最后审查。
创作飞速，赞美疏懒，
一切他都不满：

① 戏剧家阿道夫·米尔纳（Adolf Müllner，1774—1829）1818年在谈及要上演的《哈姆雷特》时说要把别的作品，包括威廉·迈斯特都扔出窗外。平日他也激烈批评人们对歌德的崇拜。在一部悲剧中，他让主人公最终臣服于魔鬼。

高贵者牢骚，只为
不让他人发言。

——

耶拿的市侩和教授
说，不必忧愁，
科策布虽死，[1]
但是没人共谋。

他们希望在受俸神职
燃起炉灶，像从前一样，
因为索多玛[2]苹果泥
是青年佳肴，有益健康。

斯图尔扎[3]眼见自己被匕首威胁
一群狡猾的家伙，毛发浓而又密。
他立而不动！男人！却突然叫起，

---

① 1818 年初，卢登（Heinrich Luden）在他的杂志《涅墨西斯》上刊出科策布给沙皇的一份报告，媒体竞相转载。1819 年，科策布在曼海姆被耶拿学生社团成员桑德（Karl Ludwig Sand，1795—1820）谋杀。桑德称是耶拿大学对科策布做出了死亡判决。虽是无稽，耶拿大学教授们的公开发表却是促成了他的被杀。

② 索多玛（Sodom），圣经中的罪恶之地。索多玛苹果（Poma Sodomitica）指的是很像苹果的水果，核心是让人恶心的灰土。

③ 沙皇俄国国务委员亚历山大·斯图尔扎（Alexander Stourdza，1791—1853）1818 年为沙皇写了一份关于德国现状的研究报告，其中写道，德国大学就像是革命的培育基地。这份报告后在神圣同盟的亚琛会议上传开。

逃离眼前的匕首，新娘，他的妻。①

——

女人们……和教授们
都说，不急，
科策布虽然死去，
但总会再次降世；
为让他们相互谋杀，
世界末日已经推迟。

——

这事无关乎
瓦特堡的焚书，
格奥吉亚②的毁誉，
一切都各自独立
谁人太过认真
必是羞愧自取。

——

任何人都别提！ 766
只是不要给我
宽恕莫内先生。
去狂呼格林兄弟，③

① 当斯图尔扎的报告为人所知时，刚刚在德累斯顿结婚的他立刻逃到他在乌克兰的庄园。

② 指格奥吉亚·奥古斯塔（Georgia Augusta），即哥廷根大学。

③ 威廉·格林不满弗兰茨·莫内（Franz Mone，1796—1871）在自己的一部作品中把《尼伯龙根之歌》中的齐格弗里德释为太阳神，并公开表示拒绝。

做你的怒火同盟。

——

多么糟糕的消遣，拉姆多[①]
施佩特[②]和施赖伯[③]的烂书，
他们对我的全部诋毁
大概今晚会一一念出。
头不住轻点，宁静多么舒服，
现在再加上阿特博姆。[④]

——

同一人开始判决，
他已把自己的艺术史撰写。
<空白>
我们不开玩笑地听取，
在心灵与精神的聚会里。

——

我已厌倦驳斥，
厌倦永远的辩词，
战争总要过去。

---

① 巴西利乌斯·封·拉姆多（Basilius von Ramdohr，1757—1822），律师、外交官和作家。

② 巴尔塔萨·施佩特（Balthasar Speth，1774—1846）是慕尼黑天主教牧师和艺术作家。

③ 原文为 Schreiber，可能泛指作家，也可能指弗赖堡的历史学家约翰·海因里希·施赖伯（Johann Heinrich Schreiber）。

④ 丹尼尔·阿玛多伊斯·阿特博姆（Daniel Amadeus Atterbom，1790—1855），瑞典浪漫主义文学运动的领袖人物。

愿缪斯将你的怒火平息！——
让我把生活的梦做起，
只是克罗伊策和朔恩别在那里。[1]

<写给记者普法伊尔席夫特>[2]

曾有一个青年
为自己装好弓箭
一如往昔，
翅膀犹能张起；
飞行中，
代达罗斯[3]忽觉 767
时间足以
飞至大地。
于是他从容而靠近
将混乱的事物辨析，
能够对亲爱老爸[4]
给出理性建议。
——

① 格奥尔格·弗里德里希·克罗伊策（Georg Friedrich Creuzer，1771—1858）和路德维希·封·朔恩（Ludwig von Schorn，1795—1842）。

② 约翰·巴普蒂斯特·普法伊尔席夫特（Johann Baptist Pfeilschifter，1793—1874），保守主义者，曾是《反对党报》（Oppositionsblatt）的编辑，后创立自己的报纸《时代飞跃》(Zeitschwingen), 后做科塔的《汇报》驻外通讯员。

③ 古希腊神话人物，曾为自己和儿子用羽毛和蜡做了一对翅膀。

④ 科塔（Cotta）。

这样的事情
为什么不行?
人人都想
他能做得;
真要去做,
便不合格。

——

在羔羊血中洗净,①
这个短语我从来不喜,
因其放肆的比喻;
如果王后②像羔羊一样
出于乌合之众的污泥,
那便是另一部戏剧。

何为国王之威?
它高高在上,
不容任何干扰;
群氓之威
如何膨胀于上,
阿尔比恩③让我们知晓。

——

① 扎哈里亚斯·维尔纳(Zacharias Werner,1768—1823)在十四行诗《兄弟会中的鳏夫》(Der Witwer in der Brüdergemeinde)中用了这一比喻。

② 指英国王后卡洛琳(Caroline,1768—1821)通奸案的审判(1820 年 8 月至 11 月),公众强烈支持王后,最后针对王后的诉讼失败。

③ Albion,英格兰旧称,不列颠在古罗马时代的名称。

福斯[1]对阵施托尔贝格！
一场诉讼，性质特别，
完全独特；这一切
我好像曾在书中领略。

我不自由，不快乐， 768
宛若辗转烈焰洪波，
仿佛在看但丁
恐怖的地狱章节。

< 针对普斯特库亨 >

“奎德林堡[2]怎么
跑出第二个漫游者！”——
鲸鱼若有虱子，
我也要有我的。

——

---

① 约翰·海因里希·福斯是弗里德里希·利奥波德·楚·施托尔贝格伯爵（Friedrich Leopold Graf zu Stolberg，1750—1819）青年时代的密友，两人均反对独裁统治，但施托尔贝格1800年改信了天主教。

② 1821年歌德的《威廉·迈斯特的漫游年代》第一稿出版，同年莱姆戈的牧师普斯特库亨（Pustkuchen，1793—1834）就在奎德林堡出版了《伪漫游年代》。

快乐的维特，[①]
丝苔拉在受审，
黎巴嫩的圣人
要敬之若神。
如此也要赞美
奎德林堡的伪币制造者：
他造出格明德银币，
谷粒和废铁给了你我。

——

神啊，香火为你们燃烧，
芳香定让牧师感到美好，
人俱见，他们按自身形象，
将你们都塑造成流氓。

米（尔纳）<?>[②]

他是个什么，一定也像个什么，
因为假象总是个什么，

---

① 指的是克里斯托夫·弗里德里希·尼克莱（Christoph Friedrich Nicolai）的作品《青年维特的快乐》(Freuden des jungen Werthers, 1775)；丝苔拉(Stella)指的是约翰·格奥尔格·普夫朗格（Johann Georg Pfranger，1745—1790）的《丝苔拉，第六幕》（1776），模仿的是歌德的剧作《丝苔拉》（1776）；“黎巴嫩的圣人”则暗指他为莱辛的《智者纳旦》续写的作品《黎巴嫩的僧侣》（Der Mönch von Libanon）。

② 可能指的是作家米尔纳，即阿道夫·米尔纳（Adolph Müllner，1774—1829）。

但现在普遍看来
他可是越来越坏。

歌德和普斯特库亨[1] 769

Goethe und Pustkuchen

（豪德和斯彭内尔，[2]**柏林新闻，Nr.149，1822）**

Pusten，[3]粗俗的词语！
没人——受过教育的——
在纯洁正派之地
会为这样的词欢喜。

Pusterich，[4]一种偶像，
看着恐怖无比，
在明媚的原野上
吹出恶臭、混乱和恐惧。

---

① 即 Pustkuchen。柏林新闻报上发表了一篇关于弗里德里希·卡尔·尤利乌斯·许茨（Friedrich Karl Julius Schütz，1779—1844）出版著作《歌德和普斯特库亨或关于两部威廉·迈斯特的漫游年代及其作者》（Goethe und Pustkuchen oder über die beiden Wanderjahre Wilhelm Meisters und ihre Verfasser）的匿名书评。无论是这部书的作者，还是匿名评论者都更青睐普斯特库亨的作品。

② Haude- und Spenersche Zeitung，即《柏林国务与学术通报》。

③ Pusten：呼吸、喘气。

④ Pusterich：格林兄弟词典中对这个词的解释是：德意志下萨克森地区一个受人崇拜的偶像，双颊肥硕，会喷火。

普斯特里希若想要
吹出个牧师蛋糕，[①]
魔鬼小厨的青年
就会咳出个面团。

——

伊利亚特成了这个蠢人的入门；
多么恐怖，这样的读者！
他读圣经，正宛若
舍内[②]先生读我的浮士德。

——

蒂克[③]就这样从我们中间
冲上竞技场。上帝保佑！
——有用的不是漫游年代，
也不是诗人的头发花白，
不是面对同代和后世
他的同伴和大师；
有用的是，伴侣如何定亲，
这个你们容易得验自身。

① 原文为：Pfaffenkuchen pusten。
② 卡尔·克里斯蒂安·路德维希·舍内（Karl Christian Ludwig Schöne，1779—1824），医生，1809年曾尝试为《浮士德》写续篇，歌德称之为写作练习。
③ 蒂克在其中篇小说《订婚》（Die Verlobung）中对普斯特库亨的漫游年代进行了批评。歌德对此表示感谢，却并非满意。

方特勒罗伊[①]与同党 770
Fauntleroy und Konsorten

有人要在阿尔比恩辖区
吊死那个伪造笔迹的人；
你看数千人力求
统治者法外开恩。

吊死这个人——许多
人想——我们就能安全？
无论认真，还是游戏，
他们行骗不断。

抢劫，伪造，偷窃，
完全都是一样；
最为可耻的那个伪造者
正在奎德林堡嗓子发痒。

——

拜伦勋爵毫不羞怯，
努力与撒旦签约。
封·哈默[②]大概发现，

① 1824年，银行家亨利·方特勒罗伊（Henry Fauntleroy）因伪造汇票罪被处以绞刑。
② 奥地利东方学家约瑟夫·封·哈默－普尔格施塔尔（Joseph von Hammer-Purgstall，1774—1856）。

为成诗人须向魔鬼献身。

——

它们天生同源，
野猪崽和家猪娃；
门采尔[1]先生终究
只是默克尔的放大。

——

771 **< 致科隆的露易丝·克拉夫特 >**[2]

若美丽的少女
要对我的幸福负责，
她温柔的心已默默
向爱交托；
然而牧师的遗孀[3]
隐在炉后提醒！
我的确只见
自负和虚荣。——
我不想在救世主那里，
为此劝告致谢，

---

① 沃尔夫冈·门采尔（Wolfgang Menzel，1798—1873），文学评论家、作家。
② 露易丝·克拉夫特（Luise Krafft）。
③ 这位牧师的遗孀将1830年出版的她丈夫的布道文集寄给歌德，希望改变他的想法。

健康者远比病患
对主更为了解。

关于……
尤尼乌斯[1]写给后人
Über …
Junius an die Nachkommen

序
关于他我们可以说很多，
他先是拉在襁褓里，
孩提时，几次把头摔破，
全只为让我们生气，
少年时手淫，
大学时小有名气；
尽管很有规矩，
仍染疥癣之疾。
折磨刚刚摆脱，
就找来靓女一个，
有时让他见识
异域圣木的神奇。[2]

---

① 尤尼乌斯·费拉尔基里乌斯（Junius Philargyrius，公元 4 或 5 世纪），是维吉尔作品《牧歌集》和《农事诗》的最早评论者。
② 愈创木，可治梅毒。

现在他已被储起，
或将多国统治。
他的恶事与悲戚
将要系列开启。

< 为不同的人而作 > 772

<An Personen>

<1. 宾客题词留念册，派尔蒙特，① 1801 年 7 月 15 日 >

不要让玫瑰远离你的怀抱，它还
开在你的面颊，你的心海。

<2. 写在奥古斯特 · 封 · 歌德的宾客题词留念册中，1801 年 2 月 22 日于耶拿 >

把留念册递给恩人、朋友和游伴，
递给匆匆过旅。
他们友好的话语和名字
让你聚起高贵财富，美好回忆。

---

① 派尔蒙特（Pyrmont），一座疗养地城市和伯爵领地。

<3. 写给侯爵卡尔·封·利涅，[①] 魏玛，1804年1月中>

从前，我自由而快乐，
边游戏，边唱歌；
然后开始反复思考，
不去问我是否是个诗人：
我的热爱，我感觉得到。

今如往昔。不甚知晓
自己的创作之道。
认真抑或游戏，人说
有些事我做得不错。
我倾听艺术的美好，
忠实相依，一世旅程；
773 但是爱朋友心中的我，
高贵的人啊，这是最美的恩宠。

---

① 卡尔·封·利涅（Karl Joseph Emanuel Graf von Ligne，1735—1814），奥地利作家、陆军元帅和外交家。

<4. 致……，1804 年 >[①]

你唤起如此信赖，噢，来自另一世界的天才，
你要表现得比尘世凡人更加幸福和富有！

<5. 致安娜·阿玛利亚公爵夫人，[②] 1805 年 4 月 27 日于魏玛 >

友好地接受我大声说出的敬意，
这是命运女神险些拦截的话语。

<6. 致法兰克福的埃斯特尔·施托克，[③] 1806 年 1 月 1 日于魏玛 >

在遥远的国度，无论遇到
怎样的善意，无论多么运气，
这颗心都渴望它青春的纽带，
那熟悉的圈子，它渴望归去。

---

① 一位女崇拜者将自己写的诗寄给了歌德，其中有一首标题为："致拥有他世天才的诗人歌德"（Goethen dem Dichter von dem Genius anderer Welten）。此诗便是歌德对此的公开回应。

② 安娜·阿玛利亚（Anna Amalia），萨克森－魏玛－埃森纳赫公爵夫人。写这首诗时歌德大病初愈。

③ 埃斯特尔·施托克(Esther Stock，1755—1825)，歌德青年时代的法兰克福朋友。

<7. 写在宾客题词留念册中，一幅画下，1806 年 10 月 5 日于耶拿 >

生命中常有阴云密布，
可所有的痛苦神都安排了补偿，
我们的目光要习惯善和美，
习惯仰望天空，追随阳光。

774 <8. 献给魏玛的卡洛琳公主，[①] 1807 年 1 月 17 日 >

随人怎想，这本纪念册，[②]
就为一个大学生而做，
他在学院的小路
从赫特尔的店里[③]选出；
我从，——心情并不快乐——
从漂亮的赫特尔夫人手里接过。

因为我无法快乐。
其时已是十月，

---

① 卡洛琳（Caroline），萨克森－魏玛－埃森巴赫的公主。
② 歌德曾在耶拿买了一本大学生用来相互留言的纪念册，其中有他的八十八幅素描。
③ 在耶拿，1806 年 10 月 3 日。

一队队普鲁士人
将我们的山谷践踏，
当时还未见损失。

轻搔耳后，我
再次，一如往昔，
坐望真切的谷底，
勇敢地放胆一搏，
台普[1]河畔曾经戏作
萨勒河[2]边佳作得获；
当然这已不值一提。

我刚画几棵杨树，
拿下几座高山，
洪水[3]突然涌出：
情形真也悲惨。

若经末日审判，
一切尽成昨天，
云之上，火之下，

---

① 卡尔斯巴德在台普（Tepl）河畔。
② 指在耶拿。
③ 在歌德的圈子里，大洪水指的是拿破仑的军队。诗中暗指的事件是1806年10月发生在耶拿和奥尔施泰特（Auerstedt）的战役，此后魏玛受到攻击和劫掠。

敌友齐聚一方，
伴着最美的合唱，
圣人和从前一样
刑具[1]或提或举，
让人得辨端详：
或许在亚伯拉罕的怀里
我也不会放下画笔；
兴趣浓厚，却少有天赋，
必是乱画而已。

然而不管怎样，
留言册中无一页多余，
有时正反都被写上，
于是你便只能相信，
不管上写什么，这些纸，
它们属于你。
你有权利和权力，
总是想着这属于你。
你的形象明白清晰，
每页纸上，我们心里。
爱是比我更好的画家，
这是我们永远的收益。

① 歌德一直为自己是绘画领域的外行而痛苦。

<9. 写在女画家卡洛琳·巴尔杜阿[1]
宾客题词留念册中，
1807 年 5 月 12 日于魏玛 >

我们亲眼目睹
你一展天赋，
愿你永远向前，
以同样的脚步。

<10. 致阿玛莉·封·施泰因，[2]
父姓封·泽巴赫，约 1807/09 年 >

为你将这幅寂寞描画，
寂寞中常常将你牵挂。

<11. 致保利娜·戈特，[3] 776
或许是 1808 年 >

的确！你已用天性解开美丽的秘密，
正如深入的知识与女性的知觉合而为一。

---

① 卡洛琳·巴尔杜阿(Karoline Bardua, 1781—1864)，原名帕尔多伊斯(Pardois)。
② 阿玛莉·封·施泰因（Amalie Stein，1775—1860）。
③ 保利娜·戈特（Pauline Gotter，1786—1854），谢林（Friedrich Wilhelm Schelling，1775—1854）的妻子。

<12. 致西尔维·封·齐格萨 >[①]

6 月 21 日

1808 年于卡尔斯巴德

不是在流过沙漠的萨斯奎哈纳河畔，[②]
那里的人，食尘世吗哪，[③]享精神圣餐，
不是从格纳顿塔，不是去赫伦胡特，[④]
爱餐伴茶，而不是红酒在握：
不，在台普河岸，大桥之边，
一伙黑人[⑤]向圣内波穆克[⑥]静观，
看着那只不住奔跑的白鹿，[⑦]
猎人的偷袭不会阻它去路，
这页小纸欢快地匆匆向前，
小床中可爱的孩子睡得正酣。

---

① 西尔维·封·齐格萨为男爵夫人。此诗于 1808 年 6 月 18 日至 20 日期间完成。卡尔斯巴德协会（Die Karlsbader Gesellschaft）1808 年欣赏到一封用诗体写成的信，是黑恩胡特主教克里斯蒂安·格雷戈尔（Christian Gregor，1723—1801）于 1771 年在北美的伯利恒写给女儿的。这首生日贺诗即依此写成。

② 萨斯奎哈纳河（Susquehanna），美国宾夕法尼亚州河流。

③《圣经》中记载的以色列人经过旷野时获得的神赐食物。

④ 赫伦胡特（Herrenhut），上劳西茨地区的福音教兄弟会教区的创立地。格纳顿塔（Gnadental）暗指赫伦胡特的居民区。

⑤ 歌德当时住在摩尔人公寓（Haus zu den Mohren）。

⑥ 圣内波穆克（St. Nepomuk），创作于 18 世纪的圣约翰雕像。捷克圣人圣约翰·内波穆克（或内波穆克的约翰）（Johannes Nepomuk oder Johannes von Pomuk，1345—1393）是除玛利亚之外唯一戴星冠的圣人雕像。

⑦ 齐格萨一家住在“白鹿”公寓。

适机告诉我你们最美的一天，
没有争吵，没有疑团。
“可是那一天？小马槽被虔诚地加上彩饰？”
那一天，小娃儿为娃娃异常欢喜？
也许斋戒前那天人最疯，
端端地和情人旋转不停？
是复活节？圣灵降临节？圣体节？
小朋友！你精神焕发地把它歌颂！”

属于我的那日稳不可移；
唯一固定是那一个日子。
当它临近，人便期待；
当它过去，便难过起来。 777
它永无兄弟，也无姐妹，
人们以为，除夕已至。
便恭敬问候，用深思之语，
所携一切它都会留下，
当它离去，今已数日，
我们有了和它同样最高的孩子。[1]

最美的节日要乐在卡尔斯巴德！
按时到达已数百来客。
人人都要得其中意；

① 德语中“Silvester”一词指元旦前夜。西尔维的个子特别高，就像最长的一天。

人人都有饮料斟妥，
最大的盛宴亦可堪比，
当你归去已比来时健康。
可爱的手摇风琴已在昨夜摇响；
今天，泉水已更加欢快地醒来。
岩石为绿叶环绕，清新润光；
十字之旗在光秃的山巅溢彩。
老实人向节日星辰衷心致意，
卑微变得伟大，高大亦俯身下来。
那沉默寡言、骄傲的人快乐温和地致意；
伯尔策伯爵，[①]金盾主人，将更加努力。

可她已该到来！看，她上来了，
在花儿绽现的花岗岩上。
在缤纷的山顶你们疾步
寻觅紫菀和石竹的芬芳，
虎眼万年青，她一样洁白窈窕。
对她的爱让春夏在此妖娆。
气象专家却怀疑地站在那里，
慎重考虑的男人们！迈开双脚，
玫瑰朵朵采下，刺痛轻轻笑看；
就像在歌珊地，[②]阳光将你环绕。

---

① 伯尔策（Bolza）伯爵是“金盾”公寓的主人。
② 歌珊地（Lande Gosen）：圣经中以色列人前往迦南之前在埃及的居住地，位于下埃及。

虽有乌云，却抱得花束和花环，
尊贵的客人亦未淋雨水一滴，
纵乌云密布，愿欢晴的微光
永远追随，化为白昼唯属你！
不管天气怎样，年轻的你 778
女儿女友宝贝儿，把美好尽享。

<13. 写在贝尔塔·封·罗德尔[①]
的宾客题词留念册中，
1809 年 5 月 13 日，耶拿 >

鲜花吐蕊
在舒展的绿枝，
鸟儿欢唱
在光秃的灌丛里，
相伴旅途与人生
友好地索取与给予。

① 贝尔塔·封·罗德尔（Berta von Loder）是解剖学教授尤斯图斯·克里斯蒂安·封·罗德尔（Justus Christian von Loder，1753—1832）的女儿，当时十岁。

<14. 致海德薇·封·贝格，[①]
父姓封·西弗斯，1809 年 7 月 20 日 >

未知的坑穴，
冒气，翻滚，迸起！
神秘的火燃烧着
疗愈的水、土和空气。

这一神奇之地
求助者日渐增多，
朋友的话语让我们的心
默默康复，滋养尽得。

<15>
779 续写席勒的大钟歌
Supplement zu Schillers Glocke
即兴而作。为分发时被略过的女演员而写

美丽的疯狂让人分裂。
啊！草地片片的河谷中，
我们渴望壮景，
昨日的壮丽！——已远去！

---

① 海德薇·封·贝格（Hedwig von Berg, geb. von Sievers，1764—1830）。

梦逃离了镰刀，
花儿的家被割掉，
美丽的绿色萎去。

永不休息
女儿习惯了
永不休息。
殷勤好客的她一袭
丝绸一样的外衣，
少年喜欢她
将居家衣裙穿起。
他暗藏心之所望，
默默将她安于心上。

盛开中为他生育。
她忠实的胸拥着孩子，
用母亲的喜悦予之爱意，
而别人正逐级
走过宫廷广大的圈子
追逐，忙碌，争吵，拥抱，
长大，用玩笑换到。

因为法之眼在守护
是的，不像在室外，
山谷中，沙漠里，
家中宁静天赐，

法不禁止，不控制。

<16. 致克里斯蒂安娜·封·利涅，[①] 特普利茨，1810 年 9 月 2 日 >

你找出一片小纸给我，
我以为会是大些；
你或许会获得很多，
却不曾希求，不曾一博。

<17>
鲜花合唱[②]
Das Blumenchor
1812 年 1 月 30 日

我们与陶醉相遇，
人人自享欣喜，

---

① 克里斯蒂安娜·封·利涅（Christiane von Ligne，1788—1867），女伯爵约瑟芬·奥·唐奈的儿媳，在和歌德赌马时赢了，歌德就在一张两个古尔登的钞票背面为她写了这首诗。

② 内廷总监弗里德里希·阿尔布雷希特·戈特黑尔夫·封·恩德男爵（Friedrich Albrecht Gotthelf von Ende，1765—1829）应世袭女大公（Erbgroßherzogin）的要求为女大公路易丝（Luise）献上“鲜花合唱”，却无法写出相应的诗，歌德为之写成。

我们用天真的快乐
向这美好的一天致意。

<18. 致演员阿玛莉·沃尔夫，[①] 1812年12月10日>

你可以随心所欲
用彼此迥异的人物戏愚
年轻人和令人敬畏的老者：
菲德拉，[②]愤怒而激情壮烈；
伊丽莎白，无情而决绝；
墨西拿[③]的侯爵夫人，面对命运的坚强；
少女，坚不可摧，唯不能抵御爱的目光；
最后是小克莱尔，受她诱惑的男人，
像比利时的英雄一样头脑不存。
愿变换的角色构成了你幸运的王国，
只是对我们，你的朋友，你总是同一个。

① 阿玛莉·沃尔夫（Amalie Wolff）。
② 米诺斯之女。米诺斯是古希腊神话中宙斯和欧罗巴的儿子，克里特国王。
③ 意大利城市。

781 <19. 致封·博克[1]中校先生，
1813 年 10 月 22 日于魏玛 >

若我可以诚实地说，
这里发生的一切，
令我不悦的
便是看到哥萨克。
但当神圣的洪水冲垮
紧围魏玛的堤坝，
波浪相继恼人折磨，
你的骑兵，便是可爱的哥萨克[2]。

<20. 致伯爵夫人约瑟芬·奥·唐奈，
1814 年 2 月 3 日于魏玛 >

小书[3]快乐地到来，
向尊敬的女士致意，
若要表达友谊与爱，
双开应是必须。

---

① 封·博克（von Bock），生卒日期不详，曾是哥萨克军队军官。
② 1813 年 10 月，拿破仑的军队在莱比锡附近中战败，10 月 22 日哥萨克占领魏玛，诗中的中校为歌德派了一个卫队。
③ 随诗寄出的两本袖珍女士年历。

<21. 致弗里德里希·波伊舍，[1]
寄送一个莱茵兰杜卡特金币时的附诗 >

啊！人不会输下
更狂的赌注，
易北河畔，我
将它想出。
1813 年 8 月 15 日于德累斯顿

现在，
莱茵河上战声不住，
我要用莱茵黄金
向您把赌金支付。
1814 年 2 月 16 日于魏玛

<22. 致康斯坦策·封·弗里奇伯爵夫人，[2] 782
寄艺术三色堇时的附诗，1814 年 2 月 27 日 >

德意志的语言先要净化，
Pensée，[3]不可再用；
可如果我说：*Gedenke mein*![4]

---

① 弗里德里希·波伊舍（Friedrich Peucer，1779—1849），德国法学家、语文学家、外交官和翻译家。

② 康斯坦策·封·弗里奇（Constanze von Fritsch，1781—1858）。

③ 法语词，意为三色堇，花语是思念。

④ 意为：想念我。

我希望，没人会将我们责骂。

<23. 致沃尔夫，①附五幅瑟匹亚②风景画，1814 年 5 月 3 日于魏玛 >

模仿大自然的拙作，
页页终汇一处，
展示着艺术与生活；
但在艺术家花环里，
片片花叶都是你们的全部，
殷殷地回报着你们的努力。

<24. 致卡洛琳・乌尔里希，③1814 年 6 月 8 日于贝尔卡 >④

爱
Liebe

我愿沉默不言，
却不得不在朋友中出现。

---

① 演员皮乌斯・亚历山大・沃尔夫（Pius Alexander Wolff，1782—1828）。
② 瑟匹亚（Sepia），希腊阿卡狄亚州的一座山。
③ 卡洛琳・乌尔里希（Caroline Ulrich），歌德妻子的女伴。
④ 贝尔卡（Berka），魏玛附近地名。

我若夸耀，不要怪我，
因为今天谁都不该沉默。
啊！胸中激烈的斗争！
沉重的命运我已遭逢：
因爱而至的牺牲
更是痛中之痛。

<25. 致卡洛琳·乌尔里希，1814 年 6 月 24 日于贝尔卡 > 783

这颗红宝石若属于我，
便要在它周围嵌满珍珠，
噢，真想快些让人看到
它是多么可爱的宝物；
我会马上做成戒指，
令双蛇含它盘起，
我会说：爱，请你，
给我的情人带去。

<26. 出自献给卡尔·奥古斯特公爵的诗集《欢迎》，1814 年于魏玛 >

< 献辞 >
人群中响起

洪亮的歌声
向你致敬，为你高兴；
请你仁慈地倾听！
歌中唱出的，
先生，那是你的践行。

鲜花与植物

植物和属于你的一切
在你的领地快乐致意；
你若仍想加添新绿，
我们的目光不会妒忌。

向日葵
Sonnenblume

向日葵想向你致意，
因为追随太阳，是它的愿望，
只是现在心愿未偿，
然而你的到来让它完美无双。

紫罗兰 784

Veilchen

可紫罗兰要靠近你，
定要为你付出千倍；
但它会静静地如它所有同类
用清香请求你的爱意。

<维兰德的小门>

“曾见你年轻而勇敢，
想要完成伟大事业，
为我们，为所有人，
你已做出你该做的一切。”
愿命运给你
最大的幸福：
自在宁和中漫步。

家庭油画

缪斯庄严引领，
放步向宫殿而行；
一路不乏严厉，
亦伴欢言笑语。

一个新的节日将在这片乐土
为忠诚的目光炫出：

夫人、儿子、女儿构成
最美的花冠，一家的幸福。

艺术家欣喜地站立四望，
用鲁本斯的手和力量
用布料的颜色与活力
勾勒高贵女人，正直骑士。

他运笔不倦，
看它在眼前壮大：
待他不久完成，
你们将欢乐赏画。

785 **<27. 1814 年 9 月 1 日于威斯巴登>**

八月未做的事情，
九月很好地完成。

<28. 致夏洛特·封·施泰因，[①]
1814 年 12 月 26 日于魏玛>

不知该如何

① 夏洛特·封·施泰因（Charlotte von Stein，1742—1827）。

回报如许美好。
木屑，容易燃烧，
微光，照亮黑夜；
酒杯让美酒更加香醇，
也是满满酒桶的敌人；
一道又一道甜食！
尽是幸福滋味，
美丽的施予者啊，
明年都要体会。

<29>
本世纪最快乐的男人[①]的安魂曲
Requiem dem frohsten Manne des Jahrhunderts

合唱
受苦的人都已安息，
战斗的人都已睡去；
然而轻松愉快的人，
重视生之欢乐的人，
也尽皆归于宁寂。
你就这样与我们别离。

① 指奥地利陆军元帅卡尔·约瑟夫·封·利涅侯爵。

守护神

（男高音声部）

若古老歌咏中高贵的
先祖之灵环掠过哪一
786 孩童的头，若谁早早感到
武器的撞击震颤大地，
他便永不会向危险屈服，
亦有快乐永伴旅途。
可爱的男孩，生性愉快，
一切都是你的财富！
勇猛的拳头虽会取胜，
精神却让名誉不蠹。

土地神

（男低音）

于是战役，
生命的考验
要先呼唤少年！

（极其庄严地）

若凡世之人，无论新老
陷入不合纷扰——
只管向前！用幸福的力量！
你的所有，它不会变老。

震惊，抑或恐慌，

且视毁灭为创造一场，
只管向前！用精神的力量！
吹起小号，把定音鼓敲响。

守护神
消失了，不受欢迎的疯狂声音。

我们不该将他困住？
危险的警告他全然不顾。

众守护神
但我们真是可爱，
如此可爱——作为危险。

宫廷守护神
你去引诱！

社会守护神 787
你去引诱！

宫廷守护神
去，去吧！

社会守护神
去，去吧！

二者
你看，这位战友在把恭维听取，
你看，这位战友在倾听闹剧。

宫廷守护神
你去引诱！

社会守护神
去，去吧！

守护神
不！别去，去吧！
他本性中有另一特质，
我将他选作榜样。
不幸沉落，幸运升起，
幸与不幸他都轻松快乐。
你们快乐的灵魂想要什么？

众守护神
只要给快乐空间。

守护神
这个你们会——？不会缺少，

众守护神
快乐的生活，快乐的梦。

守护神 788

明媚的阳光，宇宙的自由空间，
那里有真，那里有永恒；
不管生活看似多么严肃，
人的幸福，不过虚荣一梦。
雷雨砸下，响声隆隆；
行动的回报又有何益？
一个偶然轰然撞入——
儿子死去，
为父失亲，自饮孤苦。

父亲

（男低音）
不，那一天没有安慰，
它将父亲的儿子夺去。

母亲

（女低音）
慢，你别再哀诉！
他也属于母亲。

妹妹

（女高音）
兄弟姐妹也有失去，
他与他们出生在一起。

兄弟姐妹和亲戚
但我们获得新生，
我们就是父亲的儿子。

父亲
不，那一天毫无安慰，
它把父亲的儿子夺去；
请你们和我一起
为他痛苦而深情地哭泣。

789 **合唱**
是的，我们和父亲一起
为儿子恸哭哀诉。

合唱队领唱
深夜已然来临，无限的悲哀
用坟茔的恐惧将我们包围。
清晨从那些山巅到来——
谁能抵御快乐、安慰！

异国他乡[①]
难道我们不该骗你？
你对我们充满敬意。

① 侯爵出生于比利时，曾到过意大利、瑞士、俄国、波兰和土耳其。

让美丽的幻象将你摇动，
从木屋到皇宫。

意大利
（女高音）
你也探访过我，
是你必须虑及！
我所挥霍的，
无人能赠予。

天风吹过，
宛若天堂，
遍地花香，
我辽阔的王国。

坟墓中走出的生命
带着一个个世纪；
这是珍宝，财富，
人人得享，与我一起。

合唱
难道我们不该骗你？
你曾对我们那般赞誉。
让美丽的幻象将你摇动，
鲜花，森林和皇宫。

790 **<30. 致……1815 年 4 月于魏玛 >**

真希望纸笺更大一些！
那样我就会说得更好，更多；
因为它太小，
我只说一句：念着我！

<31. 致卡尔·基尔姆斯[①]和
恩斯特·康斯坦丁·封·沙尔特，[②]
1815 年 5 月 30 日 >

不要问哪道小门
让你走进上帝的城，
在你曾就坐的地方，
执守寂静。

然后将智者环顾寻找，
还有那发出命令的强者；
前者会给你指教，
锻炼行动和力量的是后者。

---

① 卡尔·基尔姆斯（Karl Kirms，1741—1821）。

② 这一天是二人工作五十周年纪念日。卡尔·基尔姆斯是与歌德一起管理剧院的弗兰茨·基尔姆斯（Franz Kirms）的长兄。恩斯特·康斯坦丁·封·沙尔特（Ernst Konstantin von Schardt，1744—1833）。

若你有用而冷静，
对国家保持忠诚，
你知道！没人会恨你，
很多人会爱你。

侯爵深解忠诚，
它让功绩永葆活力，
这样新生者才会在
旧有之旁拥有持久之地。

若你为自己的发展
建起温和而纯净的圈子，
你也会以你的方式
成为后来者的典范。

——

今天，你二人为人称颂， 791
傲立于数千人中，
再次感受你们的义务，
它对你们总是神圣。

你们欢乐的团体
请原谅我迟到的歌，
它从古老的莱茵河
向你们美好的日子致意。

<32. 为教育家约翰内斯·德·拉斯佩，[①] 以其一众女学生的名义，1815 年 6 月 23 日于威斯巴登 >

善良的老师，在这快乐时日，
孩子们将最纯的愿望献上，
愿能为你唱出优美旋律，
就像合唱队员一样，
愿你听到这忠诚的感恩，
愿它每天都为你唱响。

<33. 致封·盖斯马尔[②]上校，1815 年 10 月 21 日下午 3 时于魏玛 >

是他让我们
摆脱法兰西的野蛮，
值此周年纪念，
请接受最忠实的炽诚祝愿！

① 约翰内斯·德·拉斯佩（Johannes de l' Aspée，1783—1825）。
② 1813 年 10 月 21 日占领魏玛的哥萨克首领卡斯帕·封·盖斯马尔（Kaspar von Geismar，1783—1848）。

<34. 致芬妮·卡斯佩斯，[①] 1815年11月21日于耶拿>

曾有一座城市，
在市办公大楼
宽敞的大厅里，
盛举欢宴一席。
宾客云集
香槟狂饮，
有一妮儿殷勤有礼 792
庆典中这并不稀奇。
它并没有像席勒，像我，
像所有人那样饮酒许多，
却伏在我的脖颈之上。
人们还从未将这样
可爱的小女捕获；
她小巧玲珑，声音娇嫩。
我牢牢地，牢牢地将她拢起，
我们本会给出最美一吻，
可她却挣脱而去——
跑掉了，小妮子！
她东游又南行；
愿上帝给她爱与安宁。

---

① 芬妮·卡斯佩斯（Fanny Caspers，1787—1835），1800年至1802年在魏玛做演员。

<35. 致夏洛特·封·施泰因，[①] 1815 年 12 月 25 日 >

你和神圣的基督
在同一天落地，
奥古斯特，可敬而瘦高，
我衷心感谢上帝——
这让深冬时节
有了可喜之机，
用糖果向你致意，
让我的缺席也有蜜甜，
和往常一样，我静静地
爱着，苦着，学着，在远日点。

<36. 致苏尔比茨·博伊塞雷，[②] 1816 年主显节 >[③]

你让锚在莱茵河底扎牢，
船上好好装满，

① 夏洛特·封·施泰因（Charlotte von Stein）和奥古斯特·封·歌德（August von Goethe）都在 12 月 25 日出生。

② 苏尔比茨·博伊塞雷（Sulpice/Sulpiz Boisserée，1783—1854），古玩商。

③ 博伊塞雷兄弟要把其艺术藏品从海德堡转到柏林，歌德以此诗表达了对这一计划的顾虑，诗中提到的莱茵河里沙洲连绵，行船困难。后来，博伊塞雷兄弟的收藏成为慕尼黑老绘画陈列馆（Alte Pinakothek）的基础。

偎在内卡河湾更好，
这里没有珊瑚暗礁。 793
但是那里，每一天都障碍堆起，
一道道高高耸立，
更糟的是日日都将其摇动晃弯，
你真要驶向那里？

<37. 致苏尔比茨·博伊塞雷，1816 年 3 月于魏玛 >

花岗岩，公认成于原初，
遥遥寄上，真情实意；
今日再奉画作[1]一幅，
亦是天地赐予。
它起于创世之初，
很晚才为人关注。
观察者绞尽脑汁，
我亦思量无数。

日日为之思虑！——
我心怎会快乐？
不知折磨之趣，
不会乐享折磨！

---

① 指歌德为大理石所画的两幅结晶学图样。

<38. 致法兰克福的罗西纳·施泰德尔，[①]
1816 年 5 月 5 日于魏玛>

朋友们的心愿，
至今犹未能偿，
本该亲献之礼，
也要遗憾寄上。

<39. 致亚历山大·封·洪堡，
1816 年 6 月 12 日于魏玛>

哀悼的日子，[②]
你美好的小书到了！
它像是在说：
794 振作精神做快乐之事！
但见世上处处吐绿添枝，
尽依永恒灵活的法则；
这可是你向来珍视，
让我给你的心带来欢乐！

---

① 罗西纳·施泰德尔（Rosine Städel）。雅各布·封·维勒默（Jacob von Willemer）的女儿，歌德寄给她一个戒指。此外在信中为这一年未能去威斯巴登而表示歉意。

② 歌德妻子刚刚过世几天。

<40. 致伯爵夫人康斯坦策 · 封 · 弗里奇，1816 年 12 月 6 日于魏玛 >

你的东方礼物我自知珍惜，①
今奉一份西方之礼。
关于答谢我想过很多，
却没有什么可与之相比。

<41. 写在路德维希 · 菲舍尔②的宾客题词留念册中，1817 年 3 月 29 日于耶拿 >

初见时，你是男孩模样，
面对世界，自信非常。
无论未来何以待你，
总有朋友祝福的目光。

---

① 为感谢她从俄国带来的一份礼物，歌德在回赠的《女士年历》（Almanac des Dames）扉页上写下这首诗。

② 路德维希 · 菲舍尔（Ludwig Fischer），黑格尔的私生子。

<42. 写在爱德华·路德维希·勒本施泰因－勒贝尔[1]的宾客题词留念册中，1817 年 5 月 17 日 >

勒贝尔先生，他专业从医，
真真令药剂师生气。
钱箱装满，医生一向欢喜，
盖乌斯和塞姆普洛尼乌斯[2]
曾因一种或另一种病疾
让葡萄酒在小酒杯中满起。
他今欲引入这一方式，
掌管葡萄干[3]酿制酒。
这样的医生，愿他健康长寿！

795 **<43>**

致布吕歇尔·封·瓦尔斯塔特侯爵[4]

Dem Fürsten Blücher von Wahlstadt

他的朋友

等待与战役，

---

① 爱德华·路德维希·勒本施泰因－勒贝尔（Eduard Ludwig Loebenstein-Loebel，1779—1819）

② 盖乌斯（Gaius）、塞姆普洛尼乌斯（Sempronius）是古罗马常见人名。

③ 原文中特指在干草上晒干的葡萄干。

④ 为布吕歇尔·封·瓦尔斯塔特侯爵（Blücher von Wahlstadt，1742—1819）撰写的墓志铭。

失败与胜利，
清醒而伟大！
他让我们
免受敌人欺压。

<44. 致约翰·沃尔夫冈·德伯莱纳，[①] 以其孩子的名义祝寿，1817 年 12 月 15 日，也许是在魏玛 >

噢，父亲，当我们看见
你在大自然的工作室里，
收集、溶解、化合，
仿佛造物主就是你，

我们便想：如此聪明
能将这样的事想出，
不该为人找到
快乐的药剂和艺术？

于是我们仰望天空，
最好的父亲，我们祝你

① 约翰·沃尔夫冈·德伯莱纳（J.W. Doebereine，1780—1849），耶拿的一位化学教授。

拥有幸福和生命欢愉，
那是世人尽皆赞誉。

796 **<45>**

致可敬的妇女协会[①]

An den verehrlichen Frauen-Verein

玛利亚的仁慈、优雅我曾望得见，
亦想见温柔细致的快乐繁衍；
这时我看到了你们的作用，高贵的女士，
你们是王侯美德的熠熠映现。
深为感动，愉悦地相信
我为良好的目的献首小歌。
愿你们手中神符在握，
打开心儿颗颗，奉献更多更多！

<46. 致奥蒂莉·封·歌德，1818 年 3 月 >

交换
三圣王换一个沉睡的小仙女[②]

---

① 萨克森－魏玛－埃森纳赫的玛丽亚·帕夫洛夫娜（Erbgroßherzogin Maria Pawlowna，1786—1859）创立的贵族妇女协会，旨在减轻 19 世纪上半叶大规模的社会贫困问题。

② 指的是互赠绘画。

你给我的是几个老人，长着胡须，
甚至是黑色面孔；和这样一伙
我可不能效力更多，
这个胖嘟嘟的仙子，她却可以。
看到她，你若觉害怕，
可以为她轻蒙面纱。

<47. 致奥古斯特·封·歌德一家，1818 年 7 月 21 日于耶拿 >

再见，
小男子汉，①
还有你沉默的爸，
善言的妈。

<48. 为女歌唱家卡塔拉尼②而写， 797
1818 年 8 月 14 日于卡尔斯巴德金井饭店 >

大厅中，房间里
百听不厌：

---

① 指的是当年 4 月 9 日出生的孙子瓦尔特·沃尔夫冈（Walther Wolfgang）。
② 安杰莉卡·卡塔拉尼（Angelica Catalani，1780—1849）。歌德在写给友人的信中对这位意大利女歌唱家表示赞美。

耳朵的意义
终于亲身体验。

<49. 致奥托・封・勒本伯爵，[①] 1818 年 8 月 18 日于卡尔斯巴德 >

你曾承诺，当我别去，
会为我的生命高唱一曲；
那么就让我，当黎明为你我亮起，
为你的日子道一句友好话语。

<50. 给同一人在其死后，1825 年 4 月 3 日 >

不幸已至！一个冰冷的玩笑
夺去你生命的美好；
因此最好立刻即去
亲吻情人，给朋友赞誉。

① 奥托・封・勒本伯爵（Otto Heinrich Graf von Loeben，1786—1825），德国诗人。

<51. 致法兰克福的朋友们，1820 年 1 月 >

你们给我金色桂冠，①
亲爱的朋友，在美因河畔，
让永恒的协会
于我心又添光辉。
但事情很快反转，
桂冠要变得昂贵：
在我新的祖国，
我要为之纳税。

<52. 1820 年 2 月 3 日于魏玛 > 798

萨克森－魏玛和埃森纳赫公主玛丽亚殿下
Ihro Hoheit der Prinzessin Marie von Sachsen-Weimar und Eisenach

一个个群体在魏玛欢聚，
为你的成长衷心致意，
人人皆喜用青春活力
说出甜蜜的美好话语；

① 180 个崇拜者在法兰克福为歌德庆祝了生日，代表歌德出席的是歌德的半身像。崇拜者们为歌德的塑像戴上一个镶嵌祖母绿宝石的金色桂冠，后将这个价值 15000 古尔登的桂冠送给了歌德。

现在鲜花儿也想
从花苞中绽放，
所以不必惊奇
石头也会言语。

<53. 1820 年 5 月底于卡尔斯巴德 >
致库诺先生的书店①
Herrn Cuno's Buchhandlung
铁十字书店

今年，当五月插上翅膀，
在和煦的日子里飞扬，
我看到德国制造
也在波希米亚发光。
你带来卷卷册册，
大大小小规格，
愿其裨益友邦，
尽是纯洁映像。

① 卡尔斯巴德的书店，店主对歌德十分友好，歌德应其请求在其宾客留言簿上题诗。

<54. 致奥蒂莉·封·歌德，1820 年 6 月 20 日于耶拿 >

我住哪里，
甜瓜告知于你；
紧靠草地
一座花园 799
在天堂[1]旁边；
美丽的孩子[2]
等我在此。
而我却在想你，
以所有的美德和礼仪，
今把果实寄去。

<55. 致伯爵夫人卡洛琳·封·埃格洛夫施泰因，1820 年 7 月 10 日于耶拿隐居所 >[3]

异教皇帝瓦勒良
从未让我喜欢；

---

① 耶拿的一座公园。

② 两位公主玛丽（Marie）和奥古斯特（Auguste）。

③ 隐居所指的是耶拿植物园里的小房。该诗为感谢女伯爵赠送的一枚印有瓦勒良皇帝（Valerian，约 200—269，曾对基督教徒发动一次追捕）的银币而作，银币上有一个一丝不挂的男人形象，银币边缘写着：献给守护神阿波罗。

在那混乱时代
我决不把他陪伴：
阿波罗是否
以神力佑他于难，
太过明白，我们皆已得见，
他的太阳神是有多么可怜。

然可爱的人现将其
赠与，全为我之益，
我且露出友好表情；
却已违背虔信之行。
愿母女都能原谅，
我永将二人颂扬。

<56. 致奥古斯特·封·萨克森－哥达公爵，[①] 1820 年 8 月 29 日于魏玛 >

神秘的回复[②]
Mystische Erwiderung

幽暗的修道院厅堂
声声叹息轻响，

---

① 奥古斯特·封·萨克森－哥达（August von Sachsen-Gotha，1772—1822）。
② 应公爵的要求以神秘诗的方式回谢公爵赠送的生日礼物：两包加了糖的调料和葡萄酒，诗中对这两样礼物只有神秘的暗示。

消失在我们心房颤动的墙；
紫红宝座，藏红花悬饰，
一人华丽高踞，
你向他一眼望去。

兴奋的味觉与嗅觉双双
将我们接待；谁人敢要
这双重的高贵之赏？
悦目赏心却是僧衣和紫袍，
气味，滋味，誉过其上，
你的仁慈他心已知晓。

<57. 致克内贝尔 >[①]

就此封印一派胡言，蹩脚之作，
切莫打开，以防甲虫乱过。

<58. 致弗里德里希·福尔斯特，[②] 1820 年 9 月 27 日于耶拿 >

易北河畔我为他的武器祝福，

① 写在一个他人写给克内贝尔的信封上。
② 弗里德里希·福尔斯特（Friedrich Förster，1791—1820），作家，歌德儿子的朋友。该诗是歌德为来访的福尔斯特夫妻而作。

内卡河畔与有了铁十字的他相见，
他还没有这第三，①
第七个请求②的对立面。
那便是：主啊，请你仁慈地
让我们摆脱一切恶；
此处意即：极尽努力，
让生活成为节日；
现在他已切身知晓，
愿上帝佑他长寿安好。

<59. 致玛丽安娜·封·维勒默，1820 年 12 月 22 日于魏玛 >

你！不要再久无消息，
常常友好地来我这里；
每一次虔诚的歌唱
都让这闪光之物③伴你。

① 指福尔斯特结婚。
② 即基督教主祷文的第七求：救我们脱离凶恶。
③ 指她的一个玻璃珠做的包。

<60. 致伯爵夫人卡洛琳·封·埃格洛夫 801
施泰因，在她动身前往彼得堡时，
带着富凯[1]的《魔戒》，1821 年 >

魔法或许去了北方，
戒指我们牢牢在握；
祝你在寒冷的北方康乐，
愿故乡的温暖伴你身旁。

<61. 1821 年 10 月 21 日于耶拿 >
家庭问候
Familien-Gruß

于是我马上合理地
从上面开始
将曾祖母赞起，
是她给你们舒适。
然后我要说起
A 妈妈，[2]每时
每刻她都想

① 富凯（Friedrich Heinrich Karl Baron de la Motte Fouqué，1777—1843），浪漫派作家。

② A 妈妈指的是歌德的儿媳奥蒂莉的母亲亨丽埃特·封·波格维施（Henriette von Pogwisch）。乌尔丽克（Ulrike）是奥蒂莉（Ottilie）的妹妹。

看到孙子。
这群小鬼可曾
让她怒气顿生?
他们纵使讨厌,
她也是愉快心情。
向母亲致意,
还有父亲,
你们让婚姻
多么甜蜜。
乌尔丽克
刺绣总在手上,
许是会省下
那一笔嫁妆。
如果男孩儿们
一天天长大,
日子尚可,
生活就在足下。

<62. 致菲利克斯·门德尔松－巴托尔蒂，[1] 802
1821 年 1 月 20 日于魏玛 >

小小木马[2]横驰过
严肃的总谱；
加油！乐野辽阔
你给我们快乐良多，
用爱和幸福；
盼你回来，我们全部。

<63. 致……，或许是 1822 年 >

石头又凉又重，
心却自由而轻松。
若一石来自东方，
愿望就实现双重；
心在何处，有何感受，
竟全无两样，

① 菲利克斯·门德尔松－巴托尔蒂（Felix Mendelssohn-Bartholdy，1809—1847），德国钢琴家和作曲家。

② 音乐神童门德尔松十二岁时曾随老师来到魏玛，歌德非常喜欢他。这首诗中提到的小木马是阿黛尔·叔本华（Adele Schopenhauer，1797—1849）做的剪纸：一匹长着翅膀的木马上骑着两个天才，一个男人手拿礼帽，身体前倾，脖子上驮着一个长着翅膀的小天使。

易受感动，快乐自由，
石头也会让它燃亮。

<64. 为演员克里斯蒂娜·格纳斯特①
生日而作，1822 年 1 月 31 日（？）于魏玛>

在你庆生之际我忠实地祝你
拥有人所希望的最好的东西；
但我也希望在生命的花冠中
看你光彩四溢；
行动、言语和目光中的相遇
也会让我和朋友们欣喜着迷。

803 <65. 致多丽丝·伯勒尔，②
1822 年 2 月 15 日于魏玛>

若生活发展得不错，
就要懂得抓住快乐，
在你的领域内做事，
总以亲切美满的方式，
你给予的快乐、享受，

---

① 克里斯蒂娜·格纳斯特（Christine Genast，1800—1860）。
② 多丽丝·伯勒尔（Doris Boehler），一位女演员。

取代，唯守护神能够。
远离你和你的光彩的我
将这页诗笺织入你的生活。

<66. 致乌尔丽克·封·莱韦措，[①]
1822 年 7 月？于马林巴德 >

现在对自己一无所知
告别惊异地感受自己，
远去将你拖在你的身后，
只有缺席懂得珍视。

<67. 致乌尔丽克·封·莱韦措，
附赠《我的一生》第 5 部分第 2 章，
1822 年 7 月 24 日于马林巴德 >

朋友的情形会有多糟，
本书给你报告；
予其安慰唯有一望：
境遇安好，勿相忘！

① 乌尔丽克·封·莱韦措（Ulrike von Levetzow，1804—1899），男爵夫人。

<68. 致约翰·格奥尔格·伦茨，[1] 在他从业50周年庆祝日，1822年10月25日>

尊敬的所有火山说的反对者！
不要惊异，如果
狂暴的火山和熔岩
强行闯入这一庄严庆典。

804 一位侯爵，总是信心满满，
对人优雅有礼，
要让你
将错误的学说放弃。
尼普顿却总在一边。
遥远的海中他快乐轻松；
那里，他的统帅毫不受限。
你任其燃烧、暴怒、飞溅；
且听温和学说，
让你改信财富和冥王；
此外还有最美的薪饷：
黄金——但这次不止是黄金。[2]

---

① 约翰·格奥尔格·伦茨（Johann Georg Lenz），耶拿的一位矿物学教授，水成说的支持者，认为地球的形态是在水的作用下，而不是因火山活动而形成的，歌德也倾向于这一说法。

② 宴席桌上有一个特殊的装饰，造成一座玄武岩岛的模样，岛上有一座火山，火山坑里装满了金币和金质功绩奖章。

<69. 致玛丽安娜·封·维勒默，1822年11月18日>

因为远者肯定
超越近者，
就像小布吕歇尔[①]
在胜利中喜悦。
年轻的心先是
感到些许困窘，
很快勇气萌生，
轻狂可爱地燃起。

<70. 致卡西米拉·沃洛夫斯卡，[②] 1823年于马林巴德>

尘世的财富
人要满足于分享——
老歌新调都在唱。
温柔的爱的礼物，
与谁分享，
结果大不一样。

---

① 布吕歇尔：Blücher。可能指格布哈特·莱贝雷希特·布吕歇尔（Gebhard Leberecht Blücher，1742—1819），曾为普鲁士将军，陆军元帅。玛丽安娜因其果断而得此称呼。此诗是对玛丽安娜的一首诗的回应。

② 卡西米拉·沃洛夫斯卡（Kasimira Wolowska）。

805 **<71. 致乌尔丽克·封·莱韦措，**
附赠巧克力，1823 年于马林巴德 >

享受它，以你的方式，
若非饮料，就做你喜爱的甜食。
——
排除形式并不可取，
因为巧克力可有两种享用方式。
——
你对我亲切友好，
一点点礼物也会让你微笑；
若想得你喜爱，
再小的巧克力也不会太小。

<72. 致奥蒂莉·封·歌德的祖母，
为邮寄的糖煮水果 >

巨大的激情就在那里！
从可敬的 A 爸爸[①]开始，
到女儿[②]和儿子；
所以不必惊异，

① 此处指歌德自己。
② 奥蒂莉和乌尔丽克。

一种奇怪的贪恋依然
在孙子和曾孙心里得意。

这究是什么？是血液，
将整个家族连起；
是我们永不忘记的东西：
酸浆果，无人乐食；
聪明地将它烹煮，
用强大的糖把它征服，
那就是美味无比。

当得美誉的曾祖母，
将这酸甜的宝物，
忠实地，为我寄上。
不爱吃的是沃尔夫， 806
脸儿拉得那么长。

<73. 致卡斯帕·施特恩贝格[①]伯爵，1824 年 6 月 11 日于魏玛 >

谢了春花，
夏果萌芽；

① 卡斯帕·施特恩贝格（Caspar Sternberg，1761—1838）。

玫瑰与百合一起，
向高贵的朋友致意。

<74. 致世袭大公爵夫人玛丽亚·帕夫洛夫娜，[①]附美景宫（画），1824 年 8 月 21 日 >

外有金阳威严照射，
内驻舒适快乐与亲切。
正如你的一生：
庄严精彩又亲切快乐。

<75. 为奥蒂莉·封·歌德写在一本英语词典中，1824 年 10 月 27 日于魏玛 >

一本本厚书！多少知识！
啊！我要学的太多！
要是不想进到脑中，
就让它在书中藏卧！

① 玛丽亚·帕夫洛夫娜（Maria Pawlowna），萨克森－魏玛－埃森纳赫的玛丽亚·帕夫洛夫娜大公爵夫人。

<76. 致奥蒂莉·封·歌德，[①] 1824 年 10 月 31 日>

亲爱的母亲，生日故事
会太过糟糕，
哪个朋友都不缺礼物，
唯有诗歌缺少。
虽有词典依靠，
韵脚却是难找， 807
最后让未成年的孩子
为你献上赞美，祝福美好。

<77. 致弗兰茨·威廉·舍尔霍恩，[②] 1824 年 12 月 3 日>

在这重要的庆祝之年，
将你的周年纪念装点，
亲眼目睹，一同经历，
忠实的仆人满心欢喜！
身处静谧，你可以
伴在侯爵身边，

① 作为孙子们的生日礼物献给母亲。

② 弗兰茨·威廉·舍尔霍恩（Franz Wilhelm Schellhorn，1751—1856），议员和议会秘书。

他的荣誉你将分享
直到永永远远！

<78. 写在瓦尔特・封・歌德的宾客题词留念册中，1825 年 4 月 >

六十分钟一小时，
千余分钟一天里。
小儿子！它会告诉你
人能做出多少事。

<79. 写在奥古斯特・封・歌德的宾客题词留念册中，1825 年 6 月 5 日于魏玛 >

多年来，留念册卷卷静卧，
现在它要立起，抖擞出游；
从前的世界还留有故友，
快乐的一天力量充就。

——

已有某些体验，
也有不少成绩；
二十年后，我们
在此从头走起。

<80. 致拉普伯爵夫人，[①] 808
1825 年 7 月 7 日 >

我们非常愿意
习惯善，习惯美，
美与善都会
让我们重获勇气：
由是你的路
无需其他祝福。

<81. 玛丽安娜 · 封 · 维勒默的
生日诗[②]和歌德的回复，1825 年 >

她
柔嫩的鲜花轻轻扎起，
我为你编成一份小礼，
献上一份永恒，很遗憾
我未能得此能力。

① 夏洛特 · 阿尔贝蒂娜 · 封 · 拉普（Charlotte Albertine von Rapp，1797—1842）。
② 玛丽安娜把她的诗写在一个花环上，而这个花环是用粘在纸上的干花瓣编制而成的。

轻盈的鲜花蔓里
谛听爱恋的心曲，
它细语轻言
将虔诚的祝福带给你。

就这样从远方
纸笺为你带去花语，
鲜花缤纷
开在你的目光里！

他

花园里，鲜花
在朝阳中灿烂，
但灿烂不是幸福，
亲爱的，我不该期盼。

809 现在你寄来亲采的星，
柔和地圈圈环绕；
你要温柔地向我证明，
你在远方也感受到，

我在远方的心情，
仿佛不曾天各一方；
那枯萎的花儿
便和鲜花一起瞬间绽放。

<82>

11 月 7 日 <1825 年 >[①]

Am siebenten November <1825>

为欢庆而感动的朋友
请听我的欢乐与谢意，
他们所触动的情感
令诗人闭口不语。

<83. 致波塔莱斯，[②]

1825 年 11 月 6 日（？）于魏玛 >

若失青春之勇，
仍有安慰在心：
经验它会留住
所有忠于我们的人。
今天，梦想曾经的春
再次眷顾我们一班老人，
在永远明媚的宇宙中
留住永恒的青春。

---

① 歌德到魏玛五十周年庆。
② 波塔莱斯（Portales），歌德的一位大学同学。

<84>
致亲爱的生命旅伴封·克内贝尔，
Dem teuren Lebensgenossen von Knebel
1825 年 11 月 30 日

你步入人生，我来到此地
循着同一星迹。
我们的友谊独一无二，
今如往昔。

<85. 附一枚 11 月 7 日庆典
纪念章[1] 1825 年 >

将我们高举的荣誉，
或许让我们摆脱局限和限制；
但存于内心的爱，
将暖人的思想汇聚。

① 公爵为歌德到魏玛五十周年庆命人造出一枚纪念章，第二年交给歌德。

<86>
致妇女协会
Dem Frauenverein
1825 年圣诞节

没有带刺的玫瑰，
春天会太过甜美；
这里的云雀脚儿飞失，
这里的骑士皆无马刺。[①]

<87. 致克林格尔，[②]附一幅法兰克福父母家的画像，1826 年 1 月 30 日 >

你也曾在井边嬉戏，
狭小空间探问辽阔大地；
母亲递过漫游手杖， 811
你走向最远的生命之邦，
如今你愿修复往昔，
为你迈出的第一步欢唱。

---

① 德语中，骑士马刺亦称云雀脚。

② 诗人弗里德里希·马克西米利安·克林格尔（Friedrich Maximilian Klinger, 1752—1831）是歌德在法兰克福度过的狂飙突进运动时期的伙伴。

一道门槛让你我
径自走入不同的生活；
同有高贵的追求，
愿我们欢享重逢之乐！

<88>

宾客题词留念册的首次使用

给我亲爱的小沃尔夫[①]，

Stammbuchs-Weihe

1826年3月28日

快，把它递给朋友！
请他们快快动笔，
写下爱的心意；
爱，飞快写毕；
羽毛笔不可久握，
爱要匆匆离去。

① 孙子马克西米利安·沃尔夫冈（Maximilian Wolfgang）。

<89>

致宫廷总管夫人封·埃格洛夫施泰因，[1]

An Frau Oberkammerherrin

von Egloffstein

1826年5月10日于魏玛

疼痛和忧愁的座椅
想让我一用，可爱的朋友？
把它拿走！它该让
安慰和祝福在你脑边驻守。

<90. 为歌唱演员安娜·米尔德[2] 812

写在《伊菲革涅亚》中，

1826年6月12日于魏玛>

这部无比纯洁的虔诚戏剧，
赢得了高贵的掌声如许，
格鲁克的配乐，你的歌艺，
让它实现一个更高目的。

---

① 为感谢总管夫人将一把病人座椅让给奥蒂莉·封·歌德而作。
② 安娜·米尔德（Anna Milder，1785—1838）。

<91. 给秘书克劳伊特[①]的一幅法兰克福画像，1826 年 6 月 15 日 >

我告别大河，
到小河岸边；
那是许多
美善之源。

<92. 致歌唱演员亨丽埃特·桑塔格，[②] 1826 年 7 月 >

在品都斯[③]我将你描述；
却遇一事痛苦：
缪斯的兄弟姐妹
个个怀疑露出。
阿波罗[④]对我警告：
她属诸神之域；
若她来到这里，
定会出现争较。

① 弗里德里希·苔奥多·大卫·克劳伊特（Friedrich Theodor David Kräuter，1790—1856）。
② 亨丽埃特·桑塔格（Henriette Sontag）。
③ 九缪斯所在地。
④ 九缪斯的统领。

<93. 歌德的羽毛笔，也许是给普希金，1826 年 7 月 >

若我忠实而自由地写下
所有你应得的赞美，
人人都会爱我，
我曾这般想入非非。

<94. 致卡尔·施特莱克福斯，① 1826 年 8 月 11 日于魏玛 > 813

圣父让大自然来到世上，
它是最可爱的女性形象，
人的精神循着她的足迹，
忠诚追求，觉其温柔无比。
他们的爱并非无果，
一娃诞生，悟性清奇；
理性无敌。于是人尽皆知：
自然哲学是上帝的孙女。

① 但丁的译者施特莱克福斯（Adolf Friedrich Karl Streckfuß，1778—1844）。

<95>
1826年8月28日[①]
Am acht und zwangzigsten August 1826

人的日子被编织一起，
最美的财富受到攻击，
最自由的目光也已模糊；
你四处徜徉，孤独恼怒，
白日消逝，未曾欢享，
与世隔绝，命从天降。

得见朋友面庞，
旋获祝福、解放，
朋友相伴，你工作欢畅。
又有一人走到一起，
共同享受，共同努力，
便是三倍的力量和主意。

朋友，不为外压惑乱，
织就一体，相安永远，
每一天都快乐相嘱！
愉快地将最好创造；
同代人的友好
终是你我经霜的幸福。

---

① 歌德的生日。

<96. 致弗里德里希・瓦格纳， 814
1826 年 8 月 >

朋友们已尽心意，[①]
他们善良地将我记起，
这里，借一本《伊菲革涅亚》
向远近的朋友送上谢意。

<97>
致快乐充实地从美国归来的
最尊贵的兄弟卡尔・伯恩哈德[②]先生，
萨克森－魏玛－埃森纳赫公爵殿下
魏玛阿玛利亚共济会分会兄弟
Dem aus America glücklich-bereicherten
wiederkehrenden Ihrem durchlauchtigsten
Bruder Herren Carl Bernhard (…)
1826 年 9 月 15 日

船帆升起！风吹帆满，
怀揣梦想，一介少年；

---

① 弗里德里希・瓦格纳（Friedrich Wagener，1794—1833），他为庆祝歌德的生日举办了一次演出。

② 卡尔・伯恩哈德（Carl Bernhard），萨克森－魏玛－埃森巴赫的卡尔・奥古斯特（Carl August von Sachsen-Weimar-Eisenach）大公爵的第二个儿子，1825/26 年间到美国学习旅行，1828 年将自己的旅行观察著书发表。

如今心愿以偿，
全无丝毫缺憾。
于是驶向辽阔海面，
穿越花与沫的浪端。
刚到陌生地方，
就已置身家园。

这里就像蜂群，
搭建，抬入，
早晨还是赤贫，
晚上便已富足。
河道得以整顿，
周围几无人烟，
岩石耸而为家，
沙石化作花园。

旅行的侯爵
坚定而温和地致意，
兄弟般问候正直的人，
父亲般问候大小的孩子，
感觉如此美好，就像在
生机勃勃的神主之邦；
正直者令他感到自由，
他自觉和最好的人一样。

他会敏锐察看，

乡村中，城市里；
他喜爱交游欢舞，
正合美女心意；
他赢得战士爱戴，
熟悉战争与胜利；
隆隆炮声
严肃而光荣地响起。

高贵之邦的幸福，
常驻在他心底。
今天，他仍向
那里眺望。
不管怎样，
他回到了我们的家！——
世界因爱而自由，
亦因行动而伟大。

<98. 致玛丽安娜·封·维勒默，
赠一片落地生根叶，
1826 年 11 月 12 日于魏玛 > 816

静静地在萨克森萌芽，
快乐地美因河畔长大。
浅插肥沃土地，
它便发出根须！

新发的枝芽长高，
欢喜得一团拥挤。
适度的温暖潮湿，
对它们可是有益。
你若心存爱意，
它为你怒放自己。

<99. 致费迪南德·希勒，[1]
1827 年 2 月 10 日于魏玛 >

你所拥有的天赋
人人受益聆听；
有此美妙声音，
处处收获欢迎。

——

多么光彩的行伴！
你走在大师之侧；
你有他的名誉，
他有他的学说。

① 费迪南德·希勒（Ferdinand Hiller，1811—1885），音乐家，与其老师魏玛乐队队长约翰·内波穆克·胡梅尔（Johann Nepomuk Hummel，1778—1857）一起去维也纳参加钢琴演出。

<100. 致卡洛琳·里默尔，
附绣花图案，1827 年 3 月 20 日 >

你的节日它们赶赴不及，
梦中得见可爱的你；
今天，在冰雪之间，
它们将快乐的劳作唤起。

<101. 同一册《伊菲革涅亚》 817
赠予演员克吕格，[①]
1827 年 3 月 31 日于魏玛 >

诗人书中的倾诉
带着信任和希望，
艺术家的演绎
让它在德意志传扬。
用行动，用言说，
它宣告四方，以深情：
人所有缺陷的救赎
便是纯洁的人性。

---

① 克吕格（Georg Wilhelm Krüger，1791—1841）1827 年在魏玛扮演了剧中俄瑞斯忒斯（Orest）一角。

<102. 致封·波格维施[①]夫人，附一幅敖德萨[②]的画，1827年5月16日>

陡峭的岩石，辽阔的海域
不给人欢乐，也不予教益，
只因太过遥远的距离；
内心中那位朋友，[③]
他的喜好，他的回忆
闪闪发光，星样美丽。

<103. 为公主玛丽画像而作，1827年6月于魏玛>

妩媚而可爱，
恬静而和蔼；
忠实的人
于她定如黄金。

① 封·波格维施（von Pogwisch），歌德的亲家，儿媳奥蒂莉的母亲。
② 敖德萨（Odessa），位于黑海边的港口。
③ 指的是与奥蒂莉的母亲波格维施夫人交往密切的朋友阿尔伯特·封·埃特林伯爵（Albert von Edling，1772—1841）。诗与画应该都与他的一次长期异域经历有关。

<104. 致卡斯帕·施泰恩贝格[1]伯爵， 818
1827年6月12日于魏玛>

若能和一群群青年
在鲜花盛开的路上，
世界可谓美丽异常。
垂垂老去的日子，
若有高贵者到来，
噢，世界多么精彩。

<105. 给同一人，在他离开魏玛时，
赠袖珍版歌德作品，1827年6月>

旅途单调，时间漫漫，
由此可得一时消遣，
那是朋友的爱和义务：
短小的诗，袖珍的书。

① 卡斯帕·施泰恩贝格（Caspar Sternberg，1761—1838）。

<106. 致托马斯和珍妮 · 卡莱尔，[①] 1827 年 7 月 20 日于魏玛 >

< 写在一张明信片上 >
只为短暂相聚，
朋友卡片来寄；
然却心愿难遂：
汝友远在异地。

< 附一条金属丝链 >
当你对镜而坐，
眼中充满快乐，
丝链更添美丽：
却记：最美之饰
是让朋友心喜。

819 <107. 致塞缪尔 · 勒泽尔，[②] 1827 年 9 月 1 日 >

勒泽尔羽管和毛笔，

---

① 托马斯 · 卡莱尔（Thomas Carlyle，1795—1881）是歌德在世时英国作用最大的歌德阐释者。

② 塞缪尔 · 勒泽尔（Samuel Rösel，1769—1843），风景画家。1825 年歌德过生日时，他寄给歌德一幅画作，上面是歌德在法兰克福的故居庭院。歌德 1827 年生日时，他又寄给歌德一幅哈茨山风景画，歌德便回此诗。

我们该用桂冠环起：
因其向有功绩
时空变得充实。
遥远的来到眼前，
消逝的有他再现，
从父亲庭院的井，
到荒门静倚布罗肯山。

勒泽尔羽管和毛笔，
愿有阳光照耀如昨：
他会用高明的艺术
将美与善融入繁多。

<108. 致约翰·达尼尔·瓦格纳，[①] 1827年9月7日于魏玛>

你将西语之作寄来，
我有德语之作奉寄；
二者人皆熟悉，
愿其常存于世！

① 约翰·丹尼尔·瓦格纳（Johann Daniel Wagener，约1748—1836）（其父是歌德在莱比锡的大学同学）送给歌德一本自己撰写的西班牙语语法书。歌德回赠一本《伊菲革涅亚》。

八十载的艰辛
你我已然走过，
满头银发
还要把犁牵拖。

穿过生命的大门，
坚稳地，一道轨迹，
天使的歌声里，我们
合着同一旋律离去。

820 **<109. 写在卡尔斯·封·马蒂乌斯[①]的宾客题词留念册中，1827 年 >**

探究自然究为何意?
在内与外觅得上帝。

<110. 致范尼·门德尔松，[②] 1827 年 10 月 13 日 >

当我在无声的灵魂
为自己轻唱低吟:

① 卡尔斯·封·马蒂乌斯（Carls von Martius），植物学家。
② 范尼·门德尔松（Fanny Mendelssohn，1805—1847），菲利克斯·门德尔松的姐姐，曾为歌德的多首诗谱曲，包括此诗。

我深感她的缺失，
那是我亲选的唯一；
多么希望，
她唱我心之渴想，
啊，那窄小的胸膛
竟涌出欢歌嘹亮！

<111. 致大公爵卡尔·奥古斯特和封·海根道夫[①]夫人，1827 年 12 月 6 日 >

宝石和勿忘草，[②]
当下和未来的幸福，
真想飞回你的怀抱。
两件价值高昂的珍宝，
年轻年老都想得到；
如果宝石吸引我们的目光，
走进心里的却是：勿忘草！

① 封·海根道夫（Von Heggendorf）。
② 公爵在 1827 年 11 月 12 日送给歌德两本书，宝石和勿忘草都出自书名。

<112. 写入宾客题词留念册，[1] 1827 年圣诞节 >

玫瑰蓓蕾
Rosenknospen

当夏日燃起，
玫瑰的蓓蕾宣示自己，
821 谁愿错过如此欢乐，
这一满足，这一承诺！
在此植物王国，它是
目光思想还有心的统治。

<113. 致珍妮 · 卡莱尔，[2] 1827 年 12 月 27 日 >

< 胸针 >
明亮的背景中，这位朋友
以摩尔人的身份向你致意，
它的快乐我羡慕不已，
当你的目光向它投去。

---

① 此诗出自女大公露易丝（Luise）的侍女卡洛琳 · 魏兰（Caroline Weyland）的遗物。

② 珍妮 · 卡莱尔（Jane Carlyle），与礼物一同送出的是三张新年卡片，其中第一张上用一根针别着一个黑色的歌德小画像。

<手镯>

它套住了你的右手，
你总将它伸向朋友；
请记得有人在远方
用爱心向你们遥望。

<《赫尔曼与多萝西娅》[①]>

高贵的德意志家艺
向海的那边寄去，
那里的静静忙碌，
圆满着家的幸福。

<114. 致大公爵卡尔·奥古斯特，1828 年元旦>

崭新礼物时时缺少，
即便旧的还未变老，
就像爱、尊重和忠诚
永远鲜活，存于胸中。

即便多有描述
人之畏，人之求，

① 即歌德的叙事诗 Hermann und Dorothea，又译作《赫尔曼与窦绿苔》。

只因心存感恩，
生命方值拥有。

822 **<115. 写入卡洛琳·封·埃格洛夫施泰因的宾客题词留念册，1828 年 1 月 1 日 >**

< 献辞 >
朋友，新年到来之际，
我快速送来评语：
你的封面装饰美丽。
昔日忠实相随，
新年日新月异，
又是一程，岁月相继！

< 正面①是魏玛附近一座公园中的罗马建筑 >
人喜以罗马建筑称之；
居住者却与我们相识。
真正的德意志思想，
世界意识，令他获益。

---

① 正面与背面指的是纪念册的封皮。

<背面是公园中的隐居所，又名修道院>

建于五十年前，
静静立于路边，
看情侣由此走过，
正如当初你我。
那时灌丛可爱清凉，
阳光在树荫下跳荡，
相爱之人美好相依，
总在寻觅，常常相遇
快乐生活，勃勃生机，
现在交于你们手里。

<116. 致……，1828年5月17日>

我看到告别时
她手捧鲜花，宝石：
你们祝福她，纯善的姑娘，
就在我们曾经站立的地方。

<117. 致伯爵夫人拉普， 823
在她唯一的儿子死后，1828年5月>

魏玛，因许多的快乐
就像春天吐绿的小树，

你为何给她这一痛苦？
她该拥有至纯的幸福。

<118. 致诗人亚当·密茨凯维奇，[①] 1828>

附赠一支启用的羽毛笔

Mit einer angeschriebenen Feder

我心献于诗人，他要将你检验，
快乐细致地将我们的女友夸赞。

<119. 致塞缪尔·勒泽尔，[②] 1828 年 11 月 4 日于魏玛 >

若身手敏捷的小偷
敢与机灵的窝主结盟，
直到法网一朝临头！
且将勇敢的拯救称颂！
亲友都心花怒放，
若他能与之分赃。

---

① 密茨凯维奇（Adam Mickiewitz），波兰诗人。钢琴家玛丽·希马诺夫斯基卡代他向歌德求一支羽毛笔。

② 或许是对收到一件盗自意大利的艺术品表示感谢。这种事在当时被视为小过，甚至有人视之为“拯救”。

让我欢迎你们，
教皇，耶稣，入门标志，①
无敌的挽救者已经
让其从毁灭中逃离。
愿珍馐美酒快你心意！
愿通往天国的门
异教的钥匙也无法开启。
　　　　一位感恩的亲友

<120. 致多梅尼科·普雷达利，② 写入歌德作品第一卷，1828 年 12 月 1 日于魏玛 > 824

这一小书系列
可见旧作新曲！
再度将它捧起，
总是愉快，受益。

① 可能是指基督教的救赎标志，比如十字架。
② 多梅尼科·普雷达利（Dominicus Predari），为魏玛一商人。

<121. 致日内瓦附近的
玛丽·杜瓦尔·楚·卡提尼，[①]
1828 年 12 月 3 日于魏玛 >

幸福之国到处可遇
蜜饯柠檬皮，美极！
聪明的女人将其做成，
糖浸美味，诱人品享！
如此可敬的努力，
诗人要高度赞赏，
当他品尝心仪之礼，[②]
一份完美，寄自远方。

<122>
策尔特的七十岁生日
Zelters siebzigster Geburtstag
1828 年 12 月 11 日由建筑者、
创作者、歌唱者庆祝

建筑者 合唱
庄严的厅堂[③]是你们装饰，

① 玛丽·杜瓦尔·楚·卡提尼（Marie Duval zu Cartigny，1791—1867），为下条脚注所及索雷的表姐。
② 魏玛太傅弗雷德里克－让·索雷（Frédéric-Jean Soret，1795—1865）的亲戚托人把自己做的果酱送给歌德。
③ 1825 年投入使用的歌唱学院。

高贵的和谐是你们建起，
今天要让这个男人高兴，
他给了你们自己的一生。

独唱
你们大胆地高声言说
他的努力，他的美德；
因为衷心的承认
让老人再焕青春。

歌唱者 合唱
大声让庄严的歌唱
充满美饰的厅堂，
让真情在歌声中
自然流淌。

独唱
让我们尽情欢庆
这位功臣的新生，
愿一位少年
记得及时出现。

创作者 宣叙调
我快乐地进来了，
感谢你们与我同乐，
尽享节日欢愉，

为周围的美好着迷。
我面向各方，放纵大胆，
如此美好，如此欢乐；
当友谊与爱的圣言
飞起，更亮每一角落。

咏叹调
呵护有加的鲜花，
一束束捧送于他，
花儿送与情人，
多么可爱娇嫩。
花儿开始吐香，
初放的娇容
化作歌声
飘向宇宙轻风。

建筑者 独唱
昔日他给我们关爱，
我们为他建起家宅。

826 **歌唱者 独唱**
他日日关爱你我，
我们让它充满欢乐。

三人
花儿开始吐香，

初放的娇容
化作歌声
飘向宇宙轻风。

创作者 独唱
电闪雷鸣。[①]
晴朗的一天
忽然不见
快乐和光明。

建筑者
无意识地堕入
黑暗和雨雾，
悲哀深深
滋养高贵的心。

歌唱者
崇高优美的旋律
从深思的胸中流出，
啊！这只是悲音
痛将所失哀诉。

① 策尔特经历的打击：1806 年第二个妻子去世，1812 年继子自杀，1816 年最小的儿子死去。

创作者 独唱
那时候，忙碌的我们
有心无力！
他却懂得充实力气，
他是男人，顶天立地。

建筑者
他顶天立地，

827 **歌唱者**
他顶天立地，

建筑者
他是

歌唱者
他是，

全体
是我们的男子汉。

创作者 带合唱的咏叹调
还有何需！
我们欢乐歌唱，
开始和结束，
我们都是这样，

愿每一个年份
都圆满得享。
让他的行止
合而为一，
请予他恩赐。

建筑者、创作者、歌唱者
三人或四人
我们感恩的歌声
永为清澈的河水祝福，
在这快乐的开端
我们已太久驻足。

全体
感恩，喜悦，友好，
选中的朋友，那么忠实，
你们的桂枝
将可敬的白发三重环起！

828 **<123>**

策尔特的七十岁生日

Zelters siebzigster Geburtstag

歌德和门德尔松－巴托尔蒂敬献[①]

在这个高贵之地
严肃与快乐交织，
精神由心，声由话语
庄重地获得活力；
快乐地享受当下，
人并非每天
都能如此欢宴。

异常严肃的命运
将人的一生统治，
曾经多年的赋予
片刻便卷席而去。
财富如此消逝，
刚强勇敢的追求
让我们不断获益。

但忘川的清凉
今天也要得尝！

① 这是一首席间歌曲，策尔特的学生门德尔松作曲。

忠实情感，虔诚感恩
充溢每一个灵魂。
让永恒的和谐
时而相寻，时而躲避，
终成一对连理。

男子汉就这般勇敢；
愿他长寿！寿比南山！
愿他宾客满堂，
欢乐无限，
让他接受、给予，
在周年庆典和每个节日
为我们付出最美的努力。

<124. 致塞缪尔·勒泽尔，1829年1月25日> 829

黑暗中，没有影与光，
格拉提亚[①]和小爱神
悄把罗塞尔拜访；
他会将他们迎进。

① 格拉提亚（Gratia，诗中用的是德语 Grazien），罗马神话中的美惠三女神。

无可救药的废墟
在他艺术家的手里
会变成一座花园，
他用线条变出
森林和草原，
也会为阿黛尔的涂鸦
那轮廓柔和，优美的黑暗
将光与影添加。

<125. 致伯爵夫人尤丽叶·封·埃格洛夫斯泰因，1829 年 5 月 25 日 >

忠诚地匆匆送上祝福，
愿平安快乐相伴美好旅途。

<126. 致……>

急急向您献上
短短几行诗句！
啊，您给我留下
怎样的回忆！

<127. 致……>[1]

思想迅疾，毫不怀疑，
思考、做事，却无深虑，
一心忠实，付出一如接受，
享受亦会分享，活着，以爱的方式。
快乐闪亮的眼睛，面颊青春红润，
从未获称美丽，到死都是可人。

我有时友好地向他看着，
也痛苦地为他做了许多。
当我可怜的心悄然破碎，
我告诉自己：很快你亦随去！
太重的负担，我所背负的家，
尘世一介过客，只是因为他。

<128. 写在奥古斯特·雅各比[2]的宾客题词留念册中，1830 年 3 月 26 日于魏玛>

美好教导，册中实为不少；
汇在一起，最终只有一句：

① 诗中的第一段从一个男性的视角写下，第二段则是一个女性的视角。
② 弗里德里希·海因里希·雅各比（Friedrich Heinrich Jacobi）的孙子。

善意地环顾，友好地寻觅，
你会找到精神与心灵所喜。

<129. 致……>

迫不及待地促成善事，
纯粹的理性，清醒的意识，
战胜自我是他的最高胜利。
努力发掘他的艺术价值，
让灵魂远离激情与傲气，
高贵的自我只余
平静如水的心灵。
严厉而温和，温柔而坚定，
天堂接受了通过考验的赤金。
凡身止息，圣人飞升而去。

831 **<130>**

为隆重的教友庆祝会而作
Dem würdigen Bruderfeste
1830 年施洗约翰节[1]

五十年[2]飞逝，

---

① 6 月 24 日。
② 歌德加入教友会五十年。

诚是悲欣交集，
五十年已是
真实的过去。

但是高贵的作用
总是生机勃勃重新再来，
朋友之爱，男人的忠诚
和一条永远稳定的纽带。

撒向遥远的地方与近处
各自分离，严肃的集体，
谦卑之星，熠熠生辉，
如同烛火，令人心怡。

好吧！继续敬重人类，
快乐地达成一致，
让我们坚为一体，
仿佛我们就在一起。

<131>
回敬 1830 年 8 月 28 日从法兰克福到魏玛的节日礼物[①]
Erwiederung der von Frankfurt nach Weimar den 28. August 1830 angelangten festlichen Gaben

旋律：今天在高贵的圈子里等[②]

我们惯让水晶杯
迅速填满泡沫
适度，无度
832 满足，止渴；
欢乐酒徒的银杯
装饰真是繁多，
令人甚为疑惑。

贮存或短或长
相赠如此之量，
就像整个美因河
尽已流向北方。

---

① 在歌德生日这一天，多名法兰克福市民给歌德送来银酒杯和二十四瓶最好的法兰克葡萄酒。

② 法兰克福市民赠礼的附信中引用了歌德的一首聚会歌曲《吾生忏悔》（Generalbeichte）。歌德回敬的这首歌便给出了忏悔歌的旋律，“今天在高贵的圈子里”便是这首歌的第一句。

你们的快乐惬意
我们感激地分享，
值此美好时光。

金杯，银杯，
敬意皆应同享；
永惜美好精神，
它在无声教育：
要习惯单纯，
让我们的心
真善美中常居。

<132. 致珍妮 · 卡莱尔，[1] 1831 年 >

这幅画中我无法
看出朋友的面容，
如果他真地做个鬼脸，
大自然都会觉得惊恐。

① 珍妮 · 卡莱尔（Jane Carlyle，1801—1866）。歌德在英格兰的阐释者托马斯·卡莱尔（Thomas Carlyles，1795—1881）曾让一位流浪画家为自己画像，他的妻子试图对它进行完善。

833 **<133>**

给施梅林小姐

Der Demoiselle Schmehling

在演出《骷髅山的圣海伦》之后

1771<1767> 莱比锡

声音清澈，心儿欢乐，
最纯净的青春之礼，
你和皇后[①]一起
来到神圣墓地。
那里一切都获成功，
你君临万物的歌声
将我带入胜境，
心醉神迷，幸福之中。

致玛拉夫人[②] < 父姓施梅林 >

An Madame Mara

快乐的年度庆典

1831 年于魏玛

你的荣誉一路歌声，
开阔了每个心胸，

---

① 即康斯坦丁皇帝的母亲，传说曾在耶路撒冷的骷髅地（Kalvarien）山（又名各各他山）上发现耶稣的十字架。

② 格特鲁德·伊丽莎白·玛拉（Gertrud Elisabeth Mara，1749—1833），父姓施梅林（Schmehling）。

我也在小路上歌唱，
辛劳与脚步变得轻松。
目标已近，我今犹记
那段时光，如此甜蜜。
你能感受，向你祝福
致意，让我多么欢喜。

<134. 致玛丽安娜·封·维勒默，在寄回她的来信时，1831 年 3 月 3 日 >

到我可爱的人儿眼前，
到写下它们的指边，——
炽热的渴望曾充满
等待、接收的心间——

这些信笺要回到 834
让它们流出的胸前，
永远心甘情愿，
将曾经的美好明鉴。

<135>

刻印文字

In Schrift

写在一张周围环绕出色的袖珍画的插图上，该画再现了一位可敬的朋友，男爵封·罗伊特[1]的生平事件和境况，由他本人以极高的天赋和令人钦佩的细致完成。

<1831 年 4 月 >

图画真已足矣！
相助何需言语？
可爱生命悄逝
处处留下足迹。

我们赞美他的才能，
将可怕的灾祸战胜，
大路小径旁的鲜花
为可爱的朋友焕新。

---

① 格哈特·威廉·封·罗伊特男爵（Gerhardt Wilhelm Baron von Reutern，1794—1865）。

看到它的目光
都会露出赞赏，
精神振奋，欢乐
在无声的喜悦中沉默。

寄出上面提到的诗配画
Absendung des Vorstehenden

话与图，图与话
引你们处处游走，
可爱的想象
感觉百倍自由。

<136. 写入埃内斯蒂娜 · 杜兰特 – 恩格斯[1] 835
的宾客题词留念册，1831 年 6 月 >

“礼拜四去观景楼！”
一周就这样过去；
这便是女人们的教导：
快乐之人，快乐之地，
即便在游旅中

① 埃内斯蒂娜 · 杜兰特 – 恩格斯（Ernestine Durand-Engels，1795—1845），歌德夫人的一位女友。

不再有同样的活力，
衷心的愉悦造就
轻松快乐的回忆。

**<137. 写在路德维希 · 德布勒[①]
的宾客题词留念册中，1831 年 7 月 >**

何需一个加印的证书？
你的不可思议已是令人叹服。

**<138. 致封 · 马蒂乌斯夫人，
寄送一只洋蓟，
1831 年 8 月 11 日于魏玛 >**

可与所有水果相比，
甘甜多汁，美味细腻，
来自保护最好的地区——
我把硬硬的飞廉寄去。

这只飞廉，你要承认！
对它我无可指摘，

---

① 德布勒（Ludwig Döbler，1801—1864），一位魔术师。

我们最爱的部分，
就在它胸中深埋。

<139. 致莱廷·旺格曼夫人，[1] 836
1831年11月4日于魏玛>

从花儿到果实，
种种自然故事，
在你的小山聚起。
尤喜去挖根须；
所有的生命翅膀
都扑闪在收成四方。

从果实到花朵，
我们不知疲劳；
对此馈赠的享受
青铜之上精雕。
大自然让你欣喜，
艺术亦那般美好。

---

① 莱廷·旺格曼（Rätin Wangemann），丈夫拥有一个苗圃。与此诗一起寄上的还有一个艺术徽章，上面有歌德的肖像、一个两面神像和两只装满鲜花与果实的丰饶之角。

<140. 致策尔特，1831 年 12 月 11 日 >①

一边是鲜花繁茂，
一边是果实丰饶，
我多想惬意地
做一番节日布置！
但一阵暴风雪
呼啸如此猛烈；
更僵硬了一切，
享受这一景色！
向所有景色致意！
它们走在前列，
后面还有更多——
永远，永无止息！

837 <141. 致燕妮 · 封 · 帕本海姆，② 1832 年 1 月 16 日 >

给著名的获得承认的你

Der Bekannten, Anerkannten

真想亲自看你，却是只能放弃，
将你双眼凝视，谁人竟是可以。

---

① 随寄了上一首诗暗示的同一个艺术徽章。

② 燕妮 · 封 · 帕本海姆（Jenny von Pappenheim，1811—1890），奥蒂莉的一个朋友。一位友人送给歌德一幅她的肖像，歌德为此给燕妮写下此诗。

<142. 写在一本宾客题词留念册中，1832 年 3 月 7 日于魏玛>

虔诚的愿望，朋友的话语，
在此卷册，永远存续！

838

< 忽略、舍弃、未完成作品 >
<Übergangenes, Unterdrücktes, Fragmente>

当胸中激情荡漾，
当双眼婆娑朦胧，
还有一颗心为我跳动，
还有一个灵魂为我闪亮。

我盗得些许天赋。
做好事，成善举，
先要信善人善物。

奥特兰托城堡[①]
Die Burg von Otranto
预言之续

奥特兰托城堡的房间被悉数占据，
第一个拥有城堡的巨人怒火难息，
一步步驱逐了侵占者
悲惨啊逃离者！悲惨啊留下者！

---

① 奥特兰托（Otranto）。副标题暗示的可能是同一时期完成的《巴基斯的预言》（Weissagungen des Bakis）。

我或许不知地狱中的老人[1]
会让我感到恐惧；
若非我喜欢的每一个女人
都在这上面对我颐指气使。

自然和艺术似在相互躲避，
未曾料及，它们便已相遇；
反感也离我而去，
二者似乎皆在诱迷。

或许只需真诚努力！ 839
只有在宁静时刻
用精神和勤奋让自己与艺术结合，
大自然才会重燃心中之火。

所以即便拥有了所有的教育：
未曾结合的灵魂只能徒劳地
将纯粹的高度求取。

追求伟大，须将精神抖擞；
局限中方显大师，
唯法则能予人自由。

---

① 魏玛剧院的一个管理者弗兰茨·基尔姆斯（Franz Kirms）于 1801 年 12 月 24 日向魏玛的所有未婚男子发了一个通告：谁人不能赎身，将像随附的图画中看到的一样，在地狱里被恶毒的老处女雇作坐骑、受其虐待。于是歌德就写下这首诗。

< 出自雅各布·格拉茨[①]
自然史的绘图读本，1803 年 >

不仅在绿色大地上
多姿多彩的自然
沐浴明媚的阳光；
就是巨石间的深隙
也有形与色的痕迹。
小小样本便在此地。
但见石英和石灰
在立柱和平板中积聚；
一条窄带着色美丽
和谐地穿过碧玉；
有数百万颗粒的砂岩
延伸于每一片土地；
一堆植物碳化，不见，
又在土壤中出现。
登山时，海里的贝壳
你常见它们滚落。

接着会有人给你解释，
许多沉重的脚步后，你将
得知，花岗岩，斑岩和大理石
该在世界的什么地方。

① 雅各布·格拉茨（Jakob Glatz，1776—1831），神学家和教育家。

看过了岩石和石头，
金属就马上前来引诱，
艺术、暴力和欺诈[1]
都不懈地将它贪求。

在大地的怀里，你
充满预感的喜悦悄无声息，
但见黄金，一层金属地衣，
成长着与石头分离，
银为灌木，铜是矮林竖立。
你结结巴巴地口吐惊奇，
新的宝藏没有丝毫遮蔽。

从几何学来看锡和铅
双双局限于角和面，
铁却常常自由滴落，
形状好似球果。
朱砂的红色之力溢出
向你滚来小小的汞珠。
锌和钴于人何益，
你的老师会做出阐述。

书页上不曾写下的，

① 艺术指铸铜者和画家，暴力指士兵，欺诈指伪币制造者。

他会在博物馆讲给你；
拉着他的手去参观，那里，
大自然虽明白地将自己隐去，
却将灵魂与情感给了每一块石头和你。

——

河水跌落山林，隘口敞而不闭；
水却不会再回到敞开的门里。

——

不！它已回去！幻化的云正飞升而去，
以最大的动力飘起，一袭火红的晨衣。

841 **<靡菲斯托说：>**①
我的每一个日子，
都高度评价自己，
你若向其问起：
最重要的他已理毕。

你要自己背负的
都是沉重的负担，
别人怎样呻吟，喘息，
你都觉他只是担得一点。

——

① 历史学家海因里希·卢登的回忆录《回望人生》（Rückblicke in mein Leben）中记录了他与歌德的一段对话。对话中，歌德借用靡菲斯托的语气以诗歌的形式作答，卢登的记录可能有个别地方不准确，诗的韵脚和含义却是准确的。

<靡菲斯托说：>

一个个民族在灭亡中留下的，
都是一记记苍白的影击：
你会清楚得见，若要捉取，
纵日夜飞奔，亦徒劳无济。

一味捕捉阴影，
只能摸到空气：
不断在阴影上将阴影堆积，
终会看到黑色已包围自己。

词源[①]
（靡菲斯托说）
Etymologie

Ars，Ares，战神之名，阿瑞斯，
Ars 是艺术，A…亦广为人知。
这些神奇的音里藏着怎样的秘密！
语言一向是纯粹的天堂气息，
唯沉默的凡世之子方可感知；
根基牢固，用来才觉容易，
住在何处，都要随人之习。

① 来源不明，因副标题归类于此。

但凭感觉的言说，只会说服自己。
842 然而当大钟叮当摇晃，
一切都纷涌汇聚！
技成就艺，美源于象。
语言却是得于缓击，
一个民族断续说出的
定是心与魂永循之律。

——

人敬之为神者[1]
便是炫于其外的内核。

——

主题

“对宫廷侍从来说
没有英雄！”[2]

论述

英雄不是宫廷侍从，
这我必须报告。
只有英雄
拉屎撒尿

---

① 在和里默尔就古希腊罗马展开的对话中，歌德说：“世间还有国王，也就还有神。当民众开始统治时，就没有了个人的尊严，有的只是位置的尊严。众神也便衰落了。”

② 英雄只有英雄能够承认。

侍从才和他相同。
可他也想是个什么。
于是奴才就向
一群可怜虫说：
主人也就适合我，
重要可是说不上。

日记[1] 843

Das Tagebuch

1810

> 我又拥住另一个女人，
> 可就在靠近乐事的瞬间，
> 爱神弃我而去，
> 让我想起我的妻。[2]

I

常常听说，或许终会相信
人心永远莫测高深，

---

① 按意大利诗人詹巴蒂斯塔·卡斯蒂（Giambattista Casti，1721—1803），《用八行诗体写成的风月故事集》（Novelle galanti in Ottave rime，1793）的风格写成。该作者是歌德在罗马认识的。

② 原文为提布鲁斯的话：aliam tenui, sed iam quum gaudia adirem, /Admonuit dominae deseruitque Venus.

不管人怎样改变，
基督徒和异教徒都有罪愆。
最好仍是，我们握手言和，
莫对教训太过敏感：
即便诱惑的魔鬼出现，
也会受制，得救的总是美德。

II
常常远离亲爱的妻，
久久不归，为世利，
纵有收获，有受益，
心中永远只有你，
正如夜幕中有群星闪亮，
遥照你我的是爱的回忆：
在此将白天之事，用蜜语
写成一个友好的寓言给你。

III
匆匆归去，断裂的车
让我一夜延迟，
我已在想该怎样回去；
耐心和车骑乃我必需，
纵是发狂，铁匠和造车匠
皆无意多言，只顾捶打，
每种手艺都有它的笑话。
除了停留和牢骚我还能怎样。

IV 844

此刻我站在这里！星辰招牌
唤我前去，房间看似可以，
一位少女，少见的美丽，
手中烛光亮起，令我顿感惬意。
走廊和楼梯如此温暖，
小小房间让我快乐无比。
漂泊在外的罪人，美人将他缚系，
绕他盘旋不已。

V

像平常一样，当人已睡去，
坐下来开包翻阅
信件和日记的细节，
给我和亲爱的人欢愉；
但不知怎地，墨汁
并未像平常那样记录琐屑点滴：
少女来送晚餐，动作那般熟练，
一声问候，一身尊严。

VI

她去而复返；我一言，她一对。
每一句都让我觉她更美。
她为我把鸡肉轻撕，胳臂动起，
双手麻利，更麻利。
一团疯狂在我们心中生出翅膀，

够了，我愈发无措，愈发痴妄，
我撞翻椅子，猛然一跃，
抱住美丽少女；她悄声说：别，别！

VII
嬷嬷在下面偷听，老泼妇，
她在细心计数做事的时间；
她在想象我在此所为，
每一分耽搁都让她再甩长鞭。
但你不要锁门，不要睡去，
午夜时分，很是有利。
她飞快地将双臂从我怀中抽去，
匆匆离开，归来要待再次服侍；

VIII
然而她也在看我！每一道
目光都向我流露承诺的美好。
她没有克制无声的叹息，
这叹息让她的胸更加美妙。
我看到，爱花飞逝的红晕
在她耳边、脖项泛起，
无事可做，她只能离去，
犹豫，回望，消失。

IX
房子和街道已在午夜沉寂，

一张大床已为我铺起。
爱准备好了一切，建议
我躺在窄小的一隅。
蜡烛是否吹熄我正犹豫，
就听她，脚步轻移，
我贪婪的目光向颀长的姑娘扫去，
她将自己给我，我拥住美丽的身体。

X

她挣脱出去：且让我与你相叙，
这样我就不是完全陌生地归你。
外表违我心意，平日我很笨拙，
从不会把男人迎合。整个城市，
整个地区，人人都说我很冷淡；
现在我却知道，心会如何转变：
你是我的征服者，你别生气，
一见钟情，我发誓要得到你。

XI

我是你的，如果我懂得更多，
更多也会给你；我说到就会做。
于是她拥我在她甜蜜的胸前
仿佛我的胸口是她唯一喜欢。 846
我亲吻她的唇、眼和额头，
却进入一个神奇境界：
一向激情出演大师的我

像学生一样退缩，冷却。

XII

一句甜言，一个亲吻她似已足够，
好像这就是她的全部渴求。
以深情的顺从，她那般羞涩
将丰满的身体给我！
每一个表情都陶醉而喜悦，
却又那么平静，仿佛无所或缺。
于是我讨好地看她，安静下来，
一边对大师抱着信任和期待。

XIII

我继续对命运的思考，
万千诅咒将灵魂燃烧，
咒骂自己，作幸灾乐祸的嘲笑，
不管我怎样犹豫，事情并未变好：
她躺在那里睡着，比醒时更美；
灯芯长长，烛光昏微。
白日辛劳、青春的烦恼，
睡意最喜相伴，而且从不太早。

XIV
她美妙舒适地躺在那里，
仿佛床铺只属自己，
她毫不抗拒的无力的人啊，
被挤贴墙上，碾入地狱。
漫游者饱受口渴煎熬，
却在泉边遭遇蛇咬。
她可爱地呼吸着沉沉入梦；
他屏住呼吸，不敢惊动。

XV 847
面对空前景象，他坦然
说与自己：你必须体验
新郎为何手划十字，愿自己
不要有“系鞋带”[1]的遭遇。
宁可在远方看天降长斧，也不
受此戏愚！几年前可是与此
迥异，当你的妻第一次
在华丽明亮的大厅走近你。

XVI
你的心在膨胀，还有你的感官，
整个人都迷醉地旋转。

---

① 隐喻魔法（Analogiezauber），即打结、上锁之意。

你抱起她，飞速地舞蹈，
双臂和胸膛几乎无法将她拥抱。
仿佛你想从自己这里将她赢取，
为她而转动的一切都加倍几许：
理智、玩笑和所有的活力，
而且比其他那些大师都要迅疾。

XVII
就这样喜爱与渴望不断增长，
春天里我们成了新郎和新娘。
她成了五月最美的鲜花和光彩，
青年伴侣有了更多爱欲的力量！
当我终于将她带入教堂：
我只承认，面对祭坛和牧师，
面对血流满身的基督和痛苦的十字，
上帝宽恕！激动着的是那另一个。

XVIII
新婚之夜，床上无数装饰，
柔软的枕头，长长地伸展开去，
地毯用丝绸的翅膀遮蔽
相拥的快乐与爱意，
笼中的鸟啊，你们鸣啭的歌声
唤起新的快乐却从不过早扰梦。
848 你们永不疲倦地关注她和我，
又用你们的保护将我们轻笼。

XIX

我们常常像情人一样尽情
享受婚姻的神圣权利，
成熟的秧苗，环绕的芦苇，
任激情恣肆，所在不可思议。
我们时时刻刻，不倦地
一次次由顺从的仆人服侍！
该死的仆人，你酣睡不醒！
你已让主人将最美的幸福失去。

XX

现在大师他变得犹豫，
不听命令，也不容轻视。
他突然来到，悄无声息
挺立着，一展全部华丽。
现在一切全由漫游者控制，
泉边的夜已不再为他渴求。
他俯下身，想把梦中的女人亲吻，
却又停住，感觉自己已被拖走。

XXI

谁让他重新拥有力量？
那个对他永远宝贵的形象，
——青春的快乐中与他结为夫妻——
像令人振奋的火一样亮起，
刚刚还在无力中折磨自己；

此刻强大的他已心无畏惧，
他打个冷战，小心地，轻轻地，
轻轻从美丽的魔圈里走了出去。

XXII
他坐着写道：家乡的小门近了，
过去的几个小时已要离我远去，
现在，我在最特殊的地方将我
849 忠实的心重新和你连在一起。
最后你找到了神秘的话语：
疾病才让一个健康人证明自己。
这本小书要让你看些美好，
只是最好的，我终要避而不提。

XXIII
雄鸡啼鸣，少女迅速从被下
钻出，紧身胸衣飞快地套起。
她感觉自己如此怪异，愣愣地
抬眼一看，旋即又低下头去，
当她最后一次消失，
她美丽的四肢仍然停在他眼里；
邮车响起了喇叭，他飞身上车，
放心地随它向最爱的人驶去。

XXIV
因为最终在每种文学作品里，

道德都要认真地给我们教益；
我也要以此为人喜爱的正规方式
向你们坦白这些诗句中的深意：
我们或许会在生命的旅途中跌倒，
但在这个世界，这个疯狂的世界，
有两个杠杆大大影响着尘世的喧嚣：
义务纵是强大，爱却将它无限超越。

——

噢这孩子懒洋洋地咕唧唧！
妈妈给他抹到嘴里的糊糊
他还没有吞咽下去。

——

甜美的娼妓我欢迎你们，
因为只有你们让世界美丽；
你们此刻让我们获得
伪君子多年未曾给予的东西。
不曾感觉的，她会想象，
装出快乐，她还自鸣得意；
从夏娃开始就为欺骗造就，
没什么比撒谎更为她遮羞。

——

用爱与荣誉和别的东西，
你给自己痛苦如许！
要是有一个能干的S……，①

---

① 可能是男性器官的一个委婉表达。

女人们或许都会满意。

——

如果一切只余微光
如果荣誉连同向往
全都在琐屑中沉落，
生命，还剩下什么。

但没什么会让你消亡，
如果你不顾生命倏忽，
永远心存渴望，
先是酒瓶，然后……

——

一个漂亮姑娘，
总是忙碌劳累，
小伙儿喝了几杯，
此后无法安睡。
如果他们相遇，
过错又能在谁？
他把醉意睡去，
她一夜拥眠醉意。

——

851 耶拿人懂得很多，
只不会用醋做酒喝。

——

让天生的骑士作战，
拯救王国，遏制敌人，

任长矛根根折断。
高贵的军团
为深陷困境的民族
洗去久忍的耻辱。

巧妙的退让，伪装的逃亡，
抵抗猜忌的武器
比长矛和刀剑更有力量。
欺骗你不必羞耻。
悄声移步，聪明举止，
都会让对手上当。

——

说谎和虚伪的人你要远离，
为了让你迎合，
他们会奉承于你。

< 谜语 >

她们再次登场，
调皮的小小姑娘！
漂亮的小手
居然六个指头！

一群人自诩
时间伴侣，

还可爱地配上
修剪的胡须[1]。

852　没一个裁缝可以
衣蔽这许多裸体，
即便他从地狱中
抓出地狱[2]。

人若追求她们，
她们或许就是 H……[3]；
但她们的身体
也太过纤细。

人无视
她们的来历；
我已说出两次
她们[4]的名字。

---

① 指修剪过的草地。

② 德语中人们把裁缝扔边角布料的地方称为地狱。

③ 德语口语中把秋水仙称为裸体妓女，H 这个字母是德语中“妓女”（Hure）一词的首字母。

④ 里默尔给出的谜底：秋水仙。

<续毕尔格[1]的一首诗>

这可爱的少女然后说什么？
她说了什么？说了什么？

你的歌颇为夸张，
就像许多人那样；
然而真实的爱，
它很少勉强。
不相信幸福，
谁将婚姻盼望，
其余的总会适应，
前提是！我是新娘。

所有那些财富
自然没你一物；
所以不要去唱
臆想的痛苦。
我毫不畏惧，
我可当面发誓。
永远忠诚，永远爱，　853
其余皆非必需。

——

① 诗人戈特弗里德·奥古斯特·毕尔格（Gottfried August Bürger，1747—1794）。

情人是个消遣，我正把她渴念，
她身材如此苗条，戴一顶针刺小帽。[①]

——

暖风吹来，
请你吹上脸庞，
青春路上，
心因你而飞扬。

——

夏娃啊，你已得宽恕，是智慧的儿子们
洗劫了圣父种下的那一棵树。[②]

——

如果你希望你的女人怀孕，
就把她送去浴场，而你不要同往。

字谜[③]
Logogryph

第一个词给我足够欢兴，
第二个词却让我变得聪明。

---

① 出自1814年歌德写给克里斯蒂安娜的一封信，诗中所写的是歌德爱吃的蔬菜莱蓟。

② 可能是1814年12月20日歌德参加了耶拿洛尔斯巴赫（Georg Wilhelm Lorsbach，1752—1816）教授的圣诞庆祝，其间两个爱开玩笑的人趁人不注意偷了圣诞树上挂的苹果和坚果。歌德即成此诗。

③ 一种增减或改变一个字母变成另一个单词来猜的字谜，现已无法判定歌德所想的词语。

古老的火祷 854

Alter Feuersegen

一个男孩走过田野，
一本金书捧在手里。
他会读，他会写，
会逐去所有暴雨。
一房失火，他清楚地看见！
啊，多少可怜的人还在里面！——
啊，至高无上的火焰，
我请求你，莫添祸患，
静静站立，
莫挪移。——
他绕房一周——
火已熄。

——

汉斯·利得里希[1]

亲个嘴儿，干一杯，
噢，喝得多香！
如果我把鞋子喝没，
脚嘛，还有一双。
一瓶酒，伴姑娘，
音乐和歌唱。

① 汉斯·利得里希这个名字德语为 Hans Liederlich，其中 Hans 是德国最常用的男名，易用于嘲讽，liederlich 一词则是放荡的意思。

我真想，就这样
把一生欢享。

当我告别惨生，
留下遗嘱，
只会引起纷争。
没人会感谢相奉。
临终之前吃光喝净，
这份遗嘱才是正经。
伙伴
亲个嘴儿，干一杯，
噢，喝起来可真香！
留住你的鞋，
双脚不会伤。
一个姑娘，一瓶酒，
音乐和歌唱，
要想一生拥有，
你要为她付账！

——

不要以为，我在攻击你们这群蠢货，
我非常清楚我在为谁写作。

——

父亲，父亲，母亲在哪儿?
她是我灵魂的第一份爱。
那里的乌鸦，把食物等待，
公正的剑，致命一击。——

母亲，是她生我下来。

儿子也没了希望。

他们为宝剑而战
一场最危险的战斗
但父亲强大的右手
可能把剑从儿子手中夺走。

——

梅第奇的维纳斯周遭安宁，
美景宫的阿波罗也置身宁静；
他们的分别如此坚决，
竟太想回到对方身边。
于是男神和女神，男人和女人
最高的义务变成了消磨时间。 856
但是同质与同质的交换，
神奇地在同一身体展现，
一个旋进另一个，
让我顿觉恐惧、折磨和不安①。

——

好吧，一次了结，
男性生殖器像，让我非常不悦！

——

① 指象征湿婆的标志林伽，即男性性器官，其底座为女性性器官，二者合一，象征阴阳交合，即万物总体。

不仅早晨，也不仅是中午，让她快乐，
那渐渐落山的也永是同一轮太阳。

<出自为宗教改革周年纪念庆祝会构思的康塔塔>
Aus Entwürfen einer Kantate zum Reformationsjubiläum

<苏拉米斯[①]>
不管守卫怎样将我折磨，
只为把我的情人加害，
日日夜夜我唯一的快乐
那就是他的爱。

——

<以利亚[②]>
富丽堂皇为何而造?
怎不让灵魂讥笑。
当我们步入野外，
神在高山之巅，
周遭林叶沙沙
任命运轮转，
当头发卷曲，少女少年

① 《旧约·雅歌》里出现的一个女性名字。
② 旧约中的预言家以利亚（Elijas）。

此地正是红日在天！

——

盛怒下的巴力[1]
会让你们死去，
各个故事的结局
他自会给出解释。

总有一个“但是” 857
Ein Aber dabei

咀嚼美味会很美，
若不必把它消化；
痛饮一场有多妙，
若头和膝不会垮；
面对面射击会是喜剧，
如果对面不会回射；
每个女孩儿都想随便，
如果坐月子的是别个。

——

誓言说过千遍，
酒瓶决不信赖。
可远远瞥它一眼，

① 原文为：Baal。古代近东许多民族所崇拜的司生生化育之神，是众神中最重要的神灵。

我就像新生重来。
它的一切都要赞颂，
玻璃水晶，酒色猩红
瓶塞一下拔起，
它变空，我失控。

发誓千次，不再信
这个虚伪的女人，
但我已经重生，
只要她许我注视，
她尽可待我
如同最强壮的男子。
你的剪刀伸入我发，
最可爱的大利拉。[①]

——

新闻出版，你又获自由

人人都想拥有
压制他人的自由。

---

① 原文为：Dalila。西文中常作为女性名字。此处指《旧约·士师记》第16章中，大利拉设诡计剪去参孙神力所在的头发。

鹳的职业 858
Beruf des Storches

水塘中
鹳以蛙虫为生，
为何筑巢在教堂塔顶?
其妙莫名。

它啪啪展翅，笃笃乱敲，
听了让人着恼；
但是无论老少
无人敢去它窝中打扰。

它会如何——尊敬地说——
证明自己的权利，
除了用那值得称赞的心意，
往教堂顶上……

< 凯斯特纳①的爱餐，1819 年 >
Kestners Agape，1819

你的爱餐
无人想知；

① 克里斯蒂安·奥古斯特·凯斯特纳（Christian August Kestner，1794—1821），耶拿神学家，拥护爱餐理论，即基督教是由一个爱餐团体有计划地传播的。

基督徒眼中，
这是罪恶之刺。

因为主刚刚
离开裹尸布，
无赖就马上写出
一本本荒唐的书。

语文学家
打败了你；
却于我们无益，
我们已受蒙蔽。

——

859 面孔麻木，
像膀胱一样。
说话不用鼻腔，
是有梅毒。

都一样
Eins wie's andere

世界是鳀鱼沙拉一盘；
我们爱吃，无论早晚：
柠檬皮一圈，
然后是小鱼，小香肠，

再把醋和油浇上，
醋制刺山柑花蕾，未来的花——
人就像恶棍，将其一起吞下。

——

在生命和知识的路上，
谁把你养育，谁让你强壮？
我们受命发出询问。

“我从没问过：
哪些丘鹬，野鸡，
阉鸡和火鸡
喂肥了我的小肚。

在毕达哥拉斯[①]和最好的人[②]那里，
我坐在满意的客人中间；
他们的快乐我总是愉快地
享用，从未让人偷去。”

——

我的譬喻你们不可抗拒，
否则我便无法阐明自己。

——

他们的咒骂你不断得知，
如此平静你如何保持。

① 毕达哥拉斯在这里是精神享受的代名词。
② 毕达哥拉斯的学生自称为“最好的人”联盟。

我在劝说！
五十年后会有效果。

——

老人。独唱
你们善意地听我来说，
也要等着听我指责，
你们的咆哮，呼喊，
我早已厌烦。
老人我总要坐听
啁哳不合，
请你们把诗篇
唱成和谐的歌。

合唱。齐唱
我们尝试，善良的老人，
让音色缓和，
然而还是请你把诗篇
击成和谐的歌。

< 为一幅油画而作? >

神圣的橡树根部
生命之泉涌出，
高贵的橡树悄立，
四周同类全无。

枝干伸展绿叶浓，
阳光明媚波不兴，
一腔感恩之炽情，
倒映永恒清绿中。

——

据我所知，861
昔日的花岗－片麻岩
今日名为片麻－花岗岩；
这一进步多么重要！
仿佛我在说：灵魂和肉体
男人和女人，
女人和男人，肉体和灵魂。
但愿没把最好的丢掉。

——

孩子，他们不懂；[①]
洋蓟绝非最糟，
温柔的手指
令其倔强变少。——
只需巧去其刺，
科学的意义便在于此。

① 据植物学家菲利普·封·马蒂乌斯（Philipp von Martius，1794—1868）所讲，1824年9月他和妻子去拜访歌德，看她不会吃洋蓟，歌德即席写了这首诗。

< 为弗里德里希大帝的手迹[①]而作 >

这纸页要虔诚地修复，
他的手曾在其上停驻。
那手曾号令世界，
壮哉，鬼雄人杰！

普法尔塔学校[②]
Schul-Pforta

德国人，忠诚而真挚
将宝贵的回忆珍视，
因为克洛卜施托克，那个孩子
曾在这片场地深思地游戏。

在这个无声界定的地方
完成教育，正如理所应当，
少年！为自己把门打开，
广阔生活，迎面而来。

---

① 乌尔丽克·封·莱韦措（Ulrike von Levetzow，1808—1884）男爵夫人的外祖父给歌德看过君主1765年4月18日的一份手迹，那是君主收其做教子的证明。

② 原文为：Schulpforta，德国萨克森－安哈特州瑙姆堡市的一个地区。舒普法尔塔的一位绘画教师给歌德寄了一幅石版画，上面是一所学校，德语中“学校”一词便是Schule。歌德在该诗的题目中把二者有机地结合在一起。

<下面公园中的小屋>[1] 862

看去傲慢全无，
一座高顶小屋；
谁人在此出入，
心情必好无误。
绿树颀长，枝叶繁密，
高高长起，是我亲栽，
精神上的创造、关爱、
成长也同时在此继续。

——

这棵老柳
站立，成长，犹如一梦，
曾见侯爵房顶的火光，[2]
今望伊尔姆河潮涌无声。

一个比喻
Ein Gleichnis

今日采得一束野花，
满腹思虑带它回家，

---

① 自1776年属于歌德。
② 这座宫殿于1774年毁于大火，1789至1803年重建。

手中温热，朵朵
花头垂下，
清水瓶中一插，
怎样的奇迹！
小脑袋个个上扬，
绿叶中的花茎
根根如此健康，
如立大地之上。

这就像我神奇地
听人用外语唱我的歌曲。[①]

——

863 噢！忠守安静领地
你的灯，你的夜，
对人发生影响不易，
但对顺从的纸可以。

——

卡塔拉尼所为无异他人；
伟大的天才没有好的顾问。

——

人说圣经这本奇书
让世界上有了团体，[②]
这一点我无法信服，

---

① 指自己的作品被译成外语。
② 指的是圣经协会，旨在让更多人能够阅读圣经。

即便很多人欢喜；
只有全世界的小贩
会高兴地去找基督徒，
卖给他们一套十字念珠
或者另一种舞。
如果你想用好的韵脚儿，
就该说个别的玩意儿。

——

我也见过三位一体
活生生地彼此飘过！
圣灵飞来飞去，
宛若飞舞的白鸽。
上帝之子承诺，
父亲永恒沉默，
他已基本晓得
哪里出了差错。

——

基督，一个来自天上的神， 864
一个地球上超越世俗的人；
作为神和人，作为人和神，
受人崇拜、蒙受耻辱讥嘲；
令我们幸福的是
他终经坟墓走向崇高。

——

我愉快地将目光转向外面，
只有长疥疮的人才把双手细看。

<歌德在魏玛的住宅>
Goethes Wohnhaus in Weimar

他们为何房前站立?
大门小门不都在那里?
若能放心进来,
就会受到款待。

——

因这美妙的菜单[①]
总是老套的再现。

寓言
Fabel

我走进我的花园,
忽来三人,也许是四个,
我礼貌地发出邀请,
说:欢迎他们做客。
这时,明亮的大厅正中
美好的早餐桌上摆妥。
若哪位喜欢花园,
随心漫步亦可。

---

① 写在和策尔特的通信中。

一位朋友消失在树叶之后，
另一位到了葡萄架的上面，
其兄则对高高的苹果垂涎，
那定是极其可口。
我说：里面的水果
尽是圆桌上新摆，
各位请进去尝鲜。
但他们只想自己采；
还有一位，老鼠一般，
溜了！许是从后门走远。
我且走进大厅，
独享我的早餐。

<散落的箴言和断片>
Verstreute Sprüche und Fragmente

谁想和猫儿耕地，①
猫前将老鼠拴住，
但见跑动如风，
猫儿只想捉鼠
<此句的其他各种可能：>
猫儿将鼠捉住。

---

① 一首民歌的第三段，主题是杂草与园丁的对话。

猫儿紧跟老鼠。
猫儿伸爪捕鼠。
猫儿一爪捕鼠。
猫儿跟着老鼠。

——

如此渴望创造的你，
不该如此折磨自己；
若求智慧答案，
要有理性问题。

——

你被打得太过虚弱
竟无力将自己承托
先被钉上十字
又受轮上折磨

——

866 人想听你们说话；
所以不要懒于发言；
若想发表观点，
恭维就不要笑纳。

——

先有鸡？还是先有蛋，后有鸡？
解开此谜，便将上帝之争平息。

——

早早感知条件
自由得来舒服
被迫很晚接受

自由便是痛苦。

——

人可能知道什么？能知道什么？
男人矛盾挣扎，迷惘困惑。
“什么过去可知，现在可晓，
人要自己知道！如此便不失头脑。”

——

你要发号施令，为人效劳，
我为人效劳，我发号施令，
人需全力应对，
走过日日人生。

——

无常变化中的真实教诲
去而不返，弥足珍贵。

——

愿他也得亲见，崇高目光
只会回转内心，壮美堂皇。

——

一心为人铺路
那人却疑心无数。

——

太过戏弄宫廷，真真不够友好，
上帝保佑宫廷！城乡就在周遭。

——

若想获得成就， 867
就要努力不休。

年轻靠团体，
老年靠自己。

——

樱桃之核无人会嚼，
虽可吞下，硬而难消。

——

我们该安卧桂冠之上，
一心把要做的事儿思量。

——

我们之名若令你们生畏
姓甚名谁，实全无所谓
我们观察自然的目光
露出智慧的爱与渴望。

——

我毫无希求，一切都给我支持
但那特别情况正在我心头盘踞。

——

一个人还可以表现得更加灵气
我的朋友啊，可那也毫无意义。

——

你让许多人破产
却没人对你这般凶残

——

你希望魔鬼也有一次不那么自利——
魔鬼！无私地展示了你。

——

真想把你扮成另一模样
但因为是你，我就不再去想。

——

想象中长着喙、角和爪的自己
看去真是恐怖无比。

——

不知如何，便心从正确，
最终倒下，最终恭从，是恶者。

——

说说你心中所想，　868
太过衰老，吾心悲伤，
竟无力快乐，为昔日辉煌。

——

家园建起
会来一个男孩或女孩儿
他（她）会用真诚的努力
将父母的过错消弭

——

如果你年轻二十
我们会更喜见你
不过还是透过指缝
你活得定是优裕
厅堂上，花园里
山上，谷中
第二次见你
就像 <?> 第一次一样 < 土气？ >

——

我们已经商谈，
我们已经盘算
这短短的几周
竟会让你再现
所有的姐妹<在前？首先？>
也将自己那份拿走

——

黑夜中，小山坡
祖先威严排列，静卧
墓中，严肃而俭朴，
安魂曲将哀者柔呼
画卷在此凝固

D

——

葬礼中，送别
忠实的朋友，一路
群人相随，快乐不迭
好似初见坟墓
棺柩旁，我恭敬驻足

869 <此处少两句诗>
它们的茎，它们的伞
竟好似花儿初绽。

——

A
如果你想习惯宫廷
须是贵族子嗣
高椅后双耳竖起
便晓何谓坐知
B
谁喜坐上软垫，许知
施瓦本和蒂罗尔人
会非常感激地
选个软垫给长椅。

——

我也曾非常幸福
那时我就着鼻涕吃糊糊。

——

二人所言之意
就是他们孤独无比。

——

我也希望蠢上一次，
若那些蠢人没有恁多学识。

——

这一切你已无法忍耐
你可敬地服务，服务于时代。

——

只在反照中，将美
观看、珍爱、渴望，
难道这是个很大的错误？

——

难道所有纯洁的动机都是
<此处少一句>
只有谦卑会创造爱
只有爱能创造上帝

——

心中充满信任
而它更加坚定地站在
我们身边……

——

阳光照耀着大地、海洋
它们一动不动地变绿或温和摇荡
<此处少一句>
他们喜将生命的鲜花采集，
仿佛和平曾一直持续。

——

你欲如何，我欲怎样？
我们可知心之所想？

——

培根
因为只要懂得数学规则[1]
创造奇迹的结论就会发现。
平庸之人自是难解其见。

——

① 用经验论者培根对阵数学家牛顿。

我被囚禁！上帝啊！在深墓里，
仿佛即刻就会将自由呼吸。

——

荷马已有人唱与你们
现在乐享尼伯龙根。

——

老人的影子曾是个什么，
儿子的身体，这是个什么？

——

风中飞舞的一页薄纸[①]，
常常看似小鸟。

——

万物被迫到来，
只有人可选择。

——

潮水将你带出很远
退潮时你又被拉回。

——

我喜欢很多，赞美却没有一个

——

若天空不曾流泪 871
何来这许多珍珠？

——

① 1828 年 12 月 24 日的日程安排。

他不喜听劝尽力，
或许就是爱受损失。

——

若想适应其中
唯有信任若盲。

——

我所识之俊杰
尽皆陷入困境。

——

魔鬼正嘲笑于我
对此我相当清楚

——

你把我的话抢去
就像我说的一样

——

最好的侍从是最大的恶棍

——

如果没有他们
你们一定很能干

——

很久以来我就觉自己
生就一身王子气质。

——

你们离我那么遥远
我不禁止你们出现。

——

直向天空，塑出自己
做一座高峰，骄傲地耸起

——

名为混沌的杂志
却不会混沌一团
因它胸中怀有的
总会出现
不过混沌可能会
片刻现起 872
　统一。

——

欧洲的国家手册很大
但资助人的数量很小。

——

谁想拿到珍珠
必须冲入大海。

——

爱生活
让爱充满活力
祝你平安顺意！
愿意与必须
行动与思虑
追求和等候
一心满足

巨大的天赋。[①]

——

我明亮的黑色眼睛
曾向天空望去，
这时响起
<一行空格>
不是我创作了诗，而是诗写下了我。
它们要么原谅自己，要么深受折磨。

① 楷体的两句原文为斜体的法语词。

译后记

“不是我写下了诗，而是诗写下了我。”歌德的这句诗着实耐人寻味。当我们读过这一卷的诗作后，或许已对歌德笔下这些拥有生命、塑造生命的诗有所理解。诗作虽然不同于诗人，但二者却彼此交融，无法分离。我们虽然无缘与歌德谋面，却得以在其众多诗作中与之相遇，感受他的生活，品味他的思想。一百多年来，在一代代译介者的努力下，中国读者对歌德已是日益熟悉。在《歌德与中国》一书中，当代歌德研究与译介的重要代表杨武能先生详细介绍了中国对歌德作品的译介，充分肯定了马君武、苏曼殊、郭沫若、冯至、刘半九（绿原）、钱春绮、杨武能先生等对歌德诗歌在中国的接受做出的重要贡献。今天，当我们回顾一代代前辈所译介的一系列歌德诗歌，尤其是《中德四季晨昏杂咏》《马恩巴特哀歌》《迷娘》以及众多格言诗，我们在赞叹之余，亦觉感激备至：是他们让我们看到一位一生歌咏爱情、懂科学、有智慧的德语诗人。

2015 年，我和江雪奇荣幸地成为卫茂平教授主持的“歌德全集翻译”项目中的一员，共同负责歌德诗集第二卷的翻译。在长达五年的时间里，我们克服种种困难，不断对译文进行打磨修改，直到今天郑重交上自己努力的结果。虽然我们心知，如果时间允许，我们还可以持续修改下去。毕竟，我们在翻译过程中不仅要面对押韵与意境问题，还要面对即便德国本土研究者也只能加以揣测的词句，尤其是歌德充满思想火花的箴言。德国浪漫派作家诺瓦利斯曾言：诗人是最高级别的思想家。用哲学家维特根斯坦的话来说：“当今的人都以为科学家是给他们知识的人，而诗人与音乐家等，则是给他们快乐的。他们从未想过，这些人也可以教他们什么。”[1]在《诗

① Ludwig Wittgenstein: Vermischte Schriften. Eine Auswahl aus dem Nachlaß. Hrsg. von Georg Henrik von Wright unter Mitarbeit von Heikki Nyman. Frankfurt am Main: Suhrkamp Verlag, 1977, S.75.

句》（Verse，1941）一诗中，德国表现主义诗人本恩进而把诗歌与神连在了一起："如果深藏不露的神/在某种生命中复活并言说，/那么这种东西便是诗歌。"几年来，在一次次潜心打磨诗句过程中，歌德让我们思考了许多，也学到了许多。在这厚重的文字里，我们所感受到的不仅是一生追求爱情、金句名言不断的歌德，也看到了世俗的烦恼、憎恶、快乐和幸福。他不仅会歌颂、赞美，也会嘲讽、诅咒。然而，这位饱尝人间苦乐的语言大师不仅要在诗中展示人与大自然的神性，也努力用言辞传递着人与宇宙的神秘。可以说，他的诗不仅记录了世俗之情，也展示出他对宗教的思考。

世俗之情

歌德对世俗的热爱首先表现于他数量众多的即事诗，其次就是他对饮食、游戏的欢乐记录，对种种不良情绪的宣泄上。

一、即事诗

所谓即事诗（Gelegenheitsgedichte）指的就是歌德为朋友、团体助兴、祝福而写下的具有明显大众性的诗歌。

18世纪，受英国的影响，德国出现了崇尚民间文学的热潮，赫尔德所带动的民歌搜集热便是其中的重要一环[①]。赫尔德所理解的民歌并不局限于民间流行的歌体诗，也包括作家写的诗，其根本标志是具有真实而生动的"大众性"。诗人毕尔格（Gottfried August Bürger，1747—1794）甚至将诗歌的大众化立为目标，强调

① 详见范大灿：《德国文学史》第二卷（修订版），北京：商务印书馆，2019，第278页。

诗歌“既要使有文化修养的智者喜欢，也要使住在森林里的未开化的居民，使坐在梳妆台旁的夫人以及坐在纺线机后面的自然之女喜欢”[①]。受赫尔德的影响，歌德也喜欢语言生动，贴近大众的诗歌，一生写过很多即事诗。1820 年 9 月 11 日歌德在给苏尔比茨·博伊塞雷的生日贺信中写道：“我非常喜欢写即事诗，每当一个画面带出另一个画面，严肃中生出玩笑，玩笑中又生出严肃时，我都尽享其乐。”（《歌德诗歌 1800—1832》，第 1157 页）

“即事诗”更早被称为“即兴诗”（Causalpoesie），即因某个机缘而写的诗。18 世纪时，机缘诗逐渐受到冷落。一方面是因为这类诗歌主要用于歌功颂德，诗句中俗套较多，另一方面则是因为诗人们愈加重视文学的自主性，不喜为外物所累。对此，歌德的态度是：“世界如此广大而丰富，生活如此多姿多彩，从不缺少作诗的机由。不过，所有诗歌都应该是即事诗，这就是说，动机与素材要出自现实。一个特别的情形之所以会具有普遍意义且拥有诗意，只因诗人把它写在诗里。我所有的诗都是即事诗，缘起于现实，且以现实为基础。”（爱克曼：《歌德谈话录》，1823 年 9 月 18 日）。虽然歌德强调让人写诗的“事”要具有重要的标志性元素，因而有别于旧式的即兴诗，但是从诗句内容来看，二者还是有重合的地方，比如为庆祝某人或某个团体的生日或纪念日，此外还有为私人圈子里的亲朋好友而写的诗。

歌德不仅会在宾客题词留念册里，在给亲朋好友写的信里写诗，还会为告别、致谢、致歉、礼赠、赞誉等原因写诗，只为让朋友们高兴，为让朋友回忆起共同的过去。诗歌便是他私人交际的媒介，

① 范大灿：《德国文学史》第二卷（修订版），北京：商务印书馆，2019，第 349 页。

是表达牵挂的方式。歌德一生交友甚多，对朋友的记忆也是他心中的财富，正如他在儿子奥古斯特的宾客题词留念册里写下的那样：“把留念册递给恩人、朋友和游伴，/ 递给匆匆过旅。/ 他们友好的话语和名字 / 让你聚起高贵财富，美好回忆。”（1801 年 2 月 22 日于耶拿）这里所说的朋友也包括与他交往密切的王公贵族，所以他为之而写的即事诗也是充满真情的颂赞，而非假意逢迎，虚情谄媚。

二、饮食与游戏

歌德的诗还风趣地记录了当时流行的游戏和饮食。半神一样的大诗人歌德在诗歌中留下了日常生活的记忆。他会用浅显易懂的文字把生活中发生的各种事情和各种情绪写成诗，目的就是要让诗歌也能为普通人接受，能够融入生活，而不仅仅是供少数人玩味的阳春白雪。于是，歌德的诗就像音乐一样以各异的形态走向每一个群体，牢系着每一个曾经的记忆。无论是孩子出生、寿诞庆典、朋友作客，还是插花、游戏、猜谜语、写谜诗，都是歌德笔下的诗意生活。这里就让我们随几首小诗走入歌德少有人知的世界。

1. **游戏**：或许你无法相信，歌德所在的时代，所在的地方，也有我们中国孩童今天会玩的游戏：

- **溜溜球**：这件玩具多么有趣！圆盘绕缠在线上，/ 先从手中滑下，随后又迅疾地升回头！/ 我心也如此，似乎总为不同女子而动，/ 然而却始终能立刻飞速地返归到原处。
- **抛接游戏**：彩色的石子，快乐的游戏！/ 不管你扔哪个，它怎样掉落。/ 孩子的小手迅速伸出，/ 小骨、豆子和宝石通通接过。

- **弹弹子**：你玩弹子，滚动的小球 / 如你所愿滚进洞里，/ 你好奇地追将过去，/ 这石头真是有趣！
- **找东西**：你可知此游戏？一群欢乐的人 / 同找一把小哨，却永远找不到，/ 因为有人偷偷把它拴于 / 寻找者外套后面的褶里，/ 就是：拴在他的臀部地区？

2. **美食**：歌德热爱生活，爱吃爱喝，老年时曾风趣地写下这首短诗："我无所羡慕，顺其自然，/ 某些东西我总是能够保持；/ 可看到两排年轻的牙齿而不生妒忌，/ 于我老翁可是莫大考验。"这里就让我们看一下歌德写入诗歌的几样最爱吧：

- 这究是什么？是血液，/ 把整个家族连起；/ 是我们永不忘记的东西：/ 酸浆果，无人乐食；/ 聪明地把它烹煮，/ 用强大的糖把它征服，/ 那就是美味无比。
- 可与所有水果相比，/ 甘甜多汁，美味细腻，/ 来自保护最好的地区——/ 我把硬硬的飞廉为你寄去。
- 世界是鳀鱼沙拉一盘；/ 我们爱吃，无论早晚：/ 柠檬皮一圈，/ 然后是小鱼，小香肠，/ 再把醋和油浇上，/ 醋制刺山柑花蕾，未来的花——/ 人就像恶棍，将其一起吞下。

三、愤怒与诅咒

对今日世界来说，歌德是德语文学的一座高山。在歌德所生活的时代，他也是人所仰望的对象。尽管如此，他也有他的烦恼、他的愤怒。总的说来，原因主要在于他的作品也会被续貂，被仿造，被贬低。譬如，1809 年医生卡尔·克里斯蒂安·路德维希·舍内（Karl Christian Ludwig Schöne，1779—1824）为《浮士德》写了续篇，歌德称之为写作练习。1818 年，戏剧家阿道夫·米尔纳（Adolf

Müllner，1774—1829）在谈及要上演的《哈姆雷特》时说，要把别的作品，包括《威廉·迈斯特》都扔出窗外。平日米尔纳也激烈批评人们对歌德的崇拜。1821年歌德的《漫游年代》出版，同年新教牧师约翰·弗里德里希·威廉·普斯特库亨（Johann Friedrich Wilhelm Pustkuchen，1793—1834）在奎德林堡出版同名小说，人称“伪漫游年代”。1823年，柏林新闻报上发表了一篇关于弗里德里希·卡尔·尤利乌斯·许茨（Friedrich Karl Julius Schütz，1779—1844）所著新作《歌德和普斯特库亨或者是关于两部威廉·迈斯特及其作者》的匿名书评。无论是这部书的作者，还是匿名评论者都更青睐普斯特库亨的作品。正如歌德所言：“伪漫游者，即便愚不/可及，亦聚起一众兄弟。”

此外，他身边也有令他不齿的八卦之徒，比如卡尔·奥古斯特·伯蒂格（Carl August Böttiger，1760—1834）。此人曾是歌德比较亲近的朋友。遗憾的是，他也是个为八卦专栏供稿的作家。他总是向外面的世界传递魏玛的最新消息，令歌德甚是不悦。1798年，他还偷偷抄下席勒的新作《瓦伦斯坦的兵营》，传到哥本哈根的贵族手里。因瓦伦斯坦是历史上瑞典国王的战争对手，这一作品引来了一个非常现实的后果：魏玛遭到严格调查。1802年至1803年，歌德在魏玛上演了奥古斯特·威廉·封·施莱格尔（August Wilhelm von Schlegel）的剧作《伊昂》（Ion）后，伯蒂格为当时的《奢华与时尚杂志》写了一篇评论。歌德觉得此文“极具侮辱性”，便强烈要求该杂志的出版商不予刊发。虽然伯蒂格的评论最终未能发表，但他却将此事详细地报道出来，而这也最终导致两人的决裂。歌德在为之写下的诗中表达了自己的愤怒：“他会恶意损人，/这大概是他的特权；/我却心中诅咒：让他/自觉有用，每一天。”

第三：小小的魏玛却有一个反歌德派，其中出生于魏玛的奥古斯特·封·科策布（August von Kotzebue，1761—1819）是1801至1802年间魏玛的歌德反对派核心。歌德专门写下《针对科策布》一诗来抨击他：

你不要咒骂那个恶棍，
他极尽努力不断转身：
他若抓住魔鬼的尾巴，
手里就多出一根毛发。

拿破仑战争后，歌德因对拿破仑的敬重，对德意志诸邦所进行的解放战争表现冷漠，因而成为众矢之的。其中因反对歌德而为人牢记的名字首先就是沃尔夫冈·门策尔（Wolfgang Menzel，1798—1873）。1828年，他在自己的著作《德意志文学史》中以大量篇幅对歌德进行攻击，把歌德说成是：佞臣、好色之徒、时尚之仆，认为他不够德意志，虽有天赋，却无品质。

就这样，在生命中的很多时日里，我们心目中的大文豪不仅要处理世俗事务，完成传世佳作，还要面对市侩的非议，面对出于种种原因和目的的攻击。或许歌德所面对的纷争与诋毁，我们可以通过这几行诗句得见一斑："我们为你炮制 / 流言，极尽无理！ / 又让你陷入泥潭，/ 一个深不见底！ / 我们大声笑你，/ 走出来吧，你自己！ / 再见！"而歌德的态度则可以用这首诗的下半段来体味："我若反对，蜚语 / 流言，只会更密。/ 在无意义的泥坑里，/ 可爱的生活失去乐趣。/ 我已走出。/ 我毫不介意。/ 再见。"正是这一达观的心态令歌德在流言蜚语中兀自岿然不动。不仅如此，在生命最后的岁月里，不再为时代潮流所接受的歌德反倒在孤独中最终完成了世界文学史上的一座丰碑《浮士德》。

在歌德七十岁生日时，法兰克福计划为他建一座纪念碑。这时，他的诗歌又记录了这一事件："'歌德纪念碑你付钱多少？'/这个问，那个问，都想知道。—/若非我将此碑立起，/它又怎会得造？"这便是歌德的自信："你们永远可以毫无惧意地/立碑，就像给布吕歇尔一样；/他让你们摆脱了法国人，/我让你们摆脱了市侩之网。"

对宗教的思考

歌德曾在自己的格言中写道："宗教属于老人/而诗歌是青年的。"但事实上，无论是在青年，还是在老年时期，歌德都在诗歌中书写着人与神、人与上帝的密不可分。1818年4月29日，封·米勒（von Müller）记下了歌德在谈话中说过的一段话："人，不管拥有千千万万种风姿的地球如何吸引他，都会把探索与渴望的目光投向天空……，因为他内心深切而清楚地感觉到，他是那精神王国的一员，对它的信仰我们无力拒绝，也无法放弃……"这或许便是歌德一直信仰神与上帝的动因吧。而歌德对宗教信仰的态度在其诗歌中的体现基本可以概括为三个方面：一、信仰的必要性；二、信仰的对象；三、人的神性。这里，我们就借助歌德的诗歌一一加以审视。

一、信仰的必要性

在希腊众神为基督教所取代后，人就失去了人神共存的神话世界，然而，基督教并未给世人带来一个长久稳固而统一的信仰。继近代早期的文艺复兴和人文主义运动之后，启蒙运动的兴起与发展再次使基督教信仰受到根本性冲击。在19世纪最初的几十年里，世俗化的日益发展使宗教领域变得动荡不安。歌德清楚地看到：“人类现在陷入了宗教危机；我不知道它如何走出困境，但它一定会走出去。”

从青年到老年，歌德接触到了各种各样的思想潮流。但他始终坚持用自己的态度来面对宗教。在歌德生活的时代，可能对人的世界观产生影响的有基督教、唯心主义哲学和唯物主义哲学。歌德还认识了唯物主义思想的代表人物狄德罗等。他们不相信上帝，认为人的精神和灵魂都是会死的。歌德曾说，走进唯物主义哲学家霍尔巴赫[①]（Holbach）的世界，就如同置身于“阴郁的无神论夜幕中”中。1812 年，对此深为不满的歌德在《诗与真》中写道：“一切都该是必然的，因此就该没有上帝。为什么就不是必然要有一个上帝呢？”歌德的这一思考，我们今天或许可以用荣格的心理学理论来加以解释，即人心中都有对至高无上者的预感，人对精神和宗教的需求则是天生就有的。我们所说的精神需求其实就是灵魂的一种需求。

至于灵魂，我们只知道是个抽象的概念，是个看不到具体对应物的名称。于是，我们就只能用隐喻的方式去理解灵魂了。在《水上精灵之歌》（Gesang der Geister über den Wassern, 1779）一诗中，歌德就把灵魂比作了水：“人之魂似水，/自天而降，/一日升天/必复归地上/往复无常。”如此想来，灵魂就该是永远存在的。按照歌德的想法，“存在的一切都要和上帝的存在相关联，因为只有上帝通过自己存在，无所不包”。这样，灵魂便有了宗教色彩。1827 年，歌德在另一首诗《遗言》（Vermächtnis）中写道：“任

① 霍尔巴赫（Paul Thiry d'Holbach，1723—1789），法国启蒙运动时期的哲学家，以无神论思想著名。

何生命都不会彻底毁灭！”就像他《浮士德》的结尾所展示的那样，上帝之爱可以拯救每个灵魂，上帝身边是每个灵魂都可以栖居的地方。

由此我们可以看出，在歌德心中，灵魂是永恒的，上帝是仁慈的，上帝之爱便是人的存在与归宿。无论他心中怀有怎样的异教思想，其最终指向都是永恒与爱，而这恰恰是上帝的代名词。即便在他的科学论文里，我们也会看到：自然中的一切恰是上帝存在的证明。在一组自然科学文章之前，歌德独具匠心地加入了组诗“上帝与世界”（Gott und Welt，1827），其中的第一首《写在前面》（Proœmion）中便有这样的诗句：“仅从外部触动何谓上帝，/只会让宇宙绕指盘桓！/纳自然于内，在自然中安栖，/他该从内部将世界旋转，/生活、活跃、存于其内的一切/都有他的力量、精神，从不欠缺。”

二、信仰的对象

那么，歌德是否就是信仰上帝的基督教徒呢？事实上，要断定歌德的信仰归属并非易事，其中的原因既可以追溯到其生长环境的宗教背景，也可以追溯到歌德心中对宇宙真谛的追寻与感悟。

回顾18世纪的欧洲，拥有漫长历史的基督教不仅已发展出三大教派，也生成了众多分支，真可谓思想纷杂，宗派林立。当时的宗教氛围在青年歌德所生活的法兰克福便可窥见一斑。法兰克福虽是当时新教的领地，其新教根基却已开始动摇。其中一个重要原因用歌德自己的话来说就是：新教给人们的其实只是一种干巴巴的道德：不再考虑什么富有思想的报告，其教义既不能感动灵魂，也无法触动人心，因此就有人远离了法定教会。由此便出现了分离主义者，虔信派（Pietisten）、赫伦胡特兄弟会（Herrenhuter Brüder-

Unität)、寂静派(Die Stillen im Land)以及被命名为其他称号的团体。这些团体都有一个共同的目的，那就是比在公共宗教形式下，特别是通过基督的中介，更加靠近神性。

除了前面提到的教派，传播卡巴莱知识的拉宾、玫瑰十字会（Rosenkreuzer）与光照派（Illuminaten）成员、唯灵论者，特别是极端的虔信派教徒也都以各自的方式参与到法兰克福的宗教生活中。让歌德对密释学有所了解的则是母亲的朋友苏珊娜·封·克莱滕贝格（Susanna von Klettenberg）。在这个所谓的密教世界里，自然神秘主义的想象、宗教性的通俗哲学、自然科学、医学、炼金术和神学合为一体。青年歌德就是在这样复杂的宗教思想中成长起来的。那时，歌德一度立足于掩藏于文学创造中的泛神论思想和用于自需的基督教之间。老年时则因本性的众多方向，越来越无法满足于一种思维模式。1813 年，他写信给雅各比（Jacobi）说：“作为诗人和艺术家我是多神论者，作为自然学者是泛神论者，都是坚定的。如果作为一个道德人，我的个性需要一个神，也有了。天上和地上的东西是如此广阔的王国，所有生命的器官加在一起才能把握它。”到了晚年，歌德比青年时代更加强烈地拒绝所有僵化为正教或者因教条而变得狭隘的宗教思想，因为宗教的发展目的对歌德来说就是人的自决，是人道主义。

从青年到老年，歌德的作品中出现了多种不同的宗教思想。他似乎对很多宗教都感兴趣。不同的宗教元素成为他世界观、诗歌、生命和生活艺术的重要构成。歌德曾坦言自己是: 异教徒、非基督徒、不信教的人、斯宾诺莎主义者和至尊神教徒，而这几个概念都可以用不可分割的“上帝—自然”（Gott – Natur）这个概念统一在一起。

然而，面对众多宗教思想，歌德却一生把心交托给了新教。这首先要归因于他的家庭。歌德诞生于一个虔诚的新教家庭，从小熟读《旧约》和《新约》，还接受了洗礼。《圣经》甚至让他的语言表达和文学创作一生受益。虽然对教会的教条主义和教义的某些内容不满甚或拒绝，虽然接触过天主教，研究过希腊众神、斯宾诺莎的泛神论、犹太教、伊斯兰教、印度拜火教、中国的宗教，并在自己的作品中留下深思的痕迹，歌德并没有在成年后背弃新教，转投其他任何教派。

其次，让歌德留在新教的另一个重要原因便是《圣经》和马丁·路德。歌德称在圣经中感到了“原初的、神性的、有效的、不可侵犯、无法毁灭的东西”。这一点便足以吸引一个追求终极真理的人了。此外，他非常欣赏马丁·路德对语言，对精神史的贡献。在与艾克曼的对话中，歌德曾说：“我们不知道 [...] 我们总的来说要怎样感谢路德和宗教改革。他使我们摆脱了狭隘精神的束缚，让我们能够在文化不断发展的过程中回归源头，获取纯净的基督教。我们再次有勇气脚踏实地地站在上帝的土地上，感受我们获得上帝恩赐的人的天性。”（爱克曼：歌德谈话录，1832 年 3 月 11 日）可见，路德以及基督教都对歌德有着深层的吸引，使他不会轻易因为任何外在的不满与异议而选择背弃。

总的来说，歌德能够跨越教派的藩篱，纳诸神于心中，以人道之心面对世人及其信仰。然而，这并不表明，歌德心中的神是高高在上的庇护，而人是卑微渺小的被拯救者，因为人因其永恒的灵魂而有了高贵与伟大的内核。

三、人的神性

施莱尔马赫曾说：“宗教虔诚是人们与生俱来的对更高、更完美的东西的感应”[①]，而在歌德看来，真正的宗教与个体的人相关，在于敬畏自我；这是一个人被引领到的最高层次。

在他的宗教理念中，不存在另一个世界的上帝。上帝属于此岸，且打上了人道主义和道德的烙印：人的神性存在于他的人道主义。此外，歌德拒绝接受教会所宣传的原罪恐惧和原罪意识，反对压制个人力量。此外，他也不喜欢“最后的审判”和“地狱之火”，他更愿意接受的是早期基督教的一种说法，那就是上帝会让每一个灵魂都到达自己的领地。而老年歌德则明确地说，真正的宗教就是要把人提升为圆满的、纯粹的人，而所有积极的宗教都是在为这一目标服务。”

在歌德看来，上帝、自然和人同出一源：上帝总是遇见自己；人中的上帝又在人中遇到自己。因此任何人都没有在最伟大者面前轻视自己的理由。对歌德来说，斯宾诺莎主义证明的不是上帝的存在，而是存在即上帝。意大利之行中，歌德又发现了古希腊罗马世界对尘世的肯定，他们和大自然与生命世界中的神性联系非常符合歌德的信仰。在古希腊罗马世界中，歌德看到了异教中人道的宗教形式，深刻地认识到：“希腊人的意义和追求是把人神化，而不是把神人化。这是似神论，而不是拟人化！”

毋庸置疑，在赞美上帝，渴望永恒之所的同时，歌德也发现了人的内在力量。他曾说：基督教虽然看起来是人类能够，也必须抵达的最终目标，却不是人类发展的终点，因为真正的宗教发自“对

① 参见谷裕：《隐匿的神学——启蒙前后的德语文学》，上海：华东师范大学出版社，2008，第5页。

自己本身的敬畏”。在歌德留给后世的笔记中有这样一句话：“更高意义上的发现是一种原初的真理感的证明，这一感觉早已悄悄形成，在某一瞬间突然以闪电的速度把一个富有成果的认知带给你。这是一个发自内心、在外部成长起来的启示，让人预感到自己与上帝的相似性。”他坚信“一切内在的也存在于外，只有二者相合，才是真理”。而“内与外的整体性则通过眼睛得以实现。”大约是在 1805 年 8 月 30 日或 9 月 1 日，歌德根据新柏拉图学派的神秘主义者普罗丁的一句话“如果眼睛与太阳毫无相像，它就不会看到太阳”赋诗一首：“如果眼睛不像太阳，／或许从不会看见阳光；／如果我们心中没有神的力量，／神性的一切怎会让人欣喜若狂？”

在这首诗第一次出版时，前面配有这样一段解释：“眼睛之所以存在，要感谢光。光在无所谓的动物性的辅助器官中唤出了一个和它一样的器官；于是眼睛就在光中为光诞生了，于是内心的光就走向了外部的光。”在宗教领域，这便意味着人是内含神性的，于是我们便有了歌德在《遗言》中写下的这段诗：“现在你应即转入内心，／中心会在内里得觅，／高贵者不会对此怀疑。／规则你也并不会缺少，／独立的良知便是阳光／将你道德的白昼照亮。”

显然，良知把人和上帝连在了一起。按照古老的基督教观点，自我认知便是认识上帝（cognitio dei）的路。一个不断深入认识自我的人就会在内心中靠近宇宙中的至高无上者。不仅如此，在歌德心中，人也有进入永恒的可能：“因为如果我一直到死都不停地工作，当现在这一个存在无法再承受我的精神时，大自然就有义务给我指出另一种存在形式。”有趣的是，歌德并不认为，世上的每一个人都会在永恒中获得同样的存在形式：“不过，我们即便永恒，也有各自不同的方式，为了将来能够显示为巨大的圆极，你自己就要是个圆极。”或许，一生走在科学与艺术之路上的歌德早已用自己的圆极换取了永恒中的一席之地。今天，作为歌德的读者，我们一同感受着诗人一生求索的智慧结果，至于我们的领悟与接受，自然是仁者见仁智者见智。尽管如此，歌德诗中至高无上的永恒存在和他对人的赞美，或许依然能给我们带来些许触动与启发。

最后请允许我补充一下这部诗集的翻译分工：1815 年诗集由江雪奇翻译，1827 年诗集、最后的组诗和 1800—1832 拾穗集由姜丽来翻译。在翻译过程中，我和雪奇都为对方提供了详尽的批评与建议。我们衷心感谢项目组委会辛勤而周密的组织工作，感谢在翻译过程中给予我们帮助的每一个人。这里，我郑重感谢我们德国学术交流中心（DAAD）的三位专家滕贝格博士（Marleen Triebiger）、田华陶博士（Waltraud Timmermann）和 Christioph Deupmann 博士竭尽其力为我答疑解惑，同时代雪奇郑重感谢柏林自由大学的 H. R. Brittnacher 教授耐心解答原文中的众多疑难点，感谢复旦大学的何彤珊同学、北京理工大学郭婧同学与中央民族大学的王琪同学对译文的细致校对。

此外，为了确保自己对原文的理解准确，我们不仅参阅了大量德语工具书与研究文献，还系统对照过众多既有的歌德译本，例如钱春绮、杨武能、绿原、冯至等前辈的汉语译文，江雪奇还查阅了多种英语、俄语及拉丁语版，希望能尽量吸取其长，规避其短。然而因为诗歌的难解与难译，我们终究难免错误，故而恳请各方谅解并赐教。

姜丽

2020 年 8 月 31 日 于北京

编后记

迄今为止，国内较大的三套《歌德文集》（开本相当）均设诗歌卷。人民文学出版社版第 8 卷“诗歌卷”计 349 页；河北教育出版社版第 1 卷“诗歌”，计 411 页；上海译文出版社版“歌德诗集”计 826 页，篇幅最大，版权页上的字数统计为 309 千字。

我们的汉译《歌德全集》含“诗歌全集”两卷。本卷虽为收录歌德 1800 年至 1832 年的诗作的“卷 2”，但其电脑统计字数已近 340 千字。由此可见，这套基于德国法兰克福版译出的《歌德全集》，就是在诗歌翻译方面，也有相当一部分为“首译”，而完成后的总篇幅，该会远超现有汉译歌德诗歌的规模。

一如译者“译后记”所言，为了确保“对原文的理解准确，（译者）不仅参阅了大量德语工具书与研究文献，还系统对照过众多既有的歌德译本”，甚至“还查阅了多种英语、俄语及拉丁语版，希望能尽量吸取其长，规避其短。”两位译者工作细心，令人起敬。

主编接稿后，除了个别文字订正，主要在格式、字体和统一译名等技术层面上进行了修订完善，另外制成全书目录。对此有以下说明：

该卷德语原书，仅收诗歌原版书名和一些“大目”，未收很多单篇诗歌的具体细目，代之以非常详尽的“按字母排列的诗歌首行及标题”的索引。这和汉语书籍的做法大不一样。主编采取折中之法，按译稿所收，另做了该卷较详细的汉语目录。在这些书名或诗题下添上德语原文，主要考虑到为将来“索引卷”的使用提供方便。而一些尖括号内的“题名”，只是原编者的加入，非歌德原书所有，未被收入原版《歌德全集》的“索引卷”，所以，其德语原文在此省略。

卫茂平

2021 年 6 月于上海